W0235896

ROMANREIHE

DIE AUGEN DER SPHINX

UNTER KORSAREN

VERSCHOLLEN

VON

WERNER LEGÈRE

EDITION USTAD

INHALT

Der vorliegende Roman spielt am Anfang des 19. Jahrhunderts.
Herausgegeben von Lothar und Bernhard Schmid
©1997 Edition Ustad im Karl-May-Verlag, Bamberg
Alle Urheber- und Verlagsrechte vorbehalten
Einbandgestaltung: Falk Klinnert

Satz: Oldenbourg Informations Management, München
Druck und Bindung: Kösel GmbH, Kempten
ISBN 3-7802-1076-2

1. Der nächtliche Gast

Durch die nachtdunklen Straßen Genuas schleicht am 2. Februar 1813 ein Mann und biegt schließlich in ein Gäßchen im Rücken der stolzen Kaufmannshäuser ein. Unhörbar ist sein Schritt; sorgsam vermeidet er die Stellen, wo aus den wenigen erleuchteten Fenstern ein Lichtstrahl auf das holprige Pflaster fällt. Der Weg scheint ihm bekannt zu sein; nirgends stößt sein Fuß an Kanten oder Steine. Von der San-Lorenzo-Kathedrale dringen Stundenschläge herüber. Auch San Dominicus an der Piazza Reale kündet die Zeit: elf Uhr nachts. Der Wanderer hat sich in den tiefen Schatten einer Tür gedrückt. Jetzt geht er weiter, bleibt endlich vor einem Häuschen stehen. Ohne zu suchen, findet er den Türklopfer. Ein kurzer, dumpfer Schlag. Pause. Ein stärkerer zweiter nun. Wieder Stille. Ein dritter, vierter folgen. Der Mann tritt zur Seite und wartet. Gespannt lauscht er die Gasse hinauf und hinab. Sie liegt einsam und verlassen da.

Trotz der angestrengten Aufmerksamkeit, mit der der nächtliche Besucher die Umgebung betrachtet, entgeht seinem Ohr nichts von dem, was im Innern des Hauses geschieht. Jetzt bemerkt er schlurfende Schritte, die sich der Haustür nähern. Ein Riegel wird zurückgeschoben, ein Schlüssel knarrt im Schloß. Quietschend bewegt sich die Tür in den Angeln. Durch einen Spalt fällt gedämpftes Licht ins Freie.

„Wer da?" kommt aus dem Halbdunkel des Flurs eine Stimme.

Der Fremde murmelt etwas. Das Wort muß dem Öffnenden bekannt sein; denn er schließt die Tür nicht wieder.

Gelungen wäre es ihm sowieso nicht. Der Einlaßbegehrende hatte sofort den Fuß dazwischengestellt. Die Sperrkette wird gelöst, der Fremde kann eintreten. Langsam und gewissenhaft schließt und verriegelt der Pförtner die Tür. Nach diesen Vorsichtsmaßnahmen schlägt er den langen mantelartigen Rock von der Laterne zurück und leuchtet dem Gast ins Gesicht. Er sieht nichts weiter als scharfe, stechende Augen. Sonst ist das Antlitz des Eingetretenen durch den breiten, tief in die Stirn gezogenen Hut und den malerisch hochgenommenen weiten Mantel verdeckt.

„Oh, Herr, Ihr!" Unterwürfig verneigt sich der Diener vor dem Fremden. Das Licht in seiner Hand schwankt. Er hat Furcht.

„Seid ihr allein im Haus?" Der kalte, herrische Ton läßt den Alten zusammenzucken.

„Wir sind es."

„Dann führe mich zu deinem Herrn!"

„Ich – weiß nicht."

„Vorwärts, leuchte! Ich habe keine Lust, lange im Flur zu stehen."

„Verzeiht! Der Herr will nicht gestört sein."

„Was kümmert's mich!"

„Ich werde Euch melden. Geduldet Euch einen Augenblick."

„Nichts da, leuchte! Oder soll ich mir meinen Weg allein suchen?"

Die Angst vor dem nächtlichen Besucher ist größer als die vor dem Hausherrn; deshalb fordert der Diener mit einem „So kommt, Herr!" zum Folgen auf.

Im ungewissen Licht der Laterne wirkt das Innere des Hauses gespenstisch. Der Fremde nimmt keine Kenntnis davon. Er zuckt nicht für den Bruchteil einer Sekunde zurück, als ihn plötzlich aus dem Dunkel zwei Augen anblitzen. Es sind die Glasaugen einer ausgestopften Eule, die vom Licht getroffen aufleuchten. Würde der Diener sich einen Augenblick umdrehen, dann würde ihm lediglich auffallen, daß der Besucher spöttisch dreinblickt.

Endlich macht der Alte vor einer Tür halt. Schon will er klopfen, da schiebt ihn der Fremde, dessen Gesicht noch immer unter dem Mantelkragen verborgen ist, zur Seite und öffnet.

Die Kerze im schweren silbernen Leuchter flackert auf, als der Luftzug durch die geöffnete Tür über sie streicht. Der Besucher kann nicht genau unterscheiden, wie viele Menschen in dem großen, so spärlich erhellten Raum sind. Wie er in der Tür steht, hinter sich den gebückten Diener mit der Laterne, deren Schein ihn umfängt, wirkt er furchterregend – ein unheimlicher Gast.

Lautlos hat der Alte die Tür geschlossen. Die Kerze brennt wieder ruhig und gleichmäßig. Dem Eingang gegenüber sitzt in einem hochlehnigen Sessel ein älterer, sorgfältig gepflegter Herr. Ein jüngerer stößt soeben den Stuhl von der Längsseite des Tisches zurück und springt auf. Er blickt verstört auf den Eindringling.

„Pietro!" Der befehlende Ton des Alten mahnt den jungen Mann, Haltung zu bewahren. Zögernd nimmt dieser wieder Platz.

Die beiden Männer sind Agostino Gravelli, der einflußreichste Bankier Genuas, und sein Sohn Pietro.

Der Fremde hat den rechten Arm, der bisher den Mantel hochgehalten hat, gesenkt. Sein Gesicht ist frei. Gravelli schrickt zusammen; dann aber ist sein Antlitz ruhig, als seien niemals Schrecken und Furcht darübergejagt. So hart und kalt ist es wie zu den großen Verhandlungen, die immer zugunsten des Bankiers auslaufen. Mühsam erhebt er sich aus dem Sessel. Ein kurzer Wink gebietet Pietro, das Zimmer zu verlassen. Der Sohn befolgt den Befehl sofort.

Ohne eine Einladung des Hausherrn abzuwarten, läßt sich der Fremde am Tisch nieder. Und als fühle er sich hier zu Hause, gießt er Wein in einen Kelch, dessen Rand er sorgfältig abwischt.

Aus des Bankiers Augen schießt ein Blitz. Er ist beleidigt, aber wieder beherrscht er sich. Schweigend nimmt er ebenfalls Platz.

„Gravelli, wir sind unzufrieden mit Euch", beginnt der Mann im Mantel die Unterhaltung.

„Ich kenne den Grund nicht", entgegnet der Bankier.

„In den letzten Monaten haben verschiedene Schiffe Genua und andere westitalienische Häfen verlassen, ohne daß wir von Euch Nachricht erhielten."

„Bin ich allwissend?" begehrt Gravelli auf.

Der Gast beachtet diesen Einwurf nicht. Er zieht ein Papier aus der Tasche und hält es absichtlich so, daß der Bankier es erkennen kann.

„Hm, hm", murmelt er. „Ihr bekamt vom Dey von Algier eine große Summe Geld geliehen. Eine große Summe. Ja, hier steht der Betrag genau. Wartet... Es war Rettung in höchster Not, als Euch der Dey beisprang. Ach, man wird alt, Gravelli, die Geisteskräfte lassen nach. Wie war es doch gleich? Ihr müßt Euch noch erinnern."

„Schu...", Gravelli kann das „Schurke" gerade noch in ein Stöhnen verwandeln. Er ist sich nicht darüber im unklaren, daß der Besucher es dennoch deutet – an die Gurgel möchte er dem Fremden springen.

„Nun, wenn Ihr nicht reden wollt, Gravelli, bitte. Als Gegenleistung verpflichtetet Ihr Euch, uns alle Schiffe zu melden, die Segel nach dem südlichen Mittelmeer setzen."

Der Bankier schweigt. Er kennt den Vertrag, der ihn zwingt, den Raubschiffen, den Korsaren des Deys von Algier, Beute zuzutreiben.

„Laßt die Hand vom Leuchter, Gravelli!" zischt plötzlich der Fremde scharf. Und spöttisch fährt er fort, als er die Wirkung seiner Worte auf den Hausherrn bemerkt: „Ihr seid mir nicht gewachsen, solltet es wissen, Mann. Ich sehe es Euch an, daß Ihr Lust habt, mir den Schädel einzuschlagen. Dann könntet Ihr seelenruhig das Dokument an Euch bringen und wäret aller Bindungen ledig. Gravelli, seid Ihr ein Kind? Fast muß ich es annehmen; denn Ihr benehmt Euch kindisch. Unsere Macht ist unendlich größer als die Eure, auch wenn Ihr inzwischen einer der reichsten und mächtigsten Männer Genuas geworden seid. Schade um jede Handbewegung."

„Was wollt Ihr, Benelli?" Gravelli läßt sich nicht einschüchtern. Der andere hatte seine Gedanken erraten, bevor die Hand sie ausführen konnte. Gut, vorbei. So ist seine Frage ganz sachlich und geschäftsmäßig.

„Keinen Namen, ich warne", weist ihn der Besucher zurecht. „Zwar fühle ich mich in Eurem Hause sicher. Trotzdem ist es notwendig, mich niemals, selbst nicht in Gedanken, nicht im Traum, so anzureden. Euer Diener ist zweifellos gut geschult und wird nicht die Ohren an Ritzen und Spalten haben und auch kein Geheimnis seines Herrn ausplaudern, sollte es zu seiner Kenntnis gelangt sein; aber Ihr selbst könntet Euch einmal an einem anderen Ort vergessen. – Ich habe vom Dey zu bestellen, daß er Euch an Eure Pflicht gemahnt und – warnt. Die Nachrichten in der letzten Zeit sind mangelhaft gewesen."

„Ich habe getan, was ich konnte", verteidigt sich der Bankier.

„Bah, leere Worte! Die Verbindungen des Hauses Gravelli sind so weitreichend, daß es unglaubhaft ist, daß Euch die Reisen vieler Schiffe nicht bekanntgeworden wären. Nein, nein, Ihr macht mir nichts weis. Ich kenne Eure großen Geschäfte, auch wenn sie noch so heimlich und unter Decknamen abgeschlossen werden. Sie haben Euch verführt, den Vertrag als überholt anzusehen. Mit dem Geld des Deys seid Ihr groß und mächtig geworden, vergeßt das niemals. Einige Zeit ist Euch noch gewährt, den Vertrag zu erfüllen. Sagen wir: bis Ende Mai. Danach..." Benelli schweigt. Dieses Schweigen aber kündet Gefahr.

Gravelli streckt noch immer nicht die Waffen.

„Danach?" fragt er zurück. Er möchte den Gegner verleiten, etwas von seinem Spiel zu zeigen. Eine Kleinigkeit schon würde ihm, dem klarsichtigen Finanzmann, genügen, von sich aus Maßnahmen zur Vereitlung des Vorhabens zu ergreifen.

Der unheimliche Gast lächelt hämisch. Er durchschaut den Bankier. Ganz unpersönlich, leicht plaudernd, wirft er hin:

„Was nützt einem toten Mann all sein ergaunertes Geld!"

Gravelli versteht. Er erhebt sich, geht, verfolgt von den Blicken Benellis, zu einem Schrank, dem er einige Bogen Papier und Schreibzeug entnimmt. Hastig schreibt er ein paar Zeilen, streut Sand darauf und schiebt dem Besucher das Blatt hin:

„Hier, bringt das dem Dey und gebt mir meinen Vertrag zurück."

„Ein Wechsel! Ausgezeichnet." Benelli liest die Anweisung langsam Wort für Wort, nickt verschiedentlich zustimmend. „Das Haus, auf das er gezogen ist, ist eines der ersten und sichersten Italiens. Ihr habt Euch fest in den Sattel gesetzt, Freund, alle Hochachtung!"

„Erseht Ihr daraus, daß ich es ehrlich meine?"

„Niemals haben wir an der Ehrlichkeit Agostino Gravellis gezweifelt. Oh, Ihr braucht Euch nicht an dem Ton zu stoßen, den ich dem Wort ‚Ehrlichkeit' unterlegte. Über solche Kleinigkeiten wie den Sinn und Klang eines Wortes sind wir beide ja hinaus, nicht wahr?"

Der Bankier geht auch darüber hinweg, obwohl es ihm ist, als habe er eine Ohrfeige erhalten. „Wollt Ihr das Geschäft für den Dey in dieser Weise machen? – Für Eure Bemühungen dieses." Ein zweiter Wechsel wird hinübergeschoben.

„Zehntausend Lire italiane[1]! Eine schöne runde Summe. Ihr seid großzügig, Gravelli!"

[1] Worterklärungen siehe Anhang

„Soll ich meine Freunde schäbig behandeln?" fragt Gravelli gönnerhaft zurück. Er hätte noch hinzusetzen können, daß der Betrag eine Lächerlichkeit bei seinem Reichtum ist, aber er unterläßt es. Vielleicht ist Benelli doch nicht so tief in seine Geschäfte eingeweiht, und ihm selbst Fingerzeige für Rückschlüsse zu geben, dazu ist der alte Bankier zu vorsichtig und zu schlau. „Das Schicksal möge mich für alle Zukunft davor bewahren, geizig und undankbar zu sein. Bitte, gebt mir meinen Vertrag zurück."

„Sofort, Gravelli. Gleich, gleich."

Der Bankier atmet erleichtert auf, als er sein Gegenüber so freundlich und im leichten Unterhaltungston sprechen hört und ihn so friedlich im Sessel sitzen sieht. Umständlich kramt Benelli den Vertrag heraus, fächelt sich das Gesicht mit ihm. Das Kinn hat er in die Linke gestützt, der Zeigefinger liegt an der Nase.

Nach einer kleinen Pause spricht der Besucher weiter:

„Eins wundert mich. Ihr gestattet doch, daß ich einmal meine persönliche Ansicht äußere?"

Mit einer herablassenden Bewegung fordert Gravelli den Gast zum Weitersprechen auf. Er ist belustigt über Benelli. Aus dem gefährlichen Gegenspieler ist plötzlich ein Biedermann geworden. Das haben die zehntausend Lire bewirkt. Vor Geld werden alle klein und zahm. Unzählige Male hat er das schon erlebt, nie aber so wie jetzt. Wirklich, die Sache läuft besser, viel besser, als er zu hoffen gewagt hat. Und um den anderen noch sicherer zu machen, fügt er schnell hinzu: „Unter Freunden ist das doch eine Selbstverständlichkeit." Eine bloße Redewendung.

„Also, ich wundere mich", – Benelli füllt den Kelch erneut mit dem köstlichen Wein – „daß Ihr Euer Leben nicht höher bewertet. Nur das Doppelte des vom Dey erhaltenen Betrags bietet Ihr dafür." Dabei hebt er, als habe er die Worte nur so für sich gesprochen, den Kelch gegen das Licht und dreht ihn spielerisch in der Hand, wie um den edlen Tropfen zu prüfen.

Gravelli erbleicht. Er sieht, daß die Augen des Besuchers nicht auf den Wein, sondern wie zwei Dolche auf ihn gerichtet sind.

„Ich – ich verstehe nicht", stottert er.

„Euer Wortschatz ist klein, Signore Gravelli. Habt Ihr ähnliches nicht schon einmal gesagt? Machen wir dem Spiel ein Ende!" Benelli setzt den Kelch schroff zurück. „Ihr werdet uns wieder so mit Nachrichten bedienen wie in der Vergangenheit. Geschieht es nicht, dann wird man Euch zu finden wissen, und wenn Ihr Euch in die Bleikammern Venedigs flüchtetet. Eure Geschäfte als Bankier kümmern uns nicht. Macht da, was Ihr wollt. Von dem Vertrag könnt Ihr Euch niemals lösen, auch wenn Ihr das Hundert- oder Tausendfache bötet. – Da, nehmt Euren Wechsel zurück. Das andere Papierchen laßt Ihr mir doch als Andenken an diesen so gemütlichen Abend? – Gute Nacht!"

Gravelli erhebt sich ebenfalls. Für einen Augenblick war er zu Tode bestürzt über Benellis Blick, hatte sich aber schnell wieder gefaßt. Er weiß, daß der Besucher kein Wort zuviel gesagt hat. Man wird die Drohung wahr machen. Die Macht dazu besitzt der Dey, dem genug Helfershelfer, Männer ohne Furcht und Gewissen, zur Seite stehen.

„Nein, nein, bemüht Euch nicht", Benelli tritt lächelnd auf Gravelli zu und drückt ihn scheinbar ganz freundschaftlich, aber mit eisernen Muskeln in den Sessel zurück. „Ich finde mich allein in Eurem Hause zurecht. Der Schreck ist Euch in die Glieder gefahren. Wie leicht könnte es geschehen, daß Ihr auf der Treppe ins Stolpern kämt und mich mit Euch risset. Ich möchte nicht das Opfer eines Unfalls werden."

„Teufel, Teufel." Gravelli stöhnt auf, als der gefährliche Besucher die Tür hinter sich geschlossen hat. Der Bankier ist ehrlich genug, anzuerkennen, daß er in Benelli einen ebenbürtigen Gegenspieler gefunden hat. Aber damit sind vorerst seine Gedanken auch mit dem Gesandten des Deys fertig. Sie kreisen nun um augenblicklich viel Wichtigeres: zehntausend Lire!

„Zehntausend Lire! Zehntausend", so murmelt er wieder und wieder. Daß sein Leben durch den Vertrag an den Dey gebunden ist, darüber jammert er nicht. Es geht darum, den Verlust wiedereinzubringen.

Durch Eilkurier die Auszahlung sperren lassen? Unmöglich. Man liefe Gefahr, Benelli morgen erneut hier in diesem Raum gegenübersitzen zu müssen. „Ich habe mich wie ein Tölpel, wie ein grüner Junge benommen", stellt er abschließend fest.

Ein zaghaftes Klopfen an der Tür. Gravelli hört es wie aus weiter Ferne, aber er beachtet es nicht. Nach einer Weile tritt der Diener unaufgefordert ein.

„Verzeiht, Herr, der Mann hatte mir verboten, ihn anzumelden. Ich kann nichts dafür. Verzeiht."

Lange blickt der Bankier den verhutzelten Alten an, der sich unter den Blicken des Herrn duckt. Gravelli bemerkt es nicht. Gedanken schießen ihm wie Blitze durch den Kopf. Endlich befiehlt er: „Rufe meinen Sohn."

Als wenig später Pietro Gravelli dem Vater gegenübersteht, erschrickt er über dessen finsteres Gesicht, aus dem die Backenknochen hart hervortreten.

„Setz dich, Pietro – doch nein, gib erst Anweisung, daß wir unter keinen, hörst du, keinen Umständen gestört werden dürfen. Auch wenn der Fremde zurückkommen sollte: Ich bin nicht zu sprechen. – Wir haben ernstlich miteinander zu reden, mein Sohn", hebt er dann mit dumpfer Stimme an. „Wir sind reich, du weißt es. Unser Vermögen – nein, nicht allein der Reichtum – mein Leben ist in Gefahr."

„Dein Leben, Vater? Du jagst mir Angst ein!"

„Unterbrich mich nicht! Du mußt mithelfen, die

Gefahr zu bannen."

„Zähle auf mich! Hängt es mit dem nächtlichen Besucher zusammen?"

„Schweig und höre!" Gravelli überlegt, streicht sich mit der Hand über die Stirn. Die Augen sind geschlossen, als er fortfährt: „Ich war nicht immer der große Bankier Gravelli, sondern einer von den vielen armen Händlern, die den Unterhalt mit allen möglichen kleinen Geschäften verdienen mußten. Eines Tages hatte ich ein Geschäft mit dem Mann, der uns eben verlassen hat. Es war ein schöner, verlockender Handel und versprach einen für meine damalige Lage ansehnlichen Gewinn. Er mißglückte. Ich habe lange nach den Gründen für das Scheitern gesucht, sie natürlich nicht gefunden; denn es war ein darauf angelegtes Spiel gewesen. Heute durchschaue ich derartige Sachen auf den ersten Blick. Kurzum: Man machte mich haftbar. Alles, was ich in jahrelanger mühseliger Arbeit zurückgelegt hatte – es war lächerlich wenig, dünkte mich aber ein Schatz –, wäre verloren gewesen; wenn... Aber das wollte man nicht. Was bedeuten solchen Menschen einige hundert zusammengekratzter Münzen? Nichts, denn sie verfügen über ganz andere Summen. Man schlug mir ein neues Geschäft vor. Ich sollte einen Vertrag unterschreiben. Etwas hatte ich aber bereits gelernt. Ich erkannte, daß man mich brauchte. Und ich habe mich nicht billig verkauft. ‚Einverstanden', habe ich gesagt, zugleich aber die Hand ausgestreckt, ‚wenn ihr mir eine gewisse Summe dafür zahlt.' Was ich nicht zu glauben wagte, geschah. Der Betrag wurde bewilligt. Ich unterschrieb – und war danach reich."

„Und was besagt der Vertrag? Wozu mußtest du dich verpflichten?" fragt Pietro.

„Ich verpflichtete mich, da mir kein anderer Weg blieb, auch wenn meine Forderung abgelehnt worden wäre, dem Dey von Algier alle Schiffe zu melden, die Segel nach dem südlichen Mittelmeer setzen würden."

Pietro springt auf. „Und du hast es getan, Vater? Du – hast – es getan? Hast den Korsaren die Beute in die Hände gespielt?"

„Ja!" Jetzt erst hebt Gravelli die Augen von der kostbaren Tischdecke, deren Muster er die ganze Zeit stumpf betrachtet hat. Hart und fest bohren sie sich in die des Sohnes. Diesem zwingenden Blick weicht der Jüngere aus.

„Was weiter?" fragt Pietro.

„Mit dem Gold des Deys als Grundstock habe ich meine großen Geschäfte angebahnt und ein Vermögen zusammengebracht, dessen Umfang du noch nicht kennst. Ich werde dir dann vielleicht mein Geheimbuch zeigen. Für jetzt aber wisse: Es ist aus mit deinen Tändeleien, mit deinem Nichtstun. Ich brauche dich. Man hat mir den Tod angedroht, wenn ich den Vertrag nicht weiter einhalte. In der letzten Zeit habe ich nur noch selten Meldungen gesandt. Der Dey und vor allem dieser Mann", Gravelli deutet mit einer Kopfbewegung an, daß er von Benelli spricht, „sind jedoch keine Partner, die sich betrügen lassen. Ich muß meinem Versprechen wieder voll nachkommen. Das macht mir keine Sorgen; aber etwas anderes: Ich traue ihnen nicht mehr. Man hat mich in der Hand. Sollte es ihnen einfallen, mich zugrunde richten zu wollen, dann gilt es größten Kampf; denn ich werde mich wehren. Und dabei mußt du mir beistehen."

Beängstigende Stille liegt über dem Raum. Nur das Ticken der Uhr, Schlag um Schlag, kündet das Fortschreiten der Zeit. Viele Male schwingt das Pendel.

Pietro schweigt.

Gravelli hat sich im Ohrensessel zurückgelehnt. Die rechte Hand liegt auf dem Herzen, wohl um das heftige Pochen zu dämpfen.

„Pietro!"

Der junge Mann richtet sich mühsam aus seiner zusammengesunkenen Haltung auf.

„Es ist furchtbar! Wie viele Menschen mögen durch deinen...", er spricht das Wort „Verrat" nicht aus, „durch deine Nachrichten in den Tod oder in die nicht minder grausame Sklaverei bei den Barbaresken geraten sein?"

„So verurteilst du mich, Sohn?" Die Worte des Bankiers klingen hart; dennoch spürt Pietro den ausgeprägten Familiensinn des Alten.

„Ich verwerfe eine Zusammenarbeit mit den Seeräubern!"

„Die uns reich gemacht hat!"

„Die Unglück sät!"

„Die uns zur Macht führte! Nur dadurch war es möglich, dich auf die Hochschule zu schicken. Nur dadurch konntest du deinen kostspieligen künstlerischen Neigungen nachgehen. Nur dadurch vermochtest du große Reisen zu unternehmen, allen Liebhabereien zu frönen. Nur dadurch fandest du Zugang zu den reichsten und angesehensten Familien des Landes. Nur dadurch errangst du die Liebe der Tochter eines der ersten Häuser Italiens. Nur dadurch! Und durch mich, durch meine Verbindung mit dem Dey von Algier!"

„Und dennoch tatest du unrecht!"

„Ist das dein letztes Wort?" fragt Gravelli lauernd.

„Wenn ich es nicht noch durch ‚Verrat' verstärken soll!"

„Verrat, Verrat! Das mir! Ich verfluche meine Liebe zu dir. Sie hat mich verführt, dir ein Leben zu bereiten wie keinem anderen jungen Mann in Genua und weit und breit. So bist du undankbar geworden und unfähig zu erkennen, daß jeder Tag Kampf heißt. Wieviel besser wäre es gewesen, dich zur Arbeit heranzuziehen, wie es der hochnäsige Andrea Parvisi mit seinem Sohn Luigi getan hat. Der junge Parvisi ist ein tüchtiger Kaufmann geworden, einer, der unter Umständen auch mir die Kreise stören kann. Luigi, den ich hasse wie keinen sonst, ist der Sohn seines Vaters. Er wird den Alten nicht verraten. Sein

Mund spricht bestimmt niemals solche Worte, wie du sie eben für mich hattest. Luigi Parvisi, der dich und mich tödlich beleidigte, muß ich über den eigenen Sohn stellen. Welch ein Schlag! Aber das Leben ist oftmals unbarmherzig hart mit mir umgesprungen. Es wird mich auch jetzt nicht beugen, selbst wenn ein Mitglied meiner Familie mich in der Stunde der Entscheidung verrät."

Der junge Mann beobachtet den Vater angestrengt. Er sieht das verzerrte Gesicht. Furcht befällt ihn. Was wird geschehen?

Da spricht der Alte wieder: „Du wirst morgen mit den Deinen Genua verlassen. Ich gebe dir ein kleines Vermögen mit. Nicht für dich ist es gedacht, sondern für meine Schwiegertochter und die Enkel, bis ihr Ernährer fähig geworden ist, sie vor dem Hungertod zu bewahren! Wage nicht, dich hilfesuchend an die Eltern deiner Frau zu wenden! Ein Gravelli bettelt nicht, er kämpft ohne Rücksicht auf sich selbst oder die Meinung der Menschen. Mein Haus ist dir für immer verschlossen. Ich habe keinen Sohn mehr. Und hüte dich, Pietro Gravelli, jemals auch nur ein Wort von dem heute Gehörten über die Lippen zu bringen. Man würde dich finden, wo immer du dich auch zu verbergen trachtetest."

Gravelli ist aufgesprungen. Die Muskeln in seinem Gesicht arbeiten. Man hört das Knirschen der Zähne. Plötzlich schwankt er, kann sich gerade noch an dem schweren Tisch festhalten, sonst wäre er darübergestürzt.

„Vater!" Pietro schnellt herbei und will dem Alten aufhelfen.

„Rühr mich nicht an. Hinaus!"

Der Sohn prallt zurück. Stöhnend läßt sich der Bankier in den Sessel zurücksinken.

„Vater!"

„Hinaus, hinaus!" brüllt Agostino Gravelli.

Erneut beginnt Pietro: „Vater...!"

In höchster Wut, bevor der Sohn ein weiteres Wort

hervorbringt, ergreift der Bankier die schwere silberne Weinkanne, um sie auf ihn zu schleudern. Der junge Mann packt den erhobenen Arm, entwindet der Hand die gefährliche Waffe und drückt den Rasenden mit großer Kraft in den Sessel.

„Dann also ohne diese Anrede. Ich fürchte mich nicht vor dem Leben. Deinen Fluch und deine Drohung verlache ich. Wir sind nicht auf dem Theater. Ich bleibe bei meinem Urteil über deine Geschäfte mit dem Dey und gehe keinen Schritt davon ab. Wohl, du bist reich und mächtig geworden, aber ein Gefangener, einer, der springen muß, wie man es ihm befiehlt."

„Was kümmert's dich noch? Du wirst also deine Frau und deine Kinder von der Sonnenseite auf die Schattenseite des Lebens führen?" Der alte Gravelli fragt es leichthin. Der Gegensatz zu seinen vorher gesagten harten Worten ist schneidend. Der Bankier ist gefürchtet wegen dieses Schillerns seiner Handlungen und Reden.

Pietro stutzt, erbleicht. Dann wirft er sich über den Tisch, vergräbt die Hände in die verschränkten Arme.

„Vater, Vater!" stöhnt er gequält. „Vater, immer und ewig, auch wenn du die Bande zwischen uns als zerschnitten betrachtest, nichts kann uns trennen." Und nach einer Pause, während der Gravelli ungerührt, unbeteiligt dagesessen hat, fährt er, nun wieder fester sprechend, fort: „Du tatest unrecht. Ich kann nicht anders, muß es so nennen. Die Bildung, die du mir ermöglicht hast, läßt mich alles mit anderen Augen sehen. Ich konnte mich mit den großen Gedanken und Zielen, die die Menschheit bewegt haben, vertraut machen; ich habe vergangene und noch bestehende Kulturen studiert, habe Böses von Gutem unterscheiden gelernt. Menschen in die Sklaverei zu führen, ist ein Verbrechen – und Verbrechen, die Hand dazu zu bieten. Das weiß ich. Aber ich bin nicht dein Richter, Vater, sondern dein Sohn und kein Kind mehr, wenn du mich auch noch nie für voll genommen hast."

Ein spöttischer Blick Gravellis streift den Sohn.

Wieder nur das Ticken der Uhr. Zermürbend, marternd.

Ein junger Mensch kämpft. Wird hin und her geworfen zwischen Gut und Böse, findet nicht aus noch ein.

Agostino Gravelli wartet.

Stumpf, müde, geschlagen entscheidet der Sohn: „Ich bin ein Gravelli."

„Das heißt?" Überflüssig die Frage. Der Vater hat gesiegt.

„Daß ich für meine Familie das gleiche zu tun bereit bin wie du. Wider besseres Wissen." Und fiebernd, um jede Sinnesänderung unmöglich zu machen: „Was wollte der Fremde im einzelnen? Berichte, erzähle, Wort für Wort. Ich muß alles wissen. Nichts verschweige, nichts beschönige!"

Der Bankier berichtet. Es gibt keine Geheimnisse mehr zwischen den beiden.

„Und du glaubst, daß es dem Fremden ernst mit der Drohung ist?" fragt Pietro am Ende.

„Unbedingt. Nichts wird mich vor der Rache dieser Menschen schützen können, wenn ich ihnen nicht willfährig bin. Seit einiger Zeit habe ich den Vertrag lässig erfüllt. Nicht aus den von dir angegebenen Gründen. Die kümmern mich nicht. Mich drückten die Fesseln. Der Dey hat mich damals in den Sattel gesetzt, reiten habe ich selbst gelernt, aber leider meine Kraft überschätzt. Seit heute weiß ich, daß ich nicht gegen ihn ankomme."

„Was gedenkst du zu tun?"

„Ich suche nach einer Möglichkeit, wenigstens das Vermögen zu sichern. Um mein Leben ist mir nicht bange, wenn ich Algier weiter mit Nachrichten bediene. Aber ich fürchte unseren nächtlichen Besucher. Bisher hat er nur für den Dey gearbeitet. Laß den Fall eintreten, er entzweit sich mit ihm, oder der jetzige Herrscher wird gestürzt, wie das da unten so schnell geschieht, und der neue verschmäht die Hilfe dieses Gauners; dann besteht die Gefahr, daß der Mann sich an mich hält. Sicher bin ich vor ihm niemals. Es kommt darauf an, wer von uns beiden schneller und rücksichtsloser ist. Ich werde mich bemühen, beides zu sein. – Ah – vielleicht geht es so. – Pietro, du mußt in den nächsten Tagen Genua verlassen. Ich werde dir alle verfügbaren Mittel geben und eine weitere Verschiebung unseres Vermögens folgen lassen."

„Wohin?"

„Weg aus Italien. Doch nicht zu weit. Napoleon ist in Rußland geschlagen worden. Das bedeutet natürlich noch nicht, daß die Herrschaft des Korsen zu Ende geht, aber ich möchte nicht mehr auf ihn bauen. Die politische Lage Europas ist verwirrt. Nirgends, wenn wir von den kleinen Staaten absehen, die kein Betätigungsfeld für uns sein können, besteht absolute Sicherheit. Gehe nach Wien. Du bekommst von mir laufend Anweisungen, wie du dort die Geschäfte zu führen hast. Ich habe das Gefühl, daß einmal über kurz oder lang eine vollkommene Änderung eintreten wird; vielleicht löscht der Haß der Völker den Tyrannen aus. Die mir von allen Seiten zugehenden Nachrichten lassen es erhoffen. Gut, es bleibt bei Wien. Ich diene dem Dey hier weiter."

„Komm mit uns, Vater!"

„Zwecklos und unmöglich. Benelli, dieser italienische Renegat, überwacht sicherlich alle meine Schritte. Hier geschieht mir vielleicht nichts. In Wien aber würde mich der Dolch eines bezahlten Mörders treffen; denn ich könnte von dort aus meinen Vertrag nicht erfüllen. Jetzt erbitte ich, was ich vordem forderte: Schweige gegen jedermann, selbst gegen deine Frau, über diese Unterhaltung. Und erwähne niemals den Namen Benelli in Verbindung mit den Korsaren. Nur drei Menschen kennen ihn so in Genua: ich, du und der alte Camillo."

„Ich werde unverbrüchlich schweigen, Vater."

„Gut, Pietro. Morgen sprechen wir weiter. Du wirst dich mit deiner Frau und den Kindern auf eine Vergnügungsreise begeben, so daß die Franzosen keinen Argwohn schöpfen können, wenn du die Stadt verläßt. Sie würden es auch anders nicht, denn sie kennen mich ja, aber es ist besser so. Ich freue mich, daß ich nicht mehr Luigi Parvisi über den eigenen Sohn stellen muß."

Daß der Name des einstigen besten Freundes Pietros in dieser Stunde nochmals erwähnt wird, hat verhängnisvolle Folgen. Der junge Gravelli haßt Luigi mit gleicher Glut, wie er ihn früher geliebt hat. Langsam wie eine Katze beugt er sich weit über den Tisch zu dem Alten hin.

„Weißt du, daß Luigi Parvisi mit Raffaela und seinem Söhnchen Livio demnächst nach Malaga segeln wird? Er soll dort die Niederlassung des Hauses übernehmen."

„Was sagst du?"

„Mit der ‚Astra' hörte ich."

„Pietro, du bist ein Gravelli!"

„Wird die ‚Astra' den Bestimmungshafen erreichen?"

„Nein, wenn mir genug Zeit bleibt, meine Freunde davon zu unterrichten. Laß mich jetzt allein. Ich muß diese Nachricht auswerten und alles daransetzen, dem Geschlecht der Parvisi den Untergang zu bereiten."

2. Das Ende der ‚Astra'

Ein strahlend schöner Tag neigt sich seinem Ende entgegen. Die Sonne hat nur noch eine Handbreit ihres Laufes am Himmel zurückzulegen, ehe sie in den Weiten des Mittelländischen Meeres versinken kann. Breit, ruhig, gleichmäßig schwingen die Wogen, von deren Kämmen die Strahlen des Tagesgestirns wie feurige Pfeile davonhüpfen.

Bedächtig schiebt sich vor den riesigen, in rötlichem Gold flammenden Ball ein Schiff. Bald steht es in ganzer Breite vor ihm. Dunkel, schwer, massig, denn alle Segel sind gesetzt: ein herrliches Bild. Die Galionsfigur am Bug des Seglers ist von Feuer übergossen. Die goldenen Buchstaben ‚Astra' am Heck künden den Namen des Kauffahrers, das darunterstehende ‚Genova' – Genua – den Heimathafen des Schiffes.

Drei glückliche Menschen liegen in bequemen Stühlen auf Deck: Luigi Parvisi, seine Frau Raffaela und das Bübchen Livio.

Kein Wölkchen im satten Blau des Himmels. Da und dort lugen schon schüchtern einige Sterne hervor. Blaß noch und unendlich fern sind sie.

Kapitän Civone hat soeben mit dem Glas den Horizont abgesucht. Keine Mastspitze war zu sehen. Ein Wetterumschlag ist auch nicht zu befürchten. Es wird schön bleiben. Der Schiffsführer atmet erleichtert auf. So kann er sich also sein tägliches Plauderstündchen mit den Parvisis gönnen. Er braucht ihr unbeschwertes Geplauder, denn schwere Sorgen belasten ihn.

Viele Male ist er den Kurs, den das Schiff jetzt nimmt, schon gefahren, und dennoch fürchtet er sich immer von neuem. Man würde Signor Civone unrecht tun, ihn gänzlich verkennen, wollte man in ihm einen Feigling sehen, aber das Mittelländische Meer, eines der schönsten der Erde, ist zugleich das gefährlichste. Nicht seiner natürlichen Tücken wegen; nicht, weil es ab und zu von gewaltigen Stürmen aufgewühlt wird, daß die Wellen das Deck zu vernichten drohen; auch nicht, weil Untiefen, Klippen und Riffe in Küstennähe die Reise gefährlich machen. Mit all dem weiß er fertig zu werden, denn er ist ein guter Seemann. Nein, nicht deshalb. Wegen der Menschen, die es beherrschen. Das Mittelländische Meer vom Frühling bis in den Herbst hinein zu kreuzen, ist ein Wagnis sondergleichen, ein Lotteriespiel. Nie weiß man, ob die Reise nicht in Tod oder Sklaverei endet. Herren auf dem Meer sind nicht die anliegenden europäischen Staaten – Frankreich, Spanien oder die italienischen Fürstentümer –, sondern die nordafrikanischen Herrscher, der Dey von Algier – Türke –, der Pascha von Tunis – Türke –, der Pascha von Tripolis – Türke. Mit ihren Piratenschiffen machen diese Fremden, deren Heimat der Osten des Meeres ist, Jagd auf jeden Segler, dessen Staat nicht jährlich durch riesige Tribute die Schiffe vor dem Zugriff der Korsaren geschützt hat. Genua ist seit Jahren Teil des französischen Kaiserreichs, es genießt für sich und seine Schiffe den gleichen Schutz wie die echten französischen Kauffahrer.

Aber – des Kaisers unantastbar scheinende Macht ist durch die Schläge des russischen Generals Kutusow ins Wanken geraten. Der Korse muß alle Anstrengungen machen, die überall aufflammenden Gärungen niederzuhalten. Das Mittelmeer wird ihm im Augenblick unwichtig erscheinen. Wenn die Korsaren die Lage auszunützen verstehen...

Civone spuckt verärgert aus.

Raffaela Parvisi nimmt gerade den kleinen Livio auf den Schoß. Der Junge, der vor kurzem noch so munter schwatzte, ist eingeschlafen. Er lächelt. Sicherlich träumt der kleine Mann. Luigi Parvisi betrachtet liebevoll die beiden Menschen, die ihm die nächsten und teuersten sind. Auf den Knien hält er ein dünnes Brett mit einem Stück Zeichenpapier.

Der Schiffsführer tritt hinzu. Er blickt Parvisi, der ihn noch nicht bemerkt hat, über die Schulter. „Ausgezeichnet, Signore Parvisi! Sie sind ein Künstler!"

„Meinen Sie?" entgegnet Luigi lächelnd und wendet sich dem Kapitän zu.

„Im Ernst! Ich verstehe zwar nur wenig von der Kunst, aber es will mir scheinen, als ob nur ein wahrer Künstler solch ein Bild malen kann."

„Wollen Sie sich nicht wie immer ein wenig zu uns setzen?" fordert die junge Frau den alten Seemann auf. „Das Licht nimmt sowieso ab, so daß mein Mann den Stift zur Seite legen muß. Wir würden uns freuen, ein Stündchen in Ihrer Gesellschaft verbringen zu können."

„Ich danke Ihnen. Sie haben meinen Wunsch erraten." Civone zieht den Stuhl, auf dem vorher der kleine Livio gesessen hat, heran und holt seine Pfeife hervor. Verlegen dreht er sie in der Hand. Bevor er die Frau um die Erlaubnis bitten kann, rauchen zu dürfen, gibt sie ihm mit einer Handbewegung zu verstehen, daß sie nichts dagegen habe.

Luigi hat unter der fertigen Skizze ein neues Blatt hervorgeholt. Mit schnellen, sicheren Strichen hält er den schlafenden Jungen fest. Es ist nur ein Entwurf. Morgen wird er ihn ausführen.

Nur wenige Minuten sind seitdem vergangen. Kapitän Civone ist inzwischen mit dem Stopfen der Pfeife fertig geworden und stößt die ersten Rauchwolken heraus. Luigi legt sein Zeichengerät zur Seite.

„Ich möchte eine Bitte aussprechen, Herr Kapitän", beginnt Parvisi die Unterhaltung.

„Lassen Sie hören. Wenn möglich, werde ich sie gern erfüllen."

„Könnten Sie sich morgen einmal ein Stündchen freimachen, um mir Modell zu sitzen? Ich möchte Ihnen gern unseren Dank für die schönen Stunden, die Sie uns auf der ‚Astra' bereitet haben, durch ein Bild abstatten."

„Das klingt, als fühlten Sie sich in meiner Schuld. Ganz im Gegenteil, Signore Parvisi. Ich bin es, der für so manchen netten Abend zu danken hat. Es ist immer mein Bestreben gewesen, den Fahrgästen meines Schiffes alle nur mögliche Bequemlichkeit zu bieten. Daß ich selbst kein besonders guter Gesellschafter bin, wurmt mich, und ich bitte um Nachsicht. Doch zu Ihrer Bitte zurück. Ich werde sie selbstverständlich erfüllen. – Verzeihen Sie, wenn ich meiner Verwunderung Worte verleihe: Sie sind doch Kaufmann – und gleichzeitig auch Künstler? Das erscheint mir ungewöhnlich."

Da Parvisi nicht antwortet, lenkt Civone das Gespräch in andere Bahnen. „Wenn nicht irgendwelche Zwischenfälle auftreten, werden wir morgen abend in Malaga sein."

„So bald schon? Das freut mich. – Aber ich bin Ihnen noch eine Antwort schuldig. – Jeder Mensch braucht nach der Erfüllung der täglichen Aufgaben und Pflichten eine Abwechslung, einen Ausgleich. Manche suchen und finden ihn in geselligen Vergnügungen, andere in der Natur, dritte über Bücher gebeugt. Ich nehme dann Papier und den Stift und bin glücklich."

„Sie werden mit Ihrer Kunst viel Freude bereiten."

Bei diesen Worten des Kapitäns huscht ein Schatten über Parvisis Gesicht.

„Im allgemeinen ja", entgegnet er. „Nur einmal ist meine Begabung Anlaß zu Ärger und Verdruß geworden."

„Sie machen mich neugierig."

Raffaela hat sich bei den Worten des Gatten erstaunt aufgerichtet. „Mich auch, Liebster. Ich kann kaum glauben, daß dein Zeichentalent jemand verärgert haben soll."

„Und doch war es der Fall. – Sie müssen wissen, Kapitän, daß ich schon als Kind besser mit dem Zeichenstift umgehen konnte als gleichaltrige Spielgefährten mit der Sprache. Mit elf Jahren vermochte ich bereits Tiere richtig zu zeichnen. Nicht nur, daß der Betrachter eines meiner Kunstwerke" – Luigi betont das Wort besonders, um anzudeuten, daß es sich um alles andere als solche gehandelt hat – „sofort erkannte, welche Gattung Tier dargestellt war, sondern darüber hinaus verstand ich manchmal meinen Zeichnungen etwas Überraschendes einzufügen." Er streicht sich mit der Hand über die Stirn und fährt dann fort: „Damals hatte ich einen Freund, mit dem ich die meiste Zeit spielte. Nun, Kinderfreundschaften verlaufen nicht immer ungetrübt. In dem einen Augenblick geht man noch miteinander durch dick und dünn, im nächsten schon scheinen alle Bande unheilbar zerrissen zu sein. Scheinen – sind es glücklicherweise aber nicht. Auch wir hatten uns wieder einmal gezankt. Worüber, das kann ich nicht mehr sagen; es spielt auch jetzt keine Rolle mehr. Ich weiß nur noch, wie unübersehbar mir mein Freund zu verstehen gab, daß es aus zwischen uns sei. Ich könnte sofort zeichnen, wie er so – randvoll von Verachtung mir gegenüber – in der Ecke unseres Hofs saß. Sein dummes Benehmen ärgerte mich. Soviel ich auch bat und bettelte, er möge zu unserem Spiel zurückkehren, es half nichts, er trotzte weiter. Eine Weile stand ich ratlos, schob dann die Hände wütend in die Taschen, um möglichst forsch den Schauplatz der Tragödie zu verlassen. In den Taschen berührten die Finger ein Stückchen Papier und ein Ende Zeichenkohle. Solche Dinge trug ich immer mit mir wie andere Bindfaden, Messer, Fruchtkerne, eigenartig geformte Steine und was so das Übliche in Jungentaschen ist. Als meine Finger das Papier und die Kohle fühlten, kam mir ein Gedanke. Ich müßte meinen kleinen Freund in seiner jetzigen Haltung zeichnen. Schade, daß ich es getan habe. Er trotzte, und ich quoll über vor Zorn und Wut. Dem wischst du jetzt aber eins aus, beschloß ich. Mein Spielkamerad blieb ruhig wie ein richtiges Modell sitzen, als er bemerkt hatte, was ich tat. Wahrscheinlich hat es ihm geschmeichelt, daß ich ihn zeichnete. Ja, da malte ich ihn also, aber nicht so wie er war, nicht meinen langjährigen Freund, sondern ein hockendes Kind mit einem Eselskopf mit langen Ohren und hervorquellenden Augen, die stumpf vor sich hin blickten. Um das Maß meiner Dummheit voll zu machen, steckte ich ihn obendrein noch in ein zerschlissenes Räuberkostüm. Ich wollte ihm zu verstehen geben, daß er dumm und ein Bösewicht sei. Meine Skizze war natürlich alles andere als gut, wenn richtige Maßstäbe angelegt worden wären, aber der Eselskopf stimmte, und mit einiger Phantasie ließ sich auch das Räuberkostüm erkennen. Da ich nicht ganz zufrieden mit meiner Arbeit war, aber auch nicht wußte, was ich tun könnte, um den anderen noch mehr zu verletzen, schrieb ich kurzerhand dazu: ,Das bist du! So dumm wie ein Esel und bös wie ein Räuber.' Dann warf ich ihm das Blatt hin. Sein Trotz war verflogen, meine Wut hatte sich besänftigt. Er lachte, griff nach dem Papier und sah es an. Plötzlich sprang er auf und stürzte sich auf mich, um mich zu verprügeln. Darauf hatte ich gewartet, denn eine herzhafte Prügelei unter Jungen gleicht einem reinigenden Gewitter. Leider kam es nicht soweit. Er mochte sich besonnen haben, daß ich der stärkere war. Mit der Skizze in der Hand rannte er davon und drohte, daß er sie seinem Vater zeigen werde, und dann würde ich schon sehen."

„Der alte Herr hat sich auch prompt ins Mittel gelegt?" fragt Civone lächelnd.

„Gewiß. Mein Freund durfte nicht mehr mit mir spielen. Unsere Freundschaft war in die Brüche gegangen. Wenn wir uns heute sehen, kennt einer den anderen nicht."

„Aber Luigi, hast du denn später nie den Versuch gemacht, deine damalige Stimmung zu erklären und alles wieder einzurenken?"

„Ich hatte andere Freundschaften geschlossen und dann ja auch dich gefunden, Liebes. Eins habe ich aber aus der Sache gelernt: meinem Stift Zügel anzulegen. Ein falsches Wort kann einem einmal entschlüpfen. Es verhallt. Anders ist es dagegen mit dem niedergeschriebenen Wort oder der Zeichnung. Sie stehen da und können durch nichts bemäntelt werden. – Ja, das war's, Signore Civone. Der Streich eines dummen Jungen, der noch jetzt nachwirkt. Es tut mir schon leid, den Vorfall überhaupt erzählt zu haben. – Kapitän, Sie würden mich zu Dank verpflichten, wenn Sie das Gehörte vergessen wollten. Ich möchte nicht, daß davon gesprochen wird."

„Gern, Signore Parvisi."

Der Kapitän fühlt die Erregung des jungen Landsmanns, spürt, daß es jetzt nicht mehr zu dem üblichen Plauderstündchen kommen wird. So verabschiedet er sich bald.

„Und deine Zeichnung ist wirklich der Grund der Feindschaft zwischen den", sie zögert einen Augenblick, „den Gravelli und uns?"

Luigi blickt sie verwundert, überrascht an, antwortet aber nicht.

Da spricht sie einen Gedanken aus, der ihr im Laufe der Erzählung gekommen ist: „Eigentlich nicht ganz glaubhaft, zu geringfügig. Wegen einer Anspielung auf Vergangenes läßt man doch eine gute Bekanntschaft, eine Freundschaft nicht zerbrechen. Entweder hast du etwas verschwiegen, absichtlich nicht davon sprechen wollen – denn Kapitän Civone ist ein Fremder, der es nicht zu wissen braucht – oder auch dir ist nicht alles bekannt. Jedoch, das glaube ich nicht."

„Ganz recht, Raffaela. Du bist eine verteufelt kluge Frau. Meine Kinderzeichnung hat aber wirklich mit dazu beigetragen, eine Kluft zwischen den Häusern Gravelli und Parvisi aufzureißen. Hör zu, denn vor dir habe ich ja keine Geheimnisse. Daß ich dem Kapitän nicht alles erzählte, liegt auf der Hand. Er ist zwar ein alter Vertrauter meines Vaters, aber was in Wirklichkeit zwischen Agostino Gravelli und uns stattgefunden hat, weiß er nicht und wird es auch nie erfahren, denn beide Partner schweigen. Der eine aus Anständigkeit, der andere aus Furcht. Der Eselskopf wäre belacht worden, das Räuberkostüm vielleicht weniger, aber auch darüber hätte man ein Auge zugedrückt und den Streich meiner Jugend zugute gehalten. Leider war aber kurz vorher etwas geschehen, was nun schwer ins Gewicht fiel. Wir, Pietro ebenso wie ich, zählten damals elf Jahre und wußten beide nichts von vergangenen Zeiten. Agostino Gravelli begann seine Laufbahn als Trödler. Oft kam er zu uns, um nachzufragen, ob wir irgendein altes Kleidungsstück nicht mehr benötigten, das er dann weiterverkaufen konnte."

„Das hat dir Vater erzählt?"

„Ja. – Wenn sich Gelegenheit bot, daß Vater gerade während der Anwesenheit Gravellis im Packhof nach dem Rechten sah, unterhielten sich die beiden Männer manchmal lange miteinander. Der heutige Bankier muß zu dieser Zeit ein umgänglicher Kerl gewesen sein, der wohl nur deshalb nicht hochkam, weil seine Frau kränkelte und aller Verdienst in die unergründlichen Taschen der Ärzte und Quacksalber wanderte. Er liebte seine Frau abgöttisch und rackerte sich ab, um sie gesund machen zu lassen. Es war alles umsonst. Sie starb, als Pietro noch nicht ganz sicher auf seinen Füßen stand. Gravelli verließ Genua. Als er ein Jahr später zurückkehrte, besaß er einiges Vermögen und konnte sich als Kaufmann niederlassen. Gerüchte gingen um, daß er zeitweilig Mitglied einer Brigantenbande gewesen wäre und dort sein ‚Glück' gemacht hätte."

„Ich beginne zu verstehen, Luigi. Gravelli fühlte sich durch das Räuberkostüm beleidigt und ließ es zum Bruch kommen."

Parvisi läßt offen, ob diese Vermutung stimmt. „Man konnte ihm nichts nachweisen. Vater glaubte nicht an das Gerede, denn er hatte ja gesehen, wie ehrlich besorgt der Mann um seine Frau gewesen war. Gravelli als Strauchdieb? Das paßte nicht in das Bild, das sich Vater von ihm gemacht hatte. Wieder kam Agostino zu uns, diesmal natürlich nicht als halber Bettler, sondern seiner kleinen Geschäfte wegen. Eigenartigerweise versuchte er nur mit uns zu verkehren; er unterließ es auch, wieder zu heiraten. Den Grund dafür kenne ich nicht. Oft, auch wenn er geschäftlich kam, brachte er den kleinen Pietro mit, um den er so besorgt war wie vordem um die Frau. Wir Buben schlossen Freundschaft, wurden gute, ja die besten Spielgefährten. So vergingen die Jahre. Viel hatte Gravelli nicht erreicht; er gehörte immer zur Masse der kleinen Kaufleute. Eines Tages bat er meinen Vater, mit ihm gemeinsam ein Geschäft auszuführen. Es war klug angelegt, bis in alle Einzelheiten durchdacht, sozusagen ein Meisterwerk, und versprach ansehnlichen Gewinn. Die wesentlich größeren Mittel des Hauses Parvisi freilich gehörten dazu – und ein Freund. Die Gewinnaussichten waren so ungewöhnlich günstig, und das Risiko war so klein, daß mein Vater stutzte und sich die Papiere ausbat. Lange hat er über ihnen gesessen, ehe er erkannte, daß er in ein großangelegtes Betrugsmanöver verwickelt werden sollte. Worum es ging, kann ich dir nicht so schnell erklären. Natürlich lehnte Vater ab. Noch hatte er Gravelli die Papiere nicht zurückgegeben, da riß der sie an sich und zerfetzte sie, die Schnipsel in den verschiedenen Taschen seines Anzugs bergend. Nun konnte ihm niemand einen Betrugsversuch nachweisen.

Wie die Unterredung der Männer im einzelnen verlief, entzieht sich meiner Kenntnis. Jedenfalls wurde der freundschaftliche Verkehr sofort abgebrochen. Wir haben später, soweit es uns möglich war – Gravelli ging von da an und mit erstaunlichem Erfolg ins reine Geldgeschäft über –, verschiedene seiner Unternehmungen geprüft, aber nicht entdecken können, daß er seinen ersten, gescheiterten Versuch wiederholt hätte. Lediglich die verblüffende Schlauheit, mit der er arbeitete, überraschte uns immer wieder."

„Wann hattest du Pietro gezeichnet? Irgendwie spielt ja wohl die Zeichnung in die ganze Sache hinein."

„Am Tage nach dem Bruch. Gravelli, so erzählte mir Pietro, als wir noch einträchtig miteinander spielten, wäre, als er von uns kam, im Haus zusammengebrochen und hätte sich mit seinen letzten Kräften ins Bett geschleppt, wo er noch immer liege. Er hatte demnach seinem Sohn noch nicht verboten, zu mir zu laufen. Mein Vater hatte sich an diesem Tag sehr früh zum Hafen begeben, weil die ‚Astra‘ mit Waren aus Livorno gekommen war. Also auch ich wußte nichts von der Sache. Der Zufall hat die Hände im Spiel gehabt. Ich denke mir, daß Agostino angenommen hat, Vater habe sein Wissen bekanntgegeben, sich sogar mit mir elfjährigem Buben darüber unterhalten, und ich hätte mit meiner Zeichnung die ganze Verachtung, die wir gegen die Gravellis hegen mußten, ausdrücken wollen.“

„Nach außen hin tut ihr aber doch so, als sei nichts geschehen.“

„Die Väter grüßen sich, wenn sie einander in den Straßen oder auf der Börse begegnen, wechseln wohl auch einmal ein paar belanglose Worte, wenn Dritte zugegen sind, aber das geschieht nur der Menschen wegen. Wenn es nach Agostino Gravelli ginge, hätte er uns wahrscheinlich längst ruiniert. Doch wir sind stark und arbeiten auf einem Gebiet, von dem sich der Bankier zurückgezogen hat. – Das ist alles. Komm nun, Raffaela, Livio muß ins Bett. Ich wundere mich, daß er dir nicht schon zu schwer geworden ist. Gib ihn mir.“

Parvisi hat Frau und Kind hinuntergeleitet. Jetzt steht er noch einmal auf Deck. Die Erinnerung an die Jugendfreundschaft mit Pietro Gravelli klingt ab. Mit den Augen des Malers betrachtet er den Himmel, der sich vom tiefdunklen Blau im Osten bis zum feurigen Violett im Westen über dem Meer wölbt.

Die ‚Astra‘ hat eine schöne Fahrt gehabt. Wind und Wogen waren ihr günstig gesinnt. Weder Raffaela noch Livio oder er, Luigi, sind seekrank gewesen. Lediglich Benedetto Mezzo, der langjährige Diener der Familie Parvisi, der den jungen Herrn jetzt nach Malaga begleitet, ist von der Krankheit gepackt.

Benedetto geht es nicht gut. Leichenblaß und zu keinem Handgriff fähig, ohne Willen, etwas zu tun, liegt er in der Matte, als Luigi bei ihm eintritt. Er ist ein Mann Anfang der Vierziger und hängt mit Liebe an der jungen Herrschaft. Der kleine Livio nennt ihn seinen besten Freund. Immer findet Benedetto Zeit, mit dem Kind zu spielen. Und wie Benedetto spielen kann! Alle Spiele, die siebenjährige Jungen fesseln, weiß er und ist geschickt im Basteln und Erfinden; kurzum: für Livio unentbehrlich. Vor zwanzig Jahren hat er sich auch mit Luigi Parvisi so beschäftigt. Signore Andrea hat nur verstehend gelächelt, als der Diener sich sofort bereit erklärte, die Heimat gegen die Fremde zu vertauschen, nur um in der Nähe des Jungen bleiben zu können.

„Schläft er?"

„Ja, Benedetto." Für die beiden Menschen besteht kein Zweifel, daß ,er' nur Livio sein kann. „Und wie fühlst du dich heute?"

„Ich werde bald wieder auf dem Posten sein. Ganz bestimmt!"

„Kapitän Civone meint, daß wir bereits morgen abend in die Mündung des Guadalmedina, des Flusses, an dem Malaga liegt, einlaufen werden. Dann wirst du dich schnell erholen. Sorge dich nicht, Alter. Brauchst du etwas?"

„Danke, nein."

„Gute Nacht, Benedetto." –

Der Schiffsführer denkt während der nächsten Stunden oft an das Gehörte. Wahrscheinlich hat der junge Parvisi von Pietro Gravelli gesprochen. Eine kindliche Dummheit ist also der Grund, daß diese zwei bedeutenden bürgerlichen Familien Genuas verfeindet sind. Er ist nicht sonderlich erfreut darüber, daß Parvisi davon sprach. Für einen Außenstehenden wie ihn, den Kapitän, ist es manchmal besser, nicht eingeweiht zu sein. Man kann plötzlich, ohne das geringste mit der Sache zu tun zu haben, in einen Strudel gezerrt und, während sich die Großen nur aneinander reiben, wie zwischen Mühlsteinen zermalmt werden.

Noch einmal prüft er den Himmel. Kein Anlaß, Befürchtungen wegen des Wetters zu hegen. Es sind ja nur noch wenige Stunden, bis man die spanische Küste sichten wird. Ein Tag Fahrt über offenes Meer, das ist alles.

Civone bespricht sich noch kurz mit dem Ersten Offizier und mit dem Steuermann und zieht sich dann zurück. –

Stunden später, an der Schwelle zwischen Nacht und Tag. Der Offizier hat soeben den ersten Teil seiner Eintragungen ins Logbuch beendet, als ein Ruf aus dem Mastkorb ertönt:

„Schiff in Sicht!"

„Standort?" fragt der Offizier zurück.

„Westsüdwest!"

„Was für ein Schiff?"

„Noch nicht zu erkennen!" kommt es nach einer Weile von oben.

„Einzelheiten sofort melden!"

„Jawohl, Herr!"

Aufgeregt geht der Diensthabende an Deck auf und ab. Er ärgert sich, daß ihn die Meldung so bewegt. An sich ist es doch eine Alltäglichkeit, Schiffen zu begegnen. Und vor allem in Küstennähe, wo der Verkehr ohnehin stärker ist als auf offener See. Aber er kann das unruhig schlagende Herz nicht beschwichtigen.

„Wie steht's?" fragt er wieder hinauf.

„Scheint ein Schnellsegler zu sein. Ich kann noch nichts Bestimmtes sagen."

„Mann, du mußt doch einen Schnellsegler von einem gewöhnlichen Schiff unterscheiden können! Reib dir die Müdigkeit aus den Augen! Ich komme selbst!" Der Offizier nimmt das Teleskop und entert auf.

„Dort, Herr!" Der Mann im Ausguck gibt die Richtung

an und fügt entschuldigend hinzu: „Das Licht ist sehr ungünstig."

Lange beobachtet der Offizier das noch weit entfernte Schiff. Ein Schnellsegler, das steht außer Zweifel. Mehr aber kann auch er noch nicht feststellen. Vielleicht ein spanisches Kriegsschiff oder ein Franzose. Gut wär's; dann liefe man nicht Gefahr, etwa in letzter Minute noch mit einem Korsaren Bekanntschaft zu machen.

„Also, laß den Kerl nicht aus den Augen, Mann. Ein flinker Bursche ist es."

Der Offizier begibt sich zurück auf Deck.

Wenig später kann er von hier aus das Schiff sehen. Er stößt einen handfesten Fluch aus. Der Fremde hält auf die ‚Astra' zu.

„Korvette in Sicht!" kommt die Meldung vom Ausguck.

„Spanier, Franzose?"

„Führt keine Flagge!"

„Verdammt! Segelmeister! Junge!"

Die Gerufenen eilen herbei.

„Alle Mann auf Deck!" befiehlt er dem einen, „Wecke den Kapitän!" dem anderen.

Die Pfeife des Segelmeisters schrillt in den stillen Morgen. Der Schiffsjunge rennt davon.

„Waffenmeister!"

Ein vierschrötiger alter Seemann tritt zu dem Offizier.

„Eure Leute an die Geschütze. Der Tag kann heiß werden!"

„Was gibt es, Herr?" fragt der Alte.

„Da, nehmt das Glas! Westsüdwest!"

„Bei allen Heiligen! Ich will geteert und gefedert werden, wenn das nicht..."

„...ein Korsar ist! Könnt Euch drauf verlassen: Es ist ein Korsar! Gott sei uns gnädig! Ihr wißt, was uns blüht, wenn die Leute auch nur einen Augenblick die Hände sinken lassen. Treibt sie an. Der Kerl muß auf den Grund

– oder wir alle sind verloren."

Da kommt der Kapitän. Nur wenige Worte braucht es, um dem erfahrenen Schiffsführer die Gefahr klarzumachen, in der sich die ‚Astra' befindet.

„Segelmannschaft in die Wanten!" befiehlt er.

Der Segelmeister wiederholt den Befehl mit gewaltiger Stimme.

„Legt um auf West!" Die Anweisung wird ausgeführt. Die ‚Astra' legt sich nach Luv und richtet sich dann wieder auf.

„Geschütze fertig!" meldet der Waffenmeister.

„Abwarten!"

Der Schnellsegler ist nun mit bloßem Auge zu erkennen. Es ist ein schmuckes Schiff. Viel schnittiger gebaut als der Handelssegler, der im Vergleich mit ihm wie eine Schnecke dahinkriecht.

Ein Kampf wird unvermeidlich sein, wenn sich die Vermutung als richtig erweist, daß es ein Pirat ist, ein Korsar, vielleicht gar noch ein algerischer, und die ‚Astra' nicht als französisches, sondern als genuesisches Schiff betrachtet wird. Dann wird man sie als Prise aufbringen. Das bedeutet für die Menschen Sklaverei oder Tod. Oft ist ein schneller Tod das kleinere Übel; denn die Qualen und Leiden in der Sklaverei sind unmenschlich. Wohl besteht die Möglichkeit, nach Jahren freigekauft zu werden, aber was inzwischen ausgestanden werden muß, ist die neue Freiheit nicht wert. Viele gehen unter Hunger und Schlägen zugrunde, andere werden von wilden Tieren zerrissen oder verfallen dem Wahnsinn.

Die ‚Astra' ist zum Kampf gerüstet. Jeder steht abwartend auf seinem Posten. Noch ist außer der Tatsache, daß sich das fremde Schiff schnell nähert, nichts Ungewöhnliches festzustellen, wenn man davon absieht, daß der Schnellsegler keine Flagge führt.

Kapitän Civone hat im voraus gewußt, daß sein Kurswechsel, der ihn näher an die Küste bringen sollte, zwecklos ist. Die Korvette segelt viel schneller. In kurzer Zeit werden beide Schiffe auf gleicher Höhe stehen. Wenn der Fremde wider Erwarten keine bösen Absichten hegt, wird der ganze Spuk in einigen Stunden am Horizont verschwunden sein.

Wieder mustert Civone den Unbekannten durch das Teleskop.

Da blitzt es auf der Korvette auf. Ein Donnerschlag zerreißt die Morgenstille. Das fremde Schiff hat die ‚Astra‘ zum Beidrehen aufgefordert. Schaden ist nicht entstanden, da der Schuß als Warnung vor den Bug gesetzt worden war.

Im Topp der ‚Astra‘ flattert neben der französischen die genuesische Flagge. Und die Ligurische Republik Genua hat keinen Vertrag mit den Barbareskenstaaten. Auch wenn einer bestände, ist es unangenehm, von einem Korsaren angehalten und durchsucht zu werden. Die Räuber sind unberechenbar. Da hat es vielleicht eine Unterredung mit dem französischen Konsul gegeben, die dem Dey nicht gefiel. „Bringt mir ein Schiff seines Landes“, läßt daraufhin der türkische Herrscher seine Kapitäne wissen. – „Ein Schiff geraubt? Ja, wir lassen nicht mit uns spaßen! Was fällt eurem Konsul ein, sich nicht mit mir einverstanden zu erklären! Ihr könnt die Prise freikaufen, den Preis bestimme ich. Im übrigen sind wir natürlich nach wie vor die besten Freunde. Allah segne dich, großmächtiger Freund, und gebe dir eine glückliche Hand in allen deinen Unternehmungen!“ So geschieht es oftmals trotz des bestehenden Vertrags. Und Genua hat keinen Vertrag. Der Kapitän oder ein Offizier des Korsaren, begleitet von einem zweiten Mann, wird an Bord der ‚Astra‘ kommen und das Schiff als Prise erklären. Die Menschen werden zu Sklaven gemacht.

Civones Befehle überstürzen sich. Die gutgeschulte Mannschaft führt sie schnell und sachgemäß aus.

Der Korsar, denn als solcher hat er sich durch den

Schuß zu erkennen gegeben, ist näher herangekommen. Beide Schiffe liegen sich breitseits gegenüber. Die Entfernung ist aber noch bedeutend.

Gleich nachdem drüben der Schuß gelöst worden war, wurde es auf dem Raubschiff lebendig. Plötzlich wimmelt es auf dem bisher wie tot erscheinenden Deck von Menschen. Waffen glänzen in den ersten Strahlen der Sonne.

Der genuesische Kapitän weiß, daß sein Schiff nicht gegen den wohl kleineren, aber in allem überlegenen Segler aufkommen kann, obwohl es, wie alle Kauffahrteischiffe, zum Schutz gegen die Korsaren stark bestückt ist. Flucht ist unmöglich. Eine schwere Entscheidung ist zu fällen. Soll man kämpfen, das Leben einsetzen oder das Schiff einfach übergeben? Gnade ist so oder so von den Piraten nicht zu erwarten. Lediglich die ungewisse Möglichkeit besteht, nach jahrelanger Sklaverei freigekauft zu werden. Noch ist nichts entschieden. Für den Augenblick gilt es, die Breitseite der ‚Astra' dem Seeräuberschiff zu entziehen.

Der Segler gehorcht dem Steuer.

„Elende Ente!" zischt Civone bei der Ausführung des Manövers durch die Zähne. Mit welcher Leichtigkeit kann dagegen die Korvette jede Kursänderung vornehmen.

„Feuer! Aus allen Rohren! Feuer!"

Mit Jubel begrüßt die Mannschaft die Entscheidung des Kapitäns.

Die ‚Astra' beginnt einen ungleichen Kampf.

Mit grollender Stimme hat der Waffenmeister die Befehle wiederholt. Das Kauffahrteischiff schwankt, als die Kanonen aufbrüllen. Inzwischen hat der Kapitän neue Befehle erteilt. Wieder wird der Kurs gewechselt.

Auf dem Korsarenschiff scheint man allwissend zu sein. Die Kugeln der ‚Astra' verursachen zwar einigen Schaden in seinem Takelwerk, aber nicht den, der erwartet worden war. Kurz vor Abgabe der Schüsse hatte der Pirat ebenfalls zu einer Schwenkung angesetzt. Ein Teil der Geschosse ist unschädlich ins Wasser gefallen.

Die Schiffe segeln im Zickzack: die plumpe ‚Astra' schwer und behäbig mit den großen Lasten, die in ihr verstaut sind; der schlanke Korsar flink und behende.

Dabei nähert sich das Raubschiff immer mehr dem genuesischen Segler. Auf beiden Seiten wird jede Möglichkeit genutzt, den Gegner durch eine gutliegende Kanonade außer Gefecht zu setzen.

Die Matrosen an den Geschützen der ‚Astra' arbeiten wie die Besessenen. Die Rohre sind glühend heiß. Man achtet der Brandblasen an den Händen nicht. Brandblasen? Es gilt das Leben und die Freiheit! Kugeln herbei, Pulver heran! Schneller, schneller!

„Geschütz fertig!" – „Geschütz fertig!"

Kugeln fliegen hinüber zu dem Korsaren.

Kanonen werden durchgezogen, von neuem geladen. Meldung wird erstattet.

„Feuer!" Wieder rasen Donnerschläge über das Deck der ‚Astra'. „Feuer, Feuer!" Schuß auf Schuß fällt.

Es geht um das Leben, um die Freiheit! Die Geschützbedienungen merken nicht, was um sie her geschieht. Sie kennen nur einen Gedanken: Feuern, feuern, bis der Gegner zur Strecke gebracht ist.

„Feuer!" Die Lunte glimmt auf, trifft das Pulver. Ein markerschütterndes Geschrei ertönt. Das Rohr ist geplatzt. Die dem Geschütz am nächsten standen, sind tot, andere, die sich in diesem Augenblick gerade zur Seite gebückt hatten, um eine neue Kugel, den Wischer, Pulver oder sonst etwas aufzunehmen, werden als Schwerverwundete davongetragen.

Luigi Parvisi kommt die Treppe heraufgehetzt. Dicker, beißender Qualm und Rauch schlägt ihm in schweren Schwaden entgegen. Die ‚Astra' brennt an vielen Stellen. Dort züngeln Flammen an herabhängenden Segeln empor, da frißt sich das Feuer in das Deck. Das Schiff ist nicht mehr als ein schwimmender Trümmerhaufen. – Es gilt das Leben!

Nur noch wenige Meter von der ,Astra' entfernt der fremde Segler. Auch er schwer beschädigt. Ein – Korsar! Und die ,Astra' gehorcht dem Steuer nicht mehr. Das Rad ist zertrümmert.

In den Wanten des Piratenschiffes hängen wie Trauben dunkelhäutige Menschen: Türken, Araber, Mauren, Neger. In den Händen halten sie schwere Enterhaken. Wenige Minuten noch, dann wird sich die blutgierige Meute auf das Handelsschiff stürzen und Tod und Verderben verbreiten.

Luigi Parvisi weiß, daß von den Korsaren keine Gnade zu erwarten ist.

„Leichten Kaufs soll man mich nicht bekommen", murmelt er. Plötzlich durchzuckt ihn der Gedanke an sein Kind und seine Frau.

Parvisi brüllt auf wie ein Stier: „Genuesen, Italiener, Landsleute! Kämpft um die Freiheit, um das Leben!" Der Aufschrei verhallt ungehört. Auch Civones Befehl: „Feuer einstellen. Alles zwecklos. Nehmt die Handwaffen, Leute!" dringt nicht mehr ins Bewußtsein der Mannschaft. Jeder weiß, daß er nun auf sich allein gestellt ist.

Der Kaufmann blickt um sich.

„Eine Waffe, eine Waffe", stöhnt er.

Da liegt eine Axt. Einem toten Matrosen zieht er die Pistole und den Kugelbeutel aus dem Gürtel. Der arme Kerl braucht beides nicht mehr.

Ein letzter Donnerschlag ertönt. Ein Verwundeter hat sich aufgerichtet, die Lunte mit zitterndem Arm an das Pulver gelegt, die Ladung aus dem Rohr gejagt, einen Augenblick, bevor die Enterhaken der Piraten in das Tauwerk der ,Astra' greifen konnten. Die Wirkung des Schusses ist verheerend. Die Hälfte der Aufbauten des Korsaren stürzt zusammen, zum Teil herüber auf den genuesischen Segler. Beide Schiffe sind unlösbar miteinander verbunden. Die Schar der Räuber ergießt sich auf das unglückliche Schiff.

Fremde Laute quirlen aus heiseren Kehlen. Wutentstellte Fratzen tauchen plötzlich überall auf. Zu dritt, zu viert, zu fünft stürzen sich die grausamen Gesellen auf jeden Mann der ‚Astra‘. Ein kurzer, ungleicher Kampf entbrennt. Die furchtbaren Jatagans, die kurzen Krummschwerter der Korsaren, halten reiche Ernte.

An einigen Stellen finden die Piraten unverhofften erbitterten Widerstand. Dorthin stürzen nun alle, die ihr blutiges Werk bereits vollbracht haben.

Luigi hat einen großen Splitter des Hauptmastes der ‚Astra‘ gepackt und wirbelt ihn um sich. Die Gegner können wegen dieses gleichsam verlängerten Armes nicht bis zu ihm gelangen. Einige der Mauren und Türken hat er bereits mit dieser Waffe außer Gefecht gesetzt.

Wenige Schritte von ihm entfernt kämpft der alte Waffenmeister um sein Leben. Bei jedem Hieb, den der Mann austeilt, schießt ihm vor Anstrengung das Blut aus vielen kleinen Wunden. Noch kann er aber mit voller Wucht um sich schlagen. Der Alte weiß, daß ihm nur noch wenige Minuten bleiben, während denen er Widerstand leisten kann, und das gibt ihm übermenschliche Kräfte.

Ein Tau zischt durch die Luft. Eine Schlinge schließt sich um den Hals des Hünen. Ein Ruck. Der Waffenmeister stürzt zu Boden.

Schon sind die Unmenschen über ihm. Mit letzter Kraft bäumt er sich auf, schüttelt zwei der Piraten von sich ab. Ein Hilferuf wälzt sich über das Schiff, so schrill, fordernd, daß selbst die Korsaren zusammenfahren. Zwecklos. Niemand kann ja dem schwer Bedrängten Hilfe bringen. Ein Säbel blitzt in der Sonne auf.

Auch Parvisi ist bei dem Ruf zusammengezuckt. Ein schneller Blick hinüber. Er sieht das Ende des braven Waffenmeisters. Ein gleiches wird ihm, vielleicht schon in dieser Minute, bereitet werden.

Soll er weiterkämpfen oder sich ergeben? Würde man ihm das Leben lassen, wenn er sich still hinsetzte und sich nicht mehr wehrte? Nein, die vertierten Menschen werden kein Mitleid haben. Sie sind im Blutrausch; sie müssen töten, selbst wenn man keine Hand mehr gegen sie erhöbe.

Tigern gleich nähern sich die Bezwinger des Waffenmeisters jetzt dem jungen Mann, der zuletzt nur die gefährlichsten Gegner abgewehrt, nicht mehr angegriffen hat. Er ist unschlüssig, wie er sich weiter verhalten soll.

„Luigi, zu Hilfe!" Raffaela stößt den Schrei in höchster Not aus. Zwei Neger schleifen die Unglückliche an Armen und Haaren über das Deck.

Ein Mann wirft sich dazwischen: Benedetto. Irgendwer schlägt ihn nieder.

„Laßt die Hände von der Frau! Ihr Hunde! Ich komme, Raffaela!" Mit einer Kraft, die der von zehn Männern gleicht, schwingt Luigi seine todbringende Waffe. Die ihm zunächst Stehenden sinken getroffen zusammen. Für einen Augenblick weicht die Menge zurück. „Hunde!" Eine andere Stimme ist es, die sich des gleichen Worts bedient. Die Angreifer ducken sich, drängen wieder vor.

Noch ist Parvisi nicht verwundet. Und doch wird er das Schicksal, das ihm wie all den anderen Überlebenden der ‚Astra' beschieden ist, nicht ändern. Sein gewaltiger Kampf löst maßlose Erbitterung aus. Immer wieder feuert die fremde Stimme an. Luigi darf kein Auge von der Meute wenden, muß jeden Angriff in den Augen der Feinde erkennen, bevor Hand und Arm zur Ausführung bereit sind.

„Ich lasse euch allesamt an die Rahen knüpfen, wenn ihr zurückweicht!" droht jetzt die Stimme. Ah, der Kapitän des Raubschiffes beobachtet den Kampf und spornt die Leute an.

Parvisi wagt es, diesen Mann in der Menge zu suchen.

Dort steht er. Im Rücken der anderen. Ein Türke. Groß, breitschultrig; er scheint über riesige Kräfte zu verfügen.

Mehr kann Luigi in diesem Augenblick nicht erfassen, er muß die Gegner in Schach halten. Nun hat er sich etwas Luft gemacht.

„Feiger Hund! Hast du Mut, Reis, so kämpfe mit mir Mann gegen Mann!" reizt er ihn und fordert zum Zweikampf auf. „Leben gegen Leben! Nun?"

Die Korsaren reißen die Münder auf bei dieser frechen Herausforderung des Genuesen. Unwillkürlich treten sie einige Schritte zurück, öffnen eine Gasse für ihren Kapitän.

Jetzt kann Parvisi den Piraten ganz sehen. Ein weißer Turban mit einer großen Agraffe von blitzenden Steinen thront auf seinem Kopf. Die Arme sind verschränkt, Ausdruck der Ruhe und Stärke des Mannes. Das blutrote seidene Gewand wird durch einen breiten ledergeflochtenen Gürtel zusammengehalten, in dem ein Dolch mit goldenem Handgriff und eine Feuerwaffe stecken. An der linken Seite hängt ein kostbares Krummschwert, dessen Scheide reich mit Edelsteinen besetzt ist.

Ein schöner Mann, stellt Parvisi fest. Ebenmäßiges Gesicht, der prachtvolle, tiefschwarze Knebelbart, die fest zusammengekniffenen Lippen und die in Wut und Zorn glühenden Augen.

„Hahaha!" Der Korsarenkapitän hat nur ein höhnisches Lachen für den Mann, der sowieso schon in seiner Hand ist. Langsam zieht er die Pistole aus dem Gürtel, prüft die Ladung, spannt den Hahn; aber er legt die Waffe nicht an.

„Drauf! Macht ein Ende!" befiehlt er. Die Augen lodern Haß. Langsam hebt der Reis die Pistole. Die Mündung ist auf den Kopf eines seiner eigenen Leute gerichtet. Er wird keinen Augenblick zögern, abzudrücken, wenn seinem Befehl nicht unverzüglich nachgekommen wird.

Die Gasse schließt sich. Die Korsaren stürzen vor.

Parvisi holt zu einem gewaltigen Schlag aus. Drei, vier der Gegner stürzen nieder. Aber er hatte zuviel Kraft in den Hieb gelegt. Der Balken prellt ihm aus der Hand. Bevor er ihn erneut fassen kann, haschen Arme nach ihm. Höchste Gefahr! Als bestehe sein Körper aus nichts als Sehnen, Sehnen eines Panthers, schnellt Luigi hoch. Überall finden seine Hände und Füße in den Trümmern der ‚Astra' Halt. So jagt er dahin. Er weiß nicht, was werden soll, nimmt nur jede Möglichkeit wahr, sich vor den Verfolgern zu sichern. Auf den Resten der Kommandobrücke schöpft er einen Augenblick Luft.

Schon hetzen die Feinde, von den Wutausbrüchen des Kapitäns aufgestachelt, heran.

Parvisi reißt die Schußwaffe aus dem Gürtel. Ein Glück, daß sie ihm bei der Kletterei nicht verlorengegangen ist. Der erste, der die Treppe erklimmen wird, erhält die Kugel in den Kopf.

Jetzt erst spürt der junge Mann die Anstrengung des ungleichen Ringens. Das Blut hämmert in den Schläfen, das Herz schlägt wie bei höchstem Fieber, die Ohren sind taub.

Während der letzte Kämpfer der ‚Astra' die Verfolger erwartet, taucht in seinem Rücken ein finsteres Gesicht auf. Es gehört einem Türken. Zwei Hände stützen sich auf den Aufbau. Der Kopf wird eingezogen, so daß er fast zwischen den Schultern versinkt, ein Schwung, und der Pirat flankt auf die Bretter. Geschmeidig, spielerisch, lautlos geschah es. Die Füße sind noch kaum richtig aufgesetzt, da schleicht der Korsar auch schon die wenigen Schritte vor, richtet sich blitzschnell auf. Ein Schlag mit dem Kolben der Pistole. Luigi Parvisi fällt nach vorn, die Brücke hinab und den Verfolgern vor die Füße.

Kein Siegesschrei. Der Türke verzieht keine Miene. Zu alltäglich ist ihm diese furchtbare Arbeit.

Niemand kümmert sich um den Besiegten.

Wenig später werden die leblosen Körper von Freund

und Feind über Bord geworfen. Ihnen nach folgt alles, was an Brettern, Planken, Aufbauten und anderem bei der Kanonade losgesprengt worden ist.

Lediglich die kommen mit dem Leben davon, die während des Kampfes unter Deck waren oder die noch atmen. Sie behalten es – um in die Sklaverei geführt zu werden.

In die Sklaverei!

Parvisis Diener Benedetto ist unter diesen ‚Glücklichen‘.

Die Korsaren des Deys von Algier sind Herren der ‚Astra‘.

3. Verwirrende Botschaft

„Man sagt, daß für heute der Marseiller Segler erwartet werde. Habt Ihr etwas darüber gehört, Signore Gravelli?“ Ein alter Kaufmann richtet beim Verlassen der Börse diese Frage an den Bankier.

„Ich bin dabei, zum Hafen zu gehen. Vielleicht kommen Nachrichten für mich mit“, entgegnet der Angesprochene.

„So wißt Ihr es sicher? Dann werde ich Euch begleiten, wenn Euch meine Gesellschaft nicht lästig fällt.“

„Ich kann Euch nicht hindern, Brandi.“ Das ist hochmütig. Ein geringschätziger Zug spielt um Gravellis Mundwinkel. Der andere will nur in seiner Nähe bleiben, sich vielleicht einen Kredit verschaffen, oder glaubt er, aus Begegnungen, die er, der Bankier, unterwegs haben könnte, etwas für das eigene Geschäft zu gewinnen? Es ist ja stadtbekannt, daß ein französisches Schiff einlaufen soll.

Der Kaufmann fühlt die ablehnende Haltung des Bankiers, aber er geht darüber hinweg. Es ist nun einmal so, daß die Großen die weniger Glücklichen von oben herab behandeln.

Am Alten Hafendamm, der das Hafenbecken fast umspannt und den Hafen vor der offenen See schützt, haben sich schon viele Menschen eingefunden. Sie stehen in Gruppen zusammen und besprechen geschäftliche Angelegenheiten oder ergehen sich im üblichen Stadtklatsch.

Gravelli sucht sich einen Platz zwischen Kisten und Ballen, die für die Verladung bereitstehen.

„Eigentlich müßte der Marseiller Segler auch Nachrichten über die Ankunft der ‚Astra‘ in Malaga mitbringen", bemerkt Brandi nach einiger Zeit.

„Hm." Mehr sagt Gravelli dazu nicht.

„Euch berührt das nicht, ich weiß. Dagegen brennen verschiedene genuesische Kaufleute darauf, Gewißheit über die Reise des Seglers zu erhalten. – Verzeiht, aber warum habt Ihr das große Geschäft, die ‚Astra‘ zu versichern, in den Wind geschlagen? Die ganze Stadt war erstaunt, als Ihr es seinerzeit ablehntet."

„Vielleicht hatte ich keine Lust, mein Geld zum Fenster hinauszuwerfen."

Brandi blickt auf.

„Was – was soll das heißen?" stottert er.

Bei Gravellis Worten hat ein anderer, der auf der Rückseite des Warenstapels wartet, aufgehorcht. Es ist Andrea Parvisi, der Großkaufmann. Er und Angestellte seines Hauses hatten sich bisher leise über bevorstehende Geschäfte unterhalten.

Jetzt tritt er näher an die künstliche Mauer. Seine Sinne sind aufs äußerste gespannt, um mehr von diesem absonderlichen Gespräch zu erhaschen.

Da spricht der Bankier auch schon weiter: „Nichts, Brandi, oder nicht mehr, als daß ich kein Schiff versichere, von dem ich nicht sicher bin, daß es seinen Zielhafen ungefährdet erreicht."

„Ihr glaubt, daß die ‚Astra‘ gekapert wurde?"

„Die Korsaren sollen wieder emsig ihr Handwerk betreiben, und ich, der ich keine Waren nach Spanien verschiffe, werde doch keinen Verlust durch Übernahme der Versicherung riskieren, lächerlich." Er kehrt sich schroff ab.

„Mein Gott! Ich habe es getan, fast meine ganzen Mittel eingesetzt. Hoffentlich wart Ihr nicht klüger als ich!"

Gravelli zuckt gleichgültig mit den Schultern.

„Ich bin ruiniert, wenn Eure Gedanken richtig waren", jammert Brandi.

„Habt Ihr schon einmal erlebt, daß ich mich irrte?" Der Bankier weidet sich an den Ängsten des anderen.

„Leider nein. Heute aber hoffe ich es sehnlichst."

„Wir werden sehen. Aber lassen wir die ‚Astra'. Ich habe keine Lust, mich weiter über dieses Totenschiff zu unterhalten."

Parvisi ist erregt. Totenschiff! Ah, könnte man das Wort, das furchtbare, noch einmal hören, klar und deutlich, damit keine Täuschung möglich ist. Gravellis hochmütige Reden zielen auf das Schiff, das die Zukunft des großen Handelshauses in der Person des einzigen Sohns auf seinen Planken trägt. Die ‚Astra' ein Totenschiff! Unmöglich, es kann, es darf nicht sein. Schon der Gedanke ist Frevel. Angst und Sorge lassen den Kaufmann einen Schritt tun, den er bei ruhiger Überlegung niemals zu gehen bereit wäre. Er verläßt seinen Posten und kommt um den Warenstapel herum. Trotz höchster Erregung bleibt er äußerlich immer noch der ruhige, durch nichts zu erschütternde Kaufmann.

„Ich wurde zufällig Zeuge Eures Gesprächs, Gravelli", wendet er sich mit einer höflichen Verbeugung an den Bankier. „Bitte, wie kommt Ihr dazu, die ‚Astra' als Totenschiff zu bezeichnen?"

„Wenn sich Andrea Parvisi zum Lauscher erniedrigt hat, dann kennt er ja meine Ansicht, der ich nichts hinzuzufügen habe." Auch Gravelli verbeugt sich, beleidigend, denn er versteht es meisterhaft, Hohn und befriedigte Rache damit auszudrücken, kehrt sich ab und geht langsam weiter, den Alten Damm hinunter.

„Sollten die Vermutungen doch ein Fünkchen Wahrheit enthalten, daß Bürger Genuas die Hand im Spiel haben und den Korsaren die Ausreise italienischer Schiffe melden?"

Gleichsam als habe der Blitz vor ihm eingeschlagen, so zuckt der Bankier bei dieser Anklage zurück.

Aber er ist ein nervenstarker Gegner.

„Ihr seid ein Narr, Parvisi!" ruft er über die Achseln zurück.

Brandi ist sprachlos. Er kennt die Feindschaft zwischen den beiden führenden Männern seiner Vaterstadt. Daß sie sich vor ihm, vor einem Zeugen, so befehden, zeigt ihm, wie tief die Kluft ist, die sich hier trennend aufgetan hat.

„Der Marseiller Segler!" Der Ruf der Menge, die das einlaufende Schiff gesichtet hat, läßt alle noch entfernt Stehenden herbeieilen.

Mit südländischer Lebhaftigkeit verfolgen die Menschen die Arbeit der französischen Matrosen und vergleichen sie mit den Handgriffen ihrer eigenen Seeleute.

Endlich liegt das Schiff wohlvertäut am Alten Damm. Der Kapitän kommt von Bord.

Andrea Parvisi ist der erste, der auf den Franzosen zutritt.

„Eine Frage nur, Herr Kapitän. Wißt Ihr, ob die ‚Astra' in Malaga angekommen ist?" fragt er auf französisch.

„Mais oui, monsieur. ‚L'Astre' est bien arrivée à Malaga." – Ja, Herr, die ‚Astra' ist gut in Malaga angekommen.

„Merci beaucoup, monsieur." – Danke, Herr!

Die ‚Astra' ist gut in Malaga angekommen! So eilt die freudige Nachricht von Mund zu Mund.

Parvisi hat den ein wenig abseits stehenden Gravelli

bei dieser Kunde scharf beobachtet. Ihm scheint, daß sein ehemaliger Freund das „Verflucht!", als es ihm zwischen den Zähnen durchgeschlüpft ist, lieber verschluckt hätte.

Wie toll gebärdet sich Brandi. Die Nachricht ist Gold wert für ihn. „Gerettet!" jubelt er.

Unbeachtet verdrückt sich Gravelli in dem Freudentaumel.

Zu Hause angekommen, fällt er kraftlos in den Sessel. Ein großes Spiel ist verspielt. Seine ersten Gedanken kreisen um den Verlust, den er durch die Nichtversicherung des Schiffes erlitten hat. Er hadert mit sich, mit allen und jedem, der ihm diese Einnahme mißgönnte. Einen großen Betrag hätte er als Prämiengelder einziehen können. Wie konnte ihn Benellis Drohung so erschrecken! Ach was, Benelli. Ein viel ernsthafterer Gegner hat heute ein Wort gesprochen, das den Untergang des Hauses Gravelli nach sich ziehen, kann: Parvisi mit seiner öffentlich geäußerten Anklage.

Lange aber halten niederdrückende Gedanken bei dem tatkräftigen Mann nicht an. Das Leben verläuft nicht immer glatt; nicht jedes Geschäft geht so aus, wie es geplant war. Mit neuem Wagemut wird er den heute erlittenen Schlag ausgleichen! Ruhiges Überlegen gewinnt die Oberhand. Richtig betrachtet, hat er doch wie ein vorsichtiger Geschäftsmann gehandelt. Die Versicherung wurde abgelehnt, weil die Möglichkeit eines Gewinns wie eins zu neunundneunzig stand. Bei einem solchen ungünstigen Verhältnis übernimmt kein guter Kaufmann ein Risiko.

Die Rechnung mit den Parvisis bleibt also unbeglichen. Und das Versprechen, Luigi Parvisi und seine Familie in den Untergang zu führen, ist nicht eingelöst. In Wien wartet Pietro auf die Erfüllung. Pietro wartet!

Von Benelli ist im Augenblick nichts zu befürchten. Man kommt dem verhängnisvollen Vertrag wie früher pünktlich nach, mehr kann keiner verlangen. Daß die ‚Astra‘ den Korsaren entschlüpfte, ja, das müssen der Dey und Benelli der Ungeschicklichkeit ihrer Leute zuschreiben. Keinesfalls darf man es dem Angeber zur Last legen.

Benelli scheidet aus. Für die nächste Zukunft muß alles Augenmerk auf Parvisi gerichtet sein. Ein Dummkopf, dieser Andrea! Gravelli lacht auf. Dieser Narr, dieser Feigling, der alte Freund! Hat geschwiegen damals, als er alle Trümpfe besaß, um dem Gauner Gravelli das Handwerk legen zu können. Warum soll ich ein mir genehmeres Wort gebrauchen, mich vor mir besser machen, als ich bin? Ich bin allein, und meine Gedanken hört niemand. Hinter diese Stirn zu blicken, wer vermag's? Einer nur, aber der hat in seiner lächerlichen Anständigkeit keinen Gebrauch von seinem Wissen gemacht. Wie er mir damals gut zuredete, mich fast beschwor, derartige Dummheiten zu unterlassen, ha! Heute aber hat er die Redlichkeit genuesischer Bürger angezweifelt. Ganz allgemein. Jedoch Brandi war zugegen, und der wird die Andeutung richtig verstanden haben.

Was, wenn der kleine Kaufmann den Mund nicht hält? Welche geschäftlichen Auswirkungen sich dann ergeben, ist nicht vorauszusehen. Ach was, Brandi hat heute ein blendendes Geschäft gemacht, wird vorerst nicht an das Gehörte denken, sich in seine Bücher vertiefen und neue Pläne schmieden. Und morgen wird man ihn kaufen, ihm den Mund mit Krediten und Hinweisen versiegeln. Von dieser Seite ist nichts zu befürchten. Dennoch, keine Minute ungenutzt lassen!

Der Bankier wirft ein paar Zeilen auf ein Papier. Verlockende Aussichten für Brandi. Für morgen bittet ihn Agostino Gravelli zu einer Besprechung.

„Laß diesen Brief durch einen unserer jüngsten Angestellten zu Brandi bringen“, weist er den durch ein Klingelzeichen herbeigerufenen Diener Camillo an.

Wieder allein, rechnet Gravelli erst einmal mit sich selbst ab. Schonungslos nennt er sich Tölpel, Narr, Dummkopf, daß er mit seinen Reden von einem Totenschiff Parvisi einen Anhaltspunkt gegeben hat. Zu fest hatte er mit dem Dey gerechnet und im Vorgefühl befriedigter Rache alle Vorsicht außer acht gelassen. Unverzeihlicher Fehler, der ausgelöscht werden muß. Wie?

Lange überlegt er. Sein Blick haftet auf der Uhr, aber er sieht weder das gleichmäßig ausschlagende Pendel noch die vorrückenden Zeiger. Er zermartert sich den Kopf. Kunstvoll aufgebaute Pläne werden im letzten Augenblick verworfen. Immer und überall findet Gravellis scharfer und weitblickender Geist eine Lücke, durch die der Gegner entweichen könnte. Wie ein Schachspieler, der viele Züge des Partners vorausberechnet, so schmiedet der Bankier erneut am Untergang des Hauses Parvisi.

Plötzlich löst sich die verkrampfte Haltung des Mannes. Die Augen leuchten wieder auf.

„Gut! Der Kampf kann beginnen", murmelt er vor sich hin. Dann rückt er sich zurecht, schließt die Augen. Wenig später schläft er ruhig wie ein Kind.

Da Camillo, der persönliche Diener Gravellis, nie ungerufen ein Zimmer im Hause des Bankiers betritt, vor allem nicht den Raum, in dem er gerade den Hausherrn weiß, verstreichen einige Stunden ungestörter Ruhe.

Als Gravelli die Augen öffnet, ist er trotz der ungünstigen Lage, die er im Sessel eingenommen hatte, sehr erfrischt. Nur wenig braucht er die Hand auszustrecken, um das breite Band zu erreichen, das die Klingel betätigt.

„Leuchte, Camillo!"

Die beiden Männer steigen in den Keller hinab, der sich unter dem Häuschen befindet, an dessen Tür Benelli damals pochte. Der Bankier besitzt ein großes palastartiges Haus an einer der Hauptstraßen Genuas, unweit der Ponte di Legna, so wie es sich für einen Mann seiner Bedeutung und seines Reichtums geziemt. Dort empfängt er seine Geschäftsfreunde. Hier aber, in dem unscheinbaren Häuschen, das durch Schuppen und Abstellgebäude, unter denen sich ein unterirdischer Gang hinzieht, mit dem anderen verbunden ist, hat er seine Privaträume. Kleine Zimmer sind es mit alten Möbeln, dazwischen schwere Silbergegenstände, wahllos zusammengekauft, ohne Sinn für Formen, nur eben, damit auch hier der Reichtum zum Ausdruck kommt. Der mit allen Gepflogenheiten Gravellis vertraute Benelli hatte seinen Weg durch die dunkle Gasse genommen, weil er sicher war, sonst keinen Einlaß zu finden. In der Stadt kennt man das Häuschen nur als die Wohnung des Dieners, der keinerlei Anhang oder Freunde besitzt und nie Gäste zu empfangen genötigt ist. Außer dem Abgesandten des Deys hat kein Fremder jemals Zugang zu Gravellis Privatwohnung erhalten.

Vor einer schweren Eisentür machen Herr und Diener halt. Der Hausherr zieht aus einem Lederbeutel, den er auf der Brust trägt, zwei Schlüssel hervor, mit denen er die doppelt gesicherte Tür öffnet.

Dumpfe Luft schlägt den Eintretenden aus dem Gewölbe entgegen. Der Raum ist vorzüglich ausgemauert und enthält außer einem Tisch an der Rückseite nichts als ein Gestell mit verstaubten Weinkrügen.

Ohne eine Anweisung abzuwarten, beginnt der Diener einige der Behälter von ihren Plätzen zu nehmen. Eigenartigerweise hinterlassen seine Finger keine Spuren darauf. Die dicke Staubkruste ist künstlich angebracht. Ein oberflächlicher Besucher könnte niemals feststellen, ob die Gefäße oft berührt werden.

Während Camillo mit seiner Arbeit beschäftigt ist, kramt der Bankier aus den Falten seines Überrockes einen weiteren Schlüssel hervor. Nur ganz scharfen und wissenden Augen verraten kleine Anzeichen an dem freigelegten Mauerstück, daß hier eine geheime Tür vorhanden ist. Hinter einem Teil des Gestells befindet sich der

Geheimtresor Gravellis. Nicht viel von seinem Vermögen hat der Bankier hier verborgen, trotzdem ist es beträchtlich.

Nur zwei Menschen kennen das Geheimnis des alten Hauses: Gravelli selbst und der Diener. Nicht einmal Pietro ist eingeweiht.

Camillo hat den Keller vor vielen Jahren in monatelanger Arbeit ausgebaut. Das kunstvoll gearbeitete Schloß ist in Teilen von verschiedenen Handwerkern der Stadt gearbeitet und von dem Bankier eigenhändig zusammengesetzt worden.

Camillo war einst in schwere Schuld verstrickt. Vor der harten Sühne, die ihn getroffen hätte, wäre sein Verbrechen bekanntgeworden, hatte ihn sein Herr bewahrt, ihn aber zugleich mit unzerreißbaren Fesseln an sich gekettet. Gerade einen solchen Mann brauchte der aufstrebende Gravelli. Obwohl das Vergehen längst verjährt ist, verbleibt der Alte noch immer in der Gewalt des Finanzmanns. Es wäre auch für Camillo zu spät, nun noch ein Leben nach eigenem Wunsch und Willen zu beginnen. Er ist froh, ohne viele und schwere Arbeit leben zu können. Man verlangt wenig von ihm, die paar Handgriffe zur Bedienung des Herrn und dann und wann einmal einen besonderen Dienst, über den geschwiegen werden muß. Der Diener ist nicht sonderlich klug, aber gerissen. Bald hatte er herausbekommen, daß Gravellis Geschäfte sich von denen der anderen Kaufleute unterscheiden. Es kümmert ihn nicht. Er weiß es und beläßt es dabei. Würde er reden, dann gäbe er selbst keinen armseligen Baiocco mehr für sein Leben. Aber er denkt nicht daran, von seinem Wissen andere zu unterrichten, wagt auch keine Andeutung dem Herrn gegenüber. Einen Gravelli kann er nicht erpressen, so meint er.

„Zwei Beutel", befiehlt der Bankier, nachdem er das Geheimfach geöffnet hat.

Sorgfältig werden die Siegel der zugereichten Lederhüllen geprüft, obwohl kein Zweifel besteht, daß sie unbeschädigt sind. Wer sollte auch hinter das Geheimnis gekommen sein? Benelli? Unmöglich, so weit reicht auch dessen Macht nicht.

Der Diener hat den Leuchter aufgenommen und geleitet seinen Herrn hinüber zu dem Tisch am Ende des Kellers. Sorgfältig löst Gravelli die Verschnürungen, greift in einen der Beutel. Ein bezaubernder Klang ertönt. Licht fällt auf Goldstücke. Die Augen der Männer glühen. Camillo kehrt sich ab. Nicht blenden lassen von diesem glitzernden, gleißenden, lockenden Metall! Es ist für ihn unerreichbar, unerreichbar selbst dann noch, wenn er es schon in der Hand hält. Der Bankier aber genießt wie ein Trunkener den Glanz, spielt mit den Stücken, läßt sie wieder und wieder auf den Tisch fallen, lauscht dem harten und hellen Klang nach.

Endlich legt er die Säckchen zur Seite und tritt zurück zum Gestell. Camillo muß in das Geheimfach hineinleuchten. Beutel neben Beutel stehen darin. Ohne den Schlüssel zu benutzen, schließt Gravelli das Versteck.

Ein prüfender Blick über den ganzen Raum. Alles in Ordnung. --

Bald nach des Bankiers Weggang hat auch Parvisi den Hafen verlassen. Es ging ihm nur darum, Nachricht von der ‚Astra‘ zu erhalten. Alle geschäftlichen Belange, die für sein Unternehmen mit dem Marseiller Segler zusammenhängen, würden die Angestellten wahrnehmen.

So kommt es, daß der ältere Herr, der etwas verspätet das Schiff verläßt, auf seine Erkundigung nach der Wohnung Parvisis den Bescheid erhält, Signore Parvisi sei kürzlich erst weggegangen. Der Herr möge diese und jene Straße entlanggehen, dann finde er schnell zum Haus des Handelsherrn. Jedes Kind könne ihm unterwegs Auskunft geben, sollte es wider Erwarten nötig werden.

„Herr Xavier de Vermont aus Marseille bittet um eine

Unterredung", meldet wenig später der Diener seinem Herrn den Besucher.

„Aus Marseille? Ich kenne niemand dieses Namens. Sage dem Herrn, daß ich mich ihm morgen gern einige Zeit widmen will, heute aber lebhaft bedauere. – Nein, bleib! – Ich lasse bitten." Parvisi ist im Augenblick nicht bereit, sich mit alltäglichen Dingen zu beschäftigen, und um andere wird es sich bei diesem Herrn de Vermont kaum handeln. Aber der Fremde kommt aus so weiter Ferne, daß es unhöflich wäre, sich entschuldigen zu lassen. Der Gedanke, daß das Zusammensein mit dem Franzosen zu einem gewinnbringenden Geschäft werden könnte, kommt dem Kaufmann nicht. Geschäfte sind im Augenblick unwichtig, ungleich wichtiger ist die gute Nachricht über die Reise der ‚Astra'. Hoffentlich dauert die Unterhaltung nicht lange.

Der Franzose ist ein würdiger älterer Herr. Sein gepflegtes Äußere läßt auf eine gesicherte Stellung schließen. Der Schmuck, den er trägt, ist – Parvisi stellt es mit einem Blick fest – echt und von großem Wert und zeigt den feinen Geschmack seines Landes und den nicht minder feinen des Herrn de Vermont, der die Kostbarkeiten unauffällig, nicht im geringsten mit ihnen protzend, trägt. Die klaren Züge des langen, schmalen Gesichts, die hohe Stirn, die auf geistige Fähigkeiten hinweist, flößen Vertrauen ein. Mehr Künstler als Kaufmann, denkt der Genuese. Vielleicht Maler, Schriftsteller. Oder Schauspieler? Aber was würde ein solcher bei ihm wollen?

„Herr Parvisi", beginnt de Vermont, nachdem er die Begrüßung des Hausherrn erwidert und sich auf dem angebotenen Platz niedergelassen hat, „ich komme mit einem besonderen Auftrag zu Ihnen."

Also doch Kaufmann. Aber was ist das? Der Franzose spricht ja nicht von Geschäften. De Vermonts Worte klingen in Parvisi nach: „Ich verhehle nicht, daß es mir das Herz beschwert. So unangenehm die Aufgabe ist, ich kann und will mich ihr nicht entziehen, da sie mir ein Freund in Malaga ganz besonders nahegelegt hat."

„Ein Freund in Malaga?" fragt Parvisi erstaunt. „Dann wissen Sie vielleicht auch Näheres über meine Kinder? Bitte, Herr de Vermont, berichten Sie mir. Verzeihen Sie einem Vater, daß er seine Angelegenheiten über Ihre stellt. Ich verspreche Ihnen, mich dann Ihren Wünschen um so stärker zu widmen."

Der Franzose wehrt still ab. „Wie gerne wäre ich Freudenbringer", entgegnet er mit leiser Stimme.

„Sind Sie es denn nicht? Ach, spannen Sie mich nicht auf die Folter. Es ist mir unbekannt, ob Sie Kinder, Söhne oder Töchter, haben, an denen Sie mit ganzer Liebe hängen, Sie würden sonst wissen, was es bedeutet, von ihnen hören zu wollen, und wie sehr jede Minute Zögern die Ungeduld vergrößert. Ihre Worte beunruhigen mich; sie haben mich unsicher gemacht. Natürlich irre ich mich; denn das Wichtigste erfuhr ich ja bereits vom Kapitän des Seglers: Die ‚Astra' ist glücklich in Malaga gelandet!"

„So wurde es Ihnen berichtet, Herr Parvisi?"

„Ja. Ich wiederhole auf französisch: ‚L'Astre' est bien arrivée à Malaga. Ein Zweifel, eine falsche Deutung ist doch nicht möglich."

„Es sind die gleichen Worte?"

„Was soll das, Herr de Vermont?"

„Die Nachricht stimmt, nur..."

„Nur? Mann, so reden Sie doch!" Parvisi ist aufgesprungen. Auch der Franzose hat sich erhoben. Jetzt legt er leicht die Hand auf den Arm des Italieners und führt ihn zurück zu dem Sessel.

„Sie alle, die im Hafen waren, sind Opfer eines verhängnisvollen Zufalls geworden. Es handelt sich um den französischen Segler ‚L'Astre', nicht um das italienische Schiff ‚Astra'. Die gleichnamigen Schiffe hatten das gleiche Ziel. Der Kapitän wird nichts Böses beabsichtigt haben, als er die Auskunft gab."

„Ihre ‚L'Astre' ist in Malaga glücklich gelandet. Und die ‚Astra'? Herr de Vermont, ich beschwöre Sie, berichten Sie, bitte!"

„Ich komme eigens aus Marseille, um Sie zu trösten."

„Um Gottes willen!" Parvisi erbleicht. „Zu trösten", wiederholt er. „Was ist geschehen?"

„Auch ich bin Vater. Ich verstehe, daß Ihr Herz unter der Ungewißheit zittert."

„Die ‚Astra' ist verunglückt?" Der Kaufmann beugt sich vor, als wolle er die Worte des anderen verstehen, noch ehe sie ausgesprochen sind.

„Sie ist nicht in Malaga angekommen."

„Ge...?"

„Gekapert."

Totenstille herrscht. Wie ein Gespenst steht dieses ‚Gekapert' im Raum. Endlich faßt sich Parvisi und spricht stockend und mit belegter Stimme. „Weiß man etwas über das Schicksal der Menschen?"

„Heimkehrende Fischer haben einige Leichen gefunden."

„Mein Sohn? Raffaela? Das Kind?"

Der Franzose öffnet die Arme und hält die Handflächen nach oben. Von den Parvisis weiß er nichts.

„Gekapert! Das heißt: tot oder in die Sklaverei geschleppt. Alle meine Lieben. Vernichtet, ausgelöscht. Warum das alles?"

Xavier de Vermont achtet den tiefen Schmerz des unglücklichen Menschen. Was sollen hier Worte?

„Vergebt dem Überbringer schlimmer Nachrichten, Herr Parvisi. Es war der Wunsch unseres gemeinsamen spanischen Freundes, Don Pedro Avilas, daß Sie die Kunde von einem mitfühlenden Menschen erhalten sollten. Ich werde mich einige Tage in Genua aufhalten und stehe Ihnen gern zur Verfügung, falls Sie meiner Hilfe bedürfen sollten." Der Franzose streckt Parvisi zum Abschied die Hand hin, die der Italiener auch nimmt, aber nicht wieder freigibt.

„Sie boten mir soeben Ihre Hilfe an, Herr de Vermont. Und wenn ich sie schon jetzt erbäte? Bleiben Sie, seien Sie mein Gast. Ihre Worte bezeugen, daß Sie Verständnis für den Schlag haben, der mich getroffen hat, und so werden Sie auch die Gastfreundschaft eines Trauerhauses nicht ausschlagen. Ich bitte herzlich, sagen Sie ja."

„Ich nehme Ihre Einladung an, Herr Parvisi." –

Ein großer Reisewagen holpert, vom Kuhmarkt kommend, durch das San-Thomas-Tor. Vorbei an der Kirche der Patres von San Rochus, entlang den Hafenbefestigungen, erreicht er bald die Vorstadt San Pietro d'Arena. Jetzt zügelt der Kutscher die vier Rosse nicht mehr. Sollen sie ausgreifen und dahinschießen, um so besser, desto schneller wird man am Ziel der Reise sein. Nun ist es auch gleichgültig, welchen Lärm der Wagen verursacht. In Genua mußte jedes Geräusch vermieden werden; daß es nicht ganz gelang, lag nicht an seiner mangelnden Fahrkunst, sondern an dem Katzenkopfpflaster. Nur gut, daß es den Herrn nicht gestört hat.

In flotter Fahrt geht es nun nordwärts, hinauf in die Berge des Ligurischen Apennin. Im Mondschein glänzt an der Kutsche das Wappen Gravellis. Neben dem Fahrer auf dem Bock sitzt Camillo. Im Wagen selbst befindet sich nur der Bankier. Ist das Gravelli, dieser schäbig gekleidete Mann? Nicht eher einer der Räuber und Wegelagerer aus der Umgebung Genuas? Über den langen, immer mit äußerster Sorgfalt gepflegten Bart hat er den Rock geknöpft.

Das Fenster des Wagens wird herabgelassen. Gravelli beugt sich heraus und blickt die Straße zurück.

„Gut, gut", murmelt er vor sich hin und verschwindet wieder im Innern der Kutsche. Er hat gesehen, was er wollte: Ein zweiter Wagen folgt einige hundert Meter zurück.

Während die Pferde des ersten Gefährts in gleichmäßiger Gangart dahineilen können, ist der Lenker des zweiten eifrig bemüht, den befohlenen Abstand zu halten und der Anweisung nachzukommen, nie außer Sicht- und Rufweite zu bleiben. Deshalb spornt er die Tiere an, wenn sich die Straße in Kehren die Berge hinaufwindet, zügelt sie jedoch wieder, sobald der vorausfahrende Wagen von neuem erblickt wird.

Die Insassen sind große, kräftige Männer. Den Gesprächen nach zu urteilen, gehören sie zu den untersten Schichten des Volkes. Bei dem fortwährenden Schwanken auf dem unebenen Weg hört man Waffengeklirr. Es ist die Leibwache Gravellis.

Nach Stunden läßt der Bankier halten. Camillo steigt vom Bock und tritt an den Wagenschlag.

Man befindet sich zwischen wilden Bergen. Nirgends ist ein Haus oder Gehöft zu sehen. Nur auf dem Hügel zur Rechten gewahrt man ein zerfallenes Gebäude, Überreste eines ehemaligen Schlosses.

Gravelli gibt dem Diener eine Anweisung. Camillo klettert auf seinen Sitz zurück. Ein fragender Blick des Kutschers.

„Warten", beantwortet ihn Camillo.

Aus den Falten seines Mantels zieht der Diener eine Hirtenflöte und spielt ein Lied. Spielt es zu Ende, beginnt von neuem.

Am Wagenfenster steht Gravelli und mustert die Gegend. Wolken schieben sich vor die Mondscheibe, huschen vorüber. Camillo spielt noch immer.

Da, hat sich vor den Ruinen nicht etwas bewegt? Verflucht, eben ist das Licht wieder durch einen Wolkenfetzen ungewiß geworden. Aber der Bankier hat sich nicht getäuscht. Plötzlich ertönt eine Stimme. – Woher sie gekommen ist, weiß Gravelli nicht. Von links, von rechts? Gleichgültig.

„Wer ruft den ‚Herrn der Berge'?"

„Einer, der seiner bedarf", antwortet der Bankier ins Ungewisse hinein.

„Euer Name?"

„Ist Geld nicht besser als jeder Name? Geld ist echt, ein Name braucht es nicht zu sein."

„Gut gesprochen. Euer Begehr?"

„Ich werde meinen Wunsch dem Herrn selbst sagen. Ruft ihn oder führt mich zu ihm!"

„Oho! Ihr führt ein großes Wort. Hier bestimmt nur einer: der Herr! Verstanden?"

„Ihr habt deutlich genug gesprochen, und ich bin nicht taub. Aber ich liebe es nicht, lange zu warten."

„Dann sprecht!"

Der Bankier prallt zurück. Wie dem Erdboden entwachsen steht plötzlich vor ihm ein Mensch. Ein breitkrempiger Hut bedeckt das halbe Gesicht, das obendrein unter einer Larve verborgen ist. Eine solche hat nach dem Wortwechsel mit Camillo auch Gravelli umgebunden.

„Wollt Ihr einen Beutel Gold verdienen?"

„Warum nicht, wenn die Forderung den Preis nicht übersteigt. Kommt heraus und laßt uns ein wenig zur Seite treten. Wir brauchen keine Lauscher bei unserem Geschäft."

Obwohl der Bankier vor wenigen Sekunden erst gewünscht hat, zu dem Herrn der Berge geführt zu werden, zögert er jetzt, den Wagen zu verlassen. Etwas Schutz bietet die Kutsche ihm doch, sollte der geheimnisvolle Mann vor ihm unehrliches Spiel im Sinn haben.

„Nun, so kommt schon", fordert der Fremde noch einmal auf. „Es nützt Euch nichts, meinem Befehl den Gehorsam zu verweigern. Ihr seid in meiner Gewalt. Blickt nach vorn!"

„Zum Teufel mit Euch!" knirscht Gravelli, der zwei Vermummte bei den Pferden und einen mit gespannter Pistole neben Camillo bemerkt. Der Diener sitzt wie eine Statue auf dem Bock.

„Und was stellt Ihr hinten fest, Herr?" fragt der Unheimliche kichernd.

Gravelli zieht erschreckt den Kopf zurück. Er hat genug gesehen, um zu wissen, daß mit seiner Leibwache nicht zu rechnen ist.

„Wenn sich auch Eure Gehilfen augenblicklich noch der Freiheit erfreuen, sie nützen Euch doch nichts."

Es ist so, wie der Mann sagt. Der zweite Wagen steht etwa hundert Meter zurück auf der Straße. Zwei der Leibwache sind ausgestiegen und liegen mit schußbereiten Waffen zwischen den Rädern der Kutsche. Die Fenster sind geöffnet. Nach jeder Seite ragt der Lauf einer Flinte heraus.

„Eine schöne Falle, in die wir da geraten sind!" zischt einer der unter dem Wagen Liegenden seinem Gesellen zu. „Die Kerle verstehen ihr Geschäft. Tüchtige Burschen, alle Hochachtung."

„Die Gegend scheint nur so von Leuten des geheimnisvollen Herrn der Berge zu wimmeln. Einen, zwei, drei, vier, fünf sehe ich von meinem Platz aus im Halbkreis hocken. Sie sind mit Flinten bewaffnet."

„Bei mir ist es das gleiche. Hoffentlich ist der Alte klug und führt uns heil wieder aus der Gefahr heraus."

„Hast du Angst?"

„Stelle dir die Frage, dann hast du auch meine Antwort."

Da es dem anderen ebenfalls nicht wohl zumute ist, unterläßt er es, etwas darauf zu erwidern. –

„Ich dachte, Ihr wolltet mir ein Geschäft vorschlagen", ermuntert der Maskierte den Bankier.

„Das will ich. Aber ich bin freiwillig zu Euch gekommen und möchte dafür nicht feindselig behandelt werden."

„Eure Schuld. Warum müßt Ihr einen ganzen Troß mit Euch führen? Wer mir vertraut, wird niemals enttäuscht sein. Doch an Vertrauen scheint es Euch zu fehlen. Soll ich weniger vorsichtig sein als Ihr?"

„Bin ich sicher bei Euch?" fragt Gravelli.

„Kein Grund vorhanden, anderes anzunehmen."

„Ihr verbürgt Euch, mich und meine Leute unbelästigt ziehen zu lassen, auch wenn unsere Sache nicht zum Abschluß kommt?"

„Ja."

„Auf Ehre?"

„Ich sagte ‚ja‘, und das genügt!"

Aber der Bankier ist noch nicht zufrieden. „Auf Ehre?" wiederholt er deshalb.

„Verdammter Feigling! – Auf Ehre? Hahaha! So meint Ihr, daß auch Räuber Ehre besitzen? Nun wohl: Auf Räuberehre!" Der Herr der Berge lacht.

Dennoch atmet Gravelli befreit auf. Jetzt erst fühlt er sich sicher. Er kennt die Ansichten dieser Menschen. Wenn einer etwas bei seiner Räuberehre verspricht, kann man sich restlos darauf verlassen. Sowenig die Banditen die allgemeinen Gesetze achten und anerkennen, so ängstlich wachen sie darüber, daß ihre eigenen unverletzt bleiben.

„Gut, ich traue Euch", versichert er und verläßt den Wagen.

Der Maskierte führt den Besucher ein Stück feldein.

„Nehmt Platz und laßt mich Euer Anliegen hören", fordert er den Bankier auf.

Die Männer lassen sich auf Steinen, die aus der kargen Grasnarbe ragen, nieder.

„Werdet Ihr schweigen? Über alles, was ich Euch anvertraue, selbst wenn wir unverrichteter Sache auseinandergehen sollten?"

„Ja."

„Das genügt mir. – Ich habe einen Feind, einen mächtigen Feind, der mir ans Leben will. Gegen ihn kann ich nicht an, so daß ich Eure Hilfe anrufe."

„Was bietet Ihr?"

„Zwei Beutel Goldstücke. Einen heute, den anderen, wenn der Auftrag ausgeführt ist."

„Zwei Beutel. Das ist unbestimmt. Sie können groß sein, ihr Inhalt aber klein."

„Ich verspreche, daß Ihr zufrieden sein werdet."

„Es ist meine Gepflogenheit, mich vorweg zu überzeugen."

„Hier, hebt und hört!" Gravelli zieht eines der Säckchen hervor und reicht es dem andern hin.

„Alle Wetter! Der zweite ist von gleicher Gewichtigkeit?"

„Sein Bruder!" Gravelli lacht.

„Schön. Wie habt Ihr Euch die Sache gedacht? Soll ich Euch eine bessere Leibwache als die Eure stellen? Für welche Zeit? Jeder Tag ist teuer, denn meine Leute setzen das Leben aufs Spiel."

„Mein Feind muß beseitigt werden." Der Bankier bemüht sich, der Stimme festen Klang zu verleihen.

Der Banditenführer pfeift durch die Zähne. Man will ihn zum Mörder dingen. „Pfui Teufel! Ein Menschenleben ist Euch nicht gerade teuer. Zwei Beutel Gold! Ihr habt von mir gehört. Auch, daß die Bande des Herrn der Berge die Hand zum Mord bietet? Auch das?"

Gravelli weicht verängstigt zurück. Aus der Larve heraus sind ihm Blicke zugeworfen worden, die ihm Furcht einjagen.

Aber die Gefahr ist bereits vorüber, denn der Bandit spricht weiter: „Ich sage nicht ja, nicht endgültig nein. Nennt mir den Mann!"

„Der Kaufmann Andrea Parvisi in Genua. Kennt Ihr ihn?"

„Wie sollte ich nicht? Alle bedeutenden Männer der Stadt sind mir bekannt."

„Nehmt Ihr den Auftrag an?"

Der Brigant überlegt lange. Dieses Schweigen bedrückt Gravelli. Wenn man wissen könnte, welche Gedanken jetzt durch den Kopf dieses gefürchteten Räubers gehen!

„Jawohl, ich führe den Auftrag aus – Herr Gravelli!"

Der Bankier zuckt zusammen. Ist der Herr der Berge allwissend?

Das spöttische Lächeln im Gesicht des Maskierten kann er nicht sehen, aber er fühlt es. Womit hat er sich verraten?

Sein Gegenüber sagt es ihm: „Wenn Ihr unerkannt reisen wollt, spart nicht am Fuhrlohn und nehmt einen Mietwagen."

Verflucht, der Wagen! fährt es Gravelli durch den Kopf. Er möchte sich ohrfeigen, daß er nicht an das Wappen, auf das er so stolz ist, gedacht hat. Nicht zu ändern. Man muß sich damit abfinden, daß der Herr der Berge den Namen weiß.

„Hier die Anzahlung. Den Rest holt Euch oder laßt ihn durch einen sicheren Boten einfordern, wenn der Auftrag erwiesenermaßen ausgeführt ist."

Der andere wehrt ab. „Nehmt nur das Geld wieder an Euch. Ich brauche es im Augenblick nicht. Signore Agostino Gravelli ist mir dafür sicher. Ich lasse mich nicht bezahlen, wenn ich nicht überzeugt bin, die Gegenleistung auch wirklich erfüllen zu können."

„Aber ich kann auf Eure Hilfe und Euer Schweigen rechnen?"

„Ich werde bald die Goldstücke benötigen und sie mir verdienen. Jetzt geht. Viel Arbeit wartet auf mich."

Der Banditenführer stößt in seine Pfeife. Die Wegelagerer ziehen sich zurück.

Beim Morgengrauen kehrt Gravelli mit seiner Begleitung in die Stadt zurück. Der erste Schritt zur Vernichtung Parvisis ist getan. Für den Bankier besteht kein Zweifel, daß der Herr der Berge die Vereinbarung halten wird. Daß er ihn erkannte – verflucht! Unter Umständen könnte der Brigant ein zweiter Benelli werden, vielleicht sogar schlimmer als der Renegat, wenn er auf Erpressung ausginge. Ein Glück, daß der Maskierte das Gold nicht genommen hat und die ganze Unterhaltung ohne Zeugen geführt worden ist. Sollte er es dennoch wagen, bah, ein Wort an den Polizeichef Genuas, der bestechlich wie die meisten Beamten ist, und dem Treiben des Herrn der Berge ist ein Ende gesetzt.

4. Gefangen

Noch bleibt die Möglichkeit, daß Luigi, Livio und Raffaela am Leben sind, wenn auch als Sklaven in der Hand eines der nordafrikanischen Herrscher.

Der unglückliche Vater hat sich in diese ungewisse Hoffnung verbissen. Je mehr er sich mit ihr beschäftigt, desto stärker wird der Glaube, daß es so und nicht anders sein muß. Wenn es keine trügerische Annahme ist, wird sich ein Weg finden, die Lieben freizukaufen. Mag der Preis auch ungeheuer hoch sein, das Leben ist mehr wert als alles Gold der Erde. Das Haus Parvisi ist reich, sehr reich. Auch der letzte Baiocco wird ohne Zögern und Feilschen darangesetzt werden. Bettler dann? Ist einer Bettler, der mit den Liebsten vereint ist? Niemals.

Stundenlang grübelt der Kaufmann, bis ihn die Müdigkeit endlich überwältigt.

Die Dienerschaft weiß noch nichts von dem schweren Verlust, der den Herrn betroffen hat. Auf de Vermonts Rat hin hat Parvisi bisher kein Wort verlauten lassen. Am klügsten erscheint es dem Franzosen, wenn der Kaufmann die Stadt für einige Zeit verläßt, um schneller über den ersten Schmerz hinwegzukommen.

„Darf ich Ihre Güte noch weiter beanspruchen, Herr de Vermont?" wendet sich Andrea Parvisi am Morgen nach dem verhängnisvollen Tag an seinen Gast. „Ich möchte Sie bitten, mir auf mein Landgut in den Bergen zu folgen. Dort sind wir ungestört und können vielleicht Mittel und Wege finden, um genauere Auskunft über das Schicksal meiner Kinder zu erhalten. Bitte, lehnen Sie nicht ab."

Es verstreichen einige Minuten, ohne daß sich der Franzose dazu äußert. Parvisi beobachtet den neuen Freund – die wenigen Stunden des Zusammenseins haben die gleichaltrigen Männer wegen ihrer ähnlichen Lebensauffassung zu solchen gemacht – ängstlich.

„Ich begleite Sie."

Der Kaufmann fühlt sich um vieles erleichtert, als er diese Zusicherung hört. Er weiß bereits manches über die Verhältnisse seines Gastes. Xavier de Vermont ist Großkaufmann und wesentlich an der Korallenfischerei an der algerischen Küste in La Calle beteiligt. Frankreich gehört zu den wenigen Staaten, die in einigermaßen erträglichem Zustand mit den Barbaresken, vor allem mit der gefährlichen Republik Algier, leben. Französische Schiffe werden im Mittelmeer nicht von den Korsaren belästigt. Trotzdem ist der Bund zwischen Frankreich und dem Dey nicht ungetrübt. Immer wieder verletzt der Fürst die Ehre Frankreichs, und es bedarf großer Verhandlungskunst und kostspieliger Geschenke, um die Zwischenfälle vergessen zu machen.

„Würde es Ihnen recht sein, in den späten Nachmittagsstunden aufzubrechen? Ich brauche noch etwas Zeit, um meinen Geschäftsführer und andere Angestellte anzuweisen. Wir werden dadurch zwar übernachten müssen, aber ich kenne eine gute Herberge, die sicherlich auch Ihre Ansprüche befriedigen wird. Morgen sind wir am Ziel."

„Treffen Sie die Vorbereitungen ganz wie Sie es für richtig erachten. Ich bin mit allem einverstanden."

Dem Kutscher ist gesagt worden, den Wagen für eine

längere Fahrt zu richten. Mit Eifer ist er nun dabei, ihn auf Hochglanz zu polieren. Jedermann soll an dem vorzüglichen Gefährt mit den feurigen Rappen erkennen, daß ein bedeutender Bürger Genuas der Besitzer ist und der Fahrer ein tüchtiger Kerl.

Über den Kuhmarkt, durch das San-Thomas-Tor, entlang den Hafenbefestigungen, durch die Vorstadt San Pietro d'Arena nimmt der Wagen Parvisis denselben Weg, den in der Nacht Gravelli gefahren ist.

Die Reisenden schweigen. Das Holpern und Schütteln der Kutsche auf der schlechten Straße gestattet keine Unterhaltung. Parvisis Mienen sind verdüstert; seine Gedanken sind in weite Ferne gerichtet; in eine Ferne, sonnenüberströmt, unendlich herrlich und doch finster wie nirgends sonst: zur afrikanischen Küste, die von Barbaren beherrscht wird. De Vermont, der die Landschaft betrachtet, sieht am Wegrand einen Mann sitzen. Neben ihm grast ein Pferd. Der Reiter hält seine bastumflochtene Flasche in der Hand, auf dem Schoß liegt ein Stück Brot, sicherlich auch etwas Käse. Aber da ist man schon vorbei.

Dort taucht die Ruine auf. Kein Mensch in der Nähe.

Plötzlich Hufgetrappel hinter der Kutsche, und schon schaut ein fröhlich lächelnder junger Mensch durchs Fenster.

„Guten Tag!" wünscht er den beiden Reisenden, wie sie aus den verbindlichen Armbewegungen des Fremden zu entnehmen glauben.

Parvisi läßt die Scheibe herunter. Vielleicht braucht der junge Mann einen Rat. De Vermont hat sofort festgestellt, daß es nicht der Rastende vom Wegrand ist.

„Was gibt es?" fragt der Handelsherr.

„Nicht viel, Herr!" entgegnet lächelnd der Reiter.

„Also doch etwas. Laßt hören, Freund!"

„Ah, oh –" Der Mann wirft einen Blick nach vorn. „Eine Kleinigkeit nur." Gedehnt kommen die Worte.

„Nun?"

Schon wieder blickt der Reiter die Straße hinauf. Plötzlich schnalzt er mit der Zunge und wendet sich zu Parvisi: „Ihr werdet höflich ersucht, uns etwas Gesellschaft zu leisten."

„Was soll das heißen?" fragt der Genuese scharf zurück.

„Weist Euren Kutscher an, in den Seitenweg da vor uns einzubiegen."

„Und wenn ich es nicht tue?"

„Warum Geschrei wegen einer höflich vorgebrachten Bitte erheben?" Das Gesicht des jungen Mannes strahlt weiterhin in Freundlichkeit und Lust.

„Wer seid Ihr?"

„Ein Mensch wie Ihr, Herr, nur in weniger glänzenden Verhältnissen."

„Ein Brigant!"

„Pfui, Herr Parvisi! – Also, wollt Ihr der Aufforderung nachkommen?" Jetzt ist der Ton anders, obwohl sich am höflichen Benehmen nichts geändert hat.

„Nein! Ich bin nicht allein, ich habe einen Gast bei mir, für den ich verantwortlich bin."

Andrea Parvisi hat inzwischen die Gegend abgesucht. Nirgends ein Mensch, lediglich dort hinten kommt ein Reiter der Kutsche nach.

„Kutscher, laß die Rappen laufen, was sie können! Hilf mit der Peitsche nach!" befiehlt der Kaufmann.

„Schade, dann bleibt nur die Gewalt. Ihr habt gewählt, Signore Parvisi." Der junge Mann, der mit spöttischer Miene die Anweisung gehört hat, zieht eine Pistole und schießt in die Luft.

Inzwischen hat sich der Wagen bis auf eine kurze Strecke der besagten Abzweigung genähert. Aus der Schlucht tauchen vermummte Gestalten auf. Der Reiter ist vom Pferd auf den Kutschbock gesprungen und entreißt dem Fahrer Peitsche und Zügel. In wilder Jagd geht es in den Seitenweg hinein, daß der Wagen umzustürzen droht. Felswände steigen links und rechts haushoch an. Hier herrscht schon fast Dunkelheit.

Die Reisenden haben sich in das Unvermeidliche gefügt. „Keine übermäßige Angst, Herr de Vermont", spricht Parvisi beruhigend auf den Franzosen ein. „Die Leute werden mit sich reden lassen. Auch hier wird Gold Wunder wirken. Auf unser Leben wird man es nicht abgesehen haben."

De Vermont macht nur eine geringschätzige Handbewegung. Im Augenblick findet er den Überfall sogar reizvoll. Die Banditen werden schlau genug sein, einem Franzosen nicht zu nahe zu rücken. Die Folgen wären zu schwerwiegend.

Die beiden Männer wissen nicht, daß auch der nachfolgende Reiter in die Hand der Räuber gefallen ist.

Ohne die Geschwindigkeit zu verringern, geht es dahin. Vom Weg ist nichts mehr zu erkennen, denn es ist Nacht geworden. Parvisi hatte anfangs versucht, an Kehren und Wenden die Richtung festzustellen, gab es aber bald auf.

Plötzlich hält der Wagen. So kurz und schnell, daß die Männer von ihren Sitzen hochgeschleudert werden. Der Schlag wird aufgerissen.

„Aussteigen!" Ein schroffer, keine Widerrede gestattender Befehl.

Fäuste packen zu, um der Aufforderung größeren Nachdruck zu verleihen.

Bevor die Gefangenen sich umblicken können, sind sie schon durch die Tür ins Haus gedrängt.

„Hier hinein!" Parvisi und de Vermont werden in einen dunklen Raum gestoßen. Die Tür fliegt zu. Zwei Riegel knarren.

Nicht so glatt und reibungslos geht es bei dem mitgefangenen Reiter. Es ist ein junger, kräftiger Bursche. Schon mehrfach hat er unterwegs den Banditen klarzumachen versucht, daß er nichts Böses gegen sie im Sinne habe und deshalb die Gefangennahme unverständlich sei. Er sei ein Bote eines mächtigen Herrn, mit dem anzubinden er nicht rate.

„So?" Wer denn der Mächtige sei, war lachend zurückgefragt worden.

„Signor Agostino Gravelli, der Bankier in Genua."

„So, so." Na, er solle nur ruhig mitkommen, es bleibe ihm ja doch nichts anderes übrig, und sich keine Gedanken machen. Ihr Herr werde später alles klären und ihm vielleicht auch helfen, den erlittenen Zeitverlust aufzuholen. Aber darüber werde noch entschieden.

Jetzt fordert der Reiter mit starker Stimme, vor den Herrn gebracht zu werden. Nein, der Herr solle, falls er sich im Haus befinde, herauskommen. Da der Bursche eine schußfertige Waffe in der Hand hält, wagt man es nicht, handgreiflich zu werden – vor allem deshalb nicht, weil seine Anwesenheit unvorgesehen ist. Sie waren angewiesen worden, als einer ihrer Freunde die Nachricht gebracht hatte, Parvisi werde heute noch auf sein Landgut fahren, den Kaufmann abzufangen, ihn aber keinesfalls zu belästigen.

Was mit dem Boten Gravellis gemacht werden soll, wissen die Männer nicht. Ein anderes aber um so besser. Herunter vom Pferd muß er erst einmal. Schon um ihm zu zeigen, daß hier sie, die Banditen, befehlen. Geschehen soll ihm nichts dabei. Wenn sie auch keinen anderen Herrn als ihren eigenen anerkennen, so möchten sie doch nicht mit Gravelli anbändeln. Der ist zu reich und mächtig. Mit seinem Geld kann er genug Menschen dingen, um ihnen gefährlich zu werden.

Während einige den Berittenen mit Worten reizen, schleichen sich zwei von hinten an. Das Tier merkt es, wird unruhig. Der Mann blickt sich um. Ungewisses Licht, das Bewegungen vortäuscht, wo keine sind. Doch dort nähern sich zwei Gestalten.

Schon hat der eine der beiden zum Sprung angesetzt, um sich von hinten aufs Pferd zu schwingen, da reißt der Reiter die Waffe hoch, drückt ab. Vielfältiges Echo hallt von den Bergen wider. Die Kugel hat kein großes Unheil angerichtet. Eine Schramme an der Hand des Räubers, mehr nicht.

Die paar Tropfen Blut bringen die Menschen zur Raserei. Ein wüstes Gebrüll hebt an. Von allen Seiten dringt man auf den Reiter ein, versucht ihn vom Pferd zu ziehen.

Der Herr der Berge, der sich gerade zu seinen Gefangenen begeben wollte, stürzt ins Freie.

Der Bedrängte ist wirklich ein tapferer Kerl und ein vorzüglicher Reiter. Immer wieder gelingt es ihm, indem er sein Pferd vortreibt, zurücknimmt, tänzeln und ausschlagen läßt, sich der Übermacht zu erwehren.

Nur einen Augenblick beobachtet der Banditenführer das Schauspiel, dann herrscht er seine Männer an: „Ablassen!"

„Der Herr!" geht es von Mund zu Mund. Sofort werden alle Angriffe eingestellt.

Der Reiter kommt näher.

„Wer seid Ihr, Signore?" fragt er. Und ohne eine Antwort abzuwarten, fährt er fort: „Was fällt Euch ein, einen Boten Gravellis zu belästigen!"

Donnerwetter, was haben die Jungen da angerichtet! Nicht mehr zu ändern. Man wird dem Bankier den Irrtum mit ein paar verbindlichen, entschuldigenden Worten erklären. Aber da der Mann einmal hier ist, wäre es dumm... Eins nach dem anderen.

„Eine Voreiligkeit meiner Leute", entschuldigt sich der Bandit.

„Gravelli wird erbost über den Aufenthalt sein. Ich kann mein Tagesziel nicht erreichen."

„Es tut mir leid. Was tun? – Tretet ein. Heute nacht könnt Ihr doch nicht weiter; Ihr würdet Euch bei dieser

Finsternis in den Bergen verirren."

„Gebt mir einen Führer!" fordert der Bote.

„Daß ich nicht daran gedacht habe! Gerne, selbstverständlich. Doch Ihr überschätzt meine Macht, Freund. Die Männer brauchen erst einmal Ruhe. Einige Stunden müßt Ihr wohl oder übel mit meiner Gesellschaft vorliebnehmen. Später werde ich dann bestimmt einen meiner Leute zu einem Nachtritt mit Euch bewegen können."

„Bin ich sicher bei Euch?"

„Ihr, ein Bote Gravellis, könnt fragen?"

„Das ist keine Zusicherung. Ich wiederhole meine Frage und erwarte eine klare, eindeutige Antwort."

„Ihr seid es, könnt Euch frei und ungezwungen bewegen, selbst davonreiten, sobald es Euch einfällt, nur, ich rate Euch davon ab. – Kommt!"

Während der Reiter absteigt, arbeiten die Gedanken des Banditenführers angestrengt.

„Paolo!" Der Ruf gilt einem der Briganten, der sich aus dem Kreis seiner Kameraden löst und dem Herrn und dem Reiter ins Haus folgt.

„Bitte, hier herein", wird Gravellis Mann aufgefordert.

Da der Räuberhauptmann als erster den Raum betritt, besteht keine Gefahr, ihm zu folgen. Das Zimmer ist schmucklos, einfach eingerichtet, so, wie man es in italienischen Bauernhäusern findet.

„Eine dumme Sache, die Euch und uns da widerfahren ist. Aber ich werde sie gleich in Ordnung bringen", wendet sich der Hausherr an den Gast, nachdem er ihn zum Platznehmen aufgefordert hat. Und zu Paolo: „Was fällt dir ein, diesen jungen Mann festzuhalten? Er ist ein Reiter unseres Freundes Gravelli. Ich habe große Lust, dich zu ohrfeigen, Dummkopf!" Er spuckt verächtlich aus.

Der Gescholtene preßt die Lippen aufeinander. Hoffentlich erfährt der Herr nicht, daß der Mann schon unterwegs den Namen des Bankiers genannt hat. Paolo ist aber nicht gewillt, sich wie ein Schuljunge zurechtweisen zu lassen.

„Er hat sich der Kutsche angehängt. Sollte durch ihn die ganze Gegend von dem Überfall unterrichtet werden?" verteidigt er sich.

„Meine Befehle sollst du ausführen, sonst nichts! Ich bin der Kopf und du die Faust."

Paolo ist sprachlos über soviel Dummheit seines Führers und über den Ton, der sonst nicht zwischen dem Herrn der Berge und seinen Leuten üblich ist.

„Was stehst du noch da und sperrst den Mund auf? Hinaus!"

Der Räuber kocht vor Wut. Ein warnender Blick aus den Augen des Bandenführers läßt es ihm ratsam erscheinen, nicht aufzumucken. Er will sich davonmachen, als ihn ein Ruf auf die Schwelle bannt:

„Halt! Da du schon einmal hier bist, bring Wein her. Einen großen Krug für unseren Freund, dem wir für den Schreck und den Zeitverlust eine kleine Genugtuung schulden. Vom guten Chianti, vom ältesten Jahrgang! Mir vorerst nur einen Becher. Ich muß mich noch mit den Gefangenen beschäftigen. - Also, was habe ich gesagt: vom ältesten Jahrgang! Ein kräftiges Abendessen später. Und nun troll dich."

Jetzt verschwindet Paolo. Bei der Erwähnung des Weins haben sich die Zornfalten in seinem Gesicht geglättet. Der Anpfiff ist vergessen.

„Ja, lieber junger Freund, man hat so seinen Ärger. Wenn man nicht jeden Befehl Wort für Wort und womöglich mehrfach vorspricht, wird wer weiß was daraus", plaudert der Herr der Berge. „Da Euer unfreiwilliger und unverschuldeter Aufenthalt einige Stunden dauern wird, seid Ihr doch mit meinen Anweisungen einverstanden, nicht wahr? - Das freut mich. Ich werde mich für Euch bei Gravelli gehörig ins Mittel legen, verlaßt Euch darauf!"

Schon kommt Paolo mit dem Wein.

„Wann kann ich meine Reise fortsetzen?" fragt der Reiter.

„Gegen Mitternacht, ganz nach Eurem Wunsch. Persönlich halte ich es aber für richtiger, daß Ihr bis Sonnenaufgang wartet. Ihr werdet dann um so besser vorankommen, falls Ihr einen weiten Weg vor Euch habt."

„Und ob!" Der Reitersmann nickt.

„Trinken wir erst einmal. Ihr seid unser Gast. Verfügt ganz über uns, wenn es noch mehr sein soll."

„Euer Gast? Hm. Warum legt Ihr dann Eure Maske nicht ab?"

„Alle Wetter, Freund! Ihr paßtet in unsere Reihen." Der Banditenführer lacht hell auf. Gleich darauf fährt er, wieder ernst geworden, fort: „Es ist unser Grundsatz, keinem, der nicht zu uns geschworen hat, das Gesicht zu zeigen. Auch die Namen, die Ihr in diesem Kreise hört, sind nicht die echten. Ließen wir nur einmal die Vorsicht unbeachtet, könnte es leicht um uns geschehen sein. Ihr versteht, wenigstens bitte ich Euch, Verständnis dafür zu haben. – Also, Euer Wohl!"

„Verteufelt, das ist ein Weinchen!" Der Bote schmunzelt und nimmt gleich einen zweiten, weitaus tieferen Zug. „Wo habt Ihr ihn her?"

„Geschäftsgeheimnis, mein Lieber."

„Natürlich. Solche Bezugsquellen bindet man nicht jedem auf die Nase. Vor allem dann nicht, wenn der Einkaufspreis niedrig ist, nicht wahr?"

„Niedrig wohl, aber nicht ungefährlich."

„Hört, würdet Ihr mich meinem Herrn gegenüber auch decken, wenn ich heute nicht aufbreche?" Der Reiter gähnt und schielt begehrlich nach dem Bett.

„Seid versichert, Freund, Gravelli wird nichts erfahren." Dem anderen kommen die Worte wie aus weiter Ferne; er versteht sie nicht mehr, ist am Tisch eingeschlafen.

„Der älteste Jahrgang Chianti, mein Lieber!" spottet

der Herr der Berge. „Hände weg von dem Zeug, falls man dich erneut einladen sollte." Er tritt zur Tür. „Giuseppe!"

Aus einem anderen Raum steckt ein alter Brigant den Kopf herein.

„Was gibt's?" brummt er.

„Komm her. Arbeit für dich."

Der Alte schlurft heran.

„Durchsuche ihn." Der Chef weist auf den am Tisch Schlafenden. „Er reitet für Gravelli und wird sicherlich ein Papierchen bei sich tragen. Ich möchte einen Blick hineintun."

„Wenn er es nicht gerade im Magen hat, sollt Ihr es bald in den Händen halten."

Mit flinken Fingern tastet der Bandit den Boten ab. Der andere beobachtet ihn dabei. Er sieht die schmalen und äußerst gepflegten Hände seines Kameraden, die so gar nicht zu dem schmierigen Äußeren des Mannes passen.

„Es scheint nichts Wichtiges zu sein, denn er trägt es nur auf der Brust", meldet Giuseppe schon bald.

„Gib her!"

„Es ist versiegelt."

„Was kein Hindernis für dich ist. Öffne!"

Das dauert nun einige Zeit; trotzdem bereiten dem Meister der Zunft solche Dinge keine Schwierigkeiten. Oft hat er während seines langen Lebens, das Kampf gegen Unterdrücker und die Großen des Grundbesitzes und der Politik gewesen ist, Briefe erbrochen und unkenntlich wieder verschlossen.

„Wirklich, es ist nur ein Privatbrief", bestätigt der Banditenführer, als er die Zeilen überflogen hat. „Nichts für uns."

„Soll ich ihn wieder verschließen?"

„Nicht jetzt, später. Doch lies, Giuseppe. Findest du etwas in den Zeilen?"

Mit den Worten: „Auch mir scheint das Schreiben

ohne Bedeutung zu sein", gibt es der Alte dann zurück.

„Aber Gravelli ist ein schlauer Fuchs. Man tut gut daran, gerade solche unverfänglichen Schreiben genauestens zu betrachten. Ich werde es noch tun und dich dann wieder rufen. Jetzt hilf mir, den Schläfer aufs Bett zu legen. Das Abendbrot soll man auftragen. Wirkt der Schlaftrunk nicht lange genug, dann mag das bereitstehende Essen dem Burschen beweisen, daß er nur zu erschöpft war und deshalb eingeschlafen ist."

„Was geschieht mit dem ältesten Jahrgang?"

„Zurückgießen. Bringe die gleiche Menge unschädlichen mit."

Nachdem die Anweisungen ausgeführt sind und der Herr der Berge annimmt, nicht mehr gestört zu werden, zieht er das Schreiben Gravellis erneut heran und liest es Wort für Wort, halblaut, um vielleicht so hinter einen versteckten Sinn zu kommen. Der Bankier schreibt an seinen Sohn in Wien und so, wie eben ein Vater an den Sohn in der Ferne schreibt. Am Schluß stehen einige geschäftliche Bemerkungen, glatte Ratschläge, das und jenes einzuleiten, Preisangaben. Harmlos alles.

Trotzdem kommt der Lesende nicht von dem Gedanken los, daß es doch mit dem Schreiben eine besondere Bewandtnis haben muß. Wegen Nichtigkeiten wird kein Bote von Genua nach Wien geschickt. Ob Parvisi mit den Zeilen etwas anfangen kann? Es wird höchste Zeit, sich um die beiden Gefangenen zu kümmern.

Unbewußt zieht der Mann die schwarze Maske, die er, nachdem der Schlaftrunk bei dem Reiter seine Wirkung getan, abgelegt hatte, wieder aus der Tasche, um sie umzubinden. Erst als die Finger die bekannten Griffe vollführen wollen, merkt er es. Er lächelt.

Parvisi und de Vermont haben sich in dem dunklen Raum umhergetastet. An einen Stuhl, einen Tisch und eine Pritsche sind sie gestoßen. Sonst scheinen keine anderen Einrichtungsgegenstände vorhanden zu sein. Der

Genuese hat dem Franzosen das Bett überlassen und sich auf den Stuhl gesetzt. Gesprochen wird nicht. Man weiß nicht, ob ein Lauscher hinter der Tür steht. Um das Leben bangen sie nicht. Parvisi glaubt, daß es auf ein Lösegeld, wenn auch ein sehr hohes – denn man weiß sicher, wen man gefangen hat – hinausgehen wird; de Vermont verläßt sich auf seine französische Staatsangehörigkeit.

Die Riegel knarren, die Tür öffnet sich. Mit einem dreikerzigen Leuchter in der Hand tritt der Herr der Berge ein.

Die Gefangenen blinzeln in die Flammen. Parvisi hat sich von seinem Platz erhoben. Nur etwas aufgestützt, ohne sich ganz aufzurichten, blickt der Franzose zu dem Räuber hin. Er ist gespannt auf das Kommende.

Die Augen der Gefangenen haben sich an die Veränderung gewöhnt. Das Licht fällt voll ins Antlitz des Banditen.

„Giacomo, du! Wie kommst du hierher?" Der Kaufmann stürzt einen, zwei Schritte auf den anderen zu. Plötzlich stockt der Fuß. „Du, du bist doch nicht etwa der – Herr der Berge!" Parvisis Stimme, erst vor Freude über das Wiedersehen mit seinem besten Freund beschwingt, hat sich gewandelt. Nur noch Schreck ist in ihr.

„Ich bin es, Andrea."

Mein Gott, zum Räuber herabgesunken der Freund, dessen Geist, Wissen und Können einst zu größten Hoffnungen berechtigte. „Ich bin erschüttert", stöhnt der Kaufmann. „Warum bist du nie zu mir gekommen, Giacomo? Hast du gedacht, daß ich den Jugendgespielen, den Mitschüler der Hochschule, den vertrautesten Freund aus dem Haus weisen würde, wenn er Hilfe benötigte? Du mußtest doch wissen, daß ich es niemals getan hätte. Hast du nie daran gedacht, daß du mich glücklich machen würdest, wenn ich dir für so vieles, für das ich zu danken habe, helfen könnte? Und jetzt! Furchtbar."

„Laß gut sein, Andrea. Jetzt bin ich glücklich, dich bei mir zu haben", wehrt der Herr der Berge lächelnd den Ausbruch Parvisis ab.

„Warum bist du seit Jahren nicht in die Stadt gekommen? Weißt du nicht, daß ich in guten Verhältnissen lebe? – So sprich doch! Fühlst du nicht, wie tief mich dein Absinken zum Verbrecher erregt?"

„Ich weiß es, lieber Freund. Es fehlt mir immer die Zeit."

„So stark bist du – geschäftlich gebunden?"

„Es gibt viel Schlechtes in der Welt."

De Vermont bricht bei dieser Bemerkung des Räubers in ein lautes Lachen aus, wendet sich aber dann an Parvisis Freund.

„Verzeihung! Solche Worte aus Ihrem Mund – es ist zum Lachen. Ich meine, wenn etwas schlecht genannt werden muß, dann Ihr Handwerk."

Der Herr der Berge übergeht diese Bemerkung. „Willst du mich nicht erst einmal deinem Begleiter vorstellen? Es spricht sich besser, wenn man sich beim Namen nennen kann", bittet er den Freund.

„Ja, ja." Mehr bringt der Kaufmann nicht hervor. Wie, zum Teufel, soll er sich jetzt verhalten? Sein einstiger bester Freund ist ein Räuber, der sich nicht gescheut hat, sogar Hand an den Gefährten seiner Jugend zu legen. Nun mutet er ihm sogar eine regelrechte Vorstellung zu!

„Giacomo, komm!" bestürmt er den Herrn der Berge. „Wirf alles von dir, nimm meine Hilfe an. Alles soll vergessen sein. Du wirst in geordneten Verhältnissen erreichen, was dir immer vorschwebte, in einiger Zeit im diplomatischen Dienst verwendet zu werden. Mein Einfluß steht dir zur Verfügung."

„Kindskopf, Andrea!" Giacomo hat Freude an dem Verlauf des Gesprächs, das er auch ganz anders hätte leiten können. Jetzt verbeugt er sich ohne eine Spur von Hohn – die guten Sitten hat er also doch unter seinen Räubern nicht vergessen, stellt Parvisi beruhigt fest – vor dem Franzosen.

„Gestatten Sie: Giacomo Tomasini."

„Erfreut. Xavier de Vermont."

„Franzose?"

„Aus Marseille. Ich hätte nicht gedacht, einmal einem leibhaftigen Räuberhauptmann gegenüberzustehen, der vielleicht nicht das sein wird, was man sich üblicherweise darunter vorstellt." Aus dem leichten Plauderton stößt de Vermont plötzlich vor: „Was soll diese Gefangennahme?"

„Ein Irrtum –"

„Irrtum? Sie scherzen, oder betreiben Sie Ihr Geschäft immer mit freundlichen Einladungen?"

„Sie unterbrachen mich, Herr de Vermont! – eine Täuschung! Sie sind keine Gefangenen des Herrn der Berge, sondern geladene Gäste Giacomo Tomasinis. Als solche haben Sie erst einmal Anspruch auf eine den Umständen entsprechende Unterkunft, denn heute kann ich Sie nicht mehr fortlassen. Bitte, folgen Sie mir."

„Ich erwarte größte Überraschungen", raunt der Franzose Parvisi zu, als sie dem voranschreitenden Briganten folgen.

Dazu kommt es nun freilich nicht. Der neue Raum ist zwar etwas besser eingerichtet, enthält aber auch nur ein Bett.

„Wollen Sie zusammenbleiben? Dann lasse ich ein zweites Lager herrichten. Oder darf ich Ihnen meine eigene bescheidene Unterkunft, die ich mit meinem Vertreter teile, anbieten? Befehlen Sie."

„Unsinn, Giacomo", lehnt Parvisi das Angebot ab. „Wir wollen deine Gastfreundschaft sowieso nicht lange in Anspruch nehmen, so daß sich Umstände nicht lohnen. Laß ein Bett bringen."

„Gern, sofort!" Der Herr der Berge verläßt den Raum.

„Die Sache gewinnt immer mehr an Reiz, finden Sie

nicht auch?" fragt de Vermont den Freund. Der andere nickt mit sauersüßem Lächeln. „Eigentlich ein ganz netter Bursche, Ihr räubernder Bekannter."

„Hm."

„Wie denken Sie über das Lösegeld? Darauf wird ja alles hinzielen."

„Ich bin erschüttert. Natürlich werde ich nicht knausrig sein, sollte es wirklich keine anständige Regung mehr in ihm geben."

Die beiden Männer sind ans Fenster getreten und betrachten die vom Mondlicht übergossenen Berge. So haben sie nicht bemerkt, daß Tomasini zurückgekehrt ist. Er hat die letzten Worte Parvisis gehört.

„Pfui Andrea!"

„Ah, du bist zurück."

„Ja, und nochmals pfui! – Aber jetzt wollen wir erst einmal auf Gesundheit, Wohlstand und Erfolg trinken." Er gießt Wein ein und bietet die Becher den Gästen an.

„Wieso pfui?" fragt der Genuese, der den Wein geflissentlich übersieht.

„Hältst du mich für so tief gesunken, daß ich dich erpressen könnte?"

„Warum hast du uns gefangengenommen?"

„Vielleicht wollte ich wieder einmal mit dir plaudern. Wie viele Jahre sind seit unserem letzten Zusammensein verstrichen?" wirft Tomasini spöttisch hin.

Parvisi fühlt sein Gesicht glühen. Ein Schuft, der Freund, der ehrliches Mitgefühl über seinen Sturz mit Spott belegt.

„Keine Ausflüchte, Giacomo. Warum?" fragt er hart.

„Die Welt ist schlecht", wiederholt der Herr der Berge mit tiefem Ernst.

„Eine billige Erklärung deiner Handlungen. Weil die Welt in deinen Augen schlecht ist, mußt du es auch sein."

„Sind Räuber, Banditen, Briganten Menschen?" fragt Tomasini.

„Ja, natürlich. Aber was soll das?"

„Menschen also. Das ist das Wichtige. Einzelne wirkliche Verbrecher befinden sich darunter, zugegeben; die große Masse aber sind Unglückliche, die rauben und stehlen, nicht um gemeine Lüste zu befriedigen, sondern um sich das wenige zum Lebensunterhalt zu beschaffen, das ihnen die eigenen und fremden Herrschenden vorenthalten. Auf der einen Seite Unterdrückung, Knechtung, auf der anderen Auflehnung dagegen. Wer ist schlecht, Andrea?"

„Du bist Carb..." Bevor Parvisi das Wort ausgesprochen hat, ist Tomasini hinzugesprungen und preßt dem Freund die Hand fest auf den Mund.

„Schweig!" herrscht er ihn hart und mit der befehlenden Stimme des Herrn der Berge an.

Das halbausgesprochene Wort und die Erregung Tomasinis lassen den beiden Kaufleuten blitzartig klarwerden, daß sie es mit einem Mitglied des großen Freiheitsbundes der Carbonari zu tun haben.

Der Carbonaro weiß, daß sein Geheimnis durchschaut ist. Um vor dem alten Freund bestehen zu können, hat er sich zu einer Unvorsichtigkeit hinreißen lassen. Er, ein Führer des Bundes!

„Ich habe nichts Böses im Sinn gehabt. Die Gefangennahme war unvermeidlich. Warum, werde ich später erklären. Jetzt wiederhole ich: Sie sind meine Gäste, die ganz über mich und meine Leute verfügen können. Geben Sie mir, ich bitte darum, Ihr Ehrenwort, daß Sie über alles, was hier geschieht und Sie vom Treiben des Herrn der Berge sehen sollten, unverbrüchliches Schweigen bewahren werden."

„Ich verpflichte mich auf Ehrenwort", bestätigt Andrea Parvisi.

„Auch ich werde es tun. Genügt Ihnen das, Herr Tomasini?"

„Vollauf, Monsieur de Vermont. – Und nun hört,

Freunde, denn auch Sie darf ich doch so nennen", er blickt zu dem Franzosen, de Vermont nickt zustimmend, „was mich bewog, euch festnehmen zu lassen."

„Es gibt einen besonderen Grund dafür?"

Kurz berichtet Tomasini von der Unterredung mit Gravelli. „Das ist der Auftrag. Ich habe ihn zum Teil ausgeführt, nicht, weil ich das Gold brauche oder weil solche Verbrechen zu meinem Handwerk gehören, sondern um dich zu schützen. Noch während der Bankier sprach, war es mir klar, daß, wenn ich nicht zusagte, sich ein anderer fände und dein Leben in Gefahr bliebe. Das Warum, die Gründe, die Gravelli für seine Befürchtungen hat, waren mir erst einmal nebensächlich. Ich kenne den Bankier und ich kenne dich, Andrea. Auf jeden Fall mußtest du schnellstens in meine Hände gelangen. Der Zufall kam mir mit deiner Reise zu Hilfe. Wenn du mir nicht auf halbem Weg entgegengekommen wärst, hätte ich dich aus deinem Haus in der Stadt entführen lassen oder herausgelockt."

„Das wäre wohl nicht so einfach gewesen, Giacomo!"

„Bah. Dem Herrn der Berge bieten solche Sachen keine Schwierigkeiten. – Doch weiter. Es ist notwendig, daß ihr beide, du und auch Herr de Vermont, für einige Zeit verschwindet. Um Gravelli zu täuschen, müßt ihr tot für die Welt sein. Was weiter geschehen wird, weiß ich im Augenblick noch nicht. Ich verstecke euch an einem sicheren Ort. Freilich, solche Bequemlichkeiten, wie sie dein Landhaus bietet, kann ich wohl nicht versprechen."

„Was hat Gravelli gegen mich?" Parvisi hat laut gedacht. Es ist keine Frage an Tomasini.

„Die alte Feindschaft vielleicht?" wirft der Freund ein.

„Auch davon weißt du?"

„Du vergißt, wer ich bin. – Ich kann es mir nicht denken. Wegen eines dummen Streiches deines Sohnes so viele Jahre später solche Rache nehmen zu wollen, erscheint mir abwegig. Etwas Neues muß inzwischen vorgefallen sein."

„Ich wüßte nicht." Parvisi unterläßt es, den wirklichen Grund für die Feindschaft zu erklären.

„Das klingt wenig überzeugend."

„Es ist so." Parvisis Worte kommen zögernd.

„Denke scharf nach, Andrea. Alles ist wichtig. Jedes Wort, das ihr letzthin gewechselt habt, kann möglicherweise die Lösung des Rätsels enthalten."

„Sollte der gestrige Auftritt ihn dazu bewogen haben?"

Tomasini beugt sich über den Tisch: „Was hat es gegeben?"

„Ich schleuderte ihm entgegen, Bürger Genuas müßten die Hand im Spiele haben, daß so viele unserer Schiffe von den Korsaren gekapert werden!"

Wein fließt über den Tisch. Der Herr der Berge hat den Krug umgestoßen. Er hält den Kaufmann an den Schultern umklammert.

„Andrea! Beweise, Beweise! Wie kommst du zu dieser furchtbaren Anklage? Wenn du recht hättest!" Parvisi spürt, daß die ihn festhaltenden Arme des Freundes, der ganze Körper des Mannes, zittern.

„Ich kann nichts beweisen. Gravellis Reden ließen einen solchen Schluß zu."

Tomasini sinkt auf den Stuhl zurück. Erloschen ist das Feuer.

„Sie machten Ihre Bemerkung allein dem Bankier gegenüber?" fragt de Vermont.

„Nein, ein anderer Kaufmann, Signore Brandi, war dabei."

„Ein Zeuge also", mischt sich Tomasini wieder ein. „Einer aus dem Kreis Gravellis. Bitte, Andrea, erzähle alles haargenau."

„Wenn ich zu weit gegangen bin, dann nur deshalb, weil ich in Sorge um meinen Sohn Luigi, den kleinen Livio und meine Schwiegertochter war. Und sie war berechtigt. Meine Lieben sind mit der ‚Astra' gekapert worden. Herr de Vermont ist eigens aus Marseille gekommen, um mir die schlimme Nachricht schonend zu überbringen."

Die Männer schweigen. Die Kerzen flackern im stoßweisen Atmen des Kaufmanns.

„Armer Andrea. Das Liebste verloren. Doch wer sagt dir, daß es so sein muß? Noch hast du keine Bestätigung, daß deine Kinder tot sind. Solange sie fehlt, leben sie. Sie leben!" Die Stimme Tomasinis hat zwingende Gewalt, ist Befreiung von übermächtigem Druck. Doch nur kurze Zeit. Gekapert, in der Hand der Korsaren, das bedeutet ja Tod, jetzt oder später, wenn nicht bald etwas geschieht.

„Vielleicht", murmelt der unglückliche Vater.

„Warten wir ab. Aber nicht untätig. Wenn sich deine Vermutung bewahrheitet, daß Gravelli die Hand im Spiel hat, dann gnade ihm! Das Verbrechen an den Deinen und – dem Volk wird gesühnt werden. Jetzt berichte ausführlich."

Der Kaufmann kommt der Aufforderung, wenn auch stockend, nach. De Vermont, der die italienische Sprache fließend beherrscht, unterstützt ihn, soweit er die Angelegenheit kennt.

Während des Berichts ist der Banditenchef im Raum umhergewandert. Nun bleibt er am Tisch stehen, blickt über seine Gäste hinweg. Seine Finger zeichnen Kreise in die Weinlache. Man spürt, wie in diesem eigenartigen Mann die Gedanken arbeiten.

Endlich schließt er seine Überlegungen ab.

„Ich wette alles gegen nichts, daß dein Leben, Andrea, verspielt wäre, wenn ich dich nicht schützen könnte. Für Gravelli gibt es keine andere Möglichkeit, als dich zum Schweigen zu bringen. Deine Vermutung hat ihn persönlich getroffen und so tief, daß er sich verriet. Fühlte er sich unschuldig, hätte er sofort die ganze Kaufmannschaft Genuas auf die Beine gebracht und sie gegen dich gehetzt. Dadurch könnte er sich gefahrlos für die frühere

Sache rächen. Daß er es nicht getan hat, ist für mich ein schlagender Beweis seiner Schuld. Du magst seine Handlungen als gewöhnliche Verbrechen ansehen. In meinen Augen sind sie Hochverrat! Verrat an den Menschen und dem ganzen Volk." Tomasini richtet sich steil auf. „Ja, ich bin Carbonaro. Mag das Wort in diesen vier Wänden ausgesprochen werden. Ich kämpfe unter der Maske des Straßenräubers für die Gleichberechtigung aller. Unsere unzähligen Fürsten und Fürstchen führen kostspielige Hofhaltungen, überbieten sich gegenseitig in Festen und Gelagen und kümmern sich nicht um ihre Arbeiter und Pächter, erinnern sich ihrer nur dann, wenn die Kassen aufgefüllt werden müssen. Die großen Herren kennen nur Ehrgeiz und Machtvergrößerung. Diese verderblichen Einzelinteressen schwächen unsere Kraft; sie machen uns zur überreifen Frucht für fremde Eroberer. Verrat ist an der Tagesordnung. Erfolge werden hinter dem Rücken der Kämpfer zunichte gemacht. Die Verflechtung der Geschlechter mit den großen Höfen Europas hat unsere Heimat zum Spielball aller werden lassen. Was geht uns denn der Dey von Algier, was gehen uns die anderen nordafrikanischen Paschas und Beys an? Wie leicht müßte es uns werden, die Korsaren zu vernichten, wenn wir einig wären, unsere Kraft geballt auf sie werfen könnten! Aber wir können es nicht, denn wir sind nicht einig. Unglückliches Land Italien, unterdrückt und bevormundet von deinen eigenen Fürsten und von Fremden! Ihnen gilt der Kampf bis zum letzten Blutstropfen. Andrea Parvisi, du bist reich und mächtig; hilf mir, hilf uns, ohne auf den Totenkopf zu schwören, daß die Macht fremder Herren in Italien gebrochen wird! Sind wir Italiener denn weniger als andere Menschen, sind wir schlechter oder dümmer, daß man uns verwehren darf, was sie selbst so stolz für sich in Anspruch nehmen: eine Nation zu sein? Auch wir wollen frei sein und eigene, unsere Wege gehen. Ich fordere noch mehr. Das Mittelländische Meer muß frei sein für unsere Schiffe. Ungehindert sollen es unsere Segler kreuzen können. Es darf keine Sklaven mehr geben!"

Giacomo Tomasinis Augen glühen. Die beiden Kaufleute schweigen betroffen. Zu unerhört, zu kühn ist, was sie eben hörten. Welch ein Feuer, welch eine Kraft offenbarte sich eben vor ihnen. Sie können dem Bann nicht entfliehen, den der Herr der Berge, der Räuberhauptmann Tomasini, um sie geschlagen hat. Es sind große Gedanken und Ziele, sie erkennen sie an.

„Beweise müßte man gegen Gravelli haben. Allein auf seine Bemerkung am Hafen kann man keine Anklage aufbauen", bemerkt endlich Parvisi.

„Natürlich nicht, Andrea. Wir werden diese Beweise suchen. Du und ich. Vielleicht haben wir sogar schon einen Anhaltspunkt in der Hand."

Die Kaufleute blicken Tomasini überrascht an.

„Vielleicht, ich weiß es nicht genau", fährt Parvisis Freund fort.

„Zugleich mit euch ist mir ein besonderer Vogel ins Garn gegangen. Ein Bote Gravellis an seinen Sohn Pietro in Wien. Er kam wenige Schritte hinter eurem Wagen geritten. Meine Leute waren gezwungen, ihn festzuhalten, um den Überfall nicht vorzeitig bekanntwerden zu lassen. Ich habe mir erlaubt, die Botschaft zu lesen. Das bringt so mein Handwerk mit sich, ihr versteht?" Das ist wieder der spöttische Herr der Berge, der so spricht. „Der Inhalt des Schreibens erschien mir unverfänglich, obwohl ich das Gefühl nicht loswerden konnte, daß die Worte doch eine besondere Bedeutung haben müßten. Gravelli ist ein alter Gauner. Ich kenne ihn besser, als er wahrscheinlich vermutet. Er selber ist Bandit gewesen, aber ein echter, der stahl und raubte, nicht um den Hunger zu befriedigen, sondern um reich zu werden. Ein Verbrecher. Daß er wirklich nur Unwesentliches schreiben kann, halte ich nach deiner Erzählung, Andrea, für falsch.

Hört einmal zu."

Tomasini zieht den Brief hervor und liest.

„Encore une fois, je vous prie! – Noch einmal, bitte", fordert de Vermont, sich der Muttersprache bedienend.

Der Bitte wird nachgekommen. Die ersten Sätze sind Grüße, Familienangelegenheiten, die kaum Geheimnisse enthalten können.

„Jetzt langsam, Giacomo", macht Parvisi aufmerksam.

Der liest: „Leider, mein lieber Junge, muß ich Dir mitteilen, daß die Jagd nicht den Erfolg hatte, den wir von ihr erhofften. Gestern erfuhr ich zu meinem großen Leidwesen und Schrecken, daß der Fuchs der Meute entschlüpft ist. Die Jäger haben das kostbare Wild verpaßt, obwohl sie doch bestens auf die Fährte gesetzt worden waren. Aber ich werde alles tun und keine Kosten und Mühen scheuen, das Tier doch noch zur Strecke zu bringen. Geduld ist das einzige, um das ich Dich bitte."

„Ich glaube, das genügt. Der Fuchs – ist Luigi, mein Sohn!"

„Davon bin ich auch überzeugt. Gravelli ist der Mann, oder wenigstens einer von denen, die Hand in Hand mit den Korsaren arbeiten. Endlich einmal eine Spur, nach der wir so lange schon gesucht haben, denn als Beweis kann man dieses Schreiben nicht werten. Endlich! Ich werde mich dem Mann an die Fersen heften. Nochmals, Andrea, hilf dabei! Es geht um Hohes, um den Kampf gegen die Unmenschlichkeit der Sklaverei und darum, frei zu werden von fremder Unterdrückung und Bevormundung. Gravelli wird fallen, davon kannst du schon in diesem Augenblick überzeugt sein!"

„Verfüge über mich, Giacomo. Verfüge über meine Mittel."

„Ich danke dir. Wenn ich etwas brauche, werde ich mich nicht scheuen, dich darum anzugehen. – Und Sie, Herr de Vermont? Es tut mir leid, daß Sie als Ausländer in eine solche Sache verwickelt wurden; manches Gesagte betraf Frankreich. Ich hoffe, mich nicht zu täuschen, wenn ich annehme, daß Sie mich als Italiener verstehen werden. Sie würden sich als Franzose ebenso dagegen wehren, als unmündig betrachtet und wie ein Kind in allem geführt zu werden. – Zu ihrem Ehrenwort werden Sie stehen, daran zweifle ich keinen Augenblick."

„Dieses Hinweises bedurfte es nicht. Grundsätzlich billige ich voll und ganz Ihre Ansichten und Ziele. Nur zwingt mich die Haltung Frankreichs zum Dey von Algier zur Vorsicht. Ich weiß nicht, ob Sie den Freundschaftsvertrag mit ihm kennen. Obwohl diese Freundschaft sehr teuer ist, haben wir keinen Grund, feindselig vorzugehen. Wir besitzen die Rechte für die Korallenfischerei in La Calle, das Ein- und Ausfuhrmonopol in Bona und haben andere Vorteile, die wir nicht missen möchten. Das wird mich aber nicht hindern, meine Stimme gegen das unmenschliche Verhalten der Korsaren zu erheben. Wir Franzosen haben im Laufe der Jahrhunderte sehr oft mit den Herrschern Algiers große Auseinandersetzungen gehabt. Es ist nicht ausgeschlossen, daß sie sich heute oder morgen wiederholen werden. In einem solchen Fall stehe ich offen auf Ihrer Seite."

„Ich danke Ihnen."

„Was gedenkst du zu tun?" fragt Parvisi den Jugendfreund.

„Brandi muß in Sicherheit gebracht werden! Hoffentlich kommen wir nicht zu spät."

„Brandi?"

„Gravelli wird den einzigen Zeugen eurer Unterhaltung ebenso zu vernichten trachten, wie er es mit dir im Sinne hat."

Während Tomasini entsprechende Anweisungen gibt, unterhalten sich die beiden Kaufherren über Gravelli. Nicht seine Schlauheit und Schlagfertigkeit stehen dabei im Vordergrund, sondern die Ziele, denen er dient.

Hufgetrappel dringt leise ins Zimmer. Giacomos Leute

jagen durch die Nacht, um auch den gefährdeten Kaufmann Brandi vor einer etwaigen Rache Gravellis zu schützen.

„Hoffentlich ist es noch nicht zu spät." Mit diesen Worten betritt der Herr der Berge wieder den Raum. „Ihr dürft vorerst nicht nach Genua zurückkehren. Auch auf deinen Landsitz kann ich dich nicht gehen lassen, Andrea. Gravelli muß glauben, wenigstens für die nächsten Wochen oder auch Monate, daß sein Auftrag ausgeführt ist."

„Was wird aus den Geschäften? Von meinem Gut aus hätte ich jederzeit eingreifen können, so aber sehe ich dazu keine Möglichkeit."

Tomasinis Finger trommeln auf der Tischplatte. Er überlegt. „Darf ich dir einen ausgezeichneten Mitarbeiter empfehlen? Du wirst inzwischen verlernt haben, dich zu wundern. Ich habe Verbindungen zu allen Berufen. Nimm den Mann in deine Dienste. Du kannst dich restlos auf ihn verlassen. Gib ihm Vollmachten für deinen Geschäftsführer. Ein anderer meiner Leute wird als Bote zwischen dir und ihm hin und her pendeln und deine Entscheidungen überbringen. In die Leitung der Geschäfte wird er, falls du es nicht wünschst, nicht eingreifen."

Parvisi überlegt und erklärt sich dann mit diesem Vorschlag einverstanden.

„Was haben Sie über mich beschlossen, Herr Tomasini?"

„Sie hatten sicherlich die Absicht, meinem Freund Andrea in diesen schweren Tagen als verständnisvoller und mitfühlender Mensch zur Seite zu stehen. Befehlen Sie! Soll ich Sie morgen in einen Hafen bringen lassen? Ich werde es tun, würde mich aber ehrlich freuen, auch Sie für längere Zeit als meinen Gast betrachten zu dürfen."

Hoffentlich sagt der Franzose zu, denkt Tomasini dabei. Zu wenig kennt er den Mann.

„Ich könnte Andrea", de Vermont blickt zu Parvisi, der den erstmaligen Gebrauch des Vornamens mit Freude feststellt, „etwa vier Wochen Gesellschaft leisten."

„Das ist herrlich, ausgezeichnet. Ich werde, sooft es geht, zu euch kommen!"

„Wir bleiben nicht hier, so deute ich deine Worte?" bemerkt der Genuese.

„Nein. Obwohl wir uns bemüht haben, durch Kreuzundquerfahrten eine Entdeckung unseres Unterschlupfes zu verhüten, liegt das Haus noch zu nahe an der Hauptstraße. Es gehört einem uns nahestehenden Landsmann, dessen Hilfe wir nur in den seltensten Fällen in Anspruch nehmen. Wir gehen noch weiter in die Berge. Dort besitzt ein gewisser Baron Tomasini ein Schlößchen, in dem er gern einige liebe Jagdgäste aufnehmen wird."

„Ein Baron Tomasini, ein Verwandter von dir?" fragt Parvisi.

„Der Herr ist Römer. Er kommt nur dann und wann, manchmal lange Zeit überhaupt nicht, zur Jagd. Mehr weiß die Umgebung nicht von diesem Herrn. Die Bedienten sind treu und verschwiegen."

„Du bist der Besitzer, Giacomo?"

„Erraten." Tomasini lächelt. „Räuberhauptmann, Carbonaro, Bürger Roms, Kaufmann, Diplomat – alles in einer Person. Dabei muß ich bemerken, daß ich nur zeitweilig der Herr der Berge bin, das heißt: der richtige. Meistens verbirgt sich dahinter einer meiner Leute." Er hat diese Erklärungen schnell und flüchtig gegeben. Es liegt ihm nichts daran, von sich zu sprechen.

„Halt, eine Bitte habe ich", wendet er sich an Parvisi. „Darf ich heute nacht Gravellis Boten in deinem Wagen an die Straßenkreuzung bringen? Er ist durch ein Schlafmittel im Wein betäubt. Aus Gründen der Sicherheit des Besitzers dieses Anwesens ist es notwendig, daß der Mann nicht erfährt, wo er sich befunden hat. So büßt er auch weniger Zeit ein. – Ah, herein!"

Bett und leckeres Abendessen werden gebracht.

„Guten Appetit, Freunde, und gute Nacht!" Giacomo tritt auf Parvisi zu, umarmt und küßt ihn. „Lieber Andrea." Mehr sagt er nicht. Ein kurzes freundliches Nicken zu de Vermont, und der Herr der Berge ist verschwunden.

5. Mann im Wasser

Xavier de Vermont ist nach Marseille zurückgekehrt. Trotz seiner langen Abwesenheit sind keine Stockungen und Schwierigkeiten in seinen Geschäften eingetreten. Einige Privatbriefe müssen beantwortet werden; alles unwichtige Angelegenheiten, für deren verspätete Erledigung eine liebenswürdige Entschuldigung genügen wird. Eine einzige bedeutungsvolle Sache befand sich unter dem Poststapel: Bericht aus La Calle von seinem Sohn Pierre-Charles. Einen Tag nach der Abreise nach Genua ist das Schreiben eingegangen. Ein Tag lag dazwischen, ein ereignisreicher Tag.

Der Franzose ist Geschäftsmann, zugleich aber ein hochgebildeter, phantasiebegabter Mensch. Pierre-Charles berichtet klar und sachlich Kleinigkeiten, Einzelheiten, die zum Schluß einen bunt schillernden Teppich ergeben.

So war es geschehen:

Im Bug der französischen Fregatte ‚Toulon' stehen zwei Reisende. Sie erfreuen sich am Spiel der Wellen und an den Flugkünsten der Möwen.

„Du, Pierre-Charles, ich kann dir nicht sagen, wie ich mich auf La Calle freue", schwärmt der jüngere der Männer, der sicherlich noch keine zwanzig Jahre zählt.

„La Calle?" Der andere lacht auf. „Langsam, mein Lieber! Hast du dir die Landkarte noch nicht angesehen? Mit La Calle wirst du dich noch gedulden müssen. Wir werden in Kürze Ceuta anlaufen, dann uns noch Atlantikwind in Tanger um die Nase fächeln lassen, ehe es entlang der Barbareskenküste nach Bona und endlich nach La Calle geht. Also Geduld, Roger!"

„Ich hab sie! – Ich glaube, deine Beschreibung bleibt noch hinter der Wirklichkeit der Schönheiten, die es dort unten zu bewundern gibt, zurück. Auf afrikanischem Boden zu leben; es muß herrlich sein! Und für all das werde ich eines Tages dir und deinem Vater danken müssen."

Was soll dem Jungen auf diese Überschwenglichkeit entgegnet werden? Man hat ihn aus dem Verwaltungsdienst in Marseille zur praktischen Arbeit in der Korallenfischerei versetzt. Gut, der Vater tat es, weil das Fernweh des jungen Angestellten manchen Vorteil für das Ganze erhoffen läßt und weil er ein Verwandter der de Vermonts ist, den man fördern will. Davon aber Aufhebens zu machen, ist müßig. Arbeite, junger Vetter, dann dankst du genug. – Doch das sagt er nicht.

Pierre-Charles de Vermont, das ist der vollständige Name des älteren der beiden Männer, hebt das Glas, senkt es, setzt es erneut an. Roger de la Vigne, sein Vetter, blickt nun ebenfalls in die gleiche Richtung. Er sieht nur eine leichtbewegte, unbegrenzte Fläche Wassers. Und doch muß es etwas geben. Zu angestrengt und verbissen mustert Pierre-Charles die Wogen.

„Lauf schnell zum Kapitän, Roger! Wracktrümmer links vor uns."

„Was?" fragt de la Vigne dumm zurück.

„Mach schon! Wirst es noch zeitig genug erfahren, was sie bedeuten. Augenblicklich weiß ich es auch noch nicht."

Der Vetter stürzt davon.

„Ausguck, Wracktrümmer links gemeldet!" unterrichtet gleich darauf der Schiffsführer den Mann im Mastkorb. „Großsegel brassen! Halbe Fahrt!" befiehlt er.

De la Vigne zappelt vor Aufregung, als er wieder neben Pierre-Charles steht. „Wie spannend! Ein Abenteuer auf See."

„Ach was. Da, nimm das Glas. Es sind nur ein paar Planken, nichts von Bedeutung. Vielleicht irgendwo im Sturm von einem Schiff abgesprengt und, wer weiß, schon tagelang im Wasser. Wollte man jeder solchen Begegnung einen übermäßigen Wert beimessen, dann käme man aus der Spannung nie heraus."

„Warum tun wir es dann?"

„Hast recht, Roger. Manchmal steckt auch mehr hinter solchem Treibgut. Deshalb muß man es untersuchen."

Der junge Franzose betrachtet den Fund des Vetters lange.

„Es ist wirklich eine Planke. Schade. Ob es noch mehr davon gibt?"

„Schon möglich. Suche weiter."

Der Blick löst sich von dem Punkt im Wasser. Das Glas wird nach links, nach rechts gewendet. Der Suchende findet nichts.

De Vermont hat sich wieder bequem auf die Reling gestützt. Ab und zu wirft er ein Stück Brot in die Luft. Wie Pfeile schießen Möwen danach und erhaschen es im Flug. Der Zwischenfall ist als unwichtig abgetan. De la Vigne mustert noch immer die Wasserwüste.

„Pierre-Charles, schnell, schau hin! Ich glaube, ich... Aber ich bin meiner Sache nicht sicher."

„Nanu, du zitterst ja. Gib her!"

„Dort, dorthin!" Der Vetter blickt noch nicht genau in die bestimmte Richtung. „Nicht da, dort, dort! So ist's recht! Was siehst du?"

„Einen Menschen!"

„Ja, ja!"

„Mann im Wasser!" schreit de Vermont.

Kapitän Deslonge kommt mit schnellen Schritten zu den beiden Vettern. „Sie gaben Alarm, Herr de Vermont?"

„Schauen Sie selbst!"

„Danke. – Es ist so. Ich werde sofort die nötigen Anweisungen erteilen."

Plötzlich ein Laufen und Rennen. Befehle erschallen. Werden ausgeführt. Das Schiff wechselt den Kurs, wird gestoppt. Soeben schwenkt man die Schaluppe aus.

„Wollen Sie mitfahren?" fragt Kapitän Deslonge den jungen Landsmann, der mit dem Vetter den Platz im Vorderschiff verlassen hat.

„Ich bitte darum."

„Steigen Sie hinab. Auch Sie, Herr de la Vigne, wenn Sie Lust dazu haben."

Und ob der junge Reisende Lust hat! Wenn schon die Überfahrt nach Afrika solche aufregenden Stunden bringt, was mag dann erst der fremde Erdteil für Überraschungen und Abenteuer zu bieten haben? Herrliches Leben! Er wird es in vollen Zügen genießen; es wird ihn aufgeschlossen für alles Strahlende, Schöne, Große finden. An die harten Schatten, die unabdingbar zur grellen Sonne gehören, denkt er in seinem Überschwang nicht.

Von kräftigen Ruderschlägen getrieben, macht das Boot schnelle Fahrt. Immer näher kommt man dem Verunglückten. Der Dritte Offizier der ‚Toulon', der die Rettung leitet, steht im Bug der Schaluppe. Neben ihm Pierre-Charles de Vermont.

Jetzt ist schon Genaueres zu erkennen. Der Mann liegt auf einer Tür. Die Rechte hält den Türgriff umklammert. Tot anscheinend. Die Starre hat verhindert, daß der Leichnam von den Brettern herabgespült wurde.

„Armer Kerl", murmelt der Offizier. „Wir wollen ihm wenigstens ein anständiges Seemannsgrab bereiten. Packt an, Leute, herüber mit ihm! Einen Sack werden wir auf der Fregatte noch übrig haben, und zu einem Gebet wird auch Zeit sein."

Es macht Mühe, die verkrampften Finger zu lösen. Die Bergung kann nur von einigen der Ruderer getan werden; die anderen müssen das Boot im Gleichgewicht halten.

„Nicht tot. Der Mann ist nur bewußtlos", meldet einer.

„Dann beeilt euch! Wir müssen ihn retten", drängt der Führer.

Beim Übernehmen in das Boot berührt der Kopf des Bewußtlosen den Rand. Ein gräßlicher Schrei ertönt. Der den Oberkörper haltende Träger zuckt zusammen. Wieder schlägt der Kopf auf. Ein zweiter Schrei, schneidend, durchdringend, furchtbar wie der erste.

„Festhalten, Mann!" herrscht de Vermont den Matrosen an. „Wahrscheinlich hat der Unglückliche eine Wunde am Kopf. Schnell herein mit ihm. Ich werde sofort nachschauen."

Pierre-Charles zieht den Rock aus, knüllt ihn zu einem Kissen zusammen, auf das er den Bewußtlosen bettet. Der junge Offizier will aufbegehren. Herr de Vermont ist Passagier. Angesichts der Mühen, die sich der Herr aber um den Mann macht, sogar seinen fleckenlosen tabakbraunen Rock kurzerhand auszieht und zum Kissen zusammenknüllt, hält er es für richtiger, zu schweigen. Sollte aber de Vermonts Anzug beschmutzt werden, dann wird über die Mannschaft, die es an Sauberkeit hat fehlen lassen, ein Donnerwetter hereinbrechen.

Ganz leicht streicht die Hand über den Kopf des Schiffbrüchigen. Da zuckt dieser zusammen. Die Finger haben eine große Beule wenige Zentimeter unter dem Wirbel berührt. Ein Wunder, daß noch Leben in diesem Menschen ist.

„Ein Unglück oder, was wahrscheinlicher sein dürfte, ein Verbrechen ist hier geschehen. Ich kenne mich in solchen Sachen etwas aus", erklärt de Vermont dem Offizier.

„Dann los! Legt euch in die Riemen, damit wir dem

Kranken ärztliche Hilfe bringen können!"

„Einen Augenblick. Was wird mit der Tür?"

„Lassen wir schwimmen!"

„Ich würde sie mitnehmen, Herr Leutnant."

„Unnötiger Ballast. Was sollen wir mit ihr?" Der Offizier ist verärgert, daß sich Pierre-Charles so in den Vordergrund schiebt.

„Wie schon angedeutet – ich glaube, daß der Mann das Opfer eines Verbrechens geworden ist. Es aufzuklären, falls uns der Unglückliche, ohne Auskunft geben zu können, stirbt, kann jeder Gegenstand aus seiner Umgebung wichtig werden. Wäre es eine gewöhnliche Planke, dann könnte sie wohl nichts aussagen. Eine Tür läßt vielleicht Schlüsse auf die Herkunft des Schiffes zu, auf dem der Verletzte fuhr."

Jetzt verfinstern sich die Mienen des Leutnants sichtlich. Aber er weiß, welche Hochachtung, fast Unterwürfigkeit Kapitän Deslonge dem Sohn Xavier de Vermonts entgegenbringt, und möchte keinen Anpfiff wegen Mißachtung der Gründe Pierre-Charles' einstecken. „Ins Schlepptau mit der Tür!" befiehlt er mürrisch. „Und nun endlich los. Eins, zwei, drei – eins, zwei drei!" Die Kommandos kommen so schnell, daß die Matrosen die Riemen nicht danach bewegen können. Der junge ehrgeizige Offizier will zeigen, daß er und nicht der Passagier der ‚Toulon' Führer und Verantwortlicher der Schaluppe ist. –

Alle Bemühungen des Schiffsarztes, den Bewußtlosen aus dem gefährlichen Zustand zu wecken, bleiben erfolglos. Kaum daß man ihm etwas Nahrung einflößen kann.

Wer ist der Fremde? Papiere hat er nicht bei sich. Lediglich ein Stift und ein Stück Zeichenpapier mit den Umrissen eines Kinderkopfes fanden sich in einer der Taschen seiner Hose. Es scheint, als ob der Mann geradewegs aus dem Bett gekommen ist, als das Unglück über ihn hereinbrach.

Der Schiffszimmermann hat die Tür untersucht. Italienische Arbeit, stellt der Fachmann fest. Doch was bedeutet das? In Italien gebaut, heißt noch lange nicht, daß das Schiff auch eine italienische Flagge geführt hat.

De Vermont erkennt das an. Man muß warten, bis der Fremde selbst berichten kann. Hoffentlich geschieht das bald. Allgemein wird auf der ‚Toulon' angenommen, daß man es mit einem Überlebenden eines von Korsaren gekaperten Schiffes zu tun hat.

Nach dem Abendessen, als die Offiziere und die beiden Reisenden sich die Pfeifen gestopft haben und wie immer zusammensitzen, verstehen es die beiden Vettern, den Arzt zu sich zu ziehen. De la Vignes Augen strahlen in Begeisterung, aber er fühlt, daß es jetzt wichtiger ist, zu schweigen und zuzuhören, als mitzureden in Dingen, die ihm gänzlich neu sind. Gespannt verfolgt er jedes Wort, merkt sich, was ihm bedeutungsvoll erscheint.

Seit der Übernahme des Kranken an Bord der ‚Toulon' war Pierre-Charles fast jede Stunde an seinem Bett gewesen. Obwohl de la Vigne den Mann gefunden hat, fühlt sich de Vermont irgendwie verantwortlich für den Schiffbrüchigen. Er weiß selbst nicht, was ihn zu dem Fremden treibt. Sicherlich ist es das Geheimnisvolle, das Ungewöhnliche, Abenteuerliche, das ihn fesselt. Jedenfalls hat er bereits eine zweite, eingehendere Untersuchung veranlaßt. Das Ergebnis ist wenig ermutigend. Wenn man der Ansicht de Vermonts, daß es sich um ein Verbrechen handelt, zustimmt, hat der Schlag oder eben der Unglücksfall, sollte es sich um einen solchen handeln, eine schwere Nervenstörung ausgelöst. Es besteht Gefahr, daß der Mann das Erinnerungsvermögen verloren hat. Vielleicht bleibt auch nur eine Lähmung zurück. Einige Zeit bis zur vollständigen Genesung wird aber verstreichen.

„Was soll mit ihm geschehen? Wohin mit ihm?" fragt de Vermont.

„Ins Lazarett nach Ceuta. Es ist das beste." Der Arzt möchte so schnell wie möglich von diesem Fall befreit sein. Da der junge Franzose darauf nichts erwidert, blickt der Arzt auf. „Der Vorschlag scheint Ihnen nicht genehm zu sein, Herr de Vermont?"

„Ganz recht, Doktor. Ich weiß nicht, ob ein Lazarett der geeignete Ort für einen so außergewöhnlichen Fall ist. Der Mann braucht vielleicht als beste Medizin vollkommene Ruhe. Ich weiß es nicht."

„Das stimmt. Ruhe und Geduld sind das einzige, was ihm helfen kann. Wenn der Schlag keine körperliche Lähmung ausgelöst hat, wird der Mann wahrscheinlich das Bett schon bald verlassen können. Er wird umherlaufen, aber eben ohne Wissen um sein Tun. In die Sonne darf er für die nächste Zeit nicht, und man muß sich davor hüten, durch drängende Fragen die verlorene Erinnerung zurückrufen zu wollen. Einmal, so denke ich mir, wird der Kranke von sich aus anfangen, verwundert um sich blicken, alles, Bäume, Häuser, den Gegenstand, den er gerade in der Hand halten sollte, die Menschen, erkennen – dann sich seines Namens, der Namen seiner Angehörigen, des Schiffes und eben aller Dinge erinnern, die ihm in seinem jetzigen Zustand entfallen sind."

So ähnlich hat es sich de Vermont gedacht. Kein schwerer, aber ein schwieriger Fall – also nichts für ein Lazarett.

„Ich kenne unsere Krankenstation in La Calle", berichtet er. „Ich habe erlebt, wie Männer unter der glühenden Sonne wahnsinnig wurden und tagelang tobten. Sollte ähnliches eintreten, während der Fremde in einem Hospital liegt, dann wäre alle aufgewendete Mühe umsonst. An die Epidemiezeiten will ich mich nicht erinnern. Da lagen so viele Kranke in den Räumen, daß es dem Pflegepersonal unmöglich war, sich mit jedem einzelnen besonders zu beschäftigen."

Einer solchen Gefahr möchte de Vermont den Fremden nicht aussetzen. Er hält den Schiffbrüchigen nicht für einen Seemann. Schon als man die Finger vom Türgriff löste, war ihm die feingliedrige Hand aufgefallen. Eine solche Hand kann nicht die schwere Arbeit mit Tau und Segel, mit Ruder und Ballast bewältigen. Das schmale Antlitz mit der hohen Stirn verrät einen Menschen, der mit Buch und Feder arbeitet. Der Fund in der Tasche bestätigte die Vermutung, begrenzte sie sogar glücklich, da man in dem Unglücklichen einen Künstler erkannt hat.

Das allein ist es natürlich nicht, was des Franzosen Mitgefühl anspricht. Ausschlaggebend ist die Tatsache, daß hier ein Verbrechen begangen wurde.

„Doktor", wendet er sich wieder dem Arzt zu, „und wenn ich den Mann in mein Haus nähme?"

„Nichts einzuwenden, falls die von mir gestellten Bedingungen dort erfüllt werden können."

„Keine Sorge." Der Franzose kann diese Zusicherung ohne Bedenken geben. Er besitzt am Rande der Halbinsel, auf der La Calle liegt, ein schönes Landhaus mit einem großen, mit alten Bäumen bestandenen Garten. Seit undenklichen Zeiten gehört das Grundstück der Familie de Vermont, die mit der Korallenfischerei verwachsen ist. Ein französischer Diener und mehrere Neger sind vorhanden, die den fremden Mann ebenso aufopfernd pflegen werden, wie sie es mit dem jungen Herrn tun würden.

Obwohl Pierre-Charles de Vermont noch immer in den Listen der Korallenfischereigesellschaft als Angestellter geführt wird, gehört er doch nicht mehr ganz zu ihr. Das Unternehmen, dessen Wirken seit 1806 durch eine Verfügung des Deys stark eingeschränkt ist, sich die Nebenbuhlerschaft Englands gefallen lassen muß, benutzt die besonderen Fähigkeiten des jungen Mannes nur dann und wann in schwierigen geschäftlichen Angelegenheiten. Pierre-Charles kann sich dank des väterlichen Vermögens ganz seinen romantischen Schwärmereien und Liebhabereien hingeben: dem Reisen, der Jagd, abenteuerlichem Treiben – kurzum, ein ungebundenes Leben führen.

Es hatte ihn nicht lange in dem kleinen La Calle mit seinem französischen Alltag gelitten. Man ist ja in Afrika. In Afrika! In diesem geheimnisvollen, dunklen und doch so lichtübergossenen Erdteil, von dem man bis jetzt erst wenig kennt, der rätselhafte Überraschungen, unvorstellbare Abenteuer in nie gekanntem Ausmaß bergen kann. Lockendes Land hinter den Ausläufern des Tell-Atlas, das einst das Numidien der Römer war. Viel hatte man als Student bei den römischen Geschichtsschreibern darüber gelesen. Blühende Niederlassungen besaß das Weltreich in Nordafrika; eine der Kornkammern Roms war hier gewesen. Aber darüber sind zweitausend Jahre Weltgeschichte vergangen, fegten gewaltige Völkerstürme der Vandalen und der Reiter des Islams durch die Schluchten der Atlasketten und über die Ebenen Algeriens und hinterließen untilgbare Spuren. Der gelehrte Dr. Shaw hatte vor einigen Jahrzehnten das Land bereist und es beschrieben, so wie er es angetroffen hat. Wie, wenn man dem langweiligen Korallenfischerstädtchen den Rücken kehrte und sich selbst, heute, in der Regentschaft umsähe?

Abenteuerlust und wissenschaftliche Neugier waren es, die Pierre-Charles anfangs zu kleinen Ausflügen rund um La Calle und später zu ausgedehnten, wochenlangen Streifzügen auf diesem alten Kulturboden führten. Seine besondere Veranlagung für Sprachen und die jugendliche Begeisterung für das Ungewöhnliche, das Abenteuerliche machten den jungen Franzosen bald zum ausgezeichneten Kenner von Land und Leuten, und der Mut, der ihn oftmals bis an die Grenze der Tollkühnheit führte, zu einem hervorragenden Jäger. Noch aber ist dieser Abenteurer und Wissenschaftler stumm. Nichts treibt ihn, seine

Forschungsergebnisse sofort in klingende Münze umzusetzen. Er forscht aus Liebhaberei, ohne Auftrag, unabhängig von der Zeit. Es ist gänzlich gleichgültig, wann und ob er sich überhaupt einmal hinsetzen wird, um die Tausende von Notizen und die ungelenken Skizzen von Überresten römischer Baukunst zu sichten und zu einem geordneten Ganzen zusammenzufügen. Im übrigen gibt es sicherlich noch manchen Schleier zu lüften, bis man zu einem abgerundeten Bild über dieses alte Siedlungsgebiet kommen wird.

Gerade jetzt, nach halbjährigem Aufenthalt in der Heimat, droht die Jagdleidenschaft die Fesseln zu sprengen, die ihr in Frankreich angelegt werden mußten. Aber bald wird man wieder mit den Eingeborenen zusammensitzen, leben wie einer von ihnen. Pierre-Charles de Vermont ist gut Freund mit allen. In jedem Haus und Zelt bietet man El-Fransi eine Handvoll Datteln als Willkomm. Daß er wohlgelitten bei Arabern und Negern, Mauren, Kabylen und Berbern ist, bestätigt der Name, den man ihm gab: El-Fransi, der Fremde, der Franzose. Wie oft hat dieses kühnen Jägers sichere Hand die Eingeborenen vor Raubtieren geschützt, wie oft war er Vorbild für sie, ihm nachzueifern und selbst gegen den auf leisen Sohlen anschleichenden Feind anzugehen! Bis an den Rand der Sahara ist er bereits vorgedrungen, weiter als mancher andere Forscher allein deswegen, weil man in ihm keinen solchen vermutet. Er schreibt nie – so glauben die Menschen – etwas auf, quält sie nicht mit Fragen nach der Vergangenheit des Landes, nach Weg und Steg, den Bodenschätzen, ihren Lebensgewohnheiten und all dem, womit die Reisenden sonst Argwohn, Furcht und Rache wecken. Im allgemeinen gilt El-Fransi sogar als wortkarg. Er läßt seine Gastgeber erzählen und erfährt so vieles, was, gesammelt und gesichtet, ein wirkliches Bild der Zustände ergibt.

Niemals sagt El-Fransi ein Wort gegen die Türken, die

fremden Herren, die – klein an Zahl, eine dünne, aber rücksichtslose Oberschicht – das riesige Gebiet, dessen Grenzen in der Wüste verlaufen, beherrschen. Die Berber und Kabylen verschlossen ihren Zorn auf die Türken vor dem Jäger nicht. Niemals wird El-Fransi etwas tun, was ihnen, den Unterjochten zum Verhängnis würde. Vor ihm kann man frei und offen sprechen, über seine Lippen wird nichts von dem Gehörten dringen. So denken die Eingeborenen über Pierre-Charles. Er wird sie niemals enttäuschen, kann ihnen aber auch nicht helfen. Verschiedentlich wurden die Waffen gegen die Fremden erhoben. Aber die Macht des Deys und seiner Janitscharen war nicht zu brechen, denn die Bewohner Algeriens sind kein einiges Volk. Die Stämme, die Völkerschaften und Rassen finden nicht zueinander, zermürben sich in Familienfehden und Stammeskämpfen – zur Freude der kleinen Schar Türken, die unschwer zu beseitigen wäre, wenn es gelänge, diese mutigen und kriegegewohnten Dorfschaften und Stämme zu einigen, sie zu führen und zu lenken gegen die paar tausend Fremdherren.

De Vermont weiß, daß die Kabylen des Dschurdschura-Gebirges, die Berber des Atlas und die Araber der Ebenen und der Wüste nichts mit der Seeräuberei zu tun haben, die allein Sache der Türken ist, zu der man lediglich die Eingeborenen verleitet oder preßt.

„Mein Vetter, Herr de la Vigne, wird sich des Kranken annehmen, sollten mich meine Geschäfte zwingen, vor seiner vollständigen Genesung abzureisen", versichert de Vermont dem Arzt.

„Dann bin ich einverstanden. Ich werde, während die Fregatte im Hafen liegt, täglich nach Ihrem Schützling sehen."

„...und nun ist er eben bei mir", hat Pierre-Charles seinen Bericht geschlossen. „Ich habe zwei Wochen gewartet, ehe ich das Schreiben absandte, hoffend, daß der Zustand des Fremden sich bessern werde. Ein kleiner Fortschritt ist eingetreten: Der Mann hat das Krankenlager bereits verlassen, aber das ist auch alles. Das Erinnerungsvermögen ist nicht zurückgekehrt."

Auch jetzt, beim zweiten Lesen des Briefes, zittern Xavier de Vermont die Hände. Der Schiffbrüchige könnte der Sohn seines Freundes Parvisi sein. Der Kaufmann rechnet nach: die Ausreise der ,Astra' aus Genua, die erwartete Ankunft des unglücklichen Schiffes in Malaga, dann das Auslaufen der ,Toulon' aus Marseille – es bleibt kein anderer Schluß, als daß die Wracktrümmer von dem verschollenen genuesischen Kauffahrteischiff stammen müssen. Die französische Fregatte ist nur wenige Stunden später an der Unglücksstelle eingetroffen. Und dann eben das Wichtigste – sehr gut, daß es Pierre-Charles erwähnt –, der Stift und die begonnene Zeichnung. Andrea hat oft von den künstlerischen Fähigkeiten Luigis gesprochen, sogar aus der Stadt Zeichnungen holen lassen, um sich mit dem Freund daran zu erfreuen.

„Brav, brav, Pierre-Charles!" Der Kaufherr spricht sein Lob und seine Zufriedenheit laut aus, gleichsam, als könne der Sohn es über Hunderte von Meilen hinweg in Afrika hören.

Sofort Parvisi verständigen! Ihm von der Möglichkeit, ja Wahrscheinlichkeit berichten, daß Luigi lebt. Weiter: Mit der nächsten Postmöglichkeit Pierre-Charles beauftragen, nach dem Schicksal der ,Astra' und der auf ihr in Gefangenschaft Geratenen zu forschen. Gleiche Bitte an den französischen Konsul in Algier. An den französischen Konsul? De Vermont überlegt. Pierre-Charles ist mehr zuzutrauen als dem Beamten. Setzt sich der Konsul wider Erwarten zu sehr ein, dann kann statt Gutem Böses ausgelöst werden. Der Dey ist ein schwer zu behandelnder Mann. Launisch, argwöhnisch, hinterlistig, wild. Vielleicht verschärft er das Los der mit der ,Astra' in seine

Hände gefallenen Italiener, wenn er merkt, daß sich Frankreich – wenn auch nur auf de Vermonts Drängen hin – für sie einsetzt. Es ist besser, den Konsul nicht einzuschalten. Vor allem muß Pierre-Charles Spuren von Raffaela Parvisi und dem kleinen Livio finden. Hat man sie, dann läßt sich alles andere regeln. –

Wochen sind vergangen. Pierre-Charles ist längst wieder ins Innere abgereist. Gern hätte er das Erwachen seines Schützlings erlebt, aber der Kranke bleibt unberührt von allen äußeren Eindrücken und Einflüssen. Er ißt und trinkt mechanisch, folgt ohne Weigerung, wenn man ihn unterhakt und in den Garten führt oder zurückholt. Die meiste Zeit ist er im Freien. Er ruht auf dem ihm aus Kissen und Decken bereiteten Lager. Dann wieder geht er stundenlang am Arm eines Pflegers spazieren, die Augen starr auf den Boden oder in die Ferne gerichtet.

De la Vigne verbringt einen großen Teil seiner Freizeit bei dem Fremden. Nicht allein, weil der Vetter darum gebeten hat, sondern weil ihn dieser absonderliche Krankheitsfall stark aufwühlt. Kann denn nicht irgendwie Hilfe gebracht werden?

Einer der wenigen Freunde, die der junge Angestellte in La Calle gefunden hat, Gustave Marivaux, kommt ihn besuchen, lädt für einen der nächsten Tage zu einer kleinen Familienfeier ein. Der siebente Hochzeitstag, eine glückliche Zahl, die einer Feier würdig ist – der Freund wird verstehen. Der unverheiratete Roger de la Vigne versteht zwar nicht, aber er freut sich, daß das Einerlei – dazu rechnet er auch das gelegentliche Zusammensein mit den Kollegen in einer der rauchigen Kneipen des Hafens – auf so nette Weise eine Abwechslung erfährt.

Gustave ist nicht allein. Sein Bub Claude, ein lieber kleiner Kerl von sechs Jahren, begleitet ihn.

Man sitzt im Garten, plaudert. Ab und zu wirft de la Vigne einen Blick auf den abseits hinter Büschen ruhenden Kranken. Das Kind kann mit dem Gespräch der Männer nichts anfangen. Es langweilt sich.

Ein Vogel pickt im Sand. Schön. Das Kind steht auf, ganz leise, geht langsam auf das Tier zu. Ach, da fliegt es fort, verschwindet hinter den Büschen. Ob es sich dort wieder hingesetzt hat? Mal nachsehen.

Aber da ist ja ein Mensch! Claude mustert den Fremden aus der Ferne. Ganz unbeweglich liegt der Mann. Ob er schläft? Doch nein, die Augen sind geöffnet, nur blickt er nicht her. Behutsam geht Claude näher, hockt sich nieder. Wartet. Winkt. Nichts. Die Augen des Mannes sind starr geradeaus gerichtet. Das ist unheimlich. Der Junge erschrickt – dann rennt er zurück.

„Ja, Claude, der Onkel ist krank. Schon viele, viele Wochen lang", erklärt Roger. Und zu seinem Freund gewendet: „Der Schiffbrüchige, von dem ich dir erzählte."

„Noch immer keine Besserung?"

„Leider nein."

Bald danach verabschiedet sich der Besuch. –

Das kleine Jubiläum wird zu einem ganz intimen Fest. Viel wird an diesem schönen Abend über das Glück der Familie gesprochen. Claude, das Kind, ist das Kostbarste im Leben dieser beiden Menschen. Für den Jungen sind sie zu jedem Opfer bereit. Er soll unbeschwert und glücklich leben können.

Das Kind! Die Zeichnung mit dem Kinderkopf! De la Vigne, der sich weit in den Sessel zurückgelehnt und dem munteren Plaudern der Frau seines Freundes gelauscht hat, richtet sich plötzlich steil auf, setzt das Glas, aus dem er trinken wollte, unbenutzt nieder.

Verwundert blicken die Freunde auf ihn. Mit einer Handbewegung, die „Nichts, nichts!" bedeutet, beruhigt er sie. Ein Gedanke nur. Er bemüht sich sofort, wieder an der leichten und beschwingten Unterhaltung teilzunehmen. Den Mann kann er damit täuschen, die Frau aber spürt, daß sich der Gast zwingt.

Und immer wieder zwischen den Worten: das Kind, das Kind! Zusammennehmen, Roger! Nicht mit deinen rasenden, sich jagenden Gedanken diesen schönen Abend stören! Aber es ist sowieso Zeit, die Feier zu beenden.

De la Vigne stürzt davon. Im Laufschritt geht es dem Landhaus zu. Ein scharfer Wind bläst vom Meer her, wirbelt Staubwolken auf. Bald werden die Atlasketten Schneekappen aufsetzen. Der Herbst hat sich angekündigt.

Wo ist die alte Hose, die der Kranke anhatte, als man ihn aus dem Wasser zog? Da, zwischen alten Kleidungsstücken hängt sie. In der linken Tasche befand sich die Zeichnung. – Leer.

Hat Pierre-Charles dieses Blatt dem Brief an den Onkel beigelegt? De la Vigne denkt scharf nach. Nein. Er gab ihm das Schreiben zum Lesen, hat es vor seinen Augen versiegelt. Die Skizze lag nicht bei. Wenn sie nicht vernichtet wurde – Roger atmet schnell und stoßweise bei diesem Gedanken –, muß sie sich unter den Papieren des Vetters befinden. Fieberhaft sucht der junge Mann. Glücklicherweise hat er den Schlüssel zu Pierre-Charles' Pultfach. Endlich. Er atmet tief auf. Von der Zeichnung ist kaum noch etwas zu erkennen. Das Wasser hat die Striche ausgebleicht. Aber ein Kinderköpfchen ist es doch noch. Liegt hier die Rettung für den Kranken? Vermag dieses Stückchen Papier zum Seil zu werden, an dem sich der Unglückliche aus dem nächtlichen Dunkel zum Licht emporziehen kann? Fest glaubt Roger de la Vigne daran.

Als er am anderen Tag dem Mann Stift und Papier in den Schoß legt, gespannt eine Wirkung erwartet, muß er enttäuscht feststellen, daß nichts geschieht.

Warum nicht? Ein totes Ding soll ein Wunder bewirken? Unmöglich. Und doch muß durch das Kind an dem Zustand zu rütteln sein. Ob man es einmal mit Claude versucht? Ein betörender Gedanke.

Die Unterredung mit den Eltern des Jungen dauert lange. Für und Wider werden eingehend geprüft. Gut, man wird demnächst zu einem Besuch kommen.

Roger de la Vigne hat an dem für den Besuch vorgesehenen Tag wenig Aufmerksamkeit für seine berufliche Arbeit. Immer wieder schweifen seine Gedanken von Briefen und Zahlen ab und hinaus zum Landhaus.

Wird der Versuch gelingen? Auch jetzt, als er das Haus betritt, peinigt ihn diese Frage. Die Freunde werden noch etwas auf sich warten lassen. Furchtbares Warten. Fragen türmen sich quälend auf.

Darf ein solcher Versuch überhaupt unternommen werden? Welche Wirkung wird er haben? Gräßliche Zweifel! Soll nicht doch der Arzt entscheiden? Die Natur hilft sich selbst, wenn überhaupt Hilfe möglich ist, hat er, gleich nachdem ihm die Betreuung des Kranken durch den Schiffsarzt übertragen worden war, geraten.

Der junge Franzose wird zwischen Hoffnung und Zweifel wie ein Schiff auf stürmischem Ozean hin und her gestoßen. Dazu kommen noch die schweren Bedenken, daß dem Kind etwas geschehen könnte.

Aber man muß handeln. Die Natur greift nicht ein. Sie läßt den Zustand in der Schwebe.

Die drängende Jugend behält endlich die Oberhand. Der Versuch wird gewagt werden, komme, was wolle!

Claude ist nicht eingeweiht. Man sitzt so zusammen wie kürzlich. Diesmal ist Frau Marivaux mitgekommen.

„Der Onkel liegt wieder in dem Stuhl hinter den Sträuchern, Claude", beginnt nach einer Weile de la Vigne ein Gespräch mit dem Kind.

„Ach, der Onkel, von dem mir Claude erzählt hat? – Willst du ihn nicht mal besuchen?" wendet sich die Mutter an den Buben.

„Aber er kümmert sich ja gar nicht um mich, Mama!"

„Er ist eben sehr krank. Er weiß gar nicht, was um ihn herum geschieht. Er bemerkt weder die Vögel noch die

Menschen und Bäume und Blumen, gar nichts", wirft Roger ein.

„Ja, Claude. Vielleicht würde er gesund werden, schnell wieder gesund, wenn man ihn mal streichelte. Ganz langsam und zart. So etwa." Dann pflückt sie eine Blüte. „Oder wenn man ihm eine Blume in die Hand legt, eine so schöne wie die."

Der Bub betrachtet die in sattem Rot schimmernde Blüte, nimmt sie der Mutter aus der Hand, riecht daran, spielt mit ihr. „Ob ich mal zu ihm gehe?" kommt es dann. „Ihn streichle? Vielleicht wird er wirklich gesund!" Das anfängliche Zögern ist zur Begeisterung geworden. Ohne Antwort abzuwarten, rennt er davon bis zu den Büschen. Dort werden die Schritte langsamer. Verstohlen blickt er um die Stauden.

Die Erwachsenen haben sich erhoben und folgen. Frau Marivaux hat sich bei dem Gatten eingehakt; sie braucht eine Stütze, einen Halt.

„Guten Tag, Onkel. Ich habe dir ein Blümchen mitgebracht, damit du bald wieder ganz gesund sein wirst. Hier." Claude hat schon wieder vergessen, daß der Kranke doch nichts bemerkt. „Ach ja, du weißt ja nichts, Onkel. Komm, ich gebe dir den Stiel in die Hand."

Zwei warme Kinderhände mühen sich, die Finger des Mannes um die Blume zu legen. Weiche, warme Kinderhände. Dann streichen zierliche Finger über die Hände des Kranken. Er zuckt zusammen. Die Augen leben. „Livio!" Ganz leise kommt das Wort. Der Mann lächelt. „Livio!" Die Lider senken sich. Er schläft.

Die Freunde haben trotz der Entfernung die Veränderung bemerkt.

„Mama, er hat sich gefreut. Aber er kennt mich nicht. ‚Livio!' hat er gesagt", plappert das Kind, als es zurückkommt. „Was ist Livio?"

„Sogar gesprochen hat er?" De la Vigne zittert vor Erregung. „Er muß dich sehr liebhaben, Claude, denn mit mir hat er noch nie ein Wort gewechselt. Daß er dich nicht kennt, macht nichts, sicher werdet ihr später noch gute Freunde werden. Livio hat er gesagt? Das ist nicht französisch. Ich weiß nicht, was es bedeutet. Aber ich denke mir, es ist ein Name. Und zwar der Name eines kleinen Freundes dieses Mannes. Aber das wird uns der Kranke schon alles noch selber erzählen. Ich danke dir jedenfalls, daß du ihm eine solche Freude bereitet hast, und sobald ich Zeit habe, komme ich zu dir zum Spielen. Abgemacht?"

„Fein, Onkel Roger! Und Vati muß auch mitspielen."

„Und ich?" fragt schelmisch die Mutter.

„Du nicht. Du hast Angst vor Muscheln und Quallen."

Da es wichtig ist, daß de la Vigne den Kranken jetzt nicht aus den Augen läßt, verabschieden sich die Besucher schnell.

„Gesiegt!" jubelt der junge Mann. Mit fast zärtlichen Blicken beobachtet er den schlafenden Unbekannten.

Plötzlich richtet sich der Kranke auf. Weitgeöffnete, suchende Augen. Die Arme sind vorgestreckt.

„Livio, mein Sohn! Livio! Wo? – Ach." Er fällt stöhnend zurück.

Um de la Vigne ist Nacht. Verloren, was Sieg schien. Sekunden, Minuten verstreichen, dann springt der junge Franzose auf, beugt sich über den Unglücklichen. Warum tatest du es, Roger? Warum, warum?

Vorwürfe werden zu unerträglicher Qual. Verfluchter Gedanke, der zu diesem verwegenen Spiel ohne ärztlichen Rat und fachmännische Hilfe verleitete. Aus dieser Zerstörung wird es kein Erwachen mehr geben. Das einzige Mittel ist falsch angewendet worden.

Und das alles hast du, Roger de la Vigne, dem der Kranke anvertraut war, verschuldet! Womit kannst du dich rechtfertigen? Es gibt keinen Grund, der deine Tat verzeihbar erscheinen lassen könnte.

Ich wollte retten, helfen, heilen!

Schüchterne Versuche, das Gewissen zum Schweigen zu bringen.

Noch immer ist er über den Kranken gebeugt. Noch immer blickt er dem Mann ins Antlitz. Er kann die Züge nicht klar erkennen, ist bis ins Innerste vom Scheitern seines Versuchs erschüttert.

„Was nun, Herr de la Vigne?" fragt der Diener, der, nachdem die Gäste den Garten verlassen hatten, hinzugetreten war. Die Frage verscheucht die schweren anklagenden Gedanken, zerreißt den Schleier. Der Mann ist – Roger beugt sich noch um Zentimeter vor –, der Mann ist nicht bewußtlos, liegt nicht im alten starren Zustand. Er schläft!

Dieses Gesicht lebt, ist nicht mehr starr, tot. Fortgewischt ist die steinerne Maske. Jetzt verziehen sich die Züge sogar zu einem matten kleinen Lächeln. Kurz nur, dann pressen sich die Lippen zusammen, als kämpfe der Schlafende Schmerz nieder.

Die ganze Nacht bleibt der junge Franzose am Krankenbett sitzen und läßt sich am anderen Tag im Büro entschuldigen. Der Kranke hat die Augen noch immer nicht geöffnet. Sein Geist arbeitet. Das Mienenspiel zeugt davon. Nicht die kleinste Regung im Gesicht des Genesenden ist de la Vigne bisher entgangen. Aller Wahrscheinlichkeit nach ist der Mann gerettet. Also doch gewonnen, gesiegt.

Die Spannung ebbt ab. Schlafen, schlafen. Roger sinkt zurück, peitscht sich sofort wieder hoch. Der Kranke darf nicht eine Minute unbeobachtet bleiben. Der Diener muß die Wache übernehmen.

„Wecke mich sofort, wenn sich etwas ändert", schärft de la Vigne dem alten Franzosen ein. Augenblicke später ist er fest eingeschlafen.

Stunden verrinnen. De la Vigne übernimmt wieder die Wache. Der Kranke schläft fest.

Eine weitere Nacht. Soll man ihm Nahrung einflößen?

Aber der Mann kann, muß jeden Augenblick aufwachen. Besser, man stört ihn nicht. Man sagt, daß sich viele Menschen gesund schlafen. Werden Hunger und Durst zu stark, dann wird der Schlaf sowieso unterbrochen.

Gegen Morgen – der Diener wacht – murmelt der Kranke einige Worte auf italienisch.

„Herr de la Vigne, er spricht." Roger ist im Augenblick hellwach. Es sind unklare, unverständliche Worte, Pausen dazwischen; dann richtet sich der Kranke vom Lager hoch.

„Wo bin ich? Was ist mit mir?" Die Worte haben Klang, Farbe, sind den beiden Franzosen aber unverständlich.

„Parlez-vous français, monsieur? Je ne puis pas comprendre."

„Ja. – Wo bin ich? Was ist mit mir?" wiederholt er auf französisch.

„Sie sind bei Freunden! Sorgen Sie sich nicht!" Blitzschnell überlegt de la Vigne. Jetzt vorstoßen, jetzt den Schleier zerreißen! Er ist sich der Gefahr bewußt, die darin liegen kann, daß die Besinnung auf sich selbst das ganze so glücklich verlaufene Werk zu vernichten vermag. Aber er stellt die Frage:

„Wir haben leider nicht die Ehre, Sie zu kennen. Wie ist Ihr Name?"

„Luigi Parvisi."

„Aus Genua?" Der junge Mann zittert vor Aufregung. Also ist es der Mann, von dem Onkel Xavier geschrieben hat!

„Gewiß, aus Genua. Aber woher wissen Sie das?"

„Das ist im Augenblick unwichtig. Ich freue mich jedenfalls, Sie nun beim Namen nennen zu können. Gestatten Sie, daß ich mich Ihnen vorstelle: Roger de la Vigne aus Marseille, zur Zeit Angestellter der Korallenfischereigesellschaft in La Calle."

„Sehr angenehm. – La Calle? Wie komme ich hierher? Was ist mit mir, Herr de la Vigne?"

„Später davon. Sie waren sehr krank. – Sie werden hungrig und durstig sein. Was darf ich Ihnen bringen lassen?"

„Bitte machen Sie sich keine Umstände; ich will Ihnen nicht zur Last fallen."

Der Diener eilt davon. Vorsorglich hatte man während der letzten Tage immer etwas bereitgestellt.

Während des Essens versucht Parvisi eine Unterhaltung mit dem Franzosen.

„Nicht sprechen jetzt", wehrt de la Vigne ab. „Sie dürfen sich nicht anstrengen. Ich sagte schon, daß Sie sehr, sehr krank waren."

„Ich fühle mich aber gar nicht danach. Nur müde bin ich."

„Dann schlafen Sie weiter. Ich bleibe bei Ihnen. Machen Sie sich keinerlei Gedanken; Sie sind bei Freunden. Wenn Ihre Kräfte es erlauben, werden wir morgen ein Stündchen plaudern. – Jetzt brauchen Sie vor allem Ruhe, Herr Parvisi."

„Etwas werden Sie mir zu sagen nicht verbieten: Ich danke Ihnen."

Luigi Parvisi ist gerettet. –

Nur mit Mühe gelingt es den vereinten Vorstellungen de la Vignes, Marivaux' und der Mutter Claudes, den jungen Mann von kopflosen Unternehmungen abzuhalten. Er wollte losstürmen und von den Machthabern Algeriens die Herausgabe der Frau und des Kindes erzwingen.

„Ich muß wissen, was mit Raffaela und Livio ist", hält er ihnen Hunderte von Malen auf die sachlichen und beruhigenden Gründe entgegen. „Sie müssen, wenn das Schicksal ein wenig gütig war und ihnen das Leben ließ, aus den Fängen dieser Bestien befreit werden."

Man versteht die jagenden Ängste des armen Vaters. Dieses Verbrechen, Menschen in die Sklaverei zu führen, tausendfach geübt in Jahrhunderten, darf nicht ohne

Sühne bleiben. Aber wie soll es geschehen? Parvisi allein? Einer gegen eine zwar zahlenmäßig kleine, aber dennoch festgefügte Macht? Unmöglich. Vielleicht weiß Pierre-Charles Rat und Hilfe.

„Warte ab, Luigi", schlägt de la Vigne vor, „bis mein Vetter, ein ausgezeichneter Kenner der Verhältnisse der Regentschaft, von der Reise zurück ist."

Eine harte und schwere Forderung, die die Freunde stellen. Sie ist berechtigt, ganz und gar; aber es ist bitter, untätig mit den Händen im Schoß warten zu müssen. Wann kommt Herr de Vermont? Ein Achselzucken. Man weiß es nicht.

Ein Glück, daß der kleine stolze Claude die Freundschaft des neuen Onkels annimmt. O ja, Claude ist stolz. Er ist es ja gewesen, der dem Kranken die Rettung gebracht hat. Die Rose, die er ihm damals in die Hand drückte – wißt ihr es noch? So einen guten Onkel gibt es überhaupt nicht mehr. Der kann alles malen – Claude meint zeichnen –: ein Pferd, ein Kamel, Häuser, im Wind sich biegende Palmen, mächtige Schiffe und kleine Fischerboote, das Meer, wenn es freundlich ist und wenn es grollt, Vati und Mutti und Claude. Claude ganz genauso, wie er sich im Spiegel sieht: lachend oder weinend, mit zerzaustem Haar und schmutzigem Gesicht oder schön gekämmt und sauber gewaschen. Eben alles. Und Onkel Luigi läßt ihn, Claude, auch selbst malen. Die Bilder werden dann, wenn nicht noch schöner, so doch mindestens ebenso schön wie die des Onkels. „Schaut doch bloß mal her! An meinem Kamel sieht man richtig, was für mächtig lange Beine es hat, wie es gleich davonfegen wird."

Betäubung des Schmerzes sind diese Stunden mit dem Kind, zugleich aber Stunden, in denen die gräßliche Wunde vom Verlust seiner Lieben erneut aufbricht.

Parvisi hat inzwischen von dem Geschehen in der Heimat erfahren. Noch ist keine unmittelbare Nachricht von

Genua eingegangen. Xavier de Vermonts Berichte an Sohn und Neffen gaben ein Bild der Verwirrung, die die Botschaft ausgelöst hatte, und von den Verbrechen Gravellis.

Feststeht, daß der junge Italiener nicht eher in die Heimat zurückkehren wird, bis er genaue Einzelheiten über seine Angehörigen und andere Überlebende der ‚Astra‘ erhalten hat. –

Pierre-Charles de Vermont ist wieder in La Calle eingetroffen. Lange, schmerzlich lange hatte man diesmal auf ihn warten müssen. Er war bis in die Wüste vorgestoßen, hatte neue Bekanntschaften angeknüpft, die es ihm ermöglichten, bisher noch nicht bereiste Gebiete kennenzulernen. Der Schiffbrüchige befand sich in der Pflege Rogers. Obendrein war unbestimmt, ob es eine Heilung überhaupt gab. Inzwischen war der Winter hereingebrochen. Die sonst ausgetrockneten Wadis waren zu reißenden Flüssen angeschwollen. Sie nun zu durchqueren wäre mit Lebensgefahr verbunden gewesen. Die ungeheuren Wassermassen, die während der Wintermonate herabrauschten, hatten Weg und Steg unbegehbar gemacht. Auf den Gipfeln der Atlasketten lag Schnee. Pierre-Charles mußte warten.

Der Rückkehrende betritt das Haus in dem Augenblick, in dem der Vetter vom Kontor kommt. Parvisi ist nicht da. Sicherlich sitzt er irgendwo am Hafen und zeichnet. Sein Skizzenbuch ist eine zeichnerische Beschreibung der kleinen Stadt. Jedes wichtige Gebäude, die Kirche, das Regierungshaus, Magazine und jeder verträumte Winkel sind bereits mehrfach von Luigis Stift festgehalten.

Mit hastigen Worten berichtet de la Vigne von der Genesung Parvisis und den Sorgen des Mannes. „Und hier ist auch Post aus Marseille. Ich habe sie eben im Hafen empfangen“, schließt er.

„Wollen schnell überfliegen, was es Neues in der Heimat gibt."

Das Übliche: geschäftliche Anweisungen – geht Roger an; Familiengeschichten – für beide bestimmt; Auszüge aus alten Geschichtswerken – betrifft Pierre-Charles; politische Lage in Frankreich – wieder für beide; Angelegenheit Parvisi – darüber muß man mit dem Italiener sprechen. Da noch eine versiegelte Einlage. Empfänger: Signore Luigi Parvisi im Hause de Vermont, La Calle.

„Wir werden alles später eingehend durchsehen und wenn möglich sofort erledigen", bestimmt Pierre-Charles. „Jetzt muß ich erst einmal aus den Lumpen heraus, mich erfrischen, wieder Europäer werden. Ein richtiges Bad, mehr wünsche ich im Augenblick nicht."

Erst am späten Abend kehrt Parvisi zurück. Claudes Eltern hatten ihn zum Abendessen eingeladen. Komische Sache, das. Es ist wirklich Freundschaft, daß er gleich mit zulangen soll, und doch, wenn man keinen Sou in der Tasche hat, fühlt man sich immer wie ein Bettler, ohne daß man bettelt. Oft war es in der letzten Zeit so gewesen. Claude ist sein ständiger Begleiter. Der Junge muß bis ans Haus zurückgebracht werden. Madame Marivaux sitzt meistens mit einem Buch im Garten. Sie sieht die beiden ‚Maler' kommen.

„Nein, nein, Luigi, das gibt es nicht, sich über den Zaun verabschieden. Du hast Kindermädchen gespielt und schlägst einen Schluck Wein ab. Herein mit euch beiden Männern!"

„Roger kommt in Kürze nach Hause, Hélène, er soll nicht auf mich warten müssen."

„Braucht er nicht, aber du wirst durstig sein. Also, bitte."

Na ja, man kann es der lieben Freundin nicht abschlagen. Und, Zufall, das Abendbrot steht schon bereit. Claudes Vater wird gleich erscheinen. Parvisi kennt die Frauen, weiß, wie sie so etwas fein einfädeln. –

„Ich verstehe Sie, Herr Parvisi", schließt Pierre-Charles die lange Unterhaltung an diesem vorgerückten Abend ab. „Was in meiner Macht liegt, wird getan, um Ihre Gattin und den Jungen aufzufinden und der Gewalt des Deys zu entziehen. Ich verhehle dabei nicht, daß ein solches Unterfangen das Leben kosten kann."

„Nicht Sie, Herr de Vermont, sollen es tun. Um Ihren Rat bitte ich. Und", Parvisi beißt sich auf die Lippen, blickt zu Boden, als er weiterspricht, „können Sie mir etwas Geld leihen, daß ich nach Algier fahren kann?"

„Was Sie brauchen, steht Ihnen sofort zur Verfügung. Aber wir sprechen morgen ausführlich darüber."

Die Vettern haben über der mitreißenden Schilderung des Kampfes der ‚Astra', die ihnen Parvisi gegeben hatte, nicht mehr an die Briefeinlage gedacht. Jetzt erinnert sich Roger.

„Ein Brief für Luigi ist doch gekommen! Ich hole ihn."

„Richtig, mein Vater legte etwas für Sie bei."

Mit zitternden Händen erbricht der Italiener das Siegel. Die erste direkte Nachricht aus Europa für ihn. Was mag die Seite enthalten? Parvisi schlägt das doppelt gefaltete Blatt langsam auseinander. Ruhe, Ruhe! ermahnt er sich.

Er ist enttäuscht. Geschäftliches. Das Haus de Vermont räumt Signore Luigi Parvisi aus Genua unter dem Namen Jean Alphonse Meunier einen ersten Kredit von zehntausend Franc ein.

„Warum Jean Alphonse Meunier?" fragt Luigi, ohne zu bedenken, daß die beiden anderen den Inhalt des Schreibens nicht kennen.

„Darf ich? Ich weiß nicht, was Sie meinen", fragt de Vermont.

„Bitte." Parvisi reicht die Anweisung hinüber.

„Hm. Was bedeutet das? – Dieses Schreiben ist sofort zu vernichten, steht am Schluß. Die Kasse der Compagnie d'Afrique ist angewiesen, an Jean Alphonse Meunier, dessen Persönlichkeit von Pierre-Charles de Vermont oder Roger de la Vigne bezeugt wird, Gelder bis zu dem genannten Betrag auszuzahlen. Mein Vater schreibt nichts ohne Sinn. Luigi Parvisi – Jean Alphonse Meunier. Ein italienischer Name – ein französischer."

Roger und Luigi folgen mit höchster Spannung den Überlegungen Pierre-Charles'.

„Ah, ich verstehe meinen Vater. Napoleon hat abgedankt, befindet sich auf Elba. Genua ist kein Teil Frankreichs mehr. So sind Sie, Signore Parvisi, auch staatsrechtlich wieder Italiener, Genuese. Ich zweifle nicht, daß der Dey die Lage ausnutzen und genuesische Schiffe als vogelfrei für seine Korsaren ansehen wird. Meine Heimat, seit Jahrhunderten vertraglich mit den türkischen Machthabern Algiers verbunden, hat natürlich auch Pflichten den Barbaresken gegenüber zu erfüllen. Das Haus de Vermont kann nicht gegen diese Abmachungen verstoßen, gleich gar nicht in der schwierigen Lage, in der sich unsere Compagnie d'Afrique zur Zeit befindet. England wartet nur darauf, uns die alten Vorrechte gänzlich zu entwinden.

Trotzdem, bei dem Umfang der Beziehungen unseres Hauses kann ein Fehler unterlaufen. Es war eben ein Irrtum, sollte sich einmal herausstellen, daß Jean Alphonse Meunier der Genuese Luigi Parvisi ist. Weder mein Vetter noch ich haben Monsieur Meunier früher gekannt; er ist uns nur wärmstens empfohlen worden, und wir haben keinerlei Argwohn gehabt. Bedauerlich und entschuldbar ein solches Versehen. Finden Sie nicht, Herr Meunier?"

Die Freunde brechen in ein lautes Lachen aus.

„Fabelhaft! Ich werde mich bemühen, ein echter Jean Meunier zu sein. Helfen Sie beide dabei: du, Roger, und – darf ich? – du, Pierre-Charles."

„Gern, Luigi, Unsinn! – Jean!" Das Herumwerfen mit Vornamen löst große Heiterkeit aus.

„Zu betteln brauche ich nun nicht mehr. Es ist mir ein Stein vom Herzen gefallen. Roger erzählte mir, daß dich dein Vater schon vor längerer Zeit beauftragt habe, nach der Hauptstadt zu reisen und dort zu forschen. Nimmst du mich mit, Pierre-Charles?"

„Rundheraus: Nein!"

Parvisi ist bestürzt. Er hält de Vermont für sehr fähig, aber mehr wird in diesem Fall er selbst, der Vater, erreichen können. Der Franzose ist bestimmt ein lieber, treuer, zu jedem Dienst bereiter Freund, aber Spürhund sein, wie er es sich zutraut, kann ein Fremder nicht. Werde ich es denn nicht spüren, nicht fühlen, wenn ich meinen Lieben nahe bin? Werden mich nicht unsichtbare und doch starke Fäden zu ihnen ziehen? Raffaela und Livio gehören ja zu mir, zu mir allein. Ich würde sie finden.

„Ich muß nach Algier, Pierre-Charles!" begehrt er auf.

„Du, der Genuese?"

„Der Gatte und Vater!"

„Ebendeshalb wäre es Wahnsinn, dich mitzunehmen. Bist du sicher, nicht den Kopf zu verlieren, wenn du Spuren findest, die Schreckliches ahnen lassen? Du bist es nicht, Luigi. Dein Zusammenzucken schon bei dieser Andeutung beweist, daß du ihnen nicht helfen kannst; in dein eigenes Verderben würdest du rennen."

„Ich werde mich zusammenreißen. Laß mich mitgehen!"

De Vermont hat nur zu recht, Parvisi weiß es. Aber die Sehnsucht, seinen Nächsten wenigstens nahe zu sein, treibt ihn, die Bitte zu wiederholen.

„Leere Worte. Wenn jemand etwas erfährt, bin ich es. Betrachte es nicht als Überheblichkeit. Ich kenne die Türken, die Mauren, die Kabylen, Neger und Juden in Algier, bin beim französischen Konsul eingeführt und seit Jahren mit dem Denken und Handeln dieser Menschen vertraut. Man übertölpelt El-Fransi nicht so leicht. Manchmal vergleiche ich mich mit den Waldläufern in Nordamerika. Ähnlich ist mein Leben, wenn ich durch die Schluchten des Atlas streife: immer auf der Hut, immer zu Angriff und Abwehr bereit. Kein Mensch zweifelt daran, daß du darauf brennst, deine Angehörigen aus dem unmenschlichen Dasein, das ihnen in der Sklaverei bereitet sein kann, zu befreien. Aber du darfst dabei keine Dummheiten machen. Nicht Mittel anwenden wollen, die gänzlich ungeeignet sind."

„Und wenn du keine Spuren entdeckst?"

„Damit müssen wir rechnen. Doch verlaß dich auf mich, Luigi."

„Wieder warten, Stunde um Stunde, Tag um Tag. Furchtbar. Laßt mich etwas tun!" Parvisi meint, mithelfen zu dürfen.

Pierre-Charles hört nur das Wort ‚tun'. Sehr gut. Luigi muß beschäftigt werden, damit seine Gedanken abgesteckte Wege gehen.

„Warum nicht? Gern, Luigi. Es schwebt mir vor, einmal eine wissenschaftliche Arbeit über die noch auffindbaren Zeugen Roms in Algerien zu schreiben. Ich durchstreife das Land, um es in dieser Hinsicht kennenzulernen. Du bist ein begabter Zeichner, ich nur ein Stümper. Was mein Stift nicht oder nur kindlich auf das Papier bannen kann, habe ich durch eingehende Beschreibung verständlich zu machen versucht. Nimm diese Aufzeichnungen, vertiefe dich in sie, und wenn meine Worte klar genug dazu sind, so versuche das Gesehene ins Bild zu übertragen."

„Gern, sehr gern, Pierre-Charles!"

Parvisi stürzt sich mit Feuereifer in die Arbeit.

6. In Algier

Pierre-Charles de Vermont ist auch diesmal wieder von dem phantastisch-schönen Anblick, den das Raubnest Algier von der See her bietet, überwältigt.

Da liegt sie, blendend in ihrer Weiße, sich wie ein mächtiges dreieckiges Segel dem Bergrücken Boujareah anschmiegend, unbeschreiblich herrlich – die verfluchte Stadt. Die Augen können soviel Glanz und Pracht gar nicht fassen. Man muß sie schließen, und doch dringt das Licht, hart zurückgeschleudert von dem strahlenden Dreieck, noch durch die Lider. Märchen aus Tausendundeiner Nacht ist Algier. Unermeßliche Reichtümer müssen in ihren Mauern aufgestapelt sein.

Zu ihren Füßen breitet sich wie ein kostbarer Teppich das blaue Meer, über dessen Wellenkämmen die Luft zu tanzen, zu singen, zu jubilieren scheint.

Aus dem Häusermeer recken die Moscheen, angeführt von der Großen Moschee am Hafen, schlanke, spitze Finger, die Minaretts, empor. Dazwischen Kasernen der Janitscharen, des türkischen Militärs, Verwaltungsgebäude und Synagogen der jüdischen Bevölkerung. Als Krönung und Triumph des Ganzen die Kasbah, das Schloß des Deys.

Um diesen weißen Zauber windet sich ein grüner Kranz. Es ist nicht das jauchzende jugendliche Grün frischer Maien, sondern das dunkle, satte, immer lebende der Zypressen, Öl- und Feigenbäume, der Palme und des Rhododendrons.

Auch heute kann sich der Franzose der gewaltigen Wirkung, die der Anblick Algiers auf jeden ausübt, nur schwer entwinden. Parvisis Geschichte allein zerstört die unsichtbare Fessel. Nein, er läßt sich nicht mehr täuschen und blenden von dem schönen Bild. Die Sklaverei, das aller Menschlichkeit hohnsprechende Handeln der Deys und ihrer Leute, war ihm, wie Millionen anderen Europäern, bekannt. Bekannt, mehr nicht. Es betraf ihn nicht. Frankreich war frei davon. Es zahlte jährlich seine dreißigtausend spanische Dollar, die die Herren Algiers forderten, für das Recht der Korallenfischerei und die Handelsvergünstigungen. Dagegen ist nichts einzuwenden, ein normales Geschäft. Die anderen? Daß Neapel vierundzwanzigtausend spanische Dollar Tribut für den Schutz seiner Schiffe jahrein, jahraus dem Dey mit Verbeugungen überbringt, ohne sich gedemütigt zu fühlen, daß Schweden, Dänemark, Portugal sich zu gleichen Zahlungen bereit finden, sind ihre Angelegenheiten. Oder doch nicht? Laden damit diese Staaten nicht Schuld vor ganz Europa auf sich? Sie wissen etwas zu ihrer Rechtfertigung: Die Korsaren fallen sonst über ihre Schiffe her, sie rauben Güter und – Menschen.

„Zum französischen Konsul. Fahrzeug der Compagnie d'Afrique", unterrichtet er den Hafenmeister. Der macht keine Schwierigkeiten. Er kennt die kleinen Segler mit der französischen Flagge im Topp.

Das Märchen verfliegt, wenn der Fremde die Stadt betritt.

Schmale, dunkle, steile Gassen, mehr Treppen als durchgehende Wege. Schmutzig und verwahrlost. So eng sind sie, daß kaum ein Sonnenstrahl zur Erde herabdringen kann, und doch noch breit genug für Wasserrinnen. Häuser mit vergitterten Fenstern, wenige kleine Fenster nur. Menschen aller Hautfarben schleichen an den Mauern entlang, beugen sich über Brunnen, deren es viele in dieser heißen Stadt gibt. Zerlumpte Gestalten hocken in Winkeln, flüchten, wenn ein türkischer Soldat kommt, kehren zurück, sobald das Klappern seiner Pantoffeln verhallt ist, nehmen den alten Platz wieder ein und warten – auf nichts. Wehe aber dem Unglücklichen, der aus Unachtsamkeit einen Janitscharen streift! Die Bastonade, Ausgepeitschtwerden wäre das Geringste, was ihm widerfahren könnte, jahrelange Zwangsarbeit im Marinearsenal das Schlimmere. Der Dey braucht immer Arbeiter, billige Hände. Wer ist billiger als ein Verbrecher? Und es ist ja ein Verbrechen, einem Türken zu nahe an den Leib zu rücken. Zwischenfälle sind leicht herbeizuführen, Richtersprüche in wenigen Minuten gefällt. Aus. Für

Jahre aus, wenn nicht für immer; es sei denn, der allmächtige Herrscher fiele selbst, und seine Gegner befreiten die Verurteilten, um sich Freunde zu schaffen. Das kann geschehen von heute auf morgen. Vergiß nie, Dey, Gewaltherrscher ohne Grenzen, das Grab! An einem Tag gelangten sieben auf den Thron, kaum für Stunden – an einem Tag sechs ins Grab. Viele haben mit Hilfe ihrer Freunde die Würde eines Paschas mit drei Roßschweifen an sich gerissen; da drehte sich der Wind, eine andere Partei gewann die Übermacht – der Kopf rollte in den Sand. Es ist gefährlich, Dey – Oheim bedeutet das Wort – zu sein, wenn die Janitscharen, deren einer du warst, es sich plötzlich anders überlegen.

Aber Allah sei Dank! Gefahr droht nur von den eigenen Leuten, die man mit Posten und Ämtern und Geschenken beruhigen kann. Die viel mächtigeren europäischen Nationen, deren See- und Landstreitkräfte der Macht Algiers weit überlegen sind, die – zahlen, bitten durch ihre Konsuln um gutes Wetter bei dem Dey. Sie nehmen Schmähungen ihrer Vertreter hin, spielen zwar wie die Kinder die Beleidigten, aber schicken am Ende wieder Geschenke.

Und die Eingeborenen draußen im riesigen Land, für die man Fremder ist? Sie murren ab und zu. Wagt ein Kabylenstamm, ein Dorf oder eine Familie einmal einen Privatkrieg, dann ist es nichts als eine Plänkelei. Nichts, wirklich nichts. Im Handumdrehen sind solche Zwischenfälle bereinigt. Eine große Anzahl Stämme, verschiedene Rassen sind es, die man gegenseitig aufstachelt und sich bekämpfen läßt. Es ist von Allah bestimmt, wie alles im Leben, daß eine kleine Anzahl Türken herrschen soll – wer wollte sich gegen Allahs Ratschluß aufbäumen! Solange die Völker und Stämme nicht um eine Fahne geschart sind, nicht einem Führer, einem Mahdi, folgen, besteht im Innern keine Gefahr für die türkischen Eindringlinge.

Viele Schwarzgekleidete sieht man in den Straßen und Gassen der Stadt. Es sind Juden, die man zwingt, die bei den Muselmännern verhaßte Farbe zu tragen. Verachtet, geknechtet, von Überfällen bedroht sind diese Menschen. Mancher Dey hat die Kosten für die Eroberung des Throns von den Juden eingetrieben. Niemals sind sie sicher, daß nicht plötzlich die Janitscharen ihre Häuser überfallen und davonschleppen, was nur einigen Wert zu haben scheint. Würde ein Jude es wagen, nur die Hand gegen ein maurisches Kind zu heben, er müßte es mit dem Tod durch den Strang oder das Feuer büßen. Auf der einen Seite verachtet, geknechtet, bedroht, allen möglichen Drangsalen unterworfen, auf der anderen gesucht und benutzt von den Machthabern. In ihren Händen laufen alle Geldgeschäfte der Regentschaft zusammen. So duldet man sie, läßt sie Handel mit Freund und Feind treiben und zieht Vorteil aus ihrem Wissen um mancherlei Dinge, die den Herren auf anderem Wege nicht leicht zu Ohren kommen.

Nicht selten tauchen Neger in den Straßen auf. Manche der Kinder des Südens bekleiden sogar hohe Staatsämter. Verständlich. Die Türken sind Fremde im Land, die Neger auch. Sie hassen die Herren nicht so, wie es die Mauren, die Berber und die unabhängigen Bergbewohner, die stolzen, großen, kräftigen, blonden Kabylen, tun, die man nur selten im Gewimmel der Hauptstadt sieht. Wenn sie die Schluchten und Klüfte der Atlasketten verlassen, dann geschieht es fast immer nur in feindlicher Absicht. Sie sollen die Abkömmlinge der alten Numider sein, vielleicht auch die der Goten und Vandalen. Eins zeichnet sie vor allen anderen aus: Sie sind Feinde der Türken. Jeder einzelne für sich. –

De Vermont ist zur großen Hauptstraße gelangt, die sich parallel zur Küste vom Bab-Azoun (Bab = Tor) im Süden zum Bab-el-Oued im Norden hinzieht. Im Augenblick schenkt er dem bunten Treiben in den Kaffeehäusern

und den in Mauernischen aufgeschlagenen Kaufmanns-
ständen, den Händlern und Krämern, den Gold- und
Zeugschmieden, den Schustern, Schneidern, Barbieren,
Schreibkundigen, die alle hier ihr Glück machen wollen,
keine Aufmerksamkeit. Die dicken, gravitätisch mit un-
tergeschlagenen Beinen sitzenden Krämer, die eine unvorstellbare Ausdauer im Feilschen haben, die ihre Pfeife
schmauchenden Türken, die Kranken und Bettler werden die Straße auch später noch bevölkern, wenn er mit
dem Konsul gesprochen hat und ihm vielleicht Zeit zu
Studien bleibt.

Dieser Straße, eine der wenigen, die den Namen
Straße verdient, folgt der junge Franzose bis zum Ende.
Dann biegt er nach Westen ab. Das Konsulat Frankreichs
liegt außerhalb des Dreiecks, im grünen Kranz. Vorbei
geht es am Friedhof der Christen zur Rechten, zur Linken
später am Landhaus des Deys.

„Monsieur de Vermont! Was führt Sie zu mir?" begrüßt
ihn der Konsularagent.

„Sollten Sie es nicht wissen, Verehrtester?"

„Sie meinen die Sache mit der ‚Astra'?"

„Mein Vater bat Sie, Erkundigungen wegen der Überlebenden des Kauffahrers einzuziehen."

„Ich habe mir den Wunsch Ihres verehrten Herrn Vaters natürlich angelegen sein lassen. Leider – ich bedauere es außerordentlich – konnte ich bisher nur wenig
tun. Meine Stellung, wie die aller anderen europäischen
Vertreter, ist im Augenblick sehr – sagen wir – schwierig.
Napoleons Abdankung, Sie verstehen! Am besten, man
kommt dem Dey sowenig wie möglich unter die Augen."

„Die neue politische Lage beunruhigt ihn?"

„Können Sie jemals einen Orientalen ganz durchschauen? In diesen Gesichtern läßt sich nicht lesen wie
in einem Gesicht unserer Landsleute. Die blumenreiche
Sprache des neuen Deys, Omar Pascha, ist vorzüglich geeignet, ihn sich wie eine Schlange winden zu lassen. Man

glaubt plötzlich etwas Greifbares, Bestimmtes herauszu-
hören, aber schon gleitet es in blitzschnellen Windungen
davon. Auf zuckersüßes Geschwätz, folgt ein übersüßter
Hieb. Herr de Vermont hat mir eine Nuß mit steinharter
Schale zugeworfen."

„Es müssen doch Spuren von der ‚Astra‘ zu finden
sein", entgegnet Pierre-Charles.

„Das Schiff ist noch da. Sahen Sie es nicht im Hafen liegen?"

„Ich habe nicht darauf geachtet, kenne es auch gar
nicht."

„Es ist bereits verkauft."

„Wer hat es?"

„Livorno. Die Italiener können für einige Zeit unbedenklich das Mittelmeer damit kreuzen. Kein Korsar wird
sie auf der ‚Astra‘ belästigen."

„Erst raubt man die Europäer aus, und dann verkauft
man ihnen das gekaperte Schiff!"

„Wir sind geschützt." Des Konsuls Hinweis kommt
spitz. Was gehen denn Frankreich die Angelegenheiten
der italienischen Staaten an? Wie kann es Herr de Vermont, der Vater, bei aller schuldigen Hochachtung, die
man diesem verdienstvollen Kaufmann entgegenbringen
muß, wagen, den diplomatischen Vertreter Frankreichs
mit solchen Dingen zu belästigen! Ein Konsul, und sei
seine Regierung noch so befreundet mit dem Dey, hat
übergenug Sorgen und Ärger mit dem launischen und
wilden Herrn. Die Last braucht nicht noch größer zu
werden!

„Ich verstehe. Hoffentlich haben Sie keine Unannehmlichkeiten gehabt." Eine bloße Redensart, sonst nichts.

„Aber nein, Herr de Vermont. Ich konnte mich der
Sache nur noch nicht mit dem erforderlichen Nachdruck widmen. Natürlich werde ich es bei gegebener
Gelegenheit versuchen, schon um Ihrem Herrn Vater
gefällig zu sein."

„Bemühen Sie sich nicht weiter, danke. Ich stehe nicht so im Blickfeld wie Sie, werde selbst versuchen, Erkundigungen einzuziehen. Obendrein ist die Sache auch nur eine Laune meines Vaters. Ohne Bedeutung."

„Besten Erfolg." Der Konsul ist sichtlich erleichtert, daß der Besucher die Angelegenheit so leicht nimmt. „Übrigens – nein, lassen wir es", unterbricht er sich sofort. Besser, man fragt nicht nach den Fäden, die sich zwischen de Vermont und der ‚Astra' spannen. Was ein Konsul nicht weiß, dafür braucht er nicht geradezustehen.

Pierre-Charles war sowieso erstaunt, daß der Vater, entgegen seiner ersten Entscheidung, doch noch die französische Vertretung mit der Suche beauftragt hatte.

Als er in die Stadt hinabsteigt, rollen Kanonenschläge über die Bucht. Plötzlich ein Schieben, Drängen, Rennen in den Gassen. Handwerker räumen ihre Geräte zur Seite; Sorbetverkäufer schultern Schläuche und Fäßchen. Der Gedanke: ‚Hinab zum Hafen!' hat alle erfaßt.

Von einem Mauervorsprung aus kann er das Hafenbekken überblicken. Ein Segler läuft ein. Hinter ihm ein plumper Kauffahrer. Korsar mit Beute.

Der Kai wimmelt von Menschen. Von Sekunde zu Sekunde strömen neue Massen aus dem Häusermeer hervor. Das wogt und schäumt wie vom Sturm gepeitschte See.

Im Augenblick ist nichts zu erreichen. Alle Häuser sind geschlossen. Der Dey oben in seinem Schloß bietet der Menge ein Spiel, ein Schauspiel, so wie es die Cäsaren Roms den Massen boten, um sie damit von staatsgefährdenden Gedanken abzuhalten.

Ich werde es mir ansehen, beschließt de Vermont und setzt seinen Weg fort.

Und es ist ein Schauspiel! Zeit spielt keine Rolle. Es dauert noch lange, bis das Piratenschiff die Segel fallen läßt, noch länger, bis das gekaperte Schiff am Kai liegt.

Dann aber beginnt es!

Die gefangene Schiffsmannschaft wird wie eine Herde Vieh von Bord getrieben.

„Christenhunde! Allah verdamme sie in die unterste der Höllen! Schlagt sie tot! An die Kette mit ihnen!" So brüllt und tobt die Menge, die nichts mit den Gefangenen zu tun hat, sie nicht kennt, keine Rache zu nehmen hat, nur fremd zu Fremden steht.

„Sorbet, Zuckerwerk, Früchte! Früchte, wie sie schöner, saftiger, süßer nirgends angeboten werden können! Kauft, kauft!" schreien die Händler dazwischen. Sie machen ausgezeichnete Geschäfte.

„Was hast du mitgebracht, Ali?" – „Habt ihr die Hunde mit den Händen greifen können?" – „Wehrten sie sich?" schwirrt es durcheinander.

„He, Alter, was gibst du für diesen Ring? Ich habe ihn einem Christenweib abgezogen." Ein höhnisches Lachen unterbricht die Szene.

„Spring, Bursche, spring! Schneller, schneller!" Ein Pirat stößt einem jungen Matrosen, der vor der rasenden Menge den Schritt verhält, die Faust in den Rücken.

Staatsbeamte schlagen auf die Menschenmauern ein, bahnen sich einen Weg. Ein Achtel der Beute gehört dem Staat. Zuerst der Staat, macht Platz! Der Reis und die Mannschaft können sich nachher in den Rest teilen.

Manchmal fallen sich die Bestien selbst noch an. Kampf um den fettesten Bissen, wie bei den Tieren.

Und immer wieder die Hilferufe der Gefangenen, Schreie von Geschlagenen und Niedergetrampelten, Flüche von kämpfenden Korsaren, Jubellaute, wenn einer dem anderen eine Kleinigkeit entreißen konnte. Hunde bellen, schnappen nach Menschenbeinen.

Irrenhaus Algier.

Die Schwarzgekleideten stehen abseits. Sie brauchen nicht die Hände auszustrecken, sich nicht um die Beute zu raufen. Man wird sie ihnen bringen.

Manche der unglücklichen Europäer sind unempfindlich für alles, was mit ihnen und um sie herum geschieht. Sklaverei – das Leben ist aus. Andere kämpfen noch wie die Löwen um die Freiheit, werfen sich zu Boden, brüllen auf unter Fußtritten und Stockschlägen.

Da reißt sich einer aus den Armen der Wächter. Ein Sprung vorwärts. Gewaltiger Sprung. Wie ein Stier rennt er einen Janitscharen an. Ein Krachen. Der Soldat fällt um wie ein Sack.

Die Menge heult auf. Mehrere der Umstehenden stürzen sich auf den Mann. Ein Hieb mit dem Säbel. Man hat einen Toten geköpft.

Der Gefangene hatte sich durch den gewaltigen Anprall das Genick gebrochen. Befreit aus der Sklaverei. Die Menschen haben nicht bedacht, daß sie einem verhaßten Türken beispringen wollten.

Im Augenblick ist das Schauspiel zu Ende; ein Schauspiel, dessen unzählige furchtbare Einzelheiten erschüttern. Das Achtel des Staates muß erst sichergestellt werden. Dann geht das große Feilschen und Handeln los.

Dem Franzosen steht der Ekel in der Kehle. Und das duldet Europa! Her mit den Völkern, den Staatsmännern, daß sie solches sähen! Was wissen sie davon? Man belächelt wahrheitsgetreue Berichte als Greuelmärchen, reiht sie unter ‚interessante Geschichten, gut gemacht, nette, kurzweilige Unterhaltung' ein. Man braucht solche Geschichten, um dem abenteuerarmen Leben im gesitteten Europa einen Reiz zu verleihen. Im übrigen: Unmöglichkeiten. Wir leben im 19. Jahrhundert, nicht mehr in den Zeiten der Christenverfolgungen Roms. Inzwischen ist die Menschheit reifer geworden. Die Sklavenjagden in Afrika? Pah, man führt die armen Schwarzen zu ihrem Glück, zu einem geregelten, sorgenfreien Leben auf den Plantagen frommer Pflanzer. Ein Kulturwerk ist es. Das mit Algier stimmt nicht, wenigstens nicht alles.

„Nein, alles, alles. Reine Wahrheit ist, was ihr als zum Nervenkitzel bestimmt glaubt. Wahrheit!" De Vermont möchte es hinausschreien. „Wahrheit, Europa. Du steckst den Kopf in den Sand wie der Strauß, willst nicht sehen, was ist. Du wärest sonst aus deiner Ruhe gerissen, deine Völker könnten aufbegehren und feingesponnene Netze deiner Herren auf anderen Gebieten zerstören."

Zornig kehrt sich der Franzose ab und steigt in die Stadt hinauf. Vor ihm schreitet gekrümmt, ab und zu den Kopf leicht nach links und nach rechts drehend, ein Jude. Jetzt biegt er in eine Nebengasse ein. De Vermont sieht den Mann im Profil.

„Simeon!" ruft er ihn halblaut an.

Der Mann mit dem schwarzen Kaftan und Käppchen bleibt stehen, blickt sich um, verneigt sich dann ehrerbietig.

„Hast du gute Geschäfte gemacht im Hafen?" fragt Pierre-Charles.

„Nichts, Herr."

„Noch nicht."

„Ich bin ein armer Mann, Herr de Vermont. Für mich bleiben nur Brosamen von dem reichgedeckten Tisch."

„So hast du das letztemal zuviel Wein, Likör, gesalzenes Schweinefleisch, gesalzene Fische und anderes, womit die Türken nichts anzufangen wissen, deren Genuß der Koran verbietet, gekauft. Solltest du damit nicht gute Geschäfte gemacht haben? Doch mich kümmert's nicht. – Ich wollte dich um einen Kredit angehen."

„Es ist mir immer eine große Ehre, wenn die Herren Franzosen mein bescheidenes Haus für würdig ansehen."

„Kannst du mir helfen?"

„Das Geld ist teuer. Ich müßte bei den Brüdern leihen. Jeder muß leben. Aber Ihr wißt, Herr, daß ich für Euch alles tue."

„Ich weiß es. Und meine Worte waren nur Scherz. Ich wollte nur sehen, ob das alte Verhältnis zwischen uns noch besteht."

„Es kommt darauf an, ob Ihr mir noch weiterhin Euer

Vertrauen schenken wollt. Ich werde Euch nicht enttäuschen. Womit kann ich dienen, Herr?"

De Vermont mustert die Umgebung. Simeon sieht es.

„Kommt zur Nacht zu mir. Ich stehe zu Eurer Verfügung." Ohne Gruß, sich ganz den Anschein gebend, als habe er nur zufällig einige Schritte mit dem Fremden zurückgelegt, tritt der Jude in ein Kaffeehaus.

Pierre-Charles setzt seinen Weg fort und kehrt bald danach zu seinem Segler zurück. Er muß den Männern mitteilen, wo er hingehen wird, denn Algier mit seinen Winkeln und Gassen ist gefährlich. Dann wird er Geld zu sich stecken. Simeon ist der Agent des Hauses de Vermont in Algier, ein sehr brauchbarer Mann, treu, ehrlich, verschwiegen, geschickt, aber – nicht billig.

Kurz bevor die Tore geschlossen werden, befindet sich de Vermont wieder in der Stadt. Er trägt, wie es üblich ist, eine Laterne. Manchmal trifft er Wanderer, die das Licht offen tragen. Es sind Juden. Ihnen als einzigen ist es verboten, sich einer Laterne zu bedienen. Schon diese Anweisung zeigt, daß man diese Menschen unter die anderen stellt, sie auch nachts als Juden erkennen will.

Simeon hat auf den Besucher gewartet. Noch ist das Pochen nicht verhallt, da wird die Tür auch schon geöffnet.

„Tretet ein, Herr, und bringt Segen über mein Haus", begrüßt er den Franzosen.

„Friede sei mit dir und den Deinen!"

Simeon neigt den Kopf. Die Rechte hat er auf das Herz gelegt. „Ich bin Euer Diener, Herr! Bitte, nehmt Platz."

Der Raum ist wenig möbliert. Einige Matten liegen am Boden, Kissen und zwei niedrige Hocker sind um ein flaches Tischchen gruppiert, auf dem das Gebetbuch des alten Händlers liegt. Eine Kerze hüllt alles in ein goldenes Licht.

„Vor einiger Zeit soll eine genuesische Prise eingebracht worden sein", beginnt endlich Pierre-Charles.

„Die ‚Astra'?"

„Ja, sie. Hast du etwas von ihr gekauft?"

„Was sucht Ihr?" Der Händler umgeht mit seiner Frage eine klare und eindeutige Antwort.

Pierre-Charles erkennt es. Die Erwähnung der ‚Astra' scheint dem Mann nicht angenehm zu sein. Aber vielleicht täuscht er sich auch.

„Ein Bild."

„Es ist mir nicht bekannt, daß das Schiff Bilder an Bord gehabt hat."

„Keine Handelsware. Man erzählte mir, daß sich ein junger Künstler auf dem Segler befunden habe. Von ihm möchte ich eine Zeichnung meiner Sammlung einverleiben. Ich bin leidenschaftlicher Sammler."

Dummkopf! Oh, wie dumm ihr Franzosen seid! Da kommt der Mann zu mir, will ein Bild kaufen und gibt zu, leidenschaftlicher Sammler zu sein. Dreifachen, zehnfachen Preis kann man ihm berechnen, er wird ihn unbesehen für die Befriedigung seiner Leidenschaft zahlen. Ganz hat sich Simeon bei dieser erfreulichen Feststellung nicht in der Gewalt. Seine Augen glänzen, seine lange, feinnervige Hand streicht zufrieden den Bart.

Der Fisch hat nach dem Köder geschnappt. Mit voller Absicht hat de Vermont von seinem Sammeleifer gesprochen, um Simeon zu gewinnen.

„Du hast also kein Bild von dem Schiff übernommen?"

„Nein. Was stellte es dar?"

„Eine Frau mit einem Kind. Hast du vielleicht eine solche Zeichnung bei deinen Geschäftsfreunden gesehen?"

„Auch nicht. Aber wenn Ihr es wünscht, Herr, werde ich mich gern danach umsehen."

„Darum möchte ich dich bitten, nur – mach kein Geschrei davon. Ich kann und werde nicht mehr als eine gewisse Summe anlegen. Trotzdem wird es dein und des Verkäufers Schaden nicht sein, wenn ich das Bild bekommen kann. Hier, nimm." Der Franzose schiebt ihm einige Geldstücke zu.

„Anzahlung?" fragt Simeon listig.

„Für deine Bemühungen."

„Danke. – Wieviel darf das Bild kosten?"

„Wir einigen uns, keine Sorge. – Damit wäre der Zweck meines Besuchs erreicht." Und so ganz nebenbei fügt de Vermont an: „Der Zeichner des Bildes wird sicherlich tot sein, denn die Mannschaft der ‚Astra‘ hat den Leuten des Deys schwer zu schaffen gemacht, wie ich hörte."

„Es sind nur wenige am Leben geblieben." Das Geschenk hat die Zunge des Händlers gelöst.

„Das Schicksal der Italiener interessiert mich herzlich wenig. Trotzdem, erzähle."

„Ich weiß nicht, was es mit diesem Schiff auf sich hat. Jedenfalls wurden die Gefangenen bereits bei Sidi Feruch von Bord geholt."

„Nanu, warum das?" wirft Pierre-Charles schnell hin.

„Man soll sie zu Scheik Osman gebracht haben."

„Zu Scheik Osman? In die Felizia-Berge also. Alle?"

„Den Kapitän und eine Frau habe man nach Algier geschafft, die Frau in den Harem des Deys – sagt man. Sie soll tot sein. Eine junge, schöne Frau, die immer nach ihrem Kind geschrien hat."

Mein Gott, Luigis Frau. Nur sie war auf der ‚Astra‘. Es kostet de Vermont große Anstrengung, unbeteiligt zu erscheinen. Glücklicherweise gelingt es ihm, harmlos weiterzufragen: „Man hat sie wohl von dem Kind getrennt?"

Der Jude hebt die Hände. Er weiß nichts Genaues. De Vermonts Herz schlägt laut. Simeon muß es hören. Zu dumm, daß der Mann nicht weiterspricht. Nochmals fragen? Simeon ist schlau.

Ein Zweifel ist kaum möglich. Die Frau ist tot. Dies ist um so sicherer, als die Angabe ohne Absicht gemacht worden ist. Aber der Junge! Er muß gesucht werden. Und hier, an einer Stelle, wo vielleicht ohne Mühe alles zu erfahren gewesen wäre, ist Schweigen.

„Es ist bitter für eine Mutter, von dem Kind getrennt zu sein, nichts von ihm zu wissen", wagt de Vermont einzuwerfen, auf die Gefahr hin, seine Karten aufzudecken.

„Ich hörte, daß der Junge dem Bey von Titterie geschenkt wurde."

Eine müde, wegwischende Handbewegung des Franzosen. ‚Dein Geschwätz langweilt mich, Simeon', soll es ausdrücken. Laut aber sagt er: „Ich verschwende meine Zeit mit Nichtigkeiten. Inzwischen macht man mir das Tor zu. Es würde mir nicht angenehm sein, den Konsul für die Nacht bemühen zu müssen. Also ich zähle auf dich, daß du mir die Zeichnung beschaffst."

„Wenn sie nicht vernichtet ist, werdet Ihr sie erhalten. Ich ziehe Erkundigungen danach ein. Wo kann ich Euch finden, Herr de Vermont?"

„Frage auf dem Segler nach mir, Simeon. Aber bitte, denke immer daran, daß ich das Bild zwar gern haben möchte, doch nur zu einem angemessenen Preis."

Acht Tage später weiß Benelli um die Angelegenheit, obwohl Simeon nichts verraten hat.

Als der Händler endlich mit seinen vorsichtigen Umfragen an den Mann gerät, dem die Zeichnung zwischen anderen Dingen unbeachtet gebracht worden war, muß er erfahren, daß vor wenigen Stunden ein Neger sie gekauft habe. Der Schwarze habe lange in den Beständen gewühlt, das und jenes haben wollen, dann aber noch etwas Reizvolleres gefunden, lange an dem Preis herumgenörgelt, schließlich nicht gekauft, weitergesucht. Plötzlich sei er auf das wertlose Bildchen gestoßen. Oh, das sei eine schöne Frau, eine Frau, wie sie der Prophet als eine der Freuden des Himmels verspricht. Das Bild nehme er. Sogar ein lächelnder Knabe sei noch mit darauf. Was das koste? Jetzt erst habe sich der Trödler die Zeichnung genau betrachtet. Nicht schlecht. Der

Schwarze habe noch immer die Augen vor Begeisterung verdreht. Soll er zahlen für den Spaß, den ihm das Papier macht. Zwei Zechinen. He? Der Neger habe getan, als hätte er sich verhört. Ja, zwei Zechinen. Jammergeschrei, nicht halb so ernst gemeint wie laut vorgebracht. Schon sollte das Bild für den halben Preis weggegeben werden, da habe der Schwarze die Münzen auf den Boden geworfen, das Blatt gepackt und sich davongemacht.

Ein schönes Geschäft. Vor Freude reibt sich der Verkäufer die Hände. Zwei Zechinen geschenkt. Geschenkt, natürlich, denn er selbst hat nichts für das Papier bezahlt.

„Wer war der Neger?" fragt Simeon, den Redefluß des Glaubensgenossen unterbrechend.

„Ich kenne ihn nicht, erinnere mich nicht, ihm jemals in den Straßen Algiers begegnet zu sein. Ein Mensch wie hundert andere in Algier. Keine auffallenden Merkmale, weder im Gesicht noch in Haltung und Benehmen, nur eben kindlich erfreut über ein so schönes Bild."

Zwei Zechinen; schade, zehn, zwanzig hätte es gebracht, wenn der dumme Neger nicht seine Nase in den Winkel gesteckt hätte. Aus der Freude des Händlers wird Ärger. Simeon hält es nicht für nötig, ihm Näheres mitzuteilen.

In Gedanken versunken steigt er die Treppengasse zu seinem Haus empor. Die Arme hat er in die weiten Ärmel seines Kaftans gesteckt. Mechanisch nehmen seine Füße die weit auseinander liegenden Stufen.

Zufall, daß er zu spät kommt? Simeon glaubt nicht an einen Zufall. Die Umstände sind zu auffallend. Der Franzose will das Bild seiner Sammlung einverleiben. Er, der Jude Simeon, soll es heranschaffen, fragt vorsichtig in allen Häusern danach. Die Sache mag, obwohl alles so harmlos und unbedeutend hingestellt worden ist, doch da und dort zur Sprache gekommen sein. Andere wittern ein gutes Geschäft dabei, schnappen die Beute in der letzten Minute weg. Der Koran ist gegen die Abbildung von Menschen. Wie alle Neger in Algier ist sicherlich auch der Käufer Moslem. Dann war sein Benehmen bei dem Kauf falsch. Herr de Vermont wird seine Sammelleidenschaft teuer bezahlen müssen. Simeon kichert dabei in sich hinein. Daß der Franzose kaufen wird, sogar zu jedem Preis, daran zweifelt er nicht. Simeon nimmt an, daß die Zeichnung einen beträchtlichen Wert darstellt. Zweifellos wird sie binnen kurzem wieder auftauchen, vielleicht bei Barci, dem reichsten Juden Algiers – und dann ein Vermögen kosten.

Die Überlegungen des Händlers Simeon sind klar und richtig. Er hat erkannt, daß es außer de Vermont noch andere Menschen gibt, die sich für die Beute der ‚Astra‘ interessieren. Wie verwickelt die Angelegenheit aber ist, das freilich kann er nicht überschauen.

Erschüttert wird seine Meinung von dem hohen geldlichen Wert des Bildes aber, als er Pierre-Charles das Ergebnis der Nachforschungen mitteilt.

„Laß gut sein, Freund“, der Franzose lacht, „ich denke nicht daran, einen großen Betrag für ein mir noch unbekanntes, vielleicht gänzlich wertloses Blatt Papier auszugeben. Es ist zwar bekannt, daß die Sammler eine Sache manchmal viel zu hoch einschätzen, sich sogar zugrunde richten dabei – ich tue es nicht.“

Hätte Simeon die Zeichnung gebracht, wäre widerspruchslos ein angemessener Betrag bezahlt worden, schon um Luigi mit dem Bild zu erfreuen. Die Frage danach und der Auftrag, nach der Skizze zu suchen, sind ja nur Vorwand gewesen, etwas über die Menschen zu erfahren, die sich nach dem Kampf noch auf dem Kauffahrteischiff befunden haben. Das ist gelungen, das Bild also nicht unbedingt mehr nötig.

Verschiedentlich hatte der Franzose in den Kaffeehäusern das Gespräch so geführt, daß es auf die ‚Astra‘ kommen mußte. Grundlegend Neues ist aus den Erzählungen nicht zu entnehmen gewesen. Raffaela Parvisi ist tot, darüber sind sich alle einig. Ein Anfall von Schwermut oder Wahnsinn sei es gewesen. Sie habe sich vom Garten der Kasbah, dem Aufenthaltsort der Frauen des Deys, heruntergestürzt. Ein Vermögen sei dem Türken dadurch verlorengegangen. Was hätte die Frau an Lösegeld bringen können!

Die Menschen der ‚Astra' sind von Geheimnissen umwittert. Hoffentlich kann man eines Tages alle Schleier lüften. ·Schon die Übernahme in Sidi Feruch ist ungewöhnlich gewesen. Wer steckt dahinter?

Im Augenblick muß die Kenntnis genügen, daß der kleine Livio dem Bey von Titterie zum Geschenk gemacht worden ist. Daran kann man sich halten.

Zurück nach La Calle!

Von einem Mann namens Benelli, den der Bankier Gravelli Renegat nannte, weiß de Vermont nichts.

Der Italiener Benelli war vom Christentum zum Islam übergetreten. Nicht aus Überzeugung, sondern weil er – Abenteurer, Ruheloser, Machtgieriger – satanische Freude daran hat, in das Leben friedliebender Menschen und Staaten verheerend einzugreifen. Wie zu den beseitigten Herrschern, so nimmt er auch zu dem neuen Dey Omar Pascha eine eigenartige Stellung ein. Ohne offiziell ein Staatsamt auszuüben, geht vieles durch seine Hände. Er verkehrt in der Kasbah, wie es ihm paßt. Manch hoher Beamte zittert beim Anblick Mustaphas – unter diesem Namen ist Benelli in Algier bekannt. Nicht einmal die Konsuln durchschauen diesen Mann; sie wissen auch nicht, ob er Türke, Araber oder Maure ist. Auf jeden Fall ist er gefährlich, ein fähiger Kopf, der sich mit jedem in seiner Muttersprache unterhalten kann, wenn er will. Er bewohnt ein altes kleines Haus in der Nähe der Burg, das zu betreten bisher nur wenigen gelang. Den Gelehrten Mustapha nennt ihn das Volk, da es nichts anderes von dem schweigsamen Mann weiß, als daß er meistens über alte Schriften gebeugt sitzt, dann wieder für Wochen und

Monate verreist. Er lebt eben ganz seinen Studien. Wo immer Handschriften oder alte Bücher, gleich in welcher Sprache sie geschrieben sein mögen, gefunden oder angeboten werden, da erscheint binnen kurzem ein Abgesandter des Gelehrten, um den Fund für seinen Herrn zu erwerben; er bezahlt mehr, als alle anderen zu geben bereit wären. Sollte ein glücklicher Käufer nicht bereit sein, sich von seiner Erwerbung wieder zu trennen, dann verfügt Mustapha ja über nette kleine Mittel, die unbedingt zum Erfolg führen. Ihm in die Quere zu kommen, bemühen sich die Händler gar nicht erst; sie würden nur einbüßen dabei.

Mustapha-Benelli weiß von allem in Algier.

7. *Sklave*

Pierre-Charles de Vermont schließt soeben seinen Bericht über die Nachforschungen in der Hauptstadt ab.

„Über der ganzen ‚Astra'-Angelegenheit schwebt, will mir scheinen, ein geheimnisvolles Dunkel. Daß man das Schiff ohne Menschen in Algier einbrachte, war völlig ungewöhnlich."

„Aber waren denn wirklich alle bis auf Raffaela und Livio tot?" fragt Parvisi erneut, obwohl der Freund alle Einzelheiten, soweit sie ihm bekanntgeworden, mitgeteilt hatte.

„Die einen behaupten es, andere wollen wissen, daß man die Gefangenen in die Felizia-Berge zu Scheik Osman gebracht habe. Unser Agent stimmt der zweiten Ansicht zu, obwohl auch er nichts Genaues weiß."

„Felizia-Berge? Wo sind die?"

„Einige Tagereisen südlich von Algier."

„Du kennst sie?"

„Ja."

„Ist es möglich, von dort jemand zu befreien? Der alte Diener unseres Hauses, Benedetto Mezzo, müßte, wenn deine Nachrichten stimmen, im Lager sein."

„Auf einhundert Sklaven kommen fast ebenso viele Wächter." De Vermont ist gut unterrichtet. –

Damals, beim Morgengrauen, hatten zwei Segler auf der Höhe von Sidi Feruch gelegen, der Korsar und der zusammengeflickte Genuese.

Dem Korsarenkapitän war vor Antritt der Piratenfahrt von höchster Stelle Anweisung zugegangen, zwischen Nacht und Tag mit der Beute an diesem Platz zu sein. Könne er die festgesetzte Stunde nicht einhalten, möge er außer Sichtweite der Küste bis zum anderen Morgen kreuzen und dann zurückkehren.

Er ist pünktlich zur Stelle. Was weiter?

Der Schwarzbärtige ist gespannt. Mit dem Glas sucht er das Ufer ab.

Soeben hebt sich die Sonnenkrone über den östlichen Horizont. Es ist, als habe ein Zauberstab die Erde berührt und verwandelt. Überall flammt und blitzt es auf. Mit jedem Augenblick ändern sich die Farben. Als ob Fesseln gesprengt wären, so scheint sich alles zu dehnen und zu strecken. Die an den herrlichen breiten Strand, der in makelloser Weiße glitzert und gleißt, spülenden Wogen jauchzen auf, überspringen Hindernisse. Manche versprühen, andere sinken erschöpft mit gurgelndem Laut zurück. Im Osten ragt eine kleine Kalkhalbinsel in die Bucht. Das auf ihr stehende Fort mit dem viereckigen Turm – Torretta Chica – scheint in Flammen zu stehen.

Auf dem Piratenschiff gibt es keinen Menschen, der diesem gewaltigen Geschehen auch nur einen Blick schenkt.

Am Strand regt es sich. Reiter sind herangesprengt. Einige schwenken große weiße Fahnen oder Tücher. Ein Mann springt vom Pferd, steigt ins Boot, das, von kräftigen Ruderschlägen getrieben, auf den Korsaren zuhält.

„Allah sei gepriesen!" grüßt der Ankömmling.

Der Schwarzbärtige dankt und sieht den Besucher fragend an.

Ohne seinen Namen zu nennen, entledigt sich der Fremde seines Auftrags: „Saduk ben Abdullah, ich komme, um den Kapitän der ‚Astra' und die Parvisis zu holen."

„Der Kapitän, die Frau und das Kind stehen zu deiner Verfügung. Der Mann ist tot", entgegnet der Korsarenreis. Der Unbekannte hat sich hinlänglich ausgewiesen, die Worte gebraucht, die derjenige sprechen werde, dem vertraut werden soll.

„Die restlichen Gefangenen", fährt der Fremde, ungerührt ob des Todes des Mannes, den er übernehmen sollte, fort, „übergib meinen Leuten. – Dort!" Er weist mit einer Kopfbewegung hinüber ans Ufer.

Die Übergabe vollzieht sich reibungslos. Kapitän Civone ist zwar verwundet, aber unter dem grausamen Blick des Reis verflüchtigt sich die Schwäche, die er in jedem Glied des Körpers spürt. Der Kapitän eines gekaperten Schiffes gehört immer dem Dey. Jetzt kommt man also, ihn zu holen. Widerstand ist zwecklos. Raffaela Parvisi befolgt die Befehle mechanisch. Für sie ist eine Welt zusammengebrochen. Von der lebensprühenden Frau verblieb nichts als ein fahler Schatten. Nur eins noch gibt es für die Unglückliche, eins, um das all ihre Gedanken, ihre Liebe, alles, was das Herz einer Mutter zu geben bereit ist, kreisen: Livio. Und da sich das Kind an ihrer Seite befindet, verängstigt, verstört zwar, ist sie selber ruhig.

Reis Saduk ben Abdullah hatte sofort nach dem Kampf strengste Anweisung erlassen, die Frau und das Kind nicht zu belästigen. Nicht aus eigenem Antrieb, schon gar nicht aus Mitleid geschah es, sondern weil ihm der Tod angedroht worden war, wenn einem der Parvisis auch nur ein Härchen auf dem Kopf gekrümmt werde.

Weit davon entfernt, über eine solche Drohung zu lächeln, zweifelte er keinen Augenblick daran, daß sie buchstäblich wahr gemacht würde, wenn er nicht blindlings gehorchte. Mit den Herren in Algier ist nicht zu spaßen, mit ihm – er wagt den Namen nicht einmal zu denken – gleich gar nicht. Hoffentlich legt man es ihm, dem Kapitän des Raubschiffes, nicht schief aus, daß Parvisi im Kampf getötet wurde.

Saduk ben Abdullah schickt den vielen Stoßgebeten, die er in den letzten Stunden zu Allah hinaufgesandt hat, ein weiteres nach. Der kühne, furchtlose, unbarmherzige Korsar zittert und bangt um sein Leben, das in der Hand eines Mannes in Algier liegt. Wenn dieser Furchtbare befiehlt, kann selbst der Dey nicht die Ausführung des Todesurteils verhindern.

Auf die übrigen Gefangenen der ‚Astra‘ wird keinerlei Rücksicht genommen. Man pfercht sie in den Booten zusammen, daß sie fast übereinanderliegen müssen. Manche der Unglücklichen können sich später vor Schwäche kaum auf den Beinen halten, als man sie davontreibt. Es rührt die Berittenen nicht. Unnötig, Dornen und Distelhecken zu umgehen. Hindurch! Kleider zerreißen zu Lumpen, Hautfetzen bleiben an Stacheln zurück. Bergauf, bergab geht es. Rast wird nicht gemacht. Und die Sonne sticht. Über dem gelben Sand wogen Hitzeschwaden.

Benedetto Mezzo, der unverwundet ist, nur einen Schlag über den Kopf erhalten hat, hält sich noch am besten von allen, obwohl die überstandene Krankheit auch seine Kraft stark gemindert hat.

Ein Fluß taucht vor der unglücklichen Schar auf. Die Gefangenen stutzen, schrecken zurück, dann stürzen sie sich wie Irre das flache Ufer hinunter. „Wasser, Wasser", grölen ausgedörrte Kehlen. Ein Wirbel entsteht. Die Reiter schwingen ihre Peitschen, schlagen zu, wohin, wen, ist gleichgültig. Sie befürchten eine Revolte der Seeleute.

Doch die Unglücklichen denken nur an das Wasser. An nichts sonst. In vollen Zügen trinken sie. Trinken, bis sie nicht mehr können. Welche verheerende Wirkung ihre Ungezügeltheit auf den Körper ausüben kann, danach fragen sie nicht. Sie sind nichts als Sklaven, das Leben ist wertlos geworden. Tagelang geht es vorwärts. Die Ebene von Metijiah liegt hinter ihnen. Zurückgeblieben sind zwei Kameraden. Ohne Grab, ohne Steinschutz für die entseelten Körper. Über dem Zug kreisen in ruhigem Flug Adler und Geier. Ihren scharfen Augen entgeht keine Bewegung am Boden.

Halb schlafend schon würgen die Unglücklichen abends die letzten Bissen der kärglichen Verpflegung hinunter. Schlafen, ruhen wollen sie. Schlaf ist wichtiger als Essen, denn morgen beginnt die Qual von neuem.

Der Anblick der Berge der Tell-Kette läßt den letzten Rest des Mutes in Benedetto zum Nichts werden. Die Berge sind nicht anders als die Menschen: furchtbar.

Und immer weiter. Vorwärts! Den ganzen Tag über brüllen die Wächter, drohen, strafen. Wenn einer der Unglücklichen kraftlos zu Boden sinkt, nicht mehr kann, büßen es die anderen. So zieht man den Kameraden hoch, stützt ihn, schwankt zusammen mit ihm den endlosen Weg, über Stock und Stein, weiter.

Eine Erlösung ist der Anblick des Lagers. Ein Dach über dem Kopf, wenigstens etwas. Kaum einer der fünfzehnhundert Sklaven dreht den Kopf nach den Neuankömmlingen um. Die Menschen sind unfähig geworden, anderer Leid mitzufühlen.

Eisenketten werden gebracht. Je zwei Sklaven schmiedet man zusammen. Wenn die Leute der ‚Astra' gehofft hatten, wenigstens im Unglück vereint zu bleiben, so sahen sie sich getäuscht. Bevor sie sich noch einen Gruß, einen guten Wunsch zurufen konnten, waren sie getrennt. Alles geschah im Augenblick.

Benedettis Kettengenosse ist ein Spanier. Nicht einmal

sprechen kann man mit ihm. Er versteht kein Wort Italienisch, ist auch erst einige Wochen hier.

Absicht? Ja. Nie werden zwei Landsleute zusammenge-
kettet, so erfährt Benedetto später.

Parvisis Diener ist todunglücklich. Tränen rollen in seinen verwilderten Bart. Er schluchzt wie ein Kind. Kind
war er, als er das letztemal weinte.

Ein kräftiger Ruck. Benedetto brüllt auf. Der Eisenring
hat ihn am Knöchel verwundet. Unverständliches Zi-
schen und Fauchen des Spaniers. Gib Ruhe! bedeutet es.

Der so bitter notwendige Schlaf nach der maßlosen Er-
schöpfung flieht den Italiener in dieser Nacht.

Als er sich endlich etwas beruhigt hat, glaubt, nun
schlafen zu können, kommt der Befehl zum Aufstehen.
Plötzlich sind überall Wächter, die blindlings drauflos-
schlagen, wenn sich ein Sklave nicht sofort erhebt.

Der Spanier zerrt an der Kette, schleift Benedetto mit
sich fort. Es gilt, die Essenausgabe nicht zu verpassen.

Schlüge irgendwo eine Uhr, sie brauchte es nur zwei-
mal zu tun. Ein Tag wie jeder andere hat für die vielen
Sklaven begonnen. Es wird lange dauern, bis Benedetto
Mezzo soweit ist, einen Tag wie den anderen anzusehen.

8. Eine Hand holt aus

Ein spöttischer Zug huscht um Gravellis Mundwinkel,
zeigt sich in den leicht zusammengekniffenen Augen, als
er die Besucher mustert. Er kennt sie alle genau, vielleicht besser, als sie sich selbst kennen. Kleine Kaufleute.
Natürlich, man hätte ihnen einen Rat geben können, es
hätte sich sogar gut gemacht, dem Ansehen wäre es von
Vorteil gewesen, aber da ist dieser große schlanke Bursche mit den hellen lachenden Augen. Um dieses Mannes
willen ist ein Entgegenkommen unmöglich. Und dabei ist

er der einzige, von dem man fast nichts weiß. Doch das wenige Bekannte, eigentlich nur eine Tatsache, genügt, genügt mehr als tausend Einzelheiten.

Der Mann ist der derzeitige Leiter des Hauses Parvisi. Seit der Chef, ohne Spuren hinterlassen zu haben, verschwunden ist, führt ein alter Mitarbeiter, der im Laufe langer Jahre zur rechten Hand Parvisis aufstieg, die Geschäfte. Man sieht da noch nicht ganz klar.

Der Herr der Berge hat seine beiden Beutel Gold holen lassen, aber drüben in dem Handelshaus geht alles seinen Gang, als sei das Haupt des Unternehmens nur verreist. Gut hat der Alte bisher Parvisi vertreten. Warum soll man es leugnen? Noch ist der Firma nicht anzumerken, daß der Kopf fehlt. Als säße Andrea täglich an seinem Schreibtisch, als prüften seine unbestechlichen Augen die Waren, als schlösse er selbst Verträge und empfinge in seiner liebenswürdigen und verbindlichen Art die Geschäftsfreunde, so wickeln sich die Geschäfte drüben ab. Nun ist der Geschäftsführer seit Tagen krank, und dieser junge Mann vertritt ihn. Und kommt gleich bittend zu Gravelli. Wenn das Andrea wüßte. Parvisi bittet Gravelli. Welch ein Triumph! Ihn, den Feind, braucht man. In der alten Firma bröckelt und knistert es. Wenn es auch erst einmal nur ein Stein sein wird, der aus dem stolzen Bau herausbricht, andere werden nachstürzen, endlich alles zu Boden reißen. Daß der nicht mehr festsitzende erste sich gänzlich löst, dazu kann Agostino Gravelli wesentlich beitragen.

„Das von Ihnen vorgeschlagene Geschäft hat keinen Reiz für mich", bescheidet er die Besucher.

„Wir sind verloren, wenn mit dem Schiff etwas geschieht", jammert einer der Männer.

„Nicht jeder Segler bleibt auf See."

„Nicht jeder, aber jeder zweite fällt in die Hand der Korsaren."

„Warum warten Sie nicht eine günstigere Jahreszeit

ab? Erfahrungsgemäß gehen die Piraten im Winter nicht auf Jagd."

„Wir sind vertraglich gebunden, die Waren unverzüglich abzuschicken."

„Schlechte Kaufleute!" Die Besucher nehmen keine Notiz von dem Tadel Gravellis. Was weiß dieser Große von den Nöten der Kleinen, was von dem erbitterten Kampf, den sie gegen die paar immer mächtiger werdenden zu bestehen haben! Gravelli weiß es, aber er zieht nicht die Hand zurück, die die Schlinge führt. Nur der Rücksichtslose kann sich halten. Es geht um Geld. Alle Bedenken hören beim Geld auf.

„Ich versichere nicht!" schließt er hart ab.

„Ist die ‚Parma' ein Totenschiff, Signore Gravelli?" Der junge Vertreter Parvisis, der bisher stumm dagestanden hat, fragt es. Lächelnd, harmlos.

„Was wollen Sie damit sagen, Herr?" Der Bankier schnappt nach Luft, bekommt einen gemachten Hustenreiz, der die Überrumpelung verdecken soll.

„Nichts. Ich nehme nur Ihre Ablehnung nicht für endgültig."

Sechs Augenpaare bohren sich in Gravelli. Da fühlt er die unbarmherzige Hand wieder, die ihn wie Eisenklammern umspannt. Wie damals am Hafen. Das Wort ‚Totenschiff' hat die Lage zuungunsten des Finanzmanns verändert.

Ein Anschlag also. Von langer Hand vorbereitet. Es muß etwas geschehen. Jetzt erst einmal Zeit gewinnen.

„Ich werde mir Ihre Bitte überlegen, meine Herren", weicht er aus. Verfluchtes Lächeln, das dem Burschen Parvisis im Gesicht steht.

„Sie wissen, daß ich nicht gern Versicherungen übernehme. Warum wenden Sie sich nicht an einen der anderen Bankiers?"

„Sie sind der bedeutendste. Man kennt und schätzt Ihren besonderen Weitblick in Geschäften, der den anderen Herren abgeht. Wenn Sie uns helfen, sind wir sicher, keine Verluste zu erleiden. Bitte, tun Sie es." Die anderen unterstreichen durch Nicken die Vorstellungen ihres Wortführers.

Wieder mustert Gravelli die Männer. Unauffällig, wie er glaubt. Parvisis Vertreter hat sich in eine dunkle Ecke gedrückt, so daß man nicht erkennen kann, was in seinen Mienen vorgeht.

Die vorgebrachten Gründe sind mehr als fadenscheinig. Theater, nichts als Theater. Daß sie ihm so zu kommen wagen! Er soll die Gefahr übernehmen, Verluste erleiden. Sie wissen ganz genau, daß das Schiff verloren ist. Alles ist abgekartetes Spiel und von dem grünen Burschen in der Ecke eingefädelt.

Plötzlich verfliegt Gravellis Wut. Schön, ausgezeichnet. Er wird die Trümpfe überbieten, mit einem Schlag beweisen, daß die Vermutung, der große Gravelli stehe mit den Korsaren im Bund, ein Hirngespinst, eine maßlose Verleumdung, nichts als der Haß Parvisis ist. Umarmen müßte man die Männer, jeden einzelnen, für den Trumpf, den sie ihrem Gegner in die Hand gespielt haben.

Er murmelt Unverständliches vor sich hin. Mit Absicht. Aus den nichtssagenden „Hmhms" werden verständlichere Worte. Und dann sagt er: „Ich werde Landsleute nicht im Stich lassen, selbst auf die Gefahr hin, zu verlieren. Bringen Sie die Papiere. Nur bitte ich mir aus, mich nicht wieder mit solchen Dingen zu belästigen. Ich bin mit anderen Sachen stark belastet. Ich danke Ihnen für Ihr Vertrauen. Auf Wiedersehen, meine Herren!"

Die Kaufleute ergehen sich in lauten Danksagungen. Nur Parvisis Mann hat keinen Blick für Gravelli. Er lächelt, wie er es immer tut.

Ins Gesicht schlagen sollte man dem Burschen! Er hat eine Schlacht gewonnen. Nur kann er den Sieg nicht ausnutzen. Morgen, heute noch, erfährt ganz Genua, daß das Haus Gravelli die ‚Parma' versichert. Damit wird allen Gerüchten das Wasser abgegraben.

Der Diener Camillo wartet schon auf den Herrn. Pietro hat geschrieben.

„Verflucht!" Das Schreiben fliegt auf den Tisch. Zu nichts zu gebrauchen der Junge. Keinen Mut, keinen Geist, kein Feuer in den Adern. Da läßt er sich ein Riesengeschäft aus den Händen gleiten. Ein todsicheres Geschäft.

Gravelli überfliegt den Brief erneut. Nichts als Klagen. Überall eisige Ablehnung, schreibt Pietro. Niemand will mit dem großen italienischen Haus arbeiten. Auch die Tausende von Schmiergeldern, die auf den Rat des Vaters, wohlüberlegt zwar, aber großzügig, gegeben wurden, zeitigten keinen Erfolg. Der größte Fehlschlag in der Geschichte des Bankhauses Gravelli. Riesengewinne sollte das Geschäft einbringen. Schulden, nichts als Schulden sind angelaufen.

Und das alles gerade zu einem Zeitpunkt, da hier in Italien große Verbindlichkeiten abgedeckt werden müssen. Das bis jetzt fehlgeschlagene Wiener Geschäft zwingt zu einem Rückgriff auf die Reserven. Pietro, Pietro! Die Unfähigkeit des Sohnes einsehen zu müssen, ist bitter. Da liegen riesige Warenmengen brach, verderben, fressen täglich ein Vermögen. Ist es allein Pietros Schuld? Parvisi ist nicht mehr; die Firma lebt zwar noch, aber wie lange. Man hat sich in seine Geschäfte gemischt, mit Waren, anstatt wie bisher mit Geld, spekulieren wollen. Zu groß gleich. Es rächt sich jetzt.

Soll man die italienischen Geschäftsleute um einen Zahlungsaufschub bitten? Für ein paar Tage nur? Niemals! Gravellis Faust fällt schwer auf die Schreibtischplatte, daß die Tinte umherspritzt. Es geht um den Ruf des Unternehmens. Grundbesitz abstoßen. Pietro muß mit allen Mitteln und höchstem Druck die Sache neu einleiten. Wien muß kaufen, muß von Gravelli kaufen. Gelingt der Schlag, dann ist man nicht nur einer der ersten Bankiers, sondern auch unter den Großkaufleuten an der Spitze. Die Feder fliegt über das Papier. Eiskalt, jeden Schritt abwägend, Schwierigkeiten vorauserkennend und sie zu beheben trachtend, entwirft er den neuen Plan, in dem Erpressungen nicht den letzten Platz einnehmen. Es müßte doch mit dem Teufel zugehen, wenn es nun nicht klappen würde.

Und jetzt zur Loggia, zur Börse.

Gravelli spricht lange mit Pietros Schwiegervater. Warum zögert der Freund? Weshalb diese abschätzenden Blicke? Aber es ist nichts. Die Liegenschaften wechseln den Besitzer. Das Haus Gravelli ist wieder flott.

Damit wäre für heute alles getan. Trotzdem bleibt er noch an seinem Stammplatz an der Säule stehen, in dessen Nähe sich kein anderer der an der Börse zugelassenen Kaufleute wagt.

Draußen rollt eine Kutsche vor. Der Fahrgast mit dem weiten dunklen Mantel, den er malerisch um die Schultern geworfen hat, dehnt und streckt sich. Er scheint von weit her zu kommen. Der kühn aufs linke Ohr gesetzte Schlapphut mit dem breiten Rand gibt dem Mann einen Zug ins Ungewöhnliche.

„Gravelli drinnen?" fragt der Fremde einen der umherstehenden Makler, die hier vor der Börse hoffen, in die großen Geschäfte einbezogen zu werden.

„Ja, Herr. Wahrscheinlich an seinem Stammplatz an der Säule."

Kein „Danke" für die Auskunft.

„Wer ist das?" tuscheln die Wartenden dem Unbekannten nach. Niemand kennt ihn.

Mit einem einzigen scharfen Blick umfaßt der Mann das Innere der Börsenhalle. Dort steht Gravelli. Auf einmal hat der vordem so eilige Fremde Zeit. Er sucht sich einen Platz gegenüber der Säule. Der Bankier muß ihn, wenn er den Kopf hebt, bemerken. Da schaut Gravelli herüber, zuckt zusammen. Bemerkt und erkannt also. Ganz langsam geht der Besucher auf ihn zu.

„Bankier Bernardi aus Rom", stellt er sich vor. „Habe ich die Ehre, mit Signore Gravelli zu sprechen?"

„Be...Be...", stottert der Genuese.

„Gewiß, Bernardi, Herr." Ein Blick hat dem Bankier das Wort im Munde stocken lassen. „Macht ein freundliches Gesicht, Gravelli!" zischt er den Erschrockenen an.

„Was gibt es? Was wollt Ihr von mir? Sprecht, hier hört uns keiner. Man fürchtet mich, tritt mir nicht zu nahe."

Soll das eine Drohung sein? Benelli, denn er ist es, der sich unter dem Namen Bernardi einführte, übergeht es.

„Wir sind zufrieden mit Euch."

„Seid Ihr nur gekommen, um mir das zu sagen?"

„Ja." Mehr braucht es nicht. Seine Gegenwart genügt, den Bankier daran zu erinnern, daß er sich nach wie vor in der Hand des Deys und seines Abgesandten befindet.

Gravellis Geist arbeitet angestrengt. Benelli kommt wie gerufen. „Hört, Bernardi, ich habe eine Bitte."

Der andere bleibt stumm. So muß Gravelli fortfahren:

„Die ‚Parma' wird demnächst Genua mit Ziel Malaga verlassen. Man hat mich gezwungen, das Schiff zu versichern. Laßt es ungeschoren."

„Muß ich wiederholen, daß Ihr in Euren Bankgeschäften ein freier Mann seid. Sie kümmern uns nicht."

„Heißt das, daß Ihr die ‚Parma' nicht aus dem Vertrag ausnehmen wollt?" Die beiden Männer blicken sich an. Gravelli wütend, Benelli unbeteiligt.

Warum mußte von der ‚Parma' angefangen werden? Ein Fehler, gesteht sich Gravelli ein. Besser wäre es gewesen, den Dummen zu spielen, das Schiff nicht anzugeben. Fragte man später, weshalb es unterlassen wurde, dann wäre noch immer Zeit zu der Ausrede geblieben, daß doch nicht angenommen worden war, auch solche Kauffahrer melden zu müssen, an denen man selbst beteiligt ist. Das Schiff ist verloren, muß als Verlust gebucht werden. Gerade weil er die Hände im Spiel hat. Dafür aber ist der Gewinn an Vertrauen unschätzbar.

„Was haltet Ihr von dem Wiener Kongreß, Gravelli?" fragt der Renegat.

„Man redet. Zu Taten wird es nicht kommen."

„Hoffentlich."

Nimmt Benelli an, daß man wirklich die Hand gegen die Korsaren erheben wird? Das wäre ausgezeichnet, bedeutete Freiheit.

Noch nie hat den Bankier ein Wort des Gegners so gefreut wie das zweifelnde „Hoffentlich" soeben.

„Es würde Euch nicht viel nützen! Ihr kennt doch die verschiedenen Versuche im Laufe der Jahrhunderte, die Macht der Deys in Algier zu brechen, die alle nur Schläge ins Wasser waren. Kommt einmal hinunter und schaut Euch die Festungswerke des Deys an. Da beißen sich auch die stärksten Flotten die Zähne aus. – Im übrigen: Man sucht die Parvisis."

„Wer?" stammelt Gravelli erschrocken.

„Wenn ich nicht will, daß man den Jungen findet – denn die Frau ist nicht mehr – geschieht es nicht."

Der Bankier hört heraus, was für ihn bestimmt ist. Ich! Wenn ich nicht will! Benelli spielt ein Spiel auf eigene Faust. Läuft es auf Erpressung hinaus? Der Mann muß gekauft werden. Wer weiß, was in Algier wirklich vor sich geht!

„Ihr macht Euch große Mühe, um einen alten Wunsch, den ich im Zusammenhang mit der ‚Astra' äußerte, zu erfüllen. Ihr werdet Kosten haben, Bernardi. Laßt sie mich Euch entgelten. Ich erwarte Euch bei mir."

„Meinetwegen. Bis nachher dann, Herr Bankier. Es war mir eine große Freude, Euch so frisch, munter und tatenlustig zu sehen."

Mit einem verbindlichen Lächeln, einer höflichen Verbeugung verabschiedet sich der Besucher von dem bestürzten Geldmann.

Der Hieb hat gesessen. Alle Hoffnungen, die Gravelli vielleicht auf den Kongreß gesetzt hat, sind zunichte gemacht worden. Der Dey wird weiter mit den Verrätereien des Genuesen rechnen können.

Ab und zu hebt Andrea Parvisi den Kopf von den Papieren und blickt durch das Fenster hinaus in den Park. Er fühlt sich wohl im Jagdschlößchen Tomasinis. Mehrmals wöchentlich werden ihm die Geschäftsberichte aus Genua gebracht. Wie die Übergabe der Papiere geschieht, danach hat der Kaufmann verschiedentlich gefragt, es aber bald unterlassen, da ihm immer nur ausweichende Antworten gegeben wurden. Man kann von dem Reiter verlangen, was immer man will, er findet Mittel und Wege, den Wunsch zu erfüllen. Nur über das Wie schweigt er sich aus.

Eins hat Parvisi trotzdem erkannt: Die Räubertätigkeit des Freundes ist nur Täuschung, Teil der geheimbündlerischen Arbeit. Tomasini und seine Freunde haben sich selbst zu gefürchteten Räubern und Wegelagerern ‚ernannt‘ und sich mit einem geheimnisvollen Dunkel umgeben. Giacomo benutzt seinen Ruf als Herr der Berge zur Drohung und Warnung an die eigenen Feudalherren und die fremden Unterdrücker.

Unter dem Schutz eines der ‚Räuber‘ kann Parvisi weite Ausflüge in die Umgebung machen. Man begleitet ihn zur Jagd, spielt und würfelt mit ihm an langen Abenden, kurzum, Tomasinis Leute versuchen alles, dem Gast das Leben auf dem einsamen Landsitz angenehm zu gestalten. Wenn sie mit Andrea spielen, dann ehrlich und nie um Geld. Oft läßt man ihn auch allein und unbewacht umherstreichen; dann sind aber wenigstens zwei oder drei Hirten irgendwo in den Bergen zu sehen. Zu seinem Schutz, denn wenn er später nach der Rückkehr mit dem Fernglas die durchwanderte Gegend absucht, sind sie verschwunden. Mit keinem Menschen war er in den langen Wochen zusammengekommen, der nicht durch das Dienstpersonal angemeldet worden wäre. Wenn man will, ist der Genuese ein Gefangener, aber einer unter besonderer Obhut.

Die Verbindung mit seinem Haus ist umständlich, zugegeben, aber sie hat auch wieder ihre Vorzüge. Nur das Wichtigste und Bedeutendste braucht er selbst zu entscheiden. Unwesentliche, alltägliche Geschäftsvorkommnisse, zu deren Klärung er früher manche Stunde der Tagesarbeit benötigte, werden jetzt in der Stadt geregelt. Auf diese Weise kann er sich mit den Hauptdingen beschäftigen. Der junge Mitarbeiter, der Verbindungsmann zu seinem Geschäftsführer, entpuppt sich immer mehr als ein Mensch von klarem Kopf. Da hat er doch kürzlich mit Hilfe einiger dem Hause Parvisi befreundeter kleiner Kaufleute Gravelli die Versicherungszusage abgepreßt. Wenn es auch bedauerlich ist, den seit Jahrzehnten beschrittenen Weg verlassen und zu Täuschungen übergehen zu müssen, es muß sein. Man hat eben keine unwiderlegbaren Beweise in der Hand, muß Gravelli mit den Waffen bekämpfen, deren er sich bedient.

Erst seit kurzem befaßt sich Parvisi mit solchen Gedanken, die vom Herrn der Berge und seinen Leuten stammen. Heute erwartet man Tomasini. Er war nach Wien gereist, um als stiller Beobachter am Kongreß der Staatsmänner und Souveräne teilzunehmen.

Über den Vorplatz zum Haus kommt eine in Schwarz gekleidete Frau mittleren Alters. In den Armen trägt sie einen großen Strauß blühender Zweige und langstieliger Blumen. Jeden Tag plündert Emilia Parvisi den Park, um das Arbeitszimmer des Gatten und die anderen Räume des Schlößchens zu schmücken.

Sofort nachdem Andrea und Herr de Vermont auf dem Landsitz untergebracht waren, hatte Tomasini Signora Parvisi, die sich an dem verhängnisvollen Tag bei einer Schwester in Mailand zu Besuch befand, holen lassen.

„Ob sich Giacomo freuen wird?" fragt sie den Gatten.

Parvisi tritt auf Emilia zu und küßt sie auf die Stirn, führt sie dann zum Fenster. Erst nach einer geraumen Weile, während der sie die herrliche Berglandschaft betrachtet haben, sagt er: „Ich danke dir, Emilia, daß du mir hilfst, die Schuld abzutragen, die ich Giacomo gegenüber habe."

„Sprich nicht davon, nicht von Dank, gleich gar nicht von Schuld. Ein Mensch wie dein Freund tut alles, weil ihn seine Überzeugung zur Tat zwingt. – Hast du Post bekommen?"

„Nein. Aber ich hoffe, daß bald wieder ein Schreiben von Xavier eingehen wird."

„Ob...?"

„Nicht ungeduldig sein! Das Leid hat uns doch auch wieder zwei Menschen zugeführt, die wahre Freunde sind. Sie werden helfen, wo es ihnen möglich ist." –

„Giacomo! Wie freue ich mich, daß du zurück bist!" begrüßt Parvisi am Abend den Freund.

„Ist etwas geschehen?" fragt Tomasini sofort.

„Nein, nein", wehrt Andrea den forschenden Blick ab. „Kein Grund zu Ängsten. Was bringst du für Neuigkeiten aus Wien mit?"

„Viel, mein Lieber. Gutes und Schlechtes. Um die Ungeduld, die dir in den Augen steht, nicht unnötig auf die Folter zu spannen, nur eins: Es hat den Anschein, als ob sich Europa zu einem gemeinsamen Schlag gegen die Sklaverei zusammenfinden wird. Nachher mehr. Ich muß alles für eine neue Reise vorbereiten lassen."

„Du bleibst nicht hier, nicht einmal für Tage wenigstens?"

Tomasini hört zwar die Frage, unterläßt es aber, darauf zu antworten.

Das ist eine Nachricht, die Gold wert ist. Raffaela und Livio werden frei werden! Frau Parvisi weint leise vor sich hin; der Mann wandert aufgeregt im Zimmer auf und ab.

Es wird noch alles gut werden. Ganz fest glauben beide daran.

„So, nun stehe ich euch zur Verfügung." Tomasini ist zurückgekehrt. Frau Parvisi nimmt dem auftragenden Diener die Platten ab und legt selbst dem Hausherrn vor. Sie und der Gatte sind nicht fähig, jetzt einen Bissen zu essen.

Tomasini, obwohl er hungrig ist, wehrt ab. Dann wird er auch warten bis zum Ende seines Berichts. Ein bittender Blick aus den Augen der Frau. Er ißt. Etwas schneller als sonst. Sie legt ihm aber immer wieder auf.

„Ich fahre morgen nach Rom", beantwortet er später Andreas Frage. „Ich muß nach meinen Geschäften sehen und dem Kardinalstaatssekretär Bericht erstatten. Man schätzt die Augen und Ohren des Barons Tomasini", fügt er spöttisch hinzu. „Doch zur Sache." Er entnimmt einer Ledertasche einen Stoß Papiere, von dem er einige Blätter Parvisi hinschiebt. „Hier lies. Eine Eingabe des britischen Admirals Sir Sidney Smith an den Kongreß über die Notwendigkeit und die Mittel, die Seeräubereien der Barbaresken zu unterbinden. Lies laut!"

Der Genuese überfliegt die Abschrift des Schreibens.

„Lies vor, Andrea!" mahnt der Baron.

„Sofort. Also: ‚Während man beschäftigt ist, Mittel auszusinnen, wodurch der Negerhandel an der westlichen Küste von Afrika abgestellt werden könnte, und während das gebildete Europa sich bemüht, den wohltätigen Handel dahin, sowohl für die persönliche und eigentümliche Sicherheit im Innern dieses ungeheuren Landes zu fördern, wo auch wirklich sanfte, betriebsame und für vorteilhaften Genuß echter Sittenverbesserung empfängliche Menschen gefunden werden, ist es sehr sonderbar und staunenswert, daß auf die nördliche Küste ebendieses Landes kein Augenmerk gerichtet wird, wo bloß türkische Seeräuber hausen, welche nicht nur die Eingeborenen ihrer Nachbarschaft unterdrücken, sondern solche auch mit sich fortschleppen und als Sklaven an sich kaufen, um ihre Raubschiffe zu bemannen, und so ihr eigenes Land von tüchtigen Ackersleuten und die dortigen Küsten Europas von ruhigen Bewohnern berauben.

Diese schändliche Seeräuberei empört nicht nur die Menschheit, sondern beeinträchtigt auf die nachteiligste Weise den Handel, indem heutzutage keine Seefahrer auf dem Mittelländischen Meer oder auf dem Atlantischen Meer mit Kauffahrteischiffen segeln können, ohne fürchten zu müssen, von den Korsaren genommen und als Sklaven nach Algier geführt zu werden.'"[1]

„Admiral Smith schlägt vor, eine von ganz Europa aufzustellende und zu unterhaltende Seemacht gegen die Korsaren zu schicken", ergänzt Tomasini.

„Was hat man in Wien beschlossen?"

„Noch nichts. Aber ich glaube, da... Doch hier ist die Abschrift eines Briefes des Grafen von Vallaise, Minister Seiner Majestät des Königs von Sardinien, an Sir Sidney Smith. Unser Herr ist einverstanden. Das ist ein großer Schritt voran. Ich möchte glauben, daß damit den Korsaren das Handwerk gelegt wird."

„Hoffen wir es!" wirft Emilia ein. „Dann würden die Kinder frei! Mich befällt ein Schauder, wenn ich daran denke, was sie erleiden müssen."

Tomasini wechselt das Thema. Er erzählt, daß Gravellis Wiener Geschäfte schlecht stehen. Niemand wolle sich mit ihm einlassen. Die gleichen Gerüchte, wie sie hier im Umlauf sind, flüstere man sich in Wien zu.

„Sollte da nicht der Herr der Berge etwas nachgeholfen haben?" fragt Andrea aufgeräumt.

„Vielleicht. Aber dann ist es so geschehen, daß man die Quelle nicht findet. Pietro ist jedenfalls ratlos. Er wird

---

[1] Gekürzte Übersetzung aus „Mémoire sur la nécessité et les moyens de faire cesser les pirateries des états barbaresques", London, 31. August 1814

überall freundlich aufgenommen und am Ende mit einem bedauernden Achselzucken wieder verabschiedet. Die Wiener, wenigstens was die großen Häuser betrifft, die allein für die Unternehmungen Gravellis in Frage kommen, scheinen sich verschworen zu haben, nichts von norditalienischen Händlern zu kaufen."

Jetzt lacht Parvisi hell auf.

„Warten wir ab, wie sich die Dinge weiterentwickeln werden", schließt Tomasini endlich.

„Du willst die Sachen laufen lassen, wie es gerade kommt?" Parvisi versteht den Freund nicht.

„Nun ja. Es sind so viele Minen gelegt, daß man sich selbst nicht mehr in das Gefahrenfeld begeben darf. Eine davon wird schon hochgehen."

„Wenn du so zuversichtlich bist, dann braucht man sich freilich nicht zu ängstigen. Dein Freund hat Gravelli erneut einen Schreck eingejagt." Schnell berichtet Parvisi von dem Vorfall mit der Versicherung der ‚Parma'.

„Braver Junge." Tomasini schmunzelt. „In ihm steckt viel, eigentlich alles, um einmal der Herr der Berge werden zu können."

„Gedenkst du, diesen – Beruf aufzugeben, Giacomo?"

„Natürlich nicht, aber mein Leben gleicht einem Ritt auf dem Pulverfaß. Ich kann in jeder Minute mit ihm in die Luft fliegen."

Daran hat Parvisi noch gar nicht gedacht. Aber Giacomo hat natürlich recht. Er führt ein Leben ständigen Kampfes gegen die bestehenden Verhältnisse, ist der Herr der Berge, Carbonaro, Besitzer eines großen, unter anderem Namen bestehenden Handelshauses in Rom und der – Baron Tomasini im Vatikan, der allem Neuen feindlich ist. Wenn jemand hinter die Geheimnisse kommt, dann besteht höchste Gefahr. Obwohl die Sache mit Gravelli auf der großen Linie des Kampfes des Freundes liegt, so bringt sie doch zusätzliche Arbeit und Gefahren. Es wäre auch für Tomasini gut, wenn sich Europa entschlösse, dem Dey den Kampf anzusagen. Es hat den Anschein, sagte Giacomo.

Also besteht Hoffnung auf Befreiung Raffaelas und Livios aus der Sklaverei. Ja – Hoffnung!

„Geographischer Begriff!" knurrt Tomasini unvermittelt.

„Was ist, Giacomo?"

Parvisi wiederholt die Worte.

„Ja. ‚Geographischer Begriff!' Mehr ist unsere Heimat nicht für den Fürsten Metternich. Nur als solchen kenne er Italien. – Wovon sprachen wir? Von der ‚Parma'." Die Furchen auf der Stirn Tomasinis bleiben.

„Gut gemeint, Andrea. Für den ersten Augenblick erscheint der Schlag ausgezeichnet, den ihr gegen Gravelli geführt habt. Das Schiff ist verloren, darüber seid ihr euch doch einig, nicht?"

„Gravelli wird, wenn unsere Vermutungen stimmen, es verraten."

„Die Güter der kleinen Kaufleute sind verloren."

„Ich habe alle auf der ‚Parma' zu verschiffenden Waren aufgekauft."

„Du kannst einen solchen Verlust tragen, obwohl er nicht gerade klein sein wird. Aber die Menschen, Andrea, die Menschen! Hast du nicht bedacht, daß sie in die Sklaverei geraten?"

„Alles ist bedacht, Giacomo."

„Bedacht, bedacht! Wie denn?" murrt Tomasini ärgerlich. Einen klaren Beweis der Schuld Gravellis will man in die Hand bekommen und opfert dafür Menschen. Schon will er mit der Faust auf den Tisch schlagen, als Parvisi weiterspricht:

„Dem Kapitän der ‚Parma' wird, wenn der Segler Genua verlassen hat, ein Brief überreicht werden, aus dem hervorgeht, daß Schiff und Ladung an das Haus de Vermont in Marseille verkauft sind. Von dieser Minute ab wird man unter französischer Flagge nach Korsika segeln. Xavier besitzt große Ländereien an der Küste, die der ,Parma' Unterschlupf bieten."

„Und?"

„Gravellis Freunde sind eben zu spät gekommen. Wir vermuten, daß er nur mit Algier arbeitet. Er muß annehmen, daß tunesische oder tripolitanische Piraten schneller waren. Wir werden in Genua verbreiten, daß die ,Parma' gekapert ist."

„Verfluchter Kerl! Komm, laß dich umarmen. Das ist ein Streich, der sich sehen lassen kann."

9. El-Fransi

So hat sich Luigi Parvisi die Reise nach Medea, dem Sitz des Beys von Titterie, nicht gedacht, so nicht. Es geht lange Zeit nur kreuz und quer durch die Umgebung La Calles.

Seit Wochen sind Pierre-Charles de Vermont, Parvisi und der ständige Begleiter des Franzosen, der Neger Selim, nun schon unterwegs. Die Aufzeichnungen des Freundes hatten dem jungen Italiener bereits einen Eindruck von der Regentschaft, von Land und Leuten vermittelt. Was das Auge aber inzwischen sah, bewies, daß die Beschreibungen blaß und stümperhaft sind: sachlich, kühl, ohne Schwung und Phantasie, eben Bemerkungen eines Gelehrten. Vielleicht sind Worte überhaupt nicht geeignet, dieses Afrika einzufangen, jedenfalls nicht die, zu denen Pierre-Charles fähig ist, wenn er die Feder zur Hand nimmt.

Zur Zeit reisen die drei westlich von Constantine, der Hauptstadt des gleichnamigen Beyliks, im Gebiet der Silune und Tulhah.

Seit Tagen gießt es in Strömen. Die an Abgründen hinziehenden Wege sind zu Todespfaden geworden.

Pierre-Charles und Selim kümmert es nicht.

Immer beschwerlicher wird der Aufstieg zur nächsten Niederlassung. Auf den Bergkuppen, wolken- und nebelverhangen, kleben wie Nester die Kabylenhäuschen. Drunten in der Schlucht brausen und toben die Wasser.

Luigi Parvisi wagt es kaum einmal, einen Blick hinab, auch nicht nach oben, dem Ziel, zu werfen. Er folgt, oder besser, überläßt es seinem Maultier, dem vorausreitenden de Vermont zu folgen, hoffend, daß das sanfte Tier ihn glücklich aus der Gefahr dieses halsbrecherischen Steigs herausführen werde.

Soeben ist der Freund hinter einem Felsvorsprung verschwunden.

„Waffen bereit!" dringt im selben Augenblick undeutlich sein Befehl um die Felsnase herum.

„Kämpfen? Jetzt? Hier?" stammelt Parvisi. Er hat sein Tier gezügelt, zwingt es schutzsuchend mit dem ganzen Körper an die aufsteigenden Felsmassen.

Der ihm nachfolgende Neger macht gelassen die Flinte fertig. „Weiter, Luigi!" fordert er den Italiener auf. Und da Parvisi noch zögert: „Los, los! Ich kann nicht an dir vorbei. Wir müssen Pierre-Charles beistehen!"

Parvisi schämt sich seiner Furcht. Die Freunde sind bereit, ihm bei der Suche nach Livio zu helfen, unter Umständen das Leben einzusetzen, und er zögert, wo es gilt, den Franzosen zu unterstützen. Er ist kein Feigling, aber die wilde Umgebung, das ungewohnte Leben, bedroht von unbekannten Gefahren, er selbst noch ungeschickt in allem, lassen sein Zögern verständlich werden. Man ist ja in Afrika, in Algerien, einem gefährlichen Land, dessen Beherrscher weiße Menschen in die Sklaverei führen.

Vorsichtig trottet das Maultier weiter.

Ein Schuß dröhnt durch die Schlucht. Er stammt aus de Vermonts Flinte.

Parvisis Herz zittert, als das Tier sich auf dem kaum halbmeterbreiten Pfad um den Vorsprung windet. Zur

Rechten gähnende Tiefe. Wenige Schritte weiter liegt das Maultier des Franzosen. Wo aber ist der Freund?

„Aus dem Sattel, Luigi!" befiehlt Selim, der eben auch die schwierige Stelle glücklich passiert hat.

„Pierre-Charles?" fragt der Italiener mit belegter Stimme.

Der Neger lacht. „Dort hinter dem Stein hockt er doch!"

Ja, richtig. In seiner Verwirrung hat ihn Parvisi gar nicht bemerkt.

Der Felsen bietet genug Deckung auch für drei Menschen. Selim und Luigi kriechen zu ihm hin.

Ungefähr zwanzig Meter davor kommt ein Saumpfad von links herunter, der in den von den Freunden bisher benutzten mündet.

Auf beiden Wegen, in gehöriger Entfernung noch, halten Trupps von Berbern. Man hat El-Fransi gesehen, natürlich auch seinen Schuß gehört und ist sich nun wahrscheinlich nicht im klaren, was zu geschehen hat.

„Links Tulhah, rechts Silune. Wir befinden uns gerade zwischen beiden Stämmen", erklärt Pierre-Charles. „Anscheinend befehden sich zwei Dörfer oder einzelne Soffs."

„Und wir mittendrin. Schlimm, auf diesem Gelände in die Zange feindlicher Haufen zu geraten. Warum hast du dich eingemischt?"

„Keine Sorge, Luigi", entgegnet de Vermont, ohne einen Blick von den Berbern zu lassen. „Ich habe mit Absicht die Aufmerksamkeit beider Trupps auf uns gelenkt, um anzuzeigen, daß wir Fremde sind und nichts mit ihren Händeln zu tun haben. Man soll uns erst anhören, ehe man uns in einen Kampf einbezieht, obwohl ich ihn nicht fürchte. Unsere Waffen tragen weiter als ihre. Von hier aus halte ich beide Haufen in Schach, aber sie haben den Vorteil, daß sie höher stehen als wir. Bei Einbruch der Nacht wären sie alleinige Herren der Lage. Doch so weit dürfen wir es nicht kommen lassen. Folgt mir! Die Tiere bleiben zurück."

Der Franzose erhebt sich aus der Deckung, fuchtelt mit den Armen in der Luft herum und geht dann, ohne ein zustimmendes Zeichen der Berber abzuwarten, furchtlos vorwärts.

„Was ist ein Soff, Selim?" fragt Parvisi schnell den Neger.

„Bei den Kabylen, wie die Berber hier genannt werden, eine Bruderschaft, die ihren Anhängern erhöhten Schutz zusichert. Die Belange des Soffs stehen höher als die der Familie oder des Dorfes. Ein Kabyle gilt als ehrlos, der die Interessen des Soffs im Stich läßt."

Die Anführer der beiden Trupps reiten langsam, während die langen Ketten ihrer Leute abwartend halten, auf die Wegegabelung zu, bei der der Freund eben angelangt ist.

Es vergeht einige Zeit, bis sie auf den abschüssigen und durch das Wetter glitschig gewordenen Pfaden heran sind. Sie werfen sich finstere Blicke zu.

De Vermont, die Flinte über dem Rücken, grüßt die schwerbewaffneten Eingeborenen. „Allah sei mit euch!"

„Allahs Segen über dich, Fremder!" danken wie aus einem Mund die Kabylen.

„Ich bin El-Fransi und komme, das Dorf der Silunen zu besuchen."

„El-Fransi? Anaia!" Der von rechts gekommene Silunenführer drängt sein Tier bei diesem freudigen, aber auch wieder drohenden Ausruf schützend vor de Vermont. Seine Flinte fliegt in den Anschlag.

„Anaia!" brüllt der Tulhah, und auch er reißt die Waffe hoch.

Der Franzose lächelt über die Aufregung der Kabylen. Dieses Lächeln des Freundes versteht Parvisi noch weniger, als daß Pierre-Charles in dieser bedrängten Lage nicht ebenfalls nach der Schußwaffe greift.

Die Kabylen gleichen zwei auf dem Sprung liegenden Panthern. Wann werden sie aufschnellen? Parvisi ist in höchster Spannung. Es kostet ihn ein Übermaß an Beherrschung, nicht die Pistole herauszuziehen, um wenigstens etwas in der Hand zu haben, wenn das Unheil losbrechen sollte. Eingedenk der Worte Pierre-Charles' zu Beginn der Reise, nie etwas anderes zu tun, als er und Selim vormachen würden, zwingt er die zuckende Hand immer wieder, vom Gürtel abzulassen.

„Dieser Mann", – de Vermont weist auf Parvisi – „der euch unbekannt ist, ist der Bruder El-Fransis. Den Neger brauche ich euch nicht vorzustellen, es ist natürlich Selim, mein Freund. Wie werdet ihr euch zu El-Fransis Bruder stellen?"

„Anaia!" bestätigt der Silune.

„Anaia!" bekräftigt der Tulhah.

Im feindseligen Verhalten der beiden zueinander ändert sich dadurch aber nichts.

„Ich danke euch, Freunde! – Was hat euch bewogen, Krieg zu führen?"

„Die Silunen haben einen unserer Männer erschlagen", berichtet der Tulhah.

„Allah verfluche dich! Du lügst!" brüllt der Vertreter des beschuldigten Stamms auf. „Du bist selbst Amin, Anführer deines Dorfes, und zweifelst an meinen Worten. Wir werden dieses Verbrechen an unserer Ehre rächen!" Der Silune kocht vor Wut. Noch grollt der Donner in seiner Stimme, als er sich nun zu El-Fransi wendet: „Zieh dich mit deinen Freunden zurück, Bruder, damit ihr, die Allah unseren Herzen nahegelegt hat, nicht in diesen Kampf mit den Tulhah verwickelt werdet. Wenn die Flecke auf unserer Ehre durch das Blut der Tulhah getilgt sind, werden wir euch ins Dorf geleiten und euch den schuldigen Willkomm entbieten."

„Ja, El-Fransi, geh zurück zu deinem Platz. Du stehst ebenso in unserer Anaia und bist unserer Rache an diesen falschen Silunen im Weg. Über dich und deine Begleiter werden die Männer der Tulhah wachen."

Aus der Haltung der Kabylen schließt Parvisi, daß die zuerst gebannt erschienene Gefahr wieder da ist. Er hat kein Wort von der Unterhaltung, die im Tamasirt, der Sprache der Berber, geführt wurde, verstanden, weiß nicht, worum es überhaupt gegangen ist. Was war es zum Beispiel mit diesem „Anaia", das ein paarmal aufklang und anfangs eine Wende zum Guten zu verheißen schien? Eben will er Pierre-Charles leise um die Bedeutung fragen, da wendet sich de Vermont wieder an den Silunen: „Wann geschah der Zwischenfall?"

„Heute morgen während des Gewitters. Ein Mann unseres Dorfes war von fern Zeuge, wie ein Steinschlag den Tulhah vom Tier herabriß und in die Schlucht stürzte. Ich habe den Amin davon unterrichten lassen, der mir, da seit langem ein gespanntes Verhältnis zwischen unseren Dörfern besteht, anstatt Glauben zu schenken, eine Flinte, das Zeichen des Kampfes, schickte und unseren Boten wider alles Recht gefangensetzte. Dafür habe ich den seinen zurückgehalten."

„Wo ist der Verunglückte?"

„Noch drunten."

„Tot?"

„Bestimmt. Schau hinunter, El-Fransi. Wer hier abstürzt, geht im nächsten Augenblick über Es-Sirhet, die Brücke des Todes."

„Möglich, daß du recht hast. Aber du weißt doch: Allahs Wege sind oft wunderbar. Ich will nicht rechten mit euch, nicht mit dir, dem Silunen, und auch nicht mit dir, dem Tulhah. Trotzdem, laßt euch von El-Fransi sagen, daß ihr beide versäumt habt, euch als Wichtigstes um den Mann zu kümmern. Ich, der Freund und Beschützer beider Stämme, bitte euch, laßt die Fehde begraben sein, bis der Verunglückte geborgen ist. Wenn ihr versprecht, Ruhe zu halten, werde ich selbst hinuntersteigen und die Rettung versuchen."

„Nein, El-Fransi", lehnt der Tulhah ab. „Der Führer der Silunen hat mich so, wie es eben gesagt wurde, unterrichtet. Ob er die Wahrheit damit sagen ließ – ich enthalte mich jetzt einer Äußerung dazu. Vielleicht kann man Näheres erkennen, wenn der Mann geborgen ist. Ich bin bereit, solange die Waffen ruhen zu lassen. Wir werden ihn herausholen. Seid ihr einverstanden?" Die Frage ist an El-Fransi und den Silunenführer gerichtet.

„Ich bin es", bestätigt de Vermont gewichtig, so, als stünde hinter ihm eine große, gefürchtete Streitmacht, die seinen Worten notfalls den erforderlichen Nachdruck verleihen könnte.

„Ich auch. Wir werden euch helfen." Das ist ein schönes Verhalten von seiten des Silunen, der, wenn seine Erzählung stimmt, in diesem Fall ja beleidigt wurde.

Die beiden Kabylenführer kehren zu ihren Leuten zurück, denen sie das Ergebnis der langen Unterredung mitteilen.

„Was war denn los, Pierre-Charles?" fragt Parvisi, als die Kabylen außer Hörweite sind. „Läßt man uns ungehindert weiterreisen?"

Mit kurzen Worten klärt ihn der Franzose auf. Luigi ist überrascht über die Stellung, die Pierre-Charles bei diesen Bergvölkern einnimmt.

„Wenn ich richtig verstanden habe, so ist die Anaia so etwas wie ein Schutzbrief, der überall geachtet wird. Deshalb hat man dich derartig bevorzugt, fast ehrfurchtsvoll behandelt."

„Ja, die Anaia ist das Höchste, was diese Leute besitzen. Sie wird mündlich ausgesprochen, nicht schriftlich niedergelegt, im Grunde genommen ist es aber ein Schutzbrief. Die Silunen würden keinen Augenblick zögern, obwohl dieser Dorfvorsteher und seine Freunde mich noch nicht gesehen haben, ihr Leben hinzugeben, wenn sie meins damit erhalten könnten. Und das gleiche würden die Tulhah tun. Der Berber ist sehr stolz, sich seines Wertes durchaus bewußt. Er will, daß das von ihm gesprochene Wort von jedem geachtet wird, wie er natürlich auch bereit ist, das eines anderen zu achten. Kommt ein Fremder schutzflehend an den Herd eines Kabylen, so sieht es der Angesprochene als höchste Ehre an, dem Bedrohten die Anaia, seinen Schutz, zuteil werden zu lassen. Der Kabyle wird dann für den Mann kämpfen, auch wenn es sich nachträglich herausstellen sollte, daß er einen Verbrecher, vielleicht gar einen Mörder schützt. Er würde selbst ehrlos und damit unmöglich im Dorf oder Stamm, rückte er jetzt von dem Beschützten ab."

De Vermont tritt an den Rand des Pfads und blickt suchend in die Schlucht hinab.

„Du willst, Pierre-Charles? Bei diesem Wetter!"

„Natürlich, Luigi. Nur ich fürchte, man wird es mir nicht gestatten. Es ist nicht ganz gefahrlos, zugegeben; aber wenn man nicht von herabstürzenden Steinen getroffen und erschlagen wird, kann die Sache schnell erledigt sein. Zwei kräftige Männer genügen, um mich am Seil zu sichern."

Wirklich weigern sich die Führer dann auch, El-Fransi hinuntersteigen zu lassen. Sie fürchten um sein Leben. Da handelt der Franzose, der seine Abenteuerlust Selim und Parvisi gegenüber mit der Bemerkung zu verbergen sucht, daß es seine Pflicht als Gastfreund der Kabylen verlange, zu helfen, eben auf eigene Faust. Stricke und Riemen sind bei den Leuten genug vorhanden, so läßt er sich, während die Silunen und Tulhah eigene Unternehmen starten, von den Freunden abseilen.

Selim liegt vorn am Rande des Abgrundes; Parvisi steht etwas zurück, schräg mit dem Rücken zur Felswand. So braucht er nicht in die grausige Tiefe hinabzublicken. Er ist nicht ganz schwindelfrei.

Der Zug im Seil läßt nach. Pierre-Charles scheint am

Ziel angelangt zu sein. Der Italiener atmet erleichtert auf. Einen Augenblick später droht ihm aber der der Sicherheit halber zweifach um den Arm geschlungene Strick das Fleisch zu zerschneiden.

„El-Fransi!" schreit Parvisi auf. In der Aufregung denkt er gar nicht daran, daß, wäre ein Unglück geschehen, der Riemen doch locker und nicht so zum Bersten gespannt in seinen Händen liegen müßte.

„Festhalten!" brüllt Selim. Vorsichtig, langsam, Zentimeter um Zentimeter, schiebt der Neger den Kopf über den Abgrund. Weit unten, vielleicht nur wenige Meter über der Sohle der Schlucht, genau können es auch die Augen des Schwarzen nicht erkennen, wirbelt, wie ein Kreisel frei am Seil hängend, de Vermont.

„Nachlassen, weiter wie bisher. Es ist nichts!" weist der Neger Luigi an.

So gelingt es El-Fransi, den Tulhah zu retten.

„Allahs Wege sind wunderbar", murmeln die Kabylen später. Der Verunglückte ist zwar schwer verwundet, aber ernstliche Gefahr für sein Leben besteht nicht. Nachdem er das Bewußtsein zurückerlangt hat, wieder sprechen kann, erfährt man, daß es wirklich nur ein Unfall, kein Verbrechen gewesen war.

El-Fransis Rat hat unsinniges Blutvergießen verhütet. Daß der Jäger dadurch in der Achtung der Söhne der Berge noch mehr steigt, liegt klar auf der Hand. –

Nicht minder grauenerregend ist die Rhummel-Schlucht, durch die die Freunde jetzt ziehen. Es ist, als ob die gewaltigen Steilwände einzustürzen drohen. Zur Linken haben Menschen eine Stadt auf den Felsen gebaut: Constantine, das einst das Cirta der Römer war, heute Sitz des türkischen Beys der Provinz, der in seiner Kasbah unangreifbar ist.

In sechzig Meter Höhe spannt sich eine alte Römerbrücke über den Fluß Rhummel, zu dem in brausenden Sprüngen Wasserfälle hinabstürzen. An einem der Brükkenpfeiler zeigt der Franzose auf das eingegrabene Bild eines Elefanten. Vor Jahrhunderten gab es also auch hier diese Kolosse.

„Weiter!" drängt Pierre-Charles, nachdem Luigi den letzten Strich an seiner Skizze von dieser phantastischen Landschaft gemacht hat.

Ja, nur weiter, heraus aus den gigantischen Felsmassen, die den Fluß an einer Stelle zusammenpressen, daß er sich fast überschlägt.

Nach Süden geht es, obwohl Medea im Westen liegt. Über Ebenen, die auch Afrika sind, dann hinein in den Sahara-Atlas. Aus Schutt- und Sandmassen ragen zwei Säulen. Auch sie sind aus der Römerzeit. Und da und dort, über den ganzen Grund verstreut, weitere Trümmerreste. Hier muß einmal eine große Siedlung des alten Weltreichs gestanden haben.

„Timgad", beantwortet de Vermont den fragenden Blick Parvisis. „Alte Kolonialstadt unter Kaiser Trajan (53–117 n. Chr.). Ich habe an verschiedenen Stellen zu graben versucht und bin überall auf Trümmer gestoßen. Ein gewaltiges Ruinenfeld also."

Tagelang bleibt der Franzose in Timgad, damit Luigi die Reste einstiger Pracht und Größe skizzieren kann. Parvisi tut es gern; seine Zeichnungen werden vielleicht später einmal dem Werk des Freundes letzte Überzeugungskraft verleihen.

Wo immer die Reisenden ihre Tiere hinlenken, sie stoßen auf Spuren Roms: Brückenreste, Wasserleitungen, Theater, Thermen, Siedlungen. Einst zählte Nordafrika zu den blühendsten Kolonien, zu einer der Kornkammern Roms. Dreihundert Jahre nach Trajan stand Nordafrika wieder im Mittelpunkt der Welt. Hier wirkte als Bischof von Hippo, dem heutigen Bona, der große Philosoph der christlichen Religion: Augustin. Die Glaubensstreiter des Islams haben dann letzte kärgliche Früchte, die von den Zeiten Roms her über die Stürme der Vandalen hinweg noch übriggeblieben waren, gepflückt und vernichtet, bis die türkischen Janitscharen ihre blutigen Hände auf Algerien legten. –

Was will de Vermont so weit abseits des eigentlichen Reiseziels? Ob er den Zweck der Reise vergessen hat? Wenn man nur erkennen könnte, was damit erreicht werden soll! Daß Pierre-Charles neben der Suche nach dem Kind und seinen wissenschaftlichen Studien noch einen weiteren Zweck mit der Durchstreifung des Landes verfolgt, daran ist fast nicht zu zweifeln. Aber welchen? Parvisi wagt jedoch nicht, zu fragen und zu drängen. Der erfahrene Mann wird seine Gründe haben.

In jedem Dorf, jedem Zelt, an Rastplätzen und Feuern werden die Freunde, sobald der Name El-Fransi genannt wird, freudig willkommen geheißen. Niemand weiß zwar Genaues über die Nationaliät des Jägers, viele machen sich gewiß auch keine Gedanken darüber. El-Fransi, obwohl ein Fremder, ist doch einer wie sie, Mohammedaner, der mit ihnen betet und fastet, wie es der Koran vorschreibt, und eben der Freund. De Vermont kennt die Sitten und Gebräuche, die Denkart der Kabylen, Berber, Araber und Mauren so genau, daß er nie gegen sie verstößt, also keinerlei Anlaß zu Zweifeln und Fragen bietet. Wie gesagt, er ist freund mit allen, zaudert keinen Augenblick, sich einem Jagdzug gegen den Würger ihrer Herden, den Löwen oder Panther, anzuschließen und oft allein die Büchse gegen das Raubtier zu heben, weil die eingeborenen Jäger wie im Fieber schlottern. Die Angst macht so manchmal aus Jagenden Gejagte. Aber El-Fransi, der mutige, tapfere, treue, hat noch immer die Gefahr gebannt. Schade, daß dem einzelnen nur selten das Glück zuteil wird, ihn bei sich zu wissen. Zu viele warten auf seinen Besuch in der riesigen Regentschaft.

Die gleiche freundliche Aufnahme wie El-Fransi selbst bereitet man auch seinem Begleiter Selim. Daß der Neger dem alten Glauben nicht mehr anhängt, weiß außer

Pierre-Charles und Luigi niemand. Selim gibt sich weiterhin als Moslem. Die Freundschaft der beiden Männer reicht einige Jahre zurück. Damals hatte der Franzose den Neger angeschossen aufgefunden, ihn verbunden und gesund gepflegt. Seitdem – es war gleichzeitig Selims Befreiung aus den Fesseln der Sklaverei – weicht der dankbare Sudanese nicht von der Seite seines Retters. Nach La Calle freilich kommt er nie mit, aber de Vermont ist sicher, daß die Augen des Schwarzen auch im Hafen über ihn wachen.

Seit einigen Tagen ist die tägliche Reisestrecke wesentlich verlängert worden. Jetzt braucht Parvisi den Stift nicht mehr. Vorwärts, vorwärts, drängt Pierre-Charles. Abends fällt Luigi völlig erschöpft zu Boden. Dann tuscheln die beiden anderen zusammen, rühren aber keinen Finger, dem Erschöpften zu helfen, lassen ihn, der sich wie zerschlagen fühlt, für das Tier sorgen, das Lager richten, befreien ihn nicht von der Wache.

Warum dieses Hetzen und Jagen? fragt sich Luigi. Besteht Gefahr, die du als Neuling nicht siehst?

Pierre-Charles schneidet halbausgesprochene Fragen mit einem kurzen „Es muß sein!" ab.

Warum, warum?

Eines Morgens, nach zweistündigem Ritt zwischen kahlen Bergen, dehnt sich vor ihnen plötzlich – die Wüste. Noch ist es nicht die gewaltige, sich von Düne zu Düne endlos erstreckende Sahara, mehr eine steinige Ebene, aber doch die Wüste, ihr Rand, ihr Anfang: das Dattelland.

Im Augenblick geht es dem Italiener wie seinerzeit Roger de la Vigne mit Afrika: Er fiebert darauf, in das furchtbare, geheimnisvolle Sandmeer einzudringen.

Und Livio wartet!

Umkehren, umkehren, den Jungen retten! Warum dehnt der Freund die Reise bis hier herunter aus? Was soll das alles? Kann er nicht die Gefühle, die Ängste und

Sorgen eines Vaters, wenn auch nicht nachfühlen, so doch wenigstens ahnen?

De Vermont ist ein Stück vorausgeritten. Als sie ihn eingeholt haben, finden sie ihn über eine Fährte gebeugt.

„Ein Strauß", erklärt er, nur für Parvisi bestimmt, denn der Neger weiß Bescheid. „Ermüdet. Der Vogel ist sicherlich seit Tagen schon gehetzt und von der Herde abgedrängt."

Pierre-Charles wirft einen bedauernden Blick auf sein Pferd, auf die Tiere von Luigi und Selim. Kürzlich hatten sie die Maultiere vertauscht. Jetzt weiß Parvisi, warum. Weil der Freund jagen will!

Nur daran hat er gedacht? Verrat? Daß Livio in der Sklaverei, in den Händen der fürchterlichen Türken ist, verblaßt vor der Jagdleidenschaft de Vermonts, der doch mit ernsten Worten versprochen hat, alles daranzusetzen, das Kind zu befreien.

„Schade", murrt de Vermont. „Ich habe die Tiere überanstrengt. Mit diesen elenden Kleppern ist kein Strauß einzuholen. Er stiebt uns davon. Und trotzdem: Wir werden ihn jagen!"

„Gut, jagen wir ihn", meint schicksalsergeben Parvisi. Es hat keinen Zweck, gegen die Leidenschaft des Franzosen zu sprechen, vielleicht gar einen Bruch der bisher doch so guten Beziehungen herbeizuführen.

Selim grinst bei den Worten Luigis, daß die Perlenreihe seiner Zähne nur so blitzt. Auch Pierre-Charles lächelt.

„Und wie stellst du dir das vor?" fragt er dann.

„Nun ja..." Das Verhalten der Freunde hat ihn unsicher gemacht. Es hat den Anschein, als ob eine Straußenjagd anders als eine gewöhnliche Jagd vor sich gehen müßte. So schweigt er lieber, um nichts Dummes zu sagen.

„Eine Straußenjagd ist eine der schwierigsten und langwierigsten", erläutert der Franzose. „Man schießt den Vogel nicht, sondern erschlägt ihn mit einem Stock oder mit dem Kolben der Flinte, um die kostbaren Federn nicht mit Blut zu besudeln und sie dadurch etwa wertlos zu machen."

„Das wußte ich nicht."

„Das glaube ich gern, mein Lieber. – Wissen wirst du aber, daß der Strauß ein ganz ausgezeichneter Läufer ist, fähig, Sprünge bis zu drei Meter Weite zu machen. Es muß schon ein ungewöhnlich schnelles und ausdauerndes Pferd sein, wenn es nicht von dem Laufvogel abgehängt werden will. Deshalb bereiten die Beduinen eine Straußenjagd sorgfältig vor."

Parvisi erfährt in kurzen Worten alles, was über eine Straußenjagd zu sagen ist, daß man das Gewicht von Riemen und Sattelzeug weitgehend zu vermindern trachtet, überhaupt auf alles Entbehrliche verzichtet, um die Kräfte des Pferdes nicht vorzeitig zu erschöpfen. Vielfach gelingt es aber nicht, das Wild schnell zur Strecke zu bringen. Man hetzt dann den Vogel und kreist ihn ein. Plötzlich reißt sich das geängstigte und bereits ermattete Tier zu einer Gewaltanstrengung auf. Wie der Blitz schießt der Vogel an den Jägern vorüber und in die Weiten der Wüste hinein. Nicht so weit, daß man ihn nicht wiederfände; im Augenblick ist er aber in Sicherheit. Gut, heute konnte er entschlüpfen, morgen wird man ihn erwischen. Manchmal dauert dieses kräfte- und nervenfressende Spiel eine ganze Woche. Die Beduinen rechnen damit und haben deshalb ein großes Gefolge bei sich, das die Jäger mit Wasser und Lebensmitteln versorgt. Glücklich der, dem es gelingt, der wertvollen Beute einen Schlag auf den kahlen Kopf, den empfindlichsten Teil des Tieres, zu versetzen. Die Wirkung ist sicher.

Manche gehen dem begehrten Vogel natürlich auch mit der Schußwaffe zu Leibe. Wenn man keine geeigneten Pferde besitzt! Gewiß, eine solche Jagd ist in den Augen der anderen ehrlos, aber man kann nicht auf den Strauß verzichten. Seine Federn werden teuer bezahlt.

Treiber zwingen dann die Tiere in das Schußfeld des versteckten Schützen. Wenn der Jäger nur einigermaßen
sicher zielen kann, so ist das Tier geliefert. Es mag noch
soviel Witz und Kraft zu seiner Rettung einsetzen – die
Kugel ereilt es.

„Mähren, wo hier edle Rasse vonnöten wäre!" knurrt
de Vermont erneut über den Zustand der Pferde. Die
Jagdleidenschaft hat ihn gepackt.

„Livio!" brüllt Luigi auf. „Ist das Tier wichtiger als mein
Kind?" Und leiser setzt er hinzu: „Oh, Pierre-Charles!"

Der Franzose betrachtet gerade wieder die Spur. So
kann der Italiener nicht sehen, daß der Freund lächelt.
Kurz nur, dann ist er ernst wie immer. „Ja, Luigi! Es geht um
Livio. Der Vogel kommt mir gerade recht, ist Teil am Rettungswerk. – Los! Nicht schießen! Schlag ihm den Kolben
deiner Flinte auf den Kopf, solltest du ihm nahe kommen."

Fort prescht de Vermont, so schnell, wie sein ermüde-
tes Tier laufen kann. Fort jagt der Neger. Schon sind die
beiden ein großes Stück in die mit Steinen und Felsen be-
säte Wüste hinein. Sie blicken sich nicht um, kümmern
sich nicht darum, ob Luigi folgt.

Teil am Rettungswerk, sagte der Freund. Parvisi versteht nicht.

Nach! Luigi möchte aufschreien bei diesem Ritt. Jeden
Knochen im Leibe spürt er. Die Sonne gießt Hitzeschwaden über die Wüste. Schneller, schneller! Er treibt
sein Tier an. Schaumflocken stehen vor dem Maul des
Pferdes. Zwecklos, es zu zwingen, zu quälen.

Nach Stunden haben Pierre-Charles und Selim den Vogel gestellt. Sie treiben ihn auf Luigi zu.

Jetzt erliegt auch der Italiener dem Jagdfieber. Er zügelt sein Tier. Der Strauß ist noch weit entfernt, obwohl
er mit seinen großen kräftigen Beinen wie der Sturm
über den flimmernden Sand fegt. Die wenigen Augenblicke bis zum Eingreifen werden die Kräfte des Pferdes
nicht erneuern, aber sie müssen genügen, daß es einmal

tief Luft holen kann.

Parvisi weiß nicht, ob seine Ansicht stimmt, aber er glaubt, daß ein ruhender, unbeweglicher Gegenstand dem Vogel keine Furcht einjagen und ihn zu keinem Richtungswechsel veranlassen wird. Er und sein Tier sind im Augenblick Statuen.

Jetzt! Der Italiener treibt das Pferd mit der Peitsche an. In holpernden Sätzen stürzt es auf den Vogel zu. Der Strauß stutzt, schlägt einen Haken und rast in die Wüste zurück, in die Hände Pierre-Charles' und Selims.

Wieder kehrt sich das Wild ab. Es hat die beiden Reiter erblickt. Diesmal läßt Parvisi den flüchtenden Vogel näher herankommen. Bestimmt hat der Strauß das Pferd und den Reiter gesichtet, und trotzdem weicht er nicht aus. Ob es noch einen Feind gibt, den das scharfe Auge des Wüstenbewohners eräugt hat? Dem Jäger bleibt keine Zeit, danach zu forschen. Der Strauß will vorbei, dem Kessel entrinnen. Als ob das Pferd spüre, daß in den nächsten Minuten alle seine Kräfte benötigt werden, so strengt es sich an. Aber es bleibt beim Wollen. Die Sprünge sind schwach, es stolpert mehr, als daß es richtig galoppiert.

Strauß und Pferd nebeneinander. Nein, noch nicht. Das Reittier ist eine halbe Länge vorn. Noch einer, noch zwei Riesensätze des Vogels, und er wird die Freiheit errungen haben.

Luigi hält die Flinte verkehrt, schwingt sie über dem Kopf, läßt sie hinabsausen. Zu groß die Entfernung. Festhalten mit der Linken, weit hinüberbeugen zu der kostbaren Beute! Er wirbelt die Waffe erneut hoch. Wieder schlägt er zu. Parvisi brüllt auf. Ist der Arm herausgerissen?

Es war ein gewaltiger Zusammenprall, der ihm die Flinte aus der Hand geprellt hat. In weitem Bogen ist sie davongeflogen. Das Tier? Die Beute? Jagt weiter. Ein Durcheinander – Funken stieben – Sterne tanzen – was ist?

Pierre-Charles hat sein Pferd gezügelt, um die Fluchtrichtung des Straußes festzustellen, falls er Luigi zu früh bemerkt. Durch das Glas beobachtet er den Italiener und die beiden fremden Jäger, die den Vogel hetzen.

„Luigi! Luigi!" Der Aufschrei des Franzosen verhallt ungehört.

Da ist das Unglück auch schon geschehen, der Freund stürzt. Wenige Schritte danach sinkt auch der Vogel zu Boden. Die ungeheure Geschwindigkeit hatte das zu Tode getroffene Tier noch eine Strecke fortgetragen.

Anstatt sofort zu Hilfe zu eilen, winkt der Franzose den in einiger Entfernung haltenden Selim heran. Kostbare Minuten verstreichen, bis endlich die beiden Männer zur Unfallstelle aufbrechen.

Was der Verunglückte in seiner Jagdbegeisterung nicht bemerkt hat, bei seiner geringen Erfahrung auch nicht wissen konnte, war den anderen längst klar. Schon bei der Betrachtung der Spur hatte ja Pierre-Charles festgestellt, daß der Vogel bereits lange gehetzt worden ist. Die eigentlichen Jäger müssen in einem Halbkreis in der Wüste lauern. De Vermont hat damit gerechnet, ihnen im Laufe der nächsten Stunden zu begegnen. Dann sind sie auch wirklich aufgetaucht. Als der Strauß das erstemal auf Parvisi zukam, war er nicht von El-Fransi und Selim getrieben worden, sondern von Arabern, die ihn seit dem Morgengrauen verfolgten. Der unerfahrene Italiener hat nicht einmal erkannt, daß die Reiter nicht die Freunde waren. Das andere Mal dagegen waren sie es.

Einige der fremden Jäger haben sich um den Gestürzten gesammelt. Freund oder Feind? Vorsicht ist geboten. Deshalb hat de Vermont zuerst Selim herangewinkt.

Langsam reiten sie auf die Menschengruppe zu.

„Allah sei mit dir und deinen Brüdern, Hadschi Mohammed Chebir!" grüßt Pierre-Charles, als sie angelangt sind.

„Allah sei mit dir, El-Fransi!" gibt der alte Beduine, das Haupt der Jagdgesellschaft, den Gruß zurück.

„Ich sehe reiche Beute auf euren Tragtieren. Du bringst Freunde ins Lager der Ben Nouik, o Scheik."

„Die Jagd war gut."

„Was ist mit diesem Mann?" De Vermont weist auf den im Sande liegenden Freund. „Warum habt ihr ihn gebunden?"

„Ein Räuber!"

„Was hat er euch geraubt?"

„Er hat es gewagt, den Strauß, den letzten und schönsten, den wir aus der Herde heraustreiben konnten, zu töten."

„Was wird mit ihm geschehen?"

„Der Rat der Ältesten wird darüber entscheiden."

„Du bist sein Haupt, Scheik Hadschi Mohammed."

„Ich bin es. Du hast wahr gesprochen, El-Fransi. Der Räuber hat keine Gnade zu erwarten."

„Ich glaube dir, denn du bist ein weiser und gerechter Mann. – Die Straußenherde war euer Eigentum? Ihr habt sie aufgezogen oder von einem anderen Stamm gekauft?"

„Wo denkst du hin, El-Fransi!" Der Ben Nouik kann ein Lachen kaum unterdrücken.

„Nicht? Dann ist mir unverständlich, weshalb du diesen Mann beschimpfst und anklagst."

„Wir haben Jagd auf das Tier gemacht. Es gehört uns."

„Und wenn ihr es nicht erwischt hättet?"

„Wir hätten es, mein Freund."

„Und wenn nicht?" beharrt Pierre-Charles auf seiner Annahme.

Scheik Mohammed gefällt die Unterhaltung nicht. Was will El-Fransi? Er macht eine wegwerfende Handbewegung. Mag sich der andere aus dieser Bewegung nehmen, was ihm paßt. Er tritt zu seinen Leuten und will ihnen gerade Anweisungen wegen des Gefangenen geben, als El-Fransi eine neue Frage stellt:

„Dann wäre das Tier für jeden frei, Scheik Hadschi Mohammed?"

„Ja", gibt der Alte mürrisch zu.

„Das wollte ich nur wissen. – Dieser Mann ist mein Freund."

„Willst du mir in den Bart lachen? Wie kann ein Räuber der Freund El-Fransis sein?"

„Er ist es. Im übrigen: Du widersprichst dir, Hadschi Mohammed. Soeben hast du zugegeben, nicht der Besitzer des Straußes zu sein, also kein besonderes Recht auf das Tier zu haben, und schon wiederholst du, daß man dich und deinen Stamm beraubt habe. Nimm ihm die Fesseln ab!"

Der Scheik, verblüfft über El-Fransis scharfen Befehl, will sich zu dem Gefesselten niederbeugen, um die Stricke zu lösen, da brüllen seine Begleiter dazwischen:

„Der Fremde hat den Vogel erlegt, hinter dem wir seit Tagen her sind. Er hat uns um reiche Beute gebracht." – „Wirf ihn, o Scheik, dem Herdenräuber, dem Löwen, zum Fraß vor!" – „Niemals darf der Räuber freikommen!"

„Schweigt, Männer!" gebietet Mohammed. „Hier steht El-Fransi. Er ist mein Freund und zugleich der dieses Fremden. Sein Freund ist auch der meine und damit der Freund des ganzen Stammes."

Nach dieser Zurechtweisung kann der Scheik ungehindert die Fesseln Luigis lösen.

„Verzeih, wir konnten nicht wissen, daß du zu El-Fransi, dem großen Jäger, gehörst", entschuldigt sich der Alte sogar bei Parvisi.

„Ich danke dir, Hadschi Mohammed, daß du meinen Wunsch erfüllt hast." Und zu den anderen sagt Pierre-Charles: „Ich erkenne an, daß ihr das erste Recht auf das Tier habt. Mein Bruder Jean hat euch darum gebracht. Nicht aus Habsucht, sondern aus Jagdleidenschaft. Ich werde euch entschädigen."

Die Mienen der Wüstensöhne hellen sich bei der in Aussicht gestellten Entschädigung sichtlich auf.

„El-Fransi wird uns helfen, den so frech in unsere Herden eingebrochenen Löwen zu erlegen. Er und seine Begleiter sind, unsere Gäste und werden mit uns zu den heimatlichen Zelten ziehen."

Ein Schlaukopf, der Scheik. Mit der Einladung verknüpft er gleich die Aufforderung zur Teilnahme an dem Zug gegen den Herdenräuber.

„Gern, mein Freund! Es wird uns freuen, euch einen kleinen Dienst erweisen zu können", nimmt Pierre-Charles an.

Damit hat El-Fransi auch die Freundschaft der ihm bisher noch unbekannten Männer des Stammes gewonnen. Sie kennen den kühnen Jäger nur aus den Erzählungen ihres Scheiks und von anderen Berichten her. Nun wird der Löwe bestimmt erlegt, dem man schon mehrfach erfolglos aufgelauert hatte. El-Fransi ist wirklich das, was der Ruhm vor ihm herträgt: ein treuer, hilfsbereiter Freund.

Der Sturz vom Pferd hat Luigi keinen ernstlichen Schaden verursacht. Einige Prellungen und große blaue Flecke sind alles, was er sichtbar hinterlassen hat. Schlimm sind dagegen die überall spürbaren Schmerzen.

„Nimm dich zusammen, du bist der Bruder El-Fransis!" raunt ihm Pierre-Charles zu, da Luigi die in Arabisch geführte Unterhaltung nicht verstanden hat und nicht weiß, worum es ging. Er gibt sich Mühe, keinen Schmerzenslaut auszustoßen, als man ihn nach einiger Zeit aufs Pferd hebt. Selim hat inzwischen mit Hilfe einiger Beduinen den Strauß abgehäutet.

Glücklicherweise reitet man im Schritt. Die Jagd ist beendet, die Menschen drängt nichts mehr.

Viele Male blickt Parvisi in die Runde, ob sich nicht bald die Zelte zeigen. Immer wieder ist er enttäuscht, bis sich endlich nach Stunden die schwarzen Behausungen der Araber vom Gelb des Sandes abheben.

Große Freude herrscht im Lager über die Beute. Die Federn werden gut bezahlt; man wird mit dem Erlös viel Wichtiges tauschen oder kaufen können.

De Vermont erhandelt einige Hammel und lädt die Jagdgesellschaft zum Essen ein.

Ja, El-Fransi ist wirklich ein Freund, das stellen die Männer bei der Schmauserei erneut fest. Sogar an die Frauen hat er gedacht und auch ihnen ein Tier schlachten lassen.

Nach Sonnenuntergang fordert Pierre-Charles den ruhebedürftigen Parvisi zu einem Gang vor die Zelte auf.

Die Sternbilder des nördlichen Himmels erstrahlen in unwirklichem Glanz. Draußen in der Wüste kämpfen Hyänen um Aas.

Luigi atmet auf, als sich de Vermont bald auf einen Stein hockt und damit anzeigt, daß er nicht weit gehen wollte. Man soll nur nicht von den Zelten aus der Unterhaltung folgen können.

„Ich bin zufrieden mit dir, Luigi", beginnt er auch schon. „Du wahrscheinlich aber nicht mit mir. – Laß, ich weiß es. – Da treibt dich der Freund quer durch die Regentschaft, denkt gar nicht an den Zweck der Reise. Du hast angenommen, daß wir geradewegs nach Medea reiten würden, um Livio zu holen. Das war unmöglich. Jetzt ist es anders. Um den Jungen sofort zu befreien, hätten Selim und ich es allein versuchen müssen. Du wolltest aber dabeisein. Dieser Wunsch wäre nicht ausschlaggebend gewesen, dafür etwas anderes. Sicher ist: Dein Kind wird, wenn immer sich die Möglichkeit dazu bietet, der Sklaverei entrissen. Aber nicht ich, sondern du selbst mußt es tun, Luigi."

Pierre-Charles macht eine Pause. Dann spricht er weiter: „Du warst ein Neuling in diesem gefährlichen Land. Kanntest etwas von ihm durch meine Aufzeichnungen, aber eben nur durch sie, die sich meistens auch noch auf Altertümer bezogen. Es genügte jedenfalls bei weitem nicht. Mit eigenen Augen mußtest du Land und Menschen sehen. Ganz und gar unfähig aber war dein Körper zu einem Unternehmen, wie es vor dir liegt. Es galt, dich zuerst zu stählen. Ich habe Wege gewählt, die mit Mühsa-len und Anstrengungen übersät waren. Mit voller Absicht und dem Ziel der Rettung deines Sohnes."

Parvisi ist mit immer zunehmender Aufmerksamkeit den Worten de Vermonts gefolgt. Jetzt reißt er stürmisch die Hand des Freundes an sich und drückt sie heftig. Pierre-Charles hat recht getan.

„Und nun?" forscht Luigi.

„Der Aufforderung Scheik Mohammeds, an der Lö-wenjagd teilzunehmen, müssen wir als Gäste des Lagers unbedingt nachkommen. Auch du darfst dich nicht aus-schließen."

„Ich bin dabei, Pierre-Charles!"

„Dann wird Livio gesucht. Selim und ich werden ihn sicherlich finden. Du mußt versteckt bleiben und schnellstens mit dem Kind fliehen. Ohne uns; wir dek-ken deine Flucht. Einzelheiten schon jetzt besprechen zu wollen, halte ich für unsinnig. Nur das eine will ich dir nicht verhehlen: Es wird keine leichte Sache, Luigi; doch nehme ich an, daß du in der Zwischenzeit noch mehr ler-nen wirst."

„Stelle mir Aufgaben, Pierre-Charles, fordere, was nö-tig ist. Ich werde die Zähne zusammenbeißen, mich an-strengen. Livio muß frei werden!"

„Er wird es!" bestätigt de Vermont. –

Der Franzose jagt am Harbene-Fluß. Oft zusammen mit Selim, dann aber auch ohne den treuen Begleiter, der bei Luigi bleibt und ihn in den Landessprachen unterrich-tet. Abends sitzt El-Fransi mit den Eingeborenen unter Feigen- und Olivenbäumen, lauscht ihren Jagdgeschich-ten, hört Klagen und Sorgen an, gibt hin und wieder Rat-schläge, bietet Hilfe an und fragt dabei die Menschen über den Bey von Titterie aus. Von einem europäischen Kind erfährt er nichts. Er erkundigt sich auch nicht da-nach. Einmal wird die Sprache schon von selbst darauf kommen, wenn nicht der Zufall eine unmittelbare Begegnung mit Livio herbeiführt.

Kehrt dann der Freund zu Luigi zurück, so versucht der Italiener schon von weitem das Ergebnis des Tages in seinen Mienen zu ergründen. Wieder nichts! Welche Qual, diese Ungewißheit Tag für Tag!

Später hält es de Vermont für angebracht, das Jagdgebiet vorübergehend zu wechseln. Zu lange schon befindet man sich in der nächsten Umgebung Medeas.

Parvisi verliert langsam die Geduld. Alles Suchen und Forschen nach Livio war bisher vergeblich. Niemand hat etwas von ihm erwähnt; dabei muß es doch eine Sensation sein, wenn ein europäisches Kind in die Hand der Türken gerät. Und wenn der Junge sich gar nicht bei dem Dey von Titterie befindet? Furchtbares Ergebnis des Grübelns. Man kann den Gedanken nicht wieder davonjagen, ihn auslöschen. Immer wieder schleicht er sich heran, bohrt sich tiefer und tiefer in die Hoffnung und zerfrißt sie. Wenn die in Algier erhaltene Nachricht falsch war! Aber warum das alles, warum? Gibt es denn einen Gott? Einen Gott, der solches Leid den Menschen auferlegen kann? Oder sind die Menschen schuld – die, die nicht selbst von solchen Leiden und Ängsten und Qualen betroffen sind und deshalb den Dingen ihren Lauf lassen? Müßte nicht die gesamte Menschheit Sturm laufen gegen die Verbrechen, die der Dey von Algier an ihr begeht! Sie müßte es, müßte ihre Stimme erheben, müßte Himmel und Erde in Bewegung setzen und sich von der Sklaverei befreien! Es hat ja keiner das Recht, den Bruder, die Schwester zu Sklaven zu machen! Einzelne haben es sich angemaßt, nicht die Völker, die unter diesem Joch der wenigen stöhnen.

„Geduld, Luigi!" mahnt der Franzose bei diesen Ausbrüchen des verstörten Vaters.

„Geduld, immer nur Geduld, während vielleicht Livio irgendwo geschlagen wird, ohne Pflege krank liegt, nach einem Schluck Wasser schreit, auf den Knien darum bettelt!"

Aber es nützt nichts. Noch hat man das Kind nicht gefunden. Parvisis Grübeleien haben die Möglichkeit gezeigt, daß man unter Umständen den Jungen nicht in Medea findet. Der Machtbereich des Beys ist groß, reicht bis hinunter in die Sahara, löst sich dort ohne Trennungsstrich auf, schwankt, ist unbestimmt wie die Form der Wanderdüne.

Die Freunde ziehen, immer am Steilabfall des Tell-Atlas bleibend, ein Stück nach Westen. De Vermont hat seine Forschungstätigkeit wieder aufgenommen und führt den Italiener darin ein. Manchmal schickt er ihn mit Selim in Seitentäler, während er selbst allein die Hauptrichtung durchstreift. Parvisi ist wie ein Eingeborener gekleidet. Die beiden Männer vermeiden dann, wenn immer es möglich ist, mit Menschen ins Gespräch zu kommen. Obwohl Luigi nun schon Arabisch und viele Brocken der von der einheimischen Bevölkerung gesprochenen Sprachen versteht, kann er erst wenig sprechen. So führt immer der Neger die Unterhaltung. Der Herr, so erzählt Selim, befindet sich auf Pilgerreise nach Kairuan, der heiligen Stadt in Tunis. Seine Gedanken sind ganz auf Allah gerichtet; er befaßt sich nicht mit alltäglichen Dingen.

Ein Pilger, ein frommer Mann? Man küßt Luigi den Burnus auf das segnend gesprochene „Allah sei mit euch!" und teilt Mehl und Datteln mit ihm.

Zu dritt durchreiten sie eine tiefe Schlucht. Pierre-Charles spricht fast immer, erklärt die Bodenformen, die Gesteine, den Pflanzenwuchs, weist auf Tierfährten, kurzum auf alles hin, was wichtig ist.

Ein greller Ton pfeift an den Steilhängen entlang, springt von Fels zu Fels, löst vielfaches Echo aus: der aufpeitschende Knall eines Schusses. Andere Geräusche, polternd, dumpf, rollen heran. Hufgetrappel.

Die Männer zügeln die Pferde, wenden sich um, denn die Laute kommen von hinten. Drei Reiter nähern sich in jagendem Galopp den Reisenden. Hinter ihnen eine leichte Staubwolke. Und ganz am Ende des Einschnitts, klein noch, tauchen weitere Reiter auf.

„Die Waffen bereithalten!" befiehlt de Vermont.

Die Anweisung ist überflüssig. Selim hat seine Flinte bereits in der Hand. Auch Parvisi ist gerüstet. Er hat gelernt, immer sofort zu handeln.

Der Franzose denkt nicht an Flucht. Er hat inzwischen durch das Glas gesehen, daß die Verfolgenden zu sechst sind. Da die Schlucht noch sehr lang und ein Ausbrechen zur Seite unmöglich ist, wäre es zwecklos, die ermüdeten Tiere zu einem Gewaltritt anzutreiben. Fliehende und Verfolger scheinen über ausgeruhte Pferde zu verfügen und würden die Freunde bald eingeholt haben.

Jetzt haben die ersten Reiter die Wartenden erblickt. Sie reißen die Tiere auf die Hinterhand, greifen zu den Waffen. Ein Blick zurück. Die Gefahr ist noch nicht groß. Zwei der Männer springen ab, verbergen sich hinter Felsbrocken, die Läufe ihrer riesig langen Flinten auf die Verfolgenden gerichtet. Der dritte kommt langsam näher. Es ist ein Maure.

„Wer seid ihr?" fragt er herrisch, ohne zu grüßen.

Pierre-Charles betrachtet ihn schnell. Harte Züge, stechende Augen. Kein guter Eindruck.

„Komm näher!" fordert er ihn auf und senkt die Waffe.

Zögernd reitet dieser heran, grüßt endlich mürrisch. Zugleich stellt er seine Frage neu.

„Du bist zu mir gekommen. Hast du nicht die ersten Regeln der Höflichkeit gelernt, die gebieten, Fremden deinen Namen zu nennen?" weist ihn de Vermont zurecht.

„Ich heiße Abbas ben Ibrahim. Und du?"

„Sei mir willkommen. Man nennt mich El-Fransi."

„El-Fransi? Allah sei Lob und Dank. Wir sind gerettet. Du wirst uns gegen die Männer beistehen, die uns verfolgen."

Parvisi ist überrascht, daß auch dieser Fremde beim

Hören des einheimischen Namens des Freundes sofort Forderungen stellt.

„Was hast du ihnen getan, daß sie dir feindlich sind?" fragt Pierre-Charles belustigt.

„Nichts, El-Fransi, nichts! Ich schwöre es beim Barte des Propheten. Ich bin Händler, wollte Pferde für den Bey von Titterie kaufen. Das Geschäft war fast abgeschlossen – die Hunde von Berbern haben lange gefeilscht und mir am Ende einen Preis abgerungen, den ich nicht geben wollte –, als Fremde hinzutraten, Gäste des Dorfes, und die Verkäufer aufforderten, keine Tiere zu verkaufen, da der Bey sicherlich einen Kriegszug gegen sie zu unternehmen beabsichtigt. Die Burschen waren klug, sie verstanden ihre Gründe so laut und zwingend vorzubringen, daß man gegen uns tätlich zu werden drohte. Wir hatten unsere Pferde bei uns, die anderen die ihren nicht. So gelang die Flucht. Wenn du wirklich El-Fransi bist, und ich zweifle nicht daran, denn kein anderer hätte so mutig gewartet, so leg deine Büchse an und schieß die Hunde nieder."

„Du stehst in Diensten des Beys?"

„Ja, Herr!"

Während der letzten Worte des Mauren waren seine beiden Begleiter herangekommen. Die Verfolger hatten sich beträchtlich genähert, so daß es die beiden doch, trotz ihrer überlegenen Stellung hinter den Steinen, für richtig hielten, sich auf die Hauptstreitmacht zu stützen. Wenn die Fremden auf ihre Seite träten, stünde es sechs zu sechs.

De Vermont kehrt sich nicht an die Stärke der Parteien. Man befindet sich in einer dummen Lage. Ob die Erzählung des Mauren stimmt – seine übermäßigen Beteuerungen mahnen zur Vorsicht –, kann man im Augenblick nicht nachprüfen. Er hat El-Fransi um Schutz und Hilfe gebeten. El-Fransi ist immer bereit, helfend und schützend einzugreifen. Und hier? Er wird versuchen, die

Sache gütlich beizulegen. Die Verfolger so einfach über den Haufen zu schießen, wie es der Händler forderte, wäre Wahnsinn und Mord. Andererseits dürfte es gut sein, wenn man sich einen Menschen aus der nächsten Umgebung des Beys von Titterie zu Dank verpflichtet.

„Gut, ich werde euch helfen", entscheidet Pierre-Charles. „Unterlaßt alle feindseligen Handlungen gegen die Reiter. Ich werde mit ihnen sprechen und ihre Rache von deinem Haupt nehmen. – Selim!"

De Vermont raunt dem Neger etwas zu. Die anderen können es nicht verstehen. Es befremdet sie auch nicht weiter, daß der Schwarze sich dann immer in ihrem Rükken hält. Es ist ihm so befohlen worden, damit er Unbesonnenheiten der Mauren während der Unterredung El-Fransis mit den Verfolgern verhüten kann. Leicht und bequem wäre es, die der Vermittlung arglos folgenden Fremden aus der Entfernung zu erledigen. Der Franzose traut es den Leuten zu.

El-Fransi reitet ein Stück vor und erwartet dann die heranjagenden Reiter. Einer löst sich aus der Gruppe, die anderen bleiben außer Schußweite.

Ob der fremde Reiter den Freund über den Haufen reiten will? De Vermont rührt sich nicht von der Stelle, drängt sein Tier um keinen Fingerbreit zur Seite. Die Flinte hat er quer vor sich liegen. Einen Schritt vor ihm reißt der Berber das Pferd auf die Hinterhand. Eine prächtige Leistung – eine elende Tierschinderei. Die Eingeborenen sind stolz auf ihre Reitkünste, auch wenn sie das Pferd dabei zugrunde richten.

„Selam!" grüßt er.

„Aleikum", dankt Pierre-Charles.

„Was willst du, Herr? Mein Name ist Omar ben Achmed. Ich bin der Amin des Dorfes, das du erreichst, wenn du die Schlucht hinaufreitest."

„Ich danke dir, Omar. Man nennt mich El-Fransi. Ich möchte mit dir sprechen."

„El-Fransi?" Der Amin blickt de Vermont verwundert an. „Man spricht viel von dir. Leider habe ich noch nicht die Freude gehabt, dich von Angesicht zu Angesicht zu sehen. Was wirst du mir sagen?"

„Dieser Maure und seine Begleiter" – Pierre-Charles weist zurück; der Berber hält es nicht für nötig, auch nur einen Blick auf die Gruppe zu werfen – „haben El-Fransi um Schutz und Hilfe gegen dich und deine Leute gebeten. Die Gründe, die sie angeben, mögen richtig oder falsch sein, ich kann es nicht beurteilen. Sie sind in Bedrängnis. Wenn du von mir gehört hast, so weißt du, daß ich niemals eine solche Bitte unerfüllt lasse. Ich werde ihnen helfen, aber ich möchte auch euch nicht kränken. Bitte erzähle mir, was geschehen ist."

Da der Franzose ganz ruhig gesprochen hat, die Waffe sogar immer lässiger in der Hand hält, der Berber aber ein furchtloser Mann ist, wirft er die Flinte über den Rükken und kommt der Aufforderung nach.

„Sie kamen zu uns, um Pferde zu kaufen. Das ist nicht verwunderlich; denn wir sind bekannt für unsere Pferdezucht. Wenn es auch keine edlen Renner der Wüste sind, so haben unsere Tiere andere Vorzüge, die sich vor allem in den Bergen zeigen. Wir waren zu dem Geschäft bereit, da sie sich als Abgesandte des Scheiks der Beni Halifa ausgaben. Freunde, die gerade bei uns zu Gast waren, erkannten sie aber als Leute des Beys von Titterie, mit dem wir nichts zu tun haben wollen, obwohl wir in seinem Machtbereich wohnen. So lehnten wir schließlich den Verkauf ab. Sie leugneten, schworen beim Barte des Propheten, daß unsere Gäste falsch redeten. Da sie damit nichts erreichen konnten, schmähten sie uns, und in ihrem Zorn entdeckten sie sich uns selbst als Verräter: Sie drohten mit der Rache des Beys. Wir haben vielleicht zu scharf gesprochen; möglich, daß auch einzelne von uns zu den Waffen gegriffen haben, ich kann es nicht genau sagen. Plötzlich war alles ein großes Durcheinander. Sie warfen sich auf ihre bereitstehenden Pferde und ergriffen die Flucht. Das ist die Wahrheit, El-Fransi."

Der Bericht klingt glaubhaft. Omar ben Achmed hat sich nicht gescheut, zuzugeben, daß seine Leute auch nicht ohne Schuld sind.

„Nun wollt ihr euch für die Beleidigungen rächen?" fragt er den Berber.

„Würdest du es nicht tun? Wir müssen sie in unsere Gewalt bringen, um den Bey zu zwingen, seine Übergriffe gegen uns und andere Dörfer aufzugeben. Ich bitte dich, El-Fransi, laß die Hände von diesen Menschen, nun, da du den richtigen Sachverhalt kennst."

„Ich kann es nicht, Omar."

„Dann ist der Ruf falsch, der dir vorangeht, oder du bist nicht El-Fransi. Wir müssen dich als unseren Feind betrachten!" Der Amin reißt die Waffe herab und will auf Pierre-Charles anlegen.

„Laß das, Mann!" donnert der Franzose los. „Ehe du den Finger am Hahn hast, fährt dir die Kugel meines schwarzen Begleiters in den Kopf. Sein Gewehr trägt weiter als das deine. Es reicht bis hierher, und der Schütze fehlt nie!"

„Verräter! Allah verdamme dich!" Omar zwingt das Pferd herum und stößt ihm die Fersen in die Weichen. Aber de Vermont hat mit gleicher Schnelligkeit sein Tier einen Satz machen lassen. Er fällt dem anderen in die Zügel.

„Hiergeblieben! Wir haben noch miteinander zu reden."

„Ich wüßte nicht, worüber. Wenn du Mut hast, laß mich zu meinen Leuten; dann werden wir ehrlich miteinander kämpfen", fordert er.

„Einverstanden, Scheik Omar ben Achmed. Ich fürchte mich nicht. Du wirst frei zu deinen Stammesgenossen zurückkehren können. Doch prüfe erst den Vorschlag, den ich dir zu machen habe, und danach entscheide. Ich nehme schon jetzt alles an, was du dann für richtig erachtest."

„Nun? Aber fasse dich kurz. Wenn ich nicht doch glaubte, daß du El-Fransi bist, würde ich es überhaupt ablehnen, meine Ohren durch deine Worte beleidigen zu lassen."

„Hüte dich, Omar! Ich habe dich nicht beleidigt und nehme auch keine Beleidigung ungerächt hin. Für jetzt will ich darüber hinwegsehen. – Ihr seid mit dem Bey verfeindet. Es geht mich nichts an, weshalb." Pierre-Charles beugt sich zu dem Amin hinüber. „Ist es ratsam, Omar ben Achmed, den euch sicherlich überlegenen Türken durch Gefangennahme oder gar Niedermetzelung seiner Diener noch mehr gegen euch aufzubringen?"

Der Berber blickt zwar weiterhin finster drein, aber daß er nichts auf die soeben gehörten Worte entgegnet, zeigt, daß der Gedankengang de Vermonts auch in den Augen dieses Mannes etwas Bestechendes an sich hat.

„Du bleibst stumm", fährt Pierre-Charles fort. „Ich deute es als Zustimmung. Mir erscheint besser und richtiger, die Beleidigungen nicht gehört zu haben, als vielleicht von den Türken überfallen zu werden und Gut und Leben einzubüßen. Kehrt um und laßt die Mauren, die erbärmliche Feiglinge sind, ungeschoren."

Noch immer schweigt der Amin. Seine gespannte Haltung hat sich gelockert.

„Du hast recht, El-Fransi", sagt er endlich. „Ich danke dir. Es wird mich freuen, dich einmal an meinem Feuer begrüßen zu können. Allah sei mit dir!"

Er hebt die Hand zur Brust und reitet langsam zu seinen wartenden Brüdern. De Vermont bleibt an seinem Platz. Omar wird das Gehörte berichten.

So ist es auch. Es dauert eine ganze Weile. Das Gespräch wird hitzig geführt, wie aus den erregten Armbewegungen zu ersehen ist. Verschiedentlich droht man sogar mit der Waffe herüber. Dann wenden die Berber ihre

Pferde und galoppieren den Weg zurück.

„Wie hast du diesen Erfolg erreicht, El-Fransi?" Mit dieser Frage drängt sich Abbas an den Franzosen, als Pierre-Charles bei seiner Gruppe anlangt.

„Ich habe ihnen gesagt, daß ich es für klüger halte, miteinander zu leben, als miteinander zu streiten und zu sterben. Niemand kann aus feindseligen Handlungen Nutzen ziehen. Es würde auf beiden Seiten Tote und Verwundete geben."

„Wir waren ihnen an Zahl gleich, hätten sie besiegt. Du allein konntest die Hälfte auf dich nehmen. Ich bin nicht mit dieser Lösung einverstanden."

„Das kümmert mich nicht. Irre dich nicht: Ich hätte mich vom Kampf ferngehalten. Was haben mir die Leute getan? Was hast du schon für mich geleistet, daß ich mein Leben aufs Spiel setzen sollte? Nichts, nichts. Anstatt mir zu danken, überschüttest du mich mit Vorwürfen!"

„Eine so gute Gelegenheit kommt nicht wieder. Du hast sie verdorben", murrt Abbas ben Ibrahim weiter, als habe de Vermont überhaupt nichts gesagt.

Mit dem Mann ist kein vernünftiges Wort zu reden.

„Kommt, wir haben hier nichts mehr zu suchen!" fordert Pierre-Charles seine Begleiter auf.

„Wartet, wo wollt ihr hin?" ruft Abbas den Davonreitenden nach, die den Ruf unbeachtet lassen.

Der Franzose ist verärgert. Er treibt sein Tier mehr als gewöhnlich an.

Außer Sichtweite folgen die Mauren.

Die letzten Sonnenstrahlen lassen die Bergspitzen noch einmal aufglühen. Ihr Widerschein erleuchtet die Schlucht gerade noch so, daß man den wie gesät umherliegenden Felsbrocken ausweichen kann. Es wird höchste Zeit, einen Lagerplatz zu suchen.

Da ist eine Stelle, die geeignet erscheint. Aus einer Felsspalte sprudelt frisches, klares Wasser, und zwischen dem Geröll wächst einiges hartes Buschwerk, das zu einem Feuer ausreichen dürfte, denn die Nacht wird kalt werden.

Pierre-Charles sucht die Gegend ab. Man hat zu spät gehalten, kann etwaige Wildspuren nicht mehr erkennen. Trotzdem bricht er seinen Rundgang nicht ab.

Der Fuß stößt an einen Stein, oder ist es ein Stück Holz? Holz? Kein Baum ist in der Nähe. Für einen Stein wäre das Hindernis aber nicht schwer genug gewesen. Er bückt sich, hält den Knochen einer Bergziege in der Hand. Haben ihn Menschen weggeworfen? Kaum anzunehmen, daß sie den Weg verlassen hätten, um den Rest hierherzubringen. Also ein Raubtier. Vielleicht ein Panther, das größte und gefährlichste Raubtier der Berge Algeriens?

Er hat dieses heimtückische Tier schon mehrmals gejagt und auch zur Strecke gebracht; er fürchtet es nicht, aber er unterschätzt es ebensowenig. Lieber ist es ihm, einem Löwen gegenüberzustehen als einem ausgewachsenen Panther.

Man wird scharfe Wache während der Nacht halten müssen, obwohl es nicht feststeht, daß sich die Katze noch in der Gegend befindet. Sollte es doch der Fall sein, so dürften sie die Ausdünstungen der Pferde sicherlich anlocken.

Die Mauren sind inzwischen angelangt und haben sich im Lager eingerichtet. Abbas springt sofort auf und eilt El-Fransi entgegen.

„Ich freue mich", begrüßt er ihn stürmisch, „dich noch eingeholt zu haben. Wir werden mit euch das Lager teilen und euch in jeder Gefahr beistehen. Sorge dich nicht, mein Freund, du hast drei mutige Männer bei dir."

Dieser Aufschneiderei und Frechheit muß natürlich sofort ein Dämpfer aufgesetzt werden.

„Sehr schön, Abbas. Ihr werdet euren Mut heute nacht beweisen können. Ein Panther treibt sein Unwesen in der Nähe."

Die beiden Begleiter des Mauren haben die letzten Worte Pierre-Charles' gehört. Sie schnellen auf. Das flakkernde Feuer läßt ihre entsetzten Mienen wie Fratzen erscheinen.

„Ein Panther!" stöhnt Abbas. „Allah schütze uns vor dem Scheitan! Laß uns eilen, El-Fransi, diesem gefährlichen Ort den Rücken zu kehren. Schnell, ehe die Bestie uns wittert und zum Angriff übergeht. Warum zögerst du? Jeder Augenblick ist kostbar." Dabei stürzt er sich auch schon auf seine Decke, rafft den Kugelbeutel, den er abgelegt hat, und andere Kleinigkeiten zusammen.

„Willst du dem Panther in die Fänge laufen? Soll er dir von einem Felsen herab in den Nacken springen? Ich will dich nicht hindern, wenn du glaubst, einen besseren Platz für die Nacht zu finden. Wir bleiben."

„So fürchtest du dich nicht, El-Fransi?"

„Pah, fürchten! Wenn ich eine Gefahr kenne, hat sie ja schon die Hälfte ihres Schreckens eingebüßt", entgegnet Pierre-Charles.

„Du willst seinen Besuch erwarten? Das ist falsch, ganz falsch."

„Wir werden Wachen aufstellen und so wissen, ob und wann wir uns seiner erwehren müssen."

„Wir haben nichts mit dem großen Räuber zu tun. Wir werden schlafen."

„Das werdet ihr nicht, wenigstens nicht so, wie du es dir denkst, Abbas. Ihr werdet ebenso wachen, wie wir es tun!" fährt der Franzose den Mauren scharf an. Er hat es satt, sich mit dem Feigling auf eine lange Unterhaltung einzulassen.

Abbas schnappt nach Luft. Seine Begleiter sind verstört. Allein in der Nacht, und ein Panther schleicht vielleicht zwischen den Felsen umher. Furchtbar, gräßlich!

Der Maure schluckt und schluckt. Er sucht nach Worten, mit denen man die Gefahr zerreden könnte. Auf den Mund gefallen ist er ja nicht, ein richtiger Maulheld. Sie seien ja nur unbedeutende, unwissende Leute des Beys, ganz und gar nicht fähig, einem so starken Raubtier das Lebenslicht auszublasen, gibt er zu bedenken. Einer nur könne es: El-Fransi, der große, weitberühmte Jäger. Er werde es sich doch nicht nehmen lassen, durch die Erlegung des Wildes seinem Ruhm weiteren strahlenden Glanz zu verleihen. Dazu sei erforderlich, daß er die Wache übernehme.

Pierre-Charles lacht hell auf. Jetzt findet er sogar Spaß an den Drehungen und Wendungen des anderen.

„Ich will nicht annehmen, daß du furchtsam bist, Freund Abbas. Du stellst nur dein Licht unter den Scheffel. Würde ich zulassen, daß du einem Fremden den Vortritt zum Ruhm läßt, dann würde ich mir den Zorn deines Herrn zuziehen, der es dir nicht verzeihen könnte, da er doch keine Feiglinge in seinem Dienst haben mag", geht er auf den Ton des Mauren ein. „Wir wollen jeder einige Stunden vom Schlaf opfern. Das wird allen Teilen gerecht gehandelt sein."

„Es liegt mir nichts an meinem Ruf", beteuert der Maure. „Soll man in den Hütten und an den Brunnen später erzählen, daß El-Fransi die Augen einiger kleiner Diener des Beys gebraucht hat, um die Gefahr bestehen zu können? Dem wirst du dich doch nicht aussetzen wollen!" Es ist köstlich, wie er sich müht und windet, um nicht zur Nachtwache herangezogen zu werden.

Mag er ruhig etwas Angst ausstehen, vielleicht fühlt er dann mit anderen Menschen mit, erkennt, was es für die Sklaven bedeutet, ein Leben in ständiger Furcht führen zu müssen.

„Nichts da. Ihr habt unsere Gesellschaft gesucht, somit seid ihr verpflichtet, an allem, was hier vor sich geht, teilzunehmen", fertigt ihn Pierre-Charles ab.

In Abbas Augen blitzt es auf.

„Ich werde sofort die Wache beginnen", entschließt er sich.

So ein alter Fuchs! Er weiß genau, daß noch manche Viertelstunde vergehen wird, bis alles zur Ruhe ist; und so früh geht auch noch kein Raubtier auf die Jagd.

„O nein, jetzt noch nicht. Hab Geduld. Ich werde dir schon Gelegenheit verschaffen, dem Panther Auge in Auge gegenüberzustehen."

„Allah behüte mich! Wo denkst du hin, El-Fransi!"

„Daß du nicht auf Jagdruhm erpicht bist, halte ich für Scherz und falsche Bescheidenheit. Du wirst deshalb während der Stunden des mutmaßlichen Angriffs wachen."

„Ich? Nein, nein, niemals!" Der Maure zittert, als ob er dem Gegner bereits gegenüberstehe.

„Du fürchtest dich doch nicht etwa?"

Luigi und Selim hören der Unterhaltung mit großem Vergnügen zu. Sie erkennen aber den Zweck nicht, den Pierre-Charles mit diesem Gewäsch verfolgt.

„Furcht? Ha, als ob ich die jemals gekannt habe! Ich trete dem Löwen..."

„Dann ist ja alles in Ordnung", schneidet de Vermont den Redefluß des anderen ab. „Es bleibt dabei, daß du die Wache während der gefährlichsten Stunden der Nacht übernimmst."

„Oh!" Mehr bringt Abbas nicht heraus. Wie er flehend zum Himmel emporblickt! Allah hat sicherlich bestimmt, daß sein Leben durch den Biß oder Prankenhieb des Panthers enden soll. Fatum, Vorbestimmung, der Mensch kann nichts daran ändern. Vielleicht, daß sich der Allmächtige, Allwissende, Allweise doch erweichen läßt? Der Maure läßt die Kugeln der Gebetsschnur durch die Finger gleiten. Leeres Geplärr sind die Gebete, denn er versteht sofort die Worte des Franzosen: „...natürlich nicht allein, sondern zusammen mit mir." Mit einem Schlag ruhen die Finger; die Lippen zucken nicht mehr in verräterischer Angst.

„Wir zusammen? Ausgezeichnet. Du kannst dich hinter mich stellen. Ich nehme den Kerl allein auf mich. Hab keine Angst!"

Angewidert kehrt Pierre-Charles ihm den Rücken, teilt die Wachen ein und legt sich zum Schlafen nieder.

Luigi und einer der Mauren werden die erste Wache übernehmen. Ihnen folgen Selim mit dem zweiten Begleiter Abbas, die dann von El-Fransi und dem Großsprecher abgelöst werden.

Selims Zeit geht zu Ende. Es ist nicht nötig, de Vermont zu wecken. Er wacht wie immer von selbst auf.

Der schlotternde Abbas wird angewiesen, im Lager zu bleiben, aber die Augen offenzuhalten und sofort zu rufen, wenn er Verdächtiges sieht.

Eineinhalb Stunden verstreichen, ohne daß sich etwas regt. Pierre-Charles beobachtet die Pferde. Sie werden ihm eher und besser als alles andere anzeigen, wenn sich das Raubtier nähern sollte. Eines der Tiere schnaubt, andere heben die Köpfe. Wenig später springen sie auf, drängen zueinander, wittern herüber zu dem Felsen, hinter dem Pierre-Charles hockt.

Der Panther nähert sich.

War er es, oder täuschten die Sinne? Huschte da nicht ein Schatten zwischen den beiden Felsen zur Linken vorbei?

Er hat sich nicht geirrt; denn jetzt lugt das Tier hinter dem Felsen hervor. Ein leiser Wind geht, so daß das Tier keine Witterung haben kann. Langsam, ganz Katze, geduckt und unhörbar, schleicht der gefährliche Feind heran. Plötzlich verharrt er, minutenlang an den Boden geschmiegt. Die Pferde zerren wie toll an den Riemen, mit denen sie angepflockt sind. De Vermont hebt die Flinte.

Ein Klirren von Eisen auf Stein. Parvisis zur Sicherung mitgenommenes Gewehr hat eine Ecke des Felsens gestreift. Der Franzose preßt die Zähne zusammen. Ohne Zweifel hat das Raubtier den Ton gehört.

Auf springt es. Ein gewaltiger Satz, ein zweiter. Die Entfernung wird kleiner.

Ein in seiner Nachtruhe gestörter Geier streicht durch die Schlucht. Der Jäger blickt auf, schnell, kurz, dann wieder sucht sein Auge den Panther. Wo ist das Tier? Obwohl der Franzose kein furchtsamer Mensch und ein erfahrener Jäger ist, schlägt sein Herz in diesem Augenblick doch schneller als üblich. Viele halten den Panther für das schlimmste Raubtier.

Grauen grollt durch die Nacht. Das Tier stößt seinen Jagdruf aus.

Die Pferde schlagen aus, werfen mit den Hufen Steine hinter sich.

Abbas ben Ibrahim sinkt zu Boden, zerrt den Burnus über den Kopf. Nichts sehen und hören! „Allah, Allah!" wimmert er dumpf.

Unsichtbar für de Vermont hat sich der Panther dem Felsen, hinter dem der Jäger liegt, genähert. Während seines markerschütternden Brüllens hat er sich aufgerichtet. In voller Größe steht er nun einige Schritte von Pierre-Charles entfernt.

Der Franzose ist kaltblütig und ruhig. Die Flinte fliegt in den Anschlag. Zwei stechende Augen funkeln für den Bruchteil einer Sekunde herüber. Das Tier hat den Feind erkannt.

Da ist auch schon der Sprung. Aufleuchten – Hochschnellen – der Schuß. Der Schuß dazwischen – oder vorher – oder zu spät? Alles ist ineinander verknüpft, ohne zeitliche Abgrenzung.

Der harte, spitze Donnerschlag prallt an den Steilwänden der Berge ab, fängt sich, kehrt zurück. Es ist ein Toben höllischer Töne.

Ein mächtiger Körper schnellt durch die Luft. Bevor Pierre-Charles zu der zweiten Waffe greifen kann, blitzt es in seinem Rücken auf. Hilfe in Bedrängnis.

Zwei Handbreit von de Vermont entfernt kommt das

Tier zu Boden.

Der Jäger wirft sich zur Seite, stößt das abgeschossene Gewehr von sich, feuert mit Luigis Waffe. Dann wartet er gespannt, die Pistole schußfertig in der Hand.

Der Panther regt sich nicht.

„Tot, Herr!" ruft Selim, denn er war der zweite Schütze.

„Du, Selim? Ich danke dir. Aber wie kommst du hierher?"

Der Neger beugt sich über das tote Raubtier. „Ich konnte nicht schlafen. Wie leicht hätte dir, da du nicht wußtest, aus welcher Richtung der Panther zu erwarten war, ein Unglück zustoßen können."

Also Sorge hat den treuen Freund herbeigetrieben.

„Es sah schlecht aus, du hast recht. Wir werden später feststellen, welcher der tödliche Schuß war. Ich glaube, ich schulde dir mein Leben, Selim."

Im Lager herrscht höchste Aufregung. Nicht, daß sie sich in lauten Worten äußerte, aber in zwecklosem Handeln. Luigi hält die Pistole in der Hand. Die Mauren haben sich unter ihren Decken verkrochen und murmeln unaufhörlich Gebete und rufen Allah zu Hilfe in dieser Gefahr.

„Keine Furcht, Leute", beruhigt sie de Vermont. „Der Panther ist tot."

Tot? Wirklich und wahrhaftig tot? Dann ist man doch gerettet! Abbas wirft die Decke mit einem kräftigen Ruck von sich.

„Tot, El-Fransi? Du schwörst, daß der grimme Bursche sich nicht mehr rührt?"

„Ja."

„Allah sei Lob und Dank, daß wir dem schrecklichen Räuber das Leben nehmen konnten. Auf, Freunde, wir müssen dieser Memme, die vor unserer Stärke zu Boden gesunken ist, die Schmach ins Gesicht schleudern!"

„Tut das, ihr tapferen Helden. Überzeugt euch, daß

der Panther auch wirklich nicht mehr atmet. Ich habe es nämlich noch nicht getan. Auch schwerverletzt ist er noch ein heimtückischer und vielleicht noch hundertmal gefährlicherer Gegner."

„Wie kannst du es wagen, El-Fransi, das Tier zu verlassen, ohne dich zu vergewissern, daß es keinen Schaden mehr anrichten kann? Sofort holst du es nach, ich befehle es. Du gefährdest das Leben von sechs Menschen durch deinen unverzeihlichen Leichtsinn."

„Schweig, du Memme!" schreit Pierre-Charles den Mauren an, daß der sich vor Schreck auf den vielleicht klügsten Teil seines Körpers niederläßt. Der Mund steht ihm weit offen.

Selim nimmt ein brennendes Scheit aus dem Feuer.

„Wollen wir uns jetzt den Panther ansehen?" fragt er Pierre-Charles.

„Gut, komm. Und du auch, mein Freund!" Diese Aufforderung ist an Parvisi gerichtet, den de Vermont und der Neger in Gegenwart von Fremden immer wie einen zufällig zu ihnen gestoßenen Jäger behandeln.

Luigi nimmt ebenfalls einen Brand und folgt.

„Ein prächtiger Kerl!" stellt der Franzose fest. „Sicherlich ein Einzelgänger, ein Einsiedler, der Herr und Schrecken der Schlucht. Er wird keinen Nebenbuhler in seinem Gebiet geduldet haben."

Die Mauren sehen die Freunde ruhig bei dem gefällten Panther stehen; so können sie annehmen, keinerlei Gefahr ausgesetzt zu sein, wenn auch sie herbeikommen.

Eine Flut von Schimpfworten und Schmähungen prasselt auf den toten Herrscher der Schlucht nieder. De Vermont bleibt nichts anderes übrig, als die Männer hart anzufahren. Sie wären imstande, das kostbare Fell durch Steinwürfe und Messerschnitte zu beschädigen.

Man könnte nun schlafen, aber das Abenteuer liegt allen in den Gliedern. Die Nerven sind noch aufgepeitscht.

Abbas ben Ibrahim reißt das Wort in der nächsten Zeit

ganz an sich. Er weiß herrliche Jagdgeschichten, mit sich selbst als strahlendem Helden, zu berichten. Es sind haarsträubende Sachen, die der Maure da bestanden haben will. De Vermont läßt den Mann erst einmal reden, dann gelingt es ihm, den Wortschwall des anderen einzudämmen. Nun erzählt er vom Zusammentreffen mit wilden Tieren und lenkt dann vorsichtig und unauffällig auf das hin, was ihn bewegt: das Leben in der Sklaverei.

Oh, da kennen sich Abbas und seine Gefährten natürlich aus! In diesem Fall muß El-Fransi schweigen. War doch da ein Sklave, der... Und dann der andere Fall... Von Hunderten gibt es Spannendes zu berichten. Einmal hatte man auch ein Kind gebracht. Nicht als Sklave, was kann man schon von einem Kind verlangen! El-Fransi wird verstehen, nicht wahr? Es sollte zu einem Araber erzogen werden.

Pierre-Charles wirft Luigi einen scharfen, warnenden Blick zu. Hoffentlich beherrscht sich der Freund. Parvisis Augen waren plötzlich weit aufgerissen. Jetzt senkt er die Lider, schließt die Augen ganz, so, als gingen ihn die Worte der Männer nichts an. Die Hände hat er in die weiten Ärmel seines Burnus gesteckt; die Finger sind um die Arme gekrampft. Fest preßt er die Zähne zusammen, als wolle er einen Aufschrei unterdrücken.

Von dem Kind gibt es nichts Aufregendes zu berichten. Abbas überlegt. In dieser Stunde braucht man große Abenteuer oder ungewöhnliche Vorgänge.

Hätte... sollte... Warum sprach der Maure in der Vergangenheit? Erst jetzt ist es de Vermont aufgefallen. Was bedeutet das?

Abbas hat sich eine neue Geschichte zurechtgelegt. Schon will er den Mund öffnen, um sie zu beginnen, als ihm El-Fransi den Anfang verdirbt.

„Aber das ist doch unmöglich, mein Freund. Man kann doch kein Christenkind zu einem Araber machen!" So ungläubig, so anklagend ungläubig sagt es de Vermont, daß der Maure, wenn er nicht als Schwindler gelten will, auf die Sache zurückkommen muß.

„Warum nicht? Ein Kind von acht, neun Jahren" – neun Jahre ist Livio jetzt alt, denkt Luigi – „vergißt alles, was es vorher erlebt hat. Nach einigen Jahren denkt und handelt es so wie seine Spielgefährten. Leider konnte ich diesen Vorgang nicht weiterverfolgen. Leute des Deys haben den Knaben plötzlich abgeholt."

„Wohin?" Luigi Parvisi hat die Frage in höchster Angst ausgestoßen.

„He, he!" brüllt Selim dazwischen und stürzt davon.

Alle springen auf, greifen nach den Waffen. „Was ist geschehen? Was geschieht?"

Über Parvisis Körper laufen heiße und dann wieder eiskalte Ströme. Fieber? Angst? Es ist die Ungewißheit über das Schicksal Livios. Er zweifelt nicht daran, daß Abbas die Geschichte seines Sohnes erzählt hat.

Da kommt Selim zurück. „Ich glaubte, jemand wollte sich an dem toten Tier vergreifen", erklärt er seine Rufe und das Davonstürzen. Ein eigenartiger Blick streift de Vermont. „Ich hatte mich getäuscht, Herr", fügt der Neger dann noch entschuldigend hinzu.

Plötzlich versteht Pierre-Charles. Selim hatte so gesessen, daß er Parvisi von der Seite beobachten konnte. Die Aufregung des Italieners war ihm nicht entgangen, und er hatte gesehen, daß die Kraft des Vaters zu Ende war. Das „Wohin?" konnte er nicht verhüten, aber es vielleicht in einem Durcheinander wirkungslos machen.

Parvisi wischt sich den Schweiß von der Stirn. Während man die alten Plätze einnimmt, gelingt es Pierre-Charles, ihm zuzuraunen:

„Schweig!"

Der Franzose schimpft eine Weile auf Selims albernes Benehmen, mit dem er das Lager wieder in Aufruhr versetzt hat. Schuldbewußt zieht Selim den Kopf ein.

„Vergessen wir es. Abbas, bitte, erzähle weiter. Das

wird uns alle ablenken. Wo wurden wir doch gleich gestört? Ach so, ja, bei dem Kind. – Wohin, sagtest du, hat man es gebracht?"

„Du irrst, El-Fransi, davon sagte ich nichts."

„Nicht?"

„Nein, da ich es nicht weiß. Es ist unbekannt, zu wem das Kind gegeben wurde."

„Wann war es?" forscht El-Fransi, sich ganz unbeteiligt gebend, weiter. Abbas muß meinen, der Jäger mache ihm nur die Freude einer Unterhaltung.

„Wann?" Des Mauren Augen glänzen. Die Frage ist ihm lieb, denn er kann sie genau, auf Tag und Stunde genau beantworten. „Oh, ich erinnere mich. Ich kaufte am selben Tag ein Pferd. Laß sehen – vierzehn Wochen sind es, volle vierzehn Wochen, denn heute ist der Tag, an dem vor dieser Zeit nach dem Morgengebet das Kind das Haus verließ, in das man es zur Erziehung gegeben hatte."

Pierre-Charles gähnt laut. „Ach, was geht uns das Kind an! Ich glaube, wir werden uns doch lieber etwas aufs Ohr legen und versuchen zu schlafen. Selim wird, um seine Dummheit vergessen zu lassen, wachen."

„Ja, Herr." Der Neger verzieht keine Miene. Er kennt den Freund zu gut, um nicht zu wissen, daß die Unfreundlichkeit des Franzosen nur dazu dienen soll, die Mauren zu überwachen und sie gleichzeitig bei dem Glauben zu lassen, daß der Zwischenruf nichts mit Luigis „Wohin?" zu tun hatte.

Parvisi wälzt sich schlaflos auf seinem Lager. Gedanken peinigen ihn. Das Kind war also, wie es Pierre-Charles in Algier erfahren hatte, in Medea gewesen. Die Spur stimmte und ist nun zerronnen, verweht.

De Vermont versucht anderntags nochmals sein Glück bei Abbas. Der Maure vermag aber nicht mehr als das bereits Erwähnte zu berichten.

Die Ungewißheit hat ihre dunklen Schleier wieder um den Sohn Parvisis geschlungen. Diese bittere Erkenntnis lähmt die Tatkraft der Freunde vorübergehend. Und dann stellt sich ein noch viel schwerer wiegendes Hindernis weiterem Suchen in den Weg: El-Fransis Gesundheit ist erschüttert. Seit Jahren hat der Franzose bei Wind und Wetter die Regentschaft durchstreift. Noch nie zeigte es sich, daß auch dieser gestählte Körper einmal den Gefahren der Natur Tribut werde zahlen müssen. Kurze Aufenthalte in Marseille, zu kurz, konnten nicht ausgleichen, was im Keim schon in de Vermont schlummerte.

Zurück nach La Calle! Schnellstens!

Vierzehn Wochen hat Abbas ben Ibrahim angegeben, seitdem das Kind an einen anderen Ort gebracht worden war. Diese Zeitangabe beschäftigt Parvisi außerordentlich. Aber nicht nur ihn, sondern in gleicher Weise auch den Franzosen. Vor sechzehn Wochen war er in Algier gewesen und hatte Erkundigungen eingezogen. Wenig später trat eine Änderung im Leben des Jungen ein. Es ist für El-Fransi klar, daß eins das andere ausgelöst hat. Daß es sich bei dem von dem Mauren erwähnten Kind um Livio Parvisi handelt, daran zweifeln die Freunde nicht. Zwei gleiche Fälle mit so überraschenden Begleitumständen? Wenn man auch dem Zufall große Regiefähigkeiten zusprechen muß, hier wäre es zuviel.

Etwas kann man vielleicht aus dem gegenwärtigen Mißerfolg als beruhigend herauslesen: Wenn die Geschichte des Mauren stimmt, besteht keine unmittelbare Lebensgefahr für Livio. Man will den Christen zum Mohammedaner umformen, beabsichtigt demnach nicht, ihn eines Tages als Sklave an die Kette zu legen. Und zu einer zweiten Vermutung kommen die Freunde: Livios Schicksal wird von Algier aus gelenkt und geleitet.

Wo nun in der riesigen Regentschaft neue Spuren suchen? Und besteht dann etwa wieder die Gefahr, daß eine unsichtbare Hand in der letzten Minute den Sohn dem Zugriff des Vaters entzieht?

10. Omar

Das ist ein Geplapper und ein Geplärr von Kinderstimmen. Eine arabische Schule im Freien. Zwanzig Kinder verschiedenen Alters sind es, die im Halbkreis um den Lehrer sitzen. Der alte schläfrige Marabut schlägt den Takt. Es genügt ihm, wenn die Buben die Gebete, den Grundstein für alles Wissen, wortwörtlich herunterleiern können.

Gut, gut. Es hat geklappt, alle sind gleichzeitig fertig geworden. Nur eine Stimme vermißte der Lehrer im Chor, eine, die immer auffällt, unmöglich überhört werden kann. Jetzt war sie wieder nicht dabei. Ob der...? Aber das ist Unsinn, Vergangenheit.

„Omar, wiederhole allein!" fordert er unvermittelt den kleinen, verängstigt aussehenden Jungen am Ende der ersten Reihe auf.

Der Angerufene zuckt wie unter einem Peitschenhieb zusammen, möchte sich in den Erdboden verkriechen. Wenn nur die sonst immer müden und verschleierten Augen des Marabuts nicht plötzlich so hart und durchdringend blickten!

Das Kind zittert. Es versucht dem Befehl zu folgen, aber je mehr es sich anstrengt, um so ängstlicher wird es. Nur ein verwirrtes Stammeln, aus dem lediglich die Worte „Allah" und „Mohammed" zu verstehen sind, kommt aus seinem Mund.

Die Mitschüler brechen in lautes Lachen aus, das zum Freudengeheul anschwillt, als der Lehrer zum Stock greift und neben Omar tritt.

Das ist das Ende. Der Kleine bringt nun kein einziges Wort mehr heraus. Wie ein weidwundes Tier blickt er zu dem Meister auf.

„Von Anfang an, Omar!" befiehlt die gehaßte Stimme wieder, die Stimme, die Furcht und Schrecken verbreitet. Flucht ist unmöglich, Befreiung aus der Not vermögen nur Wissen und Können zu bringen, über das der Kleine nicht verfügt.

Nicht einmal der Hilferuf zu Allah gelingt. Ein Stottern nur wird es, klein, wüst und erbärmlich.

Der Marabut schäumt. „Du wagst es, Allah – sein Name sei gelobt – mit solchem Gewinsel zu schmähen! Da nimm, du Hund!" Der Stock saust auf das Kerlchen herab, das die Hiebe mit den Händen abwehren will. Es nützt nichts. Omar ist der Unmenschlichkeit des alten Eiferers ausgeliefert.

Für jetzt mag es genügen. Der furchtbare Mann streift das Häuflein Mensch mit einem höhnischen Lächeln, dann geht er zu seinem Platz im Schatten der Palme zurück.

„Ich schlage dich tot, wenn du nicht besser lernst!" droht er hinüber. „Jetzt wiederhole; nimm dich zusammen."

Die Qual ist also nicht beendet.

Omar rollen noch immer Tränen über die Wangen, er muß schlucken und ist nun völlig unfähig, auch nur einen verständlichen Laut von sich zu geben.

„Wiederhole! Wiederhole!" Jetzt brüllt der Lehrer in solcher Wut, daß auch die Kameraden des kleinen Omar ängstlich werden.

Hinter dem Unglücklichen sitzen zwei seiner Freunde, die einzigen, die er im Dorf hat. Sind es überhaupt Freunde? Omar hat mit keinem von ihnen je ein Wort gesprochen. Aber sie beteiligen sich nicht an den Hänseleien, denen der Junge stündlich von den anderen Kindern ausgesetzt ist. Gern möchte er mit ihnen spielen oder wenigstens in ihrer Nähe geduldet werden, aber er getraut sich nicht dazuzutreten, wenn sie zusammenstehen. So sitzt er die meiste Zeit still in einem versteckten Winkel und brütet vor sich hin. Er kann sich nirgends blicken lassen, wenn er sich nicht der Gefahr aussetzen will, mit Steinen oder sonst einem gerade greifbaren Gegenstand hinterrücks beworfen zu werden. Nur auf dem Weg zur Schule beachtet man ihn nicht. Während dieser Zeit bleibt er unbelästigt.

Der eine hinter ihm ist ein kleiner Neger mit Namen Achmed, der andere heißt Ali und ist ein Berber.

Der schwarze Mitschüler rutscht jetzt etwas zur Seite, so daß er, durch Omars Rücken gedeckt, vom Lehrer nicht gesehen werden kann. Dann legt er die Hände über dem Mund an die Wangen. Vor dem Mund bleibt ein Schalloch offen.

„Allah il Allah we Mohammed rassul Allah...", murmelt er.

„Allah il Allah..." Das ist Omars Stimme. So fremd, weich wie dieser Junge spricht niemand weiter im Land. Aber das schadet nichts, Hauptsache ist, daß das Gebet fehlerfrei aufgesagt wird.

„Siehst du, es geht. Hüte dich in Zukunft, meinen Zorn zu erregen. Du müßtest es bitter bereuen! Ich dulde nicht, daß du Allah beleidigst! – Aus für heute!"

Auch die guten Schüler atmen auf, daß sie bis morgen frei sind, sogar bis übermorgen, denn freitags – als mohammedanischem Sonntag – ist kein Unterricht. Freilich, sie haben alle nicht so zu leiden wie der kleine Fremdling, aber auch sie müssen immer auf der Hut sein. Der Lehrer springt mit ihnen ebenfalls ganz nach seinem Gutdünken um. Er genießt den Ruf, ein frommer und gelehrter Mann zu sein, gegen den niemand, auch das Dorfoberhaupt nicht, aufzubegehren wagt.

Fort stürmt die glückliche Meute. In ihrer Mitte Achmed und Ali. Omar schleicht mit eingezogenem Kopf, schlaff herabhängenden Armen hinterdrein. Ein überflüssiger Mensch.

Plötzlich hält der aufgeregte Schwarm an. Einer der größten Jungen pflanzt sich vor Achmed auf und funkelt auf ihn herab.

„Warum hast du vorgesagt?"

„Ach, nur so", stottert der kleine Neger. Er hat Furcht vor dem kräftigen, ränkesüchtigen Mahmud.

„Nur so? Hahaha! Du bist ein Freund dieses Ungläubigen. Leugne nicht!"

„Ich habe nichts mit Omar zu tun, bestimmt nicht. Aber wenn er die Gebete nicht kann, bekommt er Schläge von dem Lehrer, und das mag ich nicht."

„Es kann ihm nichts schaden, dem Jungen des Dey! Noch mehr, viel mehr Schläge soll er bekommen!"

Aus Mahmud spricht der Haß der Berber gegen die türkischen Unterdrücker. Berber und Kabylen sind, wenn auch nicht immer offen, Feinde der Türken. Sie lieben die Freiheit, lieben es, ungebunden zu sein, und greifen darum oft zu den Waffen.

Eines Tages hatten Leute aus Algier den Jungen Omar ins Uxeire-Dorf am Djebel Uannaseris gebracht. Man übergab ihn zur Pflege einer alten Negerin, zur Erziehung dem Marabut. Für die Alte ist das Kind ein unerwünschtes Anhängsel, um das sie sich nicht kümmert. Mag der Junge kommen und gehen, wie es ihm beliebt; er weiß, wo er nach etwas Eßbarem suchen muß, und wird es finden. Nicht ganz so sorglos wie mit Omar verfährt die Frau mit den beiden anderen Hausgenossen, die zur selben Stunde bei ihr Einkehr hielten: zwei Ziegen, eckigen, knochigen Dingern, die aber so wertvoll sind, daß für sie alles getan wird, für den Knaben, dem ja dieser Reichtum zu verdanken ist, nichts.

„So, so, das magst du nicht", setzt Mahmud das Verhör fort. „Aber wir", – er blickt im Kreis umher – „wir dulden nicht, daß Omar in Schutz genommen wird." Eingeschüchtert, beeilen sich einige, lebhaft zuzustimmen.

„Das nächstemal werde ich ihm helfen!"

„Du, Ali? Was fällt dir ein?"

„Was geht es dich an, Mahmud? Was euch alle? Hat dir oder euch anderen Omar jemals etwas zuleide getan? Ihr schweigt, wißt keine Antwort darauf, weil es Lüge wäre.

Ich bleibe dabei, auch wenn du dich noch so aufspielst, Achmed und ich werden nicht zulassen, daß ihn der Marabut wegen seiner Unkenntnis schlägt. Dazu haben wir ein Mittel: Vorsagen. Und das wenden wir an, du kannst dich, ihr alle könnt euch darauf verlassen."

„Wagt es!"

„Wir werden es!"

„Sieh meine Muskeln!" protzt Mahmud. Er streift die Ärmel seines Hemds zurück und reckt wie ein Ringer die angewinkelten Arme von sich. Die Kinder blicken neidisch auf die sich schon bildenden Muskeln des großen Jungen.

„Mich schreckst du damit nicht!" Geringschätzig, wegwerfend sagt es Ali, der nur einen flüchtigen, verstohlenen Blick auf die nackten Arme geworfen hat. Und zu den anderen gewendet: „Wer von euch wird Omar noch helfen?"

Beklommenes Schweigen. Einige haben plötzlich in der Ferne etwas entdeckt, was eine genaue Betrachtung verdient. Keiner der Mitschüler fühlt sich angesprochen. Alle fürchten Mahmud als stärksten und jederzeit zu Raufereien aufgelegten Kameraden.

„Memmen seid ihr, laßt euch von dem da befehlen! Ich tue es nicht."

„Dann will ich dir gleich zeigen, daß ich wirklich der bin, der zu befehlen hat!" zischt Mahmud. Und schon dringt er auf Ali ein, versetzt ihm einen Stoß; der Kleinere taumelt. Obwohl bereits dieser Schlag gezeigt hat, daß der Angreifer über große Kräfte verfügt und harte Fäuste besitzt, stürzt Ali vor. Es ist ein ungleicher Kampf. Alle Vorteile sind auf seiten des anderen.

Da rollt Ali in den Sand. Die Umstehenden brechen in helles Gelächter aus. Es war leichtsinnig, mit Mahmud anzubinden. Doch: „Mahmud!" Der Warnruf kommt zu spät. Der Junge knickt zusammen, stürzt neben dem gefällten Gegner zu Boden. Der kleine Achmed, der sich bisher ängstlich zu Seite gedrückt hatte, war herangeschlichen und hatte Mahmud einen kräftigen Fußtritt in die Kniekehle versetzt.

Wie der Wind springt Ali auf, beugt sich über den erschrockenen und bestürzten Feind, bearbeitet das Gesicht und den ganzen Körper mit Püffen und Hieben.

Jetzt gerät die Meute in Aufregung. Einige wollen ihrem bedrängten Anführer helfen. Sie werden zurückgerissen. Nichts da, Mahmud soll selbst mit den beiden Kleinen fertig werden. Nein – ja – nein – und doch! – Eine allgemeine Rauferei entsteht.

Der Neger hat den linken Arm des Gegners gepackt, preßt ihn mit seinem ganzen Körpergewicht zu Boden, setzt sich darauf. Das ist ein guter Trick, Ali erkennt es sofort. Wenn es ihm gelingt, auch den rechten Arm so außer Gefecht zu setzen, muß sich der Große besiegt bekennen. Es gelingt.

„Zu Hilfe!"

Die Zuschauergruppe löst sich bei diesem Ruf auf. Die Freunde Mahmuds sehen ihn besiegt. Sollen sie ihm beispringen? Sollen sie abwarten? Die anderen, die nur seine Muskelkraft zum Mitgehen gezwungen hat, erkennen, daß auch dieser Starke unterliegen kann, und fallen von ihm ab. Einen Rückhalt wollen sie sich aber sichern, mit dem sie sich jederzeit vor Mahmud rechtfertigen können.

„Laßt ihn laufen, er ist besiegt! Wir werden Omar in Zukunft..." Verwirrt schweigen sie. Beinah hätten sie sich zur Unterstützung des kleinen Fremden bereit erklärt, und das könnte ihnen Mahmud schwer eintränken.

„Helfen?" vervollständigt Ali den Satz.

„Wir werden nichts dagegen haben, wenn ihr vorsagt."

„Schön. Es ist zwar nicht viel, was ihr da versprecht, aber immer noch besser, als wenn ihr euch dagegen erklärtet. – Du hast es gehört, Mahmud!"

Statt einer Antwort verdoppelt der Uxeire seine Anstrengungen, die beiden Sieger von sich abzuschütteln.

„Laßt mich los!" faucht er endlich, als er merkt, daß die Zange nicht nachgibt.

„Erkennst du an, unterlegen zu sein?" fragt Ali unerbittlich. Mahmud soll laut und deutlich bekennen, daß er besiegt ist.

Aber welcher Junge ist dazu bereit? Mahmud nicht. Er zieht die Beine an, stößt sie wieder von sich, wirbelt Sand auf, will beißen.

„Du kommst nicht los; es hat alles keinen Zweck."

„Pah. Für alle Ewigkeit könnt ihr mich doch nicht festhalten."

„Mit der Zeit werden wir dir doch zu schwer werden und deine berühmten Muskeln plattpressen", meint Achmed.

Bei Allah! Die Muskeln plattpressen? Nur das nicht. Dann schon lieber zugeben, besiegt zu sein, für jetzt, nur für jetzt. Die Scharte wird bei erstbester Gelegenheit wieder ausgewetzt. Er druckst und würgt und brummt etwas, das man bei einigermaßen gutem Willen als Ja erkennen könnte. Ali hat es nicht verstanden, versteht nichts, bis Mahmud in höchster Verzweiflung ein von allen zu vernehmendes Ja herausstößt. Grundlose Rache schwingt in diesem kleinen Wort.

Wartet nur, das zahle ich euch heim, beschließt Mahmud.

Im Augenblick geht es leider nicht; man weiß nicht, wie sich die Kameraden dazu stellen würden.

So trollt er sich mit einem Teil seiner Anhängerschar davon. Er hat heute viel von seinem Ruf eingebüßt. Um die Vorherrschaft wiederzugewinnen, wird man die Fäuste rücksichtslos gebrauchen müssen.

Einige der Jungen sondern sich von dem Schwarm ab. Sie haben sich von Mahmud losgesagt, wollen aber auch nichts mit Achmed und Ali, deren Stellung ja noch gänzlich ungefestigt ist, zu tun haben.

Bevor Mahmud hinter der ersten Hütte des Dorfes verschwindet, bleibt er stehen und droht mit der Faust zu Ali und Achmed zurück.

„Hütet euch, ihr Verräter!" geifert er mit sich überschlagender Stimme.

Jetzt erst spürt Ali die erhaltenen Schläge. Aber das Bewußtsein, gegen den Großen ehrenvoll bestanden zu haben, ist Öl auf die Schmerzen.

Der Zankapfel Omar, der von ferne den Kampf beobachtet hat, schleicht näher. Wie ein begossener Pudel steht er da. „Komm her, Omar!" ruft ihn der kleine Neger an.

Der Junge rührt sich nicht vom Fleck.

„So komm doch, wir tun dir nichts. Du kannst nichts dafür!"

Aber auch das bleibt ohne Ergebnis.

Da gehen die beiden auf ihn zu.

Omar hält die Augen gesenkt. Ausreißen? Ach, es hat keinen Zweck. Er ist so müde, so unlustig zu allem, an nichts findet er Freude. Komme, was kommen mag, er wird sich nicht dagegen auflehnen.

Wenn man nur wüßte, was die beiden wollen!

„Omar." Das klingt gar nicht feindlich, beinah freundschaftlich, so wie es Ali sagt.

„Ihr seid gut. Sogar geschlagen habt ihr euch meinetwegen mit ihm."

Die beiden Jungen prusten wie auf Kommando los. Omar zuckt zusammen, als habe man ihn mit einer dünnen, pfeifenden Gerte geschlagen. Nun ist schon wieder alles aus, zerbrochen, zerronnen. Er hatte gehofft und gewünscht, daß diese zwei ihm freund würden. Aber sie lachen ihn aus wie alle. Überall spottet man über ihn. Die Erwachsenen blicken scheel, wenn er das Dorf entlangschleicht. Die Mitschüler belustigen sich über seine Unkenntnis in Dingen, die ihnen geläufig sind. Es gibt keinen Menschen hier, der ihn liebt.

Dicke Tränen rollen über das runde Kindergesicht. Stumm wendet er sich ab und will davongehen.

Die Freunde blicken sich an. Ali nickt. Achmed nickt.

Mit zwei großen Schritten haben sie Omar eingeholt, einer rechts, einer links. Eine kleine Hand schiebt sich in Omars Rechte, eine andere in seine Linke.

„Warum weinst du denn?" fragt der kleine Neger, dem auch schon die Tränen kommen.

„Ich... ich... Ach, ihr lacht mich auch aus wie alle."

„Nicht böse sein", bittet Achmed. „Wir tun es bestimmt nicht wieder. Weißt du, du hast es so drollig gesagt, daß man wirklich lachen muß. Hör zu! Spiel mit uns, sei unser Freund. Dann wirst du alles ganz leicht und schnell lernen."

„Ihr erlaubt es?" Ungläubiges, aber von Hoffnung und Freude beschwingtes Fragen ist es.

Die Buben nicken bestätigend. Schon wieder stehlen sich Tränen in Omars Augen, diesmal aber vor Glück.

„Nun habe auch ich Freunde, richtige Freunde!" jubelt der Kleine. „Oh, ich danke euch! Ihr könnt gar nicht wissen, wie herrlich das ist. Ich werde euch immer, mein ganzes Leben lang, liebhaben! Ali – Achmed!"

Auch auf die neuen Freunde springt etwas von Omars unbändiger Freude über. Vergessen ist die Drohung Mahmuds.

„Kommst du mit die Schafe weiden?" fragt Ali.

„Natürlich, natürlich! Und Achmed?"

„Der auch. Wir sind ja immer zusammen."

Mit rührender Ausdauer sprechen die neuen Freunde dann Omar die Gebete vor, bis er sie fehlerlos aufsagen kann. Aus seinem Munde kommt zwar alles noch mit dem fremden Klang, aber man merkt, daß sie verstanden worden sind.

So viel und so spielend leicht wie an diesem Nachmittag hat er noch nie gelernt. Es ist kein richtiger Unterricht, den ihm die beiden geben. Aber wenn man nicht immer wie auf einem Schlangennest sitzen muß, nicht die schläfrigen und plötzlich wie Dolche zustoßenden Augen des Lehrers auf sich gerichtet fühlt, macht das Lernen viel Spaß.

Daß es die Befreiung von dem Druck ist, der die ganze Zeit auf ihm als einem Fremdling lastete, was ihn plötzlich so vorwärts bringt, weiß Omar nicht.

Er, dessen Heimat nicht Algier ist, ist auf dem Weg, eine neue Heimat zu finden. Menschen, die ihn lieben, bereit waren und immer bereit sind, mit den Fäusten die Freundschaft zu verteidigen, machen ihn heiter.

Für Mahmud und seine Anhänger ist Omar in Zukunft Luft. Man sieht über ihn hinweg. Ali und Achmed wundern sich darüber. Sie hatten damit gerechnet, daß es in nächster Zeit zu einem großen Krach, zu einer wüsten Schlägerei kommen werde. Nichts davon.

Als Ali einmal dem Vater die ganze Geschichte erzählt und auf das unerwartete Verhalten Mahmuds eingeht, erfährt er, daß des Rätsels Lösung bei den Eltern gesucht werden muß.

Omar und die Stellung der Kinder zu ihm ist zu einem wichtigen Fall geworden, über den man gemeinsam beraten hat. Es ist besser, dem gehaßten und gefürchteten Dey im Augenblick keine Handhabe für einen Zornesausbruch zu bieten. Wie man im tiefsten Herzen den fremden Herrscher haßt, so auch seinen Schützling Omar. Vorerst aber wartet man ab. Letzteres jedoch erfährt Ali nicht, auch nicht, daß Alis Vater vom Rat der Ältesten Anweisung erhalten hat, seinen Jungen in der Freundschaft zu dem kleinen Fremdling zu bestärken. Sollte der Dey plötzlich Erkundigungen nach Omar einziehen, so wird man immer darauf hinweisen können, daß die Kinder ihm aufrichtig zugetan sind, ja, daß das ganze Dorf zu ihm steht. Eines Tages wird man mit beiden, dem Dey und Omar, schon abrechnen. –

Der bisher schüchterne Omar entwickelt sich mit der

Zeit zu einem richtigen kleinen Strolch, wird ein ganz anderer, lebhaft, vorlaut, mutig, ein Draufgänger, der vor nichts Angst hat. Erst haßte man ihn, dann war er geduldet, jetzt kann man fast von Liebe aller zu dem aufgeweckten Jungen sprechen. Algier kümmert sich nicht um ihn. Das ist gut, finden die Dörfler, gut für sie und gut für Omar. Anscheinend bestehen doch keine engen Verbindungen zwischen dem Herrscher und ihm. –

Die unzertrennlichen Freunde, Ali, Achmed und Omar, sind auf der Jagd. Gestern hatte der kleine Neger in den Bergen die Spur eines unbekannten Tieres von Katzengröße gefunden. Ein unbekanntes Tier? Das müssen wir haben, hatte Omar entschieden. Die anderen waren der gleichen Meinung. Gemeinsam ging man an den Bau einer Falle. Da Omar sich bei dieser Arbeit nicht beteiligen kann, weil er nichts davon versteht, muß er nun wenigstens helfen, das Ding einzugraben und zu tarnen. Die Spur hatte man gefunden, lange herumgerätselt, nach dem Tier selbst auch gesucht, es aber nicht gesehen.

Ali, der immer zapplig wird, wenn er eine Felswand sieht, die er noch nicht bezwungen hat, ist froh, daß nicht sechs Hände um die kleine Falle beschäftigt sein können. Vielleicht gelingt es, während die beiden an der Arbeit sind, diese Wand zu erklimmen. Und schon fängt er an zu steigen.

Höher und höher geht es. Bald sieht der behende Uxeire die Kameraden winzig klein zu seinen Füßen. Wie komisch. Sie erscheinen von diesem luftigen Platz aus wie an den Erdboden gedrückt, krabbeln wie Ameisen umher, als wollten sie in die Erde hineinkriechen. Daß sie nicht mal hochblicken!

„Achmed – Omar!"

Die Angerufenen, die nicht bemerkt hatten, wie er sich entfernte, heben die Köpfe. Jetzt suchen sie ihn.

Der Steinhang liegt im vollen Sonnenlicht. Es ist

schwer, an diesem gleißenden Schiefer einen Menschen zu entdecken.

Sie finden ihn nicht.

Nochmals der Ruf, freudig bewegt, denn Ali ist stolz auf seine Leistung. Eigentlich ging es viel leichter, als er dachte.

Immer noch sehen ihn die Freunde nicht.

Ich muß mich bewegen, denkt Ali. Und schon schlenkert er mit den Armen auf dem schmalen Sims.

„Dort oben! So ein toller Kerl!" Omar hat ihn entdeckt und zeigt Achmed die Richtung. Ja – aber – wo ist er denn?

Ein Hilferuf, markerschütternd, gräßlich, hallt von den Wänden wider.

Ali ist abgestürzt.

Steine poltern in die Tiefe, Staubwolken wirbeln auf.

Omar preßt die Fäuste vor die Augen. Nichts sehen von dem Furchtbaren!

Jetzt – jetzt muß der Körper des unglücklichen Freundes drüben, wenige Meter vor ihm, am Fuß der Steilwand aufschlagen. Wann endlich wird diese Qual, dieses tötende Warten zu Ende sein?

Ein letzter Schlag. Schwer, massig. „Ali...?"

Dann Ruhe. Die Ruhe des Todes.

Armer Ali, armer, lieber Freund.

Die Fäuste öffnen sich. Durch die Finger blickt Omar furchtsam hinüber zu den senkrecht emporstrebenden Felsen.

Staub zieht an der Unglückswand empor, verflüchtigt sich. Nun ist die Sicht wieder frei. Wie vor wenigen Minuten liegt alles ruhig und unbewegt da. Und doch ist die Hand des Todes darübergefahren.

Zwischen der Geröllhalde am Fuß der Mauer kein weißer Gegenstand, kein Hemd, das Ali gehören müßte. Wo ist der Freund?

„Wo ist Ali?" Der Schrei Omars reißt Achmed aus der Starre.

„Ali, Ali!" Zwei Knabenstimmen, von Angst gefoltert, schreien den Namen hinein in die Wand.

„Ali – Ali...!" kommt der Ruf vielfältig zurück.

Achmed schließt die Augen. Noch immer ruft es: „Ali, Ali..." Aber ist da nicht etwas anderes dazwischen? Er fordert Omar mit erhobenem Zeigefinger auf, ganz still zu sein und zu lauschen.

Natürlich, da ist es, leise, kaum vernehmbar: „Achmed – Omar!" Der Freund ruft.

„Er lebt, Achmed! Er lebt! – Aber wo ist er?"

„Wir müssen suchen. Sofort!"

„Ali, wo bist du?"

Omar erhält keine Antwort.

Suchen? An dieser Wand? Schon der Gedanke, etwa dort hinaufzumüssen, macht Omar zittern. Er hat manches von Ali gelernt. Gelernt schon, ob aber seine Kräfte ausreichen?

Zuerst muß einer ins Dorf, Hilfe holen.

Der kleine Neger erklärt sich sofort dazu bereit. Er weiß, daß der Freund bei solcher Hitze nicht lange rennen kann, und bis zu den ersten Hütten ist es sehr weit.

„Ja, Achmed, lauf ins Dorf; lauf, so schnell du kannst, und hole Leute und Stricke. Aber schnell, schnell. Ich werde inzwischen versuchen, Ali zu finden."

„Du willst hinaufsteigen?" Entgeistert blickt Achmed zur Felswand, zu Omar.

„Natürlich. Mach schon! Fort mit dir! Vielleicht ist er schwer verletzt!"

Wie von einem Raubtier verfolgt, jagt der Neger davon. Er bietet alle Kräfte auf, um dem Freund Hilfe zu bringen.

Omar steht ganz klein, zusammengesunken, verzagt vor der Mauer.

Es graust ihn, als er den Hang jetzt genau von unten, von links, von rechts betrachtet. Hinaufkommen kann man, das steht fest; aber ob ein solches Kunststück dem

Lehrling gelingt? Wird es nicht zu einem weiteren Unglück führen?

Der Freund ist in Gefahr, braucht Hilfe!

Aber die Wand. Senkrecht, gefährlich.

Doch die Hände finden einen Halt, die Füße eine Kante, einen Zacken, um für wenige Augenblicke den Körper tragen zu können.

Der Freund ist in Gefahr!

Vorwärts, vorwärts. Omar blickt nicht zurück. Er fühlt nichts, denkt nichts als: Der Freund ist in Gefahr!

Eine Felsnase versperrt den Weg. Er kann nicht weiter.

Und der Freund ist in Gefahr!

„Zu Hilfe – Achmed – Omar!“ Matt, gequält, aus eingeengter Brust kommt der Ruf. Und die Namen der Freunde nennt er. Erinnert er sich nur noch an sie?

„Wo bist du, Ali? Ich komme!“

Keine Antwort. Oder übertönt das rasend schlagende Herz alle Worte? Doch nein, da flackert es wieder zerrissen heran:

„In – dem – Spalt. Und du?“

„Unterhalb der Felsnase. Ich kann nicht weiter.“

Keine Antwort.

„Ali, Ali! Warum schweigst du? Bist du verletzt?“

Furchtbar dieses Warten, bis der Freund wieder genug Kraft zum Sprechen hat. Ein Wort nur ist es diesmal:

„Eingeklemmt.“

„Wie kann ich zu dir gelangen? Ich sehe dich nicht.“

„Nach – rechts – zurück – vorsichtig.“

Die Warnung ist berechtigt, der Weg außerordentlich gefährlich. Jeder Schritt fordert ein genaues Abtasten der Wand. Wird der Fuß feststehen, die Hand sich genügend festkrallen können?

Das Hemd des Jungen ist zum Auswringen naß. Angst und Überanstrengung treiben ihm den Schweiß in Bächen von der Stirn. Aber Ali muß gerettet werden. Ali, sein Freund.

Omar hat den Platz erreicht, von dem aus Ali rief und winkte. Ein kleines Stück aus dem Sims ist herausgebrochen und für den Freund zum Verhängnis geworden.

Unter ihm ein schmaler Spalt, gerade so breit, daß er Ali wie mit einer Klammer umfängt. Er kann sich nicht rühren, nicht die Beine anziehen, sich nicht mit Knien und Rücken emporstemmen. Festgekeilt. Ohne fremde Hilfe vermag sich der Verunglückte nicht zu befreien.

Aber der Helfer ist ja da: Omar.

Hinlegen auf dem kaum körperbreiten Rand, die Hand ausstrecken, den Freund herausziehen. Kleinigkeit!

Omars Zähne schlagen in unsäglicher Angst aufeinander, als er sich niederläßt, sich auf die Arme stützt, die Füße zurückschiebt. Jetzt liegt er auf dem Bauch. Zur Rechten der grausige Absturz. Er streckt den Arm aus. Wie ein vom Wind bewegtes Blatt zittert die Hand.

Nur wenige Zentimeter fehlen, um Ali erreichen zu können. Eine Handbreit nur!

Gerettet und doch gefangen! Es darf nicht sein! Umsonst alle Anstrengung, alle Angst, die so riesenhaft war.

„Ich kann dich nicht erreichen, Ali!"

Die Breite einer Kinderhand liegt zwischen Erfolg und Mißerfolg.

Vergeblich das wahnwitzige Unternehmen, vergeblich die Angst, die die Kräfte aufgefressen hat?

Verwundert blickt Ali empor. Etwas Nasses ist ihm auf die Stirn getropft. Tränen. Omar heult vor Wut und Enttäuschung.

„Einen Strick müßte man haben", murmelt Ali.

„Natürlich. Aber wer soll ihn heraufbringen? Kein Erwachsener kann in die Mauer einsteigen. Wir sind klein und leicht, unsere Hände und Füße finden Halt. Ein zweites Mal bringe ich den Aufstieg nicht fertig. Ich kann auch nicht mehr zurück, Ali. – Lieber Ali!"

„Zieh dein Hemd aus. Wirf es herunter. Nein, zerreiß es, mach einen Strick daraus. Aber schnell, ich kann nicht mehr stehen; meine Füße sind eingepreßt."

Das Hemd ausziehen? „Heilige Muttergottes, hilf!"

Worte in einer fremden Sprache sind es. Für Ali unverständlich, von Omar unwissentlich gesprochen. Gesprochen in der Muttersprache, mit dem Namen Gottes, nicht Allahs.

„Daß ich nicht daran gedacht habe!" Das ist wieder Arabisch, die Sprache, die dem Jungen nun schon zur Gewohnheit geworden ist.

„Hier, Ali!" Der morsche Stoff ist auseinandergerissen, notdürftig zu einem Strick gedreht worden, den Omar jetzt hinunterläßt. Hoffentlich hält er das Gewicht aus.

Das einzige Hemd, das Omar besitzt. Nun wird er nackt oder vielleicht mit irgendeinem Lumpen bekleidet umherlaufen müssen. Ein Lump, ein Bettler, wieder dem Spott aller preisgegeben. Aber es geschah ja für Ali, für den Freund.

„Kannst - du - das Ende - irgendwo - festmachen?"

„Ja. Und zur Sicherheit halte ich noch mit."

„Kann - ich...?"

„Komm!"

Ein knisterndes Geräusch. Omars Augen scheinen aus den Höhlen zu springen, der Mund ist vor Schreck weit geöffnet. Der Stoff gibt nach! Er will schreien, den Freund warnen. Es geht nicht. Kein Wort kommt über die Lippen. Unmöglich, den Blick von der Stelle zu wenden, wo nur noch dünne Fäden den Strick zusammenhalten.

Jetzt...

Zerrissen!

„Omar!"

Die Hände des Freundes liegen auf dem Rand des Simses. Vor Omar der Abgrund. Er erkennt nicht, was um ihn geschieht. Dunkle Nacht umfängt ihn.

„Was ist? Wo bin ich?"

Ein warmer lebender Körper preßt sich an Omar, umschlingt ihn. Der Freund ist gerettet, er selbst in höchster

Gefahr, von dem luftigen Sitz abzustürzen.

„Halt mich, Ali! Ganz fest. Ich sehe nichts mehr."

„Keine Angst, es kann dir nichts geschehen. Wir ruhen erst einmal aus!"

„Ali – Omar!"

Das ist Achmeds Stimme. Heiser vor Anstrengung und doch jubelnd in Freude.

Pferde sind herangejagt. Der kleine Neger hatte den langen Weg ins Dorf im Laufschritt zurückgelegt, konnte gerade noch die ersten Hütten erreichen, die furchtbare Kunde von dem Unglück hinausschreien und war dann erschöpft zusammengesunken.

Alarm! Die Menschen rannten umher, trieben Pferde zusammen, suchten Stricke hervor. Alis Vater nahm Achmed vor sich in den Sattel, und fort ging es im Galopp. Andere folgten.

„Bleibt ruhig sitzen! Nicht bewegen! Wir kommen von der anderen Seite!" ruft Alis Vater den Jungen zu. Die abgehetzten Tiere werden nochmals angetrieben. Wie der Staub unter ihren Hufen aufwirbelt!

„Sie kommen von oben!" ruft Ali freudig. „Geht es dir besser?"

„Ja, Ali. Viel besser!" Omar will den Freund nicht ängstigen. Dabei zittert er an allen Gliedern.

Achmed wendet kein Auge von den Freunden, so, als könne er damit eine Mauer um sie ziehen, die ein Abstürzen unmöglich macht. Weitere Dorfbewohner sind inzwischen angelangt.

Stumm harren sie des Fortgangs der Rettung. Wenn es Allahs Wille ist, werden die Kinder aus der gefährlichen Lage befreit – wenn es Allahs Wille ist, werden sie in Kürze in die Seligkeiten des Himmels eingehen.

Alis Ohr vernimmt Stimmen.

„Paßt auf, der Strick!"

Der Strick, die Rettung. Ein ganz gewöhnlicher Strick, aus Palmfasern geflochten und doch so wichtig, um

Menschen vom Tode zu erretten.

„Halt!" ruft der Junge hinauf, als sich der Anfang des Seils wie eine Schlange in seinem Schoß zusammengeringelt hat. „Ganz still halten, Omar. Ich binde dich fest."

„Nein, nein, Ali! Zuerst du."

„Keine Widerrede. – So. Aber du mußt dich festhalten. Nur ein kurzes Stück ist es. Nimm dich zusammen. Mit den Beinen von der Wand abdrücken, damit dein nackter Körper nicht zerschunden wird und du dich nicht drehst."

„Und du?"

„Ich komme dann. Sorge dich nicht um mich. – Zieht an! – Langsam!"

Omar schwebt empor. Jetzt ist der Kopf schon verschwunden, nun der Leib, die nackten Füße.

So werden die beiden Kinder gerettet.

Wie durch einen Schleier sieht Omar, daß man ihn auf ein Pferd hebt, spürt, daß sich kräftige Arme um ihn schlingen. Ein großer schwarzer Bart streicht ihm manchmal ins Gesicht. Einen solchen Bart – oh, das ist der Vater seines Feindes Mahmud!

So liegen bis in alle Ewigkeit, es wäre unendliches Glück. In den starken Armen eines Vaters geborgen zu sein, nichts Schöneres kann es auf Erden geben.

Tage vergehen, bis Omar den Schreck überwunden hat. In diesen Tagen hat sich die Welt verändert, ein ganz anderes Gesicht angenommen.

Als er die Augen nach dem Zusammenbruch, der alles Erinnern an Früheres ausgelöscht hat, aufschlägt, da finden sie nicht die nackten Wände der Hütte der Pflegemutter. Nicht viel anders sehen sie aus wie im alten Zuhause, und doch ist alles neu, ungewohnt. An seinem Lager sitzt Ali, dessen Miene sich aufhellt, als er das Erwachen seines Retters bemerkt.

Der Fremdling Omar hat eine neue Heimat gefunden. Er gehört nun zur Familie des Freundes, ist nicht mehr ausgestoßen, ist ein vollwertiges Glied der Dorfgemeinschaft der Uxeire geworden. Obgleich er nur einen Teil zur Rettung Alis beigetragen hat, haben sein Mut und die Nichtachtung des eigenen Lebens den Menschen gezeigt, daß er ihrer Achtung und Liebe wert ist. Selbst der gehässige Marabut, der Lehrer, wagt nicht, den Jungen zu rügen. Er hat auch keinen Grund dazu. Omar lernt fleißig, ist willig, aufmerksam; auch die Sprache hat sich schon abgeschliffen.

Im übrigen: Weder Ali noch Omar klettern noch. Das so glücklich verhütete Unglück hat ihnen gezeigt, daß solches Tun nichts für Kinder ist.

Oft vergleichen die Dörfler ihn, Omar, mit El-Fransi. Wer mag das sein? Ein Fremder, wie der Name besagt. Freilich, auch er, Omar, ist ein Fremder. Aber was hat es mit El-Fransi auf sich, und weshalb vergleicht man ihn mit jenem?

„Ach du weißt es nicht, Omar? Komm, ich will dir von diesem Mann erzählen."

Was Alis Vater von dem berühmten Jäger berichtet, fesselt den Jungen. Diesem El-Fransi muß man nacheifern! Im ganzen Land kennt und schätzt man ihn; überall wird er verehrt, da er jederzeit zu helfen bereit ist.

„War er auch schon hier im Dorf?" Nicht genug kann Omar erfahren.

„Ja."

„Und wird er wiederkommen?"

„Wir hoffen es, denn wir vergessen die Hilfe nicht, die er uns geleistet hat."

El-Fransi wird Omars Vorbild. Mutig und hilfsbereit werden wie er, das will er auch. Ob er wohl einen kleinen Gehilfen brauchen könnte? Einen Jungen für das Pferd, der Feuerholz sammelt, das Lager bereitet, die vielen kleinen Handgriffe ausführt, die täglich in großer Anzahl anfallen? Wenn doch El-Fransi käme!

Aber der berühmte Jäger kommt nicht. Vielleicht ist es

sogar gut. Inzwischen kann man noch viel lernen, was zur Jagd notwendig ist.

Sooft Fremde das Dorf am Djebel Uannaseris besuchen, schlägt des Jungen Herz höher. Vielleicht ist er es, er, der Große, Verehrte, der Meister! Nein, man braucht nicht einmal nach den Namen der Angekommenen zu fragen. Anders müßten sie empfangen werden, wäre El-Fransi dabei. Es werden nur gewöhnliche Händler sein, die irgend etwas kaufen oder verkaufen wollen. Daß sie sich nebenbei nach Omar erkundigen und darüber nach Algier berichten, weiß er nicht.

11. Angriff auf Algier

Es war schwer gewesen, den fiebernden El-Fransi nach La Calle zurückzubringen.

Als Pierre-Charles Wochen darauf das Lazarett in der Korallenfischerstadt verlassen konnte, stand fest, daß nur ein langer Aufenthalt in der Heimat die zerrüttete Gesundheit wiederherstellen würde. Der Arzt hatte sogar angedeutet, daß eine Rückkehr nach Algerien überhaupt nicht in Frage komme, wenn nicht das Schlimmste eintreten sollte.

So plant der Franzose, sich im gemäßigten Klima niederzulassen, irgendwo im Norden Frankreichs, und sich mit seinem wissenschaftlichen Werk zu beschäftigen, zu dem ihm Parvisis Kunst vorzügliche Zeichnungen beigesteuert hat.

Ah, Parvisi, an dessen Sohn die Türken ein Verbrechen begehen! denkt de Vermont. Was soll nun geschehen, da der erfahrene Jäger El-Fransi nicht mehr helfen kann, den Jungen zu finden und zu befreien?

El-Fransi wird nicht mehr sein! Gewiß, für lange Zeit werden seine Abenteuer noch an den Lagerfeuern, in den Hütten, an den Brunnen und Rastplätzen erzählt werden, aber eben als: „Es war einmal..."

Der einst lebende El-Fransi wird zur Märchengestalt, zum Sagenheld werden.

Warum das? Muß denn El-Fransi Pierre-Charles de Vermont sein?

Der Franzose greift zur Feder, wirft ein paar Zeilen für den abwesenden Parvisi auf ein Blatt Papier. Dann reitet der kranke Mann langsam hinaus zu Selim.

Der Neger folgt gespannt den Worten des Freundes.

„Das ist alles, Selim. Was hältst du davon?"

„Du nimmst mich nicht mit? Hast du dich jemals über mich beklagen müssen?"

„Wie kannst du fragen! Aber sieh, Marseille ist eine große Stadt, anders als Algier, als Constantine, Bona oder gar unser winziges La Calle. Du würdest schwerlich in ihr leben können. Wahrscheinlich werde ich nicht in Marseille bleiben. Doch das wäre nicht ausschlaggebend, etwas anderes ist es: Ich kann dich nicht mitnehmen, weil du hier noch gebraucht wirst. Du mußt Luigi helfen, das Kind den Händen der Türken zu entreißen. Sei nicht traurig, Selim. Vielleicht komme ich auch eines Tages wieder."

„Vielleicht." Der Neger macht eine wegwerfende Gebärde; er glaubt nicht daran. „Aber natürlich, jemand muß Parvisi beistehen. Ich werde es tun."

Das wollte de Vermont hören. Hoffentlich ist Parvisi ebenso schnell bereit, Pläne und Vorschläge anzunehmen.

Mit genau bedachten Worten erklärt er dem Italiener dann, daß er nicht mehr an der Befreiung Livios teilnehmen kann.

Parvisi hat es längst geahnt, jetzt, da es Gewißheit ist, erbleicht er aber und bleibt stumm auf die Worte des Freundes.

Dieses Schweigen ist bitter für den Franzosen. Er fühlt

ja mit Luigi, glaubt etwas zu wissen von dem, was das Herz eines Vaters beklemmt, wenn die Hilfe für den Sohn in die Ferne zu rücken droht.

Erst nach einer geraumen Zeit spricht Parvisi: „Ich wünsche dir vollste Genesung, Pierre-Charles. Meinen Dank, verzeih, den kann ich nicht in Worte fassen."

Warum fragt er denn nicht, was nun werden soll? denkt Pierre-Charles. Es geht doch um Livio. Hat der Freund alle Tatkraft verloren? Droht ein Rückfall in die Umnachtung?

„Hör zu, Luigi! Meine Abreise ändert nichts an der Aufgabe, das Kind zu finden. Ich wünsche keinen Dank, denn wir sind Freunde fürs Leben. Was dich bedrückt, läßt auch mich nicht ungerührt. Ich hätte nicht geruht und gerastet, das Leben eingesetzt, um euch, Livio und dir, zu helfen, und würde es heute noch tun, wenn die Krankheit mich nicht gänzlich unfähig dazu gemacht hätte. Jetzt könnte ich nur noch ein Stein im Wege sein, ein Hindernis, trotz allen guten Willens. Was ich noch tun kann, habe ich getan. Ich war bei Selim und habe mit ihm beraten. Der liebe Kerl wollte mich nach Frankreich begleiten. Ich habe abgelehnt. Du hast in den letzten Wochen gelernt, wie man sich in den Bergen, auf den Ebenen und in der Wüste zu verhalten hat; du weißt, wie ich mit den Menschen verkehre, und so glaube ich, daß du in Zukunft El-Fransi, der Fremde, der Freund der Eingeborenen sein kannst."

Ein Blitz zuckt aus Parvisis so müde gewordenen Augen.

„Ich – El-Fransi? Du spottest. Hahaha. Ich soll El-Fransi sein!"

„Lache nicht, Luigi. Ich weiß, was ich rede. Es muß sein; das ist die einzige Möglichkeit, um deinen Sohn zu retten. Selim wird dir zur Seite stehen. Er wird dir in gleicher Liebe und Treue anhängen wie mir."

„Natürlich muß es sein, Pierre-Charles. Was sollte

sonst aus Livio werden, wenn ich die Hände in den Schoß legte und wartete, bis er mir in die Arme liefe? Aber: du und ich, welch ein Unterschied!"

„Mit der Zeit wirst du dich einleben."

„Zeit, Zeit! Bis ich wirklich soweit bin, ganz du, das heißt El-Fransi, zu sein, was kann mit dem Kind inzwischen geschehen? Jeden Tag gibt es soviel Furchtbares auf der Welt. Wird es an meinem Sohn in seiner gefährlichen Lage bei den Korsaren vorübergehen? Ich fürchte jede Stunde, jede Minute für ihn. Oh, Pierre-Charles!"

Der Franzose weiß auf diese gequälten Worte des unglücklichen Freundes nichts Tröstendes, Beruhigendes zu erwidern.

„Vielleicht nähert sich gerade in diesem Augenblick das Unheil Livio – und ich bin nicht bei ihm. Wohin soll ich eilen, wo ihn suchen?"

„Das sind unsinnige Gedanken, Luigi. Wirf sie von dir! Niemals mehr darfst du ähnliches denken. Es lähmt den Mut, alle Entschlossenheit, ja, wenn man in deinem Sinne weiterdenken würde, führte es nur dazu, daß du wirklich zu spät kämest. Es ist aber doch ganz anders in der Welt. Der Wille entscheidet viel. Du willst Livio befreien. Wenn der Glaube schon Berge versetzen kann, was wird dann erst ein unbändiger Wille zuwege bringen, El-Fransi?"

„Du hast recht wie immer. Ich hoffe den Namen El-Fransi, der durch dich so großen Glanz erhalten hat, in Ehren tragen zu können."

Der neue El-Fransi jagt mit seinem Schatten Selim durch die Regentschaft. Heute ist er hier, morgen schon wieder an einem anderen Ort. Wortkarg ist er geworden; früher war er viel gesprächiger, finden die Eingeborenen. Man nimmt es nicht übel, denn in allen anderen Dingen ist er wie eh und je.

Stundenlang sitzt er oft mit den Männern zusammen, beteiligt sich selten an der Unterhaltung, während Selim viel erzählt, sich nach den Sorgen und Nöten, die im Dorf herrschen, erkundigt. Manchmal steht El-Fransi mitten im Gespräch auf und ergreift die Waffe... Wenn sich das Geschoß gelöst hat, wissen die Menschen, daß ihnen wieder einmal geholfen wurde.

In einem allerdings unterscheidet sich der Gast seit dem letzten Besuch vor Jahren: Er wohnt den Schulstunden bei, spielt mit den Kindern, läßt sie an kleinen Jagdausflügen teilnehmen, kurz, er ist ein großer Kinderfreund geworden. Kein Wunder, daß das junge Volk darauf schwört, in El-Fransi den mutigsten Jäger ganz Afrikas zum Freund zu haben. –

Ein Kreis drängender Jungen hat sich um Parvisi gesammelt. Man bestürmt ihn, Jagdabenteuer zu erzählen.

Lächelnd kommt er dem Wunsch nach, berichtet Wahres und Erdichtetes. Je mehr er erzählt, desto unerbittlicher wird die Schar. Immer weiter, El-Fransi!

„Noch das, dann aber Schluß für heute. Einverstanden?"

„Ja." Die Kinder strahlen. Erst einmal das versprochene Abenteuer anhören, dann wird man den Guten von neuem bestürmen, und er wird sich erweichen lassen und noch eins und ein zweites dazugeben.

Die Pantherjagd mit Pierre-Charles und den drei Mauren will er noch erzählen.

Da kommt doch Selim! Was ist geschehen? Der Neger eilt heran.

Ob...? Aber Luigi wagt nicht, den kühnen Gedanken zu Ende zu denken. Er zwingt sich, nicht das Bild seines Jungen zu sehen. Nein, nein. Keine Hoffnung aufkommen lassen, daß der schwarze Freund Nachricht von Livio bringen könnte.

„El-Fransi! Komm!" Selim ruft es noch im Laufen.

Etwas ganz Wichtiges, Ungewöhnliches muß geschehen sein.

Livio! Jetzt kann sich Parvisi nicht mehr bezähmen.

Nur mit dem Jungen kann zusammenhängen, was Selim so in Aufregung versetzt hat. Die letzten weit ausgreifenden Sätze, dann stehen sich die Freunde gegenüber.

„Komm schnell!" Mehr sagt der Neger nicht. Der Blick auf die mit offenen Mündern dastehenden Kinder zeigt, daß die Nachricht nicht für sie bestimmt ist.

„Ich habe jetzt keine Zeit mehr für euch. Geht nach Hause", wendet sich Luigi an seine jungen Zuhörer.

„Ach nein, El-Fransi, jetzt, wo es gerade so spannend ist; wir bleiben." Die Meute macht keine Anstalten, sich zu entfernen.

In Französisch mit Selim sprechen? Parvisi verwirft diesen Gedanken sofort wieder. Die älteren Jungen könnten im Dorf berichten, daß El-Fransi in einer ihnen unverständlichen Sprache gesprochen habe. Warum tat er das? Der Argwohn und das Mißtrauen sind bei den Menschen uneingestanden auch El-Fransi gegenüber wach. Sie könnten verderbliche Schlüsse daraus ziehen.

Sekunden verstreichen. Kostbare Sekunden, furchtbare Sekunden. Wenn man nur wüßte, was Selim zu berichten hat! Wie sind die Kinder zu entfernen? Mit Bitten und Befehlen ist nichts zu erreichen, das sieht Luigi ein. Aber sie müssen weg, denn sie werden es nicht zulassen, daß er sich mit Selim abseits unterhält. El-Fransi ist unser Freund, er muß uns ganz gehören; alles, was ihn angeht, geht auch uns an, werden sie sagen.

„Hört einmal her!" fordert er seine Quälgeister auf. „Ich habe im Augenblick keine Zeit mehr für euch, aber ich verspreche euch, die Geschichte im Dorf zu Ende zu erzählen. Je schneller wir dort sind, desto eher kommt ihr dazu. Was meint ihr zu einem Wettlauf?"

„Ach, du hast ja viel längere Beine als wir", gibt ein kleiner sechsjähriger Junge zu bedenken.

„Das werden wir natürlich berücksichtigen. Aufgepaßt: die Kleinsten hierher. – So. – Nein, du nicht mit. Dorthin, zu den Größeren gehörst du. – Und nun noch die Großen. Zuerst laufen die Kleinen los. Wenn sie drüben bei der Palme sind, folgt die zweite Gruppe und endlich die dritte. Wir beide, Selim und ich, kommen zuletzt. Aber rennen müßt ihr; der erste jeder Gruppe bekommt ein Geschenk als Preis."

„Was für eins, El-Fransi? Sag uns erst, was es sein wird!"

„Das verrate ich nicht."

„Oh!"

„Genügt es denn nicht, daß euch El-Fransi etwas verspricht?"

„Doch, doch. Natürlich."

„Ich zähle bis drei; dann rennen die ersten los. Eins – zwei – drei!"

Beine fliegen. Jeder möchte der Sieger sein und des Jägers unbekannten Preis erringen.

„Jetzt ihr!" Die Größeren haben sich schon in einer Reihe aufgestellt. Auf Parvisis „Los!" stieben auch sie davon.

Immer noch eine Gruppe. Die Kinder mühen sich wirklich ab, und doch möchte der Italiener ihnen Flügel verleihen, damit er endlich mit dem Neger ungestört sprechen kann.

Es ist soweit, das Warten zu Ende.

„Erzähle, Selim!"

„Der Dey ist gestürzt; die Herrschaft der Türken beseitigt. Die Sklaven sind freigelassen!"

„Selim, Selim! Ist das wahr? Mann, Freund, spiele nicht mit mir!" Er hat den Begleiter an der Schulter gepackt. Seine Finger pressen sich wie Eisenklammern in dessen Fleisch.

„Soeben haben Fremde die Botschaft ins Dorf gebracht. Eine europäische Flotte hat Algier beschossen. Die Stadt ist völlig zerstört. Es wird nie wieder Sklaverei geben, Luigi!"

„Und die Sklaven sind frei?"

„Ja."

„Dann ist auch Livio frei. Heilige Jungfrau! Ich danke dir. Unsere Suche ist zu Ende. Livio ist frei, mein Livio, mein Junge! Und Benedetto, Civone und wer noch den Angriff überstanden hat, sind frei; alle, alle! Oh, ich bin glücklich, unsagbar glücklich. Nun kann ich in die Heimat zurückkehren, dieses höllische Land meiden, mit meinem Sohn leben!"

„Ja. Du hast nichts mehr hier zu tun."

Was ist denn mit Selim! Warum freut er sich nicht; er, der keine Anstrengung, keine Mühe gescheut hat, das Kind zu finden? Es ist ja nun gefunden, vielleicht schon auf dem Weg nach Genua. Strahlt nicht sogar der Himmel in Freude, jauchzt nicht die Natur selbst über diesen Sieg, der die Korsaren vernichtet, die Geißel der Sklaverei von den Menschen genommen hat?

Parvisi sieht alles in Glanz und Pracht: den Himmel, die Berge, die Pflanzen, den gelben Sand, die nicht anders sind wie immer. Livio ist frei; das hat die Welt verändert – nur Selim nicht.

Was ist mit ihm? Ah...!

„Und du kommst mit mir nach Italien, in meine Heimat, als mein Freund!"

„Luigi! Ist das wahr?"

„Lügt El-Fransi...?"

Selims schneeweiße Zähne glänzen wie Perlmutt, als er jetzt in ein helles, fröhliches Lachen ausbricht. „Nein, nein, El-Fransi spricht nie eine Unwahrheit. – Ist Italien anders als Algerien?"

„Meine Heimatstadt Genua ähnelt in manchem Algier. Sie liegt am Meer, ebenso terrassenförmig gebaut wie die Stadt der Türken, Berge erheben sich in ihrem Rücken, aber – dort werden dich die Menschen nicht hassen. Komm, Selim, komm mit!"

Der Wettlauf der Kinder ist vergessen. Trotzdem rennen die Freunde. Parvisi drängt es, mehr über das große

Ereignis zu erfahren, da der Neger nur einen Teil des Berichts der Fremden angehört hat, der ihm aber genügte und auch dem Freund vorerst das Wichtigste sein würde.

Die kleinen Läufer erwarten die beiden Männer am Dorfeingang.

„Ich war der erste!" – „Ich auch!" – „Und ich ebenso!" Die Sieger drängen sich heran. „Was gibst du uns, El-Fransi? Sag es schnell!"

Parvisi hat noch nicht darüber nachgedacht. Aber jetzt muß es sein, sonst lassen ihn die Peiniger nicht aus ihrem Kreis. „Fünf Zechinen jedem. Da sind sie."

Jubelgeschrei. Pläne werden geschmiedet, was man mit dem Geld anfangen wird. Vergessen ist plötzlich der Jäger.

Die Männer des Dorfes sitzen zusammen. In ihrer Mitte zwei Fremde. Das sind die Freudenbringer.

„Setz dich zu uns, Freund, und höre, was geschehen ist", fordert das Dorfoberhaupt Parvisi auf.

„Freund? Freund nennst du diesen Mann, o Scheik? Das ist einer von denen, die Algier dem Erdboden gleichgemacht haben!"

Der Sprecher springt auf, zieht eine seiner beiden Pistolen. Der Schuß kracht.

Parvisi liegt am Boden.

„Was hast du getan, du Unseliger? Weißt du nicht, wer dieser Mann ist?"

Alle sind aufgeschnellt. Selim stürzt zu dem Freund.

„Ein verfluchter Christ, wer sonst?" Der Schütze steht furchtlos zwischen den wild fuchtelnden Berbern.

„Daß dich Allah verdamme! El-Fransi hast du erschossen!"

„El-Fransi?" Der Mann blickt dumm drein. Wenn er den Jäger auch nicht von Angesicht zu Angesicht kennt, gehört hat er natürlich von ihm.

Der Schuß ist dem Italiener in die linke Schulter gegangen. Selim hat dem Bewußtlosen bereits das blutige

Hemd herabgerissen.

Der Neger überlegt. Dann zieht er das Messer heraus und schneidet kaltblütig die Kugel aus der Wunde. Parvisi brüllt auf vor Schmerz und fällt wieder ohnmächtig zurück.

Als Selim nach Stunden das Lager des Freundes verläßt, um sich genauer über die Geschehnisse in Algier zu unterrichten, vielleicht noch Einzelheiten durch geschicktes Fragen zu erfahren, da muß er feststellen, daß die beiden Fremden bereits über alle Berge sind. Man hat sie davongejagt.

Die Eingeborenen hatten die Nachricht mit gemischten Gefühlen aufgenommen. Sie gönnen dem Dey und seinen Helfershelfern die Niederlage, haben kein Mitleid mit den Gestürzten. Andererseits waren es Ungläubige, die Rechtgläubige – und die Türken sind ja Mohammedaner – mit der Waffe zu Boden gerungen haben. Man wartet ab, was nun geschehen wird. Ob die Sieger Herren des Landes werden? Das möge Allah verhüten! Sie würden schlimmer als die Türken sein. Nein, Allah wird es nicht zulassen, daß seine Getreuen sich vor ihnen beugen müssen. Noch ist es nicht soweit, wenn aber, dann wird ein Gesandter des Allmächtigen die Gläubigen zum Heiligen Krieg aufrufen. Algerien ist groß, seine himmelstrebenden Berge bieten unzählige Schlupfwinkel für Kämpfer um die Freiheit. Die Freiheit! Man wird, wenn nötig, das Leben dafür hingeben, denn sie wäre durch Ungläubige bedroht.

Die Männer sind fort. Selim erfährt nicht mehr, als er schon weiß.

Er erfährt nichts davon, daß eines Tages England beschlossen hatte, mit dem Dey über eine Anerkennung der Ionischen Inseln an der Westküste Griechenlands als englischen Besitz zu verhandeln und für ein dem englischen Konsul durch den Dey angetanes Unrecht Genugtuung zu fordern. Das Vereinigte Königreich, die größte

Seemacht der Zeit, hatte bisher nichts gegen das Unwesen der Korsaren unternommen. Warum auch? Ungewollt war ja der Herrscher von Algier Handlanger für die Königin der Meere, England. Die Piratenschiffe des Deys schwächten die Mittelmeermächte Spanien, Sardinien, Sizilien und die verschiedenen italienischen Staaten, so daß eben die englische Macht es nicht zu tun brauchte. Man ließ, nach bewährtem Muster, andere die Kastanien aus dem Feuer holen.

Der Admiral Lord Exmouth wurde ins Mittelmeer gesandt. Zu seiner Aufgabe gehörte auch, wegen der Abschaffung der Sklaverei zu unterhandeln.

Omar Pascha war bereit, die Ionischen Inseln als englischen Besitz anzuerkennen. Auch wollte er alle sardinischen und genuesischen Gefangenen freigeben. Fünfhundert Piaster je Kopf wurden ausgemacht. Nicht ganz so billig tat er es bei den Sklaven, die er von neapolitanischen Schiffen geraubt hatte. Dafür sollten eintausend Piaster je Person gezahlt werden. Eins aber lehnte er rundweg ab: die Abschaffung des Sklavenhandels.

Lord Exmouth segelte nach Tunis und Tripolis. Hier gingen die Geschäfte glatt: Die Paschas verzichteten auf den Sklavenhandel.

Wohlgemut ließ Seine Lordschaft auf den fünf Linienschiffen, sieben Fregatten, vier Transportern und etlichen Kanonierschaluppen Segel setzen und Kurs zurück auf Algier nehmen. Der Dey würde nun nicht anders können, als ebenfalls den gemachten Vorschlägen zuzustimmen, so rechnete der Admiral.

Aber die Rechnung war ohne den Wirt gemacht. Omar Pascha ist ein starrer Kopf, furchtlos, mit allen Wassern der Diplomatie gewaschen.

Wie gerne, verehrter Lord und Admiral, Gesandter des mächtigsten Herrschers der Erde – nach mir, versteht sich! –, aber ich kann nicht. Wirklich nicht. Sieh, ich bin nur ein kleiner Untergebener der Hohen Pforte in Konstantinopel – sie kann mir gestohlen bleiben! –, der ohne Erlaubnis nichts versprechen darf.

Und so weiter und so fort.

Es war nichts mit der Abschaffung der Sklaverei, das hörte der ehrenwerte Lord aus den gewundenen Worten des Deys heraus.

Man bot eine englische Fregatte zur Beförderung eines bevollmächtigten Vertreters des Deys zur Fahrt nach Konstantinopel an. Omar Pascha lehnte dankend ab.

Gut. Drei Monate bekam der Herrscher Algiers Zeit, die Sache zu klären.

Aber – so wichtig ist die Abschaffung der Sklaverei für England nun auch wieder nicht. Lord Exmouth' Flotte verschwand. Der Fall war erledigt, zu den Akten gelegt.

Die Korsaren trieben ihr Unwesen ungeschwächt weiter. –

Der 20. Mai 1816 ist ein herrlicher Sonnentag. Wie schön ist doch das Leben in diesem Gold, zu dem das Meer und der Himmel ein wunderbares sattes Blau geben!

Zweihundert Korallenfischer, Franzosen, Engländer und Spanier, strömen in Bona zur Kirche. Manche der Männer verharren noch in Andacht am Strand, um die Wogen heranrollen zu sehen, deren Schaumkämme von Silber sein müssen, so glitzert und gleißt es. Männer, die mit dem Meer verknüpft sind, es in seinen berauschenden und düsteren Farben, sanft und wütend kennen, sie können sich heute, am 20. Mai 1816, nicht satt an dieser Schönheit sehen.

Etwas von ihr bringen sie mit hinein in die Kühle des Gotteshauses, so daß in ihrem Gesang gar nichts mehr von dem knarrenden Ton, der vom Salzwasser herrührt, zu spüren ist.

Sie sind noch ganz versunken in die Predigt und ihre Hochstimmung, merken erst, als es zu spät ist, daß Korsaren ihrer Lebensbahn ein Halt zurufen. Blut fließt auf den Boden der Kirche von Bona.

Zweihundert Korallenfischer sind nicht mehr.

Der Dey von Algier hat die Oberherrschaft Englands über die Ionischen Inseln anerkannt. Lobenswert, höchst lobens- und dankenswert. Die paar Menschen, die seine Korsaren in Bona umgebracht haben, wird man darüber vergessen.

Irrtum, Omar Pascha! Europa ist erwacht. Das Maß ist voll.

Auf der ‚Queen Charlotte‘, einem Linienschiff mit einhundertzehn Kanonen, im Topp die Admiralsflagge, segelt Lord Exmouth wieder nach Algier. Er hat sich mit der holländischen Flotte des Vizeadmirals van der Kapellen vereinigt. Zehn Linienschiffe, mehrere Fregatten, Korvetten, Kanonierschaluppen und Brander haben Kurs auf das Seeräubernest genommen.

Ganz Algier ist auf den Beinen, als die Schiffe in die Bucht einlaufen.

Diesmal ist die Rede des Lords anders. Jetzt kommt einer, der befiehlt: Alle christlichen Sklaven sind ohne Lösegeld freizulassen. Das erhaltene Lösegeld für die Sardinier und Neapolitaner ist zurückzuzahlen. Künftig müssen alle Gefangenen nach den bei den europäischen Nationen üblichen Gebräuchen behandelt werden. Mit den Niederlanden, als dem Partner bei diesem Unternehmen, muß ein gleicher Vertrag wie mit England abgeschlossen werden.

Omar Pascha hatte seine Schlüsse aus der ersten Unterhandlung gezogen und Maßregeln getroffen, falls England wider Erwarten doch auf die Sache zurückkommen sollte. Dreißigtausend Araber und Mauren sind zur Verstärkung der Festungswerke der Stadt herangezogen worden.

England will befehlen? Pah! Komm, stolzer Beherrscher der Meere, ich lache dir in den Bart. In den Jahrhunderten der Herrschaft der Türken und der Türken-

Deys haben alle Angriffe auf Algier mit einer Niederlage der Europäer geendet. Entsinnt ihr euch: die zehntausend Mann Francesco de Veros im Jahr 1517; die weiteren zehntausend Mann unter Marquis Gomarez wenig später; der Angriff des französischen Admirals Duquesne, der wohl 1680 und 1683 große Teile meiner Stadt Algier zerstörte – aber er wie die anderen haben die Türkenherrschaft nicht beseitigen können. Auch du, Lord Exmouth, wirst es versuchen, vergeblich versuchen. Algier ist eine uneinnehmbare Festung.

Während der Türke in seiner Kasbah hoch über der Stadt noch mit dem Unterhändler des Admirals verhandelt, wagt der englische Flottenführer eine Tollkühnheit. Bis auf eine halbe Kanonenschußweite läßt er seine Schiffe an die Hafenbatterien herangehen. Er zweifelt nicht daran, daß seine Befehle angenommen werden. Wird der kleine Seeräuber wagen, dem mächtigen England den Fehdehandschuh hinzuwerfen? Undenkbar! Sollte aber das Unmögliche Wahrheit werden, dann ist der Lord zu einem Kampf auf Leben und Tod bereit. Der kaltblütige Mann hat alle Möglichkeiten berechnet, fürchtet die Kanonen der Algerier nicht, von denen ein Teil durch sein Manöver unschädlich für ihn geworden ist.

„Nein!"

Wenn es der Dey auch nicht so kurz und bündig sagt, er meint es aber so. Die Verhandlungen sind gescheitert.

Ein anderes kleidet er aber nicht in die blumenreiche Sprache des Orients – die Antwort, die er für Lord Exmouth und Europa auf die Vorstellung hat: „Feuer auf die Christenschiffe!"

Omar Pascha fürchtet England nicht!

Aus zweitausend Rohren auf den Schiffen und in der Stadt fahren die vierundzwanzig-, sechsunddreißig-, achtundvierzig- und vierundsechzigpfündigen Kugeln.

Die Neugierigen auf der Mole hatten für des Admirals Warnungen nur ein geringschätziges Lächeln. Es vergeht ihnen, als der Tod gräßliche Ernte hält.

Die Hölle ist über Algier hereingebrochen. Häuser, Moscheen, Synagogen, ganze Straßenzüge sinken in Schutt. Algier brennt!

Die Geschützbedienungen in den Kasematten und Batterien werden von englischen Kugeln zerfetzt.

Menschen? Omar Pascha hat genug davon. Andere heran. Die Rohre glühen. Weiter, weiter! Allah wird uns nicht verlassen. Ja, Allah! Für ihn – gegen die Ungläubigen. Stundenlang dauert der Angriff.

Der englische Admiral hat richtig gerechnet. Nur ein Teil der Festungswerke kann seiner Flotte gefährlich werden. So nahe ist er herangegangen, daß die seitwärts liegenden Batterien ihn nicht erreichen können.

Omar Pascha, der im stärksten Kugelregen in den Kasematten erscheint, seine Leute lobt und tadelt, ihnen Auszeichnungen verspricht und Strafen androht, sollten sie in ihrem Eifer nachlassen, wendet sich zu einem seiner Begleiter, erklärt ihm, daß die Befestigungen Lücken aufweisen. Mustapha nickt. Auch er hat die schwachen Stellen erkannt. Macht nichts, Freund, wir werden sie schließen, wenn die Engländer wieder verschwunden sind. Sie können uns trotzdem nicht besiegen.

Lord Exmouth' Stellung ist außerordentlich günstig. Aus den unteren Batterien schießen die Schiffe mit Kugeln, aus den oberen mit Kartätschen, um die türkischen Geschützbedienungen außer Gefecht zu setzen.

Schwere Verluste erleiden die Europäer, aber verglichen mit denen des Gegners sind sie gering.

Der Lord selbst leitet das Gefecht. Neben ihm steht der Kapitän der ‚Queen Charlotte'. Eine Kugel fegt Kapitän Brisbane zu Boden. Der Admiral hat nur einen flüchtigen Blick für den alten Kampfgefährten, dann winkt er einen jungen Offizier heran.

„Leutnant, übernehmen Sie das Kommando! – Armer Brisbane!" Der über und über rot gewordene Offizier grüßt, will wegtreten.

Da springt der vermeintliche Tote auf. „Noch nicht, Mylord, noch nicht! Der alte Brisbane wird von keiner Korsarenkugel getötet."

Der Seebär kann sich nach der Betäubung zwar noch nicht wieder so richtig auf den Füßen halten, aber seine Befehle sind wie immer: kurz, scharf, treffend.

Wenige Augenblicke später wird der Admiral zweifach verwundet.

Trotz der großen Breschen, die die Kugeln des vereinigten Geschwaders in die Befestigungen Algiers geschlagen haben, trotz der riesigen Verluste, die die Stadt an Häusern und Menschen in diesem mörderischen Kampf mit zweitausend Kanonen erleidet, denkt der Dey nicht daran, ein versöhnendes Wort zu sprechen. Auch dann noch nicht, als seine Flotte in Flammen aufgeht.

Zwei britische Offiziere hatten den Admiral um Erlaubnis gebeten, ein geschwefeltes Tuch an die die Hafeneinfahrt sperrende algerische Fregatte heften zu dürfen. Die Möglichkeit, von diesem wahnwitzigen Unternehmen heil zurückzukehren, war wie eins zu neunundneunzig.

Der Lord nickte Gewährung.

Später züngelten die Flammen an der Fregatte empor, erfaßten die Segel, die Pulverkammer flog in die Luft. Das brennende Schiff trieb auf die anderen zu, riß sie mit in den Feuertaumel. Fünf Fregatten, vier Korvetten und dreißig Kanonierschaluppen verlor der Dey, alles, was sich von seiner schwimmenden Macht im Hafen befand.

Die Nacht ist hereingebrochen. Über Algier ziehen Feuerschlangen hin. Überall blitzt es auf. Vom Wasser her, von der Stadt zum Wasser hin. Noch immer tobt der Kampf in ungebrochener Wucht.

Es ist halb elf Uhr nachts. Die ‚Queen Charlotte' hat schwere Treffer erhalten, ist aber noch seetüchtig. Das Deck des Admiralsschiffes ist übersät mit Toten. Da treibt eine der brennenden algerischen Fregatten auf sie zu.

„Brisbane!"

„Mylord?"

„Befehl an die vereinigte Flotte: Rückzug auf die Reede!" Leuchtsignale steigen von der ‚Queen Charlotte' auf.

Die vereinigte Flotte bricht vorerst den Kampf ab.

In der Stadt sieht es furchtbar aus. Riesige schwelende, qualmende Lücken überall, ganze Straßen, die Magazine, die Hälfte der Festungswerke zerstört. Die Mehrzahl der Geschütze ist außer Gefecht gesetzt. Die besten Krieger des Deys sind zur Ehre Allahs in das Paradies gegangen. Die Stadt brennt an allen Ecken und Enden.

Aber Omar Pascha und seine Türken bitten nicht um einen Waffenstillstand.

In dieser Nacht werden die Schäden auf den Schiffen des Lords notdürftig ausgebessert.

Ein neuer Tag bricht an.

Um den Dey hat sich der Diwan versammelt. Kein Wort von Unterwerfung, nur von neuem Kampf wird gesprochen. Man ist nicht geschlagen, nicht besiegt. Bei den Reserven, über die Algier verfügt, wäre es Frevel, sich in die Hand der Christen zu geben.

„Ein Bote des Engländers!" wird dem Dey gemeldet.

Eine Handbewegung Omar Paschas. Soll eintreten.

Der große Herr verschmäht es, das Schreiben des Admirals in die Hand zu nehmen. Man muß es ihm vorlesen.

Wie die Götzen sitzen die Minister: stumm der Bach-Aga, der Kriegsminister; stumm der Vekil-Hardj, der Marineminister; stumm der Beit-el-mal, der Oberrichter und Justizminister; stumm der Khodgia, der ein Geheimer Rat ist; stumm der Gelehrte Mustapha, der die Augen geschlossen hat. Er denkt scharf nach. Stumm die anderen in der Runde. Die Botschaft des Lords berührt sie nicht, wenigstens künden ihre Mienen nichts an, was darauf schließen läßt, daß sie sich fürchten.

Das Schreiben ist nicht lang, dafür aber von einer wohltuenden Klarheit:

„Zum Lohne für Ihre Grausamkeit in Bona gegen wehrlose Christen und Ihre höhnische Verachtung der von England gemachten Propositionen hat Sie meine Flotte nachdrücklich gezüchtigt. – Ich benachrichtige Sie, daß ich in zwei Stunden mit dem Beschuß fortfahre, wenn Sie nicht die Bedingungen annehmen, die Sie gestern ausgeschlagen haben."

„Es ist gut." Der Bote kann abtreten.

Mustapha schläft noch immer, so scheint es. Während die anderen sich groß aufspielen, nichts von Verhandlungen wissen wollen, hat er alle Möglichkeiten, die sich ergeben könnten, durchdacht. Die Bedingungen der Engländer sind mehr als maßvoll.

Omar Pascha ist nicht gewillt, Zugeständnisse zu machen. Der Herr des Mittelmeeres, und wer anders ist dieser Herr als der Dey von Algier, soll sich einem Christen beugen? Niemals! Mag es von vorn beginnen. Allah wird mit uns sein!

Die Minister bestärken den Herrscher darin.

Mustapha schweigt. Jetzt würden seine stichhaltigen Gründe von der Kriegslust der anderen zu Boden geschrien, aber die Stunde wird kommen, da man seinen Rat sucht.

In der Stadt ist die Botschaft Lord Exmouth' bekanntgeworden. Der Dey weigert sich, auf die Bedingungen Englands einzugehen. Die Einwohner aber fürchten den Fortgang des Beschusses. Sie haben zehn Stunden die Hölle um sich gehabt, Haus, Gut, Familienangehörige verloren. Soll es noch weitergehen, vielleicht auch das eigene Leben eingebüßt werden? Nein!

Das Volk zwingt den Dey, die Bedingungen der Christen anzunehmen.

„Verd...!" Mustapha unterdrückt den Fluch. „Das Volk ist stärker als der Stärkste auf dem Thron."

Einundzwanzig Kanonenschüsse rollen über Algier. Die verängstigten Bewohner des Raubnestes wissen, daß Frieden geschlossen wurde.

Das waren die Bedingungen Lord Exmouth', denen der Dey zustimmte:

Art. I. Auf immer die Abschaffung der Christensklaven.

Art. II. Die Freilassung aller Sklaven, die gegenwärtig unter der Botmäßigkeit des Deys stehen, zu welcher Nation sie immer gehören, und zwar soll dieser Artikel morgen zu Mittag im Angesichte meiner Flagge vollzogen werden.

Art. III. Rückzahlung, und zwar morgen mittag im Angesichte meiner Flagge, aller vom Dey für die Auslösung der Gefangenen vom Anfange dieses Jahres an empfangenen Lösegelder.

Art. IV. Dem englischen Konsul ist für allen Schaden, den ihm seine Verhaftung verursacht hat, ein Ersatz zu bewilligen.

Art. V. Der Dey hat sich, in Gegenwart seiner Minister und Offiziere, gegen den Konsul in Ausdrücken, die der Kapitän von der ‚Queen Charlotte' vorsagt, zu entschuldigen.

Selim hat diese Punkte nicht erfahren. Er nimmt an, daß die Herrschaft der Türken in Algier beseitigt ist. Damit muß auch der Sklaverei der tödliche Stoß versetzt sein.

„Es ist alles gut, alles!" Wie viele Male hat er das nicht schon dem ungeduldigen Freund zugerufen und ihn mit sanfter Gewalt auf das Lager zurückgedrückt.

Man kann noch nicht zur Küste aufbrechen. Die Wunde muß erst heilen, wenigstens so weit heilen, daß keine Gefahr mehr besteht.

Der Neger begreift nicht, daß Luigi den beschwerlichen Weg durch die Berge am liebsten im Galopp zurücklegen möchte. Denkt der Freund denn gar nicht daran, daß er ein Kranker mit einer schweren Schußwunde an der Schulter ist? Es spielt doch keine Rolle, ob man einen, zwei oder drei Tage eher in La Calle sein wird. Was nützt alle Eile, wenn dann Wochen vergehen, bis ein Schiff nach Europa in See sticht?

Jawohl, alle Sklaven sind freigelassen. Der englische Admiral hat sie mit sich genommen. Viele, viele.

„Auch Kinder?" fragt Parvisi.

„Wir wissen nicht, ob sich Kinder in der Hand Omar Paschas befunden haben. Was mit dem Dey geschehen ist? Nichts."

Nichts? – Nichts? Der Dey sitzt noch auf dem Thron? Dann... Hinweg, niederziehende Gedanken!

Wie Fieberschauer überfallen sie Parvisi. Er kann sich nicht dagegen wehren, ist ihnen ausgeliefert. Vielleicht alles nur Gerede, nur halbe Wahrheit? O Gott, unausdenkbar dieser Sturz in den Abgrund der Verzweiflung nach solch hochfliegender Freude, solchem Glückstaumel!

Die Peitsche saust auf das arme Tier herab. Mit Riesensprüngen jagt es vorwärts, erschreckt und verstört durch dieses ungewöhnliche Verhalten des Reiters.

Lauf, lauf!

Es ist ein Ritt mit dem Tod im Sattel. Der Furcht, die Luigi befallen hat, kann er aber auch mit diesem Todesritt nicht entrinnen. Hinter jedem Strauch, jedem Felsen lugt sie höhnisch lächelnd hervor.

Wenn der Dey nicht gestürzt ist, was ist dann mit Livio? Ungebrochen die Macht der türkischen Herrscher, der Sklavenhalter? Wer kann beschwören, daß alle Sklaven, alle, ohne Ausnahme, freigegeben sind?

Zu weiteren Fragen ist keine Zeit mehr. Was wissen auch die Eingeborenen um die Vorfälle in Algier! In La Calle vielleicht, bei Roger de la Vigne, erfährt man Endgültiges.

Tage noch bis dorthin.

Selims beruhigende, mahnende, bittende Worte streifen das Ohr des Freundes. Mehr nicht. Die Umwelt ist versunken in einem Nebelschleier, aus dem nur das Gesicht Livios als strahlende Sonne heraustritt, zurückweicht, lockt.

Vergessen die wieder schmerzende Wunde.

Vorwärts! Ohne Rast zum Hafen.

Durch Schluchten und ausgetrocknete Wadis, durch schäumende, reißende Flüsse, auf schwindelnden Pfaden an den Berghängen entlang, durch wüste Ländereien.

Parvisi reitet, wie er nie zuvor geritten ist, nachtwandlerisch sicher.

Diesem Mann kann nichts geschehen, denkt der Neger.

Ein Steinschlag hat den Weg versperrt.

Selim kann auch bei Anwendung aller reiterischen Künste nie mit Luigi auf gleicher Höhe bleiben. Immer ist ein Abstand von einigen fünfzig Metern zwischen ihnen.

Die Sperre! Der Neger hat aus großer Entfernung das Hindernis erkannt. Parvisi jagt darauf zu.

„El-Fransi!" gellt Selims Stimme durch die Schlucht.

Zur rechten Zeit. Der Reiter hebt sich im Sattel, erleichtert das rasende Tier. Ein Schnalzen, ein Schenkeldruck – das Pferd schießt in mächtigem Sprung über meterhohe Steinbrocken.

„Allah sei Dank!" In diesem Augenblick der Angst und Not dankt der Neger dem früher verehrten Gott.

El-Fransi reitet weiter. Das Hindernis ist glücklich überwunden.

„Allah!" Noch einmal schreit der Schwarze auf.

Was ist hinter der fast mannshohen Mauer, die auf ihn zuzufliegen scheint? Da ist er angekommen. Er gibt dem Pferd Hilfe. Hinüber!

Etliche dreißig Meter dahinter liegt der Freund am Boden. Neben ihm das Pferd.

Gestürzt. Das Tier röchelt. Es kann nicht mehr. Zu

groß waren die Anstrengungen der letzten Tage.

Der Neger zittert an allen Gliedern, wankt, als er zu Boden gleitet, muß sich am Riemenzeug des Tieres festhalten.

Hat alles Suchen, haben alle Mühen hier ihr Ende gefunden? Ist der Freund – tot?

Augenblicke verstreichen, bis Selim den Schwächeanfall überwunden hat. Dann macht er, zusammengesunken, ein alter Mann, den Furcht umklammert hält, die paar Schritte zu dem Gestürzten.

Noch lebt El-Fransi! An der Stirn hat er eine tiefe klaffende Wunde. Ungefährlich. Glücklicherweise ist er auf die rechte Seite gefallen, so daß die verletzte linke Schulter nicht in Mitleidenschaft gezogen worden ist.

Stunden gewonnen, Tage verloren.

Das Tier, das mitten im Lauf zusammengebrochen war, muß erschossen werden.

Endlich kann man weiterreiten, aber nur langsam, im Schritt. Selim hat den Freund vor sich im Sattel. Wie eine Mutter ihr Kind, so drückt er den Gebrochenen an sich.

Das im nächsten Dorf eingehandelte Reittier trottet unbelastet nebenher. Parvisi ist unfähig, allein zu reiten.

Und La Calle ist noch weit entfernt!

12. In der Heimat

Pietro hat das erste bedeutende Geschäft in Wien abgeschlossen. Gut so, ausgezeichnet. Das Eis ist gebrochen. Nun wird es aufwärtsgehen. Er schreibt, daß man sich ihm gegenüber in der letzten Zeit viel entgegenkommender gezeigt habe. Es wäre ja auch zu eigenartig gewesen, wenn das große Haus Gravelli unbeachtet bliebe. Jetzt wird Schlag um Schlag geführt, um die Verluste durch große Gewinne auszugleichen.

Auf dem Kopfsteinpflaster vor Gravellis Fenstern rasselt eine vierspännige Kutsche heran. Der Bankier hört, daß sie anhält, kümmert sich aber nicht darum. Ein Mann entsteigt ihr. Es befinden sich noch weitere Reisende in dem Gefährt, denn der Ausgestiegene reißt abschiednehmend den breitrandigen Hut vom Kopf und grüßt mit einer tiefen Verbeugung. Eine Hand winkt aus dem Wageninnern Dank.

Der Fremde steigt langsam die Freitreppe zum prunkvollen Haus Gravellis empor.

„Signor Antonelli? Ich lasse bitten!" beantwortet der Bankier die Frage des Dieners, ob der Herr willens sei, den Besucher zu empfangen.

Antonelli, der Geschäftsfreund aus Livorno, kommt wie gerufen. Mit ihm läßt sich die große Sache ausführen, die Gravelli seit einigen Tagen vorschwebt. Der Alte ist mir nicht gewachsen, stellt er selbstzufrieden fest. Sein Reichtum übertrifft den Wert seiner selbst um ein Vielfaches. Mit Hochachtung aber muß man ihm begegnen.

Der jetzt eintritt, ist kein alter Mann, sondern einer in den besten Jahren, strotzend von Gesundheit und guter Laune. Das ist nicht Antonelli aus Livorno. Jedoch, Antonelli ist ein weitverbreiteter Name. Der Fremde ist nun einmal da. Vielleicht hat auch er Gewinnbringendes zu bieten. Während der Besucher sich umständlich in dem angebotenen Sessel zurechtsetzt, hat der Bankier Zeit, den Mann zu mustern. Er tut es verhalten, abwartend. Mit schnellem Blick hat er die wertvollen Ringe an den Fingern Antonellis gesehen. Der da trägt ein großes Vermögen an sich. Gravellis Züge hellen sich auf.

Man muß den Fremden anders behandeln als gewöhnliche Geschäftspartner. Gut, daß man ihn nicht spöttisch und aufdringlich betrachtet hat. Wer weiß, welche Möglichkeiten sich hier anbahnen!

„Ich bin in angenehmer Gesellschaft gereist, Herr Gravelli."

„Es freut mich um Ihretwillen, mein Herr!" Was soll das? Hier sitzt man nicht zu unnützen Plaudereien zusammen. Geldgeschäfte sollen getätigt werden. Aber es gibt ja auch unter den ernsthaften Kaufleuten eigenartige Käuze. Manchmal sind es die, die am Ende zu den größten Abschlüssen bereit sind. Lassen wir also den Mann einmal plaudern.

„Sehr liebenswürdig, Herr Bankier. Es war der andere große Kaufmann Genuas, Andrea Parvisi mit Gattin, der mir..."

„Parvisi, der ist doch...!" Gravelli beißt sich auf die Lippen, daß alles Blut daraus entweicht. Verflucht, ich bin ein Kind, meine Nerven lassen mich im Stich.

„...tot? O nein, Verehrtester. Sie irren. Andrea Parvisi ist frisch und munter wie nie zuvor. Was wird dieser Mann jetzt für Geschäfte abschließen! Der Landaufenthalt, den Sie ihm verordnet haben, hat seine Kräfte sehr gestärkt."

„Ich, wieso ich? Was habe ich mit Parvisi zu tun?"

Antonelli übergeht den Einwurf des Bankiers.

„Ich bin beauftragt, zwei Beutel Gold in Empfang zu nehmen."

„Gold? Wer schickt Sie?"

„Sie sind älter geworden, als Sie es nach Ihren Jahren sein dürften. Vergeßlich. Ein schlimmes Zeichen für einen Kaufmann, der sich die Märkte Europas dienstbar machen will."

Dieses Lächeln, diese verbindlichen Worte, die tötend sind! Der Mann wagt auszusprechen, was der Bankier seit langem fühlt, aber immer wieder vor sich geleugnet hat. Weiß wie eine Kalkwand ist Gravelli plötzlich. Das Herz schlägt rasend, die Hände zittern.

Antonelli betrachtet gerade gelangweilt eine der kostbaren Vasen in der Ecke. Gravelli hat Zeit, sich zu erholen. Unvermittelt schreit er los: „Hüten Sie Ihre Zunge, Herr, oder ich lasse Sie hinauswerfen!"

„Sie scherzen. Oder fühlen Sie sich dem Herrn der Berge gewachsen?"

„Sie sind...?"

„Ich nicht, Signor Gravelli, nur sein Bote. Die Angelegenheit Gravelli-Parvisi ist nicht so bedeutungsvoll, daß er ihr seine besondere Aufmerksamkeit schenken müßte."

Parvisi, der allgemein Totgeglaubte, lebt. Der Herr der Berge fordert weitere zwei Beutel Gold. Für – nichts, für einen Verrat, den er an ihm, Gravelli, begangen hat.

Soviel Geistesgegenwart behält der Finanzmann auch in diesem Augenblick, daß er erkennt, wieder einmal verspielt zu haben.

Wortlos entnimmt er einem Geheimfach seines riesigen Schreibtisches zwei Beutel und schiebt sie widerwillig dem Fremden hin. Es dürfte angebracht sein, sich nicht mit dem Unheimlichen, dem Unbekannten, der sich so großspurig Herr der Berge nennt, in einen Kampf einzulassen. Dessen Hilfskräfte sind ungewöhnlich, so stellt er zähneknirschend beim Anblick seines Besuchers fest. Hoffentlich versiegeln diese zwei Beutel Gold nun die Lippen des Banditen.

„Danke." Und lächelnd setzt Antonelli hinzu: „Ich habe mich noch eines anderen Auftrages zu entledigen. Man läßt Sie wissen, daß Andrea Parvisi unter besonderem Schutz steht. Sollte ihm ein Mißgeschick, ein Unglück zustoßen, wird man den oder die Täter oder den Anstifter in Ihrem Hause suchen und – ihn auch finden. – Es war mir eine Ehre, Herr Bankier!"

Gravelli hadert mit dem Schicksal. Klagt Gott und die Welt an, daß alle seine Handlungen und geschäftlichen Unternehmungen seit einiger Zeit fehllaufen. Daß er selbst an allem schuld sein könnte, kommt ihm nicht in den Sinn, ihm, dem reichen Mann. Für ihn ist Geld, Vermögen das Höchste im Leben, so wichtig, daß es fähig sein muß, alle Verfehlungen als nicht geschehen aufzuheben. Er hat Menschen der Sklaverei zugetrieben, um zu Reichtum und damit zu Macht zu kommen. Er hat nicht gezögert, andere Kaufleute zugrunde zu richten, um seine Schätze zu vergrößern. Er war hart und unerbittlich, bereit zur Anstiftung eines Mordes, um bei seinen weiteren Taten ungestört zu sein. Nun ist er ergrimmt, daß der Lauf der Dinge Bahnen geht, die ihm unangenehm sind, daß sich das Schicksal gegen ihn wendet.

Sein geheimes Tagebuch liegt aufgeschlagen vor ihm. Eine neue Eintragung ist fällig: Zwei Beutel Gold müssen auf der Verlustseite verbucht werden.

Immer nur Verluste, gegen die die Gewinne nichts sind – Läppereien. Zornig rutscht der Zeigefinger von Eintragung zu Eintragung. Es hat angefangen mit der Zahlung, nein, dem Geschenk an Benelli. Dumm war er, unfaßbar dumm, diesem Schuft noch Geld, und gleich eine solche Summe, nachzuwerfen. Über die großen Minusposten im Zusammenhang mit dem Wiener Geschäft geht er schnell hinweg. Hier ist der Schlußstrich noch nicht gezogen. Nach Pietros zuversichtlichem Brief zu urteilen, werden sie wettgemacht werden. Es folgt die Aufgabe der Grundstücke. Diese Scharte wird man vielleicht auswetzen können. Sie ist bös, hat gezeigt, daß mit der Größe der Pläne die Gefahr im gleichen Verhältnis wächst. Ein Kaufmann muß immer damit rechnen, heute oben und morgen unten zu sein, ohne die Nerven und den Mut zu verlieren. Hat er diese Nerven noch? Gravelli weicht aus, stiert auf die nächste Reihe. Wut steigt hoch. Die ‚Parma' hat ein gewaltiges Loch gerissen. Es wäre noch zu verschmerzen, wenn nicht etwas anderes dahinterstünde: Einige Genueser Kaufleute ahnen, daß der Großbankier Agostino Gravelli mit den Korsaren im Bunde ist. Zweifel sind unmöglich. Man hatte der ‚Parma' Waren mitgegeben, die als unverkäuflich in den Lagern gelegen hatten, wahrscheinlich schon als Verlustposten in den Büchern standen.

„Ich habe sie gekauft, ich, ich!" Krebsrot ist das Gesicht plötzlich.

Seite um Seite weist das Hauptbuch nichts als Fehlschläge auf. Der in Genua verbliebene Teil seines ehemals riesigen Vermögens ist bis auf kleine Reste aufgebraucht. Und nun heute das Gold!

Wenigstens ein Gewinn kann verzeichnet werden: Pietros Erfolg in Wien.

Ja, Wien. Dort liegt die Rettung, nicht hier in dem feindlich gesinnten Genua. Man müßte endlich alle Zelte abbrechen, nur eine kleine Niederlassung einrichten. Aber da ist Benellis Warnung, die Drohung. Doch diesem Gegner wird eines Tages, wie seinem sauberen Herrn, das Handwerk gelegt werden. Man hat die Piratereien des Deys auf dem Wiener Kongreß zur Sprache gebracht. Soll sich Europa nun endlich gegen den Tyrannen entscheiden. Mit ihm fällt dann auch der Renegat. Zu verdienen ist nichts mehr mit Algier, nur alles zu verlieren.

Mit einer Flucht nach Wien wäre man zugleich dem anderen, dem Herrn der Berge, entschlüpft. Er ist mächtig, der Strauchdieb, der Wegelagerer, aber seine Macht reicht nicht über die Berge im Norden der Stadt hinaus. Lassen wir Parvisi in Zukunft in Ruhe, dann hat der Geheimnisvolle keinen Grund, sich an mir zu reiben.

Es bleibt bei einer Übersiedlung nach Wien. Vielleicht schon bald. Pietro wird sich freuen. Und dann wird die Kaiserstadt aufhorchen müssen, wird die Waffen strecken vor dem Großbankier aus Genua.

Er holt das Schreiben des Sohnes und die Abrechnungsunterlagen, die noch nicht geprüft sind, herbei.

Wir sind noch nicht am Ende mit unserer finanziellen Kraft. Jetzt kommen gesunde Posten ins Hauptbuch.

„Zum Teufel!" knirscht er. „Kann ich nicht mehr rechnen?" Er zählt erneut zusammen. Benelli – der Herr der Berge – Benelli – der Maskierte – Benelli – haben diese beiden sich in Zahlen verwandelt? Nein, die Zahlen und

Ziffern stehen gerade ausgerichtet, fein säuberlich geschrieben auf dem Papier. Aber sie fügen sich am Ende nicht zu der Summe zusammen, die sein muß, um die ersten großen Wiener Abschlüsse nicht zu Verlusten werden zu lassen. Die Gegner narren, grinsen, drohen. Dem Rechnenden stehen Schweißperlen auf der Stirn. Er legt den Kopf auf den Arm, schließt die Augen. Benelli – der Herr der Berge. „Hilfe, Hilfe."

Der Aufschrei wird Linderung. Mit schmerzendem Kopf beginnt er von neuem. Es bleibt dabei: Aus dem vermeintlichen Gewinn ist ein Verlust geworden. Wo steckt der Fehler? Nichts als falsche Rechnung kann es sein, niemals ein echtes Minus. Liegt es an Pietro oder hier in Genua, daß es zu dem Fehler gekommen ist? Nur hier, es kann nicht anders sein, darf nicht.

Die Preise, die in Wien erzielt wurden, sind nicht einmal die Einkaufspreise, decken nicht die Spesen, lassen die riesigen Bestechungsgelder außer Rechnung, die gegeben worden sind, um den Markt gefügig zu machen, ganz zu schweigen von dem Zinsverlust. Seit vielen Monaten sind gewaltige Summen festgelegt, mit denen nicht gearbeitet, das heißt kein Gewinn gemacht werden konnte.

Gravelli bricht die Feder auseinander, wirft die beiden Teile zu Boden. Er wagt es nicht, den erträumten Gewinn auf die in letzter Zeit so oft benutzte Verlustliste seines Hauptbuches einzutragen. Er schreckt zurück vor der Wahrheit, die ihm jede Zeile entgegenschleudert: daß er zahlen muß für alles Unheil, das sein raffgieriger Geist den Menschen angetan hat.

Die Börse wird in wenigen Minuten beginnen.

Ohne ihn.

Das ist Eingeständnis von Furcht und Schrecken. Agostino Gravelli, der Beherrscher der Börse, hat nicht die Kraft, den anderen Kaufleuten Genuas gegenüberzutreten. Heute nicht, morgen! entschuldigt er seine Feigheit.

Ja, morgen. Bestimmt morgen, denn das Haus Gravelli ist trotz allem noch nicht entmachtet.

Er gibt seinem Sekretär Anweisung, der Börsensitzung beizuwohnen. „Mein Herr ist verhindert, ein großes Geschäft, Sie wissen, meine Herren, eins, wie es die Börse Genuas nicht bieten kann." Das soll der Vertreter unter dem Siegel der Verschwiegenheit einem der Krämer – es sind ja alles nur Krämer, halbe Hungerleider, die anderen – zu verstehen geben. Noch vor Börsenschluß werden dann alle Kenntnis von dem Geheimnis haben und Gravellischen Geschäften geneigt sein. Manchmal bringen solche Mätzchen viel ein. Warum soll es nicht heute der Fall sein? Einmal oben, einmal unten. Unten war er eben, folgt also als nächstes nur das Oben. Es kann gar nicht anders sein.

Ein wenig beruhigt geht Gravelli hinüber in seine Privatgemächer in dem kleinen Haus; trotzdem bleibt seine Laune ausgesprochen schlecht. Camillo hat es bald heraus, denn er kann ihm nichts recht machen, obwohl er das gleiche tut wie jeden Tag. Selbst die Fliege an der Wand stört.

Glücklicherweise wird der Diener nicht lange benötigt. Er kann sich entfernen.

Auf dem Flur hört er Tritte. Es kommt jemand. Sofort ist der Alte wie umgewandelt. Gravellis Nörgeleien hatten auch ihn zornig gemacht, zornig auf den Herrn. Nun aber ist er der ergebene Diener, der Wächter, der Beschützer des Bankiers. Wer wagt es, bis hierher, und dazu noch ohne seine, Camillos, Begleitung vorzudringen? Etwa...? Den Alten fröstelt. Wenn der unheimliche Gast, dieser Ben...! Um Gottes willen, den Namen nicht denken oder gar aussprechen! Die Furcht Camillos vor dem Renegaten ist noch größer als die vor seinem Herrn und Meister.

Es ist nur der Sekretär. Der hat gerade noch gefehlt. Böses braut sich zusammen.

„Mann, bleiben Sie außer Sichtweite!" versucht er den von der Börse Zurückgekommenen vom Privatzimmer des Bankiers abzudrängen.

„Ist Signor Gravelli drinnen?" fragt der Aufgeregte.

„Ja, aber Ihr dürft ihn keinesfalls stören. Es könnte Euch die Stellung kosten", warnt der Diener eindringlich.

„Ach was, seid nicht so albern, Alter!" Und schon versucht der junge Mann zur Tür zu gelangen.

Flinker, als man es von seinen Jahren erwarten kann, ist Camillo vor die Tür gehuscht. Nun steht er, Wächter mit weit ausgebreiteten Armen, da.

„Ich muß zu ihm!" Das ist bestimmt und scharf gesprochen.

Es kommt zu einem lauten, hitzigen Wortgefecht. Schon setzt der Sekretär an, sich den Weg mit Gewalt zu bahnen, als die Tür aufgeht.

Gravelli steht im Türrahmen. Die Augen des Bankiers sprühen Wut, Zorn und Haß. Camillo sackt zusammen, macht sich klein, um das zu erwartende Unwetter über sich hinwegbrausen zu lassen.

„Was gibt es?" Die Stimme des Hausherrn ist Vorbote einer kommenden Explosion, gleicht einem Vulkanausbruch, der unbarmherzig vernichtet.

Dem jungen Mann hat es die Rede verschlagen. Er kennt Gravelli erst wenig, weiß aber, wie gefährlich es ist, mit ihm in Streit zu kommen. Er war dann immer ganz leise gewesen, wie ein Raubtier auf Samtpfoten. Jetzt brüllt er. Wenn man nur der Warnung Camillos gefolgt wäre, denkt er.

„Redet!" Wie ein Dolchstoß trifft der Befehl den Sekretär. „Redet!" Nochmals die Aufforderung. Hat Gravelli die Hand dabei zum Schlag erhoben? Später weiß es der Angestellte nicht mehr, will es auch nicht wissen.

„Eine große Neuigkeit, Herr. Die ganze Börse steht kopf!" bringt er endlich hervor. Ganz anders wollte er die Nachricht verkünden: strahlend, glücklich lächelnd, daß er sie erfahren und sofort zu seinem Chef gebracht hat.

„Nun?" Oben – unten, unten – oben. Was wird es jetzt sein?

„Algier ist gefallen!" Wie dürftig das klingt; aber man kann nicht anders, muß die kürzeste Form finden, um so schnell wie möglich aus der Gefahrenzone entweichen zu können.

„Herein mit Euch! Schnell, schnell! Wein, Camillo, aber spute dich! Nehmt Platz! Der Teufel soll Euch holen, mein Junge, wenn Ihr Eure Ohren nicht genug gespitzt habt und falsche Nachricht bringt!"

Trotz dieser wenig verlockenden Einladung Gravellis wird die Unterredung doch zu einer reinen Freude für den armen Sekretär. Keine Zurechtweisung erfolgt, wenn er zu ausschweifend berichtet, mit starken Farben die nackte Tatsache „Algier ist gefallen!" ausschmückt. Ab und zu genügt es dem Finanzmann nicht einmal. Dann muß wiederholt werden, andere Redewendungen, bessere Worte sind erforderlich.

Sogar das Glas erhebt der Chef und stößt mit seinem Angestellten an, bedient ihn selbst. Das ist ein anderer Gravelli, ein Mensch, wie man ihn noch nicht gekannt hat. Ob er, der Sekretär, einige Stunden am Abend hier mit ihm arbeiten wolle, wird gefragt.

Natürlich, selbstverständlich! Es wird ihm ein Vergnügen und eine Ehre sein, mit dem Herrn so vertraut in diesem Raum schaffen zu dürfen. Seine ganze Kraft gehört dem Hause Gravelli. Seine Frau, die Freunde, mit denen er einmal ausgehen wollte, werden die Wichtigkeit des Rufes einsehen und ihn entschuldigen.

„Noch ein Gläschen, mein Lieber?" fragt der Bankier und gießt auch schon ein. „Ein feiner Tropfen, fließt wie Feuer durch die Adern. Er spornt an, beflügelt die Gedanken, gebiert..." Aber da schweigt er.

In einem Zuge leert er sein Glas, erhebt sich.

Die Unterredung ist beendet. Am Abend wird sie fortgesetzt werden und sicherlich noch manches Überraschende bringen. Man ist plötzlich dem Chef des Hauses, dem gestrengen Herrn, sehr nahegekommen.

Einige Goldstücke werden dem Überbringer der guten Nachricht zugesteckt. Es ist das erstemal, daß Gravelli einem seiner Leute aus Freude ein Geschenk macht.

Oben – unten, unten – oben. Die Zukunft darf und wird nur noch aus dem Oben bestehen. Der Dey und sein Teufel Benelli sind erledigt. Damit ist der verhängnisvolle Vertrag gelöst. Nach dem Dunkel der letzten Monate scheint nun die Sonne in blendendem, unwirklichem Glanze – wie Gold. Gravelli lächelt. Gold. Das wird aus dem Untergang der Türkenherrschaft in Nordafrika gezogen werden. Die Verluste sind schon jetzt so gut wie wettgemacht.

Und der Reichtum löscht alles Gewesene aus.

Der Bankier braucht sein geheimes Hauptbuch nicht zu Rate zu ziehen. Nicht mehr. Das Kaufmannsgehirn arbeitet wieder fehlerfrei.

Vergeßlich, sagte der Abgesandte des Herrn der Berge, hat er ihm vor kurzem ins Gesicht zu schleudern gewagt. Alt nannte er ihn. Wenn etwas nicht vergessen wird, dann werden es diese Beleidigungen sein, und wenn Jahre darüber vergehen sollten, bis der Bursche und sein verräterischer Hauptmann gefaßt werden können. Vorerst gilt es einigen der windigen Hunde, die ihm die Versicherung der ‚Parma‘ abgepreßt haben, die Kehlen zuzuschnüren. Ihr Wissen oder Ahnen um eine Sache, die zu wissen und zu ahnen keinem der Kleinen ansteht, wird ihnen teuer zu stehen kommen. Wie ist es anzufangen? Gold öffnet alle Zellentüren, Gold kann sie auch für immer hinter Gefangenen schließen. Lange Ohren, eigenes Denken ist schon manchem schlecht bekommen. Nun, also. Durch Mittelsleute wird man ihnen Geschäfte anbieten, ganz ehrliche, redliche Geschäfte, die sie sicherlich nicht abschlagen. Große Gewinne stehen in Aussicht.

Kann da ein Kaufmann nein sagen? Daß die Geschäfte einen am Ende mit den Gesetzen in Konflikt bringen, wird ihnen keiner ansehen.

Der Bankier Gravelli aus Genua wird die Gelegenheit benutzen, dem neuen Herrn der Hafenstadt, Seiner Majestät dem König von Sardinien, zu dessen Krone ja nun seit dem Abzug der Franzosen die alte Republik gehört, seine Ergebenheit zu bekunden und die Verbrecher einer gerechten Strafe zuzuführen. Damit wird dann alles Gerede verstummen müssen. Einem so um das Wohl des Königreichs besorgten Bürger Genuas, nun gar, wenn es ein Agostino Gravelli mit seiner großen finanziellen Macht ist, kann man nicht anders danken als mit der Ernennung zum Hofbankier.

Der kalte Rechner hält den Atem an. Zukunftsaussichten eröffnen sich, die Gewinn versprechen, daß einem schwindlig werden könnte, wäre man eben nicht Gravelli. In solcher Stellung ist es dann leicht, diesem Schuft in den Bergen das Handwerk zu legen. Ein Wink an die Majestät, notfalls einige Beutel Gold an die wichtigsten Ratgeber des Königs, und alles ist geregelt, der zweite Gegner vernichtet. Bleibt Parvisi. Hm. Darüber muß ernsthaft nachgedacht werden. Diesen Mann in ein faules Geschäft zu ziehen, scheidet aus. Es wird ihm während der langen Abwesenheit nicht anders ergangen sein als dem Hause Gravelli: Die Verluste werden sich gehäuft haben, da der Kopf fehlte. Verwunderlich eigentlich, daß es in der Zwischenzeit nicht gelungen ist, einen Spitzel dorthin zu bringen. Parvisis Geschäfte sind allen bekannt, natürlich auch ihm, Gravelli. Aber wie sieht es im Hauptbuch Parvisis aus? Über welche Mittel verfügt er? Alle seine geldlichen Transaktionen laufen über Banken, die Gravelli nicht angeschlossen oder hörig sind. Wirklich ein tüchtiger Mann, dieser Andrea.

Andrea... Warum nenne ich ihn plötzlich beim Vornamen, so, wie es war, als wir uns noch herzlich freuten, einander zu begegnen? sinnt der Bankier. Ein Aufleuchten in Gravellis Augen. Ein Wink des Schicksals! Des Schicksals, das ihm heute so gnädig gewesen ist.

Großartig, Agostino, ich gratuliere dir zu diesem Gedanken! beglückwünscht er sich selbst. Du alter Fuchs, du!

Luigi ist tot, so heißt es allgemein. Sein Sohn Livio aber lebt, sonst wäre Benellis Drohung sinnlos. Oder war es ein Bluff? Möglich auch das, aber unwahrscheinlich. Gravelli glaubt klarzusehen. Mit der Macht der Deys ist es aus. Damit wird auch Benelli, der von Anfang an besondere Ziele mit dem Kind verfolgt haben muß, erledigt sein. Wenn man eines Tages Livio wieder auftauchen ließe, die Umstände bekanntmachte, dann wäre es um Gravelli geschehen. So mag Benelli gerechnet haben.

Aber nach der gewaltigen Umwälzung, die sich in Nordafrika vollzogen hat, wird keiner mehr an Luigi Parvisis Sohn denken.

Wenn alle vergessen, der ‚vergeßliche' Agostino Gravelli nicht! Die besten Spürhunde der Leibwache hinunter. Bringt das Kind! Man wird es bringen und den Erben des Hauses Parvisi dem Großvater übergeben. Agostino, der alte Freund, hat Livio gefunden, der Mann, der mit einem Verdacht so schwer gekränkt wurde. Unrecht ist dir geschehen, lieber, lieber Freund. Komm in meine Arme, sei nicht mehr gram! So wird es werden. Arm in Arm wandelt man wieder, wenn der König die Dienste seines Hofbankiers nicht benötigt, zur Börse, Andrea und Agostino. Hüte werden vom Kopf gerissen, man verneigt sich tief vor den beiden Großen, man drängt sich nach den Brosamen, die von ihren Geschäften für die Kleinen abfallen. Herrlich!

Die hohen Spesen, die das Suchunternehmen zweifellos verschlingen wird, tragen dann hundertfältige Frucht. Zwecklos, die Aussichten, die eine Aussöhnung mit Andrea Parvisi eröffnet, jetzt näher zu erörtern.

„Wein!" befiehlt er dem auf das Klingelzeichen herbeigeeilten Camillo.

Einer Spinne gleich hat das Haus Gravelli verlockende Geschäfte vergeben. Ahnungslos tappen verschiedene der vorgemerkten Gegner in die geschickt gelegten Fallen. Der Alte an der Säule stellt mit Genugtuung fest, wie der und jener mit einem Handschlag seinen Agenten ins Garn geht.

Die Börse ist überhaupt in den letzten Tagen freudig und zuversichtlich gestimmt Die Korsaren sind vernichtet; das Mittelmeer, das italienische Meer, ist frei. Wer nur irgendwie Kredite erlangen kann, nimmt sie, um schnellstens Handelsbeziehungen mit Geschäftshäusern über dem Meer anzubahnen.

Mit scheelen Augen beobachtet der Schweiger an der Säule, daß sich ein dichter Kreis Menschen um den zurückgekehrten Andrea Parvisi gebildet hat. Nun, das ist verständlich. Jeder wird hören wollen, was Parvisi über die neue Lage denkt, vielleicht auch seinen Worten die zukünftigen Pläne des Großen entnehmen wollen, um selbst ähnliches zu versuchen. Daß er auch jetzt von dem jungen Mann begleitet ist, der in den letzten Monaten die Geschäfte führte, ist eigentlich unverständlich. Ein Andrea Parvisi braucht doch keinen Schatten. Mag es vorerst hingehen, später wird der freche Kerl an die Wand gedrückt, wenn erst die beiden alten Freunde wieder vereint sein werden.

Heute abend reisen drei bewährte Mitglieder der Leibwache nach Algier ab. Sie sind gut ausgerüstet, verfügen über große Mittel und besitzen vor allem eine gewaltige Portion Rücksichtslosigkeit, schrecken vor Tod und Teufel nicht zurück. Ihre Aufgabe ist nicht schwer, da Benelli und der Dey nicht mehr im Wege stehen. Etwas Spürsinn, keine Schüchternheit im Umgang mit Menschen – es wird gelingen.

Welche Abschlüsse Andrea eben tätigt, kann man im Augenblick nicht erfahren. Die Spitzel werden später darüber berichten.

Jetzt geht Andrea. Kein Blick herüber zur Säule. Er hat den Kopf etwas zur Seite gelegt, ist anscheinend in den Bericht seines Geschäftsführers vertieft. Es kann keinem der Anwesenden, soweit sie gerade in die Richtung der Säule blicken, der Gedanke kommen, daß die Nichtbeachtung Gravellis eine feindselige Handlung sei.

Wieder vergehen Tage angestrengten Arbeitens. Der Sekretär fühlt sich im siebenten Himmel, vielleicht erhält er einmal gleiche Vollmachten wie sein Kollege bei Parvisi. Der Großkaufmann hat auf der Börse bekanntgegeben, daß sein junger Mitarbeiter nach wie vor sämtliche Vollmachten besitzt.

So anders ist Gravelli geworden. Immer wenn er mit dem Sekretär arbeitet, läßt er Wein und köstliche Näscherei auftischen. Mehrfach hat er schon die Wendigkeit des jungen Mannes anerkannt, gelobt. Die Zurückhaltung auf der Börse hat er auch gelockert, läßt kleinere Kaufleute näherkommen, erteilt Ratschläge, bekundet seine Freude darüber, daß das Meer frei von den verfluchten Korsaren ist, daß Europa der Schmach der Sklaverei ein Ende bereitet hat.

Soeben betritt Parvisi die Börsenhalle. An seiner Seite wie immer die ‚rechte Hand‘. Die Herren grüßen herüber. Im Augenblick ist Gravelli verblüfft. Gilt der Gruß ihm oder denen, die sich in seiner Gesellschaft befinden? Die Gelegenheit wahrnehmen! Höflich lächelnd grüßt er zurück. Man bemerkt es. Donnerwetter! Eine neue überraschende Lage. Und eine reizvolle dazu. Wer hat den ersten Schritt getan? Parvisi oder Gravelli? Jeder kann es für sich in Anspruch nehmen, jeder kann es ableugnen.

Vermutungen durchzucken die Hirne der Kaufleute. War es nur das übliche Benehmen guterzogener Menschen oder mehr? Auf alle Fälle wird man die beiden zukünftig scharf beobachten.

Ein fremder, noch sehr junger Mensch, über und über mit gelbem Staub bedeckt, das Gesicht verkrustet mit Schweiß und Staub, gesporte Stiefel an den Beinen, steht plötzlich in der Tür.

„Monsieur Parvisi?" übertönt seine Stimme das Summen und Tuscheln und Wispern der Kaufleute.

Köpfe wenden sich um. Gespräche verstummen. Aller Augen richten sich nach dem Eingang. Ein Fremder hier? Warum haben ihm die Türhüter nicht den Eintritt in diesen Bezirk des Geldes verwehrt? Er sucht Andrea Parvisi.

Der Aufgerufene löst sich aus der Gruppe seiner Geschäftsfreunde, geht zu dem Fremden.

„Sie suchen mich, Herr? Ich bin Andrea Parvisi."

„Roger de la Vigne. Ich komme aus La Calle. Wo kann ich Sie ungestört sprechen?"

Wie freundschaftlich der Kaufmann dem Fremden die Hand schüttelt. Jetzt umarmt er ihn sogar.

„Roger!"

Das Gesicht des Jünglings strahlt vor Freude. Der Vater seines Freundes Luigi hat ihn beim Vornamen genannt, hält ihn seiner Freundschaft für würdig.

„Begleiten Sie mich, Roger. Wir sprechen bei mir zu Hause."

Was die beiden Männer an der Tür sich zu sagen haben, weiß keiner der Anwesenden. Unruhe, Unsicherheit hat die Kaufleute befallen. Etwas Außergewöhnliches muß sich ereignet haben, daß Parvisi die Börse ohne ein Wort, ohne eine Entschuldigung verläßt. Wenn man bedenkt, wie der Fremde aussah. Ein Franzose war es. War nicht schon einmal durch Franzosen eine wichtige Nachricht nach Genua gekommen, die sich später als falsch erwies? Vorsicht, Vorsicht, erst einmal keine weiteren Abschlüsse tätigen.

Lustlose Börse nun. Man steht beieinander, bespricht vieles und nichts, behält sich Entscheidungen vor. Morgen vielleicht, wenn man erfahren konnte, was im Hause Parvisi vorgeht, wird man darauf zurückkommen, annehmen oder auch ablehnen.

Da und dort wird plötzlich das Unglücksschiff, die ‚Parma‘, erwähnt. Bald brandet dieser verhaßte Name auch zu Gravelli. Was ist damit? Da ein Fetzen, dort einer. Die ‚Parma‘ ist der einzige Gesprächsstoff der Börse. Eine freudige Nachricht für Signore Gravelli: Die ‚Parma‘ wurde nicht gekapert.

Der Blick, den der Überbringer von dem Finanzmann erhält, läßt ihm weitere erklärende Worte im Munde zu Eis werden.

Wenn diese Nachricht stimmt, dann bedeutet es, daß Gravelli der Verräter ist, für den man ihn immer gehalten hat. Nur wenn die ‚Parma‘ gekapert ist, hat er einen unwiderlegbaren Beweis in der Hand, daß er nicht mit den Korsaren zusammenarbeitet, denen er doch nicht eigene Schiffe, und durch die Übernahme der Versicherung ist der Segler praktisch Eigentum Gravellis geworden, als Beute hinwirft.

Sofort widersprechen, dem Gerücht die Spitze nehmen. Gravellis Agenten mischen sich unter die Gruppen und Grüppchen, tauchen bald hier, bald dort auf. Diskutieren sachlich, geben ihrer Freude Ausdruck, daß Gravelli die gewaltigen Summen zurückerhält, die er den geschädigten Verfrachtern auszahlen mußte. Es wird den Bankier freuen, die Beträge zu kassieren.

Sicherlich, wenn der Beweis erbracht werden kann, daß die ‚Parma‘ nicht in Verlust geraten ist, müssen die Gelder erstattet werden. Gravelli möge sich bemühen, Klarheit zu schaffen.

Immer neue Einzelheiten schwirren heran. Woher kommen sie? Wer setzt sie in die Welt? Hängt alles mit dem Fremden zusammen? Keiner weiß, wer die Nachrichten verbreitet; sie sind einfach da.

„Es gibt keinen Zweifel, Herr Bankier, daß die ‚Parma‘

ungefährdet einen Hafen erreicht hat", berichtet ein Agent. „In diesen Tagen soll den Angehörigen der Matrosen brieflich mitgeteilt worden sein, daß keine Befürchtungen wegen des Lebens des Sohnes oder Vaters oder Bruders bestehen. Jedem Schreiben lag ein ansehnlicher Geldbetrag bei."

„Unwahrscheinlich; sieh, daß du Weiteres erfährst." Gravelli atmet auf, als er den eifrigen Mann los ist.

Die ganze Sache kann nur von Parvisi oder dessen Geschäftsführer ausgeklügelt sein. Die ‚Parma' darf nicht gekapert sein, sonst wäre Gravelli entlastet. Andrea ist viel zu klug, um nicht zu versuchen, mir diesen Beweis meiner Unschuld aus den Händen zu reißen, überlegt der Finanzmann.

Was tun? Sofort die ausgezahlten Summen zurückfordern. Das wird den Leuten den Mund stopfen. Verschiedene gehen dabei krachen. Schadet nichts. Um so schneller wird das Gerücht verstummen.

In allem aber muß der Bankier erkennen – und Agostino Gravelli erkennt es ganz klar –, daß man ihn jagt. Wer, ist noch unbestimmt. Vielleicht gibt sich der unsichtbare Gegner einmal eine Blöße, dann wird er rücksichtslos bekämpft werden.

„Ja, die Sklaven sind freigelassen", berichtet Roger de la Vigne. „Lord Exmouth hat viele auf seinen Schiffen mitgenommen. Wohin er sie brachte, weiß ich nicht."

„Aber wo ist mein Sohn, wo mein Enkel Livio?" fragt Andrea Parvisi.

„Luigi befand sich am Tage des Angriffs weit im Innern des Landes. Er war noch nicht zurück, als ich abreiste. Es war mir darum zu tun, mich an Ort und Stelle zu überzeugen, ob das Kind schon angelangt ist, und Ihnen, Herr Parvisi, persönlich einmal alles zu erzählen. Vielleicht hat Luigi noch heute keine Ahnung von den Vorgängen in der Hauptstadt, vielleicht hat er diesmal eine Spur des

Kindes gefunden, der er nachjagt, nun sicherlich umsonst, denn Lord Exmouth wird Ihnen den Enkel in Kürze zuführen."

„Ich hoffe es. Lassen Sie mich Ihnen noch einmal von ganzem Herzen danken, Roger, für alles, was Sie meinem Sohn an Gutem taten. Sie haben mit Ihrem Mut einem alten Mann neue Freude am Leben geschenkt. Ich werde ewig Ihr Schuldner sein."

„Sprechen wir nicht davon, bitte", lehnt de la Vigne den Dank ab.

„Also, Omar Pascha herrscht nach wie vor. Das ist eine furchtbare Nachricht, die bedeutet, daß auch das Meer weiterhin durch die Korsaren unsicher gemacht wird."

„Lord Exmouth hat nur halbe Arbeit getan."

„Vielleicht keine andere Anweisung gehabt."

„Sie meinen, Herr Parvisi...?"

„Verzeihung, der Herr möchte seine Aufwartung machen", unterbricht der Diener die Unterhaltung.

Ohne die ihm überreichte Karte zu beachten, lehnt Parvisi ab, den Besucher zu empfangen.

„Ich hatte dem Herrn bereits mitgeteilt, daß Sie im Augenblick nicht gestört sein wollen, aber er hat mir lächelnd seine Karte in die Hand gedrückt und gesagt, ihn werde man keineswegs abweisen", berichtet der Diener.

„So?" Parvisi wirft nun einen Blick auf das Kärtchen. „Das ist etwas anderes. Bitte, führe den Herrn Baron gleich hierher."

Giacomo Tomasini wird mit den neuesten Ereignissen bekannt gemacht. Er ist eigentlich nur zu einem Freundschaftsbesuch gekommen. Nebenbei möchte er natürlich auch über den von ihm empfohlenen Mitarbeiter manches hören und über die ganze Angelegenheit Gravelli.

„Ich habe Ihre Bemerkung nicht verstanden, Monsieur Parvisi", nimmt de la Vigne das Gespräch wieder auf. „Was meinen Sie damit, daß Lord Exmouth keine andere Anweisung gehabt haben mag?"

„Nichts, Roger. Ich werde mich hüten, irgendeiner europäischen Macht den Vorwurf der Halbheit aus eigennützigen Gründen zu machen."

Ein Pfiff entschlüpft dem jungen Franzosen. Leise, kurz. Verlegen räuspert er sich laut, um die Männer abzulenken. Daß es ihm nicht gelungen ist, kann er sofort den Mienen des Kaufmanns und des Barons entnehmen.

Man hat sich verstanden, ohne etwas Greifbares gesagt zu haben.

„Sie und alle Bewohner Genuas werden sich wundern, daß die Freudenbotschaft vom Fall Algiers nur zum Teil richtig ist", fährt er fort. „Ich denke mir die Sache so. Die Lage des Deys war derartig schwierig geworden, daß kein Zweifel an einem vollständigen Sieg der vereinigten Flotte bestand. Irgendwer hat diese ungeheure Nachricht schon vor Beendigung der kriegerischen Handlungen nach Europa gebracht. Sie mag durch Feuersignale von Land zu Land geeilt sein, ich weiß es nicht. Keiner hat daran gedacht, daß man die Türkenherrschaft auch weiterhin dulden werde. Auch wir in La Calle waren der festen Überzeugung, daß eine Umwälzung eintreten werde. Es war ein Irrtum. Omar Pascha ist nach wie vor der Beherrscher Algeriens. Man beginnt die Festungswerke auszubessern, die Stadt aufzubauen, weiter so zu handeln, wie es in der Vergangenheit war. Ich werde nicht überrascht sein, wenn in nächster Zukunft das Mittelmeer genauso unsicher ist wie vordem."

„Und die Sklaverei?"

„Schon manchen Vertrag haben die Deys nicht eingehalten. Hier ist eine Abschrift der Bedingungen, die der Türke anerkannt hat."

Parvisi studiert sie eingehend. Der Artikel I verbietet auf immer die Sklaverei. Das ist gut. Das ja, auch manches andere. Aber der britische Admiral hat nichts für die Freiheit des Meeres getan. Die Seeräuberei ist nicht verboten. Kein Wort steht davon in dem Vertrag.

Parvisi gibt das Schriftstück Tomasini. Der liest es. Beginnt nochmals, ein drittes Mal. Plötzlich stutzt er. Fängt wieder von vorn an. Andrea und Roger warten gespannt. Was gibt es denn, das den Baron so auf das Papier starren läßt?

Ein Wort ist dem Herrn der Berge aufgefallen, über das er die ersten Male hinweggelesen hatte. Es heißt im Artikel II: „Die Freilassung aller Sklaven, die gegenwärtig unter der Botmäßigkeit des Deys stehen..." Gegenwärtig. Dieses Wort hat nur Sinn und Zweck, wenn der Türke sich an den Artikel I hält.

„Hören Sie, Herr de la Vigne, höre, Andrea!" fordert er die beiden zu besonderer Aufmerksamkeit auf.

Weder der Franzose noch der Genuese finden etwas an dem ersten und zweiten Artikel.

„Ich verstehe nicht, wohinaus Sie wollen, Herr Baron. Geben Sie einen Fingerzeig", bittet de la Vigne.

Jetzt wird das Wort „gegenwärtig" scharf betont.

„Hat man etwa damit gerechnet, daß der Dey sich nicht an die Abmachungen hält; wollte man ihm sogar zu verstehen geben, daß er zukünftig frisch und munter weiterrauben darf?" Roger wagt es nicht, diese Betrachtungen anders als leise vorzubringen. Zu unsinnig scheinen sie ihm.

„Genau das gleiche meine ich. Mir will scheinen, daß es besser gewesen wäre, das ‚gegenwärtig' wegzulassen. Es engt ein und läßt auf der anderen Seite freie Hand. Das Wichtigste wird für den englischen Admiral gewesen sein, Genugtuung für das dem britischen Konsul angetane Unrecht zu erlangen. Daß man damit auch eine Kleinigkeit für die Menschheit erreichte, ist schön und lobenswert und wird Europa England zu Dank verpflichten. Ich bin sehr gespannt, ob die Zukunft diese Annahme bestätigen wird!"

„Meine Herren! Ich bitte um einige Minuten Aufmerksamkeit für eine Nachricht, die ich soeben mit dem ausdrücklichen Auftrag, sie Ihnen unverzüglich mitzuteilen, von Signore Parvisi erhalten habe."

„Ruhe!" – „Still doch!" – „Parvisis Geschäftsführer will etwas bekanntgeben. Ruhe! – Ruhe!" schwirrt es von Gruppe zu Gruppe. „Er beginnt!"

„Signore Parvisi läßt Ihnen sagen, daß die Herrschaft des Deys nicht gebrochen ist."

„Hört, hört!" – „Still!" – „Mund halten!" – „Verflucht!" – „Um Gottes willen!" – Von überall flattern Worte der Enttäuschung, Verwünschungen auf.

„Algier ist schwer beschossen worden, seine Festungswerke sind zum großen Teil zerstört, aber man hat Omar Pascha nicht gestürzt. Die im Hafen gelegenen Piratenschiffe sind in Flammen aufgegangen; meinem Herrn scheint es aber nicht sicher, daß unsere Schiffe in Zukunft ungehindert das Mittelländische Meer kreuzen können."

Für Minuten herrscht Totenstille. Jeder ist mit sich und seinen Unternehmungen beschäftigt. Manche, die über keine finanziellen Rückhalte verfügen, sind kalkweiß geworden. Da war vor ihnen das Tor zu Reichtum und Macht geöffnet gewesen. Im Augenblick, als sie es durchschreiten wollten, schlug es zu. Sie werden klein bleiben. Was sollen sie nun noch mit Gravellis Krediten?

Dann beginnt ein Fragen und Drängen um Parvisis Geschäftsführer. Man will mehr über die Angelegenheit erfahren. Einer überschreit den anderen, so daß keiner etwas verstehen kann. Es ist auch nicht nötig. Ein bedauerndes Achselzucken zeigt, daß keine weiteren Auskünfte gegeben werden können.

Gravelli lehnt an der Säule. Er zittert.

Unten! Es ist ihm, als ob sich die Erde geöffnet habe und nur darauf warte, daß er in den riesigen Schlund stürze. Ein kühnes Gebäude großer Gaunerei ist zusammengebrochen. Aber nicht nur das. Der Mut, der Glaube an das Gelingen seiner Pläne ist fort, weggewischt. Aus. Alt, verbraucht, schlapp.

Schlurfenden Schrittes geht er von dannen.

„Ein feiner Mensch, unser Andrea Parvisi." – „Anständig, höchst anständig von Andrea, daß er uns sofort unterrichtet." – „Man muß Parvisi tausend Dank sagen!" – „Was hätte Parvisi gewinnen können, wenn er ein paar Tage geschwiegen hätte!" Jede dieser Äußerungen, die Gravelli beim Hinausgehen auffängt, schneidet ins Herz.

Unten, unten! hämmern die Gedanken. Von überallher höhnt es, jeder Tritt auf das Pflaster der Straße schreit es ihm entgegen. Zum Wahnsinnigwerden.

Nicht weit der Weg, und doch eine Ewigkeit. Und man kann nicht stehenbleiben, sich nicht an eine Hausmauer lehnen und warten, bis der Anfall vorüber ist. Hinter ihm kommen noch mehrere Kaufleute.

Er preßt die Lippen aufeinander, die Zähne. Warum das alles? Er weicht der Frage aus. Man muß einmal ausspannen, aufs Land fahren, alle Gedanken an Geschäfte unterdrücken. Parvisi strotzt von Kraft und Gesundheit. Ihm hat er dazu verholfen, und er selbst ist am Ende.

Unten! Verfluchtes Wort. Aber es läßt sich nicht bannen, wirkt unerbittlich wie nichts sonst auf der Welt. Zermürbt, zerstört.

In der ‚Osteria del mare' am Hafen sitzen sie zusammen, die Fischer, Hafen- und Transportarbeiter, Seeleute, Tagelöhner, Händler – Menschen verschiedener Nationen und Farben. Ein altes Weib schiebt sich bettelnd von Tisch zu Tisch. Nicht oft gleitet eine kleine Münze in ihre welke, zitternde Hand. Eher bietet man der Frau einen Schluck Wein oder ein Stück Brot an. Den Segen Gottes und der Heiligen Jungfrau fleht sie als Dank auf die Gebenden herab, die selbst nicht zu den Begüterten gehören. Dennoch geben sie, hoffend, daß ihnen dadurch ein gleich bitteres Los im Alter erspart bleiben möge.

Vielerlei Sprachen und Dialekte schwirren in der Schenke durcheinander. „Was ist? Höre ich richtig, Gevatter? Luigi Parvisi ist zurückgekehrt?" wendet sich ein alter Fischer, der eben erst mit seiner Barke vom Fang in den Hafen eingelaufen ist, an den Tischnachbarn.

„Ja freilich, er ist wieder da. War lange bei den Barbaresken."

„Als Sklave? Erzähl, das muß ich genau erfahren. Wenn ich daran denke, der Sohn eines der reichsten Männer Genuas in der Sklaverei, das ist eine Sache."

„Nun, viel weiß ich nicht", wehrt der andere ab. „Es gehen so allerhand Erzählungen in der Stadt um. Ob sie wahr sind, dafür kann ich mich nicht verbürgen."

„Mach schon!" drängt der Fischer.

„Sklave war er nicht."

„Schade! – Zieh kein schiefes Gesicht, Alter, es ist nicht bös gemeint. Ich wünsche es keinem, ein solches Leben führen zu müssen. Es war Enttäuschung, nun um eine aufregende Geschichte zu kommen. Ja, aber warum blieb er dann über Jahre von zu Hause fern?"

„Er hat seinen Sohn gesucht, der von den Korsaren verschleppt worden ist", berichtet der Gevatter Fischhändler.

„Und nun hat er ihn gefunden?"

Der Fischhändler wackelt mit dem Kopf. Die Frage macht ihm klar, daß er zuwenig weiß. „Ich glaube nicht, mein Freund hätte sonst davon gesprochen."

„Verstehe ich nicht. Ich würde nicht ohne mein Kind heimkehren!"

„Ich auch nicht, und wenn ich allen Türken den Kopf abschneiden müßte!" Ein anderer hat den Einwurf gemacht.

Der Fischer schmunzelt bei dieser blutrünstigen Drohung. Der und allen Türken den Kopf abschneiden! So ein kleines mageres Männchen wird froh sein, wenn es von den grimmigen Korsaren übersehen wird.

„Man sagt", weiß der Fischhändler noch, „daß ein englischer Admiral Lord Ex... Ex... Na, ich hab den Namen vergessen."

„Exmouth!" wirft ein Seemann vom Nebentisch ein, der durch das Stottern des Erzählenden aufmerksam geworden ist.

„Richtig, Freund. Exmouth, man bricht sich schier die Zunge dabei ab. Also dieser Lord Ex – hm – mouth soll alle Sklaven befreit haben. Parvisi hat wohl angenommen, daß man auch seinen Sohn schon gebracht hat."

„Wohl nicht?" Die Ungewißheit kitzelt den Fischer. Vielleicht wird die Sache doch noch spannend.

„Red nicht so sinnlos daher", weist ihn der Gevatter zurecht. „Ich sagte ja bereits, daß es schwerlich der Fall sein wird. Oder habe ich es nicht gesagt? Na, ist gleichgültig."

„So eine Schufterei!"

„Jawohl, das stimmt! Wenn ich der hochmögende Lord Ex... Exmouth gewesen wäre, ich hätte konsequent dem grausamen Spuk ein für allemal ein Ende gemacht."

„Geh mir weg mit den Engländern. Sie denken und sorgen nur für sich. Dem Dey und seinen Spießgesellen hätte die Meinung gegeigt werden müssen, daß sie die Beine unter die Arme genommen hätten und schnurstracks nach Konstantinopel gerannt wären!"

„Sehr richtig!" pflichten die anderen am Tisch bei, die bisher geschwiegen haben. „Es ist eine Schweinerei! Da hat man die Korsaren auf die Knie gezwungen und läßt sie wieder aufstehen, damit sie ihr schändliches Treiben vielleicht in verstärktem Maße, um die Verluste auszugleichen, fortsetzen können."

„Eines Tages werden wir auch noch mit Eisenketten an den Beinen, immer zwei zusammengeschmiedet, umherlaufen", mischt sich der Seemann vom Nebentisch wieder ein. „Da hat der Engländer den Schlüssel in der Hand gehabt, ins Schloß gesteckt und doch nicht aufgeschlossen. Wieder eine halbe Sache nur. Wenn ich nicht Matrose wäre, nicht leben müßte von der Seefahrt, dann haute ich heute noch ab."

„Hm." Mehr wissen die Gevattern darauf nicht zu entgegnen.

Das aber reizt den Seemann. Die da wissen alle nicht, wie es einem zumute ist, der auf jeder Reise das Gespenst der Sklaverei vor sich sieht. Als der gestürzte Franzosenkaiser noch groß und mächtig war, ging es noch einigermaßen. Vor dem hatten die Türken anscheinend einen Heidenrespekt. Jetzt aber sind sie wieder frecher denn je. Und den Schock, den ihnen der Lord beigebracht hat, werden sie schnell überwinden und das Meer wieder unsicher machen. Die Gevattern merken das nicht so. Sie sitzen hier im Trockenen, im sicheren Hafen, fahren höchstens ein paar Meilen zum Fischfang hinaus und kehren abends oder nachts zurück Sie kennen das Meer nicht weiter, als sie es von der Mole aus sehen können. Von den Gefahren und Ängsten der Seeleute haben sie keine Ahnung.

„Man müßte..." Zorn ist in seinen Worten. Aber er spricht den Gedanken nicht zu Ende.

„Was denn, Freund?" fragen die anderen wie auf Kommando.

„Ach, hat ja keinen Zweck, darüber zu reden!" weicht der Seemann aus.

„Wieso nicht, warum nicht?"

„Man müßte den König zwingen, sofort einen weiteren Schlag zu tun. Jetzt sind die Türken in Algier noch geschwächt. Ich wäre gleich dabei!"

„Pah, der König!" Erschrocken hält sich der Fischer den Mund zu, zieht den Kopf ein. Seine flinken Augen mustern die anderen Gäste der ‚Osteria del mare' in der Runde. Er findet keinen Unbekannten an den benachbarten Tischen; es sind nur Freunde und Gevattern in der Nähe. Er kann also unbedenklich weiterreden. „Der hat gerade Lust und Zeit dazu. Er ist froh, daß unsere alte Republik seinem Königreich zugeschlagen wurde. Was bedeutet Algier gegenüber Genua? Bis zur afrikanischen Küste ist es ein weiter Weg; uns kann er sofort mit seinem Besuch beglücken, wenn die Kassen leer sein sollten. Der Sperling in der Hand ist ihm lieber als die große fette Taube auf dem Dach."

„Ich bestreite es nicht, Freund", entgegnet der Seemann, der sich auf seinem Hocker herumgedreht hat, damit er der Unterhaltung besser folgen kann. „Aber es müßte..."

Der Fischhändler platzt dazwischen und rauft sich die Haare. „Bleib mir mit deinem dummen ‚müßte' vom Leib! Wenn ich aufzählen wollte, was alles sein müßte, anders sein müßte, dir würden die Haare zu Berge stehen. Es müßte Schluß, endgültig Schluß gemacht werden mit der Seeräuberei, mit der Sklaverei, mit der Deyherrschaft, die nichts anderes will als die Menschen knechten, um nur ein paar dieser ‚müßte' aufzuzählen, die uns besonders angehen."

„Das wollte ich ja auch sagen. Wir sollen den Kopf hinhalten, die Kaufleute ihr Vermögen aufs Spiel setzen, und die, die die Macht haben, bleiben untätig."

Das ist das Stichwort für den Fischer. „Dabei sind sie zuletzt nicht minder geschädigt als wir alle. Sie würden ebenfalls nicht schlecht fahren, wenn unsere Schiffe unbehelligt das Meer kreuzen könnten."

„Deshalb sollte man es ihnen begreiflich machen, es ihnen ins Gesicht sagen", spinnt der Seemann seinen Gedanken weiter.

„Die würden dir schön heimleuchten, wenn du Forderungen stelltest!" Ein bisher an der Unterhaltung Unbeteiligter macht diese Feststellung, der die anderen durch Kopfnicken beipflichten.

Der Seemann ist gereizt. Seine Faust schlägt auf den Tisch, daß der Wein aus den Bechern hüpft.

„Wäre es denn keine gerechte Forderung: Freiheit des Meeres, Sicherheit von Leben und Gut, Abschaffung der unmenschlichen Sklaverei?" braust er auf.

Alles blickt auf einmal herüber zu dem Tisch.

„Ein heiliger Zorn müßte die Menschen befallen. Wir sind Italiener – Genuesen, keine Algerier. Den Dey geht es einen Dreck an, was wir tun und treiben, wie wir uns den Lebensunterhalt verdienen, mit wem und mit welchen Ländern wir handeln. Er hat sich nicht in unsere Sachen zu mischen. Er nicht und auch kein anderer, denn keiner hat das Recht dazu."

„Bravo, bravo!" unterstützen manche die Worte des Wütenden. Andere verdrücken sich still aus der Schenke. Das sind verdammt aufrührerische Reden, die der Mann da führt. Es ist besser, nichts davon gehört zu haben, wenn es zu einem peinlichen Zwischenfall kommen sollte. Die Sbirren sind scharf hinter den Carbonari und anderen Geheimbündlern her.

„Du hast ohne Zweifel recht", bestätigt der Gevatter Fischer.

„Aber was soll geschehen?" fragt der Fischhändler.

Der Seemann fühlt sich angesprochen, obwohl die Frage an alle gerichtet war. „Weiß ich es? – Wenn mal einer käme und mir sagte: He, Kamerad, wie wär's, wenn wir zusammen, ohne König und Militär, auf eigene Faust die Korsaren bekämpften? – Ich ginge sofort mit."

Man sieht es ihm an, daß seine Worte nicht blindlings hingeworfen sind. Er meint es ernst. Zu viele Male hat er das Meer in Hangen und Bangen gekreuzt. So ist er nun bereit, diesem unnatürlichen Zustand ein Ende zu bereiten, alles auf eine Karte zu setzen.

„Sehr schön, lieber Freund! Nur wird es wohl bei dieser Bereitwilligkeit bleiben", stellt der Fischer achselzuckend fest.

„Möglich, aber man kann nicht wissen..."

Seit einigen Tagen bekommt man Gravelli nicht mehr zu Gesicht. Ob er verreist ist? fragen sich die Kaufleute. Niemand kann ihnen eine Antwort darauf geben. Der Sekretär schweigt. Wahrscheinlich arbeitet der Bankier irgendwo an einem großen Geschäft, das seine Anwesenheit erfordert. Mag es sein, wie es will. Man hat Gelder von ihm geliehen bekommen, mit denen man ansehnliche Gewinne machen kann. Man wird sie nur so lange behalten, wie es unbedingt nötig ist, denn der habgierige Gravelli verlangt ungeheure Zinsen, ganz besonders hohe von ihnen, den kleinen Leuten, da er ihnen nicht traut, zwar nicht an ihrer Ehrlichkeit, aber an ihrem kaufmännischen Geschick zweifelt.

Der große Finanzmann ist krank, schwer krank. Nervenfieber. Das ‚Unten‘, von dem sich sein Geist nicht befreien konnte, hat furchtbar gewirkt. Bis in die Träume hat es ihn verfolgt. Nachts ist er angstschweißgebadet aufgeschreckt. Alle Mittel blieben erfolglos; eines Tages konnte er nicht mehr.

Der Sekretär führt jetzt die Geschäfte. Manchmal möchte er lieber tausend Meilen von Genua entfernt sein, wenn er daran denkt, welche Verantwortung auf seinen Schultern liegt. Er ist ein ehrlicher, gerader Mensch, strebsam, tüchtig, immer bereit, seine eigenen Wünsche zurückzustellen, wenn es gilt, der Firma einen Dienst zu erweisen. Er weiß nicht, welche Gründe den Herrn bewogen haben, so bedeutende Summen bereitzustellen, nimmt an, daß alles in Ordnung ist. Daß es so bleibt, darüber wacht er mit Argusaugen.

Es treten keine Verluste ein.

Als der Bankier das Krankenlager verläßt, ist er nur noch ein Schatten des alten Gravelli. Müde, tatenlos. Er kann sich nicht mehr besinnen, was er alles zum höchsten Aufstieg tun wollte. Es hat ja keinen Zweck; die schweren Verluste der letzten Zeit zeigen klar und unmißverständlich, daß ihm nichts mehr gelingt. Das

Schicksal ist gegen ihn. Und gegen diese unüberwindbare Macht kann kein Mensch Sturm laufen, auch ein Agostino Gravelli nicht. Begonnen hat es – immer wieder gaukelt der nächtliche Besuch vor seinem Auge – mit der spöttischen Drohung Benellis. Daß zwischen Benelli und dem wohl unaufhaltsamen Niedergang seines Hauses eine Verbindung bestehen könnte, daß sein Verrat an den Mitbürgern diese Verbindung ist, kommt ihm nicht in den Sinn.

Es ist gut, daß in der Stadt während seiner Krankheit alles reibungslos verlief. Die Arbeit des Sekretärs verdient Lob. Große Furcht hatte Gravelli befallen, als der junge Mann bat, ihm Bericht über die Geschäfte halten zu dürfen. „Natürlich, ja, sehr gern! Aber morgen, nicht heute. Ich fühle mich noch nicht stark genug", hatte er ihn beschieden. Es war glücklicherweise anders gekommen, als es ihm die Angst in den Stunden bis dahin vorgemacht hatte. Endlich ein Lichtblick! Aber was waren das für armselige Gewinne? Lächerlich, daß er sich mit solchen Kleinigkeiten befassen muß und dafür auch noch zu Dank verpflichtet ist.

Wien frißt alle die kleinen Gewinne wie ein Gespenst auf und verschlingt dazu noch gewaltige Summen des Vermögens.

Wenn man nur wüßte, woran es liegt!

Aber er ist müde, zu feige, ernsthaft nach den Gründen zu forschen.

Luigi Parvisi hat Genua wieder verlassen. Auf Reisen, heißt es. Wohin? Andrea beantwortet die Frage nicht. Vermutungen werden angestellt. So klar und durchsichtig für kluge Geschäftsleute die Unternehmen Parvisis sind, die persönlichen Verhältnisse bleiben für alle hinter einem undurchsichtigen Schleier verborgen. Lange Zeit war das Oberhaupt der Familie spurlos verschwunden, dann tauchte der Totgeglaubte plötzlich gänzlich unerwartet heil und gesund wieder auf. Irgendwelche Geheimnisse sind mit dem alten ehrlichen Haus Parvisi verbunden. Man möchte gern einen Blick in sie tun, doch keinem gelingt es. Wie hinter einer unübersteigbaren Mauer ist das Privatleben Andreas vor der Welt verborgen. Und dabei verkehrt er gesellig mit seiner Gattin in den anderen Familien, empfängt Gäste in seinem Haus. Eigenartig. Achselzuckend unterlassen es die Kaufleute, sich weiterhin um das Dunkel zu kümmern. Um so mehr aber schließen sie sich dem Großkaufmann Parvisi an. Geschäftlich gibt es zusammen mit ihm nie Schwierigkeiten oder unliebsame Überraschungen.

In den Hafenkneipen, vor allem in der ‚Osteria del mare' bei den Gevattern, weiß man auch, daß der junge Parvisi die Heimatstadt wieder verlassen hat. Die Fischer, Transport- und Hafenarbeiter, Händler, Seeleute rätseln nicht um das vermeintliche Reiseziel Luigis. Für sie steht es fest: Algier. Anders kann es doch gar nicht sein. Das Kind war nicht unter den befreiten Sklaven, also muß der Vater weitersuchen, das ist seine unabdingbare Pflicht. Alle guten Wünsche der einfachen, geraden Menschen begleiten ihn dabei.

Übrigens, keiner von der ‚Astra' ist nach Genua zurückgekehrt. Gefangene von anderen Schiffen hat der Lord übergeben. Sie alle wissen Grausiges zu berichten. Schade, daß Parvisi so wenig erzählt hat. Auch von dem Neger, der Italienisch verstand, war nichts zu erfahren gewesen. Sicherlich sucht Luigi auch noch nach dem alten Diener Benedetto, der ihn und seine Familie damals nach Malaga begleitet hatte. Ob er im Kampf umgekommen ist? Es wurde nicht von ihm gesprochen.

Was man so im Hafen spricht, findet dann auch einmal Eingang bei Gravelli. Camillo erzählt davon; der Bankier hört sich alles ruhig und teilnahmslos an. Später überdenkt er es, und ein kleines Feuer glimmt in den Augen auf.

„Wahrscheinlich – nein, bestimmt, wenn man es recht bedenkt. Die Menschen sind auf dem richtigen Weg", murmelt er vor sich hin.

Ganz automatisch greift Gravelli zur Feder, taucht sie in die Tinte, lehnt sich im Sessel zurück. Erst genau überlegen! Man schreibt nicht einem Irgendwer, sondern Benelli. Jedes Wort muß abgewogen und entweder unmißverständlich eindeutig oder dehnbar, viele Hintertüren und Durchschlupfe offen lassend, sein. Je nachdem.

Im Augenblick kann man den Korsaren nicht dienen. Es hat keinen Zweck, Schiffe zu verraten, denn die Seeräuberflotte ist noch nicht wieder schlagkräftig. Aber Luigi Parvisi befindet sich auf dem Weg nach Algier. Er wird Livio den Händen des Deys entreißen wollen. Das muß man Benelli mitteilen.

„Es erscheint angebracht", schreibt er an Benelli, „auf der Hut zu sein. Dieser Luigi Parvisi, der schon einmal dem Zugriff Ihrer Korsaren entschlüpfte, ist ein Mensch, dem alles zugetraut werden kann, selbst die Anzettelung eines Aufstandes gegen die Türken." Und nach einer in alle Einzelheiten gehenden Beschreibung Luigis: „Ich halte es für meine Pflicht, Verehrtester", er gebraucht auch jetzt den Namen des Renegaten nicht, „Sie zu warnen. Meine Ergebenheit dem Dey und Ihnen gegenüber ist hinlänglich bekannt; Sie werden sie zu würdigen wissen."

Das ist nicht schlecht, eigentlich recht gut, findet er beim Überlesen der Zeilen. Vor allem das „Ihrer" vor Korsaren. Er wollte doch „der Korsaren" schreiben. Aber mag ruhig das andere stehenbleiben, das Benelli zeigen wird, daß sein eigenmächtiges Spiel mit den Parvisis durchschaut ist.

Hoffentlich versteht der Kerl dem Wort „würdigen" den gewünschten Sinn, die Beseitigung Luigi Parvisis, zu entnehmen. Aber man hat ja ein zweites Eisen im Feuer, das, seitdem das Fortbestehen der Deyherrschaft gewiß geworden ist, nicht mehr dem ursprünglichen Zweck dienen kann. Machen wir die Leute, die Livio suchen sollen, auf den Vater aufmerksam.

„Sollte euch Luigi Parvisi über den Weg laufen – er ist ein Feind!"

Als Nachsatz hat er diese Bemerkung dem Schreiben an seine Leute angehängt. So ganz nebenbei, ohne sie wichtig zu machen. Wichtiges steht meistens am Anfang, oder es wird so herausgestellt, erklärt, unterstrichen, vielfältig darauf hingewiesen, daß es niemand übersehen kann. Ein Mensch wie Agostino Gravelli kritzelt es auf den Rand, setzt es noch flüchtig unter den Gruß und die Unterschrift. Ist ja so unwichtig. Seine Kreaturen aber, nicht anders als er selbst, verstehen es. Wie Donner, Blitz, Trompetenstoß wirkt es auf sie. Ein Befehl, der alles andere zurückstellt.

Ein Vorstoß zu neuer Tat. Der Hebel ist angesetzt. Laß laufen nun.

Kein Wollen, keine Kraft mehr danach. Das Strohfeuer ist niedergebrannt.

13. Schiffsjunge der Korsaren

El-Fransi – Parvisi – durchstreift wieder die Regentschaft Algerien. Selim fühlt sich glücklich an der Seite des Freundes, der vom einstigen Schüler längst zum Meister geworden ist.

Immer noch suchen die beiden das Kind, das nun fast kein Kind mehr ist.

Nirgends eine Spur zu finden.

„Ob er – tot ist, mein Livio?" Die schon Hunderte von Malen gestellte Frage kann der Neger auch jetzt nicht beantworten. Luigi erwartet kein Ja oder Nein von dem treuen Begleiter zu hören. Sie galt ihm selbst. Kann man damit nicht erfahren, was ist und was nicht? Nichts verneint sie. Er spürt, daß sein Sohn lebt. Irgendwo in diesem großen Lande lebt er. Man wird so lange weitersuchen, bis die Schleier um Livio zerrissen sind, bis man ihn gefunden hat.

Wochen- und monatelang sind die beiden Jäger und Forscher unterwegs, kehren dann für kurze Zeit nach La Calle zurück.

Roger de la Vigne kommt dem Freund mit weitgeöffneten Armen entgegen, begrüßt ihn immer wie einen Neugeschenkten, denn Luigi kehrt aus Gefahren wohlbehalten heim. Wie gern möchte auch er einmal mit hinausziehen, Abenteuer erleben, wie er sie immer von Afrika erträumte. Aber seine beruflichen Aufgaben fesseln ihn an die Compagnie d'Afrique. Und er würde den Freund nur hemmen, ihm vielleicht sogar schaden.

Mancher alte Bekannte aus der ersten Zeit von Parvisis Aufenthalt in La Calle lebt nicht mehr. Das Meer hat seine nassen Arme ausgestreckt, die Hand geballt und die Barke zerschmettert, die Menschen in die Tiefe gerissen; andere sind bei dem Gemetzel in der Kirche von Bona umgekommen.

Außer Roger gibt es noch einen: Claude. Zu einem strammen Burschen ist er geworden. So müßte Livio jetzt auch sein. Die väterliche Freundschaft von einst hat sich zu einer richtigen Männerfreundschaft entwickelt, ist tief und innig. Mit Claude kann man trotz seines jugendlichen Alters über ernsthafte Dinge sprechen.

Nicht lange hält es Luigi in der Korallenfischerstadt. Schuld daran ist – Claude. Luigi liebt ihn, wie er sich von dem Jungen geliebt und verehrt weiß, und sieht in ihm Livio. Das ist zuviel für den harten Mann.

Weiter, weiter!

Erst Tage später, nach stürmischen Ritten, schlägt das wunde Herz wieder gleichmäßig, wird El-Fransi der ruhige, besonnene Jäger, der eine Aufgabe erfüllt: den Sohn sucht.

Am Rande der Wüste flattert 1817 den beiden Männern eine Nachricht zu, die sie aufhorchen läßt.

Omar Pascha ist beseitigt. Die eigenen Leute haben diesen in seiner Sache mutigen und entschlossenen Dey, der nicht einmal durch die Engländer besiegt werden konnte, zu Fall gebracht. Das eigene türkische Militär drang in den Palast ein, überwältigte den großen, mächtigen Herrn. Gefesselt, mit Peitschenhieben zur Eile angetrieben, zerrte man ihn auf den Marktplatz seiner Stadt Algier und erdrosselte ihn. Wenige seiner Vorgänger auf dem Thron Algiers haben anders geendet.

Der Dey ist tot! Es lebe der Dey! Ali-Kodscha Pascha, der neue Dey, lebe!

Ein neuer Mann. Wird er dieselben Wege gehen wie Omar Pascha? Besser oder schlimmer sein als der Tote?

Noch ist das Blatt Ali-Kodscha Pascha unbeschrieben für Luigi Parvisi und Selim. Vorerst steht über dem neuen Kapitel in der Geschichte der Deys von Algier, der Sklavenhalter, Seeräuber, Tyrannen, Verräter, Alleinherrscher, nur der Name. Die Zeit wird die Taten dieses Mannes in goldenen oder blutigen Lettern eintragen. –

„El-Fransi? Du bist El-Fransi! Kommst du mit in unser Dorf?" Der Junge strahlt, als er den Namen des Fremden hört. Das also ist der berühmte Jäger. Etwas Angst schwingt in seiner Stimme, Angst, daß El-Fransi an seinem Dorf vorüberziehen könnte.

„Willst du mich führen?" fragt lächelnd Parvisi.

„Gern. Komm!"

„Wie darf ich dich nennen, mein Freund?" Der frische, stramme Kerl gefällt Luigi.

„Ali."

„Dann los, führe uns, Ali!"

Aufregung im Dorf. „El-Fransi ist da!" So eilt die freudige Kunde von Hütte zu Hütte. Der Mann, der allen Berbern und Arabern ein Freund und Helfer ist, das Vorbild des kleinen, mutigen Omar, hat endlich wieder einmal zum Djebel Uannaseris gefunden.

Die Jugend fordert den Gast für sich. Sie bestürmt ihn mit Fragen und Bitten. Luigi freut sich über die Begeisterung der Jungen.

Lächelnd beobachten die Alten, die dem Gast bereits vor Jahren gegenüberstanden, das Treiben. Hm, auch an El-Fransi ist die Zeit nicht spurlos vorübergegangen. Kein Wunder. Der stete Kampf mit gefährlichem Raubzeug, das dauernde Gespanntsein – Wann wird der Panther, der Löwe zum Sprung ansetzen? – den Tod immer vor Augen, wissend, daß ein kleines Zögern das Ende bedeuten kann, das Umherziehen bei jeder Witterung – das alles verändert das Antlitz des Menschen. An El-Fransi kann man es besonders gut erkennen; er hat sich verändert.

Und noch etwas fällt den Menschen auf: El-Fransi kümmert sich wohl nach wie vor um die täglichen Sorgen der Eingeborenen, darüber hinaus aber spricht er mit ihnen über ihr Verhältnis zu den Türken. Er tut es jedoch so vorsichtig, gibt sich nicht als Feind der Fremden. Er, der kein Araber oder Berber oder Neger ist, ist eben auch ein Fremder. Niemals sagt er: „Ergreift die Waffen, befreit euch von dem Druck, der auf euch liegt." Nein, er sagt es nicht, führt nur die Gedanken seiner Freunde und Bewunderer dorthin. Die Entscheidung müssen sie selbst treffen.

Ali hat sich den Platz zur Rechten des Jägers erkämpft. Wer brachte El-Fransi ins Dorf? Er. Also gebührt ihm der Ehrenplatz. Das sehen die anderen schließlich ein, wenn sie auch nicht frei von Neid sind. Links sitzt Selim. Die Bewohner des Dorfes lassen nicht zu, daß der nicht minder bekannte und beliebte Begleiter des großen Jägers bei ihnen Diener des Herrn ist. Um nichts soll sich der Neger kümmern. Die Tiere werden von ihnen versorgt, eine Hütte steht für die Gäste bereit, für Essen und Trinken wird gesorgt.

Ein kleiner Spalt bleibt zwischen Luigi und Selim.

Schmal ist der Zwischenraum, doch nicht eng genug, daß nicht noch einer dazwischenginge: Achmed. Lächelnd rückt der große Neger etwas zur Seite, als er die bittenden Augen seines kleinen Bruders sieht. Er legt den Arm um den Jungen, der sich, wie jetzt alle, mäuschenstill verhält, denn El-Fransi erzählt.

Luigi darf nicht aufhören. Es ist ein Festtag heute, ein großes Ereignis für das junge Volk. Auskosten bis zur Neige, so denken alle.

„Mein Freund Omar wollte auch so ein berühmter Jäger werden wie du", wirft einmal Ali ein. Er beugt sich etwas vor. „Nicht wahr, Achmed?"

„Ja, das wollte er", bestätigt der Freund.

„Und warum will er es nicht mehr?" Sollen die Kinder auch mal etwas berichten. Man kann sich inzwischen auf neue Jagdgeschichten besinnen, denn, das weiß Luigi, so schnell kommt er aus dem Kreis nicht heraus. Es ist überall das gleiche. Seine besten Freunde sind die Jungen.

„Man hat ihn fortgeschleppt!" Das klingt bitter, anklagend. „Omar war unser bester Freund. Er hat mich einmal aus großer Gefahr befreit, so wie du es auch tun würdest."

Fortgeschleppt. Luigi hat nur dieses Wort gehört. Sein Geist arbeitet angestrengt. „Fortgeschleppt? – Wer?"

„Die Leute des Deys, die ihn gebracht hatten."

Der wolkenlose, reine Himmel, der sich über dem Dorf wölbt, erscheint Parvisi plötzlich verändert. Schwere, schwarze, drohende Fetzen jagen an ihm dahin, verdunkeln die strahlende Sonne. Sekundenlang. Dann blitzt sie in grellem, stechendem Glanz wieder auf. Sonne – Nacht, Sonne – Nacht.

Was ist mit El-Fransi? Das ist nicht mehr der gütige, plaudernde Freund, es ist der harte Jäger, der ein Wild erspäht hat.

„Wer war Omar?" Kurz, scharf die Frage. Die Kinder merken nicht, welche Kraft nötig ist, einigermaßen ruhig zu bleiben. Selim weiß es. Er fiebert ebenso wie der Freund. Die Antwort, die der Junge geben wird, kann Ende oder neuer Anfang sein.

Die Augen des Gastes saugen sich am Mund Alis fest. Der ist verängstigt. Dann spricht er endlich: „Ein fremdes Kind, das nicht einmal Arabisch sprechen konnte."

„Wie alt?"

„So alt wie ich und Achmed."

„Livio!" Aufschrei, Freude, Dank und Enttäuschung zugleich ist das Wort. Gefunden das Kind, gefunden Livio – und es nicht in die Arme reißen können, küssen, streicheln, liebhaben. Furchtbare Lage.

„Livio? Ja, El-Fransi, manchmal, als Omar erst zu uns gekommen war, sagte er so. Später nie mehr." Achmed hat sich erinnert.

Und Luigi Parvisi erinnert sich, daß Abbas ben Ibrahim, der Maure, neugierig gewesen war, ob es gelänge, ein Christenkind zu einem Araber umzubilden. Sein Sohn Livio ist nicht mehr Livio gewesen; ausgelöscht alles, jeder Gedanke an die Eltern, an die Heimat, daran, daß er nicht zu diesen Menschen gehört. Er ist Omar geworden, einer wie alle seiner Umgebung, ein Mohammedaner, ein Mensch, dessen Gedanken andere als die eines Europäers sind.

Schweißtropfen stehen auf Luigis Stirn. Ein Weg ging zu Ende, ein anderer führt hinaus in endlose Ferne. Aber man muß ihn gehen, Schritt um Schritt, so wie es der Jäger El-Fransi gewöhnt ist.

„Und ihr, Ali und Achmed, wart seine besten Freunde?"

Die beiden Jungen bestätigen es mit strahlenden Gesichtern.

„Ich danke euch. Nicht allein mit Worten. Womit – darüber sprechen wir noch. Ihr habt recht getan, den kleinen Omar, der ein so mutiger Kerl war, in euer Herz zu schließen. – Wo ist der Amin? Führt mich zu ihm, schnell!"

„Das geht nicht. Er ist nicht im Dorf."

„Dann zu deinem Vater, Ali. Komm!" Ein Wink an Selim. Bleib hier, halte mir die Kinder vom Halse, bedeutet er. Der Neger versteht und beginnt sofort ein spannendes Abenteuer zu erzählen.

Ali führt El-Fransi zu seinem Vater, der zur Hütte zurückgekehrt ist und nun davorsitzt.

„Kannst du mir, Vater dieses braven Jungen, von Omar, dem fremden Kind, erzählen?" fragt Parvisi den Mann.

„Ich könnte es, El-Fransi."

„Könntest? Was hindert dich daran, es zu tun? Ich, El-Fransi, bitte darum."

Der Berber bleibt stumm.

„Fordere, was immer du magst. Nimm meine Waffen. Sieh diese vorzügliche Flinte, ich schenke sie dir. Nimm mein Pferd, alles, was du willst, mag dir gehören, und noch mehr will ich dir geben, nur sprich!"

„Du beleidigst mich, El-Fransi. Wenn ich spreche, dann freiwillig, ungezwungen, unbestochen."

Der Italiener ist bestürzt. Hier sitzt er einem gegenüber, der einfach nicht will. Eine Überraschung in diesem Land, wo sonst jeder darauf aus ist, Geschenke unverblümt zu fordern und, ohne mit der Wimper zu zukken, berechtigt oder unberechtigt, anzunehmen. Warum schweigt der Mann? Was hat ihm den Mund verschlossen?

„Du kennst meinen Namen, Freund, aber sicherlich nicht mehr. Wisse: El-Fransi hat noch nie die Ohren verschlossen, wenn deine Brüder Rat und Hilfe brauchten. Ich habe nie Dank gefordert, sondern habe meinem Pferd den Sattel aufgelegt und bin davongeritten, wenn man mir für eine Tat einen Schmaus richten wollte. Was ich tat, tat ich aus Liebe."

„Ich weiß es. Alles oder wenigstens vieles, und ich kenne dich ja, von deinem ersten Besuch vor Jahren."

„Und weigerst dich trotzdem?"

Alis Vater blickt finster drein. Parvisi wartet gespannt.

Daran denkt der Mann: Schweigen ist den Dörflern geboten worden. Tun sie es nicht, dann wird das große Schweigen des Todes über sie kommen. Der Dey hat seine Späher überall, wurde hinzugefügt. Keine Frage, die sich auf Omar beziehen könnte, darf beantwortet werden.

Aber Omar Pascha lebt nicht mehr. Ein neuer Dey sitzt auf dem Thron in Algier. Doch auch er ist der Feind der freiheitsliebenden Berber und Kabylen, Angehöriger des fremden Volkes, das über Gedeih und Verderb der Eingeborenen bestimmt. Man weiß nicht, ob er mit der Sache des jungen Omar vertraut ist. An sich lehnen die neuen Deys alles ab, was mit ihren Vorgängern zusammenhängt, vertreiben die Freunde des alten, setzen dafür ihre eigenen in die hohen Posten und Pfründe. Ein schwieriger Fall, hier richtig zu handeln. Man brauchte sich keine Gedanken zu machen, fragte ein anderer, unbekannter Mann nach dem Jungen. Ein Achselzucken wäre die Antwort. Mehr nicht. Da aber sitzt El-Fransi, der Freund und Gleichgesinnte, denn dieser Fremde ist kein Türkenfreund. Er wird Gründe haben, sich des Kindes besonders anzunehmen, wird auch hier, wie in so vielen Fällen, nichts als Helfer sein wollen, vielleicht sogar einmal die Hand reichen, sollte der Tag kommen, da das Volk aufsteht, um sich von den Unterdrückern zu befreien.

„Komm! Mein Haus ist das deine. Du bist mein Gast", fordert er schließlich den Jäger auf.

Die Einladung läßt Gutes erhoffen.

„Frage", wendet sich Alis Vater dann, als man auf den Matten Platz genommen hat, an Luigi.

„Ich habe keine besonderen Fragen, bitte dich nur, mir alles, vom Tage der Ankunft bis zur Abholung Omars, zu erzählen."

Viel wird berichtet, nichts aber von dem früheren Lebensweg des Jungen. Wer er ist? Unbekannt. Daß ihn das ganze Dorf einhellig am Anfang haßte, den Schützling des Deys, ist verständlich; daß man ihn später aufrichtig liebgewann, läßt Luigis Herz schneller schlagen. Sein Sohn, denn nun gibt es keinen Zweifel mehr, hat diese Liebe und Hochachtung durch Taten errungen.

„Mehr weiß ich nicht", schließt der Erzähler. „Wohin man Omar bringen werde, wurde nicht gesagt. Wir hatten uns geweigert, ihn ziehen zu lassen, aber was konnten wir schon tun?"

„Ich danke dir und allen deinen Brüdern. Ihr habt einen der Flecke ausgetilgt, die auf dem Namen Algier liegen."

Der Eingeborene versteht nicht, was El-Fransi damit sagen will. Parvisi läßt es dabei.

„Ihr werdet", fährt er fort, „vom Vater des Kindes reich belohnt werden. Geduldet euch einige Zeit und glaubt El-Fransi."

„Wir haben Omar später so wie unsere eigenen Kinder gehalten, ohne nach Belohnung und Dank zu fragen. Er war einer von uns. Wenn du den Jungen seinen Eltern zurückbringen kannst, wird es uns freuen."

Luigi Parvisi liegt am Strand von La Calle. Lange hat er darüber nachgegrübelt, warum Livio aus dem Berberdorf entfernt worden ist. Er findet keine einleuchtende Begründung dafür. Nur das scheint festzustehen: Lebensgefahr droht seinem Sohn nicht. Wahrscheinlich genügt es den Türken, ihn zu einem Werkzeug abzurichten, aus einem Europäer einen Berber oder was sonst werden zu lassen.

Schon wieder ist ein Blatt im Buch der Geschichte der Deys von Algier umgewendet worden. Nach nur kurzer Regierungszeit wurde Ali-Kodscha Pascha, dieser grausame, blutgierige, wollüstige Herrscher, ein Opfer der Pest. Sein Nachfolger heißt Hussein Pascha. Ali-Kodscha Pascha übertrug auf dem Sterbebett die Herrschaft an

Hussein. Einmalig, daß der alte Dey den neuen bestimmte, und einmalig, daß der Diwan, der Staatsrat, diese Entscheidung bestätigte.

Draußen, weit draußen, ganz klein nur zu sehen, fährt ein Segler vorbei. Ist es ein europäisches Schiff oder ein Korsar? Luigi vermag das nicht zu erkennen.

Selim wüßte es vielleicht, aber der führt einen Auftrag Parvisis aus, der im Augenblick zu nichts fähig ist, nur ruhen will. Eine Herde Schafe nebst einigen Pferden soll der Neger kaufen und sie Alis Vater und den anderen Dorfangehörigen bringen. Für Ali und Achmed, Livios treue und mutige Freunde, sind zwei erstklassige europäische Flinten und andere wertvolle Geschenke beigefügt worden. Jean Meunier – den Namen Parvisi kennen in La Calle nur Roger und die Marivaux' – verfügt über große Mittel. Er gilt in dem Städtchen als einer der reichsten Männer. Im übrigen ist er ein Sonderling, ebenso erpicht auf Jagdabenteuer, wie es Pierre-Charles de Vermont war, ungesellig, ein Einzelgänger. Man kümmert sich nicht weiter um ihn.

Wenn der treue Neger zurück sein wird, geht es von neuem auf die Suche nach Livio. –

Das Schiff, dem der Genuese so wenig Aufmerksamkeit geschenkt hat, gehört zu der berüchtigten algerischen Piratenflotte. Der nun tote Omar Pascha hatte es für Kaperfahrten ausrüsten, vorzüglich bewaffnen und mit einer mutigen und grausamen Besatzung bemannen lassen. Ein junger Mensch, Omar, wurde auf besonderen Befehl dazugegeben.

Dieses Piratenschiff ist gefürchtet im ganzen Mittelmeer, seine Geschichte nicht ganz alltäglich.

Der Kapitän mit den dichten struppigen Augenbrauen und dem drahtigen schwarzen Bart, den stechenden Augen und dem scharfen Zug um die dünnen Lippen war vom ersten Augenblick an der Feind des Jungen. Nichts kann Omar dem Gestrengen recht machen. Es nützt nichts, sich soviel wie möglich versteckt zu halten, der Kapitän hat alle Minuten andere Wünsche. Schnell! Nie geht es schnell genug, soviel sich der kleine Schiffsjunge auch bemüht. Kein Befehl wird gegeben, ohne daß man Omar gleichzeitig die Peitsche zeigt.

Besondere Anweisungen sind erteilt worden: härteste Schule, aber beste Ausbildung. Hart, mehr als hart, grausam geht der Reis mit dem Jungen um. Wegen der Ausbildung rührt er keinen Finger. Man erwartet von Omar, daß er einmal ein guter Korsar werde. Wohl einer, der mich später ablösen soll, vermutet der Schiffsführer. Bei dem Schutz, den Omar genießt, ist der Aufstieg des Jungen so gut wie sicher. Nichts zu machen, wenigstens nicht von meiner Seite aus, und der Korsar rührt keinen Finger, Omar seemännisch auszubilden.

Der Dey hatte ausdrücklich Befehl erlassen, die französische Flagge zu achten. Noch immer, trotz des Blutbades von Bona, besteht ein einigermaßen gutes Verhältnis zwischen Algier und Frankreich, das Omar Pascha nicht getrübt sehen mochte.

„Allah verdamme die Christenhunde! Sind sie zu feig, Schiffe das Meer kreuzen zu lassen?" knurrt der Kapitän nach langer, erfolgloser Kaperfahrt. Unendliche Wasserfläche, kein Segler in Sicht.

„Das Fernglas!" befiehlt er.

Omar, der zum persönlichen Diener des Schiffsführers gemacht worden ist, reicht es hinüber. Anstatt es in die Hand gelegt zu bekommen, muß der Herr den Arm etwas ausstrecken. Das ist zuviel bei der Wut, die seit Tagen auf einen Ausbruch wartet.

„Die Bastonade dem Hund! Treibt ihm die Faulheit aus!" brüllt er auf.

Zwei riesige Mauren stürzen sich auf den Jungen, zerren ihn davon. Gegen die Kräfte der Männer ist Omar machtlos. Er versucht sich loszureißen, ist bereit, über Bord zu springen, um diesem Jammer ein Ende zu machen. Wenig später dringen die Schmerzensschreie des Gestraften ans Ohr des Kapitäns. Sein Ärger verfliegt. Wenigstens eine kleine Abwechslung in diesem langweiligen Leben ohne Beute. Daß ein Kind deshalb unmenschlich gezüchtigt wird, stört ihn nicht.

Der Schiffsführer ist nicht auf Deck. Die Offiziere sind froh, brauchen sie ja nun nicht die schlechte Laune des Alten über sich ergehen zu lassen. Jetzt haben sie freie Hand, denn auch mit ihnen springt der Reis ganz nach Belieben um.

„Hinauf in den Ausguck, Omar!" befiehlt der Erste.

Die Männer freuen sich, wie der Junge bei jeder Sprosse der Strickleiter stöhnt. Gerade das wollen sie. Sie wissen genau, daß die Wunden der Bastonade beim Klettern besonders schmerzen.

Erschöpft sinkt Omar oben zusammen. Er denkt nicht daran, daß er jetzt eine der wichtigsten Personen des Schiffes ist, daß er eher als jeder andere einen Feind oder zukünftige Prisen erkennen kann. Er will Ruhe haben.

„Omar! Ich schieße dir eine Kugel in den Bauch, wenn du schläfst!" schrillt es herauf. Der Offizier hält die Pistole in der Hand bereit.

Stundenlang steht der Junge unter Schmerzen. Wirft er einen Blick hinunter, so sieht er, daß immer einer seiner Peiniger ihn beobachtet.

Es gibt kein Entrinnen. Er muß die Zähne zusammenbeißen, durchhalten, bis man ihn ablöst.

Die Augen brennen wie Feuer, die Sonne sticht. Es ist, als liege er auf der Folter.

Plötzlich etwas Fremdes, Störendes in der silbrig glitzernden Ebene. Omar schließt die Lider. Wie die Augen brennen, die Sterne tanzen, ein Gewirr von schwarzen und roten Fäden durcheinanderwirbelt! Endlich kann er wieder klar blicken. Die Erscheinung ist noch da, schon etwas größer geworden. Ein Schiff! Vergessen ist alles andere. Ein Schiff. Das wird ihn befreien.

„Schiff auf Backbord!" – Nicht von den Korsaren befreien, aber wenigstens für die nächsten Stunden von den Peinigern, die nun alle Hände voll zu tun haben werden, beendet er den Gedanken.

Langsam nähert sich das fremde Schiff. Im Topp führt es die französische Flagge. Auf dem Kauffahrer hat man zweifelsohne den Korsaren als Algerier erkannt. Keine Gefahr also. Die Algerier sind befreundet.

Den Kampf erlebt Omar im Mastkorb. Es geht schnell, fast ohne Gegenwehr. Der Reis hat die Flagge nicht geachtet; der Franzose ist zur Prise gemacht worden. Eine reiche Beute: Seidenstoffe aus der Levante. Der Dey wird zufrieden sein, der Reis ist es schon. Auch die am Raub beteiligte Mannschaft schmunzelt.

Kurs Algier! Der Franzose folgt mit einer türkischen Mannschaft an Bord im Kielwasser.

Allah! Omar Pascha hat verboten, französische Schiffe zu belästigen oder gar zu kapern. Soll die reiche Beute, das Ergebnis langer Wochen vergeblichen Kreuzens, ins Meer geworfen werden?

Nur noch eine kurze Strecke bis zum Heimathafen.

Der Korsarenkapitän ruft die Offiziere zusammen, teilt ihnen den Befehl des Herrschers mit, den sie ohnehin genau kennen. „Was tun?" fragt er.

Man wird sich schnell einig. Alle erbeuteten wertvollen Waren herüber auf das Piratenschiff. Den Gefangenen die Köpfe abschneiden, das Schiff versenken. Der Mannschaft ist bei Androhung des Todes Schweigen aufzuerlegen.

Das Kauffahrteischiff wird versenkt.

Einer plaudert später von dem furchtbaren Verbrechen.

Der Dey tobt. Tobt, daß seine Ratgeber fluchtartig den Saal verlassen. Einer bleibt ruhig, blickt unbewegt, als habe er nichts gehört oder als gehe ihn die Sache nichts an, zum Fenster hinaus: Mustapha. Mag der Dey rasen und brüllen, er fürchtet ihn nicht.

„An die Rahen mit den Burschen!" Es ist niemand da, der den Befehl überbringen könnte, nicht der Vekil-Hardj, der Marineminister, nicht der Tschaouch-Baschi, der Oberhenker.

Überhaupt niemand mehr um den Thron, stellt der Dey verärgert und zugleich befriedigt fest. Man fürchtet ihn also.

Mustapha tritt aus der Nische heraus. „Ich werde den Befehl ausführen lassen, Herr!"

„Gut. Aber schnell!"

„In Kürze wird es geschehen sein!" versichert der Renegat.

Mustapha, den Gravelli als Benelli fürchtet, winkt lässig im Flur einen Großen aus der Umgebung des Throns heran. Der Mann beeilt sich zu folgen. Benelli lächelt. Vielleicht mehr als vor dem Herrscher zittert man vor ihm in der Kasbah.

Er flüstert dem hohen Beamten etwas ins Ohr. Der hebt die Hand zum Gruß an die Stirn und eilt davon. Und Benelli lächelt.

„Komm her, Freund!" Mustapha hatte sich Zeit gelassen, bis er den anderen zu sich rief. Es ist diesmal ein hoher Janitscharen-Offizier. Auch er folgt dem Wink sofort.

„Befehl des Deys: Die Mannschaft, sämtliche Offiziere und der Kapitän des Raubschiffes, Mauren, Araber, Neger und Türken" – er gibt den genauen Liegeort des Schiffes im Hafen an – „sind sofort an die Rahen zu knüpfen. Ohne Ausnahme! Hörst du. Du haftest mit deinem Kopf, daß das Urteil ohne Verzug ausgeführt wird."

„Aber", wagt der Türke einzuwerfen, doch er läßt es bei diesem einen Wort. Es steht einem Untergebenen nicht zu, anders als der Herr zu denken. Am besten ist es, überhaupt nichts zu wollen, nicht zu denken, wenn die Augen Mustaphas auf einen gerichtet sind.

Wortlos kehrt sich der Offizier ab.

Und Benelli lächelt. Er läßt sich einen Tschibuk bringen, macht es sich bequem und wartet, in den Koran vertieft, auf die Meldungen seiner Boten.

Später zeigt er dem Dey die Vollstreckung des Strafgerichts an. Omar Pascha hatte sich inzwischen mit dem Khodgia, dem Geheimen Rat, und dem Beit-el-mal, dem Oberrichter, besprochen und nachträglich ihr Einverständnis zu seinem harten Urteil geholt.

„Es ist gut, meine Politik zu Frankreich ist nicht gefährdet worden. Man muß dort einsehen, daß ich ein guter Freund bin, der die eigenen Leute straft, wenn sie sich an der französischen Flagge vergangen haben."

„Man wird deine Gerechtigkeit zu schätzen wissen, o Dey!" versichert Benelli. Das ist die Rede eines Schmeichlers, eines Mannes, der keine eigenen Gedanken hat, sie wenigstens nicht ausspricht. Warum auch? Omar Pascha, der launische, unberechenbare Herrscher, würde einen neuen Wutanfall bekommen, sagte man ihm, daß er ein Kind, ein Stümper ist. Glauben würde er es nicht, denn er hat ja keinen einleuchtenden Grund dafür. Die europäischen Nationen lassen sich alles gefallen und scheuen sich nicht, Belästigungen mit Geschenken zu belohnen. Benelli ist ein viel zu klarer Kopf, als daß er die Schwächen Omar Paschas und der europäischen Herrscher nicht erkennen würde.

„Ich hoffe es! Aber ich hörte, daß mein Befehl nicht ausgeführt sei. Was hast du darauf zu sagen?" fragt der Dey hinterhältig.

„Er ist ausgeführt!"

Der Türke spielt mit dem goldenen, edelsteinbesetzten Griff seines Handschars, des Dolches. An seinen Fingern blitzen kostbare Ringe.

„An allen?"

„Ja."

„Du lügst, Mustapha! Was ist mit dem Schiffsjungen? Wer hat ihn befreit?"

„Ich!" Ein Wort, das wie Blitzen einer Klinge ist. Omar Pascha ist zurückgeprallt. Der das Wort sprach, ist, wenn man es dazu kommen läßt, ein unerschrockener, sicher der gefährlichste Gegner.

„Du wagst es, gegen meinen Willen zu handeln!" schäumt der Herrscher.

„Der Junge gehört mir. Du hast seinerzeit bestätigt, daß alle Überlebenden der ‚Astra' mir gehören. Dafür auch heute nochmals herzlichen Dank, o Dey."

Der Türke will Einwände machen, will sagen, daß es damals war und daß dies heute keine Gültigkeit mehr habe, vor allem, wenn einer davon den gegebenen Befehlen zuwiderhandle; aber da steht Mustapha, ein Mann, dessen Fähigkeiten und Geist wichtig sind. So bringt er es nur zu einem matten: „Ich weiß."

Der Renegat tritt einen Schritt näher, beugt sich vor. Omar Paschas Augen sind fest auf den Ratgeber gerichtet. Er weiß genau, wie gefährlich dieser Mann ist. Man muß auch als Dey vor ihm auf der Hut sein.

„Ich hoffe, daß dieser Junge einmal einer der besten Kapitäne deiner Flotte werden wird", flüstert Mustapha ihm zu.

Der Türke erkennt sofort die Schändlichkeit des Gedankens. Da soll ein Europäer die gleiche Rolle spielen wie seinerzeit Horuk Barbarossa, der Gründer der Republik, soll gegen die eigenen Leute kämpfen. Das ist ausgezeichnet, das ist echt Mustapha. Nicht ein Algerier, sondern ein Europäer führt Kampf gegen die europäischen Staaten, schleppt die eigenen Rassengenossen in die Sklaverei. Unbezahlbar dieser Plan.

„Du hast freie Hand", bestätigt der Dey. „Du wirst, nicht zuviel versprochen haben. Ich bin zufrieden mit dir, mein Freund!"

Das Raubschiff wird neu bemannt. Türken sind nun nicht mehr unter der Mannschaft. Omar ist wieder dabei. Auch der neue Reis – der einzige Türke – erhält Anweisung, den Jungen mit allen Geheimnissen der Schiffsführung vertraut zu machen. Der Dey und Mustapha werden darüber Rechenschaft fordern.

Der Vorgänger ist wegen Nichteinhaltung eines Befehls hingerichtet worden. Dieser Gefahr kann man sich nicht aussetzen; besser also, die französischen Kauffahrer ungeschoren lassen und Omar beibringen, was gefordert ist. Daß es nicht ohne Härten abgehen wird, schadet bestimmt keinem.

Wieder wird Omar jede Arbeit zugeschoben, die andere nur mit schiefem Gesicht tun würden. Der Junge ist willig und nicht dumm. Er lernt gern, wenn man sich mit ihm über Karten beugt, ihn mit den Winden und der sich daraus ergebenden Segelstellung vertraut macht, die Handhabung der Waffen erklärt und ihn ab und zu einmal das Steuer bedienen läßt.

Und Mut hat der Kerl. Er fürchtet sich nicht. Erst kürzlich, beim letzten Überfall auf den Spanier, hat er es wieder bewiesen. Der Segler wehrte sich. Kugeln flogen kreuz und quer, Aufbauten, Masten stürzten, brennende Segelfetzen überall. Der Junge hatte sich nicht daran gekehrt, war mit todesmutigem Sprung einer der ersten an Deck des feindlichen Seglers gewesen. Wie ein alter erfahrener Korsar hatte er den Jatagan geschwungen, zwischen den Zähnen einen der beiden scharfgeschliffenen Dolche gehalten und sich auf die verzweifelt kämpfende spanische Mannschaft geworfen.

„Brav, Omar! Wirst ein richtiger Korsar werden", hatte ihn der Kapitän gelobt.

Des Jungen Lachen war ein Zeichen dafür, daß er ganz zu diesen Leuten gehört, ganz zu ihnen gehören will. Livio Parvisi ist Korsar geworden. Gleich grausam, gleich roh und rücksichtslos wie alle.

Einige Meilen Entfernung trennen Luigi und den seit Jahren gesuchten Sohn am Strand von La Calle, und doch liegt eine Welt zwischen ihnen. Über diese kurze Strecke führt keine Brücke vom Vater zum Sohn. Zerrissen sind alle Bande.

Vater? Omar kennt die türkischen, arabischen und berberischen Wörter für Vater wohl, aber sie haben keine Bedeutung für ihn, der keinen Vater hat. Väter sind alle an Bord des Piratenschiffes, wenn Vater Härte, Strenge, Strafe ist, die er tagtäglich zu spüren bekommt, der Schiffsjunge und Korsar Omar.

Kurzer Aufenthalt in Algier, dann geht es wieder hinaus auf Kaperfahrt. Einmal nach Westen durch die Meerenge von Gibraltar bis vor Portugals Küsten, dann zu den Gestaden Ägyptens, später nach Norden in den Bereich der Herrschaft des Königs von Sardinien, fast bis in Sichtweite Genuas, und hinunter nach Neapel.

Der Dey Omar Pascha ist gestürzt worden, sein Nachfolger, Ali-Kodscha Pascha, an der Pest gestorben, Hussein Pascha, der die Macht am 1. März 1818 angetreten hat, entpuppt sich als Franzosenfeind, erläßt keine Befehle, die französische Flagge zu achten.

Schön ist das Leben an Bord eines Raubschiffes für den größer und kräftiger gewordenen Omar. Eine wilde, ungezügelte Kraft schwelt in ihm, die sich nur im Kampf austoben kann. Er fiebert, wenn vom Ausguck ein Schiff gemeldet wird, ist unglücklich, nicht im Handgemenge stehen zu dürfen, wenn der Reis ihm das Steuer übergibt, während die anderen sich auf die Beute stürzen.

Einmal reißt ihn die Abenteuerlust hin. Er verläßt seinen Posten. Mitten im wildesten Kampf taucht plötzlich der Schiffsjunge auf, schlägt zu, daß die europäischen Matrosen, die zwei Korsaren arg bedrängen, ganz schnell ihres Vorteils beraubt sind und dem Unheil nicht mehr entgehen können. Omars schrille, anfeuernde Schreie hallen über das Deck, zwingen die anderen, noch rücksichtsloser dreinzuhauen.

Ein großer Sieg!

Glückstrahlend steht der Junge dann vor dem Kapitän, will von seinen Taten berichten, ein Lob, ein Lächeln erwartend.

„Den Strick für den ungehorsamen Hund!" brüllt der Schiffsführer beim Anblick des blutbesudelten Omar, dessen Kleidung nur noch aus Fetzen besteht.

Schon greifen eisenharte Hände nach dem erschrockenen Schiffsjungen, um den grausamen Befehl auszuführen, als der Kapitän daran denkt, daß ein Mächtiger die Hand über Omar hält.

„Nein, nicht sofort. Schließt ihn in Ketten. Ich werde später endgültig entscheiden."

Man läuft nicht ungestraft von einer Aufgabe weg, um der Lust zu frönen! Das erkennt der unglückliche Junge, als er, in einem der untersten Räume des Schiffes gefesselt, Zeit hat, über seine Lage nachzudenken. Hier gibt es nur Nacht. Lediglich wenn man ihm ein Stück Brot und einen Krug Wasser bringt, erhellt für wenige Augenblicke ein Lichtstrahl das dumpfe Gefängnis. Der Mann, der unregelmäßig die karge Nahrung vor den Gefangenen hinstellt, spricht kein Wort. Omar hat versucht, ein Gespräch anzuknüpfen, um zu erfahren, was mit ihm werden soll. Seine Fragen finden taube Ohren.

Wie lange noch diese Ungewißheit? Will man ihn hier zugrunde gehen lassen? Gibt es denn keinen Menschen, der Erbarmen mit ihm hat? Noch einmal die Sonne sehen, noch einmal die Lungen in frischer Luft baden können, und wenn es auch nur für den Augenblick seines Todes sein sollte! Mehr wünscht er sich nicht. Nichts geschieht.

Der Kapitän ist der einzige an Bord, der Omar näher kennt. Er war damals als einfacher Janitschar dabei, als man die Frau, das Kind und den genuesischen Schiffsführer in Sidi Feruch abholte. Mustapha hatte danach alle Bitten des Mannes, ihn zu fördern, lachend abgelehnt. Beim Kampf gegen die vereinigte britisch-niederländische Flotte hatte er sich ausgezeichnet und war schließlich ohne Zutun des ‚Gelehrten‘ zum Kapitän ernannt worden. Ein Glück, daß man ihm den Jungen zusandte, so daß er nicht mit dem Gefürchteten zusammentraf. Da seine Wünsche damals unerfüllt blieben, zählt der Kapitän zu den entschiedenen Gegnern Mustaphas. Noch ist es ihnen nicht gelungen, diesen Mann zu Fall zu bringen. Vielleicht kann man ihm mit dem Gefangenen eins auswischen. Über das Wie ist sich der Reis noch im unklaren.

Sturm? Die Fregatte schlingert wild. Omar wird zur Seite geworfen. Die Ketten halten den Fall auf. Die Eisenringe um Hände und Füße schneiden ins Fleisch. Dann Schüsse. Kampf also. Und er gefangen in diesem Verlies.

„Laßt mich hinaus! Ich will kämpfen! He, Freunde, nehmt mir die Ketten ab! Hinaus, hinaus!" brüllt Omar.

Wie lang und wie oft er geschrien hat, er weiß es nicht. Niemand kommt. Man braucht ihn nicht. Und die Eisen sind fest. Ihren Klammern kann man nicht entfliehen, auch wenn die Muskeln zum Bersten angespannt werden.

Erschöpft sinkt er zurück. Es ist alles vergeblich. Nur ein Wimmern bleibt und Nacht.

Vielleicht werden die Korsaren besiegt, und man befreit ihn. Es ist ein Gedanke, der aber nicht Hoffnung ist. Was soll er bei den Ungläubigen, er, ein Korsar und Mohammedaner? Hierher gehört er, in den Kampf, an dem teilzunehmen ihm nicht erlaubt ist.

Die Kehle ist trocken vom Schreien, die Luft dumpf und stickig. Unbewußt greift er nach dem Krug. Wo ist er? Umgefallen, das Wasser herausgelaufen. Kein Tröpfchen mehr darin.

Vergessen der Gefangene, unwichtig in diesen Stunden für seine Freunde, die Freundschaft nur so lange halten, wie es der Kapitän erlaubt.

Wie lange mag er nun schon in diesem Raum sein? Drei Tage? Eine Woche? Oder länger? Was hat man mit ihm vor? Wann wird man ihn wieder freilassen, ganz frei, oder abholen, um ihm doch noch den Strick um den Hals zu legen? Es ist alles gleich. Wenn nur dieses ungewisse, tötende Warten ein Ende hätte.

Die Tür quietscht in den Angeln, ein Lichtstrahl huscht über das stinkende, verdreckte Verlies, über den verwahrlosten, dumpf stierenden Menschen.

Da fällt das Licht ihm in die Augen. Sie werden groß. Plötzlich ist das Verstehen, das Denken wieder da.

Man holt ihn! Endlich! Allah sei Dank!

Herrlich dieses Zusammenklirren von Eisen auf Eisen, das der Schlüssel hervorlockt. Wie ganz anders klingt es jetzt als während der unzähligen Male, da der Gefangene die Ketten zu zersprengen versuchte.

Die Füße sind frei. Man kann sie bewegen. Nun auch die Arme. Omar will aufspringen, torkelt an die Schiffswand, fällt einem der Männer vor die Füße.

„Komm!" Der Befehl ist unsinnig, denn der Junge kann nicht stehen, seine Glieder sind steif, gelähmt durch die lange Zeit in gleicher Lage.

Sie nehmen ihn unter die Arme. Unsicher setzt er Fuß vor Fuß. Die Treppen hinauf muß man ihn tragen.

Es ist Tag. Die im Zenit stehende Sonne wirft Goldbündel auf die Fregatte. Gold, so gleißend, in solcher Menge, daß Omar das Licht wie einen Peitschenhieb empfindet.

Einige Korsaren stehen umher, lehnen an Taubündeln, beobachten mit schiefen Blicken den Jungen. Der Kapitän ist nicht zu sehen. Der Unterreis führt das Schiff.

Was ist geschehen? An Bord ist alles ruhig. Nichts deutet an, daß man ihn hinrichten wird.

Omar atmet tief, zieht die frische Luft wie ein japsender Hund in sich hinein.

Man schwingt ein Boot aus, in das Omar steigen muß. Jetzt erst merkt er, daß man sich nahe am Land befindet. Die Ruderer sind mürrisch, müssen immer wieder von dem begleitenden Offizier angefeuert werden.

Omar liegt auf dem Boden des Kahns. Er ist zu schwach, aufrecht zu sitzen.

Einer der Ruderer war ihm immer freundlich gesinnt.

„Was wird mit mir?" wagt der Junge zu fragen.

Der Mann scheint es nicht gehört zu haben. Noch einmal die Frage. Ganz leise.

Der andere blickt in die Runde. Der Offizier steht am Bug des Bootes, betrachtet den Strand und die Dünung.

„Man bringt dich zu Scheik Osman in den Felizia-Bergen", murmelt der Ruderer und greift stärker in die Riemen.

Scheik Osman – Felizia-Berge? Sind das Namen, natürlich Namen, aber darüber hinaus auch Begriffe? Omar weiß es nicht.

Omar, der Europäer, der zum echten Korsaren wurde, ist zum Sklaven bestimmt.

Und El-Fransi sucht weiter den Sohn, sucht Livio.

14. Mustapha

Benellis Haus war bei dem Beschuß durch die europäische Flotte verschont geblieben. Der Renegat hatte mit den Zähnen geknirscht, als die Kugeln die Stadt in Brand setzten, um seine Schätze gebangt und um die Herrschaft des Deys gezittert. Mit ihrem Ende wäre auch seine Macht gebrochen gewesen. Während der Beschießung befand er sich bei Omar Pascha, dem er den Rücken gestärkt und den er immer wieder zum Durchhalten angespornt hatte. Schon bald war ihm klargeworden, daß Lord Exmouth es nicht zum Äußersten treiben werde. Und sein Weitblick hatte nicht getrogen.

Stümper! Mit diesem Urteil über den englischen Admiral war für ihn der Fall erledigt, der Vertrag in seinen Augen nichts anderes als eine Lächerlichkeit, eine

Beruhigungspille für die geschädigten europäischen Staaten.

Daß der jetzige Dey, Hussein Pascha, die alten freundschaftlichen Beziehungen zu Frankreich mißachtet, gibt dem Leben neuen Reiz. Algier gegen die ‚Grande Nation'! Er, Benelli, wird die Hand im Spiele haben.

Gravelli schrieb, daß Luigi Parvisi sich wahrscheinlich wieder in Algerien befinde. Der Wink wurde beachtet, aber seine Leute fanden keine Spur des Italieners. Sie stießen nur ab und zu auf El-Fransi, der ein Franzose aus La Calle sein soll. Bisher ist diesem leidenschaftlichen Jäger nichts in den Weg gelegt worden, da Omar Pascha ängstlich bemüht war, die Bande zu Frankreich nicht zu zerstören.

Nun ist dieser Grund weggefallen. Es war eine Kleinigkeit, den Argwohn des neuen Deys auf El-Fransi zu lenken und die Erlaubnis zu erhalten, diesen Mann zu überwachen und, wenn nötig, zu beseitigen.

Benelli will eben die Aufzeichnungen über El-Fransi, die er sich nach Berichten seiner Spitzel zusammengestellt hat, hervorsuchen, als Kanonenschüsse über die Stadt rollen.

Er stürzt mit dem Glas unter dem Arm auf das Dach des Hauses.

„Ah, das Schiff mit Omar! Ich werde mich sofort mit dem Kapitän unterhalten", murmelt er vor sich hin.

Obwohl noch etliche Zeit verstreichen wird, bis der Korsar vertäut ist, hat Benelli im Augenblick keine Lust, sich weiter mit dem Fall El-Fransi zu beschäftigen.

Als einer der ersten betritt er das Deck des Raubschiffes. Der Reis erwartet ihn mit finsterer Miene.

Diesen Mann kenne ich doch, wenn er auch damals anders hieß, jünger war, schießt es Benelli durch den Kopf. Nichts anmerken lassen. Ganz sachlich fragt er:

„Hat Omar, der Schiffsjunge, dessen Ausbildung ich dir ans Herz legen ließ, gute Fortschritte gemacht?"

„Er war ein sehr gelehriger und mutiger Junge, Mustapha."

„Was ist das? War?" Die Augen Benellis bohren sich in die des Türken.

„Er ist tot, Herr."

„Du lügst, Reis!" Der Renegat hatte bemerkt, daß der Kapitän den Blick abwendete, als er die Antwort gab.

„Ich würde es nicht wagen, einem so großen und mächtigen Mann falsch zu berichten. Was hätte ich davon?"

„Erzähle!"

„Im Kampf getötet. Er war einer meiner kühnsten Leute. Tatenlustig, unbesonnen, ungehorsam lief er von dem Posten weg, den ich ihm übertragen hatte", schließt der Schiffsführer den Bericht.

Benelli kehrt sich ab. Kein Muskel zuckt in seinem Gesicht. Starr blickt er über das Hafenbecken.

„Ungehorsam?" Blitzschnell hat er sich umgedreht, das Wort herausgeschleudert.

„Ja." Der Kapitän fährt zusammen, als er die Bestätigung gegeben hat. Zu spät merkt er, daß er in eine Falle getappt ist, die über ihm zuschlägt. Zu spät wird ihm bewußt, daß er doch dem gefährlichsten Mann Algeriens gegenübersteht.

„Du hast ihn getötet!" stößt Benelli wieder vor.

„Beim Barte des Propheten: Nein!"

„Wenn du falsch geschworen hast, Reis, wird dich nichts auf der Welt vor meiner Rache schützen!"

„Warum beleidigst du mich, Mustapha? Frage jeden der Mannschaft. Man wird dir bestätigen, daß ich die Wahrheit gesprochen habe."

„Pah. Du lehrst mich nichts. Ich weiß genau, wie man die Menschen zwingt, daß sie sagen, was sie sollen. Sei beleidigt oder nicht, was kümmert's mich! Ich wiederhole: Du lügst!"

Er lügt. Omar ist nicht tot. Benelli ist fest davon überzeugt, daß seine Annahme richtig ist. Es darf nicht sein, denn Omar ist in seinem Spiel eine ungewöhnlich wichtige Figur, die ein kleiner Kapitän nicht aus dem Feld schlagen darf.

Der Italiener betrachtet das neue Verhältnis zu Frankreich anders als der Dey. Mit den Augen des Europäers. Auf die Dauer wird sich diese Großmacht nicht so behandeln lassen wie die anderen europäischen Staaten. England hat bewiesen, daß es wohl die Hand erheben kann, aber nicht endgültig zerschlagen will. Mit Frankreich könnte es anders sein. Geschieht das, dann hängt der Bestand der Regentschaft Algerien an einem seidenen Faden. Man verhungert nicht, wenn die Türken vernichtet würden, aber ein geruhsames Leben bedeutet für einen Mann vom Schlage Benellis – verhungern. Es ist besser, für diesen unerwünschten Fall eine Trumpfkarte in der Hand zu haben. Das Trumpfblatt ist Omar. Mit ihm kann man Gravelli bis aufs Blut aussaugen, den alten Parvisi und auch den Sohn nach Herzenslust schröpfen. Auch ein toter Omar ist noch Gold wert, ein lebender aber ungleich wertvoller: ein Zeuge!

Stundenlang sitzt der Renegat in Gedanken vertieft. Natürlich lügt der Reis. Wort für Wort baut der Geist Benellis die Unterhaltung nochmals auf. Er täuscht sich nicht, entsinnt sich jeder Einzelheit, jedes Tonfalls.

Er kommt nicht von dem kleinen Wort ‚ungehorsam‘ los. Wenn ein Mitglied eines Korsarenschiffes ungehorsam ist, dann macht der Kapitän kurzen Prozeß. Hat in diesem Fall der Reis von seinem Recht Gebrauch gemacht, ist Omar tot. Aber dann ist auch die ganze Erzählung zwecklos gewesen. Niemand – und Mustapha denkt gar nicht daran, daß für ihn eine Ausnahme gelten könnte – würde Klage dagegen erheben können, denn es hieße, die Grundpfeiler der Korsarenmacht niederreißen, die auf Furcht und Schrecken und blindem Gehorsam gebaut ist.

Beim Barte des Propheten ist beschworen worden, daß Omar nicht von dem Reis oder, was das gleiche ist, auf seinen Befehl getötet wurde.

„Oder er hat ihn beseitigt!" Benelli springt auf. „Omar lebt! Irgendwo versteckt ist er. Warte, Schurke! Mir bist du nicht gewachsen. Ich werde ihn finden, und dann rechnen wir ab." Eine hämische Freude ist in dem Ausruf des Italieners. Ein Abenteurer wie er braucht besondere Anlässe, um seinen ganzen Witz und seine Verschlagenheit schäumen zu lassen.

Der Diener wird mit Befehlen und Aufträgen überhäuft. Wie ein Uhrwerk arbeitet der Geist des Renegaten.

Kurz danach jagen seine Spitzel durch die Regentschaft. „Bringt Omar, den Schiffsjungen! Schnellstens!" ist ihnen allen geboten.

Zwei suchen den Jungen: der Vater und der Renegat Benelli. Dieser ist sicher, daß seine Spürer Erfolg haben werden, jener hat nichts als die Hoffnung, eines Tages wieder die verwehte Fährte zu finden.

Das Sklavenlager Scheik Osmans in den Felizia-Bergen ist leer, wenn man den einen Europäer übersieht, den es noch beherbergt. Und man übersieht ihn, denn früher waren es immer an die eintausendfünfhundert Menschen, die hier ein Leben in Angst und Not führen mußten.

Der Scheik, ein Sechzigjähriger, hat den ihm übergebenen Jungen verächtlich gemustert. Was soll er mit ihm, einem Mohammedaner? Was fällt dem Freund ein, diesen Burschen zu schicken? Eine Unverfrorenheit ist es; der Zorn Allahs kann sie beide, ihn, den Scheik, und den Reis, dafür treffen. Dabei wurde nicht einmal der Grund für die Übersendung genannt.

Das Leben ist fad und öde geworden, seitdem die Sklaven die Freiheit erhalten mußten. Gern war sie ihnen verständlicherweise nicht gegeben worden. Osman hatte geflucht, berechnet, welchen Verlust er erlitt. Aber der Dey hatte befohlen, unterschrieben, daß alle Sklaven freizugeben wären, und der Dey ist ein noch mächtigerer Herr als der große und gefürchtete Scheik.

Osman war für Tage unsichtbar geblieben, als die Europäer fortzogen. Was nützt ihm der eine noch, der nicht der Macht des Herrschers unterstand? Ihm brauchte keine Heimkehr gewährt zu werden. Einer in dem Lager, wo einst eintausendfünfhundert fast aufeinanderlagen. Weg mit ihm, dem kärglichen Rest einstiger Größe und Freude! Weg mit ihm, wenn nicht Schwierigkeiten eintreten sollen.

Ihm das Leben nehmen? Der Scheik hatte es im Sinn gehabt, hätte es ausgeführt, wenn sein Besitzer nicht – Mustapha wäre. Mit diesem Mann wagt Osman nicht anzubinden, obwohl er sich seinen guten, besten Freund nennen kann.

Mustapha hatte den Fremden seinerzeit zwar nicht persönlich gebracht, war aber kurz danach ins Lager gekommen und hatte auf ihn und die anderen von der... – er nannte den Namen eines Schiffes – besonders hingewiesen. Ja, der Mann war nicht allein gewesen, aber die anderen waren inzwischen den Anstrengungen eines Sklavenlebens erlegen. „Sie sind mein; kein anderer, auch der Dey nicht, kann über sie bestimmen", hatte Mustapha gesagt. Und dem Scheik genügte das, die Fremden im Auge zu behalten. Daß sie starben – darf man Scheik Osman dafür zur Rechenschaft ziehen? Es war keine Anweisung ergangen, die Leute besonders zu behandeln.

Der eine blieb übrig. –

„Gut, bringt Omar zu dem anderen!" befiehlt der Scheik.

Benedetto Mezzo, der Gefangene – denn diese Bezeichnung ist seit einiger Zeit richtiger als Sklave –, beobachtet den Jungen lange. Er ist ein Stück zur Seite gerückt, damit der Neue sich mit auf das Strohlager legen kann.

Daß man ihm plötzlich wieder einen Leidensgenossen gibt, überrascht ihn. Der wievielte ist es? Nein, nicht nachrechnen, nicht zurückdenken an die Unglücklichen, die mit ihm zusammengeschmiedet waren und nun stumm sind, nicht mehr unter den Lebenden.

Er beobachtet, schweigt, wartet ab. Das Gleichgewicht, das er in einsamen Nächten zurückgewonnen hat, ist gestört. Wieder befällt ihn die furchtbare Frage: Warum hat man mich, der ich auch Europäer bin, nicht mit den anderen freigelassen? Es war ihm gelungen, diese Frage zum Schweigen zu bringen. Nun steht sie wieder in ihrer ganzen Schwere auf.

Schuld daran trägt der Neue. In dem ehemaligen Sklaven keimt Haß. Niemals will er dem jungen Burschen freund werden.

In die finsteren Gedanken fallen Seufzer Omars. Er weint.

Schon hebt Benedetto die Hand, um den Unglücklichen zu trösten, da zieht er sie schroff zurück. Was geht ihn dieser Eingeborene an, dieser Junge von Menschen, die niemals Mitleid mit den Sklaven hatten? Möge er selbst erleiden, was man lachend unzähligen Europäern angetan hat.

Und doch, so hart und gefühllos er in dieser Hölle geworden ist, im Unterbewußtsein fühlt er mit Omar. Das Weinen des jungen Menschen schneidet ihm ins Herz.

Aber der Fremde ist ein Araber. Als man ihn brachte, sprach er fließend Arabisch mit den Männern.

Ein letztes Aufstoßen, ein letzter Seufzer. Der Junge wischt sich die Tränen von den hageren Wangen. Verstohlen verfolgt es Benedetto, soweit das geringe Licht des kleinen Mauerdurchbruchs es gestattet.

„Wie heißt du?" fragt Omar in Arabisch. Er muß die Frage ein paarmal wiederholen. Der Italiener hat sie bereits verstanden, aber er will nichts mit Omar zu tun haben.

Der Junge rückt plötzlich zum Rand des Lagers, vergräbt den Kopf in die Arme und fängt wieder an zu weinen.

Hat man Benedetto einen Schlag ins Gesicht versetzt? Ihm ist es jedenfalls so. Das Blut schießt ihm zum Kopf. Stoßweise geht sein Atem. Gedanken peinigen ihn erbarmungslos. Ist das Unglück für einen Araber weniger schwer als für einen Europäer? Gibt es einen Unterschied zwischen einem unglücklichen Mohammedaner und einem unglücklichen Christen? Sind nicht alle Menschen zu bedauern, denen man aus eigensüchtigen Gründen die Freiheit raubt? Ist nicht jeder Mensch zuerst doch Mensch, dann erst Europäer, Araber, Maure, Neger?

Und er, der das Maß der Not bis zur Neige geleert hat, dessen Herz um eine mitfühlende Seele gebettelt, gewinselt hat, er ist hart, kalt, gefühllos einem halben Kind gegenüber!

Benedetto wirft sich herum, reißt Omar an sich und brüllt ihm ins Gesicht: „Meinen Namen? Ich habe keinen Namen mehr, bin nur ein Gefangener wie du, ein Nichts, dem man befiehlt, wie sein Leben zu verlaufen hat." Enttäuschung, Zorn, Anklage liegen in diesen Worten, unter deren Wucht sich der Junge duckt. Als des Alten Erregung abgeebbt ist, fährt er ruhiger fort: „Ich habe natürlich einen Namen, aber einen, der dir unverständlich wäre. Nenne mich... Ach, ich weiß nicht wie."

„Sklaven haben keinen Namen? Dann werde ich auch nicht mehr Omar heißen?"

„Für mich wirst du immer Omar sein!"

„Und ich will dich – Vater nennen."

„Vater?" Dem Italiener ist es, als durchbohre man sein Herz mit glühenden Eisen. Der Mensch, dem er doch vor wenigen Augenblicken Feindschaft ansagen wollte, nennt ihn mit dem Wort, das nächst Mutter das kostbarste auf Erden ist.

„Warum?" fragt er verstört.

„Weil ich nie jemand Vater rufen durfte."

Stumm erhebt sich Benedetto, schiebt das Stroh zusammen, schiebt es unter Omar, daß der Junge weich liegt.

„Was tust du?"

„Dir ein einigermaßen erträgliches Lager bereiten, Omar."

„Und du?"

Ein Lächeln huscht über das zerfurchte Gesicht des ehemaligen Sklaven und verschönt es. Noch einmal hat das Leben Sinn und Zweck – er hat nicht geglaubt, daß es wieder dahin kommen werde. Jetzt sieht er es, spürt mit jeder Faser seines Körpers, daß der Unglückliche reich ist, wenn er Mensch sein kann.

„Um mich sorge dich nicht. Ich schlafe auf dem kahlen Boden. – Keine Widerrede! Ich bin es gewohnt, es macht mir nichts aus."

„Du bist gut, Vater!" Mit welcher Zärtlichkeit Omar dieses „Vater" spricht, so, als ob er jeden Laut besonders fühle.

Benedetto hockt sich neben den Liegenden.

„Erzähle mir, weshalb man dich hierhergebracht hat", bittet er den Gefährten.

Gut gearbeitet, stellt Benelli fest, während der Araber noch berichtet. Es hat sich gelohnt, diesem El-Fransi nachzuspüren. Heute sind viele Lichter in das bisher blasse Bild gesetzt worden. Der Mann kann abtreten.

Alle neuen Begebenheiten, die er soeben erfahren hat, schreibt der Renegat nieder. Dann holt er die bisher vorliegenden Berichte hervor. Obwohl er keinen offiziellen Posten im Diwan hat, wissen alle, daß er so etwas wie ein geheimer Polizeiminister ist. Er überwacht alle Vorgänge in der Regentschaft. Das ist der Grund, weshalb sich alle mit ihm gutzustellen suchen. In dieser Eigenschaft hat er sich zwar schon laufend über die Reisen El-Fransis berichten lassen und Aufzeichnungen gemacht, ohne ihnen aber viel Wert beizumessen.

Ein Außenstehender würde mit den Notizen nichts anzufangen wissen. Für einen Benelli spricht aber auch das wenige noch eine beredte Sprache, wenn er etwas wittert. Da eine Andeutung, dort eine ähnliche und im dritten Bericht noch einmal dasselbe. Das genügt, um eine Verbindung zwischen ihnen zu knüpfen, vor allem, da man sich jetzt richtig auf die Spur gesetzt hat.

Er sucht Nachteiliges über El-Fransi, will, muß Nachteiliges finden. Schon immer war ihm dieser Fremde ein Dorn im Auge, den man aber nicht herausziehen konnte, weil der Dey es nicht wollte. Das ist vorbei. Man hat freie Hand. So ist sein Spürsinn nun geschärft und findet Überraschendes, das ihm für einen Augenblick den Atem verschlägt: Es handelt sich nicht um einen, sondern um zwei El-Fransis!

Der eine kümmert sich nicht um Kinder, der andere dafür um so mehr. Einer ist nur Jäger – oder mehr? –, der andere Kinderfreund und Jäger.

Luigi Parvisi!

Benelli springt auf. Der Mann, den nichts so leicht aus der Ruhe zu bringen vermag, der jede Lage kühl abwägend betrachtet und sofort seine Maßnahmen trifft, ist sprachlos. Mit großen Schritten durchmißt er den Raum, dann wirft er sich in den Sessel zurück. Hier in seinem Arbeitszimmer, das außer dem Diener kein anderer Mensch je betreten hat, ist Mustapha Europäer. Da hockt er nicht auf dem Boden, hat er keinen kniehohen Tisch, sondern einen richtigen Schreibtisch stehen. Er wühlt in den Papieren, die die Platte bedecken. Ein Blick auf jede Eintragung genügt. Die einen hierhin, die anderen auf einen zweiten Haufen. Wichtig – unwichtig. Rechts das Wichtige, links das Unwichtige. So, und nun noch einmal von vorn.

Die Leute haben wirklich ausgezeichnet gearbeitet,

stellt er nochmals fest. Es war auch nicht schwer. El-Fransis Handlungen sind so oft Gesprächsstoff in den Dörfern und Lagern, daß man gar nicht zu fragen braucht, um etwas zu erfahren. Die Ohren offengehalten, und schon weiß man genug, um ein abgerundetes Bild entstehen zu lassen.

Der zweite El-Fransi taucht erst Monate nach der Kaperung der ‚Astra‘ auf. Er könnte also Luigi Parvisi sein. Aber...

Die Lippen sind plötzlich fest aufeinandergepreßt, die Augen halb geschlossen, tiefe Furchen ziehen sich um die Mundwinkel. Er denkt scharf nach. Keinen Blick wendet er von dem vor ihm liegenden Blatt, aber er liest nicht, durchstößt gleichsam Raum und Zeit.

Immer ist dieser Neger Selim dabei. Bei dem einen, bei dem anderen. Also gibt es doch nur einen El-Fransi?

Benelli wirbelt die Papiere durcheinander, zerknüllt sie. Er fühlt, daß er in eine Sackgasse zu geraten droht.

Der Diener ist lautlos eingetreten. Nur der Luftzug zeigt an, daß die Tür geöffnet wurde. Der ihm entgegengeschleuderte Blick sagt mehr als Worte: Nicht stören!

Selim ist bei dem Jäger und auch bei dem Kinderfreund. Gibt es etwa auch zwei Neger gleichen Namens, gleicher Art? Zwei gleiche? Zuviel des Zufalls.

Nein, Selim ist überall derselbe, El-Fransi aber – zwei Personen. Wenn einer den anderen ablöste?

Lange vor der Vernichtung der ‚Astra‘ war El-Fransi bei den Eingeborenen bekannt, beliebt und verehrt und ist es heute noch.

So kommt man nicht weiter. Man muß das Rätsel anders zu lösen versuchen.

Der Jäger El-Fransi kommt aus La Calle, er ist ein Franzose. Das steht fest. Alle Spuren führen nach diesem alten französischen Platz. Auch der Kinderfreund El-Fransi hängt mit dem Hafen zusammen.

Oder mehr? Im Unterbewußtsein taucht plötzlich ein

Gedanke auf, der schon einmal dagewesen war.

Oder mehr? Was soll das? Verbirgt sich hinter der Jagdleidenschaft El-Fransis etwas? Ist die Jagd nur Deckmantel für Verbotenes? Ein Franzose durchstreift jahraus, jahrein die Regentschaft. Ein Angehöriger des Volkes, das unter seinem Kaiser Napoleon die Weltherrschaft anstrebte. Er, Mustapha-Benelli, hatte immer befürchtet, daß Frankreich einmal die Hand nach Nordafrika ausstrecken werde. Warum es nicht geschah, weiß er nicht. Eins aber ist gewiß, daß dieser Staat der einzige gewesen wäre, der der Deyherrschaft wirklich hätte gefährlich werden können. Sollte dieser Jagdliebhaber eine Sonderaufgabe in Algerien zu erfüllen haben? Ist sie etwa schon erfüllt, und ist es nun nicht mehr nötig, in den Bergen und in der Wüste umherzuschnüffeln?

Wenn die Annahme richtig ist, dann gibt es den zweiten El-Fransi. Wie die beiden Männer zusammengekommen sind, das mag dahingestellt bleiben. Daß sie miteinander bekannt, wahrscheinlich befreundet sind, muß man als Tatsache ansehen.

Und dieser zweite El-Fransi könnte dann Luigi Parvisi, der Vater Livios, der Vater des Korsaren Omar sein!

Dieser Schluß überrascht auch ihn, den großen Ränkeschmied so, daß er an ihm zweifelt.

„Laß sehen. Was spricht dafür, was dagegen?" setzt er laut seine Überlegungen fort. „El-Fransi, das heißt der echte, ursprüngliche, ist Franzose; Parvisi Genuese, Italiener. Was haben die beiden Menschen miteinander zu tun? Was hat sie zusammengeführt? Was verbindet sie vor allen Dingen so tief, daß der eine dem anderen seinen berühmten Namen überläßt? Alle Toten sind damals von der ‚Astra' ins Meer geworfen worden. Luigi Parvisi war nicht mehr an Bord des Korsaren, als er abgeholt werden sollte. Demnach war er – wenn in den eben angestellten Überlegungen kein Trugschluß steckt – nicht tot, ist aber so betrachtet worden oder hat sich selbst in die See gestürzt. Angenommen, er wurde von einem französischen Schiff aufgefischt und in La Calle abgesetzt. Dort kann er dann die Bekanntschaft El-Fransis gemacht haben. Der Franzose hat den ihm zu Dank verpflichteten Genuesen für seine Zwecke benutzt, später ihn allein arbeiten lassen, da Parvisis Interessen den seinen genau entgegenkamen. Stimmt das, dann wehe Parvisi!"

So einfach ist alles: El-Fransi, der Franzose, ist französischer Spion in Algerien; El-Fransi, der Genuese, führt die Arbeit des anderen fort.

Doch wie es beweisen? Selim ausforschen? Vergebliche Mühe. Nach allem, was über den Neger bekannt ist, wird er wie das Grab schweigen. Der Schwarze ist schlau, durchschaut vielleicht sofort alles. Auch wenn man es selbst versuchte?

Natürlich, persönlich muß man sich mit der Angelegenheit, die plötzlich von so weittragender Bedeutung erscheint, beschäftigen. Halt, nichts übereilen. Zuvor in La Calle Spürer einsetzen. Zum Teufel, daß es nicht längst schon geschehen ist! Es muß doch festzustellen sein, wer die beiden El-Fransis sind. Der eine aller Wahrscheinlichkeit nach Luigi Parvisi, und der andere...? Und noch ein Weiteres: Gravelli fragen, wie lange Parvisi in Genua war. Dann nachforschen, ob während der Abwesenheit des Italieners El-Fransi in der Regentschaft gesichtet wurde.

Auf jeden Fall muß dieser geheimnisvolle El-Fransi, der so viele Freunde unter den Eingeborenen hat, sei er nun der Genuese oder der Franzose, beseitigt werden.

Omars freimütiges Eingeständnis seiner Dummheit hat Benedetto für den Jungen eingenommen. Kein hartes, böses Wort wurde gegen den Kapitän gesagt, weil der Junge eingesehen hat, daß auf einem Raubschiff nur härteste Manneszucht, unverbrüchlicher Gehorsam dazu führen können, die Oberhand gegen die Kauffahrer, die sich oft erbittert wehren, zu behalten.

Nach früheren Schicksalen Omars fragt der Italiener an diesem Abend nicht mehr.

Die Erfüllung der Bitte des neuen Leidensgenossen, nun auch von sich zu erzählen, wird für den nächsten Tag versprochen.

Der ehemalige Sklave hat sich angewöhnt, viel zu schlafen. Zur Arbeit holt man ihn nicht mehr. Da in seinem Gefängnis keine Möglichkeit zu irgendeiner Beschäftigung besteht, bleiben nur Denken und Grübeln. Beides fürchtet er mehr als den Tod und versucht durch Schlafen auszuweichen.

Omar ist schon lange wach. Er wälzt sich auf dem Lager hin und her. Sein erster Blick im fahlen Licht des werdenden Tages war zu dem auf hartem, gestampftem Boden liegenden Kameraden gerichtet. Den fest Schlafenden zu wecken, hat er nicht gewagt.

Der Riegel wird zurückgeschoben. Benedetto ist sofort hellwach. Die Bewegungen Omars, das Rascheln von Stroh dagegen haben ihn nicht gestört.

Ein Mann der Palastwache fordert den Italiener auf, ihm zu folgen. Ganz schnell streicht Benedetto über den Kopf des Jungen, drückt ihm die Hand. Es ist ungewiß, ob man sich wiedersehen wird.

„Vater!“ Aber die Tür ist bereits wieder geschlossen.

Unglücklicher Omar. Kaum daß sich zwei Menschen ein paar Worte gesagt haben, reißt man sie schon auseinander. Er hatte sich in den Stunden des Wachliegens bereits mit der Lage abgefunden und dem Unglück die gute Seite abgewonnen, die darin bestand, wenigstens nicht allein zu sein. Zu zweit trägt sich das schwere Los besser. Nun ist dieser Lichtstrahl verlöscht. Was wird mir an Schwerem und Bitterem noch alles bevorstehen, denkt er.

Kommt man, auch ihn zu holen? Ganz leise dringt Tapsen von Schritten in den Raum. Einen Augenblick Stille. Wieder knarrt der Riegel. Also gilt es ihm.

Omar hält die Augen fest geschlossen. Er will nichts

sehen, nicht wissen, wer die Tür öffnet.

Aber man fordert ihn ja gar nicht auf, herauszukommen. Alles bleibt still. Nur ein Geräusch wie anstreifendes Stroh an der Mauer ist zu hören. Nachsehen, was es gibt.

„Vater, Vater!" Omar springt auf, eilt dem Italiener entgegen, der ein großes Bündel Stroh durch die Tür zwängt. Jetzt ist er hindurch. Der Aufseher beeilt sich nicht, die Tür zu schließen, bleibt draußen stehen.

Die Ärmel des schmutzigen Hemds des Gefangenen sind zurückgerutscht. Zufällig sieht es Omar und kann den Blick nicht wieder losreißen. Oberhalb der Handgelenke sind die Arme des Mannes zerschunden. Nicht frisch blutiggerissen, sondern vernarbt, fleckig.

In diesem Augenblick fühlt Omar ein Jucken und Schmerzen in seinen eigenen, die noch leicht blutunterlaufen sind. Ob auch bei ihm die Eisenketten, mit denen er gefesselt war, für immer Zeichen hinterlassen werden? Ganz schnell senkt er den Blick hinunter zu den Knöcheln des Alten. Dasselbe Bild. Unvergängliche, unabänderliche Zeichen der Sklaverei.

Das Stroh ist für Omar bestimmt! Benedetto hat soviel zusammengerafft, wie er nur immer fortbrachte.

Man wird uns also zusammenlassen!

Der Italiener sieht das freudige Aufleuchten in den Augen des Jungen. Omar freut sich, nicht allein bleiben zu müssen. Wie schnell ist der Mensch zufrieden, mit wie wenigem ist der Unglückliche glücklich.

„Ihr könnt im Garten spazierengehen, kommt!" fordert der Wächter die Gefangenen auf, als der Italiener das Stroh ausgebreitet hat. „Du, Alter, haftest mit deinem Kopf, daß Omar nicht zu fliehen versucht. Schon der Versuch, denn ein Gelingen ist unmöglich, kostet dich dein Leben."

„Du hast es gehört, Omar."

„Sei ohne Sorge. Ich werde nicht von deiner Seite weichen."

Heute schenkt der ehemalige Sklave der Natur in ihrer bunten, jubelnden Schönheit wenig Aufmerksamkeit. Zu seiner Linken geht ein junger, der Freiheit beraubter Mensch. Fast ein Kind noch ist Omar. Er hat den Turban weit in die Stirn gedrückt, so daß das Gesicht nicht voll sichtbar ist.

Zweimal durchwandern sie, ohne stehenzubleiben, die für die Gefangenen erlaubten Wege. Sie sprechen nicht. Immer mustert der Italiener den Weggenossen von der Seite.

Ein hübscher Junge, dieser Omar. Tief gebräunt das Gesicht, noch weich in den Zügen.

Eigentlich müßte er als Araber brauner, von einem tieferen Braun sein. Ob er ein Mischling ist?

„Blick mir ins Gesicht, Omar", bittet Benedetto später, als er annimmt, daß der Argwohn des Aufpassers, der sicherlich irgendwo hockt und jeden Schritt und jede Handbewegung bei diesem ersten gemeinsamen Ausgang überwacht, etwas eingeschläfert ist.

Sie stehen sich gegenüber. Der Italiener betrachtet den Jungen.

Was ist an mir? Bin ich ein Dschinn – ein Geist, ein Gespenst? Warum starrt er mich so eigenartig an? Omar hat Furcht. Dieser da, den er Vater nennt, ist ein Europäer. Besitzt er den bösen Blick, will er ihm, dem Rechtgläubigen, damit schaden?

Omar? Vor Benedettos Augen verschwimmt die Gestalt. Die fremdländische Kleidung wechselt am Körper des jungen Menschen. Das Gesicht aber bleibt in großen Zügen unverändert. Das sind die gleichen leuchtenden Augen, ist die gleiche Nase, ein fast gleicher Mund, wie sie – Luigi Parvisi hatte. Der da vor ihm steht, er gleicht in vielem dem jungen Herrn von damals.

Benedetto preßt die Fäuste auf die Augen, ganz fest, daß die mageren Finger sich durch die Lider zu bohren scheinen. Das Bild bleibt, wird im Gegenteil schärfer.

„Lauf langsam auf das Haus zu, immer vor mir her, Omar", keucht er.

Dem Jungen wird das Gebaren des Alten unheimlich, aber er befolgt die Bitte. Der andere vergißt zu folgen. Genauso wiegte sich Luigi Parvisi in den Hüften, als er so alt wie dieser Omar war.

Grausame Tücke des Schicksals, ihm einen Menschen über den Weg zu führen, der sein Innerstes so aufwühlt. Ein Araber in der Kleidung – in der Gestalt, im Aussehen, in den Bewegungen aber wie der tote Herr. Wenn dieser junge Bursche ein Italiener wäre, er könnte der Sohn Luigis sein. Er könnte, müßte Livio sein.

„Liv...!" Den Anfang des Namens Livio schreit er dem Jungen nach, den Rest verschluckt er. Ein Gedanke ist ihm durch den Kopf geschossen, der erst noch genau überdacht werden muß, ehe man ,Livio' unbedenklich aussprechen darf.

Omar hat vernommen, daß ihm Benedetto etwas nachrief, nicht aber, was. An diesem köstlichen Sonnentag zwitschern Scharen von Vögeln ihre Lieder hinauf in das unendliche Blau. Ihre spitzen Triller haben das „Liv..." übertönt, aufgesaugt.

„Was ist?" fragt er zurück.

„Nichts, mein Sohn, nichts. Ich erfreue mich an dem herrlichen Tag." Dabei wählt er bereits für sich den Platz, der ihm die Sonne im Rücken sichert. Auf Omar fällt sie voll.

„Du wolltest mir heute von dir erzählen", wird er erinnert.

„Ich wurde", beginnt Benedetto seinen Bericht, „mit einem italienischen Schiff gekapert. Du weißt selbst, hast es sogar mit ausgeführt, wie man mit den unglücklichen gefangenen Seeleuten und Reisenden umspringt. Wir waren nichts anderes als Ware und oft Gegenstand der grausamen Lust der Wächter. Man schlug uns, erniedrigte uns, behandelte uns schlimmer als Tiere. Als wir in Sidi

Feruch vom Schiff geholt wurden – ich glaube, es ist einmalig in der Geschichte Algeriens, daß man uns nicht bis in die Stadt schleppte –, waren viele von uns schwer verwundet. Ich selbst war durch Krankheit geschwächt. Wie mir die anderen Unglücklichen von der ‚Astra‘ erzählt hatten, war mein Herr im Kampf gefallen und seine Leiche über Bord geworfen worden. Die junge Herrin, Raffaela Parvisi, und den siebenjährigen Buben" – Benedetto beobachtet Omar scharf, aber nichts im Benehmen des anderen deutet darauf hin, daß ihn die Erwähnung der Frau und des Kindes irgendwie berührt – „sonderte man schon vor dem Ausschiffen von uns ab. Was mit ihnen geschehen ist, darüber habe ich nichts erfahren können. Hoffentlich konnten sie von dem englischen Admiral befreit werden. Tagelang mußten wir fast ohne Pausen marschieren. Bergauf, bergab, durch wüstenähnliches Land…"

„Die Ebene Metijiah!" wirft Omar ein.

„Ja. – Flüsse durchquerend, von allen Seiten angetrieben von den begleitenden Arabern. Zwei meiner Kameraden blieben tot zurück. Keiner kümmerte sich mehr um sie, nur die letzten Lumpen wurden ihnen noch vom Leibe gerissen. Die entseelten Körper dienten den Geiern und Adlern, oder welches Tier immer seinen Schnabel oder seine Zähne in sie graben wollte, zum Fraß. So war unsere ohnehin kleine Zahl noch mehr zusammengeschmolzen. Auf den Rest vereinigten sich die Peitschenhiebe der Reiter, die nicht schnell genug mit uns zu Scheik Osman kommen konnten. Im Lager wurden wir zu zweien zusammengeschmiedet. Zwei Stunden nach Mitternacht mußten wir aufstehen. Wer die Stunde verpaßte, nicht durch das Rütteln der Kameraden munter wurde, floh unter den Hieben der Aufseher vom Lager. Wie die Fliegen starben die Menschen, die mit Wasser und ein wenig Mehlbrei leben und schaffen sollten. Mein erster Leidensgenosse an der Kette war ein Spanier. Man vermied ängstlich, zwei Landsleute zusammenzutun, obwohl keine Aussicht auf Flucht bestand. Du kennst deine Heimat, weißt selbst, daß es unmöglich ist, allein in diesem Land zu reisen. Es wimmelt von wilden Tieren. Überall lauern Gefahren, denen zu entgehen, zwei unbewaffneten Sklaven, deren Bewegungen obendrein durch die schwere Kette und die Eisengewichte behindert sind, unmöglich ist."

„Und dennoch gibt es zwei Menschen, die diesen Schwierigkeiten kühn ins Auge schauen und von Duar zu Duar, von Ansiedlung zu Ansiedlung ziehen, ohne daß ihnen etwas geschieht!"

„So? Dann sind es wahrhaft mutige und kluge Menschen."

„Hast du noch nie etwas von El-Fransi und seinem Diener Selim gehört?"

„El-Fransi? Natürlich. Er soll oft hier in der Nähe gewesen sein; dann erschien immer der Oberaufseher bei uns, und wir wurden noch strenger als üblich bewacht. Alle fürchteten El-Fransi. Warum, weiß ich nicht."

Benedetto spricht nicht die Wahrheit. Die Hoffnung auf Befreiung hatte die Sklaven vermuten lassen, daß der Jäger den einen oder anderen von ihnen der Macht Osmans entreißen wollte. Wen? Keiner wußte es, jeder hoffte der Glückliche zu sein. Daß der alte Italiener davon nichts erwähnt, auch jetzt nicht, wo das Lager geräumt ist, geschieht aus der hellwachen Vorsicht eines Sklaven heraus, der sich immer von Gefahren bedroht fühlt. Hier würde ein Sprechen nicht für ihn gefährlich werden, aber für El-Fransi, der ein Europäer ist.

Unter den Wächtern befand sich manch einer, den man zu diesem Dienst gezwungen hatte, der, wenn immer es möglich war, auch einmal etwas vom Treiben und Geschehen außerhalb des engen Kreises des Lagers berichtete.

Das Schicksal Omars ist ungewiß. Man kann den Jungen noch heute wieder abholen, das Ganze nur als einen Schreckschuß ansehen wollen. Dann wäre es unklug gewesen, ihm zuviel über El-Fransi und seine möglichen Ziele mitgeteilt zu haben.

„Also, der Spanier", fährt der Erzähler fort, ohne weiter auf den Jäger einzugehen, „hatte eines Tages einen Knochen gefunden. Mit den geschärften Sinnen eines Menschen, der dem Leben ein Schnippchen schlagen will, gelang es ihm, ohne daß ich es merkte, den Knochen in eine Mauerritze zu stecken und sich nachts daran zu erhängen. Als ich erwachte, war der Mann schon steif und kalt. Er war der Sklaverei ledig. Damit aber mußte allgemeiner Gepflogenheit nach auch unter mein Leben der Schlußstrich gezogen sein. Ich hatte in diesem Augenblick mit allem abgeschlossen. Was konnte mir die Zukunft auch anderes bringen als Furcht und Schrecken und unendliche Mühsale und Qualen? Angehörige habe ich nicht in der Heimat. Allein an meinem unglücklichen jungen Herrn, der gütigen, lieben Frau und vor allem an dem Kind habe ich gehangen. Der einzige Weg, der mich retten konnte, erschien mir ungangbar. Ich war nicht bereit, meinen Glauben zu wechseln, auch damals nicht, als ich das Leben damit erkaufen konnte. Obwohl ich im Laufe der Zeit irre an ihm geworden bin, weil die Christenheit Europas nichts unternahm, die Glaubensgenossen mit der ihr zur Verfügung stehenden Macht zu schützen und zu befreien, hänge ich dennoch an ihm."

Das Gesicht des ehemaligen Sklaven hat sich verfinstert. Die Rechte versucht die steilen Furchen der Stirn zu glätten.

„Magst du nicht weitererzählen, Vater?"

„Doch, Omar, du mußt alles hören. Wollte man mir das Leben lassen? Zog man mich nicht zur Rechenschaft für den Tod meines Kettengenossen? Es schien so. Ich erhielt Befehl, die Leiche aufzunehmen und mitzukommen. Ein schrecklicher Gang mit dem Toten über der Schulter, der

311

auch immer durch die Kette und die Eisengewichte mit mir verbunden war. Eine unbeschreibliche Angst befiel mich. Tor, der ich glaubte, mit dem Leben abgeschlossen zu haben, den Tod nicht zu fürchten. Jedes Geräusch in meinem Rücken ließ mich zusammenfahren. Wird man dich hinterrücks erschießen, so fragte ich mich bei jedem Schritt. Ich wartete und wartete, litt entsetzliche Qualen. Es geschah nichts. Drüben auf einem anderen Weg zogen die Sklaven zur Arbeit. Für mich und meine erbärmliche Last hatten sie keinen Blick. Mein Schicksal war ihnen gleichgültig. Manche der Armen waren bereits seit Jahrzehnten in der Sklaverei und hatten alles Mitgefühl verloren. Um es kurz zu machen: Ich mußte, nachdem man die Kette gelöst hatte, den Kameraden in eine Schlucht werfen. Dann ging es ins Lager zurück. Man schenkte mir die Arbeit für diesen Tag. Hätte man es doch nicht getan! Was meiner hier wartete, will ich nicht in allen Einzelheiten beschreiben, obwohl es vielleicht für dich gut wäre, alles zu wissen. Jedenfalls wurde ich fast zu Tode geprügelt. Wochenlang lag ich zerbrochen, zerschunden, krank, in den ersten Tagen unfähig, ein Glied zu rühren. Dann schmiedete man mich an einen neuen Leidensgenossen, einen Portugiesen diesmal. Auch ihn riß der Tod von meiner Seite. Wir arbeiteten zu hundert auf dem Feld, beschützt und bewacht von etwa der doppelten Anzahl Aufseher. Plötzlich brach ein Löwe aus dem Busch hervor, stürzte sich auf den Portugiesen und wollte ihn fortschleifen. Der Mann war sofort tot – und ich mit ihm unlösbar verbunden! Von allen Seiten stürzten die Wächter herbei und schossen ihre vorsintflutlichen Flinten auf das Raubtier ab. Erledigt wurde der Löwe davon nicht, aber er räumte verängstigt das Feld. Wieder schlug man mich unbarmherzig, der ich auch am Tode dieses Kameraden unschuldig war."

„Das war nicht recht!" wirft Omar ein.

„Wie so vieles nicht richtig ist, was deine Brüder tun,

mein Junge! Das Schlimmste geschah mir, als die Sklaven freigelassen wurden. Einer unter eintausendfünfhundert mußte zurückbleiben. Der eine – ich! Was mich damals vor dem Wahnsinn bewahrt hat, ich weiß es nicht. Meine Lage hat sich seitdem zwar gebessert. Die Sklaverei ist in Gefangenschaft übergegangen, aber ich bin nicht frei! Immer wieder quält und peinigt mich die Frage: Warum gerade ich?"

Benedetto schweigt. Er hat die Faust an die Stirn gepreßt, die Augen geschlossen. Der Atem geht stoßweise. Leise, ganz leise, fast hingehaucht, spricht er weiter:

„Ob ich wohl jemals eine Antwort darauf erhalten werde? – Alle von der ‚Astra‘ waren damals tot. Keiner hat in der Heimat erzählen können, daß noch ein Überlebender des Unglücksschiffs gefangengehalten wird. Ich gelte sicherlich als tot, wie eben alle, die so erbittert gegen die Korsaren gekämpft hatten."

„Ich habe auch gekämpft und manchen besiegt!" brüstet sich Omar.

„Warum, mein Freund?"

„Warum? – Wieso? Ich verstehe dich nicht."

„Mußtest du dich für irgendein Verbrechen an den Europäern rächen?"

„Nein. Aber sie sind reich. In den Bäuchen ihrer Schiffe befinden sich große Schätze."

„Um gleißenden Goldes willen hast du deine Hand gegeben, Menschen zu morden oder unglücklich zu machen."

Omar blickt den Alten verwundert an. Er weiß keine Antwort, keine Entgegnung.

„Dann bist du sicherlich reich, mein Sohn", spricht Benedetto weiter.

„Ich habe nie etwas von der Beute bekommen. Ich war ja nur der Schiffsjunge." Er entsinnt sich plötzlich der Lehren des Marabuts und vieler Menschen, die den Kampf gegen Andersgläubige als Allah wohlgefällig hinstellen. Aber ob das der alte Sklave verstehen wird? Vielleicht aber das: „Kampf ist die vornehmste Aufgabe des Jünglings und des Mannes."

„Auch gegen Unschuldige? Sind wir, die Europäer, Räuber, Mörder, Piraten, Korsaren? Überfallen wir eure Schiffe? Führen wir deine Brüder in die Sklaverei?"

„Ich weiß es nicht. Aber sie haben Algier in Grund und Boden geschossen. Wir haben ein Recht, diese Verbrechen zu ahnden!"

„Kannst du mir sagen, welches der Grund für die Beschießung eurer Stadt war?"

„Man wollte den Dey stürzen."

„Und ist es geschehen?"

„Nein. Sie haben es zuletzt nicht gewagt."

„Pah! Wenn man gewollt hätte! Aber deine Antwort ist falsch. Weil ihr meine Brüder, die euch, ich wiederhole es immer wieder, nichts zuleide getan haben, unmenschlich behandeltet, deshalb mußte Algier leiden."

„Wir sind dabei, den Schlag zurückzugeben!"

„Es wird auf die Dauer nicht gelingen. Die Europäer sind, wenn sie nur wollen, euch hundertfach überlegen."

„Wie kannst du das sagen?" entrüstet sich Omar. „Kein Schiff entschlüpft uns."

„Wir werden sehen. Doch lassen wir das. Du siehst noch nicht ein, daß Menschenraub etwas ganz Schändliches ist, auch wenn man dir selbst, der du ein Mohammedaner bist, die Freiheit genommen hat. Ist das richtig?"

„Ich war ungehorsam."

„Dafür mußt du bestraft werden, das ist in Ordnung. Aber nicht so, daß man dich, einen Rechtgläubigen, wie einen, wie ihr sagt, Christenhund behandelt."

Der Junge reißt die Augen auf. Daß man ihn auf eine Stufe mit den Ungläubigen stellt, erschüttert ihn bis ins Innerste. Dieser ehemalige Sklave hat die Lage richtig eingeschätzt. Seine eigenen Freunde und Kampfgefährten haben ihn wie einen räudigen Hund behandelt. Hätten sie ihn getötet, wäre es nicht so schlimm gewesen, wie es jetzt ist.

Der Schiffsjunge Omar, der Gefangene des berüchtigten Sklavenhalters Osman, ist tief unglücklich. Die er noch vor kurzem liebte, wenn er auch so oft unter ihrer Härte litt, die Kameraden des Piratenschiffes, sie haben ihn schmählich verraten. Wenn man mit ihm so verfährt, dann mag vielleicht manches stimmen, was er soeben von dem Alten gehört hat.

Aber der Mann ist ein Europäer. Er sieht sicherlich alles falsch. Sicherlich! Oder doch nicht?

Omar ist in einen Irrgarten geraten, dessen Ausgang er nicht finden kann. Zweifel und kurz danach wieder unbedingte Gewißheit wirbeln durcheinander.

„Allah, Allah! Ich danke dir, du Großer, Gütiger, Allliebender, Allmächtiger!" Wieder, wie immer in den letzten Tagen, beschließt Omar sein Gebet mit diesen großen Worten.

Der Allgewaltige wird fühlen, wie meine Seele jauchzt und von Dank erfüllt ist, so stark, daß ich es nicht in die Sprache umsetzen kann. Stammeln nur kann der Mensch, wirr, unklar, was an Gewaltigem ihn bewegt. Er aber, Allah, wird alles richtig zu würdigen wissen.

Was sonst als seine Güte hat Befreiung gebracht? Was sonst als seine Macht hat das Gefängnistor geöffnet und das Leben neu geschenkt?

„Allah, Allah! Wie schön, unendlich schön ist das Leben!"

Omar hat ein frommer Taumel erfaßt. Unvorstellbares Glück ist ihm beschieden gewesen, für das er danken muß.

Er blickt sich um, sieht in Gesichter, die verändert sind, und es sind doch dieselben, die ihn seinerzeit höhnisch lachend, unbeteiligt an dem bitteren Los, das ihm beschieden sein sollte, in die Sklaverei ziehen ließen. Alle sind noch auf dem Schiff, bis auf einen: den Reis.

Nun ist der ehemalige Schiffsjunge Offizier, der jüngste Offizier der algerischen Flotte. Jetzt darf man ihn nicht mehr peinigen, schlagen, mit den Füßen nach ihm treten. Alle sind nun bemüht, ihn sich zum Freund zu machen. Hoffentlich erinnert er sich nicht an das Gewesene. Es wäre schlimm, denn er besitzt die Macht, sich zu rächen.

Eines Tages kamen Abgesandte aus Algier zu Osman. Stolze, herrische Menschen, die sich nicht vor dem Scheik fürchteten. Sie fragten nicht einmal, ob sich der Schiffsjunge Omar hier befinde, sie verlangten klipp und klar die Freilassung.

„Ein Pferd für ihn!" befahlen sie. Es war nicht das schlechteste Tier, das sie aus der Herde heraussuchten. Ein edler Araber, feurig, schnell. Der Scheik war – Omar stand dabei und konnte es sehen – wütend, daß man gerade dieses Tier wählte, wagte es aber nicht, Einspruch zu erheben.

Fort ging es nach Algier. Man behandelte ihn mit Aufmerksamkeit, zuvorkommend, nahm Rücksicht auf seinen geschwächten Körper.

„Wohin bringt ihr mich?" hatte Omar gefragt.

„Zu Mustapha."

Mustapha mögen Tausende in der großen menschenreichen Stadt heißen, es ist ein ganz gewöhnlicher Name. Leider war über diesen Mustapha von den Begleitern nichts Näheres zu erfahren. Sie schwiegen beharrlich. Einer lächelte über Omars Fragen.

Als er dann diesem geheimnisvollen Mann gegenüberstand, erkannte er, daß es Wagnis ist, über ihn zu sprechen.

„Omar, du hast den Tod verdient."

Er fühlte den Boden unter den Füßen wanken. Hatte man ihn aus der Gefangenschaft befreit, nur um dem Henker ein Opfer zu übergeben? Er war keines Wortes mächtig. Dem Tod im Kampf gegenüberzustehen ist nichts gegen das Gefühl, das ihn wie mit Krallen packte, als er Mustapha ins Antlitz schaute.

Mit dumpfer Stimme, die aus einem Grab zu kommen schien, und in der gleichen Härte sprach der Schreckliche weiter: „Ungehorsam ist das schlimmste Verbrechen, dessen ein Korsar bezichtigt werden kann."

Ich weiß es, Herr, wollte er sagen; aber es war ihm, als ob der Strick des Henkers bereits um den Hals geschlungen wäre. Kein Laut kam aus dem geöffneten Mund.

Plötzlich kam eine andere Stimme – weich, vertrauenerweckend, gütig: „Ich habe es vergessen, mein Sohn. Du aber, vergiß es nicht, handle in Zukunft anders. Du gehst zurück auf das Schiff."

„Der Kapitän?" hatte er einzuwerfen gewagt.

„Es ist ein anderer."

„Wo ist der alte?"

Mustapha hatte nur eine kleine Handbewegung gemacht. Ob er dabei das verhängnisvolle Wort ‚Ungehorsam' ausgesprochen hatte, weiß Omar nicht mehr. Sicherlich, bestimmt, wenn es auch das Ohr nicht gehört hatte, die Augen lasen es vom Mund ab.

Die Handbewegung war klar und eindeutig. Der Kapitän ist tot.

„Ich habe dir die Freiheit zurückgegeben, mein Sohn. Erweise dich dankbar. Eines Tages wirst du, wenn es mir gefällt, Reis des Schiffes sein."

Wenn es mir gefällt! – Es wird ihm gefallen! Jetzt, da man nicht mehr der Sündenbock für alles sein muß, da man selbst befiehlt, sind dem Mut und der Kraft keine Grenzen gesetzt.

Welch ein Mann, dieser gefürchtete Mustapha! Aber er ist ein Freund.

Ich werde ihn nicht enttäuschen! Omar beschließt es wieder. Der alte Mitgefangene und seine Reden sind vergessen. Es ist alles falsch, was er gesagt hat. Ein alter

Mann mit kindischem Geplapper. Nicht mehr daran denken.

Aber immer wieder drängen sich seine Worte heran, sind die Gedanken plötzlich da. Man kann sie nicht abschütteln; sie lassen sich nicht totschweigen. Schleichendem Gift ähneln sie, verblassen, tauchen von neuem auf, geistern selbst durch die Träume als greifbare Gestalten, als Tatsachen, zwingen, sich mit ihnen zu beschäftigen. Man kann sie widerlegen. Das Leben selbst hat es eindeutig getan. Er ist frei. Und dennoch fliehen sie nicht – Gedanken des Europäers, die unbedingt falsch sind. Alles ist falsch, was die Ungläubigen sagen und lehren, muß ja falsch sein, denn nur Allah, den sie nicht anerkennen, ist wahr und wahrhaftig.

Du betrügst dich selbst, Omar! Die Stimme, die aus seinem Innern aufklingt – vielleicht spricht sie die Wahrheit? Nein, nein, es kann, es darf nicht sein.

Kampf! Nur dann ist Rettung vor solchen Grübeleien zu finden.

Omar sehnt sich nach dem Verbrechen, um den bohrenden Gedanken, die Benedetto Mezzo in ihn gelegt hat, zu entrinnen.

Während der junge Offizier von Zweifeln hin und her gepeitscht wird, von Schlägen, die nicht die Haut aufplatzen lassen und doch grausamer sind, durchstreift Benelli die Regentschaft. Er hat sich auf die Spur El-Fransis gesetzt.

El-Fransi ist ein Franzose mit Namen Jean Meunier aus La Calle. Ein vermögender Mann, der sich eine so kostspielige Leidenschaft wie seine Jagd leisten kann. Von einem Luigi Parvisi konnten die Späher in dem Städtchen nichts erfahren.

Namen sind wie Schall und Rauch, sie vergehen. Man kann sie ablegen wie ein schmutziges Hemd, sie nach Bedarf wechseln.

Nun gut, hat Benelli entschieden, dann wird er einmal diesem Jean Meunier – El-Fransi – ins Gesicht blicken, und es wird sich herausstellen, ob es sich nicht doch um Luigi Parvisi handelt. Überraschung wäre es nicht, denn das Gefühl knüpft immer wieder Fäden zwischen Meunier und Parvisi, bringt Unordnung in die Gedanken, setzt Parvisi ein, wo man Meunier sagen wollte, und Meunier, wo an Parvisi gedacht wurde.

Er hatte befohlen, diesen El-Fransi zu fangen und nach Algier zu bringen. Seine Helfershelfer sind unverrichteter Dinge zurückgekehrt. Immer wieder ist ihnen das Wild entschlüpft. Alle Hochachtung vor diesem Mann, der vielleicht ein Landsmann ist. Fast ist Benelli stolz auf ihn, aber nur für einen Augenblick; er kann keinen neben sich dulden, der über Witz und Geist verfügt, der ebenso Abenteurer ist wie er selbst. Noch hat Parvisi nicht in das hohe, verwickelte Spiel der Politik eingegriffen. Noch nicht. Kann es aber nicht schon morgen, nicht schon in dieser Stunde geschehen?

Vielleicht ist alles doch ganz harmlos. Er sucht seinen Sohn. Das wäre für den Bestand der Regentschaft nicht schlimm. Wieder muß sich der Renegat tadeln und zur Ordnung rufen. Warum soll der Mann geschont werden, denn darauf läuft dieses Als-harmlos-Hinstellen doch hinaus? Weil er ein Genuese ist? Keine Gefühlsduselei. Genua, die Heimat, ist längst überwunden, nichts anderes als ein Punkt auf der Landkarte. Ja, es wäre nicht schlimm, wenn es nur um das Auffinden des Kindes ginge. Aber El-Fransi ist der Nachfolger des Franzosen El-Fransi! Sogar den Neger Selim, den alten Begleiter des anderen, hat er an seiner Seite. Wurde ihm der geachtete und geliebte Name El-Fransi allein darum überlassen, damit er den Jungen suchen kann? Undenkbar, etwas anderes steckt dahinter. Parvisi arbeitet für Frankreich. Ist es so, dann droht Gefahr, die nur einer beseitigen kann: er selbst, Benelli!

Und die Harmlosigkeit El-Fransis ist nur Maske. Was ein eingeborener Spürer nicht heraushört, Mustapha merkt es. Man spricht viel von El-Fransi im Land. Daß er ein treuer Freund, ein Helfer, ein Ratgeber sei, aber daß er nicht gegen die Türken hetze, alles dem einzelnen selbst überlasse.

Man kann auf Grund solchen Tuns El-Fransi nicht verurteilen. Er hat nichts gegen die Türken angezettelt, aber er hat, und das ist viel wesentlicher, die Menschen zum Nachdenken gebracht. Ein plötzlich auflodernder Brand kann schnell gelöscht werden, ein unter der Oberfläche schwelendes, von Balken und Mauerwerk verdecktes Feuer wird zu einem Flammenmeer, das zu bekämpfen großer Mittel bedarf. Wenn die Menschen sich eine Sache lange überlegen, das Für und Wider abwägen, Erfolg und Mißerfolg in Rechnung setzen, sich Zeit lassen bis zum Reifen der Frucht, dann droht höchste Gefahr. –

„Ich bin Mustapha, der Ratgeber des Deys", so stellt sich Benelli dem Dorfoberhaupt vor.

„Willkommen, Herr. Eine große Ehre widerfährt unserem Dorf durch deinen Besuch. Was führt dich zu uns?"

„Ich bin auf einem Jagdausflug, mein Freund. Kann ich euch irgendwie helfen? Werden eure Herden von wilden Tieren heimgesucht? Ich bringe sie zur Strecke."

„Du bist gütig, Herr." Der Kabyle verneigt sich erneut.

Ein zugeknöpfter Kerl, stellt Benelli fest. War es falsch, sich als Ratgeber des Deys zu erkennen zu geben?

„Ich wiederhole: Ich helfe euch gern."

„Danke, Herr, aber du kommst zu spät."

„Zu spät? Ich verstehe dich nicht."

„El-Fransi hat uns geholfen, Herr!"

Benelli lächelt befriedigt, der Kabyle bemerkt es. Man ist dem Jäger nahe. „Ich freue mich, das zu hören. Ein braver Mann, dieser El-Fransi!"

„Unser Freund, Herr."

„Ihr könnt stolz auf ihn sein. Was ich von ihm hörte,

gefällt mir, so daß ich einmal mit ihm zusammen auf Jagd gehen möchte. Sage mir: Wo kann ich ihn treffen? Du wirst von mir gehört haben, daß ich..."

„Ja, Herr."

„Was denn, Mann?"

„Daß du ein großer Herr bist."

Benelli lacht. Dieses Dorfoberhaupt ist ein Tölpel, ein Narr, nicht richtig im Kopf. „Das wollte ich nicht sagen, mein Freund. Aber, daß ich mich mit El-Fransi als Jäger messen kann. Ich möchte einmal mit ihm zusammen jagen. Wo ist er?"

„Ich weiß es nicht, Herr."

„Man sagte mir, daß er noch gestern hier gesehen worden sei."

„So, gestern, Herr?"

„Eigenartig, daß du davon nichts wissen willst."

Der Kabyle läßt die Bemerkung unbeachtet.

„Schade. – Du lügst, Alter!" Ganz leicht, tändelnd wirft Mustapha die Beleidigung hin.

„Ich wage es nicht, dir, einem großen, mächtigen Herrn, zu widersprechen, auch wenn du falsch denkst."

„Maledetto! Verflucht!" Aus dem Kerl ist nicht klug zu werden. Es wird gut sein, die Sache mit einigen freundlichen Worten zu übergehen.

„Verzeih, ich wollte dich nicht beleidigen. Man hat mich anscheinend falsch unterrichtet. – Wir bleiben diese Nacht bei euch. Ich selbst nehme die Einladung in dein Haus an. Für meine Begleiter suche eine entsprechende Unterkunft."

Daß er nicht persönlich von dem Kabylen eingeladen wurde, stört Mustapha nicht. Er ist der Herr, andere haben es sich zur Ehre anzurechnen, ihn beherbergen zu dürfen.

Mitten in der Nacht verläßt ein Mann das Dorf. Auf leisen Sohlen schleicht er davon, schwingt sich erst später auf sein Pferd.

Benelli hat sich getäuscht. Der Dorfälteste mit seinem ergebenen „Ja, Herr" und dem immer beigefügten „Herr" ist kein Tölpel, kein Narr, sondern ein kluger und gefährlicher Kopf.

„Schau, Selim!" Luigi reicht das Glas hinüber, zeigt die Richtung, in die der Freund blicken soll.

„Die Algerier. Fliehen wir!"

„Ja, sie sind es. Gut, daß wir gewarnt wurden." Parvisi mustert die Gegend. Ein kurzes Stück ebenes Gelände liegt vor ihnen, das dann hügelig wird. Man könnte entkommen. Ein Gewaltritt würde genügen. Einmal in den Bergen, fände sie kein Mensch wieder. Aber die Tiere sind nicht mehr frisch.

„Wir fliehen nicht, Selim. Diesen Ratgeber des Deys muß ich mir aus der Nähe anschauen."

„Warum kümmert man sich in der letzten Zeit so sehr um uns?" fragt der Neger nach einer Weile.

„Man scheint uns zu mißtrauen. Die in Algier, denn die Eingeborenen sind treu. Sie unterrichten uns von allem, was geschieht und nur den Gedanken aufkommen läßt, daß es uns angehen könnte."

Die beiden Männer prüfen im Weiterreiten die Waffen. Alles in Ordnung. Pistolen und Flinten sind schußbereit, die Krummschwerter leicht aus den Scheiden zu ziehen.

„Es wäre mir auch gar nicht lieb gewesen, zu fliehen. Mit den vier Männern können wir es leicht aufnehmen, wenn sie Böses im Sinn haben sollten." Die marmorweißen Zähne Selims glänzen wie seine Augen, als er lächelnd bezeugt, daß er, wenn nötig, zum Kampf bereit ist.

Die Freunde blicken sich nicht um. Erst später, als das Hufgetrappel im Rücken nicht mehr gut zu überhören ist, zügeln sie die Tiere und erwarten die Ankommenden.

Ein älterer Mann und drei junge Burschen sind es.

„Selam!" grüßt der Alte, der der Anführer zu sein scheint, und fügt – dem „Aleikum" El-Fransis kein Gehör schenkend – hinzu: „Ich freue mich, dir einmal zu begegnen, El-Fransi."

Parvisi tut erstaunt: „Du kennst mich?"

„Man hat mir soviel von dir und deinem Freund erzählt, daß es nicht schwer ist, dich zu erkennen."

„So?"

„Gestattest du, daß wir in deiner Gesellschaft bleiben?"

„Ich kenne dich und deine Begleiter nicht. Das Land ist groß, es bietet genug Raum, daß man sich nicht auf die Füße tritt, auch wenn jeder einen eigenen Weg suchen würde", weist Parvisi den Alten ab.

„Du bist unfreundlich, El-Fransi. Ich bin Scheik Jussuf aus Biskra."

„Denk von mir, was du willst, Jussuf. – Aber meinetwegen, bleibt bei uns, solange wir das gleiche Reiseziel haben."

„Wo willst du hin?"

„Das wird sich zeigen. Jedenfalls will ich jagen."

„Oh! Darf ich einmal mit dir zusammen einem Raubtier auflauern?"

„Wenn du Mut dazu hast! – Los, Selim, weiter!"

Benelli hält sich an der Seite des voranreitenden Parvisi. Immer wieder versucht er ein Gespräch in Gang zu bringen, aber der Jäger antwortet nur einsilbig und mürrisch.

Was will der Mann, den der befreundete Kabyle als Mustapha, den Ratgeber des Deys, angekündigt hat?

Es geht wieder zwischen Bergen dahin. Parvisi schenkt dem Gelände größte Aufmerksamkeit. Plötzlich hält er an.

„Ich bin am Ziel. Hierher, Selim. Weiterhin gute Reise, Jussuf!" Damit schreitet Luigi auch schon einer Stelle zu, die ihm zur Rast geeignet erscheint. Sollte der Scheik den Wink nicht verstanden haben oder nicht verstehen wollen, daß sich hier ihr Weg trennt, dann muß er mit einem ungünstigeren Lagerplatz vorliebnehmen.

„Du willst meinen Wunsch nicht erfüllen, El-Fransi?" fragt Mustapha verblüfft.

„Wahrscheinlich werden dir deine Geschäfte nicht erlauben, schon jetzt zu lagern und einen halben Tag einzubüßen. Mich drängt und zieht nichts, ich bleibe hier", entgegnet lächelnd El-Fransi.

„Dann bleibe ich auch. – Macht Lager, Leute!"

Während Selim und die drei Begleiter Benellis die Lagerarbeiten verrichten, steht Parvisi mit verschränkten Armen gegen den Felsblock gelehnt, den er als Rückendeckung gewählt hat. Der Algerier gibt vor, ebenfalls beschäftigt zu sein. Er faßt das und jenes an, tritt bald zu dem einen, dann zum andern, endlich zum dritten der Burschen und tuschelt mit ihnen. Arbeit leistet er nicht.

Erst als alles hergerichtet ist, gesellt er sich wieder zu El-Fransi. „Die Pfeife!" befiehlt er noch, dann macht er es sich bequem. Sie wird gebracht. Es ist ein kostbares Stück mit zwei Rohren, wie der Jäger auf den ersten Blick feststellt.

„Bediene dich, El-Fransi, sei mein Gast!" Damit reicht er ihm eine der Pfeifenspitzen.

Es wäre eine schwere Beleidigung, diese Einladung abzuschlagen. So raucht Parvisi.

„Schmeckt es dir? Echter türkischer Tabak", versucht Benelli eine Unterhaltung in Gang zu bringen.

„Du scheinst ein vermögender Mann zu sein, da du eine so wertvolle Nargileh den Gefahren einer weiten Reise aussetzt. Fürchtest du nicht, einmal unterwegs ausgeplündert zu werden?" Parvisi hat sich entschlossen, seine Einsilbigkeit aufzugeben. Vielleicht läßt sich aus dem Gespräch erkennen, was der Mann will.

„Es würde keiner wagen, Hand an mich zu legen!" Ein selbstzufriedenes Lächeln glättet für einen Augenblick die Altersfurchen im Gesicht Benellis.

Jetzt erst hat Parvisi Gelegenheit, den Fremden genau

zu betrachten. Ein Araber? Möglich schon; allerdings, wenn der dichte Bart und der weit in die Stirn gezogene Turban nicht wären, könnte man diesen Mann fast für einen Südeuropäer halten.

„Dann kannst du dich glücklich schätzen", entgegnet er auf die Prahlerei des anderen.

„Scheik Jussuf ist gefürchtet!"

„Ich weiß, ich weiß. Aus Biskra, sagtest du?"

„Ja."

„Scheik Jussuf aus Biskra ist ein tapferer und deshalb von Räubern gefürchteter und gehaßter Mann – er ist mein Freund!"

„Diavolo! Teufel!" Benelli beißt sich auf die Lippen, als ihm dieser italienische Fluch entwischt ist. Seine Augen blitzen Gefahr. „Was willst du damit sagen, El-Fransi?" fährt er Parvisi an.

„Daß du nicht Scheik Jussuf bist." Ganz ruhig, ohne die Stimme zu heben, stellt es Parvisi fest.

Benelli springt auf. Auch Luigi schnellt hoch.

„Und Sie sind nicht der echte El-Fransi, Signore Luigi Parvisi! Was tun Sie hier in der Regentschaft? Ich bin Mustapha, der Leiter der Geheimpolizei des Deys. Sie sind verhaftet! Drauf, Leute, entwaffnet ihn und den Neger!" Er zieht die Pistole. El-Fransi, der den falschen Algerier nicht aus den Augen gelassen hat, schlägt sie ihm aus der Hand. Die Waffe klirrt zu Boden. Ein Fußtritt, sie fliegt zur Seite.

„Wer zu den Waffen greift, bekommt eine Kugel in den Kopf!" Der die ganze Zeit zum Sprung bereite Selim ist vorgestürzt und hält die drei Burschen, die abseits sitzen, in Schach.

„Rührt euch nicht!" warnt er sie.

Parvisi ist etwas zur Seite getreten. Schon will auch er die Pistole herausreißen, als Mustapha mit dem Jatagan auf ihn eindringt. Gut, dann also ein Duell auf Säbel.

Ah, Mustapha ist Linkshänder. Daß man das übersehen

konnte. Er trägt die Waffe an der rechten Seite.

Die Burschen brüllen vor Wut, als ihnen Selim die Flinten abnimmt und sie zusammen mit den Pistolen weit ins Geröll hineinwirft. Zwei Krummschwerter fliegen ein Stück nach hinten.

Benelli ficht wie ein Fechtmeister der Armee. Einem solchen Gegner gegenüber, der jeden Ausfall spielend pariert, erweist sich Parvisis Stellung mit dem Rücken am Felsen als ungünstig. Sie behindert die Bewegungsfreiheit. Diesem Mustapha, das erkennt der Italiener schon nach den ersten Stößen, kann man nur mit größter Schnelligkeit und der Kraft eines Mannes in den besten Jahren beikommen.

Luigi kämpft wie ein Wilder. Das Herz fliegt, die Lungen keuchen. Und Mustapha ist Linkshänder und ein Meister im Jatagankampf. Schneller und schneller werden Schlag und Abwehr. Wird diesem Mann, der sich durch den Fluch als Italiener entlarvt hat, gelingen, was keinem der gefährlichsten Raubtiere gelang: El-Fransi zu besiegen? Dann muß Livio ewig in der Sklaverei schmachten.

Parvisi duckt sich, winkelt das rechte Bein an, preßt die Sohle der Sandale an die Felswand. Und – ein Sprung, gewaltig durch die Kraft des sich abstoßenden Beines, schießt er auf Benellis rechte Seite zu. Ein Zusammenprall. Beide Kämpfer stürzen zu Boden.

Selim, der einen kleinen Strauß mit dem letzten der Burschen beim Entwaffnen auszufechten hat, wird mitgerissen.

Früher als Parvisi, der hart mit dem Kopf aufgeschlagen ist, steht Benelli wieder auf den Beinen.

„Spion, jetzt hab ich dich!" Siegesgewißheit ist in den Worten des Abenteurers.

Die Klinge saust auf den halbaufgerichteten El-Fransi herab. Ein furchtbarer Schlag, genau nach dem Hals gerichtet.

Parvisi sieht es. Wird dieser Hieb das Ende sein? Mechanisch versucht er eine Abwehr. Alle Vorteile sind bei Benelli. An eine richtige Parade ist in dieser ungünstigen Körperstellung nicht zu denken. Klinge prallt auf Klinge. Das Glück war Luigi hold. Der Hieb ist unschädlich.

Für den Neger hat sich der Zusammenprall nachteilig ausgewirkt. Der eine der Burschen, den Selim nicht mehr entwaffnen konnte, hat den Säbel gezogen und dringt auf den Schwarzen ein. Jetzt von der Schußwaffe Gebrauch zu machen ist unmöglich. El-Fransi und Mustapha wirbeln im Rücken des Mauren umher. Der Freund könnte direkt in die Kugel hineinlaufen.

Der Neger macht kehrt, flieht mit einigen großen Sprüngen. Mit einem Siegesschrei folgt der Maure. Selim benutzt die Flucht, die Pistole in den Gürtel zu schieben und sich mit dem Jatagan zu bewaffnen. Er kann nur rechts fechten, und in der Rechten hatte er die Schußwaffe. Deshalb brauchte er einen kleinen Zeitgewinn.

Wo sind die anderen beiden? Dort laufen sie und suchen ihre Krummschwerter.

Blitzschnell dreht sich der Neger um, stößt die Waffe vor. Der Araber pariert, aber Selim zwingt den sich verbissen wehrenden Gegner zum Rückzug.

Benellis ausweichende Sprünge werden matter. Das Alter macht sich bemerkbar. Parvisi hat den Sturz überwunden.

„Vorwärts, schneller, schneller, wenn du El-Fransi besiegen willst!" reizt er sein Gegenüber, hoffend, daß der andere in der Wut die Vorsicht außer acht lasse.

Die Kraft des Alten muß doch einmal erlahmen!

„Du und mich besiegen? Fahr zur Hölle, Parvisi!" Mit der Geschmeidigkeit und dem Feuer eines Jünglings wirft sich Benelli vor. Sein Jatagan saust durch die Luft, daß das Auge kaum zu folgen vermag. Diesem Meister muß Luigi unterliegen; er erkennt es klar.

Immer weiter treibt Mustapha El-Fransi zurück. Von Parvisis Stirn rinnen Schweißbäche, während dem Abenteurer nicht anzumerken ist, daß seine Stöße letztes Aufbäumen sind. Gelingt es nicht, mit dieser Kraftanstrengung den Gegner zu erledigen, dann ist es um ihn selbst geschehen. Blutleer sind Mustaphas Lippen, die Zähne knirschen.

Ein Stein im Rücken Parvisis. Luigi stolpert nach hinten. Schon will sich Benelli auf den in diesem Augenblick nicht voll kampffähigen Gegner stürzen, als... Die Pistole liegt vor ihm.

Blitzschnell arbeiten die Gedanken des Renegaten. Obwohl Parvisi schwächer als er ist, auf seiner Seite steht der Vorteil des geringeren Alters. Und er hat sich bereits wieder gefangen. Er ist noch nicht geschlagen.

Dann also die Pistole!

Benelli bückt sich, greift nach der Schußwaffe. Da stürzt El-Fransi auch schon heran, schneller als vermutet. Die Rechte auf den Boden gestützt, halb liegend, ficht Benelli weiter. Kein Gedanke an Ergeben. Es geht um Sieg oder Niederlage, um Leben oder Tod. Daß El-Fransi keinen Besiegten töten würde, fällt dem Abenteurer nicht ein. Wie sollte es auch? Ein Mensch, der keine Gnade gewährt, nimmt es auch von anderen nicht an.

Dieser Mustapha, oder wie sein richtiger Name sein mag, scheint mit dem Teufel im Bunde zu sein, denkt Luigi. Auch jetzt läßt sich kein vernichtender Schlag anbringen.

Benelli hat die Pistole erreicht, aber den Lauf, nicht den Griff erfassen können. Und dennoch! Neue Kraft strömt aus dem Eisen in seinen Körper. Damit ist er Parvisi überlegen.

Wilder als je zuvor wirbelt er das Krummschwert, zwingt Parvisi zur Abwehr. Das genügt. Benelli kann sich aufrichten, aufspringen.

Selim wird jetzt von dreien bedrängt. Auch ihm gelingt es nicht, mit den Leuten Mustaphas fertig zu werden, obwohl er wahre Meisterhiebe austeilt. Wie eine Katze schnellt er nach links, nach rechts, springt hoch, duckt sich, wehrt ab, greift an. Der linke Ärmel seines Burnus ist dunkel gefärbt. Der Neger ist verwundet.

Benelli hat die Pistole zwischen die Zähne genommen. Ein gefährliches Unternehmen, um die Waffe richtig fassen zu können, denn Parvisi versucht diesen Augenblick auszunutzen. Aber einem Zauberer gleich hat Mustapha die Pistole plötzlich in der Hand.

Auf Biegen oder Brechen! Nur noch kurze Zeit bleibt dem Vater Livios, vielleicht sind es nur Sekunden, dann wird der Kampf mit einem todbringenden Schuß beendet sein.

Wie ein Raubtier beobachtet Benelli den Gegner. Da blitzt es in Parvisis Augen auf. Jetzt kommt der entscheidende Hieb.

Der Renegat drückt ab. Getroffen! Parvisi taumelt zurück.

Mustapha-Benelli atmet auf, läßt die Linke mit dem Jatagan sinken. Schwer wie Blei ist der Arm auf einmal.

Der Abenteurer will den Arm hochreißen. Ein Schmerzensschrei entringt sich seiner Brust. Der Arm folgt nicht dem Befehl des Hirns, ist gelähmt. Zeit gewinnen, bis das Blut wieder normal kreist. Benelli wirbelt den Körper zur Seite. Zu spät und falsch. Er rennt mit der Brust in die Klinge des schwankenden, todbleichen, aber nicht besiegten Parvisi.

El-Fransis linker Oberarm hängt kraftlos herab.

Der Renegat sinkt zu Boden.

„El-Fransi!" Selim ruft um Hilfe.

Der Notschrei des Freundes zerreißt den roten Schleier vor Luigis Augen, bannt die Schwäche, den Schmerz. Er stolpert vorwärts.

Nicht schwach werden jetzt, durchhalten! feuert er sich an.

Es gelingt. Die Gegner, denen sich der schwerverwundete Mann zuwendet, sind nicht mit Mustapha zu vergleichen. Aber drei gegen einen, das ist auch für den tapferen und gewandten Neger zuviel.

Der Verwundete drängt den gefährlichsten der Burschen von Selim ab.

Durchhalten, durchhalten! Anderes kennt Parvisi in diesem Augenblick nicht.

Ein Krummschwert fliegt in hohem Bogen beiseite. Der Maure flieht. Mag er. Parvisi wird ihm nicht folgen, denn Selim ist weiterhin in Gefahr. Einer der anderen will ihm in den Rücken fallen.

Dem Mann bleibt vor Schreck der Mund offenstehen, als er sich plötzlich El-Fransi gegenübersieht.

„El-Fransi!" brüllt er auf, wirft die Waffe weg und stürzt hinüber zu den Pferden, um seinem Kameraden, der bereits davonjagt, zu folgen.

Nun der letzte. Aber der hat den Schrei seines Freundes gehört. Auch er sucht das Heil in der Flucht.

Parvisis Kopf sinkt auf die Brust. Noch ein Schritt, schwankend, taumelnd, dann umfängt ihn Nacht. –

Schatten, tiefe schwere Schatten zwischen den Bergen. Die Sonne geht unter. Da erwacht Luigi.

„Was war, Selim?" fragt er den Freund, der neben ihm sitzt. Wie schwer das Reden fällt. Ganz leise sind die Worte gekommen.

„Schlaf, Luigi. Es ist alles gut. Ich wache. Schlaf."

Schlaf. Das Wort ist Zauber. Parvisis Lider senken sich wieder über die Augen. Bleischwer ist der ganze Körper.

Szenen des Kampfes werden lebendig.

„Mustapha?" fragt Parvisi unvermittelt.

„Seine Stunden sind gezählt. Du hast ihn besiegt."

„Den Ratgeber des Deys? Besiegt? Seine Stunden – sind – gezählt? Nein, Selim, nicht."

Wieder sind die Worte nur ein Säuseln. Dann aber: „Selim, schnell, hilf mir! Der Mann darf nicht sterben, bevor ich ihn gesprochen habe. Los, Selim, hilf!"

„Du mußt liegenbleiben, dein Arm ist zerschossen",

wehrt der Neger ab und drückt den sich unter Schmerzen Aufrichtenden sanft auf das Lager zurück.

„Los! Es geht um Livio!"

Da weiß der Freund, daß Luigi nichts hindern wird, seinen Willen so oder so durchzusetzen.

Selim hatte auch die Wunde des Renegaten verbunden. Benelli ist wach, als die beiden Freunde zu ihm treten.

„Wie fühlen Sie sich, Signore – Mustapha?" fragt Parvisi. „Ich muß Sie so nennen, da mir Ihr Name unbekannt ist."

„Wie sich einer fühlt, mit dem es in Kürze aus sein wird", antwortet der große Abenteurer spöttisch. Er fürchtet den Tod nicht.

„Selim wird Sie pflegen, soweit es seine Kräfte erlauben. Es tut mir leid; ich wollte Sie nur außer Gefecht setzen und mußte mich gegen einen Meister der Fechtkunst wehren. Ihren Tod, ich hoffe sehnlichst, daß es nicht dahin kommt, wollte ich nicht."

„Mag sein, Parvisi. Ich war unvorsichtig und am Ende meiner Kraft. Was tut's? Mein Leben vergeht, wie es gelebt wurde und wie ich es mir immer gewünscht habe: im Kampf. Was wollen Sie? Unwissend haben Sie mir dazu verholfen."

„Was können wir für Sie tun?"

„Sie gar nichts, Landsmann. Ich sehe es Ihnen an, daß Sie genug mit sich selbst zu tun haben."

„Landsmann? Also sind Sie Italiener?"

„Genuese."

„Was? Dann müssen Sie unbedingt gerettet werden. Es muß einen Weg geben."

„Unsinn! Mir kann auch der beste Arzt nicht mehr helfen. – Ich hätte mich gern in den letzten Stunden auf der Erde mit einem Menschen über die Heimat unterhalten, aber es geht nicht mehr. Ich fühle es. Der Pendelschlag meiner Lebensuhr wird langsamer und langsamer. Fragen

Sie, Parvisi. Ich weiß, Sie haben etwas zu fragen."

„Ich bewundere Ihren Scharfblick, Signore."

„Pah, Scharfblick", höhnt sich Benelli selbst.

„Wissen Sie etwas über ein Kind Livio, das mit der ‚Astra' vor Jahren in die Sklaverei geraten ist?" fragt Luigi Parvisi mit zitternder Stimme.

„Alles!"

„Wo ist mein Sohn?" Luigi zwingt alle Kräfte, um den Mann genau beobachten zu können. Er will sich nicht allein auf das Gehör verlassen, Worte verstehen, sondern sie auch von den Lippen gebildet sehen. Die Stunde, da ein Mensch sterben soll, muß für einen anderen zur Stunde der Geburt werden, für seinen Sohn Livio. Befreiung aus der Sklaverei ist ja soviel wie neu geboren werden.

Die Unterhaltung verläuft stockend, mit Unterbrechungen. Beide Sprechenden sind schwer verwundet. Selim hat den gesunden Arm um El-Fransi gelegt, verhütend, daß der Freund in einem Augenblick der Schwäche oder äußerster Erregung zusammenbricht.

Benelli hält die Augen geschlossen. „Tot", murmelt er. „Tot wie Ihre Frau, Parvisi."

„Tot? Tot? Mein Gott, tot!" stöhnt Luigi auf.

Es war die Antwort des Abenteurers, nicht des Landsmannes. Als das furchtbare Wort gesprochen ist, schlägt Benelli die Augen voll auf.

Wie Parvisi zusehends altert, altert durch eine gemeine Lüge. Soll sie widerrufen werden? Soll sie?

„Tot. Mein armes Kind!" klagt Parvisi, der Mann, den jung und alt als den furchtlosen Jäger El-Fransi kennt. Dieser Mann weint. El-Fransi weint hemmungslos.

Soll ich die Wahrheit sagen? Ganz frei von menschlichen Regungen ist auch der schuftige Benelli nicht. Weiter lügen, noch jetzt Schurke sein, wo das Leben nur noch Stunden, vielleicht nur Augenblicke gibt? so fragt sich der Renegat. Pah, mich rettet auch die nackte Wahrheit nicht mehr. – „Ja, tot!" beteuert er noch einmal. –

Sterben wie gelebt, alles eins! – „Grüßen Sie Agostino Gravelli von Benelli. Ich habe an ihn gedacht in dieser Stunde. Gravelli, der große Bankier, ist der Verräter, der den Deys alle ausfahrenden Schiffe meldete. Auch die ‚Astra' hat er uns angezeigt und besonders auf Sie und Ihre Familie hingewiesen. – Halt, sagen Sie Gravelli wörtlich: ‚Benelli, der Ratgeber des Deys, läßt Sie grüßen und denkt jede Stunde an Sie!' So wörtlich, Parvisi, und dann drehen Sie ihm meinetwegen den Hals um. Über meinen Tod haben Sie zu schweigen. Das ist alles. Und nun fort mit euch! Euer Anblick ist mir verhaßt. Laßt bei allem, was euch heilig und lieb sein sollte, Worte des Mitleids, des Trostes, Aufforderungen zu bereuen. Ich will allein sterben, ja verrecken, alles gleich. Ich bin fertig. Nichts bereue ich, nichts! Könnte ich noch einmal leben, dann sollte die ganze Welt vor meinen Taten zittern und sich in Furcht, Schrecken und Gram winden! Fort, Luigi Parvisi, oder ich springe Ihnen mit der letzten, entfliehenden Kraft an die Gurgel!"

Wenige Stunden später ist der große Bösewicht nicht mehr. Selim häuft Steine über den Leichnam. Mustapha-Benelli war ein Mensch; die Raubtiere sollen nicht über ihn kommen können.

El-Fransis Freunde in Nord und Süd, in Ost und West, im ganzen Land warten vergeblich auf den Besuch des Jägers. Keiner sieht El-Fransi wieder. Seine Taten aber leben fort. El-Fransi wird zu einem Sagenheld in den Dörfern und an den Lagerplätzen. Man wird noch zu allen Zeiten von ihm sprechen.

15. Die Freunde sind anderer Meinung

Luigi Parvisis Arm bleibt steif, gelähmt. Gelähmt ist auch jegliche Tatkraft des Mannes. Das Leben hat den

Sinn verloren, ist arm geworden, seitdem die Gewißheit des Todes Livios besteht. Der Vater hält es für zwecklos, die Leiche, oder was von dem Kind noch übriggeblieben sein mag, zu suchen. Wie könnte er auch, ein Krüppel, erneut hinunter in das verfluchte Land gehen? Alles möchte er vergessen, auswischen aus seinem Gedächtnis, was er in den vielen Jahren in Algerien erlebt hat. Aber es gelingt nicht.

Stundenlang sitzt Luigi stumm in seinem Zimmer, nur von dem Wunsch beseelt, nicht gestört zu werden. Wenn er sich so mit seinen trübseligen Gedanken beschäftigt, dann zieht sich auch Selim zurück.

Die Aufregung um die beiden Menschen im Hause Parvisi, den heimgekehrten Sohn und den Neger, ist abgeklungen. Große politische Ereignisse haben sich in den Vordergrund geschoben, die wesentlich mehr Stoff für lange Gespräche liefern als die kargen Angaben, die man von Luigi erhalten hat. Daß er das Kind gesucht habe und nun von seinem Tode wisse, war alles, was berichtet worden war.

Bald nach der Heimkehr ins Vaterhaus hatte Luigi den Stift in die Hand genommen und die Frau und den Sohn zeichnen wollen. Die blühenden, lachenden Lieben waren so, wie er sie nie aus dem Gedächtnis verlieren wird, und dennoch, der Tod unter so furchtbaren Verhältnissen überschattet sie. Die Skizzen flogen zerknüllt zur Seite. Erneut begann er, aber wieder grinste der Tod aus den Blättern. Der Mann kann das Leben nicht mehr einfangen für Frau und Kind. Er wagt es nicht einmal, die letzte von Livio angefertigte Zeichnung, die damals nach dem Überfall auf die ‚Astra‘ vom Salzwasser des Mittelländischen Meeres ausgebleicht war und nur noch für die Augen des Vaters sichtbar ist, nachzuziehen. Wenn nun auch aus diesem unersetzlichen Besitz plötzlich der Tod mahnte!

Vielleicht, daß er dem Wunsch der Freunde des Hauses nachkommt und später einmal ausführlich über seine Erlebnisse berichtet, später, wenn er genesen sein wird. Aber bis dahin dürfte noch einige Zeit verstreichen. Die Wunde und die seelische Erschütterung haben ihn geschwächt; er kann das Zimmer nicht verlassen. Einzig wenn der Vater mit Freunden musiziert, verlangt der Kranke, ins Musikzimmer gebracht zu werden. Er sucht Trost in der Musik. Beethovens Erde und Himmel stürmende Kraft ist Erlebnis, aber die Töne können den Schmerz nicht lindern, nicht neues Ringen gebären.

„Luigi, Luigi!" Selim poltert die Treppe zu des Freundes Zimmer herauf. „Besuch!" Das dunkle Gesicht des Negers strahlt helle Freude, als er jetzt im Türrahmen steht.

„So aufgeregt und abgehetzt, Selim? So sah ich dich selten."

„Er freut sich, Luigi, und das freut mich auch!"

„Pierre-Charles! Du, Pierre-Charles!" Luigi will sich aus dem Sessel erheben, aber der Franzose läßt es nicht zu.

„Bleib sitzen, Luigi, keine Anstrengungen machen!" Er beugt sich über ihn und küßt ihn.

„Was führt dich zu mir, alter Freund? – Verzeih, ich vergaß in meiner Freude: Herzlich willkommen! – Bitte hierher ins volle Licht. Ich muß dich ansehen können, El-Fransi."

De Vermont lächelt und läßt Luigi Zeit, ihn zu betrachten. Endlich glaubt er das Schweigen brechen zu dürfen.

„Ich habe deinen Brief erhalten, den nüchternen, sachlichen Brief. Er mag für jeden anderen genügen, für Pierre-Charles de Vermont, für El-Fransi nicht. Der alte El-Fransi will mehr wissen. Deshalb bin ich gekommen, der Freund, der dir alle Hilfe anbietet, wenn du solche brauchen solltest."

„Ich danke dir, aber unter dem Kapitel ‚Algier – Sklaverei' steht in großen Buchstaben das Wort ‚Ende'. Algerien gehört der Vergangenheit an, wenn diese Vergangenheit auch zugleich Gegenwart und sicherlich Zukunft sein wird."

De Vermont übergeht diese bittere, entsagende Bemerkung Parvisis. „Erzähle, Luigi", bittet er. „Wenigstens beginne. Ich habe Zeit, viel Zeit."

Oft unterbricht Selim den Bericht, wenn Luigi sich nicht mehr an Einzelheiten erinnert, sie für unwichtig ansieht, sich nicht in den Vordergrund gestellt sehen möchte. Manches auch kann eben nur der Neger erzählen. Wie er den Freund zweimal als Verwundeten wochenlang gepflegt und zurück in den Hafen gebracht hat, davon weiß Parvisi nichts, denn auch ihm gegenüber hat der Neger alles als eine Selbstverständlichkeit angesehen und soviel wie möglich geschwiegen. Erst jetzt erfährt Luigi zusammenhängend die Geschehnisse nach dem Tode Mustaphas. Die entflohenen Begleiter des Renegaten hatten den Dey unterrichtet, und ganz Algerien war auf die Beine gebracht worden, um El-Fransi und Selim zu fangen. Aber die Eingeborenen hatten zu den Freunden gehalten und sie über die tunesische Grenze in Sicherheit gebracht. Lange war man in Tunis geblieben, bis das Fieber Luigis nachgelassen hatte und die Seereise unternommen werden konnte.

„Und damit betrachtest du die Sache als erledigt?" fragt Pierre Charles, als der Erzähler schweigt.

„Ich bin ein Krüppel und krank."

„Du wirst genesen. Und Krüppel? Unsinn! Luigi! Nicht der Arm, der Kopf, der Geist kämpft. – Hast du übrigens mit diesem Gravelli gesprochen? Natürlich nicht, denn du bist ja noch krank", verbessert sich de Vermont sofort.

„Ich will nichts mehr mit der Sache zu tun haben. Die Toten werden davon nicht lebendig."

Schwer und ernst entgegnet der Franzose: „Die Toten haben Frieden, die Lebenden beten um ihn täglich, stündlich."

„Was soll das?"

„Daß der Druck, den die Sklaverei auf die Menscheit ausübt, endlich gebrochen werden muß, daß Menschen vom Schlage dieses Gravelli kein Recht haben, zu leben und Unheil zu säen. Deine Aufgabe ist noch nicht erfüllt, Luigi Parvisi – El-Fransi!"

Das Gesicht des Genuesen hat sich verfinstert. Er wehrt sich gegen die Worte des Freundes, so wie er sich seit der Rückkehr aus Algerien gegen Gedanken wehrt, die dasselbe fordern.

Sie werden ihn nicht mehr loslassen, denkt Pierre-Charles. Je länger und öfter sie ihn beschäftigen, desto besser wird er sie verstehen. Nicht stärker drängen im Augenblick. „Im übrigen", nimmt de Vermont das Gespräch wieder auf, „ich bin nicht allein gekommen. Monsieur Xavier de Vermont hat mich begleitet. Unsere Väter sind ebenso glücklich wie wir über das Wiedersehen."

„Und das sagst du erst jetzt, Pierre-Charles! Ich kann dir einen Vorwurf nicht ersparen. – Komm, Selim, führe mich hinunter; ich muß den alten Herrn kennenlernen."

Nein, Luigi Parvisis Aufgabe ist noch nicht erfüllt. Die Unterhaltung mit den beiden Franzosen zeigt es. Und sie haben recht. Aber das Unternehmen ist so riesig, daß der Mann, der einmal El-Fransi war, vor ihm zittert.

„Signore Antonelli aus Livorno bittet, dem Herrn seine Aufwartung machen zu dürfen", meldet Gravellis Diener.

Der Bankier ist nur noch ein Schatten der einstigen alles stürmenden Kraft. Seit man ihm mitgeteilt hat, daß die ‚Parma' nicht in die Hände der Korsaren gefallen ist, weiß er, daß er sich in den Fängen des Herrn der Berge befindet. Er fühlt sich nicht stark genug, gegen diesen geheimnisumwobenen Mann anzugehen. Er vermutet... aber er läßt nicht einmal vor sich selber die Vermutung zu Worten werden. Auch jetzt nicht, da sich so vieles geändert hat. Seine führende Stellung auf dem genuesischen und sardinischen Geldmarkt ist längst gebrochen.

Selbst kleine Betrügereien gelingen nicht mehr. Nur ehrliche Geschäfte, die meistens von seinem Sekretär angebahnt werden, werfen schmale Summen ab. Bettelgroschen für einen, der einmal nur in Riesenbeträgen dachte und mit solchen arbeitete.

Signore Antonelli, hinter dem der Herr der Berge steht, kommt regelmäßig wegen der beiden Beutel Gold, die schon hundertfach bezahlt sind.

Schleppenden Schrittes, tief gebückt, schleicht Gravelli zum Schrank, entnimmt ihm zwei bereitstehende Ledersäckchen und reicht sie dem Diener.

„Ich bedauere, ihn nicht empfangen zu können. Gib ihm das."

In vier Wochen wird der Bursche wieder erscheinen, zwei Beutel Gold für ein altes Geschäft fordernd. Vier Wochen hat man nun Ruhe. Sie ist nicht zu teuer damit erkauft. Und danach nochmals zwei Beutel, vier Wochen. Es werden die letzten sein. Das Geheimfach im Keller ist leer.

„Aus, mein Herr der Berge." Der Bankier kichert. „Aus, gänzlich ausgemolken die reiche Kuh. Kein Tröpfchen goldene Milch fließt mehr, und wenn du dir die Finger dabei wund drückst."

Signore Antonelli, der fröhliche, lachende Mann, begegnet wie immer im Flur dem Sekretär Gravellis. Ein kaum sichtbares Kopfneigen, ein Augenzwinkern, die beiden Männer haben sich verstanden. Tomasini hat seinen Vertreter im Hause des Bankiers; er weiß von jedem Vorhaben und trifft entsprechende Maßnahmen. Aber einen schlagenden Beweis für Gravellis Verrätereien konnte man noch immer nicht finden.

Schon wieder klopft Camillo. Was gibt's noch? Ist der unverschämte Kerl, der Antonelli, etwa nicht zufrieden?

„Signore Luigi Parvisi möchte eine Botschaft überbringen."

Gravelli erbleicht.

„Schnell, Camillo, den anderen Rock, schnell!" Des Bankiers Stimme zittert wie der ganze Mann.

Metall poltert auf Holz. Der Brillantring, den Gravelli anstecken wollte, ist den Fingern entglitten und auf die Tischplatte gefallen.

„Darf ich nun den Herrn hereinbitten?" fragt der Diener.

„Noch einen Augenblick, Camillo." Er wischt Tröpfchen von der Stirn. „So, nun."

Luigi Parvisi grüßt, verneigt sich zurückhaltend.

„Herzlich willkommen, Luigi! Ich darf dich doch noch so nennen, den Spielgefährten Pietros. Nimm Platz, bitte, hier!"

Der Gast rührt sich nicht vom Fleck.

„Ich bin nur gekommen, einen Auftrag zu erledigen, der mir ganz besonders nahegelegt worden ist: Signore Benelli, der Ratgeber des Deys von Algier, läßt Sie grüßen und bestellen, daß er immer an Sie denkt."

Gravelli brüllt wie ein zu Tode getroffener Stier auf. Die Augen scheinen aus den Höhlen springen zu wollen.

„Hinaus, hinaus!" faucht er Parvisi an.

Holz splittert. Der Bankier hat den Dolch, der zum Anspitzen der Federn auf dem Tisch liegt, auf Parvisi geschleudert. Die Waffe ist in den Türrahmen gefahren. Nun liegt sie unschädlich auf dem Teppich.

Das Gebrüll ist nicht mehr menschlich. Luigi verläßt stumm das Zimmer. Er weiß, Agostino Gravelli befindet sich in den Fängen eines unerbittlichen Würgers.

Stunden später verstummen plötzlich die Gespräche in der ‚Osteria del mare' am Hafen. Die Würfel poltern noch einmal über den Tisch, dann herrscht Ruhe. Alle Hälse recken sich nach der Tür, durch die ein Mensch getreten ist, der hier noch nie Gast war. Er scheint total betrunken zu sein, anders hätte er sicherlich auch den Schritt nicht an einen solchen Ort gelenkt.

„Wein!" fordert er vom Wirt. „Da!" Eine gutgefüllte Börse fliegt über die Köpfe der Gevattern Fischer, Hafenarbeiter, Seeleute, Handwerker nach der Theke.

Goldstücke, Münzen, die hier nur selten einmal gewechselt werden; etwas anderes als die kümmerlichen Centesimi, mit denen die Gevattern ihre Zechen bezahlen. Der Wirt prüft sorgfältig mit den Zähnen. Echtes, gutes Gold. Erst jetzt betrachtet er den Gast näher. Er stutzt. Das ist ja Gravelli, der Bankier! Gerade stößt der einen Fischer vom Stuhl, hockt sich selber an den Tisch.

Sinnlos betrunken? Man sollte es annehmen, aber Gravellis Atem ist frei von Alkoholdunst.

Und der Mann spricht irres, wirres Zeug, das keiner zu deuten weiß: „Benelli – Mustapha – Algier – Dey – ‚Astra' – Parvisi – Pietro", Namen, die die Menschen aufmerken lassen. Aber man findet keine Zusammenhänge.

Wie ein Verdurstender stürzt sich der Bankier auf die Neige Wein des Nachbarn, reißt dann ein weiteres Glas eines Fischers an sich und leert es auf einen Zug.

Wieder murmelt er: „Benelli – ‚Astra'." Und wieder, aber nun schreiend. Dann vergräbt er den Kopf in die Arme und verharrt eine Zeitlang in dieser Stellung.

Plötzlich springt er auf. In den Augen irrlichtert es. Aus einem Beutel klirren Goldstücke zu Boden. Gravelli stößt sie mit den Füßen fort. „Hahaha, Gold, Gold! – Benelli – ‚Astra'!" grölt er und torkelt davon.

Niemand folgt dem Irren; man kämpft um den Schatz, den er so achtlos verstreut hat.

„Wo ist mein Herr, der Bankier Gravelli?" übertönt eine Stimme den wüsten Lärm und die Schlägerei um das Geld. Camillo hat die Spur des Herrn bis hierher verfolgt.

Keine Antwort.

„He, Leute, war der Bankier Gravelli hier?" fragt Camillo wieder.

„Fort." Der Wirt gibt die Auskunft. „Vor wenigen Minuten."

„Wohin?"

Ein Achselzucken.

Draußen vor der Tür stößt der alte Diener mit einem Hafenarbeiter zusammen.

„Hast du den Bankier Gravelli gesehen, Freund?"

„Kenne ich nicht. Laß mich vorbei!" Er versucht an Camillo vorbeizukommen, aber der packt ihn am Rock.

„Hier, nimm!" Eine Münze gleitet in die Hand des Arbeiters. „Komm mit mir, meinen Herrn suchen. Alt, langer weißer Bart, torkelt, spricht unverständliches Zeug. Er ist krank, schwer krank."

„Ein solcher Mann ist mir begegnet", bestätigt der Hafenarbeiter. „Er ging den Alten Hafendamm entlang."

„Um Gottes willen! Schnell, schnell, Freund!"

Die beiden Männer rennen fort.

„Dort ist er!" Der Hafenarbeiter zeigt auf einen taumelnden Mann, der plötzlich stehenbleibt, die Arme schlenkert und dann weiterhetzt. Wieder bleibt er stehen, dreht sich um, hastet weiter.

Camillo läuft, als gelte es das Leben. Sein Begleiter hat Mühe, dem Alten zu folgen. Man wird den Kranken einholen. Die Entfernung ist nicht mehr groß.

„Signore Gravelli! Wartet!"

Der Ruf erreicht den Bankier. Er steht. Nun geht er weiter. Jetzt sehen ihn die anderen nicht, da ein Stapel Ware ihn verdeckt. Als die beiden den Damm wieder überblicken können, da ist er – leer.

Später erzählt ein Fischer, dessen Barke in der Nähe lag, daß sich ein Mann mit einem Aufschrei, der wie ,Astra' klang, in die Fluten gestürzt habe. –

„So reich. Bedauerlich dieser Unglücksfall", sagen einige der Gäste der Hafenkneipe.

Andere zucken nur mit den Achseln. Die Sache berührt sie nicht. Jeder Mensch muß sterben. Der eine im Bett, vielen von ihnen wird vielleicht das Meer zum Grab werden. Lassen wir es. Sie wenden sich wieder Fragen zu, die sie und ihr Leben betreffen.

Noch einmal wird Gravellis Tod Gesprächsstoff, allgemeiner Gesprächsstoff, der die Gemüter bis zur Weißglut peitscht.

Luigi Parvisi hat bekanntgegeben, daß Gravelli der Verräter war, daß er schuldig ist an dem Unheil, das über viele genuesische Familien hereingebrochen war.

„Fluch diesem Verräter!" schäumen die Fischer, Seeleute, alle Menschen der Hafenstadt.

„Den roten Hahn auf das Verräternest!" Wer die Forderung erhob, weiß am Ende niemand mehr. Das will auch keiner wissen.

Hunderte beteiligen sich an der Plünderung des Bankhauses. Die Angestellten sind machtlos, die Polizei wagt nicht einzugreifen. Schuldscheine über unermeßliche Beträge werden ein Fraß der Flammen.

Das Bankhaus Gravelli bricht zusammen, reißt die auf tönernen Füßen stehende Wiener Niederlassung mit in den Strudel. Pietro Gravelli wird zum Bettler, muß sich das zum Leben Notwendige von der Verwandtschaft seiner Frau zusammenbetteln.

Schuld wurde zum Schicksal. –

„Baron Tomasini wollte uns in den nächsten Tagen besuchen, Luigi." Vater Parvisi wirft die Bemerkung so ganz beiläufig bei Tisch hin.

„Warum wollte, Vater?"

Mutter Emilia lächelt fein. „Er hat es sich anders überlegt, bittet uns auf sein Schlößchen zu Gast. Wird es möglich sein, daß du uns begleitest, mein Junge? Fühlst du dich kräftig genug dazu?"

„Natürlich. Ich freue mich, Baron Tomasini, den..."

„Baron Tomasini, Luigi!" wirft Andrea scharf ein. „Anders kennen wir meinen Jugendfreund nicht."

„Wie du willst, Vater. Ich fahre selbstverständlich mit."

Ohne Wissen Luigis hatte Andrea dem Freund die Erlebnisse seines Sohnes bereits brieflich mitgeteilt, aber keine Antwort darauf erhalten.

Das hatte ihn zuerst verwundert, bis er später den Grund dafür fand. Tomasini wird abwesend gewesen sein.

Man reist. Signora Parvisi, Andrea, Luigi und Selim. Der Neger war besonders herzlich eingeladen worden

Am Parktor empfängt der Schloßherr die Gäste und geleitet sie zum Haus, an dessen Tür zwei große Plakate hängen. Das eine von Wind und Wetter fast zerfetzt, das andere noch neu.

Luigi bleibt vor ihnen stehen, wirft einen Blick darauf und spuckt verächtlich aus. Tomasini lächelt.

Das zerschlissene Plakat ist ein Erlaß des Gouvernements Venedig vom 29. August 1820. Luigi kennt den Inhalt, überfliegt aber trotzdem die Zeilen.

„Die Gesellschaft der Carbonari, die in den benachbarten Staaten verbreitet ist, hat versucht, Anhänger in den Provinzen des Kaiserreichs (Österreich) zu werben.

Das Ziel der Carbonari ist der Umsturz und die Zerstörung der Regierungen.

Die Mitglieder werden als Hochverräter mit dem Tode bestraft."

Ja, er kennt es genau. Auch das andere daneben. Es ist ein Erlaß des Königs von Neapel vom 19. April 1821. Luigi sucht den Artikel V. Da steht es wieder:

„Das Ziel dieser Gesellschaft ist die Zerrüttung und Zerstörung der Regierungen. Wer in diese Gesellschaft eintritt und an verbotenen Versammlungen teilnimmt, wird mit dem Tode bestraft.

Artikel VI:

Gleichermaßen dem Tode verfallen ist derjenige, der, obwohl nicht Mitglied der Carbonari, dennoch die Ziele der Gesellschaft unterstützt."

„Lesen Sie genau, Luigi! Man muß diese beiden Erlasse so kennen, daß man sie im Leben nicht mehr vergißt."

„Ich kenne sie, Herr Baron. – Bitte, lassen Sie uns weitergehen."

„Wir sind unter uns", spricht dann der Baron. „Ich bin erst in diesen Tagen aus Neapel zurückgekehrt. Österreich hat die Erfolge, die die ‚guten Vettern' errungen hatten, mit sechzigtausend Soldaten weggewischt. Die von uns bestimmte Verfassung ist annulliert. Die gleichen Zustände wie früher sind wiederhergestellt. Die Carbonari waren ein Bund vaterländischer Idealisten, der leider nicht die große Masse hinter sich hatte. Was können auf die Dauer einige Hunderttausende erreichen, wenn die großen Ziele nicht Widerhall in jedem Herzen finden? Und die fremden Mächte wollten nicht zulassen, daß Italien frei und unabhängig werde." Giacomo Tomasini spricht unbeteiligt, nicht wie einer, der ein Führer dieses Bundes war.

„Später einmal werden auch unsere vaterländischen Wünsche Wirklichkeit werden!" prophezeit Andrea Parvisi.

„Ohne die Carbonari?"

„Ja, Giacomo, auch wenn die ‚Köhlerei' jetzt geschlagen, zerschlagen ist. Jetzt. Die Grundsätze der Gesellschaft sind groß und edel, sie werden für alle Zeiten Gültigkeit haben, wenn es vielleicht auch einer anderen Organisation und Grundlage bedarf."

„Italien wird frei und unabhängig sein", zitiert Tomasini Sätze aus dem Schreiben der Gesellschaft an den britischen Minister. „Die Grenzen dieses Reiches werden die drei Meere und die Alpen sein. – Korsika, Sardinien, Sizilien, die Sieben Inseln und alle Inseln an den Küsten des Mittelländischen, Adriatischen und Ionischen Meeres werden Teile des Römischen Reiches sein. – Rom wird die Hauptstadt werden. Aber ich sage euch ja nichts Neues, brauche nicht zu wiederholen."

„Was wird nun, Giacomo?" fragt Andrea Parvisi.

„Ich weiß es noch nicht. Vorerst muß jeder darauf achten, den Kopf auf dem Hals zu behalten. Das fremde Joch liegt wie eh und je auf unserer armen Heimat, die wir so lieben. Doch ich habe euch nicht deshalb zu mir gebeten, um meine Trauer laut werden zu lassen. – Luigi, erzählen Sie von Ihren Erlebnissen unter den Korsaren, so ausführlich wie möglich."

Immer wieder unterbricht Giacomo den Erzähler und wendet sich an Selim, läßt ihn bestätigen, vervollständigen.

Schließlich wiederholt Tomasini, so als spräche er für sich, das Gehörte.

Aus diesem Munde klingt manches anders. Und anders sieht alles aus, als der Baron seine eigenen Gedanken ausdrückt und Luigis Kampf nicht als beendet hinstellt.

„Das tue, Luigi", schließt Giacomo, den Sohn des Freundes duzend.

Entgeistert starrt der den Sprecher an. „Unmöglich!" Mehr weiß er auf die dringenden Vorschläge, die ihm unterbreitet, fast befohlen werden, nicht zu erwidern.

„Binde dich nicht an ein ‚Unmöglich', Luigi. Überdenke erst einmal alles in Ruhe. Nichts übereilen, denn ich weiß selbst, es ist nichts Einfaches, was ich sagte. Auf alle Fälle, meiner...", Tomasini macht eine Pause, um den Klang, den er dem letzten Wort unterlegte, wirken zu lassen, „meiner Hilfe kannst du sicher sein."

Luigi Parvisi, der einmal El-Fransi war, kann sich nicht entschließen. Aber wieder und wieder beschäftigt er sich mit den Worten des Barons. Sie haben ihn gepackt, lassen ihn nicht mehr frei. Und je mehr er sie prüft, um so weniger stark wird die Ablehnung.

Eines Tages teilt er dem Vater und Giacomo mit, daß er die neue Aufgabe übernehmen werde.

„Ich wußte es, Luigi", sagt Tomasini. „El-Fransi schreckt vor keiner Sache zurück, auch wenn sie ungewöhnlich und gefahrvoll ist wie die, der du dich zuwendest. Du dienst damit deinem Vaterland."

Omars Herr und Förderer Mustapha ist tot. El-Fransi hat ihn besiegt. So berichten die Burschen, die vor dem kühnen Jäger die Flucht ergriffen hatten.

Auf welche Seite soll man sich nun stellen? Noch immer ist El-Fransi ihm lieb und teuer; er verehrt ihn. Und doch hat dieser Mann seine Laufbahn gestört. Mustapha allein besaß die Macht, Omar zum Kapitän zu machen.

Was soll nun geschehen? Der junge Offizier hat sich nie um die Dinge in der Umgebung des Deys gekümmert. Er besitzt keine einflußreichen Freunde, weiß nicht, wie er solche gewinnen könnte. Niemand nimmt sich seiner an.

Ich muß mir erkämpfen, was sonst vielleicht Mustapha durch ein Wort entschieden hätte, beschließt er.

Eigenartig, auch der neue Kapitän – denn der alte, den der Tote noch persönlich unterrichten konnte, hatte kein Glück mit Prisen und mußte das Kommando niederlegen – bevorzugt den jüngsten Offizier seines Schiffes vor den alten, erfahrenen Unterführern. Man kann Omar mit allem betrauen; er führt es aus, und mit Geist. Schnell erkannte der Kapitän, daß der junge Mann allen anderen im Handwerk und an Mut überlegen ist. Obendrein ist er beliebt bei der Mannschaft, die mit ihm durch dick und dünn gehen würde.

In einem Herbststurm, dem schrecklichsten, den Omar bis jetzt erlebt hat, bricht der Hauptmast. Niederprasselndes Gestänge begräbt den Kapitän. Die Korsaren haben den Kopf verloren. Sie wollen das leckgeschlagene Schiff verlassen, ihr Leben der tobenden, kochenden See anvertrauen, hoffend, daß die Wogen sie an die nahe spanische Küste werfen werden.

Die älteren Offiziere sind unfähig, mit dem überall herrschenden Durcheinander fertig zu werden. Sie stehen an der Reling und warten auf einen günstigen Augenblick, vom Schiff zu kommen.

Da übernimmt Omar das Kommando. Seine Augen sprühen Feuer.

„Leute, ich übernehme die Führung des Schiffes, bis der Kapitän gerettet ist!" hallt seine Stimme in das Toben des Sturms hinein.

Nur wenige Korsaren verstehen die Worte.

„Du bleibst bei mir, wirst meine Befehle überbringen!" brüllt er einem alten Piraten ins Ohr. Zugleich packt er ihn und zieht ihn mit sich. Den Steuermann stößt er vom Rad, umklammert es selbst.

„Die Masttrümmer über Bord, den Kapitän befreien. Alle Leinwand herunter! Zimmermann!"

Der Gerufene kommt.

„Warum stehst du untätig herum?" Omar blitzt ihn an.

„Es ist zwecklos, überhaupt noch Hand anlegen zu wollen. Das Schiff ist verloren."

„Noch nicht! Und es wird nicht verlorengehen, wenn alle mithelfen, es zu retten."

„Ich sage dir, Omar, alle Mühe ist vergebens."

„Wenn ich dich noch eine Minute untätig herumstehen sehe, lasse ich dir die Haut in Fetzen vom Körper peitschen. An deine Arbeit, Zimmermann! Nimm dir zu Hilfe, wen du willst, nur dichte das Leck. Alles andere laß meine Sorge sein. Ich rette Schiff und Mannschaft."

Omar wird uns retten, er hat es versprochen! Die Männer greifen zu wie selten.

Die Offiziere aber überhören geflissentlich die Anweisungen des jungen Mannes. Zwar unterläßt man spöttische, verächtliche Äußerungen, doch man tut nichts, wartet ab. Die Mannschaft ist mit diesem Verhalten nicht einverstanden. Ihre Blicke verheißen nichts Gutes. Omar ist Herr des Schiffes. Keine Macht auf Erden würde ihm etwas anhaben können.

Nicht die Befehle, die Omar erteilt, werden vielleicht das Schiff retten, denn was zu tun ist, wissen alle anderen plötzlich auch; aber das ist nicht das Ausschlaggebende. Daß es ihm gelingt, die wilden, grausamen, rücksichtslosen Kerle, die nicht mehr wollten, alles aufgegeben hatten, zum Kampf anzuspornen, das ist einzig und allein Verdienst seiner Persönlichkeit.

„Kampf, Leute, ob gegen ein sich wehrendes Schiff oder gegen die Natur, das bleibt sich gleich. Wir kämpfen und werden auch mit Sturm und Wellenbergen fertig!" Wie ein Jauchzen ist dieser Ruf in einem Augenblick, da der Sturm mit neuer Kraft ausholt.

„Ja, das werden wir, Omar!" Nur Bruchstücke der Begeisterung seiner Kameraden dringen durch Donner, Sturm und Meeresbrausen an das Ohr des jungen Schiffsführers. Wie sie, keine Gefahr achtend, seine Befehle ausführen, zeigt ihm, daß sie die Mutlosigkeit überwunden haben. Mit diesen Männern kann Omar, der Erste und Kühnste von ihnen, das ganze Meer beherrschen.

Aber noch ist die Fregatte ein Spielball dräuender Naturgewalten. Auf und ab geht es in diesem Ringen. Wenn Omars Kunst einen Vorteil errungen hat, dann macht eine orkanartige Bö alles zunichte. Ein winziges Schiff im Kampf gegen Riesenkräfte. Tag und Nacht, ohne Ende.

Oft, wenn die anderen vor sich hin dösten, sich wohlig in der Sonne rekelten, einem süßen Nichtstun frönten, war Omar über Karten gebeugt gewesen. Narr, Streber, war er ausgelacht worden. Wissen ist gut, mächtige Freunde aber sind besser, haben die anderen gedacht. Man wird auch einmal Kapitän werden, selbst wenn die Fähigkeiten nicht so groß sind. Die Hauptsache ist, daß die Mannschaft mutig dem Feind an die Gurgel springt. Jeder von Omars Offizierskameraden besitzt Freunde in der Umgebung des Deys.

Während die anderen in diesen Stunden, die das Ende bedeuten können, nicht aus noch ein wissen, zu keinem Befehl fähig sind, kommen dem jungen Mann seine Kenntnisse zustatten. Er weiß um alle Untiefen und Klippen des Mittelmeers.

Eine gewaltige Welle fegt über das Schiff, droht es zu zersplittern. Der Segler ächzt und kracht in allen Fugen, doch er widersteht der Gefahr. Aber der Platz, an dem Omar sich befand, ist leer. Augen suchen die leere Stelle zu durchdringen. Wo ist Omar? Über Bord gespült? Alle Hoffnung schwindet, heil aus der Gefahr herauszukommen, da der Anführer nicht mehr ist. Zwecklos alles.

Vorn am Anker hängt ein Fetzen Lumpen. Jetzt richtet sich das Etwas auf, kommt schwankend auf die Männer zu.

„Omar, Omar!" brüllen die Menschen auf.

Es ist Omar, der gegen den Anker geschleudert und mit den Kleidern an ihm hängengeblieben war. Aber wie sieht er aus! Aus einer breiten Stirnwunde fließt Blut, hat das Gesicht besudelt.

Doch die Stimme ist die alte, wenn sich der junge Mann auch kaum auf den Beinen halten kann.

Der Kampf geht weiter.

Drei Tage weicht der verletzte Omar nicht vom Deck. Jeder der Korsaren war einmal für Stunden zusammengebrochen, hatte die Hoffnung fahrenlassen. Aber er, Omar, hat das Kommando übernommen und das Versprechen gegeben, Mannschaft und Schiff zu retten. Wenn ihn nicht doch noch einer der haushohen Brecher fortreißt, wird er nicht weichen, bis das Ärgste überstanden ist.

Die schwarze Wolkenwand bricht auseinander. Sonnenspeere, greifbar fast, stechen in das kochende Meer.

Noch einmal, mit einem letzten trotzigen, ungebärdigen Schütteln versuchen die dunklen Gesellen des Herbstes gegen die siegreiche Sonne anzugehen. Sie sind noch nicht kräftig genug, müssen das Feld für jetzt räumen.

Das Piratenschiff ist gerettet. Omar hat dem Dey ein wertvolles Glied seiner Raubflotte erhalten und die Menschen vor dem Tod bewahrt.

Die Prise, die man kurz vor Ausbruch des Sturms genommen und mit einem Teil der Mannschaft des Korsaren bemannt hat, ist Opfer des Meeres geworden.

Man trägt den im Stehen eingeschlafenen jungen Offizier nach unten.

Jetzt übernimmt der Erste die Führung des Wracks, denn der Kapitän liegt mit Schädelbruch in der Kajüte. Er wird sich von der Seefahrt zurückziehen müssen. Sein Anteil an Prisen reicht aus, ein angenehmes Leben führen zu können.

Omar, der in schwersten Stunden Schiffsführer war, wird wieder der jüngste Offizier an Bord.

Während der Wintermonate fahren die Korsaren nicht aus. Die Segler werden überholt, ausgebessert, neu ausgerüstet.

Omars Kampf mit den Mächten der Natur und sein Sieg sind zeitweilig in Algier in aller Munde. Selbst Hussein Pascha hört davon. Auch daß die Mannschaft wünscht, nur noch unter dem Kommando Omars kämpfen zu wollen.

Der Herrscher schnippt nur mit den Fingern. Man wird sehen, wer im Frühjahr Kapitän auf dem Schiff wird. Schon jetzt steht es für den Dey fest, daß er denjenigen ernennt, dessen Freunde gerade zur stärksten Partei des Diwans gehören. Daß dann keine Vorschläge gemacht werden, erstaunt Hussein Pascha.

Nun gut, warum eigentlich soll es Omar nicht sein?

Omar wird Reis, Kapitän. Siebzehn Jahre ist er alt.

Der Dey braucht die Ernennung nicht zu bereuen. Seinem jüngsten Kapitän hält kein Gegner stand. –

Drei Segler kommen aus der Neuen Welt über den Atlantischen Ozean. Schon ist die heimatliche Küste Portugals nach wochenlanger Fahrt in Sicht, da bemerken die Mannschaften den Korsaren. Drei gegen einen, wenn sich dieser eine nicht auch noch in der letzten Minute davonmacht – es besteht keine Gefahr.

Kapitän Omar denkt nicht daran, vor den drei Portugiesen die Flucht zu ergreifen. Lange betrachtet er das Führerschiff, das fast doppelt so groß ist wie die zwei hinter ihm segelnden Begleiter, doppelt so groß auch wie seine eigene Fregatte.

‚Lisboa‘ – ‚Lissabon‘ – heißt das Schiff. Welche Schätze mag es in seinen Luken und Räumen haben?

„Drauf!“ Die Korsaren stehen schon bereit, die Befehle des Führers auszuführen. Anweisung auf Anweisung erteilt Omar. Seine Leute arbeiten besser als jahrelang gedrillte Matrosen. Sie sind überzeugt, daß das große Schiff in ihre Hände fallen wird, denn Omar leitet den Angriff.

Vom Strand aus wird das Gefecht mit dem Glas verfolgt. „Unerhört, diese Kühnheit! Der Korsar scheint mit überirdischen Mächten im Bunde zu stehen. Ein überragender Schiffsführer auf jeden Fall. Wie er der ‚Lisboa‘ den Weg verlegt!“ Und „Unerhört!“ stöhnen die Menschen, als Omars Kanonen aufbrüllen. Man kann kein Auge von dem Geschehen wenden, muß zusehen, wie plötzlich auf ihrem stolzen Schiff die Korsarenflagge weht, wie eins der Begleitschiffe ohne Kampf von den Piraten gekapert wird. Daß das dritte den rettenden Hafen erreicht, ist kein Trost.

Omar ist verliebt in diese Beute. Sie gleicht so gar nicht den üblichen plumpen Kauffahrern. Neue, unbekannte Bauart. Auf diesem Schiff Herr sein, welche Lust, welche Ausblicke für die Zukunft würde es bieten!

Er kann es bei Hussein Pascha durchsetzen, daß die ‚Lisboa‘ nicht verkauft wird, nicht an die Portugiesen verkauft, die für diesen Schnellsegler eine bedeutende Summe bieten. Bekämen sie ihr Schiff zurück, dann wäre es für Jahre hinaus unantastbar, sie könnten ungestört mit ihm ihre Geschäfte ausführen. Verkaufte Schiffe genießen diesen Vorteil. Auf einer amerikanischen Werft sei die ‚Lisboa‘ gebaut, erzählt man in Algier. Der amerikanische Konsul habe es gesagt. –

Im nächsten Frühjahr kreuzt ein fremdes Schiff im Mittelmeer. ‚Al-Dschezair' – ‚Algier' – ist sein Name. Der Kapitän: Omar. ‚Al-Dschezair' wird der Schrecken der Kauffahrteischiffe.

„Ein feiner Bursche. Natürlich Amerikaner!"

„Er brauchte nicht einmal die amerikanische Flagge zu führen, um erkennen zu lassen, daß er von drüben stammt!" bestätigt der Steuermann des ‚Kong Karl' die Bemerkung Kapitän Jöguurds.

Ein Strahl Tabaksaft platscht auf die Planken des Schweden. Jöguurd liebt seinen Kahn, aber jetzt ärgert er sich doch, auf einer solchen Kröte fahren zu müssen, während der Amerikaner zu schweben scheint.

Die beiden Männer zucken zusammen. Drüben bei dem Amerikaner hat es aufgeblitzt, dicker weißer Rauch steigt hoch. Der Kerl hat dem alten braven ‚Kong Karl' einen Schuß vor den Bug gesetzt.

„Verflucht! Was will man von uns? Sind denn unsere Staaten im Krieg?"

Der Steuermann weiß darauf keine Antwort. Er schweigt.

„Holt die Lappen herunter", befiehlt der Kapitän.

Während die Matrosen den Befehl ausführen, wirft Jöguurd wieder einen Blick auf das schmucke amerikanische Schiff. Vor Schreck bleibt ihm der Mund offen, aus dem er einen weiteren Strahl Tabaksaft auf die blitzsauberen Bretter des Schiffes spritzen wollte.

Wo eben noch der Staatenwimpel flatterte, hängt jetzt die Korsarenflagge.

Aber nur einen Augenblick lang ist der alte Schwede verdutzt, dann zischt doch der Tabaksaft hinunter. Was denn? Schweden zahlt einen jährlichen Tribut für den Schutz seiner Schiffe. Ans Leben geht's nicht, klar; trotzdem wird es jetzt Unannehmlichkeiten geben. Man kennt das: Betteleien, Forderungen auf Lebensmittel, Geschenke und ähnliches blüht einem Kapitän, der auf Fahrt angehalten wird. Das Schlimmste steht aber in der Heimat bevor: Schiff und Mannschaft müssen in die Quarantäne. Es besteht immer die Gefahr, daß durch die Berührung mit den Korsaren die Pest eingeschleppt wird.

Das Raubschiff hat beigedreht. ‚Al-Dschezair‘ heißt der Bursche. Noch nie gehört.

„Nils“, wendet sich der Kapitän zurück zum Steuermann, „das ist die portugiesische ‚Lisboa‘, von der vergangenen Herbst soviel gesprochen wurde. Weißt du, wer der Reis ist?“

„Hm.“ Das ist weder ja noch nein. Die saure Miene des Gefragten zeigt aber, daß er den Namen des Schiffsführers kennt und nichts Gutes von ihm erwartet.

Drüben wird ein Boot zu Wasser gelassen. Jöguurd wundert sich, daß außer der Rudermannschaft nur ein Mann einsteigt. Nach den Vereinbarungen dürfen es ein Offizier und zwei Begleiter sein.

„Wetten, daß der Offizier niemand anders ist als – Omar?“ wendet sich der Kapitän an seinen alten Freund.

„Das könnte dir so passen, Gustaf Jöguurd! Ich werfe mein Geld nicht zum Fenster hinaus, das heißt in diesem Falle ins Wasser. Es ist Omar!“ Und hinzu fügt er noch: „Hoffentlich bekommt der Schuft Anna nicht zu sehen!“

„Mein Gott, Nils! Daß ich daran nicht dachte! Ich muß das Mädchen verstecken.“

Aber es ist zu spät. Das Boot hat sich auf Rufweite genähert.

Eins beruhigt den alten Schweden. Der Korsar hält sich an die Abmachungen, ja, er bringt nicht einmal die ihm zustehende Unterstützung mit. Er wird kaum Böses im Schilde führen.

„Woher und wohin?“ klingt es jetzt in der Lingua franca, der in der Levante und in Nordafrika überall gebräuchlichen Mischsprache, vom Wasser her.

„Von Konstantinopel nach Stockholm", antwortet Jöguurd.

„Welche Ladung?"

„Alles mögliche. Teppiche, Seidenstoffe, Öle, Datteln."

„Ich komme an Bord!"

Das soll Omar, der Schrecken des Mittelmeers, sein? Ein netter junger Mann, wird kaum zwanzig Jahre alt sein, denkt der schwedische Kapitän, während er ihm die Strickleiter hinunterwirft.

„Den Paß!" fordert der Korsar, als er auf Deck des ‚Kong Karl' steht.

„Komm!" Damit geht Jöguurd zum Kartenhaus.

Der Musterpaß, unregelmäßig in zwei Teile zerrissen, wird auf dem Tisch ausgebreitet. Solche Pässe besitzen alle Kapitäne Schwedens und der Staaten, die durch Tributzahlungen mit dem Dey verbunden sind. Diese Musterpässe sind die sogenannten afrikanischen Seepässe, ohne Schriftzeichen, da die Piratenkapitäne nicht lesen können. Dafür aber sind diese Dokumente mit Abbildungen von Schiffen, Blumen, Wappen und anderen leicht erkennbaren Zeichnungen versehen und eben in zwei Teile zerrissen.

Omar zieht ein gleiches Stück heraus, schiebt den rechten Teil des auf dem Tisch liegenden Passes zur Seite und legt dafür das entsprechende Stück an. Die Rißflächen passen – nicht zueinander.

„Da! Falsch, Kapitän. Ich betrachte das Schiff als Prise. Widerstand ist zwecklos."

Jöguurd erbleicht. Seine Hand greift nach dem Paß Omars. Ist es die Angst, die ihm den Schweiß aus allen Poren treibt, oder ist das Pergament in seiner Hand feucht? Der Schwede reibt die Finger am Rock trocken, dann nimmt er das Paßstück des Korsaren erneut in die Hand. Es ist feucht!

„Schurkerei!" brüllt er auf. „Du hast den Paß ins Wasser gelegt, damit sich das Pergament verzieht!"

„Schweig, Hund! Willst du mich des Betrugs anklagen?" Omars Arm schnellt hoch. In der Hand hält er die Peitsche.

Ganz leicht, ehe er zuschlagen kann, legt sich eine Hand auf seine Schultern, und eine zarte Stimme spricht: „Was geschieht hier?"

Omar wirbelt herum, blickt in ein Antlitz, wie er keines je zuvor gesehen hat. Ein Mädchen steht vor ihm, zart und blond – der erhobene Arm scheint plötzlich aller Kraft beraubt. Wie alt dieses unwirkliche Wesen sein mag, kann der rauhe Pirat nicht schätzen.

„Großvater, was soll das?" fragt das Mädchen in Schwedisch den Kapitän.

„Anna, um Gottes willen! Gerade jetzt mußt du erscheinen. Nun ist alles verloren. Verflucht sei die Stunde, in der ich deiner Bitte nachgab, mich begleiten zu dürfen."

„Setz dich", fordert das Mädchen ungerührt Omar auf. „Du hast meine Frage noch nicht beantwortet."

Der Korsar gehorcht willenlos. Die blauen Augen üben eine unwiderstehliche Macht auf den jungen Mann aus. So müßte die oberste der Houris im Himmel des Propheten aussehen. Daß die Erde solche Geschöpfe trägt, ist ihm neu. Und unverschleiert zeigt sich das Mädchen, läßt jeden seine Schönheit sehen!

„Der Paß deines Vaters ist nicht in Ordnung." Omar hält die Lider gesenkt. Er muß dem Zauber entweichen, wenn er nicht verloren sein soll.

„Mein Großvater", wird er belehrt. „Du mußt dich irren. Der Paß ist echt, oder muß er falsch sein?"

„Sieh selbst, und dann sage mir, daß ich unrecht habe, wenn du kannst." Omar gewinnt langsam die Ruhe zurück.

Zu dumm, die beiden Teile passen wirklich nicht aneinander.

„Im Wasser gelegen, verzogen", belehrt grollend Jöguurd die Enkelin.

Omar ist aufgesprungen, schlägt dem alten Kapitän die Peitsche über den Kopf. „Allah verfluche dich! Das Schiff ist mein!"

„Korsar!" Anna ist unter die Tür getreten. Die Pistole, die sie bisher im Mieder verborgen hatte, ist auf Omar gerichtet.

„Aus dem Weg, Mädchen, oder meine Peitsche wird dir ein unvergängliches Zeichen ins Gesicht graben!" faucht er Anna an.

„Du kommst nicht lebend von Bord, wenn du nicht versprichst, den ‚Kong Karl‘ ungehindert die Fahrt fortsetzen zu lassen!"

„Weißt du nicht, wer ich bin!" droht der Korsar, ohne sich vom Fleck zu rühren.

„Es kümmert mich nicht!"

„Ich bin Omar!"

Ein anderer hätte beim Hören dieses gefürchteten Namens alle Hoffnung sinken lassen, Anna Jöguurd nicht.

„Wenn du Omar bist und dich dessen auch noch rühmst, nun gut, es ist deine Sache. Für mich bist du der größte Schuft und Schurke, den die Erde trägt. Du Menschenräuber, Mörder, Pirat, du, du..." Das Mädchen schleudert alle Gemeinheiten, die ihm aus der jahrhundertealten Geschichte des Korsarentums bekannt sind, dem jungen Mann entgegen. Sie muß ihrer Wut Luft machen.

Die Anklagen üben auf den Korsaren eine ungeahnte Wirkung aus. Sein Zorn verfliegt. Fast ist er belustigt. Endlich hat das Mädchen menschliche Züge, nicht mehr die eines unirdischen Wesens. Jetzt beherrscht er wieder die Lage.

Als Anna eine Pause macht, um Atem zu schöpfen, wirft Omar spöttisch ein: „Ist das alles? Wenn nicht, fahre fort. Ich werde bis zum Ende zuhören."

Kaltblütig, obwohl die Pistole noch immer auf seine

Brust zielt und der Finger am Hahn liegt, setzt er sich frech wie ein richtiger Junge auf den Kartentisch, auf die Pässe.

Das ist zuviel für Anna. „Du Teufel!"

Ja, ein Teufel ist dieser Omar. Alles ist an ihm abgeprallt. Er hat anscheinend gar nicht vernommen, was sie ihm gesagt hat, sie nur immer angeschaut. Diese hübschen, frechen, lustigen Augen zerbrechen Annas letzten Mut und ihre Kraft. Hilflos wie ein Kind bricht sie in Schluchzen aus. Die Pistole fällt polternd zu Boden.

Der Großvater kommt gerade noch zurecht, um die Enkelin vor einem Sturz bewahren zu können.

Etwas Überraschendes tritt ein. Der wilde, rücksichtslose Korsar fragt, was mit dem Mädchen sei.

Eine Antwort erhält er nicht.

Anna weint still vor sich hin. Sie hat das Gesicht an die Brust des Großvaters gepreßt. Der Alte streicht zärtlich über das blonde Haar. Wie eine Mutter spricht er leise auf sie ein.

Die Europäer lieben ihre Kinder und Kindeskinder sehr. Es scheinen doch nicht alle schlechte Menschen zu sein, stellt Omar bei sich fest. Und er überlegt: Der Paß ist in Ordnung. Ich habe kein Recht, den Segler zu kapern. Ach was! Was kümmert mich das Recht. Ich bin der Herr des Meeres!

Schon will er endgültig wiederholen, daß er das Schiff als Prise betrachtet, als ihm einfällt, daß es dann auch um dieses unglaublich schöne und tapfere Geschöpf geschehen ist. Plötzlich steht vor seinem Auge anklagend der alte Sklave Benedetto.

Was tun?

„Kapitän", wendet er sich an Jöguurd, „der ‚Kong Karl' folgt dem ‚Al-Dschezair'. Ich lege keine Prisenmannschaft an Bord, denn du kannst mir nicht entschlüpfen. Ich habe Zeit. Wir werden nachts nicht segeln."

Ohne Gruß verläßt er die beiden unglücklichen Menschen. Für den alten Kapitän hat das Leben sowieso nur noch eine Handvoll Jahre. Daß man sie als Sklave bei den Barbaresken verbringen muß, ist bitter, aber viel, viel schrecklicher, grausam ist der Gedanke, daß das blühende Leben der Enkelin in Schmutz und Verderben vergehen wird.

Omar ist ein Teufel.

Es scheint dem Korsaren darum zu tun zu sein, seine Beute schnellstens nach Algier zu bringen. ‚Al-Dschezair‘ hat direkten Kurs auf das Raubnest gesetzt. Der Piratenführer kümmert sich nicht um Segel, die am Horizont auftauchen.

In wenigen Stunden wird die Freiheit, die man jetzt noch genießt, der Vergangenheit angehören. Da ist Kap Matifou, Algier in Sicht. Warum hält der Korsar nicht auf den Hafen zu?

„Was denkst du von der Sache, Nils?“ fragt Jöguurd seinen alten Freund, den Steuermann.

„Weiß nicht, Gustaf.“

Nach einer Weile lacht Nils laut auf.

„Du lachst?“ Der Kapitän ist ärgerlich. In dieser gefährlichen Lage zu lachen, erscheint ihm ein Frevel.

„Mir ist da ein Gedanke gekommen, so abwegig, absonderlich, lächerlich, daß ich nicht anders kann als eben lachen.“

„Sooo?“ Jöguurd ist neugierig geworden. Da aber der Alte weiterhin bei seiner Heiterkeit bleibt, ohne etwas zu sagen, ist sein Freund gekränkt und kann sich nicht dazu finden, nach dem Grund zu fragen.

„Stell dir vor, Gustaf“, spricht dann der Steuermann doch, „der gefürchtete Korsarenkapitän Omar gibt dem ‚Kong Karl‘ sicheres Geleit bis in den Atlantik!“

„Quatsch, Nils. Paß auf, gleich wird er abdrehen.“

„Weiß ich natürlich, Mann. Der Bursche macht aber keine Anstalten dazu.“

Die beiden Seeleute schütteln nur verwundert die

Köpfe. Welche Teufelei hat Omar da wieder ausgeheckt?

Zur Nacht – es ist kein Befehl zum Stoppen gekommen – segeln die Schiffe durch die Straße von Gibraltar in den Atlantischen Ozean. Am Morgen ist der Korsar verschwunden.

Omar hat den Segler ‚Kong Karl‘ mit dem Mädchen Anna Jöguurd, das zwei Jahre älter ist als er, beschützt.

Weil es die gleichen Anklagen erhoben hatte wie der Mann in Osmans Lager und weil es so wundervolle Augen und herrliches blondes Haar und viel Mut hat.

Ein Glück, daß man den Zauber abstreifen konnte. Die Mannschaft hatte den ‚Kong Karl‘ als unverletzliches Schiff eines Tribut zahlenden Staates betrachtet.

Über das Deck des ‚Al-Dschezair‘ hallt ein wilder, befreiender Jauchzer. Omar ist wieder der kühnste der Korsarenkapitäne und der erfolgreichste.

Trotzdem, mit dem Gefangenen im Palast Osmans muß er nochmals sprechen...

„Ich bin begeistert. Ein wunderbares Schiff!“

Omar fängt diesen Gesprächsfetzen auf, als er aus der Stadt zurückkehrt, um sich auf den ‚Al-Dschezair‘ zu begeben.

Die beiden Männer, die ihm den Rücken zukehren, der eine in einen weiten weißen Burnus gehüllt, daß man den linken Arm nicht sieht, der andere ein Neger, haben von seinem Schiff gesprochen, es bewundert. Der Pirat freut sich darüber. Kein Mensch kann sich des bestechenden Eindrucks erwehren, den das schönste und beste Schiff der Deyflotte, sein ‚Al-Dschezair‘, ausstrahlt.

Schade, daß man den Mann nicht angesprochen hat. Umkehren? Aber die beiden sind nicht mehr zu sehen.

Er hätte seinem Vater ins Antlitz geblickt, Luigi Parvisi dem Sohn gegenübergestanden.

Parvisi denkt nicht mehr an den Sohn. Seine ganze Aufmerksamkeit gilt im Augenblick dem gefährlichsten und schönsten Raubschiff Algeriens.

17. Zum Tode verurteilt

Ich muß mit dem Gefangenen sprechen. Bald! Wie oft faßt Omar diesen Entschluß, wenn sein Schiff untätig kreuzt. Immer aber ist er froh, daß der kurze Aufenthalt zwischen zwei Kaperfahrten nicht zu einer Reise in die Felizia-Berge ausreicht. Er will nochmals mit dem ehemaligen Sklaven sprechen und fürchtet auf der anderen Seite eine solche Unterhaltung. Es ist ihm, als drohe von dort Gefahr. Worin sie bestehen könnte, weiß er nicht. Aber er fühlt etwas Überraschendes von diesem Mann kommen.

Auf einem französischen Segler haben inzwischen Luigi Parvisi, der Neger Selim und ein junger Italiener den Atlantischen Ozean überquert.

Die Worte des Mädchens Anna und des Gefangenen lassen den Korsarenkapitän nicht mehr los. Haben diese beiden Menschen recht mit ihren Anklagen? Ist sein Beruf wirklich schändlich, zu verwerfen?

Wenn ihm ein Segel gemeldet wird, dann stürmt er selbst hinauf in den Ausguck. Ob es der ‚Kong Karl‘ ist? Nein, wieder nicht. Vielleicht hat der alte Schwede die Mittelmeerfahrt ganz aufgegeben? Omar wartet auf das schwedische Schiff. Sicherlich fürchtet man sich vor ihm, dem wilden und grausamen Omar. Unsinn, Kapitän Jöguurd, dir, deinem Kahn und deiner Mannschaft würde nichts geschehen!

Omar ist bereit, von sich aus dem Schweden einen Schutzbrief auszustellen. Wehe dem Piraten, ob Algerier, Marokkaner, Tunesier oder Kapitän des Paschas von Tripolis, der sich dann auf den ‚Kong Karl‘ stürzen würde. In Omar erstände ihm ein furchtbarer Rächer.

Zwei Sommer vergehen, dazwischen liegt eine stille Winterzeit für die Seeräuber. Wild bewegt für Omar, der mit sich kämpft: Soll ich den Gefangenen aufsuchen? Soll ich? Soll ich nicht?

Endlich rafft er sich bei Anbruch des zweiten Winters seit der Begegnung mit Anna auf, die so oft geplante und dann in letzter Minute verworfene Reise zu dem ehemaligen Sklaven zu machen. Nur von einem Neger als Diener begleitet, stürmt er in die Berge.

Wie El-Fransi mit seinem Selim, stellt er lächelnd unterwegs fest. Andere wagen es nur in einer größeren Gesellschaft, die Ebene Metijiah und die Berge zu durchziehen, andere, die eben keine Omars sind, nicht so kühn und furchtlos sind wie er, der beste Kaperkapitän des Deys.

Es fällt ihm nicht schwer, von Osman die Erlaubnis zu einer Unterhaltung mit dem Gefangenen zu bekommen. Längst schon ist sein Ruf auch in das Innere der Regentschaft und ans Ohr des Sklavenhalters gedrungen. Diesen Mann kann man natürlich nicht unverrichteter Dinge wegschicken.

Benedetto freut sich aufrichtig, den jungen Freund wiederzusehen. Was mag er wollen?

Omar berichtet von seinen letzten Heldentaten, sonnt sich in den alle anderen Korsaren überflügelnden Erfolgen.

Ist Omar deshalb gekommen, will er mir durch seine Taten beweisen, daß ihm meine Worte von damals nichts bedeuten? fragt sich der Italiener. Es scheint so. Aber es darf doch nicht sein. Er muß heraus aus dem Sumpf, in dem er eben wegen dieser Erfolge eines Tages ersticken wird.

Nur mit halbem Ohr folgt Benedetto den Erzählungen Omars. Wie kann ich ihm helfen? Worte allein wirken auf ihn nicht, sinnt der Gefangene.

Anna? War es nicht so? Sprach Omar nicht soeben diesen europäischen Mädchennamen aus?

„All das, was du mir sagtest, hat auch sie mir entgegengeschleudert."

„Verzeih, Omar, meine Gedanken waren mit einer anderen Sache beschäftigt. Ich habe nicht verstanden, was du berichtetest. Wiederhole!"

So also ist das! Meine Vorhaltungen hat er übergangen, die des Mädchens lassen ihm keine Ruhe. Er ringt mit ihnen, verwirft sie, stürzt sich in den Kampf, um sie zu betäuben, und ist ihnen bald danach wieder ganz ausgeliefert. Zwei Jahre geht es nun schon so. Auf, ab – auf, ab. Die Erfolge stehen einer wirklich klaren und endgültigen Entscheidung im Wege: Nun will er aus meinem Mund das Urteil hören. Gut.

Omar hat nicht gefragt: Hat das Mädchen recht, ist falsch, was es gesagt hat? Dazu ist er zu stolz.

„Seit Jahrhunderten", spricht Benedetto, „versetzt ihr die Seefahrer Europas in Angst und Schrecken, führt ihr Menschen in die Sklaverei, erniedrigt ihr sie. Warum?"

Omar schweigt.

„Ich will es dir sagen, mein Freund: Um Schätze zu rauben, die andere erarbeiteten. Du weißt selbst, wie schwer es die Bewohner Algeriens haben, täglich satt zu werden. Die Saat ist gut aufgegangen, da tritt eine Zeit großer Hitze und Dürre auf. Die werdende Frucht verdorrt auf dem Halm, oder Heuschreckenschwärme fressen alles ratzekahl – oder das oder jenes Unvorhergesehene geschieht. Alle Mühen waren vergeblich. Man hungert bis zur nächsten Reife. Ich habe es erlebt, denn ich mußte ja auf den Feldern Osmans arbeiten. Wenn auch dieser große Herr nichts tat, er hungerte natürlich nicht, aber die anderen. Für ihn waren immer Lager aus guten Jahren vorhanden, und er ist mächtig. Will ihm die Natur einen Streich spielen, so hat er noch unzählige Pächter, von denen er dann erpreßt, was ihm gefällt. Oder gehen wir hinunter zu den Beduinen; es ist nicht anders bei ihnen. Raubtiere fallen in ihre Herden ein, schlagen, was für einen Verkauf bestimmt war. Sandstürme verschütten die Brunnen, erhöhen die Gefahren. Umsonst war alles Hoffen und Mühen. Allah hat es nicht anders gewollt, damit tröstet ihr euch. Aber euer Gott hat zum Ausgleich die Europäer geschaffen, an die ihr euch halten könnt. Auf sie also, die kostbare Waren in ihren Schiffen haben! Daß sie nicht weniger schlimm daran sind als deine Brüder, daran denkt ihr nicht, wißt es wohl auch nicht. Eure Räubereien vernichten immer wieder auch ihr Hoffen und Glück, das ihre Herren sowieso bereits schmälern. Um die Waren herzustellen, auf die ihr Jagd macht, oder um sie in fremden Ländern kaufen zu können, sind ebenso unzählige Schweißtropfen nötig, wie sie von euren Stirnen rinnen, wenn ihr den Pflug durch die Erde zieht oder um eure Herden besorgt seid, für deren Gedeihen oftmals das Leben im Kampf mit den Herdenwürgern eingesetzt wird. Und du bist der Schlimmste von allen, Omar! Ein Parteigänger der fremden Unterdrücker, die von allen gehaßt werden, nach ihrer Willkür herrschen, belohnen und bestrafen. Eure Glaubenslehre paßt zu ihrem Treiben. Ihr nehmt als Schicksal hin, was die Türken euch antun, murrt wohl im stillen, aber laßt es dabei bewenden. Hast du noch nie daran gedacht, daß der Dey und seine Ratgeber dich eines Tages ebenso zur Seite stoßen könnten wie so viele andere Kapitäne?"

„Ich bin Omar!" Mit gleichem Stolz, ganz von seiner Macht eingenommen, wie dem Mädchen Anna gegenüber, sagt er es.

„Das heißt, daß du den Dey nicht fürchtest. Mein Junge! Was ist deine Macht gegen die der Türken? Für sie bist du nur ein Werkzeug, freilich ein sehr brauchbares, solange du keine eigenen Gedanken hast. Folgst du blindlings der Linie des Diwans, dann bedroht dich niemand, es sei denn, das Glück flieht dich. Kehre ein paarmal ohne Prisen von deinen Fahrten zurück. Man wird dich verleugnen, nicht mehr kennen wollen. Deine Mannschaft lehnt es dann ab, einem Kapitän zu gehorchen, bei dem nichts mehr zu gewinnen ist. Oder die Politik Hussein Paschas ändert sich plötzlich einem Staat gegenüber. Du weißt nichts davon, bekämpfst die Schiffe des nunmehr Verbündeten. Der Dey wird versuchen, dich zu decken, ob es ihm gelingt, ist zweifelhaft, denn du wirst der bestgehaßte Mann sein. Man wird Himmel und Erde in Bewegung setzen, dich zu vernichten. Was ist mehr wert, wird sich der Türke fragen: mein neuer Freund oder Omar? Vielleicht der Verbündete, vielleicht auch Omar. Liegt Hussein Pascha mehr an dem Freund, und das kann der Fall sein, dann ist es um dich geschehen."

Benedettos Miene hat sich verfinstert. Verfluchte Schwarzseherei, schilt er sich, schüttelt es aber im selben Augenblick ab. Der junge Mann soll klarsehen. Er muß erkennen, daß seine Erfolge, seine eingebildete Macht doch auf tönernen Füßen stehen, die ein Windstoß zum Einsturz bringen kann. Gewaltherrscher wie der Dey von Algier sind immer unberechenbar.

„Ich würde es mit dem Dey aufnehmen", versichert Omar nach langer Pause.

„Aufnehmen in jugendlichem Überschwang, sicherlich; ob du gewinnen wirst, steht auf einem anderen Blatt. Versuchen müßtest du es auf jeden Fall, denn du bist ein anderer, als der du zu sein glaubst." Benedetto hat einen Pfeil von der Sehne geschnellt.

„Was sagst du da – Vater?" Es ist das erstemal, daß der Korsar den Alten wieder Vater nennt.

Der Italiener überlegt. Soll er sofort den Schleier von den Worten ziehen; soll die ganze Wahrheit kurz, schonungslos, kalt gesagt werden?

„Wie lange hast du Zeit?" fragt er ausweichend.

Eine Handbewegung Omars. Er fragt nicht nach der Zeit.

„Erzähle mir aus deiner Jugend", bittet Benedetto. „Alles, dessen du dich erinnerst, berichte. Am besten fange von gestern oder vorgestern an und gehe immer weiter zurück. Auf diese Weise wird vielleicht manches lebendig werden, an das du sonst nicht mehr denkst."

Omar tut es. Der Alte hat recht mit seinem Hinweis. Er erinnert sich dunkel an Geschehnisse, die bisher vergessen waren. Oft muß er sich anstrengen, Verbindungen zwischen einzelnen Lebensabschnitten herzustellen, aber es gelingt.

Da stutzt er. Was vor der Krankheit nach Alis Rettung war, weiß er nicht mehr.

Benedetto wartet, fragt nicht. Wartet. Er sieht die krampfhaften Anstrengungen im Gesicht des anderen.

Stockend, immer wieder von Pausen unterbrochen, manchmal zuerst nur einzelne Worte hinwerfend, die sich zu Sätzen, zum Erlebnis formen, erzählt Omar weiter. So kommt er bis zum ersten Unterricht bei dem bösen Marabut. Damals war er neun Jahre alt, konnte nicht einmal so sprechen wie Ali und Achmed.

Wieder Pause.

Der Italiener beobachtet ihn scharf. Omar bemüht sich wie ein vom Sandsturm Verschütteter, eine gewaltige Last von sich zu wälzen.

„Allah, Allah!" stöhnt er auf, springt hoch, stürzt davon, befiehlt dem Neger, das Pferd vorzuführen. Rennt wie ein Irrer umher.

Benedetto Mezzo lächelt.

Da treibt ein Mensch das Tier mit der Peitsche zum schärfsten Galopp an, um der Vergangenheit zu entfliehen, die sich mit Krallen ihm angeheftet hat.

Es ist eine Flucht in die Wirklichkeit, der Omar enteilen will.

Benedetto lächelt noch immer. –

Wochen später erscheint der Neger mit zwanzig Begleitern wieder bei Osman.

„Omar, der Kapitän, bittet dich, ihm den alten Gefangenen zu verkaufen", bestellt er dem Scheik.

„Sage deinem Herrn, dessen unterwürfiger Diener ich bin, daß der Sklave nicht mir gehört. Ich kann deinem

Herrn nicht gefällig sein", weist der Sklavenhalter den Neger ab.

„So teile mir, o Scheik, den Namen des Besitzers mit. Ich werde sofort zu ihm eilen; denn Omar muß den Alten unbedingt haben."

„Muß er? Unbedingt? Soso."

„Ja. Bitte, sage mir den Namen."

„Es ist der Gelehrte Mustapha!"

„Mustapha ist tot. Also verkaufe den Sklaven."

Osman weiß genau, daß der Gelehrte tot, im Kampf mit El-Fransi gefallen ist. Daß er trotzdem den Namen dieses einst Mächtigen nannte, war Berechnung. An sich steht einem Verkauf nichts im Wege. Niemand hat bisher Anspruch auf den Gefangenen erhoben, kein Mensch dürfte die Fäden kennen, die sich um den ehemaligen Sklaven ranken. Jetzt erst kommt Osman voll zum Bewußtsein, daß er keine Rechenschaft mehr über den Italiener zu geben braucht. Warum habe ich ihn eigentlich so lange ernährt, der nichts mehr leistet? fragt er sich. Ich werde ihn verkaufen, und so teuer wie möglich, denn Mustapha war sein Besitzer! Laut aber sagt er: „Er ist mir nicht feil. Bedenke, daß der Gelehrte ihn einmal besaß!"

„Omar muß ihn haben!" beharrt der Neger auf seiner Forderung.

Tausend Piaster mehr, als ich ursprünglich verlangen wollte, beschließt Osman. Erst aber fragt er noch, ehe er eine bestimmte Summe nennt: „Warum?"

„Ich weiß es nicht. Mein Herr hat befohlen, nicht ohne den Gefangenen zurückzukehren."

Aha, dann nochmals tausend Piaster mehr!

„Ich kann nicht, Mann", wehrt er zum Schein ab.

„Fordere, was du willst. Deine Forderung wird angenommen werden."

Wie dumm von Omar, einen solchen Unterhändler zu schicken. Ohne mit der Wimper zu zucken, fordert Osman: „Zehntausend Piaster!" Schon die Hälfte, ein Viertel, ja selbst ein Zehntel davon hätte ihn befriedigt. Das unvorsichtige Drängen des Negers hat aber gezeigt, welchen Wert Omar auf diesen alten Mann legt. Mag er zahlen.

Der Schwarze reißt die Augen auf. Der Schreck ist ihm in die Glieder gefahren. Zehntausend Piaster! Ist Osman wahnsinnig? Er verlegt sich aufs Feilschen. Der Scheik bleibt fest. Noch mehr hätte man verlangen müssen, ärgert er sich.

„Der Preis schreit zum Himmel, o Scheik. Aber mein Herr hat befohlen. Rufe den Sklaven!"

„Erst das Geld!" fordert Osman.

„Du kennst meinen Herrn!" weicht der Unterhändler aus.

„Gewiß."

„Er wird dir die Summe schicken. So viel habe ich nicht bei mir."

„So hole sie!"

„Ich habe dir gesagt, daß ich nicht mit leeren Händen zurückkommen darf." Jetzt spiegelt sich Furcht in den Worten des Schwarzen.

Osman bedauert. Ohne Geld keine Ware.

Lange überlegt der Neger. Er findet einen Ausweg: „Schicke einige deiner Leute mit mir und dem Gefangenen nach Algier. Sie sollen ihn gegen die von dir genannte Summe meinem Herrn übergeben."

Ein schlauer Zug. Damit ist er, der Unterhändler, aller Verantwortung ledig. Sollte Omar nicht bereit sein, soviel für den alten Mann zu geben, dann mag er ihn den Leuten Osmans lassen. Aber Omar bezahlt später anstandslos.

Der ‚Al-Dschezair' soll eben zu neuer Kaperfahrt auslaufen, als Benedetto in Algier anlangt.

„Jetzt habe ich keine Zeit mehr für dich, mein Freund", bedauert der Korsar. „Du bist frei, kannst tun und lassen, was du willst. Aber eine Bitte gewähre mir:

Bleibe bis zu meiner Rückkehr in meinem Haus, führe, verwalte es. Ich werde sofort Anweisung erteilen daß man dich während meiner Abwesenheit als Herrn betrachtet. Leb wohl!"

Omar geht davon. Unter der Tür bleibt er stehen. Kommt zurück. Fragt: „Dein richtiger Name?"

„Ich bin Benedetto Mezzo aus Genua. Ich bin vielleicht der letzte Überlebende der ‚Astra' neben..."

Das letzte Wort des alten Italieners hat Omar nicht mehr gehört. Er eilt, aufs Schiff zu kommen. Und doch hätte dieses eine Wort vieles ändern können, so klein es ist: dir.

Schlimmer als je zuvor martern ihn auf dieser Fahrt die Gedanken. Noch ist der letzte Schleier nicht zerrissen, noch immer schwebt über ihm Dunkel. Er will es selbst zerreißen, mag nicht die Hilfe anderer anrufen. Wieder flüchtet Omar in den Kampf, der alles Grübeln betäubt. –

Es ist schön, kommen und gehen zu können, wie man will, keinem mehr gehorchen zu müssen, denkt Benedetto bei jedem Ausgang.

„Hund!" Ein Stein streift den Kopf des Italieners. Der Alte, ganz wie ein Maure gekleidet, zuckt zurück. Er blickt in fanatisch funkelnde Augen. Ein zweiter Stein trifft ihn an der Schulter.

„Schlagt ihn tot, ihn und seinen Herrn!" grölt die Menge, die sich plötzlich in der engen und steilen Gasse drängt.

Benedetto gelingt es zu entkommen. Was ist los? Was will man von ihm und Omar?

Auch dem Neger, der damals den Gefangenen geholt hat, ergeht es nicht anders.

Erst zur Nacht wagt sich Benedetto im Kaftan der Juden wieder aus dem Haus.

Algier kocht vor Wut.

Omar hat eigene Schiffe versenkt! Schiffe des Deys! Die Straßen und Gassen sind voll des Verrats.

Hat sich der Junge gefunden? Ist die Lücke in der Erinnerung geschlossen, weiß er, daß er Italiener ist, und hat er nun plötzlich als Europäer gehandelt?

Vorsichtig forscht Benedetto nach Einzelheiten des ungeheuren Ereignisses.

„Auf der Höhe von Tripolis hat der ‚Al-Dschezair‘ drei unserer Schiffe in den Grund gebohrt. Einige der Korsaren konnten von einem fremden Piraten gerettet werden und sind nun nach Algier zurückgekehrt. – Jawohl, es war der ‚Al-Dschezair‘, es war Omar! Beim Barte des Propheten! Es ist die Wahrheit." So erfährt es Benedetto in Bruchstücken von einem, einem zweiten, dritten.

Der Italiener glaubt es nicht.

Auf die Anklage des Mädchens Anna und auf seine, Benedettos, Vorhaltungen hin ändert sich ein Omar nicht so grundlegend. Es sei denn, daß der Junge wirklich erkannt hat, wer er ist. In diesem Fall aber, so meint der Italiener, würde Omar erst mit ihm gesprochen haben.

Die Sache mit dem Schweden war etwas Besonderes. Omar hat Anna Jöguurd als ein fast überirdisches Wesen angesehen. Er war überrascht, vielleicht, wie man in Europa sagt, sogar in diese lichte Schönheit verliebt. Deshalb hat er den ‚Kong Karl‘ sicher aus der Gefahrenzone geleitet. Eine klare Überlegung, ganz zu schweigen von einer Entscheidung, war es bestimmt nicht, denn die Räubereien wurden fortgesetzt.

Um einen Omar anderen Sinnes werden zu lassen, braucht es lange Zeit des Bohrens und Rüttelns – oder eine ganz große Enttäuschung. Die könnte jetzt durch diesen Zwischenfall gegeben sein. Dann bleibt es aber fraglich, ob man den ‚Al-Dschezair‘ jemals wieder in Algier erblickt. Es wird nicht der Fall sein, wenn die Erzählungen stimmen. Sind sie aber falsch, gemacht, dann hat man schweres Geschütz aufgefahren. Dann soll Omar aus unbekanntem Grund in einer großen Verschwörung erledigt werden.

Benedetto Mezzo kann nichts für Livio Parvisi, den Sohn seines toten Herrn, tun.

Wenn Korsarenschiffe durch Kanonenschüsse die Rückkehr in den Hafen anzeigen, dann zuckt der Italiener verängstigt zusammen.

„Gott sei Dank, es ist nicht der ‚Al-Dschezair‘!" murmelt er aufatmend und begibt sich vom Dach zurück ins Haus. Was jetzt im Hafen geschieht, kümmert ihn nicht.

Bis zu Beginn des Herbstes wird er ausharren. Kommt Livio dann nicht zurück, wird er als freier Mann nach Jahren diesem Land den Rücken kehren. Aber der Herbst ist noch weit. Noch mancher Tag und manche Nacht vergehen in Furcht davor, daß Omar doch in die ihm feindlich gesinnte Stadt einläuft.

Wieder zeigt ein Raubschiff die Rückkehr an. Benedetto stürzt aufs Dach.

„Der ‚Al-Dschezair‘! Mein Gott!"

Das Fernrohr entfällt den zitternden Händen des ehemaligen Sklaven.

„Der ‚Al-Dschezair‘ ist da! Der ‚Al-Dschezair‘!" Mit Windeseile pflanzt sich der Ruf in der Stadt fort. Geschäfte, um die man seit Stunden hartnäckig gekämpft hat, werden plötzlich abgebrochen. Unwichtig sind sie im Augenblick. Wichtiger ist dabeizusein, wenn man diesen Schuft, den Verräter Omar, henkt!

„Wo ist der Henker? Her mit ihm!" fordert die Menge. „Keine Gnade! Tod, Tod!" rasen die Menschen. „Platz für die Janitscharen!" – „Ha, das gibt ein Fest! Omar wird gehenkt!"

Das türkische Militär strömt auf die im Hafen liegenden Schiffe, besetzt Barken, Schaluppen und Boote, die einen Ring um den heimgekehrten Segler schließen.

Kaum daß das erfolgreiche Raubschiff mit seinen im Kielwasser folgenden Prisen vertäut ist, wimmelt es schon auf seinem Deck von Soldaten. Ohne Widerreden anzuhören, treibt man die verblüfften Korsaren Omars nach unten, vernagelt die Ausgänge.

„Zum Dey!" Omar wird von starken Armen gepackt und davongezerrt.

Ein finsterer Sohn der Wüste, dessen Antlitz bis auf einen kleinen Spalt vom Litham bedeckt ist, beobachtet, wie man den großen Kapitän wegführt. Die Augen des Mannes sind feucht. Es ist Benedetto. Und er kann nicht helfen. Einer gegen eine wütende, vieltausendköpfige Menge.

Die Janitscharen sind für alle Fragen taub. Sie haben zu tun, daß sie die andrängenden Fanatiker von dem Gefangenen abhalten können, müssen dafür sorgen, nicht selbst gesteinigt zu werden. Viele Hände halten Steine zum Wurf bereit. Die Masse fiebert auf den Tod Omars.

Aus den Zurufen der Menschen hört der Gefesselte, wessen man ihn anklagt.

Er soll eigene Schiffe versenkt haben? Ein blödsinniger Vorwurf. Der Dey wird ihn nach Anhören seines Kapitäns als falsch erkennen.

Der Herrscher sitzt wie zu einem großen Staatsempfang auf dem Thron, seine Größen umstehen ihn im Kreis. Hinter den vergitterten Fenstern oben auf der Galerie, die einen Blick in den Saal gestatten, hat sich der ganze Harem versammelt. Die schönsten Frauen aus allen Teilen des Landes, Türkinnen, Maurinnen, Töchter aus der Kabylei und aus dem Innern Afrikas, fünfzig an der Zahl, wollen den Untergang des berühmten Korsaren erleben.

Zwei hohe Janitscharenoffiziere schreiten voraus. An Omars Seite befinden sich mehrere Soldaten.

Der Korsar unterläßt es, sich der Vorschrift nach vor Hussein Pascha auf den Boden zu werfen. Er will alles vermeiden, was in fremden Augen auf Schuld schließen läßt.

Die Soldaten, erbost über dieses Verhalten des Gefangenen, der alles tun müßte, den Herrscher gnädig zu stimmen, werfen ihn zu Boden. Aber Omar springt sofort wieder auf. Krummschwerter werden aus den Scheiden gerissen, bedrohen den Kapitän.

Hussein Pascha winkt ab.

„Du weißt, welche Anklagen gegen dich erhoben werden. Was hast du zu sagen, Omar?" fragt ganz ruhig, unbeteiligt der Türke.

Das ist schlimm, denkt der Gefangene. Wenn er wetterte und tobte, ließe sich mit ihm reden. So aber nicht. Er spielt mit mir.

„Was wirft man mir vor, o Dey?" fragt er mutig.

„Du hast drei meiner Schiffe versenkt!"

„Nein!"

„Beweise es."

„Wo soll es geschehen sein?"

„Auf der Höhe von Tripolis."

„Und wann?"

Der Dey nennt Tag und Stunde, die ihm vom Marineminister zugeflüstert worden sind.

„Damals? Gestatte, o Herr, daß ich einen Augenblick nachdenke. Ja, zur fraglichen Zeit habe ich vor der spanischen und portugiesischen Küste gekreuzt."

„Beweise es!"

„Sieh meine Beute an, Herr!"

„Fahren nicht auch spanische und portugiesische Schiffe auf der Höhe von Tripolis?" Hussein Pascha lächelt bedauernd.

„Frage jeden einzelnen meiner Mannschaft. Du wirst nur eine Antwort bekommen: die gleiche, die ich dir gab."

„Pah! Du hast die Leute bestochen!"

Dem Dey kommt plötzlich ein Gedanke. Wie, wenn dieser Kapitän, dessen Mut keine Grenzen kennt, seine Hand einem mächtigen, noch unbekannten Feind leiht, der auf den Sturz des jetzigen Herrschers hinarbeitet? Mehr, Größeres glaubt Hussein Pascha hinter dem Vernichten seiner Schiffe zu sehen. Auf jeden Fall kann die Mannschaft des ‚Al-Dschezair' nicht als unbeeinflußbar anerkannt werden.

„Nenne andere Zeugen, wenn du kannst", fordert der Türke.

Omar beißt sich auf die Lippen. Man will seinen Untergang, bietet ihm keine Möglichkeit der Verteidigung, denn er hat ja... Aber nein, da war doch eine Begegnung, die für ihn zeugen kann.

„Frage Kapitän Ismail, dem ich kurz vor der von dir genannten Zeit in der Straße von Gibraltar begegnet bin."

Die Minister und hohen Beamten, die der Vernehmung beiwohnen, tuscheln erregt. Sollte Omar doch im Recht sein?

„Kapitän Ismail, sprich! Sprich die Wahrheit, wenn dir dein Kopf lieb ist!" befiehlt der Dey.

Schweigen.

„Nun, Omar, dein Zeuge entlastet dich nicht", höhnt Hussein Pascha, der sich immer mehr in den Gedanken verbissen hat, Omar arbeite auf seinen Sturz hin.

„Ismail ist ja nicht hier!" brüllt der Kapitän auf.

„Sowenig hier, wie die Begegnung wahr ist!"

„Beim Barte des Propheten, ich spreche die Wahrheit!"

„Schwöre nicht, Verräter! Ich habe dir Gelegenheit zur Rechtfertigung gegeben. Hast du noch etwas zu sagen, was deine Unschuld beweisen würde? – Du schweigst, mußt ja schweigen, denn ein Täter hat nichts, was seine Tat vergessen machen könnte."

Die Männer schütteln die Köpfe. Was fällt dem Dey plötzlich ein, das Recht so zu beugen? Zu allen Zeiten war Algier stolz auf die vorurteilsfreien Richtersprüche.

Und jetzt wagt es Hussein Pascha, diese Stärke der türkischen Herrschaft so zu brechen?

„Tschaouch-Baschi", dringt des Deys Stimme in die Gedanken der Zuhörer, „nimm den Mann! Er muß bei Anbruch der Nacht den letzten Atemzug getan haben!"

Omar bäumt sich auf, schüttelt die Arme der Henkersknechte von sich ab.

„Sterben, Hussein Pascha? Nicht ohne Kampf!" Er entreißt einem der umstehenden Janitscharen den Säbel, schwingt ihn – aber da fliegt ihm ein Turbantuch über den Kopf. Man preßt ihm die Arme auf den Rücken, führt ihn ab.

In einem der unterirdischen Gemächer der Kasbah harrt er der letzten Stunde. Wann wird sie anbrechen? Kein Sonnenstrahl fällt in das Verlies.

Schon? Die Tür knarrt. Man holt ihn, ihn, den kühnsten Korsaren.

Für einen Augenblick vergeht die Angst vor dem Tod. Überall stehen Janitscharen mit blankem Säbel. So sehr fürchtet man ihn? Feiglinge.

Aber es geht nicht ins Freie, nicht zu der mit Eisenspitzen bestückten Mauer über die man so gern zum Tode Verurteilte stürzt.

Gänge entlang, Treppen hinauf. Vor dem Thronsaal muß er mit der starken Bewachung stehenbleiben. Hat es sich Hussein Pascha anders überlegt, oder will er sich nur noch einmal am Anblick des dem Henker Überschriebenen weiden?

Kurz zuvor war ein Mann zum Schloß emporgehetzt, hatte die ihm den Eingang verwehrenden Posten angebrüllt, daß er sofort zum Dey müsse. Endlich, nachdem ein hoher Offizier herbeigerufen worden war, hatte man ihn durchgelassen. Noch vor der Tür zum Thronsaal hatte man ihn zurückweisen wollen. Er hatte blankgezogen. Ehe die Wachen sich besonnen hatten, war er durch die Tür und in die Hände anderer Beschützer des Herrschers gefallen.

Ein Minister trat heran. Der Fremde flüsterte ihm etwas ins Ohr.

„Schweig!" wurde ihm geboten.

„Nein, ich schweige nicht!" brüllte der Eindringling, auf den aller Augen gerichtet waren. Mit lautet Stimme rief er in den Saal: „Hussein Pascha!"

Der Dey, bisher mit dem Beit el-mal, dem Oberrichter, wegen der Mannschaft des ‚Al-Dschezair' in ernstem Gespräch, blickte auf. „Ismail, du?"

Der Korsarenkapitän näherte sich ehrfürchtig dem Türken, warf sich zu Boden.

„Steh auf! Was willst du von mir?" fragte Hussein Pascha.

„Ein Gerücht geht in der Stadt um. Ich bin eben erst zurückgekehrt, habe alles stehen- und liegenlassen, um zu dir zu eilen. Omar hat das Verbrechen nicht begangen, dessen du ihn anklagst, wie ich hörte. Zur angegebenen Zeit ist er mir in der Straße von Gibraltar mit Kurs auf den Atlantik begegnet. Omar ist nicht mein Freund, denn er ist zu erfolgreich und kühn, aber du darfst keinen Unschuldigen verurteilen."

„Berichte! Wie kam es zu eurem Zusammentreffen?"

„Wie schon gesagt: Ich traf den ‚Al-Dschezair' in der Straße von Gibraltar, besser, er segelte mir über den Weg. Meine Ankerkette war gerissen, als ich einem Spanier auflauerte, der Anker selbst ging verloren. Vielleicht konnte mir Omar helfen, bis ich einen neuen Anker gekapert hatte. Ich betone erneut, wir sind keine Freunde, aber beide deine Diener, Herr. So überwand ich mich und bat den Mann um Hilfe. Omar gab sie. Dann segelte er weiter hinüber in den Ozean. Ich selbst habe dann auf den Spanier Jagd gemacht. Das ist alles, o Dey. Kapitän Omar hat nichts mit dem Verlust deiner Schiffe zu tun."

„Warte." Hussein Pascha gab, während sich Ismail zurückzog, einem seiner Vertrauten einen Befehl.

Es dauerte einige Zeit, bis der zurückkam und dem Herrscher meldete, daß die Weisung ausgeführt wurde.

„Ismail, hierher zu mir!" befahl der Dey. Und: „Herein mit Omar! – Du schweigst, Kapitän!" wurde gleich noch Ismail geboten. –

„Erzähle von der Begegnung mit Ismail", wird Omar vom Dey, der eine finstere Miene aufgesteckt hat, aufgefordert.

Die Menschen halten den Atem an während des Berichts, der sich in allen Einzelheiten mit den Angaben des anderen Kapitäns deckt.

„Es stimmt, Omar. Du bist frei. Natürlich auch deine Mannschaft. Ich bin zufrieden mit dir." Eine Entschuldigung hält der große Türke auch seinem besten Raubschiffkapitän gegenüber für unnötig. Aber auch Omar denkt nicht daran, sich dem Herrscher dankend zu Füßen zu werfen.

„Wie deutet ihr euch die Sache?" fragt Hussein Pascha die beiden Korsaren.

Für Ismail ist alles undurchsichtig. Omar macht sich Gedanken. Sie aber auszusprechen, wäre verfrüht. Soeben sind sie ihm gekommen. Man muß sie erst gründlich auf Wahrscheinlichkeit prüfen.

„Auch du stehst vor einem Rätsel, Omar?" wendet sich der Dey nach langer Pause, während der er selbst zu einer Klarheit kommen wollte, endlich an den wieder in Gnaden Aufgenommenen.

Man fragt, erwartet Antwort. Sollen Mutmaßungen in Worte gekleidet werden? Aber: Der Dey war im Unrecht. Ist falsch, was gesagt wird, dann muß er es übersehen.

„Wenn nun…" Doch Omar stockt. Die Augen des Türken fordern: Weitersprechen. Er gehorcht.

„Wenn nun die Schiffe besiegt worden sind und die Geretteten allein aus Furcht vor dir falsch aussagten?"

„Von wem besiegt?"

„Ich weiß es nicht."

Der Dey überlegt. „Angenommen, deine Ansicht wäre richtig; warum aber gaben sie dich als Übeltäter an?"

„Alle blicken scheel nach mir. Nur eins, dem ‚Al-Dschezair' zu unterliegen, wird ihnen als glaubhafte

Ausrede erschienen sein."

„Nicht schlecht. Ich werde mir die Burschen holen, und sie werden sprechen, darauf verlaß dich!"

Mit einer Handbewegung verabschiedet der Dey die Kapitäne.

Kuriere haben die Aufhebung des Urteils in der Stadt verbreitet.

Die Menschen, die vor Stunden Omar steinigen wollten, lüstern noch bis vor wenigen Augenblicken auf seinen Tod warteten, jubeln ihm jetzt zu. Ismail ist der zweite Held des Tages.

Die Mannschaft des ‚Al-Dschezair' hat man bereits aus der Gefangenschaft entlassen. Sie empfängt ihren Reis schweigend. In ihrem Namen schwört ein Sprecher, daß sie mit Omar Himmel oder Hölle stürmen werde, wenn er sie dahin zu führen gedenke.

Der junge Kapitän ist gerührt von diesem Treuebeweis. Er läßt sein Auge über die Männer schweifen. Kein Türke ist darunter, alles sind Mauren und Neger. Der ‚Al-Dschezair' ist das einzige Schiff der Deyflotte, das nicht sechzig bis achtzig dieser Fremden unter der Mannschaft hat. Die beiden Toten, Omar Pascha und Mustapha, hatten die politische Tragweite einer türkenfreien Besatzung erkannt. Sollte Omar einmal einen Fehler machen, der der Deyherrschaft zum Nachteil gereichte, dann konnte der Herrscher mit gutem Gewissen sagen: Türken waren es nicht, liebe Freunde, die euch geschädigt haben.

Eine Anklage wie die jetzige wäre unsinnig gewesen, wenn Leute der Regierung mit ihm den Überfall auf die drei Schiffe verübt hätten. Zweifellos wären sie gegen die Untat gewesen, wenn sie nicht eine Auflehnung gegen Hussein Pascha planten.

Der Jubel um den gerechtfertigten Omar dringt auch ans Ohr Benedettos, als er sich zur Abreise rüstet, denn der Kapitän galt in seinen Augen als verloren. Um den zweiten einlaufenden Segler hatte er sich nicht gekümmert. Für ihn war der dunkle Lebensabschnitt ‚Algier‘ zu Ende. An das Wunder einer Rettung seines jungen Herrn glaubte er nicht.

Die Hochrufe auf Omar verscheuchten alle Gedanken an Abreise. Benedetto mischt sich unter die aufgeregte Menge, versucht sich mit den Ellbogen Platz zu schaffen. Obwohl er rücksichtslos drängt, kommt er nur langsam vorwärts. Als er am Hafen anlangt, stößt gerade ein Boot vom ‚Al-Dschezair‘ ab.

Weinend schließt der alte Mann Omar in die Arme. Gesprochen wird nicht. Die furchtbaren Stunden mit dem Tod vor Augen haben den Kapitän vollkommen erschöpft. Benedetto muß ihn stützen und das steile Gäßchen fast hinaufziehen und schieben.

Der Kapitän braucht erst einmal Ruhe. Er wirft sich sofort auf die Kissen, schließt die Augen, aber schläft nicht. Er ist zu erregt.

„An einem Faden hing mein Leben“, murmelt er später.

Benedetto, der am Boden hockt und den jungen Landsmann die ganze Zeit über nicht aus den Augen gelassen hat, schiebt ihm nun das Abendessen hin.

„Iß und dann erzähle“, bittet er.

Aber das Essen wird nicht angerührt.

Plötzlich richtet sich Omar auf, fragt: „Wer bin ich? Ich bin kein Araber, kein Berber, kein Maure!“

So weit ist er also gekommen, denkt der Italiener. „Seit wann weißt du es?“ forscht er vorsichtig.

„Schon seit unserer letzten Unterredung im Lager Scheik Osmans. Ich habe mich dagegen gewehrt, bin mit allen Kräften gegen diese schreckliche Erkenntnis angegangen. Sie blieb. Immer noch glaubte ich der Wahrheit entfliehen zu können; deshalb fragte ich vor der letzten Reise nicht so. Jetzt kann ich nicht mehr. Ich muß es wissen. Nur du allein, Benedetto, magst sagen können, wer ich bin. Bitte, nenne mir meinen richtigen Namen!"

„Du bist Livio Parvisi, der Sohn meines Herrn, der auf der ‚Astra' erschlagen wurde."

„Livio Parvisi? An Livio kann ich mich erinnern, an Parvisi nicht. Livio Parvisi, wie fremd das klingt. Und – mein Vater ist tot? Ich habe keinen Vater? Oh!" Er vergräbt das Gesicht in den Händen. Keinen Vater zu haben, erscheint dem grausamen Korsarenkapitän als das Furchtbarste, das er sich denken kann. Es dauert eine Weile, bis er sich etwas beruhigt hat und sich wieder an den alten Freund wendet:

„Warum hast du mir meinen Namen nicht seinerzeit gesagt, als ich dein Mitgefangener war?"

„Ich war auch noch unsicher, und – hättest du es geglaubt?"

„Nein."

„Leider hatte ich versäumt, dich schon bei unserem ersten gemeinsamen Ausgang nach deinen frühesten Jugenderlebnissen zu fragen. Wenigstens ich wäre in meiner Vermutung bestärkt worden."

„Und du hättest mir die Wahrheit beweisen können."

„So dachte ich später auch, Livio. Aber es war nicht richtig. Einem Omar kann man nicht mit Worten kommen. Erkennt er selbst die Wahrheit, dann ist es gut. Du hast bald geahnt, daß du kein Sohn dieses Landes bist, und hast doch weiter als Korsar gekämpft. – Was soll nun werden, Livio?"

Der junge Mann läßt die Arme sinken. Er weiß keine Antwort auf diese Frage. Dann stellt er fest: „Ich bin Korsar." Unendliche Traurigkeit liegt in diesen drei Worten. Es ist, als ob mit der Aufgabe dieses Berufs das Leben wertlos werden würde.

„Laß mich für dich entscheiden, Livio", bittet Benedetto Mezzo. „Wir kehren zusammen in die Heimat zurück."

„Unmöglich, mein Freund. Ich, der ich soviel Unglück

gebracht habe, soll jetzt unter Menschen leben, die ich an Leib und Gut schädigte? Es geht nicht. Ich kann nicht die Hände in den Schoß legen oder einen Pflug durch das Land ziehen oder Herden hüten. Ich brauche den Kampf, den Reiz, meine Kräfte und mein Können mit anderen zu messen!"

„Es wird dich eines Tages den Kopf kosten. Nicht immer findet sich im letzten Augenblick ein Retter."

„Dann wäre wenigstens alles aus. – Nein, Vater, ich bleibe! Kehre du heim. Du bekommst von mir Reichtümer mit, die dir erlauben werden, als wohlhabender Mann zu leben."

„Geraubtes Gut! Ich nehme nicht eine Zechine von dir, Livio!"

„Allah verfluche dich, Alter! Was dann?" braust der Korsar auf. „Du wirst nehmen, was ich dir gebe. Ich aber werde meinen Weg weitergehen. Ich bin Omar! Wehe dem, der mich daran hindern will!"

Ja, das ist der wilde Omar wieder, stellt Benedetto Mezzo betrübt fest. Ein junger Mensch, der den Kampf, die Gefahr mehr liebt als sein eigenes, besseres Ich, das soeben einmal zum Durchbruch kommen wollte.

„Komm mit mir, Livio!" wagt der Italiener noch einmal zu bitten.

„Nein. Aber du geh, ehe ich anderen Sinnes werde und dich nicht mehr von mir lasse!" befiehlt der Korsar.

„Ich sagte dir vor langer Zeit, daß kein Mensch auf mich wartet. Ich bleibe, Omar!"

„Wie du willst! Geh oder bleibe, es kümmert mich nicht."

Plötzlich kommt dem Alten ein Gedanke, kühn, abwegig, furchtbar.

„Livio! Bleibe der Korsar Omar! Bleibe es, ich wünsche nicht mehr, daß du heimkehrst."

Omar reißt die Augen auf. Er ist sprachlos.

Aber schon spricht Mezzo weiter: „Noch einmal wiederhole ich: Bleibe Korsar!" Benedetto nähert sich dem Landsmann, zwingt ihn, ihm fest ins Antlitz zu blicken. „Aber sei Korsar – gegen Korsaren! Werde Herr ohne Herren, Livio Parvisi!"

„Ich verstehe dich nicht", stammelt Omar.

„Du glaubst, Sohn meines toten Herrn, nicht ohne den Kampf leben zu können. Ich bin nicht mehr jung genug, um solche Ansichten zu haben, obwohl die Last der Jahre mich nicht drückt, nur das Erlebte mich zum alten Mann gemacht hat. Sei es, wie es sei. Mach dich frei von Hussein Pascha. Du kannst es, Livio! Laß Wahrheit werden, wessen man dich anklagte: Vernichte die Piratenschiffe Algiers! Korsarenjäger werde! Damit löschst du aus, was war. Hilf Europa, unsere, deine Brüder von dem unermeßlichen Druck, der seit Jahrhunderten auf ihnen liegt, zu befreien. Algier hat kein Recht, kein Staat hat das Recht, ein fremdes Volk zu peinigen und ihm seinen Willen aufzuzwingen, sei es mit Waffen, sei es mit Schiffen oder sonstwie. Schlag ein, Korsarenjäger Omar!"

Benedettos tollkühner Plan hat Omar vom Diwan hochgerissen. Er keucht.

Das Leben des alten Italieners hängt an einem Faden. Er fühlt es.

„Du bist verrückt! Ein Teufel!" zischt der Korsar.

Die Worte haben den Krampf gelöst. Mit großen Schritten durchmißt Omar den Raum. Auf und ab – auf und ab. Zehnmal, zwanzigmal.

„Bring mir einen, der vorgibt, vom ‚Al-Dschezair' angegriffen zu sein. Sofort!" befiehlt er. Und er fügt, ruhiger geworden, hinzu: „Dem Mann geschieht nichts. Ich werde ihn belohnen, mag er berichten, was immer er wolle. Nimm vorerst das mit zum Zeichen, daß ich nichts Böses im Schilde führe." Er schiebt einige Maria-Theresien-Taler, eine in ganz Nordafrika anerkannte Münze, zu Benedetto hin.

Es ist Mitternacht. Aber Omars Wunsch muß erfüllt

werden, wenn Benedetto auch noch nicht sieht, wohinaus der Freund will. Er macht sich mit dem Neger auf den Weg.

Sie kennen einen, der bei dem Überfall dabei war. Er ist nicht mehr in Algier, bereits wieder mit einem anderen Korsaren unterwegs. Sie erfahren jedoch vom Bruder des Mannes einen anderen Namen. Glücklicherweise trifft man diesen Piraten zu Hause an, jedoch er weigert sich, mit zu Omar zu gehen. Selbst das Geld kann seine Ablehnung nicht ändern. „Wendet euch an den", und ein weiterer Name wird genannt.

„Bedenke, Freund, mein Herr wird dich reich belohnen", versucht der Neger den Mann umzustimmen.

„Ich brauche sein Geld nicht!" Es bleibt bei der Weigerung.

Der dritte, den man zu so ungewöhnlicher Stunde aufschreckt, ist zu dem Gang bereit. Als vorsichtiger Mann unterrichtet er die gesamte Familie und heißt sie, ganz Algier auf die Beine zu bringen, sollte er bis zur Morgendämmerung nicht heil und gesund wieder hier in diesem Raum stehen.

„Ich danke dir, daß du dir die Mühe gemacht hast, noch jetzt zu mir zu kommen", begrüßt Omar den Eintretenden. „Hier nimm!" Er drückt dem an allen Gliedern zitternden Mauren einen kleinen Beutel mit Talern in die Hand. „Und nun erzähle mir bitte genau, wie es bei dem Überfall durch den ‚Al-Dschezair' war."

Der Besucher tut es und schließt seinen Bericht: „Ich spreche die Wahrheit, Omar, so unsinnig sie dir auch erscheinen mag. Es war wirklich der ‚Al-Dschezair', der über uns hergefallen ist."

„Kapitän Ismail hat bezeugt, daß er meinem Schiff zur selben Zeit weit entfernt von Tripolis begegnet ist", weist Omar die Behauptung des Mauren zurück.

„Es war der ‚Al-Dschezair'." Der Mann bleibt dabei.

„Aber es ist doch unmöglich, zur selben Stunde an

zwei viele Tagereisen voneinander entfernten Orten zu sein. Du mußt dich irren!"

„Es war der ‚Al-Dschezair‘!"

Omars Augen künden einen Wutausbruch.

Benedetto tritt wie unbeabsichtigt zwischen die beiden Männer.

„Beschreibe das Schiff. Erinnere dich aller Einzelheiten", bittet er den Mauren. „Sahst du Omar an Bord?"

Lange Zeit angestrengten Überlegens vergeht. Dann spricht der Mann: „Um deine Frage zuerst zu beantworten: Ich habe Omar gesehen!" Im übrigen gibt er eine bis ins einzelne getreue Beschreibung des ‚Al-Dschezair‘.

„Was hat man dir bezahlt, daß du so berichten sollst?" fährt Omar auf.

„Niemand hat mich bestochen, Kapitän. Ich spreche die Wahrheit."

Obwohl dem Korsaren die Angst im Gesicht steht, ist er doch kein Feigling, der aus Furcht vor dem gefürchteten Reis unwahr berichtet.

„Auch ich spreche sie: Trotz allem, ich danke dir, mein Freund. Weitere Fragen habe ich nicht. – Da, deine Belohnung."

Benedetto bringt den Mauren bis vors Haus. Als er zurückkommt, sagt Omar: „Und doch lügt er!"

Der Italiener kann mit der ganzen Sache nichts anfangen. Er schweigt.

„Oder gibt es einen zweiten ‚Al-Dschezair‘?" Der Korsar spricht seine Gedanken aus.

Benedetto stürzt sich plötzlich auf Omar, packt ihn an den Schultern, schüttelt ihn. „Mann, Freund, Livio! Das ist des Rätsels Lösung. Jemand hat dein Schiff nachgebaut. Vielleicht der Bey von Tunis, mit dem Algier so oft schon auf gespanntem Fuß gestanden hat. Nur so kann es sein. Ich setze meinen Kopf, daß diese Vermutung zutrifft."

„Wir wissen noch nichts Genaues", dämpft der Kapitän die Begeisterung des Alten. „Sollte es der Fall sein, dann werde ich diesen falschen ‚Al-Dschezair' vernichten. Es tut mir leid, deinen Plan, der, ich gestehe es freimütig, höchsten Reiz für mich hatte, nicht ausführen zu können. Mein Ruf steht auf dem Spiel. Willst du dabei an meiner Seite bleiben, Benedetto? Ich verspreche dir, später das andere zu erwägen. Jetzt kämpfe ich zuerst für mich."

Mezzo wendet sich enttäuscht ab. Aber er tröstet sich mit dem Gedanken, daß, wenn dieser zweite, geheimnisvolle Segler vernichtet wird, doch zugleich auch ein Feind der europäischen Seefahrt fällt. Omar wird sein ganzes Augenmerk nur noch auf den unbekannten Gegner richten, nicht mehr auf Prisen. Schon das ist wertvoll. Er nimmt die Aufforderung an.

Lange besprechen die beiden Männer Einzelheiten. Omar wird zweifelhafte Gesellen seiner Mannschaft aussondern und sie durch andere, brauchbare Leute ersetzen. Es ist nicht schwer, denn viele drängen sich in die Reihen des erfolgreichsten Piratenkapitäns.

Vorerst muß Omar Korsar bleiben wie zuvor, denn der falsche ‚Al-Dschezair' wartet bestimmt nicht vor Algier auf ihn. Man wird ihn suchen müssen, wenn er nicht überhaupt vorzieht, einer Begegnung auszuweichen.

Ohne auch nur eine Viertelstunde in dieser Nacht geschlafen zu haben, läßt sich Omar zur frühestmöglichen Zeit bei Hussein Pascha melden.

„Ein Gegner ist uns entstanden, o Dey", beginnt er. „Es gibt einen zweiten ‚Al-Dschezair', der deine Schiffe angreift."

„Woher weißt du das so plötzlich?" fragt der Türke lauernd. Er vermutet eine List des Reis, dem er alles zutraut. Noch immer ist sein Argwohn nicht geschwunden.

„Ich weiß es nicht genau, aber es kann nicht anders sein. Warte ab, und du wirst von weiteren Angriffen hören, während mein Schiff noch im Hafen liegt oder in einer anderen Zone des Mittelmeers kreuzt."

„Solltest du recht haben, dann..."

„...dann werde ich ihn vernichten!" fällt Omar dem mächtigen Mann ins Wort.

„Wenn du das kannst, werde ich mich bemühen, jeden deiner Wünsche zu erfüllen", versichert der Dey.

„Ich habe keinen als den, uns zu rächen. Ich nehme dein Einverständnis als gegeben an, mein Schiff für diesen Kampf so auszurüsten, zu bestücken und zu bemannen, wie ich es für richtig erachte. Auch wenn einige Zeit dabei verlorengehen sollte."

„Tue, was du willst, nur schicke den Gegner in die Hölle!"

Diesmal eilt es Omar nicht, wieder Segel zu setzen. Man schüttelt bereits in der Stadt den Kopf über diese ungewöhnlich lange Liegezeit des ‚Al-Dschezair'.

Der Kapitän ist verreist. Zu Achmed und Ali und manchem anderen seiner Jugendfreunde. Er will sie bitten, zu ihm auf das Schiff zu kommen. In dem bevorstehenden großen Kampf sollen Menschen an seiner Seite sein, die treu sind.

18. Der Gegner

Zwei kleinere Korsarenschiffe sind überfällig. Niemand weiß, was mit ihnen geschehen ist. Der ‚Al-Dschezair' liegt noch im Hafen.

Omar kann man nicht zur Rechenschaft ziehen, wenn sich herausstellen sollte, daß der unheimliche Unbekannte auch dabei die Hände im Spiel hat.

Endlich sind die Vorbereitungen beendet. Der ‚Al-Dschezair' sticht in See. Ziel ist der unbekannte Gegner. Kauffahrteischiffe kümmern Omar nicht.

Reiche Beute entschlüpft so den Korsaren. Die Mannschaft fängt an zu murren. Warum läßt der Kapitän die Segler ungeschoren? Sie würden ihm wie überreife Früchte vor die Füße fallen. Aber er stört ihre Bahn nicht. Man hat ihm Treue und Gehorsam selbst gegen Himmel und Hölle geschworen, jedoch nicht in der Absicht, dabei Verluste zu erleiden. Jedes Schiff, das nicht gekapert wird, ist Einbuße für die Leute, denn sie sind am Raub beteiligt.

Man murrt, stänkert untereinander, wagt aber nicht, den verehrten Reis zur Rede zu stellen.

Omar deutet die ihm zufliegenden finsteren Blicke richtig. Seine Männer sind unzufrieden.

Ein Segler kommt in Sicht. Es ist ein Spanier.

„Allah sei Dank! Der kommt zur rechten Zeit", murmelt der Korsar vor sich hin.

Zur rechten Zeit, um den schwelenden Aufruhr abzuwürgen. Binnen kurzem wären haushohe Flammen emporgeschlagen. Jetzt muß angegriffen werden. Keinesfalls darf es seinen Leuten gelingen, die Entscheidungen des Kapitäns zu beeinflussen und damit die Macht auf dem ‚Al-Dschezair' zu erringen.

„Wir nehmen ihn, Leute!" befiehlt er.

Aus Nacht wird Tag. Die finsteren Mienen glätten sich, die Augen funkeln. Omar hat in letzter Minute die Macht halten können. Die Stimmung ist radikal umgeschlagen.

Ich muß sie stetig bei guter Laune erhalten, denn ohne sie fällt im Augenblick der höchsten Gefahr der Sieg an den Feind, denkt Omar.

Der Mannschaft seine Pläne mitzuteilen, kommt ihm nicht in den Sinn. Er ist der Befehlshaber, sie ist es, die die Gedanken und Befehle in die Tat umzusetzen hat.

Die Kräfte sollten für den großen Schlag geschont werden. Das war falsch. Nur wenn die Männer bei guter Stimmung sind, kann der Kampf gegen den geheimnisvollen Gegner gewonnen werden. Was macht es dabei aus, daß sie von einem Angriff in den nächsten torkeln? Kampf ist Teil ihres Lebens, der Inhalt des Lebens.

Der Spanier wehrt sich nicht.

Die Korsaren sind glücklich.

Omars Fregatte ist wieder zum Schrecken des Mittelmeers geworden. Wehe dem Segel, das sich am Horizont zeigt! Keines entschlüpft dem ‚Al-Dschezair'. Der Gegner bleibt unsichtbar.

Als die Beute sehr groß geworden ist, kehrt die Fregatte in den Hafen zurück.

Inzwischen hat sich herausgestellt, daß die beiden fehlenden Segler aller Wahrscheinlichkeit nach von dem Unbekannten genommen oder versenkt worden sind, der unter der Flagge des ‚Al-Dschezair' fährt. Als sicher weiß man, daß Omar und der Fremde nicht eine Person sind, denn die überfälligen beiden Raubschiffe befanden sich auf Fahrt, als der ‚Al-Dschezair' noch im Hafen lag. Es gibt ein zweites, gleichnamiges Schiff!

Omar benützt jede Möglichkeit, sich anderen algerischen Korsaren zu zeigen, damit immer Zeugen benannt werden können, falls erneut sein Ruf und seine Ergebenheit den Türken gegenüber angetastet werden sollten.

Nichts ändert sich. Omar bleibt nach wie vor der gefürchtete Pirat.

Benedetto spricht seit langem nicht mehr von sich aus mit Livio. Kurz, fast abweisend beantwortet er Fragen. Die Zeit freundschaftlicher Gespräche zwischen den beiden Männern gehört der Vergangenheit an. Dafür hält sich Omar an die Jugendfreunde Ali und Achmed – und an Mahmud, den einstigen Feind, der sofort bereit war, mit ihm zu gehen, obwohl er nicht aufgefordert worden war. Sie sind ein wenig in Omars Pläne eingeweiht.

Die Augen des alten Italieners können nicht verbergen, was er vom Handeln des jungen Landsmanns hält. Sie sind ein stiller, aber dauernd wacher Vorwurf. Immer, wenn eine Prise genommen ist, steht er vor Omar.

„Komm!" fordert der Kapitän einmal nach beendetem Kampf auf.

Stumm folgt Benedetto in die Kajüte.

„Ich weiß, was du denkst", beginnt Omar, „auch wenn dein Mund sich nicht zu einer Anklage öffnet. Hier ist meine Hand. Du batest mich in der Nacht, die meine letzte werden sollte, in die deine einzuschlagen. Ich schlage ein. Ich werde Korsarenjäger, wenn der falsche ‚Al-Dschezair' erledigt ist. Mein Wort ist ein Schwur. Ich weiß nicht, bei wem ich schwören soll, denn der Bart des Propheten kümmert mich seit langem nicht mehr. Habe Geduld, Freund!"

„Geduld, Geduld, wenn du nur um dein eigenes Ich besorgt bist", braust Benedetto auf, beruhigt sich aber und fährt fort: „Gut, ich will an dich glauben, Livio, will es wenigstens versuchen, ehrlich. Ob es gelingt, kann ich nicht voraussehen."

Das gespannte Verhältnis lockert sich seitdem. Der ehemalige Sklave gibt sich redliche Mühe, seinen Unwillen nicht zu zeigen.

Später wagt er es sogar wieder, Omar Vorhaltungen zu machen.

„Warum beschränkst du dich nicht darauf, den Unbekannten zu suchen?" fragt er. „Mußt du auch weiterhin dein schändliches Handwerk treiben und Unheil säen?"

„Ich suche ihn, Benedetto, auch wenn es den Anschein haben sollte, daß ich auf den Zufall warte. Im übrigen liegt mir, offen gesagt, im Augenblick nicht viel daran, dem falschen ‚Al-Dschezair' zu begegnen."

„Was soll das, Omar? Hast du mich getäuscht?"

Omar lächelt. „Beantworte klar und wie einer, der nichts mit der Sache zu tun hat, diese Frage: Kann ich mit Stadtmauern aus Algier Krieg gegen den Dey führen?"

„Ich denke, du hast es auf den Gegner abgesehen."

„Natürlich, zuerst auf ihn, denn wenn er gefallen ist, bin ich Herr des Mittelmeers. Ich werde, nachdem die Wellen über dem Falschen zusammengeschlagen sind, der Korsarenjäger Omar sein, der nicht wieder nach Algier zurückkehrt."

„Ah."

„Wenn ich keinem gegenüber ehrlich bin, dich, Benedetto, werde ich nicht betrügen. – Hast du nicht schon bemerkt, daß ich nach und nach immer wieder neue Leute an mich gezogen habe? Die Lücken, die die Angriffe in die Reihen der alten, bewährten Korsaren geschlagen haben, wurden durch Menschen aus dem Innern des Landes aufgefüllt. Alles braucht Zeit. Ich weiß aus eigener bitterer Erfahrung, daß die Kabylen, Berber und Araber Feinde der Türken sind. Diese neuen Männer müssen erst zu Seeleuten und Kämpfern erzogen werden. Und um den Dey nicht argwöhnisch werden zu lassen und mir die Mannschaft treu und ergeben zu erhalten, muß ich Prisen bringen."

Der alte Italiener ist überrascht von dem Weitblick Livios. Der Junge hat sich also ernstlich mit dem Gedanken eines Kampfes gegen das Piratentum der Türken beschäftigt.

„Ich habe an dir gezweifelt, Livio. Verzeihe mir. Mein Plan hatte mich so begeistert, daß ich ihn von heute auf morgen ausgeführt sehen wollte. An solche unerläßliche Einzelheiten dachte ich nicht. Du bist ein Teufelskerl, Junge! Ich werde nie wieder irre an dir werden."

Die Jagd auf Kauffahrteischiffe und die Suche nach dem großen Unbekannten geht weiter. Man begegnet ihm nicht. Hört auch nichts mehr von ihm. Ob er sich vor dem gefährlichsten Korsaren fürchtet, der Rache dessen entfliehen will, mit dem er so ein schändliches Spiel treibt?

Sobald der ‚Al-Dschezair' in Algier einläuft, befiehlt der Dey den Reis zu sich. Immer wieder muß mitgeteilt werden, daß der Gegner noch nicht gefunden wurde.

Die Geduld ist zum Bersten angespannt.

Mitte April 1827 kehrt Omar von der ersten Such- und Kaperfahrt nach der untätig verbrachten Winterzeit zurück. Er will mit seinen Leuten das Beiramfest, das mohammedanische Hauptfest, das auf die Beendigung des Ramadan, des Fastenmonats, folgt, begehen.

Am Vorabend des Festes schwirren Gerüchte durch die Stadt. Unklare Gerüchte, Gemunkel. Omar kann daraus nicht klug werden, soviel er auch versucht, Einzelheiten zu erfahren.

Er ist soeben vom Abendgebet aus der Moschee zurückgekehrt, als ihn ein Bote in die Kasbah bittet.

Überall in dem großen Gebäude stehen Türken umher und tuscheln miteinander. Omar blickt in finstere, manchmal verängstigte Gesichter. Der ihn begleitende und führende Janitscharenoffizier gestattet nicht, daß der Korsar stehenbleibt und Gespräche anknüpft.

Um Hussein Pascha sind die führenden Mitglieder des Diwans versammelt. Unterschiedlich die Mienen der Männer. Einige blicken ebenfalls finster drein, in den Augen anderer steht ein unheimliches Feuer. Zu den letzteren gehört der Dey.

„Omar", beginnt der Herrscher, nachdem er den Gruß des Reis gnädig erwidert hat, „du bist der kühnste und fähigste meiner Kapitäne, wirst vielleicht einmal Admiral werden, obwohl du kein Türke bist."

„Herr!" stottert, verwirrt über die sich für die Zukunft abzeichnenden Möglichkeiten, der Korsar.

Der Dey lächelt. „Den zweiten ‚Al-Dschezaïr' laß vorerst ungeschoren, es sei denn, es handelt sich um ein französisches Schiff. Er kümmert mich im Augenblick nicht sonderlich und soll auch für dich Nebensache sein. Von nun an richte all dein Augenmerk nur noch auf französische Schiffe. Jage sie, bringe sie als Prisen ein oder schicke sie auf den Grund des Meeres, nur befreie mich von ihnen. Hast du verstanden?"

„Ja, o Gebieter, nur ist mir dunkel, warum es sein muß.

Ich erinnere mich, daß – wann war es gleich? –, richtig, vor drei Jahren, England dir feindlich gegenüberstand und unsere Küste blockierte. Jetzt sollen wir Jagd auf französische Schiffe machen, richtige Jagd; ich fürchte mich mit dem ‚Al-Dschezaïr' vor keinem französischen Kauffahrer, auch nicht vor Kriegsschiffen, aber ich befürchte Schlimmes für unser Land."

„Schweig! Was geht es dich an! Ich fürchte die Hunde nicht. Man betrügt mich um die Bacri-Millionen. Dir kann gleich sein, was geschieht. Nicht du, sondern ich bin der Dey, und ich weiß, was ich will. Nochmals: Bekämpfe die Franzosen."

Omar ist entlassen. Jetzt begleitet ihn kein argwöhnischer Offizier. So kann er da und dort bei Bekannten stehenbleiben, mit ihnen plaudern, und er kommt auf diese Weise langsam zu einem Bild dessen, was am Nachmittag geschehen war.

Über die Bacri-Millionen erfährt er aus verschiedenen, sich zum Teil widersprechenden Quellen dies:

Das große jüdische Bankhaus Bacri hatte Ausgang des 18. Jahrhunderts dem Konsul Bonaparte für einige Millionen Franken Getreide geliefert. Auch später noch, als Bonaparte bereits der Kaiser Napoleon geworden war, erfolgten algerische Getreidelieferungen nach Frankreich. Aus irgendwelchen Gründen war die Bezahlung der Schuld hinausgezögert worden, obwohl der Kaiser eine Prüfung der algerischen Forderungen befohlen hatte. Mit der Zeit stieg durch Zinsen und Spesen die Schuld auf sechzehn Millionen Franken an. Riesenprozesse wurden wegen dieser Summe in Paris geführt. Endlich bequemte sich die französische Regierung – Napoleon befand sich längst auf St. Helena, dem Verbannungsort im Atlantischen Ozean –, die Forderung anzuerkennen, nachdem sie bis auf sieben Millionen herabgehandelt worden war. Der Betrag wurde den französischen Prozeßbevollmächtigten des Hauses Bacri überschrieben, aber auf Sperrkonto gelegt, da französische Kaufleute Forderungen an Bacri hatten, die sie von den Millionen gedeckt haben wollten. Der Dey Hussein Pascha, Teilhaber des Hauses Bacri, fühlte sich durch die Zurückhaltung des Vermögens gekränkt.

Am frühen Nachmittag des 27. April 1827, gegen ein Uhr, erschien der französische Konsul Deval, ein ausgezeichneter Kenner orientalischer Verhältnisse, bei Hussein, um ihm, wie es alle anderen Konsuln auch zu tun gezwungen waren, Glückwünsche zum Beiramfest auszusprechen und die üblichen Geschenke zu übergeben.

Wegen der Millionen hatte der Dey im Oktober 1826 an den französischen Außenminister geschrieben. Eine Antwort war noch immer nicht eingangen, und Hussein war verständlicherweise erbost. Monsieur de Damas, der Außenminister, hatte es nicht für nötig gehalten, die Mahnung schriftlich zu beantworten, nur Herrn Deval unterrichtet, daß das Drängen des Türken unberechtigt sei. Dieser Bescheid wurde auftragsgemäß am 27. April überbracht. Wieder abgelehnt – das erzürnte den Herrscher Algeriens, und nicht für wert gehalten zu sein, auf einen direkten Brief eine unmittelbare Antwort zu bekommen – das versetzte Hussein Pascha in Wut. Andere europäische Könige und Fürsten würdigten den Dey persönlicher Schreiben, nur Frankreich wagte es, ihn so herabsetzend zu behandeln, ihn, den bedeutendsten Herrn Nordafrikas und Beherrscher des Mittelländischen Meeres! ·

Der Dey Hussein Pascha schlug den Vertreter des französischen Königs mit dem aus Palmenstroh geflochtenen Fächer. –

Der französische Konsul vom Dey wie ein Hund körperlich gezüchtigt – das kann Krieg mit der europäischen Großmacht bedeuten! Viele aus der Umgebung des Deys sind im Innersten tief beunruhigt, viele aber lächeln auch nur über den Zwischenfall. Die Europäer haben sich von jeher vor den türkischen Deys und ihren Korsaren ge-

fürchtet, sich manches gefallen lassen, Geschenke über-
mittelt, wo sie besser hätten zuschlagen sollen – die Franzosen werden das ihrem Vertreter angetane Unrecht
ebenfalls mit Stillschweigen übergehen. Und wenn nicht
– dann eben Krieg! Algier ist eine uneinnehmbare Festung, und die Korsarenschiffe beherrschen das Meer.
Omar und die anderen Kapitäne werden sofort zeigen,
daß die Türken die Franzosen nicht fürchten.

Omar verhält oft den Schritt, als er von der Kasbah zu
seinem Haus hinuntersteigt, und sinnt dem Gehörten
nach. Bisher hatte er sich nie um die Politik der Türken
gekümmert. Ich bin der gefürchtetste Korsarenreis mit
unbeschränkter Handlungsfreiheit, das war sein Glau-
benssatz gewesen, und der hatte ihm genügt. Nun aber
soll der ‚Al-Dschezair‘ mit Sonderauftrag kreuzen, sind
dem Kapitän die Hände gebunden, ist das Schiff fast ein
richtiges Kriegsschiff geworden. Benedetto sagte doch
einmal, daß, wenn die Europäer nur ernsthaft wollten,
der Türkenherrschaft in Algier schnell der Todesstoß versetzt werden könnte. Vor allem auf Frankreich hatte der
ehemalige Sklave hingewiesen, da England unter Lord Exmouth gezeigt hatte, daß es die Türken nicht stürzen
will. Die Europäer. Wunderliche Menschen sind es, die
die Macht in ihren Händen nicht nützen. Und so einer
von Geburt bist ja auch du, Omar.

Vorübergehende leuchten dem mitten in der Gasse
Stehenden mit ihren Laternen ins Gesicht. Der junge
Mann merkt es nicht, so vertieft ist er in seine Gedanken.
Er hört nicht das Murren der Leute, die sich an ihm, fast
die Mauern der Häuser streifend, vorbeischieben müssen, denn ihn anzustoßen wagt natürlich keiner. Dazu ist
Omar zu schwer bewaffnet und als Liebling des Deys bekannt. Der Gruß eines geduckt mit ungeschütztem Licht
Dahinschleichenden, der Gruß des alten Juden Levi, der
die Gelder Omars verwaltet, streift wohl sein Ohr, dringt
aber nicht ins Bewußtsein. Der Korsar ist eben dabei,

eine Entscheidung zu treffen.

Die letzte kurze Strecke Wegs legt er dann fast springend zurück.

Benedetto Mezzo hört sich den Bericht Omars stumm an, aber seine Augen glänzen. Er sieht das Ende der jahrhundertelangen Türkenherrschaft mit den unzähligen Verbrechen an der Menschheit in greifbarer Nähe.

„Soso. Hussein hat dir eröffnet, daß du Admiral der algerischen Flotte werden könntest. Was wirst du tun, Omar?" fragt Mezzo, und Furcht schwingt in seiner Stimme mit.

„Ja, Admiral, Benedetto, Admiral! Ich würde zu den engsten Vertrauten des Deys gehören, könnte den anderen Kapitänen befehlen und hätte doch einen noch neben mir, der nicht sein darf, den Reis des falschen ‚Al-Dschezair'. Ich werde dieses geheimnisvolle Schiff suchen und vernichten!"

„Junge, weißt du, was das bedeutet? Du mißachtest den Befehl des Deys."

„Ja, Vater. Aber ich fürchte mich nicht. Ich werde französische Schiffe kapern, wenn sie meinen Kurs kreuzen, aber keine regelrechte Jagd auf sie machen."

Der Genuese benutzt diese Gelegenheit, noch einmal, aber nun in aller Eindringlichkeit, von den Schändlichkeiten der Türken zu sprechen. Livio Parvisi ist zum Algerier und danach zum Korsaren Omar erzogen worden. Er kann nichts dafür, daß er so denkt wie die Türken, aber er ist kein Kind mehr, sondern ein tatkräftiger, leidenschaftlicher und bis zum Äußersten mutiger Mann und – Europäer. Griechen, Spanier, Italiener, die mit voller Überlegung Renegaten wurden, hatten einst auch anders gedacht und gefühlt. Omar ist nun in einem Alter, in dem er eine Entscheidung über seinen ferneren Lebensweg fällen kann. Aus dem Korsarenkapitän Omar muß wieder der Livio Parvisi, oder besser, muß der Europäer Livio Parvisi werden.

„Wenn du deinen Gegner erledigt hast, was wirst du dann tun, Junge?" fragt am Schluß der langen Unterhaltung Benedetto Mezzo.

Schweigen. Langes, drückendes Schweigen.

Zum Verzweifeln, zum Verrücktwerden ist dieses Stummbleiben, denkt der Italiener. Aber nicht stören, nicht von neuem beginnen. Es arbeitet in Livio. Die berberischen, arabischen und türkischen Lehren, die einmal in das Kind gepreßt wurden, stehen noch im Widerspruch zu dem, was ich ihm zu sehen und zu erkennen vermittelte. Er liebt mich; er weiß, daß ich seit seinen ersten Stunden auf der Erde um ihn gewesen bin. Aber diese Jugenderinnerungen und -erlebnisse sind ausgelöscht und überschattet durch die Jahre unter den Eingeborenen und auf den Raubschiffen.

„Erzähle mir von – meiner Mutter", bittet plötzlich der Korsar.

Mezzo zuckt zusammen. Niemals ist bisher danach gefragt worden. Der Mohammedaner hat es immer für unschicklich gehalten, mit einem anderen Mann über die Mutter zu sprechen. Tränen rollen dem alten leidgeprüften Diener der Familie Parvisi über die Wangen, sein Herz schlägt hastig, als er, ganz leise sprechend, der Bitte nachkommt.

„Ich danke dir, Va... Benedetto." Omar hat sich erhoben, nachdem er noch eine Weile nach Mezzos Worten stumm geblieben war, und geht nun langsam auf die Tür zu, die zu seinem Schlafgemach führt.

Vater, wollte Livio sagen. Nie mehr werde ich dieses Wort aus seinem Munde hören, sinnt Benedetto traurig. Plötzlich aber hellen sich seine Mienen auf. Gewiß ist ihm ‚Mutter' zum schönsten und heiligsten Begriff geworden, denkt er weiter. Und wenn das der Fall ist...!

„Wenn ich den falschen ‚Al-Dschezair' zur Strecke gebracht habe, dann jagen wir – du, die alten Freunde und ich – die Türken!" Omar ist unbemerkt von Benedetto in der Tür stehengeblieben. Hart, unerbittlich ist seine Stimme jetzt, doch von einem Feuer durchdrungen, das Mezzo wie von der Tarantel gestochen aufspringen läßt. Er stürzt auf den Freund zu, reißt ihn in die Arme, wirbelt ihn durch den Raum und stammelt wieder und wieder: „Livio, Livio!"

Ali, Achmed, Mahmud und viele andere sind inzwischen zu vollwertigen Gliedern der Mannschaft geworden. Sie allein, das weiß Omar, würden keine Fragen stellen, keinen Augenblick zögern, wenn es plötzlich gegen algerische Korsaren ginge. Sie vertrauen dem Freund blindlings.

Frankreich nimmt die Schläge, die der tyrannische Dey seinem Konsul versetzt hat, nicht so einfach hin. Es gibt Krieg. Hussein Pascha läßt La Calle zerstören. Riesige Verluste entstehen der Compagnie d'Afrique. Französische Kriegsschiffe blockieren die algerische Küste. Omar ist es mit dem ‚Al-Dschezair' gelungen, bei Nacht und Nebel den Hafen Algier zu verlassen und die Blockade zu durchbrechen. Eine Rückkehr in die Deystadt wird, wenn Frankreich nicht doch noch klein beigibt, unmöglich.

Benedetto Mezzo wartet. Noch immer ist der Bruch mit dem Dey nicht vollzogen.

Omar gelingt es erneut, den Blockadeschiffen Frankreichs ein Schnippchen zu schlagen und Algier anzulaufen. Im Hafen befinden sich mehrere große Fregatten, Korvetten und Briggs, die den Tag herbeisehnen, an dem die Franzosen des Spiels müde sind und ihre Segler zurückrufen werden.

Monsieur Deval, der Generalkonsul Frankreichs, hatte seine Aufgaben dem sardinischen Gesandten Graf d'Attili anvertraut und war auf eins der französischen Blockadeschiffe gegangen.

Eines Tages ruft der Dey die Kapitäne der im Hafen liegenden Schiffe zusammen und befiehlt ihnen, im Schutze der Nacht Segel zu setzen und auf Kaperfahrt zu gehen.

Eine Fregatte zu 44 Kanonen, die die Großadmirals-
flagge führt, der ‚Al-Dschezair' mit ebenfalls über 40 Kanonen, vier Korvetten, bestückt mit je 20 bis 24 Geschützen, und sechs Briggs zu 16 bis 18 Kanonen mit einer
Gesamtbesatzung von fast viertausend Köpfen wagen es,
in der Nacht des 4. Oktober 1827 den Befehl Hussein Paschas auszuführen.

Benedetto wurde mit Aufträgen voraus an Bord geschickt. Omar geht noch zu dem Juden Levi, mit dem er
eine lange geschäftliche Unterredung führt, und folgt
später dem Italiener zum ‚Al-Dschezair'.

Als er den Anker hieven läßt, sind die anderen Schiffe
bereits in voller Fahrt. Der Segelauftrag lautet, nach Westen zu gehen und gegebenenfalls sogar im Atlantischen
Ozean zu kapern.

Die algerische Flotte bewegt sich unweit der Küste
nach Westen. Es gelingt ihr allerdings nicht unbemerkt.
Von der Fregatte ‚L'Amphidrite', dem Schiff Collets, des
Kommandeurs des französischen Blockadegeschwaders,
steigen Lichtsignale hoch und befehlen der Fregatte ‚La
Galathée', den Briggs ‚Le Faune' und ‚La Cigogne' und
der ‚La Champenoise' sich mit dem Kommandeurschiff
zu vereinigen.

Die Augen Omars und seiner Getreuen versuchen die
Finsternis zu durchdringen, einmal, um Feinde rechtzei-
tig zu erkennen, zum anderen, um nicht mit dem Gros
der Flotte, das einen einstündigen Vorsprung vor dem
‚Al-Dschezair' hat, zu havarieren.

Mahmud stößt den Kapitän an. „Schau dorthin,
Omar!"

Der Reis besitzt nicht die Geieraugen des Berbers,
aber einmal aufmerksam gemacht, erkennt er, daß sich
da vorn zwei Schiffe in den Rücken der Deyflotte schieben.

Auch andere Korsaren haben die gleiche Wahrnehmung gemacht. Lautlose Stille herrscht auf der Fregatte. Alle Mann sind auf Posten. Ein einziges Wort Omars würde im selben Augenblick die Geschütze aufheulen lassen.

„Segel einholen!" befiehlt Omar. Und zum Steuermann gewendet: „Leg um auf Ost!"

Die Anweisungen werden schnell und sauber ausgeführt. Wenig später schaukelt die Fregatte ohne Fahrt auf den Wellen. Der Bug des Schiffes ist nach Osten gerichtet. Der Korsar Omar hat mit dem Kurswechsel und der Nichtbeteiligung an dem beginnenden Kampf zwischen Franzosen und Algeriern den Bruch mit dem Dey Hussein Pascha vollzogen. Die kampfstärkste algerische Fregatte mit der mutigsten, bestgeschulten Mannschaft ist den Türken verloren. Damit ist auch das Schicksal eines Teils des ausgelaufenen Geschwaders besiegelt.

Collet verursacht ihm beträchtliche Verluste und treibt es nach Algier zurück.

Auf dem ,Al-Dschezair' ist alle verfügbare Leinwand aufgezogen worden. Das Schiff segelt geradenwegs nach Osten.

Omar hat sich seit der Beleidigung Frankreichs einen Schlupfwinkel auf einer kleinen türkischen Insel des Ägäischen Meeres gesucht, in den er alle Prisen einbringt und sein Schiff mit dem Nötigsten versorgt.

Da die Hohe Pforte in Konstantinopel Frankreich freie Hand gegen die Türken in Algerien gelassen hat, sich nicht in den Händel einzumischen, versprach, gibt sich Omar als Tunesier aus. Der ,Al-Dschezair' verwandelt sich in der Ägäis vorübegehend in ,Fatimeh'.

Herr ohne Herren ist Omar geworden. Die Besatzung, es befindet sich ja kein Türke darunter, kümmert es nicht. Man kann unter dem mutigen, großzügigen Reis gut leben. Der achte Teil der Prisen wird nach wie vor einbehalten, aber Omars Beuteanteil erhalten die Männer dazu.

Benedetto verfolgt mit scheelen Augen das Treiben seines Pflegesohns. Es kostet ihn schwere innere Kämpfe, zu schweigen. Doch es muß sein, um den Jungen nicht zu reizen und ihn aus Trotz gar wieder in die Arme der Türken zurückzutreiben.

So vergeht das Jahr 1828 und ein Teil des Jahres 1829, ohne daß man den falschen ‚Al-Dschezair' sichtet und ohne daß Omar zum Korsarenjäger wird. Es gibt doch außer den Algeriern noch die Marokkaner, Tunesier und Tripolitaner, die dem Raubhandwerk nachgehen und nicht von den Franzosen bekämpft werden.

Die Fregatte macht gute Fahrt. Eine steife Brise hat sich in die Leinwand gelegt, so daß einige Segel gestrichen werden können.

Der ‚Al-Dschezair' sucht.

Mit ungewissem Licht bricht ein neuer Tag an. Ali ist erstmalig mit der Führung des Schiffes betraut worden. Gefahr für den Segler und die Mannschaft besteht nicht, auch wenn der Freund etwas Falsches anordnet, denn man befindet sich weitab der Küste. Im übrigen wurde der Unterreis, der ständige Vertreter Omars, beauftragt, ab und zu nach dem Rechten zu sehen.

Im Ausguck wacht Mahmud.

„Segel in Sicht!" kommt es eben von oben.

Achmed verständigt den Kapitän, der sofort auf Deck erscheint. Zuerst ein schneller Blick nach dem Himmel, dann zu den Segeln.

„Gut so, Ali!" lobt er den Freund, als er sieht, daß nur soviel Leinwand aufgezogen ist, wie die Brise gerade erfordert.

„Bereitmachen zum Kampf!" ruft er dem Waffenmeister und dem Segelmeister zu, dann hastet er die Strickleiter hinauf.

Mahmud hatte den fremden Segler bereits erspäht, als nur die Mastspitzen über der Kimm sichtbar waren. Nun kann man schon mehr sehen.

„Gib das Glas, Mahmud!" fordert Omar den Jugendfreund auf.

„Nimm, ich brauche es sowieso nicht. Das ist..."

„Schweig!" herrscht ihn der Kapitän an, ohne einen Blick von dem sich nähernden Schiff zu wenden.

„Er! Endlich!"

„Ja, der ‚Al-Dschezair'!"

„Der falsche, Mahmud! Er läuft auf uns zu. – Alle Mann an die Plätze! Es gilt den größten Kampf, den wir jemals gekämpft haben. Dort kommt unser Ebenbild!" brüllt Omar hinunter.

Unbeschreiblicher Jubel, dazwischen Ausbrüche der Wut, Drohungen hüllen plötzlich die Fregatte ein. Die Männer befinden sich in einem Rausch. Sie werden heute den vernichten, der manchem von ihnen den Tod bringen wollte.

Omar verläßt den Ausguck nicht. Seine Befehle bewirken einen Wirbel unter den Korsaren. Ein Rennen und Hasten beginnt wie in einem Termitenbau, der von einem Feind halb zerstört wurde und nun wiederaufgebaut werden muß.

„Aufs Haar gleicht der Bursche uns. Ohne Zweifel hat er uns erkannt. Er stellt sich zum Kampf!"

„Ich hätte nie geglaubt, daß es so etwas gibt!" Mahmud ist maßlos überrascht.

„Schau hinüber, nicht mit bloßem Auge, die Entfernung ist zu groß; er hat sogar den Bug ausgebessert wie wir, als uns damals die feindliche Kugel beschädigte."

Der Berber murmelt Gebete. Dieser ‚Al-Dschezair' vor ihm ist ein – Geisterschiff.

Auch Omar ist bestürzt, daß der andere, abgesehen vom gleichen Bau, seinem eigenen Schiff gleicht wie ein Ei dem anderen.

Und der Fremde versteht sein Handwerk! Obwohl er gegen den Wind segelt, ist seine Schnelligkeit nicht geringer als die der algerischen Fregatte.

Die Korsaren, die in wildem Taumel alles für den Kampf rüsten, verstummen plötzlich, als sie den Feind von Deck aus sehen. Kalte Schauer überziehen die Rükken. Das Schiff, auf dem sie nun so lange schon fahren, auf dem sie jetzt stehen – dort ist es! Teufelswerk, eine Sinnestäuschung. Oder hat man es mit einem Gespensterschiff zu tun, besitzt der Gegner überirdische Kräfte?

Doch hatten sie nicht Omar, der nun wieder mitten unter ihnen steht, geschworen, mit ihm auch die Hölle zu stürmen, wenn er es befehle?

Es ist soweit! Dort ist die Hölle.

Und als ob sie ihre Schlünde aufgerissen habe und giftigen Odem ausspeie, so dröhnt es plötzlich durch die Luft. Der Feind hat den Kampf aus allen Rohren begonnen. Hände mit glühenden Eisen zucken zu den Zündlöchern der Kanonen hoch.

„Abwarten! Ich befehle!" Omars Stimme ist wie Donnerschlag. Die Feuerwerker schrecken zurück. In letzter Minute.

Die Kugeln des Gegners haben nicht getroffen. Sie sollten wohl auch nicht – waren bei dieser Entfernung nichts als das Zeichen, daß der falsche ‚Al-Dschezair' zum Kampf auffordert.

„Fall ab, zwei Strich West!" befiehlt der Kapitän.

Der Segelmeister gibt nähere Ausführungen dazu. Sich zur Seite legend, ändert die Fregatte den Kurs.

Gleichzeitig wechselt auch der andere die Richtung.

„Sieh, Benedetto", der Italiener befindet sich auch jetzt neben Livio, wie in allen Kämpfen, „der Kerl kreuzt und verringert dabei kaum die Geschwindigkeit. Das ist meisterhaft. Bravo, bravo! Nicht besser könnte ich das Manöver ausführen."

Wer mag es sein? In Gedanken überfliegt Omar die Reihe der berühmten Korsarenführer. Aber es ist keiner darunter, der ihm ebenbürtig wäre. Nur der Unbekannte auf dem falschen ‚Al-Dschezair' kann es mit ihm aufnehmen. Ob er jung ist? Oder alt? Sicherlich jung, denn sonst wäre seine Tüchtigkeit längst in aller Munde. Bisher weiß man nichts weiter von ihm als den Angriff auf die algerischen Korsaren. Warum hat er es nur auf uns abgesehen, während die Marokkaner und Tunesier keine Klagen erheben? Steht er mit einem dieser Staaten in Verbindung, ist er Marokkaner, Tunesier oder Tripolitaner?

„Alle Rohre zum Feuern bereit! – Die Enterer bereit! – Schiff zum Kampf bereit!" meldet man. Es ist bereits mehrfach getan. Aber der Ton ist jetzt anders. Die Männer gieren nach Kampf. Wenn es möglich wäre, würden sie sich über Bord stürzen und dem Feind entgegenschwimmen. Wenigstens mit immer neuen Meldungen versuchen sie der Spannung, die sie befallen hat, Luft zu machen.

Etwas muß geschehen, selbst wenn es etwas Unsinniges wäre, denn man hat noch Zeit. Omar liebt es nicht, auf große Entfernung zu kämpfen.

Und der andere, der so ganz wie er ist, wird ebenso denken. Lassen wir ihn herankommen.

Womit aber die Leute beschäftigen, ablenken? Omar überprüft sorgfältig, immer ein Auge auf den Feind gerichtet, den Gefechtszustand des Schiffes. Unsinnig das, er weiß es, denn heute hat jeder mit noch größerer Peinlichkeit als sonst die ihm übertragenen, immer gleichbleibenden Aufgaben durchgeführt. Es gibt nichts zu beanstanden, nichts zu verbessern.

Nach diesem Rundgang beobachtet er die Segelmanöver des Gegners. Neid erfüllt ihn und Haß. Der da drüben versteht ebenso wie er, aus dem herrlichen Schiff alles herauszuholen. Wie leicht, geschmeidig, genau führt er die Fregatte, obwohl sie gegen den Wind steht.

„Omar!" Ein Wutschrei würgt sich aus den Kehlen der Korsaren. „Er flieht, flieht!"

Omar hat bereits bemerkt, daß der Falsche abdreht und sich zurückzieht.

Die racheschnaubenden Korsaren, kampflüstern, es mit dem gefährlichen Feind endlich aufnehmen zu können, rennen wie aufgescheuchte Ameisen über das Deck. „Allah verfluche ihn! Er ist ein Feigling! Feiger Hund, feiger Hund!" grölen sie.

„Dummköpfe!" Der Reis hütet sich, es seine Leute hören zu lassen. Aber Dummköpfe sind sie. Was als Flucht erscheint, ist nichts als ein meisterhaftes Schwenken. Wenn ihn jetzt die Kugeln des ‚Al-Dschezair' nicht erreichen, dann ist die Mißgunst des Windes ausgeglichen.

Feuern? Nein. Omar preßt die Lippen aufeinander, um ja nicht den Feuerbefehl entschlüpfen zu lassen. Noch ist die Wahrscheinlichkeit, das wendige Schiff voll zu treffen, zu klein. Kein Schuß darf fallen, der nicht drüben Tod und Verderben auslöst.

Omar beschließt, die Mannschaft des falschen ‚Al-Dschezair' erst einmal durch Segelmanöver zu ermüden. Er will die Genugtuung haben, dem anderen vor dem Ende zu zeigen, daß er, Omar, nicht nur der kühnste Korsarenreis, sondern auch der beste Schiffsführer, der vorzüglichste Seemann des ganzen Mittelländischen Meeres ist. Erst später wird die Beschießung beginnen.

Und seine Männer? Die an den Geschützen haben verzerrte Gesichter. Nackte Brustkörbe heben und senken sich unter hastigen Atemzügen. Die Männer liegen auf der Lauer. Die Zündeisen sind fingerbreit vom Zündloch entfernt; die Hände, die sie seit langem in dieser Stellung halten, verkrampft. Nur die erste Silbe des Wortes ‚Feuern' wird genügen, die Hölle auszulösen. Viele Augenpaare verfolgen jede Bewegung des Kapitäns. Raubtiere vor der Käfigtür. Stoß sie auf, Korsar – und das Unheil rast!

In den Wanten arbeiten die Leute wie Besessene. Befehl auf Befehl überschüttet sie. Schweiß rinnt in Bächen von den Körpern. Das einzige Bekleidungsstück, die Hose, klebt am Unterleib und an den Beinen. Alles durchschwitzt. Hände sind an Tauen blutig gescheuert. Keiner bemerkt es. Ein einziger Gedanke beherrscht die ganze Fregatte. Sieg, Sieg über den unheimlichen Gegner. Und man wird siegen, denn Omar führt!

Den gleichen Plan des Ermüdens scheint man auch drüben zu haben. Gleich behend wie hier auf dem ‚Al-Dschezair' werden dort die Schwenkungen ausgeführt. Es ist, als ob man in einen Spiegel blicke. Zweimal der ‚Al-Dschezair'. Beide Schiffe gleichen sich aufs Haar, beide werden von Meisterhänden geführt.

Verstohlen wirft Omar Blicke auf seine Korsaren. Raubtiere, zum Sprung angesetzt, begegnen diesen prüfenden Blicken, künden, daß es nur einen ‚Al-Dschezair' in Zukunft geben darf und wird: den richtigen, ihren.

Aber bald muß der Tanz beginnen. Die Korsaren sind nicht länger zu zügeln.

Neue Befehle. Kurz, genau, darauf hinzielend, den Abstand zwischen beiden Seglern zu verringern.

Das Ebenbild folgt. Wie Raubvögel auf die Beute stürzen sich die Fregatten aufeinander.

Am Himmel jagen schwarze Wolken dahin.

Wird der Fremde auch dieses Manöver mitmachen? Omar läßt schwenken, kehrt dem Feind die Breitseite zu, wird einen Bogen beschreiben.

„Feu...!" Explosionen zerreißen die Luft. Der ‚Al-Dschezair' schwankt wie Schilf im Winde.

Das Ende des Befehls fällt in Rauchwolken, die von den Geschützen aufsteigen. Schneller als der Reis sprechen konnte, war das Kommando ausgeführt worden.

Teile der Takelung stürzen herab. Brennende Segel, zerfetztes Holz.

Der Feind hat ebenfalls geschossen. Der Schaden ist unbedeutend. Drüben sieht es nicht anders aus. Die Korsaren sind noch gelähmt vom langen Warten. Sie haben den überstürzten Anweisungen nicht folgen können, konnten die Rohre nicht entsprechend richten.

Macht nichts, beruhigt sich Omar, sie werden den Krampf überwinden.

Und der Bann ist schon gebrochen. Wie sie sich auf die Trümmer stürzen! Im Handumdrehen fast hat das Enterpersonal alles geräumt.

Schlag auf Schlag geht es nun. Kurswechsel, Feuerbefehle. – „Geschütze fertig! – Befehl ausgeführt!" – „Feuer!" – „Geschütz fertig!" kommt wieder die Meldung. – „Zwei Strich Ostnordost abfallen!" befiehlt Omar. – „Zwei Strich Ostnordost", wiederholt der Steuermann. – „Feuer!"

Omars Kommandos, die Meldungen der Geschützbedienungen, Meldungen von allen Seiten schwirren durcheinander.

Munitionsschlepper keuchen unter schweren Lasten, legen sie ab, stürzen davon, kommen wieder, rennen zurück.

Benedetto, der nie Aufgaben bei Kämpfen auszuführen hat, beobachtet den Kapitän.

Die Augen Livios funkeln in unheimlichem Glanz. Es ist, als wolle er selbst fortschnellen, um jeden Befehl eigenhändig auszuführen. Er kämpft den größten und schwersten Kampf seines Lebens. Was war alles Frühere gegen jetzt? Nichts, Spielerei.

„Enterhaken bereithalten! – Feuer!"

Drüben stürzt ein Teil der Takelage zusammen. Die Segelfähigkeit des Feindes ist weitgehend gestört.

Das Korsarenschiff brennt an vielen Stellen. Omar bemerkt es nicht, nimmt wenigstens keine Notiz davon. Er läßt den Blick nicht von dem Gegner. Hier wie drüben hängen nun Trauben von Menschen in den Resten der Takelung.

„Achtung, Omar!" Irgendwoher kommt die Warnung.

Achmed ist aus den Wanten heruntergesprungen. Im selben Augenblick prasselt in Omars Rücken ein brennendes Segel herab, streift den Neger. Benedetto eilt herbei. Der Kapitän war durch Achmed zur Seite geschleudert worden. Mit bloßen Händen reißt der Italiener die in Flammen stehende Leinwand von dem tapferen Neger.

Omar kann dem Zwischenfall nicht mehr als einen Blick schenken. Die Schiffe sind nur noch wenige Bootslängen auseinander.

Dort drüben steht er – Omar! Er selbst!

Die Zähne des unerschrockenen Korsarenführers schlagen aufeinander. Kalt überströmt es seinen Rücken; er zittert an allen Gliedern. Vor die Augen legt sich ein dunkler Schleier.

„Allah, hilf!" stöhnt er. „Hilf, hilf!"

Benedetto sieht die Bestürzung des Freundes.

„Omar!" Wie ein Peitschenhieb zischt der gefürchtete Name aus des Alten Mund.

Der Kapitän zuckt zusammen. Das ist die Rettung, dieses „Omar". Furcht und Schrecken verfliegen, das Auge sieht wieder klar, sieht sein Ebenbild Befehle erteilen, sieht, daß neben dem jungen Kapitän drüben ebenfalls ein älterer Mann steht.

„Selbst Benedetto hat man nachgeahmt!" knirscht Livio. Aber dieser falsche Benedetto scheint am Kampf beteiligt zu sein. Jetzt spricht er zum Schiffsführer. Der nickt. Der Alte hält das Krummschwert in der Hand. Nicht nur Ratgeber ist er, ein Kämpfer. Mehr, viel mehr als Benedetto.

„Zum Entern fertig!" befiehlt Omar.

Das Echo antwortet.

Die Schwesterschiffe sind miteinander verbunden. Das Brüllen der Geschütze ist vorbei. Kampf Mann gegen Mann beginnt. Wer noch die Hand heben kann, greift zur Waffe. Viele können es nicht mehr, hüben wie drüben.

In großen, schnellen Sprüngen setzt Omar auf den falschen ‚Al-Dschezair' über.

Ali, der im Gesicht schwer verbrannte Achmed, Mahmud, Benedetto folgen.

Omar will dieses Ringen um Sieg oder Untergang damit beenden, daß er den fremden Kapitän zum Kampf stellt.

Auf beiden Seiten wird in höchster Wut und Verbissenheit gerungen. Keiner erwartet Gnade, keiner ist sie zu geben bereit. Kampf Feind gegen Feind oder Freund gegen Freund? Es ist nicht zu erkennen. Alle Kämpfenden sind Korsaren. Eins nur unterscheidet die Fremden von den eigenen Leuten: Sie sind durchschnittlich jünger.

Da ist der Kapitän. Jetzt gilt es zu siegen!

Der Alte an der Seite des Führers des falschen ‚Al-Dschezair‘ befiehlt: „Laß ihn mir, Enrico!"

Das Wunder geschieht. Der Kapitän macht kehrt, wirft sich auf die Freunde Omars, die bereits in einen Jatagankampf verwickelt sind.

„Mit mir kämpfe, Omar, und mach dich für die letzten Sekunden auf Erden bereit!" spricht der Alte ganz ruhig.

Omars Gesicht ist von Rauch und Qualm und Schweiß verkrustet. Nur das Weiße der Augen sticht hervor.

Omar duckt sich, schnellt hoch, stößt zu.

Ein Krummschwert wirbelt in großem Bogen davon; ein Schmerzensschrei erfüllt die Luft.

Mit einem einzigen meisterhaften Hieb hat der alte Mann Omar entwaffnet. Omar!

„Teufel!" zischt der Korsar. „Aber deine letzte Stunde hat geschlagen." Er reißt mit der geprellten Hand die Pistole heraus, spannt den Hahn...

Benedetto wirft sich zwischen die beiden Männer.

Der Jatagan des Fremden ist zum vernichtenden Schlag erhoben.

„Halt ein, Luigi Parvisi!" Benedetto umklammert den Arm seines Herrn, deckt ihn mit seinem Leibe.

Der Hahn knackt, die Kugel rast aus dem Lauf.

„...es ist Livio, dein Sohn! – Livio, Livio, es ist – dein – – Vater!" Röchelnd stürzt Benedetto zu Boden. Kaum hörbar lallt er noch: „Ich bin Benedetto Mezzo."

„Mein Sohn, du? Livio – Omar? Du?" Parvisi ist einen Augenblick wie betäubt. Dann: „Befiehl das Einstellen des Kampfes, Omar!" Das auf Arabisch. „Kampf einstellen!" Das auf Italienisch.

„Kampf einstellen! Ihr kämpft gegen die Brüder eures Kapitäns, gegen Freunde! Unser Gegner ist mein – Vater!"

Der Korsar dreht sich um. „Fort, Ali, Achmed, Mahmud, schlagt jeden zu Boden, der meinem Befehl nicht gehorcht! – Was ist das? Warum steht ihr friedlich herum, wo alles noch im Blutrausch wütet?"

Omar hat nicht bemerken können, daß das Waffengeklirr in seinem Rücken schon längst verstummt ist.

„Achmed?" Der Name des Freundes fährt Omar aus dem Mund, ungewollt, vor Überraschung. Der Neger liegt einem Neger in den Armen. Aber er reißt sich los, eilt mit den anderen fort, den Befehl auszuführen.

Bestürzung auf beiden Seiten. Doch man folgt den Anweisungen der Kapitäne. Auf dem italienischen Schiff schneller als auf dem algerischen.

Omar tritt zurück zu Luigi Parvisi. Er steht vor dem Mann, der seinerzeit seiner Fregatte so große Bewunderung zollte.

„Du bist mein – Vater?" Ein Hauch nur ist dieses „Vater", ein zartes Pflänzchen, das keinen rauhen Luftzug verträgt.

„Du – mein Sohn? Der Sohn, den ich tot glaubte?" Luigi Parvisi reißt den Turban herab, wischt Schweiß und Pulverstaub vom Gesicht des Sohns, macht einen Schritt zurück, betrachtet den Menschen, der ein Stück seines Ichs ist, zieht ihn stürmisch an sich. „Livio!" Freude, Dankbarkeit, Erlösung klingen aus diesem Wort. Tränen fallen ins Gesicht des wilden Korsaren.

Luigi Parvisi weint.

„Jahrelang habe ich dich gesucht, Livio, viele lange Jahre hindurch. Was mir als El-Fransi nicht gelang, es gelang doch noch dem Korsarenjäger. Ich danke dir, mein Gott!"

„El-Fransi? Du, mein Vater, bist auch El-Fransi?"

„Ich war es, Livio. Hast du davon gehört?"

„So wie El-Fransi und sein treuer Selim wollte ich auch werden!"

„Da steht er, der Freund! Komm her, Selim!"

Der Neger, der kürzlich erst Achmed in den Armen hielt, löst sich von Ali, schließt Livio in die Arme.

„Vater, Vater!" jubelt der junge Korsarenkapitän auf. „Endlich habe ich einen Vater! Bisher gab ich diesen Namen manchmal meinem Freund Benedetto."

„Du hast ihn erschossen!" Gequält stellt es Luigi fest.

„Nein, nein, es darf nicht sein. Sag, daß es nicht wahr ist, Vater. Sag es!" bittet Livio.

„Schnell, vielleicht kann man noch helfen, retten!"

Vater und Sohn hocken sich neben den alten Italiener, den man bei den überwältigenden Ereignissen vergessen hatte.

„Gott sei Dank, er lebt, ist nur ohnmächtig", beruhigt Luigi den ängstlich dreinblickenden Sohn. „Der Schuß hat ihm die Schulter zerschlagen. Sein Arm wird steif bleiben, wie meiner von der Kugel Mustaphas."

„Ich weiß um deinen Kampf mit dem Ratgeber des Deys."

„Auch ihn kennst du, mein Sohn?"

„Er hat mir meine Laufbahn zum Korsarenkapitän geebnet."

„Welche Zusammenhänge bestehen hier? Aber lassen wir das. Wir sind wieder vereint! – Dr. Verlani!" befiehlt Parvisi.

Es dauert lange, bis der Doktor erscheint. Er hat viel zu tun.

„Was ist, Signore Parvisi?" fragt er atemlos vom schnellen Laufen.

„Endlich, Doktor! Ich empfehle einen Verwundeten

Eurer ganz besonderen Aufmerksamkeit und Pflege. Den da, meinen alten Diener Benedetto Mezzo. Flickt ihn zusammen, Freund! – Noch eins, einen Augenblick noch. – Enrico, komm her!"

Der junge Kapitän Parvisis, der da und dort Anweisungen erteilt, folgt dem Ruf.

Auf den Korsarenführer zeigend, sagt Luigi: „Freunde! Ich stelle euch hiermit den gefürchteten Korsaren Omar, meinen totgeglaubten Sohn Livio, vor!"

„Ihr Sohn, Signore Parvisi?" stottert der Arzt.

„Meine Hochachtung, Omar – Verzeihung, Signore Parvisi. Sie sind ein Meister in der Schiffsführung." Der junge italienische Kapitän verneigt sich vor dem Gegner.

Omar lacht. „Und Sie mein Ebenbild! Wenn ich nicht so unerwartet meinen Vater gefunden hätte, wäre einer von uns heute abend nicht mehr unter den Lebenden. Für zwei gleich starke und gewandte Männer hat auch das riesige Meer keinen Platz. – Doch nun kommt alle mit hinüber auf den echten ‚Al-Dschezair'. Ich bin meiner Mannschaft Auskunft schuldig."

Bevor man geht, flüstert Luigi einem seiner Leute etwas zu. Livio kann es nicht verstehen.

„Der ‚Al-Dschezair' ist schwer beschädigt", macht er den Vater und die Begleiter aufmerksam.

„Ja, mein Sohn, stärker als meine ‚Genua'."

„Wieso? ‚Genua'?"

„Sieh hin!"

Livio ist verblüfft. Das vor kurzem noch unter der Korsarenflagge segelnde Schiff hat die sardinische und die Flagge Genuas gesetzt. Leute sind eben dabei, am Bug eine große Tafel mit dem richtigen Namen ‚Genua' über das Wort ‚Al-Dschezair' zu hängen.

Fatum, Schicksal, Allahs Wille. Man kann ihm nicht entgehen, muß hinnehmen, wie es bestimmt ist. Solche Gedanken gehen den Korsaren durch den Kopf, als ihnen ihr Reis die undenkbare Wendung berichtet.

Als Livio dann mit dem Vater, Enrico und den Jugendfreunden in seiner rauchgeschwängerten Kajüte sitzt, fragt er: „Was soll nun geschehen?"

„Keiner außer dir und meinem braven Enrico Torzzi kann die Wracks, denn die ‚Genua' ist auch nicht viel anderes, sicher in den Hafen steuern. Daß du nicht mehr Korsar sein wirst, darüber brauchen wir nicht erst zu reden."

„Aber Korsarenjäger, Vater, wie du! Ich habe es Benedetto versprochen, nach dem Sieg über den falschen ‚Al-Dschezair' mit dem Dey zu brechen und gegen die Korsaren zu kämpfen! Der größte Teil meiner Männer geht mit mir durch dick und dünn, fragt nicht nach dem Dey, haßt ihn."

„Korsarenjäger? Das wolltest du, Livio, mein Junge? Dieser Tag ist der herrlichste meines Lebens. Mein Sohn ist dennoch kein Araber oder Türke geworden, ist Italiener wie ich und alle meine Freunde. Dank dir, Dank dir, unendlichen Dank, mein Gott!" Luigi hat den Sohn wieder in die Arme gerissen und küßt ihn.

„Wir werden zusammen die Macht der Türken brechen!" jubelt Livio.

„Wir werden jahrhundertealte Fesseln sprengen!" versichert der Vater. „Doch zuerst gilt es das Heute. Ich schlage vor, Enrico führt dein Schiff, du das meine bis in meinen Schlupfwinkel auf der Insel Korsika. Gewähre mir diese erste Bitte, Livio. Ich möchte dich keine Sekunde fern von mir wissen. Bringe einen Teil deiner Mannschaft zu mir; ich gebe die gleiche Anzahl Leute Enrico mit auf den ‚Al-Dschezair'. Trotz aller Verbrechen, die deine Männer begangen haben, werden sie unsere Freunde sein."

„Und dann?"

„Schicke die Korsaren nach Algier zurück. Ich kämpfe nicht gegen den einzelnen, sondern gegen die Sache, und werde deshalb den Mann nicht büßen lassen, was das System ihm Schlechtes zu tun befahl. Im Hafen liegen Prisen. Eine von ihnen stelle ich zu ihrer Heimkehr bereit. Jeder kann frei und unbehindert in die Heimat zurückkehren, wenn er nicht wünscht, weiterhin an deiner Seite zu bleiben. Die bei dir bleiben wollen, werden unsere Freunde und Brüder sein."

Livio hascht nach der Hand des Vaters und beugt sich darüber.

In Sichtweite voneinander segeln die beiden Fregatten in Luigis Schlupfwinkel.

Parvisis ‚Genua' ist auf derselben amerikanischen Werft gebaut wie der ‚Al-Dschezair'. Ein Vertreter Luigis in der französischen Botschaft in Algier hatte laufend Bericht über den ‚Al-Dschezair' gegeben. Xavier de Vermont war der Mittelsmann gewesen. So konnte das italienische Schiff dauernd dem jeweiligen Aussehen des ‚Al-Dschezair' nachgeahmt werden.

Luigi Parvisi wußte, daß Omar auf ihn Jagd machen werde.

Er war der gleichen Ansicht wie der Sohn, daß ein großer Kampf gegen die Korsaren erst dann erfolgversprechend sein werde, wenn der andere nicht mehr das Meer kreuzte. Er hatte nach dem Überfall auf die algerischen Schiffe die Jagd erst einmal eingestellt, um seine Leute noch besser als bisher zu schulen. Man fuhr inzwischen als ‚Genua' in Gebieten, die nicht vom ‚Al-Dschezair' heimgesucht wurden.

Am Krankenlager Benedetto Mezzos erfahren die beiden Männer manches aus vergangenen Zeiten. Der ehemalige Sklave kann zwar nur erzählen, erkennt die Zusammenhänge nicht, aber das genügt, um Luigi klarsehen zu lassen. Er weiß nun, daß Mustapha-Benelli die Fäden zu einem furchtbaren Teppich gewebt hatte; daß er es war, der alles gelenkt und geleitet hatte; daß der Renegat, der große Abenteurer, die Karten gemischt und ausgespielt hatte. – Vorbei.

In Zukunft werden neben den Franzosen noch zwei Schiffe Europas den Schrei nach Befreiung von Knechtschaft und Sklaverei verfechten: die Fregatte unter Führung Livio Parvisis, der einst der gefürchtete Korsarenreis Omar war, und die, die einmal als ‚Al-Dschezair‘ für den Schrecken des Mittelmeers galt, unter dem Carbonaro Enrico Torzzi.

Man wird die Korsaren jagen! In Ost und West, in Nord und Süd, zugleich in der Straße von Gibraltar, zugleich im Bereich der östlichen Inseln.

„Aber wo willst du so bald eine zweite Mannschaft hernehmen, Vater, denn ein großer Teil meiner Korsaren wird dein großzügiges Angebot annehmen und in die Heimat zurückkehren?"

Luigi Parvisi lächelt, spricht aber ernst und fast feierlich: „In Italien, deiner und meiner Heimat, gibt es genug Menschen, die bereit sind, ihr Leben für Freiheit, Menschlichkeit, Gleichberechtigung einzusetzen. Ich brauche nur zu rufen und werde junge Leute haben, die Tod und Teufel nicht fürchten. Die Mannschaft meines Schiffes besteht aus sogenannten ‚guten Vettern‘, das sind Menschen, die einem Geheimbund, den Carbonari, angehören. Auch ich bin Carbonaro. Der Bund kämpft für eine Einigung unserer Heimat, für ein großes, freies Italien, in dem alle glücklich leben können. Die ‚Köhlerei‘ hat schwere Schläge erlitten; es ist mit Lebensgefahr verbunden, sich zu ihr zu bekennen. Wir werden uns noch ausführlich darüber unterhalten müssen, mein Sohn. Für jetzt bitte ich dich, sprich nie auch nur ein Wort darüber. Man erringt Freiheit nicht durch Reden, sondern durch die Tat, die nicht immer Waffentat zu sein braucht, sondern auch Tat des Geistes sein kann." –

Ein Teil der Korsaren ist mit einer der algerischen Prisen nach Süden davongesegelt. Wahrscheinlich nicht nach Algerien, sondern nach Tunis oder Tripolis. Omar hat nicht nach ihrem Ziel gefragt; sie selbst haben es ihm nicht verraten.

Die beiden Fregatten müssen von Grund auf überholt werden. Es wird lange Zeit verstreichen, bis die große Korsarenjagd begonnen werden kann. Es ist das Jahr 1829.

Alles Land um die Felsenbucht, die die Schiffe vor Sicht und den nun aufkommenden Winterstürmen sicher schützt, gehört Xavier de Vermont.

Vater und Sohn, der halbgenesene Benedetto Mezzo, Selim, Ali, Achmed, Mahmud und einige der anderen Jugendfreunde Livios verlassen die französische Insel. Luigi Parvisi wird seinen Sohn in die Vaterstadt, in die Arme des Großvaters führen.

Auch Enrico Torzzi, der Kapitän, geht mit an Bord der algerischen Prise, eines der Schiffe, die so spurlos verschwunden waren, um wieder einmal mit dem Kaufmann und Bankier Giacomo Tomasini, dem einstigen Herrn der Berge und einem der Führer der Carbonari, zu plaudern.

Noch hat Luigi Parvisi den Auftrag nicht ganz ausgeführt, den ihm der Freund seines Vaters damals auf dem Jagdschlößchen gab, aber er wird es, wenn der Winter sich verzogen hat, mit allem Nachdruck tun. Einer der gefährlichsten Gegner, Omar, ist bereits außer Kraft gesetzt und sein bester Mitkämpfer für die große Sache geworden, die der Carbonaro Tomasini verficht. –

Andrea Parvisi hat bereits Besuch, als die Gäste ankommen. Monsieur Xavier de Vermont ist vor wenigen Stunden auf dem Landwege in Genua eingetroffen. Er ist ohne Pause gereist, immer die Postmeister zur Eile anspornend, den Kutschern Sonderlohn versprechend, wenn sie die Pferde dauernd im Galopp gehalten haben.

Eine erregende, gewaltige Warnung hat Herr de Vermont für Luigi Parvisi gebracht. Tomasini wird sofort herbeigerufen.

Ein Stein fällt dem Franzosen vom Herzen, als er den Freund von Pierre-Charles eintreten sieht. Nun braucht er nicht erst nach Korsika zu segeln, kann ihm mitteilen, was nicht eine Minute Zeitverlust erleiden darf:

Frankreich wird unter Führung des Generals Bourmont und des Admirals Duperré mit einer riesigen Flotte und einem großen Landheer der Deyherrschaft ein Ende bereiten. Zu Beginn des Frühjahrs 1830 wird es sein.

Luigi sagt Herrn de Vermont, daß er an diesem Kampf nicht teilnehmen kann und wird. Er hat gegen die Korsaren, die türkischen Seeräuber, gegen die Sklavenhalter gekämpft. Er weiß, daß die Deyherrschaft nur durch eine Franzosenherrschaft ersetzt werden soll. Einer neuen Unterdrückung der Völker Algeriens bietet er nicht die Hand. –

Frankreich stürzt den ihm feindlich gesinnten Hussein Pascha, beendet das Unwesen der Korsaren, beendet die Sklaverei, aber zwingt Algerien unter ein neues Joch – die Völker werden nicht frei.

Während die Umwälzung in Nordafrika vor sich geht, reist Livio Parvisi in ein fernes Land, er reist dorthin, wo der ‚Kong Karl‘ beheimatet ist. –

Jahre später werden Ali, Achmed, Mahmud und die anderen Jugendfreunde Livios den einstigen großen Korsaren Omar bitten, sie wieder zu führen, an Stelle des Vaters ‚El-Fransi‘ zu sein, sie zu führen gegen die neuen fremden Unterdrücker, mit ihnen zu kämpfen an der Seite des Freiheitshelden der Berber und Kabylen, des Emirs von Maskara, Abd-el-Kader.

Der Carbonaro Livio Parvisi, Freund der französischen Freunde seiner Familie, aber Feind jeder Unterdrückung, wird dem Ruf folgen und an vielen Lagerplätzen, den Brunnen, in den Duars und Städten von einem erzählen hören, der geliebt und verehrt wurde: von El-Fransi, seinem Vater.

Baiocco, Mehrzahl *Baiocchi (ital.)* = Kupfermünze des Kirchenstaates

Barbareskenstaaten = Algerien, Tunis, Tripolis, genannt nach dem dort ansässigen Volksstamm der Berber

Bastonade (franz., ital.) = Prügelstrafe – im Orient Stockschläge auf die Fußsohlen

Bey, Bei (türk.) = Herr, auch türkische Rangstufe für höhere Beamte

Beylik (türk.) = Landesteil, der von einem Bey verwaltet und beherrscht wird

Brander = mit brennbaren Stoffen gefülltes Boot zum Inbrandsetzen eines feindlichen Schiffes

Brigant (ital.) = Straßenräuber

Brigg = zweimastiges mittelgroßes Segelschiff

Carbonari, Einzahl *Carbonaro* = nach dem *italienischen Carbonaio* = Köhler; zur Zeit Napoleon Bonapartes in Italien entstandene Geheimgesellschaft – forderte nationale Unabhängigkeit und kämpfte gegen feudale Unterdrückung

Dey, Dei (arab.) = Oheim, Titel des ehemals türkischen Befehlshabers in Algier

Diwan (pers.) = Hof- oder Staatsrat

Djebel (arab.) = Berg, Gebirge

Duar (arab.) = Zeltdorf arabischer Nomaden in Nordafrika

Fregatte = kleines, schnellsegelndes Kriegsschiff

Handschar, Kandschar (türk.) = lange, messerartige Hiebwaffe

Hohe Pforte (arab., pers. bab-i-ali) = Bezeichnung für die Regierung des Sultans in der Türkei

Houris (arab.) = Engel bei den Mohammedanern

Kardinalstaatssekretär = Außenminister des Vatikanstaates

Korvette = breites, kurzes Segelschiff, wurde meist für den Sicherheits- und Nachrichtendienst verwendet

La Grande Nation (franz.) = ‚Die große Nation‘, Eigenbenennung der Franzosen unter Napoleon, 1797 eingeführt

Levante (ital.) = Bezeichnung für Länder um das östliche Mittelmeer – Kleinasien, Syrien, Ägypten

Lire = ital. Münzeinheit, 1 Lira = 100 Centesimi

Litham (arab.) = Gesichtsschleier

Marabut (arab.) = Heiliger des Islams, frommer Gelehrter

Mahdi (arab.) = erhoffter Messias der Mohammedaner

Nargileh (pers.) = wörtlich: Kokosnuß, türkische Wasserpfeife, deren Rauch zur Abkühlung erst durch einen Wasserbehälter – früher eine Kokosnuß, jetzt meist eine breite Glasflasche – geleitet wird

Pascha (pers.) = Titel für hohe Staatsbeamte

Piaster = türkische Münzeinheit, 100 Piaster = ein türkisches Pfund

Reis (arab.) = Oberhaupt, in der Türkei Titel eines Schiffskapitäns

Renegat (ital.) = Abtrünniger, Verleugner seiner politischen oder religiösen Anschauungen

Scheik (arab.) = Ältester, Ortsvorsteher, Anführer

Scheitan (arab.) = Teufel

Sbirre (ital.) = Scherge, Polizeibeamter und Spitzel im früheren Italien

Sorbet, auch Scherbet (arab.) = morgenländisches Erfrischungsgetränk aus gesüßtem Fruchtsaft mit Zusatz von Rosenwasser oder Essenz aus Mandel- oder Orangenblüten

Sou (franz.) = alte französische Scheidemünze

Tschibuk (türk.) = türkische Tabakspfeife mit einem kleinen flachen, deckellosen Pfeifenkopf aus roter Tonerde, einem Rohr aus Jasmin und dem Mundstück aus Bernstein

Wadi (arab.) = nur zeitweise wasserführendes Flußbett

Zechine (ital.) = alte venezianische Goldmünze

Beachten Sie bitte die folgenden Seiten

DIE AUGEN DER SPHINX

DER FLATBOOTMANN
VON
FRIEDRICH GERSTÄCKER

Friedrich Gerstäcker (1816 - 1872) prägte die deutsche
Abenteuerliteratur des 19. Jahrhunderts entscheidend. Er
kannte die meisten Schauplätze seiner Erzählungen aus
eigener Erfahrung, denn sein wechselvolles Leben führte
in nach Amerika, Nordafrika und sogar Australien. Viele
große Abenteuerschriftsteller, u.a. auch Karl May, emp-
fingen von ihm wichtige Anregungen.
Gerstäckers Augenmerk galt immer der Sache der Ent-
rechteten und Unterdrückten, sowohl den indianischen
Ureinwohnern Amerikas als auch den Negersklaven.
Die drei Erzählungen dieses Bandes spielen in den amerikanischen Südstaaten und im einsamen Washita-Gebirge.
„Der Flatbootmann“ und „Schwarz und Weiß“ schildern -
eingekleidet in temporeiche, spannende Handlungen -
das Unrecht der Sklaverei und den Kampf tapferer Menschen um die Freiheit. „Die Wolfsglocke“ zeigt das Ringen der Pioniere um neues urbares Land und gegen eine
unbarmherzige wilde Natur.
Ein Nachwort von Thomas Ostwald informiert über
Friedrich Gerstäckers bewegten Lebenslauf, seine großen Forschungsreisen und seinen schriftstellerischen
Werdegang.

EDITION USTAD
IM KARL-MAY-VERLAG

DIE AUGEN DER SPHINX

PHANTASTISCHE ABENTEUERROMANE
VON
ROBERT KRAFT

Die Nihilit-Expedition

Auf der Suche nach der Quelle des geheimnisvollen Nihilitstahls stoßen die drei Überlebenden einer Forschungsexpedition auf das unbekannte Volk der Wuloden. In einem abgeschotteten Tal im Innern der australischen Wüste hat es sich eine Oase geschaffen, in der mörderische Gesetze das Leben und Überleben regeln.

Die Wildschützen vom Kilimandscharo

Ein oberbayerisches Dorf liegt verborgen im Innern Schwarzafrikas. Auf den unzugänglichen Höhen des Kilimandscharo leben die deutschen Auswanderer wie einst in der alten Heimat. Doch die Idylle ist bedroht, denn skrupellose Wilderer, die auch vor Mord nicht zurückschrecken, machen das Land unsicher.

Die Rätsel von Garden Hall

Ein junger deutscher Arzt tritt die Stelle als Hauslehrer auf Garden Hall an, der Residenz des englischen Lords Roger Norwood. Nicht nur die Tatsache, daß er bereits zwei Stunden nach seiner Ankunft mit der jungen Erbin des seltsamen Lords verheiratet ist, sondern auch viele andere Ungereimtheiten reizen ihn dazu, die Rätsel von Garden Hall zu lösen.

Die neue Erde

Als am Neujahrsmorgen ein Komet die Erde trifft, verschieben sich die Klimazonen, und fast die gesamte Menschheit stirbt. In Asien kämpfen vier schiffbrüchige Europäer und eine Handvoll Inder gegen die polare Kälte, wogegen in Mitteleuropa tropische Tier- und Pflanzenarten entstehen. Die wenigen übriggebliebenen Menschen müssen sich den neuen Gegebenheiten anpassen.

Weitere Bände in Vorbereitung

EDITION USTAD
IM KARL·MAY·VERLAG

KARL MAY

GESAMMELTE WERKE

- Die Reihe wird fortgesetzt -

KARL-MAY-VERLAG

BAMBERG · RADEBEUL